3

4

7

11

10

Stefan Murr

Die heimlichen Schwestern

Stefan Murr

Die heimlichen Schwestern

Roman

Scherz

Illustrationen auf dem Vorsatz: Abb. 1–4: Maria Geistinger
Abb. 5–7 (v. l. n. r.): Lolo, die Mutter des Autors (im Roman Lona);
Gustl Ganghofer, ihr Bruder (im Roman Gustl Auffacher);
Katinka, geb. Engel, die Mutter der beiden.
Abb. 8: Katinka mit Tochter Lolo (Lona)
Abb. 9: Fürst Paul Anton Esterházy de Galantha
Abb. 10: Moriz Engel (nicht gesicherte Abb.)
Abb. 11: Graf Valentin Ladislaus Ferdinand Esterházy-Hallewyl

Dritte Auflage 1994

Schutzumschlag von Manfred Waller

I

Es war am späteren Vormittag, ungefähr gegen halb zwölf, als das Telefon läutete. Lona ging hinüber in das große Ostzimmer und nahm den Hörer ab.

«Ja, Mama?»

Lona wußte schon im voraus, daß ihre Mutter am Telefon war. Es war die Zeit, zu der sie meistens anrief. Heute spürte Lona zudem, daß etwas Besonderes in der Luft lag. Seit zwei oder drei Wochen schon wartete sie darauf, daß ihre Mutter etwas zur Sprache bringen würde, dem etwas Bedeutungsvolleres zugrunde lag als die alltäglichen kleinen Sorgen, die sie mit ihrer Mutter teilte, vor allem seit sie krank zu Bett lag.

«Lonerl, magst nicht ein bisserl zu mir herunterkommen?» vernahm Lona die Stimme ihrer Mutter. «Ich hätt was auf dem Herzen.»

«Aber ja, Mama», sagte Lona. «Geht es dir nicht gut?»

«Doch, doch, du mußt dir keine Sorgen um mich machen. Ich hab keine Schmerzen. Es ist was anderes, das mich ein bisserl druckt. Gell, kommst gleich herunter, bevor die Goschi aus der Schule kommt. Ich möcht gern, daß das erledigt ist, bevor ich es vielleicht nicht mehr kann.»

Katinka Auffacher war vierundsiebzig Jahre alt geworden und hatte ihre einschmeichelnde und unaufdringliche wienerische Sprechweise unverändert beibehalten, obwohl sie Wien vor schon bald fünfzig Jahren verlassen hatte und obwohl die schwere Krankheit, an der sie litt, der Stimme fast jedes anderen einen bitteren und gequälten Unterton verliehen hätte.

«Ich komme, Mama», sagte Lona.

Sie legte auf und sah ein paar Augenblicke aus dem Fenster auf die vertraute Stadtlandschaft. Lonas Wohnung lag im vierten Stockwerk eines eindrucksvollen fünfgeschossigen Patrizierhauses, das der Jugendstilarchitekt Harry Rosenthal 1924 an der Südseite des Nikolaiplatzes in München-Schwabing errichtet hatte. Die beiden Mansardenwohnungen hatten trotz der Lage unterm Dach senkrechte Innenwände. Sie waren deshalb kleiner und behaglicher als die darunterliegenden acht anderen. Nach Osten hinaus ging der Blick weit über das winterliche Weiß der Baumwipfel des Englischen Gartens hinaus. Auf Lona wirkte dieses schöne Bild heute traurig und schal. Sie wußte, daß ihre Mutter unten in ihrer Erdgeschoßwohnung auf den Tod lag und daß die Operation, der sie sich vor Jahresfrist hatte unterziehen müssen, nur ein Aufschub gewesen war. Aber sie wußte nicht, wie sie sich verhalten sollte, denn Katinka sprach niemals darüber, ob man ihr ihren Zustand mitgeteilt hatte oder nicht. Einzig die fast beiläufig klingenden Worte «bevor ich es vielleicht nicht mehr kann» schienen darauf hinzuweisen, daß Katinka Auffacher womöglich mehr wußte. Diese Mutmaßung ließ Lona diesen Januartag des Jahres 1933 noch freudloser erscheinen, von allem, was sonst im Reich vorging und Sorgen bereitete, einmal ganz abgesehen.

Seufzend wandte Lona Holberg sich um, verließ ihre Wohnung und betrat, da er gerade da war, den Aufzug. Unten öffnete Johanna die Tür, hager, grauhaarig, mit strengem, verschlossenem Gesicht, das heute noch abweisender war als sonst, weil die «gnä' Frau» Johanna Sorgen bereitete. Seit fünfzehn Jahren zusammen mit ihrer Schwester, der Köchin Elise, in Auffachers Diensten, hatte Johanna auch den Herrn Doktor noch gekannt, der im Juli 1920 in dem schönen Haus am Tegernsee gerade fünfundsechzigjährig unerwartet verstorben war. Johanna schloß die Wohnungstür hinter Lona und ging ihr durch den Flur voraus, wo sie Lona nach kurzem formalen Klopfen die Tür zu dem kleinen Schlafzimmer ihrer Mutter öffnete. Katinka war halb sitzend in einen Berg von blaßrosa Kissen gebettet und sah Lona entgegen. Die Krankheit schien dieser schönen, in ihrer Haltung fast fürstlich wirkenden Frau nichts anhaben zu können. Ein frischer, rosiger Teint überzog das ovale, feine Gesicht, hochgesteckt das noch immer dunkle Haar, das fein modellierte Ohren freiließ und in lustigen Löckchen in die Stirn frisiert war. Lona schob die Löckchen etwas zur Seite und küßte ihre Mutter.

«Du siehst gut aus, Mama.»

«Nein, nein, laß das, Lonerl. Das ist nicht mehr so wichtig.»

«Was ist denn dann so wichtig, Mama?» sagte Lona.

«Das sage ich dir, wenn du dich gesetzt hast. Aber bevor du das tust: Hier in meiner Nachttischschublade ist ein Schlüsselpärchen ...»

Lona zog die Lade des mit Fotografien vollgestellten Biedermeiermöbels auf.

«Hast du?»

Lona Holberg nahm die Schlüssel heraus. «Ja, Mama, hier.»

«Gut, dann geh hinüber in den Salon. Das Bild vom Erdinger Moos kennst du?»

Lona nickte, und ihre Mutter fuhr fort: «Das Bild nimmst du ab, und dahinter ist ein Safe.»

«Was», fragte Lona, «du hast einen Safe? Das habe ich ja gar nicht gewußt.»

«Das macht nichts, Kind. Es sind auch keine Wertsachen drin. Schließ ihn auf und hol mir die Schatulle aus Edelholz.»

Lona betrat den Salon ihrer Mutter, ein wirkliches Damenzimmer. Elegant geraffte schneeweiße Gardinen aus durchsichtigem Voile rahmten die Fenster. Auch hier Biedermeiermöbel, Stücke aus Katinkas Lieblingsepoche. Auf Kommode und Schreibsekretär standen Fotografien der bedeutendsten Künstler aus dem München der Jahrhundertwende und davor, die Anselm und Katinka Auffachers Freunde gewesen waren, von Defregger über Stuck, Lenbach und Kaulbach bis zu Hofmannsthal, Rainer Maria Rilke, Leo Slezak, Ludwig Thoma und Paul Heyse. Über dem Sofa hing die «Landschaft aus dem Erdinger Moos». Wolken trieben über einen fernen und helleren Abendhimmel, der Vordergrund war schon dunkel, nur auf ein paar unbewegten, melancholischen Moortümpeln lag noch ein Abglanz der Abendsonne. Lona liebte das Bild.

Sie nahm es ab und lehnte es gegen die Wand. Dahinter war das graumetallene Panzertürchen zum Safe; Lona schloß es auf und öffnete es. Das Holzkästchen, von dem ihre Mutter gesprochen hatte, nahm fast den ganzen Raum ein. Lona zog es hervor und bewunderte es. Es mochte den Umfang einer etwas größeren Zigarrenkiste haben. Der massive Deckel war an den Ecken mit ziseliertem Silber beschlagen und trug in der rechten vorderen Ecke ein kunstvoll verschlungenes, ebenfalls in Silber geprägtes Monogramm, das Lona mit einiger Mühe als «H. W.» entzifferte. Es war elegant überwölbt von einer neunzackigen gräflichen Krone. Lona bestaunte das schöne Stück, trug es dann ungeöffnet hinüber zu ihrer Mutter und stellte es ihr auf die Steppdecke. Katinka öffnete die Schatulle.

«Sie enthielt einmal ein Hochzeitsgeschenk, weißt du. Du erinnerst dich sicher, Lonerl, den dreiteiligen Schmuck aus Gold, Rubinen und Brillanten, der mir 1913 in Amalfi gestohlen wurde. Jetzt ist in dem Kasten etwas anderes. Nimm es heraus.»

Lona entnahm dem Kasten den sonderbaren Inhalt, ein Päckchen aus schwarzem Wachstuch, mehrfach eng verschnürt, die Verknotungen rot versiegelt. Etwas ratlos hielt Lona es in der Hand und sah ihre Mutter an.

«Und was soll ich damit?» fragte sie schließlich.

Katinka beugte sich etwas weiter zu Lona hin und sagte mit eindringlich gedämpfter Stimme:

«Das nimmst du, sobald ich tot bin, Lonerl, trägst es hinunter in den Heizungskeller und verbrennst es in der Kesselfeuerung. Nicht bevor ich gestorben bin, aber sofort danach. Versprich es mir.»

«Aber Mama», sagte Lona, legte entschlossen das Wachstuchpäckchen in die Schatulle zurück und klappte den Deckel zu. Dann suchte sie für den Kasten einen Platz auf dem überfüllten Nachttischchen und stellte ihn dort ab.

«Nichts ‹aber Mama›», sagte Katinka. «Versprichst du es mir? Sonst muß ich den Gustl bitten. Oder die Johanna. Die tut, was ich ihr sage, ohne daß sie es mir versprechen muß. Also ...?»

«Gut, Mama», sagte Lona. «Ich verspreche es dir. Hängt das mit dem zusammen, was du manchmal erzählt hast, daß du nämlich drei Jahre jünger bist, als in deinem Trauschein steht?»

Katinka nickte.

«Und mit der schönen und unglücklichen Frau, von der du deine schönen Hände hast und die sich später aus dem Fenster stürzte, weil sie den Mann nicht heiraten konnte, den sie liebte?»

«Lona», sagte Katinka mit plötzlicher Entschlossenheit, «wenn ich gewollt hätte, daß ihr wißt, daß meine Geburt anders verlaufen ist, als aus meinen Papieren hervorgeht, dann hätte ich euch als meinen

Kindern das erzählt. Für Papa war das alles nicht wichtig. Für mich auch nicht, nachdem ich alles verarbeitet hatte. Und am allerwenigsten wichtig ist es für euch, die ihr mit alledem nicht das mindeste mehr zu tun habt.»

Beide Frauen hatten das Anschlagen der Türglocke überhört. Lonas kleine Tochter, von ihrer Großmutter Goschi genannt, ging niemals an ihrer Großmama Wohnungstür vorbei, ohne sie zu besuchen und sich ein Bonbon abzuholen, wenn sie aus der Schule kam. Gerade als sie jetzt in Katinkas Schlafzimmer trat, hörte sie ihre Großmama sagen:

«Ich habe bewiesen, daß ich schweigen kann bis in den Tod. Wenn ich tot bin, interessieren diese Papiere niemanden mehr. Keine Seele soll je Einblick darin nehmen.»

Die beiden Frauen schauten zur Tür, unter der Goschi stand, den braunledernen Schulranzen auf dem Rücken, ein Kind von sechs Jahren, mit ovalem Gesicht, dunkelblondem Haar und goldbraunen, großen Augen. Ernsthaft blickte sie auf ihre Mutter und auf Großmama, die soeben Dinge gesagt hatte, die sie nicht verstand. Es dauerte nur ein paar Sekunden, bis Goschi sich entschlossen hatte, das, was sie nicht verstand, später ihre Mutter zu fragen. Zielbewußt steuerte sie jetzt auf Großmamas Nachttischchen zu, wo die ovale Glasdose mit den roten Himbeerbonbons stand.

«Du darfst, mein Schätzchen», sagte Katinka, nachdem das Kind sie geküßt und sich dann an seine Mutter geschmiegt hatte. Aber Goschis Augen hingen weniger an den Himbeerbonbons als an dem eindrucksvollen Holzkasten mit den schwarz angelaufenen Silberbeschlägen.

«Oh, Großmama, was für ein schöner Kasten», sagte sie. «Für was brauchst du den?»

Sie strich bewundernd mit der Hand über das glatte Holz.

«Ich brauch ihn gar nicht mehr, Goschi», sagte Katinka. «Er hat seine Pflicht getan.»

«Großmama will, daß das, was darin ist, verbrannt wird», sagte Lona.

«Schenkst du mir dann den Kasten?» fragte Goschi mit einem Augenaufschlag, dem kaum jemand hätte widerstehen können, am wenigsten ihre Großmama.

«Gib ihn ihr, Lona», sagte Katinka. «Wenn du getan hast, um was ich dich gebeten habe. Als Erinnerung an ihre Großmama.»

Johanna klopfte und fragte, ob sie das Essen richten könne. Lona und Goschi brachen auf. Lona hatte den Palisanderkasten unter dem Arm. Johanna brachte die beiden zur Tür. Lona wußte, daß der Gesichtsausdruck Johannas um so abweisender wirkte, je mehr sie an etwas Anteil nahm, das ihre Herrschaft betraf. Lachen hatte sie noch nie jemand gesehen, niemand hatte sie aber auch jemals klagen gehört. Unter der geöffneten Wohnungstür sagte sie:

«Gnä' Frau machen's nimmer lang, Frau Doktor. Es ist schrecklich, wenn man da zuschauen muß.»

Sie streifte mit einem Blick die Schatulle unter Lonas Arm.

«Darf ich was fragen, Frau Doktor?»

Als Lona nickte, fuhr Johanna fort:

«Haben gnä' Frau Ihnen das vermacht, Frau Doktor?»

«Kennen Sie die Schatulle, Johanna?»

«Freilich, Frau Doktor. Der gnä' Frau ihr ganzes Lebensgeheimnis ist da drin.»

«Kennen Sie denn das Lebensgeheimnis auch?»

Die Bedienerin schüttelte den Kopf. «Nein, Frau Doktor. Ich weiß nur, daß es eines gibt.»

«Ich soll den Inhalt in der Heizung verbrennen, wenn ... wenn es an der Zeit ist.»

Johanna verstand.

«Die gnä' Frau wollen das mit hinübernehmen in das fremde Land. Niemand soll je erfahren, woher sie gekommen ist.»

Der Aufzug kam. Als Lona mit Goschi nach oben fuhr, fragte das Mädchen, was für ein fremdes Land das sei, von dem Johanna gesprochen habe. Warum die Großmama von einer «Erinnerung an sie» geredet habe? Und was Mami tun solle, um das Großmama sie gebeten habe? Lona strich der Kleinen über das Haar.

«Eines Tages wirst du das alles verstehen, Goschi. Es ist unvermeidlich.»

Vier Tage später, am 7. Januar 1933, einem sonnigen Wintersonntag, fand Johanna, als sie mit dem Frühstückstablett in der Hand an die Schlafzimmertür klopfte, die gnädige Frau tot in ihrem Bett. Krankheit und Tod hatten der Schönheit und Würde dieser Frau nichts anhaben können. So wie sie immer gebettet gewesen war, lag Katinka halb sitzend in ihren Kissen und starrte mit weitgeöffneten Augen an Johanna vorbei in eine weite und helle Ferne. Nur die zarte Röte war von ihren Wangen gewichen, und die schmalen Hände ruhten weiß und leblos auf der blaßrosa Steppdecke. Ihr Anblick und die heitere Atmosphäre des Sterbezimmers hatten nichts Bedrohliches oder Beängstigendes. Johanna erschrak auch nicht. Sie stellte das Frühstückstablett ab, ging zum Bett, faltete der Toten die schon kalten Hände und schob die Lider über die Augen. Sie sprach ein Vaterunser. Dann ging sie zum Telefon und rief hinauf in den vierten Stock. Lona war sofort am Apparat.

«Frau Doktor ...»

«Sie brauchen nichts zu sagen, Johanna», sagte Lona. «Ich ahne schon alles.»

«Die gnä' Frau hat es hinter sich», sagte Johanna. Erst dann weinte sie ein bißchen und nur eben so viel, als es schicklich war.

Das kräftige winterliche Hoch, das sich an Katinkas Todestag über Süddeutschland entwickelt hatte, hielt auch über den 11. Januar 1933 hinaus, den Tag, an dem man sie beerdigte. Von München aus hatte man die verstorbene Katinka Auffacher, geborene Engel, geboren zu Wien am 7. Juli 1859, in einem ausgeschmückten Gepäckwagen der Eisenbahn bis zum Bahnhof Tegernsee überführt. Dort hatte ein prachtvoll dekorierter, von zwei Rappen gezogener Leichenschlitten die Tote übernommen und im Schritt bis zum Leeberg gebracht, wo man sie in der Diele ihres Hauses an der Egerner Bucht aufbahrte. Erst nach anderthalb Tagen trug man den Sarg hinunter zum Bootshaus, verlud ihn auf einen der alten grünen Fährnachen und ruderte ihn über die Egerner Bucht zur Anlege an der Kirche von Rottach-Egern, von deren spitzem Turm eine schwarze Fahne hing. Während der ganzen Zeit, da man Katinka über die stille Bucht ruderte, läuteten die Glocken der Egerner Kirche. Die Beteiligung war überwältigend. Katinkas Töchter Lona und Sophie mit ihren Ehemännern waren aus Hamburg und München gekommen, aus Berlin ihr Sohn August mit seiner Frau. Zahlreiche Enkel, Nichten und Neffen waren dabei. Dazu der große Kreis aller noch lebenden Freunde Katinkas und des berühmten Künstlers selbst, an dessen Seite Katinka beigesetzt wurde. Unabsehbar war die Menge der Einheimischen in ihren Trachten.

Nach der vom fahlen Wintersonnenschein beleuchteten Beisetzung versammelte sich in dem nun verwaisten Haus Katinkas ein engerer Kreis der Familie und der Freunde. Es wurde eine bedrückte und freudlose Runde, denn die Seele war mit Katinka aus diesem Haus gewichen. Sie war der Mittelpunkt gewesen, das Herz, der Geist und die Autorität. Das schöne Haus war kalt geworden – und nicht nur deshalb, weil draußen Schnee lag.

Lona verließ das Haus gegen drei Uhr nachmittags. Sie hatte den alten Kutscher Klein herantelefoniert, der mit seinem einspännigen Schlitten vor dem Haus hielt.

«Ich habe eine Verpflichtung Mama gegenüber», hatte Lona zu ihrem Mann gesagt. «Ich bin nicht ruhig, bevor ich sie nicht erfüllt habe. Ich möchte den Nachmittagszug nehmen. Du kannst bis morgen oder übermorgen bleiben, aber ich muß nach Hause, schon wegen der kranken Goschi.»

Und Werner Holberg hatte Lona fahren lassen, ohne zu fragen. Im Trab kutschierte Klein das Gefährt mit dem schellenklingelnden Pferdchen zum Bahnhof. Es hatte angezogen, und aus den Nüstern des Pferdchens quollen Atemwolken. Der Schnauzbart des Kutschers war gefroren. Während dieser Schlittenfahrt zum Bahnhof und später, als der Zug durch den Abend in Richtung München dampfte, fühlte Lona sich schlimmen Anfechtungen ausgesetzt. Unablässig hatte sie das schwarze Wachstuchpäckchen vor Augen, das versiegelt in ihrem Wäscheschrank darauf wartete, dem Feuer übergeben zu werden. Von Natur aus gleichzeitig pflichtbewußt und neugierig, ließ es Lona während der ganzen Fahrt keine Ruhe, was es mit dem versiegelten Päckchen auf sich hatte. Hinter der Bitte ihrer verstorbenen Mutter verbarg sich ein Geheimnis, das sie brennend interessierte. Sie brauchte es ja nicht auszuplaudern, wenn sie alleine es in Erfahrung brachte. Andererseits, was hatte es in diesem Fall überhaupt für einen Sinn, das Geheimnis zu lüften? Keine Seele solle je Einblick nehmen, hatte Katinka ihr gesagt. Waren damit nur andere gemeint oder auch sie selbst? Die Anfechtungen und Zweifel hörten nicht auf, Lona zu peinigen, bis sie in einem Taxi bei ihrem

Haus in Schwabing angelangt war. Vor der Tür zu Katinkas verwaister Wohnung wartete sie auf den Aufzug. «Keine Seele», hörte sie wieder die Anweisung Katinkas. Auch sie, Lona, war eine Seele.

Oben im Vestibül erschien ihr Mädchen Anna und half ihr aus dem Pelz. Goschi kam mit dem Schal um den Hals, den sie ihrer überstandenen Angina wegen noch tragen mußte, durch den Korridor gelaufen und begrüßte sie stürmisch.

«Mutti, Mutti, wann verbrennst du endlich das Päckchen?» empfing sie Lona.

«Warum willst du das wissen, Goschi?»

«Weil ich den Holzkasten brauche, als Truhe für meine Puppenwäsche.»

Goschis bettelnde Augen gaben schließlich den Ausschlag in ihrer Mutter Gewissenskonflikt.

«Na, dann komm schon, Goschi.»

Die Kleine folgte Lona in ihr Schlafzimmer, wo die Mutter die Palisanderschatulle zwischen ihrer Wäsche hervorzog und das Wachstuchpäckchen herausnahm. Die Schatulle klappte sie zu und gab sie der Kleinen. Aber Goschi stellte sie auf einen Stuhl und bettelte:

«Darf ich mit, Mutti? Bitte, bitte.»

Der düstere Heizungskeller, beleuchtet von dem Flackern des Koksfeuers, wenn der Hausmeister die Feuertür öffnete, übte auf das Kind einen unwiderstehlichen Reiz aus. Lona wußte das.

«Also komm, Goschi. Du darfst zuschauen.»

Gemeinsam verließen sie die Wohnung und fuhren hinunter in den Keller. Herr Singer, der Hausmeister, war unten. Lona zeigte ihm das Päckchen und sagte, daß es verbrannt werden müsse.

«Was ist denn drin, Frau Doktor?» fragte der Mann.

«Es kann nur Papier sein, Herr Singer.»

«Kein Metall oder so was?»

«Nein, nur Papier.»

Der Mann riß mit einem Haken die Feuertür auf. Sie starrten in die bläulichrote Glut. Der Hausmeister hielt Lona die Koksschaufel hin, mit einem feierlichen Gefühl der Selbstüberwindung legte Lona das Wachstuchpäckchen darauf, und der Mann ließ es mit einem leichten Schwung in das Feuerloch fallen. Es dauerte nur Sekunden, bis die

Hitze die Siegel und das Wachstuch schmelzen ließ und dann die einzelnen Blätter des Inhalts hellbrennend nach oben trieb, wo sie sich in Asche verwandelten. Ein Anblick, der sich niemals wieder aus Goschis Seele tilgen ließ.

2

Nicht ganz drei Wochen später trat ein Ereignis ein, das nicht nur den ganzen Globus in Mitleidenschaft zog, sondern auch die Familie Auffacher mit in seinen Strudel zu reißen drohte: Hitler kam an die Macht. Die Auffachers waren viel zu unpolitisch, um an diesem Ereignis intensiv Anteil zu nehmen. Werner Holberg, Lonas Mann, war Teilhaber einer Wirtschaftsprüfungsgesellschaft. Max Thorek, der Mann von Lonas Schwester Sophie, betrieb eine Fettverarbeitungsunternehmung in der Nähe von Hamburg, und August, ihr Bruder, war Doktor der Ingenieurwissenschaften und Direktor in einem Elektrokonzern in Berlin. Er war als Frontoffizier aus dem Weltkrieg heimgekehrt, gehörte dem «Stahlhelm» an und galt als nationalbewußter Patriot. Aktiver Nazi oder deren Sympathisant war keiner von ihnen. Die politischen Ereignisse berührten niemand direkt, man ging seiner Arbeit nach, verhielt sich loyal und zahlte seine Steuern. Niemand dachte an etwas Schlimmes, an eine beunruhigende Entwicklung oder gar eine herannahende Katastrophe.

Bis zu jenem Sommertag im späten Juli 1933, an dem sich für die Familie Auffacher Unheil in Gestalt eines Zeitungsausschnittes ankündigte. Es war ein Ausschnitt aus dem antisemitischen Hetzblatt «Der Stürmer» und hatte folgenden Wortlaut:

JUD UND DICHTER

Die beiden Auffachers *waren mit Jüdinnen verheiratet*

Der Volksschriftsteller Anselm Auffacher *spricht in seinen Romanen mit glühender Begeisterung von seiner oberbayerischen Heimat und seinen Landsleuten. Man glaubt, er sei damit eisenfest verbunden gewesen und nichts hätte ihn von diesem kernigen Menschenschlag abbringen können. Viele Deutsche sind heute noch der Ansicht,* Anselm Auffachers *Gesinnung sei völkisch national gewesen. Dem gegenüber aber steht der Geist, der besonders in den letzten seiner Schriften zum Ausdruck kommt. Wiederholt tritt er mit der bekannten schleimigen und verlogenen Rührseligkeit, wie sie in der Zeit des Liberalismus in Mode war, für die Juden ein. Seine Werke wurden nicht besser, sondern schlechter, das zeigte sich besonders in seinen Kriegsschriften. Warum dies so und nicht anders war und auch nicht anders sein konnte, ist nicht schwer herauszufinden.* Anselm Auffacher, *der Mann, der so begeistert das urwüchsige und natürliche Wesen des bayerischen Gebirgsvolkes schildert, hat nicht etwa ein Mädchen dieses Menschenschlages geheiratet. Er ehelichte eine Jüdin. Er heiratete die Tochter des Zeitungsjuden Engel. Das gleiche tat auch sein Bruder. Dieser erwählte die Nichte des Juden Paul Lindau zur Ehegesponsin. Beide trieben mit dieser rassenschänderischen Versippung Verrat am eigenen Blut, am eigenen Wesen und am eigenen Volk. Schade um den Namen* Auffacher, *schade um den Dichter und sein Andenken. Es verliert durch diese traurige Tatsache den Schmelz.*

Dieses infame Stück Papier lag wenige Tage später auf der Terrasse eines an den Hang des Leebergs am Tegernsee geschmiegten Landhauses auf dem Tisch. Eine orangefarbene Sonnenmarkise hielt die Hitze ab und verbreitete ein sommerlich gedämpftes, anheimelndes Licht. Ein Meer blutroter Geranien flutete von dem hölzernen Geländer, und über sie hinweg sah man auf die unbewegt im Sonnenglanz liegende Egerner Bucht, auf der anderen Seite das Dorf mit seinem spitzen Kirchturm, dahinter den Rücken des Wallbergs und noch weiter hinten den Kamm der Tiroler Blauberge im Sonnendunst verschwimmend. Wer aufstand, konnte über die Geraniendolden hinweg das ziegelrote Dach der «Villa Maria» erblicken, das Haus, in dem Anselm Auffacher seine letzten Lebensjahre verbracht hatte, in dem er gestorben war, in dem danach Katinka über lange Jahre hinweg ein fröhliches und gastfreies Haus geführt hatte.

Hans Vierling, seines Zeichens Rechtsanwalt, hatte den Zeitungsausschnitt gelesen und ohne eine Bewegung des Zorns oder des Abscheus zurück auf den niederen Korbtisch gelegt, auf dem Gläser mit eisgekühltem Himbeersaft standen.

«Was hier steht», sagte er, «hat noch vor Jahresfrist keinen Menschen interessiert und ist heute zu einer abscheulichen Beschimpfung geworden. Auf jeden Fall bin ich froh, daß du, liebe Lona, als erstes den Weg zu uns gefunden hast.»

Ruth Vierling kam aus dem Haus und stellte eine neue Karaffe eisgekühlter Limonade auf den Tisch zwischen die Gläser. Schwarzhaarig, mit lebhaften dunklen Augen und in einem Dirndlkleid mit tiefem Ausschnitt, war sie eine glänzende Erscheinung.

«Wie habt ihr es denn überhaupt erfahren?» fragte sie, während sie sich wieder setzte. «Diese Zeitung liest doch bestimmt keiner von euch da unten.»

«Es lag heute morgen anonym in einem verschlossenen Umschlag im Briefkasten», sagte Lona bedrückt. «Entweder eine Provokation oder eine wohlwollende Warnung.» Lona machte eine Pause, nahm den Zeitungsausschnitt und überflog ihn ein weiteres Mal. Schließlich sah sie nacheinander Hans und Ruth Vierling an.

«Wenn dieser Hitler das alles wahrmacht, was er vorhergesagt hat, dann werdet ihr bald ähnliche Beleidigungen über euch lesen. Dann ist das alles nicht das Glück für Deutschland, das manche erwarten, sondern sein Unglück.»

Hans Vierling erhob sich und verschwand, in kurzer Hose und Sommerhemd, eine gute Erscheinung auch er, im Haus.

«Ich verstehe einfach nicht, daß Hindenburg da mitgemacht hat», sagte Ruth. «In Hitlers Buch steht alles drin, was er vorhat. Auch der Reichspräsident muß das doch schließlich wissen, wenn er so jemand zum Kanzler macht.»

«Mama wollte das Buch lesen», sagte Lona. «Aber sie fand es so schlecht geschrieben und so langweilig, daß sie es weggelegt hat. Es muß drunten noch irgendwo herumliegen. Vielleicht ist es Hindenburg genauso gegangen.»

Nach einer Weile kam Hans Vierling zurück auf die Terrasse. Er hielt ein quadratisches Etui aus Saffianleder in der Hand, das er Lona hinhielt. Lona nahm es und öffnete es. Auf weißer Seide lag ein blaues, gekröntes Malteserkreuz, in dessen Winkeln goldene Adler die Flügel spreizten.

«Schön», sagte Lona. «Was ist das?»

«Der höchste Orden des deutschen Kaiserreichs», antwortete Vierling.

«Hans war mit seiner Sturmkompanie der erste deutsche Offizier auf dem Glacis der Festung Maubeuge», erklärte Ruth fast beiläufig. «Ich glaube nicht, daß sie ihm etwas anhaben können.»

Mit dieser Hoffnung befand Ruth Vierling sich in einem schrecklichen Irrtum. Aber das wußte sie an diesem herrlichen Augusttag des Jahres 1933 noch nicht. Lona schloß das Etui mit dem «Pour le mérite» und legte es auf den Tisch neben den Zeitungsausschnitt. Der Hausherr nahm wieder Platz und entzündete sich eine Zigarette. Nach einer Weile sagte er:

«Wenn sie es nicht so weit treiben zu behaupten, daß Juden Orden nur aus Zufall bekommen konnten.» Er machte eine Pause, in der keiner etwas sagte. Dann sprach er vom eigentlichen Anlaß für Lonas Besuch.

«Was ihr dagegen unternehmen sollt, Lona? Wenn du mich fragst...»

«Ich frage dich.»

«Auf keinen Fall dagegen zu Felde ziehen. Wenn ich mich recht erinnere, hat doch Katinka selbst manchmal erzählt, daß sie mit der Familie Engel, die hier genannt wird, gar nicht blutsverwandt war. Das stimmt doch?»

«Ja», sagte Lona. «Das wußte sie, das wußten wir alle. Aber das hat überhaupt niemand ernsthaft interessiert. Es spielte gar keine Rolle, versteht ihr? Auch daß diese Familie eine jüdische Familie gewesen sein soll, spielte keine Rolle. Bis heute, wo ich es in diesem Pamphlet schwarz auf weiß sehe.»

«Kann denn das von den Engels in Wien niemand bestätigen?»

«Nein», sagte Lona. «Der Artikel ist auch noch unrichtig. Mama war nicht die Tochter des ‹Zeitungsjuden› Engel, sondern seine Schwester. Über den Vater hat sie nur sehr wenig erzählt. Diejenigen, die etwas darüber sagen könnten, sind alle gestorben. Mamas Schwägerin Marie war die letzte. Am dreiundzwanzigsten November vorigen Jahres in Wien.»

«Und Katinka hatte nichts Schriftliches darüber?» forschte Vierling.

Auf diese einfache Frage hin entstand eine lange und drückende Pause. Lona saß zurückgelehnt in ihrem Sessel und zupfte mit niedergeschlagenen Augen an den Fransen der Tischdecke. Endlich strich sie mechanisch die Tischdecke glatt und sah Hans Vierling an.

«Doch, Hans», sagte sie. «Sie hatte.»

«Und was steht darin?» fragte Ruth.

«Ich weiß es nicht», antwortete Lona, «denn ich habe das alles am elften Januar, nachdem wir Mama begraben hatten, um halb acht Uhr abends am Nikolaiplatz im Heizungskeller verbrannt.»

Es war, als hätte auf der sommerlichen Terrasse am Hange des Leebergs der Blitz eingeschlagen.

«Um Gottes Himmels willen», sagte endlich Ruth. «Warum denn das, Lona? Wie hast du denn so etwas tun können?»

Lona berichtete, was zu berichten war. Im Anschluß daran fuhr sie fort:

«Mir sind ja Bedenken gekommen, Mamas Wunsch so bedingungslos zu erfüllen. Gefühlsmäßig war mir so, als wäre es wichtig, daß wenigstens ein Mensch wissen sollte, was diese Papiere enthielten. Aber dann siegte Mamas Autorität. Mama hatte es angeordnet, und ich hatte es versprochen. Wäre ich nur etwas weniger pflichtbewußt gewesen.»

«Es hätte nur etwas genutzt, wenn du die Dokumente aufbewahrt hättest», sagte Vierling. «Nur dann hätten sie Beweiswert gehabt. Die Kenntnis allein wäre nutzlos. Was befürchtet ihr denn, wenn die Behauptung in diesem Schundblatt im Raume stehenbleiben würde?»

«Das hängt davon ab, wie die Dinge sich entwickeln», sagte Lona. «Wie weit die Nazis es wirklich treiben. Gustl hat in Berlin ganz gute Beziehungen zu jemandem, der mehr weiß als die anderen. Sie bereiten ein sogenanntes Reichsbürgergesetz vor, sagt er. Das baut auf einem Ahnennachweis auf, um den sich bisher kein Mensch in unserer Familie gekümmert hat. Welche Ahnen genehm sind und welche nicht, entscheiden dann die braunen Herren in Berlin. Demjenigen, der nicht genehm ist, drohen Diffamierungen, Repressalien, Boykott und was weiß ich noch alles. Sie basteln an einer Aktion ‹entartete Kunst› herum, Vaters Bücher landen dann auf einem Index und so weiter und so weiter. Vor alledem schützt euch vielleicht dein Kriegsorden, Hans. Wir haben keinen ‹Pour le mérite› in der Familie. Irgendwie, fürchte ich, müssen wir uns dagegen wehren.»

Lona schwieg. Es war still. Hummeln summten zwischen den Geraniendolden, und über die friedliche Bucht des Sees herüber läuteten die Mittagsglocken. Endlich sagte Vierling: «Ihr habt doch alle keinen Zweifel, daß Katinka zwar den Mädchennamen Engel getragen hat, aber sonst mit dieser Familie nichts zu tun hatte?»

«Mama erzählte es so, und wir hatten keinen Grund, es anzuzweifeln.»

«Schön», sagte Vierling mit der gedanklichen Prägnanz seines Berufes als Anwalt. «Wenn sie nicht ein leibliches Kind der Engels war, Lona, wessen leibliches Kind war sie dann? Das ist es, was ihr herausfinden müßt. Nicht mehr, aber auch nicht weniger.»

«Gustl schämt sich zu Tode», sagte Lona. «Daß wir plötzlich gezwungen sein sollen zu beweisen, daß Mama keine Jüdin war und Sophie, Gustl und ich keine Halbjuden sind. Und was alles in diesem schmutzigen Pamphlet steht: schleimige und verlogene Rührseligkeit – rassenschänderische Versippung – Verrat am eigenen Blut, am eigenen Wesen, am eigenen Volk.»

«Dieses Volk steht allerdings im Begriff aufzuhören, ein Kulturvolk zu sein», sagte Ruth trocken. «Daran scheinen wir nichts mehr ändern zu können.»

«Mein Gott, Ruth», erwiderte Lona, «wir können doch nicht jetzt zu Hitler rennen und betteln, ach lieber, lieber Adolf, laß uns bitte keine Juden sein, sondern Christen.»

«Arier», korrigierte Vierling sie leidenschaftslos. «Das ist ein großer Unterschied. Christen sind Ruth und ich auch, wie du weißt. Und keine schlechten.»

«Um so schlimmer», sagte Lona niedergeschlagen.

«Aber legitim», sagte Vierling. «Euer Anspruch, nachweisen zu können, daß ihr keine jüdische Großmutter habt, ist legitim. Niemand kann euch einen Vorwurf machen, wenn ihr ihn wahrnehmt.»

«Übrigens», sagte Ruth, «wenn der ‹Stürmer› die falsche Information herausgefunden hat, daß Katinka eine Jüdin gewesen sein soll, dann müßte es auch möglich sein, die richtige herauszufinden, daß sie keine war. Mach das, Lona.»

Von der Straße herauf kam Goschi gelaufen, barfuß, mit nackten braunen Beinen, in einem verschossenen und ausgewachsenen Dirndlkleidchen, hinter jedem Ohr eine blühende Margerite.

«Mutti, Mutti», rief sie atemlos. «Johanna läßt ausrichten, daß das Essen fertig ist. Du sollst runterkommen. Aber schnell, es gibt Stanitzl.»

Lona erhob sich und schob den Zeitungsausschnitt zurück in ihre Handtasche.

«Das ist allerdings zwingend», sagte sie. «Ich muß gehorchen. Kommt ihr später runter zum Schwimmen und anschließend zum Tee?»

Hans und Ruth Vierling versprachen es. Sie schauten Lona und Goschi nach, bis sie unten am Steilhang verschwanden, dann die Straße überquerten und durch das Türchen im Zaun den Garten der Villa Maria betraten. Hans und Ruth Vierling dachten daran, daß an diesem Tage etwas Bedeutendes begonnen hatte, sich zu verändern. Und ganz gewiß nicht zum Guten.

3

Die drei Herren, die wenige Tage später im fünften Stock eines Geschäftshauses in der Münchner Theatinerstraße im Büro von Werner Holberg, Lonas Mann, beieinandersaßen, sahen die Dinge weit weniger emotional. Die drei hatten sich von Lona über ihren Besuch bei Hans und Ruth Vierling berichten lassen, und Holberg schloß nun, nachdem die Sekretärin Kaffee gebracht hatte, die Polstertür, da die Sache, über die sie nun sprechen mußten, keine Störung vertrug. Holberg kam zurück zu den anderen. Er war etwas füllig, mit ovalem Gesicht und glattgekämmtem, seitlich gescheiteltem, dunklem Haar, die Bonhomie südwestdeutschen Großbürgertums ausstrahlend. Gustl Auffacher, jünger, schlank, blondes, ebenfalls gescheiteltes und glattgekämmtes Haar, gutgeschnittenes Gesicht, blaue Augen hinter scharfgeschliffenen Brillengläsern, mit einem bisweilen etwas grobschlächtigen Humor. Max Thorek, der Mann von Lonas Schwester Sophie, war der dritte in dieser Runde, leicht gebeugt, mit durchdringend scharfen dunkelbraunen Augen, breiter Nase, hohem, völlig haarlosem Schädel über einer von skeptischen Querfalten durchzogenen Stirn. Gustl Auffacher, in seinem hellgrauen Trachtenanzug und zum Mißfallen der anderen an einer gewaltigen Zigarre ziehend, war im Augenblick der Wichtigste in dieser Runde. Denn einer seiner ehemaligen Kommilitonen war ein Mann, der soeben von Hitler zum Generalinspekteur für den Straßenbau ernannt worden war, Dr. Fritz Todt, Sproß angesehener und wohlhabender Bürger, aus Empörung über den Versailler Vertrag seit 1922 Hitlers Parteigänger, und, obschon er nach Erziehung und Herkunft dort gar nicht hinpaßte, Opponent gegen die Judenpolitik der Partei und dieser dennoch treu.

Nachdem Lona von ihrem Besuch bei Hans und Ruth Vierling

berichtet hatte, erklärte der nüchterne Max, daß er das Ganze für Kokolores halte, den man nicht ernst zu nehmen brauche. Man solle doch bitte zur Tagesordnung übergehen und um die Weiterverbreitung der Werke Anselm Auffachers bemüht bleiben. Und gerade darum gehe es ja, sagte Gustl, als sein Schwager geendet hatte.

«Fritz Todt sagt mir, wir sollen das nicht auf die leichte Schulter nehmen. Pamphlete im ‹Stürmer› sind nicht nur widerlich und ekelerregend, sondern auch gefährlich. Vergeßt nicht, daß auch der Verlag, in dem Papas Werke erscheinen, ein jüdischer Verlag ist. Die primitiven Rückschlüsse in der Partei heißen: jüdische Ehefrau – projüdische Bücher – jüdischer Verlag. Todt meint, das wäre diesen Leuten Anlaß genug für eine Kampagne, Auffachers Bücher in der Versenkung verschwinden zu lassen.»

«Aber die Leute lieben Papas Bücher und lesen sie», sagte Lona bedrückt.

«Noch», antwortete ihr Bruder. «Aber wenn diese Manipulationen weitergehen, werden sie das ganze Volk verhetzen.»

Nach diesen pessimistischen Äußerungen trat ein längeres Schweigen ein. Max Thorek stand auf, ging an eines der Fenster, sah hinaus und trommelte mit den Fingernägeln gegen die Scheiben. Was er sah, war schön. Die Balkontür nach Osten öffnete den Blick auf die Schlucht der Perusastraße, hinein in die klassizistische Pracht der Maximilianstraße, an deren Ende sich die Flügel des Maximilianeums ausdehnten. Das Nordfenster ging unmittelbar hinaus auf das heitere Barockensemble der Theatinerkirche mit dem dazugehörigen Kloster. Dieses Büro hier war ganz gewiß eines der schönsten im damaligen München. Aber das verleitete den hanseatischen Kaufmann dort am Fenster nicht zum Träumen. Er wandte sich um.

«Schön», sagte er, «wenn wir den Obernazi Todt also ernst nehmen, wo wollt ihr anfangen? Von den Engels lebt niemand mehr, der Auskunft geben könnte. Daß sich noch Papiere finden, ist unwahrscheinlich, nachdem Lona sie so gewissenhaft vernichtet hat.»

«Mein Gott, Max», sagte Lona niedergeschlagen, «ich wünschte wirklich, ich wäre damals schwach geworden und hätte meiner Neugier nachgegeben.»

«Es ist nun mal so, wie es ist», sagte Holberg, und da er Anwalt war, kam er sofort zum Kern der Sache.

«Wenn Katinka nicht leiblich von Leopold Engel abstammt, dann muß sie von ihm adoptiert worden sein. Denn auch im alten Österreich konnte einem ein Kind nicht aus dem luftleeren Raum zufliegen. Irgendeinen Rechtsgrund muß diese Vaterschaft haben. Wenn aber ein Adoptionsvorgang gefunden werden kann, dann muß es auch Hinweise auf leibliche Eltern geben, und diesen Hinweisen müssen wir nachgehen.»

«Also», folgerte Gustl, «muß einer von uns nach Wien. Nur, wer soll das tun? Ich kann im Augenblick nicht weg.»

«Ich auch nicht», fügte Thorek hinzu. «Wie lange, meint ihr, braucht man zu diesen Nachforschungen?»

«Mindestens zwei oder drei Wochen», sagte Lonas Mann. «Und das kann ich auch nicht. So lange kann ich die Firma hier nicht allein lassen.»

Die Augen der drei Männer ruhten in diesem Augenblick auf Lona.

«Würdest du mich denn für zwei oder drei Wochen alleine nach Wien lassen?» fragte sie.

Ihr Mann stellte die Gegenfrage: «Würdest du es denn tun, Lona?»

«Ja», sagte Lona. «Ja, ich würde es tun.»

Unvergeßlich waren für Lona jene zehn glücklichen Jahre, die sie in Wien verbracht hatte, bevor Anselm und Katinka von dort nach München übergesiedelt waren. Seitdem war sie nicht mehr in dieser Stadt gewesen. Der Weltkrieg und seine Folgen hatten ihr den Glanz und die aristokratische Aura genommen. Die Aufbaujahre danach hatten alle Kräfte beansprucht, und die darauffolgende Weltwirtschaftskrise hatte auch diese Ansätze wieder gefährdet. Manchmal hatte sie Sehnsucht nach den Jahren ihrer Kindheit in dieser Stadt, in der alles so festgefügt erschienen war, geordnet und wie für die Ewigkeit errichtet.

«Ja», sagte sie noch einmal. «Ja, ich würde es tun. Wenn ihr mir sagt, wie ich es anpacken muß.»

«Das müßte Lona eben vor Ort in Wien erfragen», sagte Thorek. «Und es gibt wirklich gar nichts, wo wir einhaken könnten?»

Alle sahen plötzlich wieder auf Lona, die in ihrem Sessel nach vorn gerückt war und den gesenkten Kopf mit den gespreizten Fingern beider Hände umfaßt hielt.

«Doch», sagte sie. «Vielleicht doch. Laßt mir ein bißchen Zeit.»

Endlich hob sie den Kopf und fuhr fort: «Es war Tante Ida, ich erinnere mich jetzt.»

«Was war mit Tante Ida, Lona?» fragte ihr Mann.

«Sie hat mir vor vielen Jahren einmal erzählt, daß Mama auf den Geburtsschein einer früh verstorbenen älteren Schwester getraut worden ist, weil sie selbst keinen besaß», sagte Lona. «Ich erinnere mich jetzt genau. Papas Schwester Ida muß es gewußt haben.»

«Auf den Geburtsschein einer verstorbenen älteren Schwester?» fragte der nüchterne Kaufmann Thorek. «Weil sie selber keinen hatte? Das ist doch absurd. Welcher Priester würde denn so etwas tun?»

«Aber schließlich ist es ein Hinweis, dem du nachgehen solltest», sagte Gustl zu Lona. «Es ist immerhin das erste vielleicht noch existierende Dokument, von dem in dieser Sache die Rede ist. Du mußt herausfinden, ob es stimmt. Und wenn ja, warum der Geistliche Katinka dann auf ein solches Dokument hin getraut hat.»

4

Natürlich hatte Lona vor ihrer Abreise nach Wien versucht, zusammen mit ihrem Mann noch eine Art Konzept für ihre Aufgaben in dieser Stadt zu entwickeln. Werner Holberg war der Meinung, daß, wenn Katinka nicht Leopold Engels leibliche Tochter war, nur eine Adoption stattgefunden haben könne, über die dann irgendwo noch Unterlagen vorhanden sein müßten. Um das herauszufinden, sollten die alten Adreßbücher aus dieser Zeit durchstöbert werden, aus denen sich die örtlichen Zuständigkeiten ergeben würden. Alles dies tat Lona in der ihr eigenen gewissenhaften Art. Aus einem ganzen Stapel staubiger uralter Adreßbücher grub sie wirklich eine Art Engelscher Familiengeschichte in Wien aus, wohin die Familie offenkundig schon vor dem Jahr 1859 aus Budapest zugewandert war. Jedoch blieb die Nachfrage nach Adoptionsunterlagen bei den zuständigen Bezirksgerichten ergebnislos. Akten waren nicht mehr vorhanden, waren gelöscht, verschwunden und in einem Fall sogar verbrannt.

Mutlos geworden, teilte Lona in einem Telefongespräch aus ihrer bescheidenen kleinen Pension in der Josefstadt ihrem Mann in München alle diese Mißerfolge mit. Werner versuchte, sie aufzurichten, und sagte:

«Das war nicht anders zu erwarten, Lona. Eine Stecknadel im Heuhaufen. Für mich war von vornherein der wichtigste Hinweis deine Erinnerung an die Erzählung Tante Idas von der geheimnisvollen älteren Engel-Schwester, auf deren Geburtsschein Katinka getauft worden sein soll, weil sie selber keinen besaß. Aber warum besaß sie keinen? Und warum konnte man offenbar auch keine Kopie oder Zweitschrift beschaffen? Geh morgen früh zu der Pfarrei von St.

Augustin, wo deine Eltern getraut worden sind, und versuche, diesem Geheimnis auf die Spur zu kommen.»

Und das tat Lona. Über den Rathausplatz und durch den Volksgarten, vorbei am Bundeskanzleramt und durch die Schauflergasse erreichte sie den eindrucksvollen Michaelerplatz. Sonderbar, daß die Alte Hofburg, gekrönt von ihrer pompösen Kuppel, auch an diesem strahlenden Hochsommertag nichts Fröhliches oder Freundliches ausstrahlte. Schon als Kind hatte Lona die Empfindung gehabt, als bewahrten diese düsteren Mauern und verwinkelten Gebäudetrakte mit ihren Dutzenden von Höfen die Geheimnisse ganzer Epochen. Und daß der Trakt der Augustinerkirche und der dazugehörigen Pfarrei in diesen düsteren Baukörper integriert war, mußte solche Empfindungen nur noch verstärken. Portal und Eingang zur Pfarrei waren unauffällig und abweisend.

Lona betrat die Kirche. Sie traf auf eine sakrale Stille und das Dämmerlicht einer würdevollen Abgeschiedenheit. Nichts bewegte sich außer Lona selbst, und ihre eigenen Schritte auf dem Steinboden kamen ihr vor wie die Taktschläge eines Metronoms. Lona empfand sehr stark, daß sie eine Bühne der Geschichte betreten hatte. Sie hatte darüber nachgelesen und sich manches eingeprägt. Hier, wo vor etwas mehr als fünfzig Jahren ihre Mutter Katinka Engel mit Anselm Auffacher getraut worden war, hatten auch die Hochzeiten Napoleons I. mit Marie-Luise von Habsburg, Kaiser Franz Josephs I. mit Elisabeth von Bayern und des Erzherzog-Thronfolgers Rudolf, der so tragisch in Mayerling endete, mit der belgischen Kronprinzessin Stephanie stattgefunden. Hier an dieser Stelle hatte man 1683 das Dank-Tedeum nach Abwendung der Türkengefahr abgehalten und hier, in einer unscheinbaren Apsis, waren die Herzen von neunundvierzig Herrschern des Hauses Habsburg in Silbergefäße eingelötet, nur geringfügig überragt von einem silbernen Standkruzifix in ihrer Mitte.

Der Priester kam ihr in dem der inneren Hofburg zugewandten Schiff der Kirche entgegen. Er war schlank, dunkelhaarig und groß. Er war jung und sah Lona mit einem Blick an, als wüßte er genau, daß die Fremde nicht nur eine beliebige Besucherin war, sondern etwas ganz Bestimmtes wünschte. Das ermutigte Lona, ihn ohne Scheu anzusprechen.

«Verzeihen Sie, Hochwürden, aber ich komme mit einer etwas ungewöhnlichen Bitte.»

«Und mit welcher?» fragte der junge Mann und neigte ein wenig den Kopf.

«Ich komme mit der Bitte, Ihre Kirchenbücher aus dem Jahr achtzehnhundertzweiundachtzig einsehen zu dürfen.»

«Überhaupt nicht ungewöhnlich», antwortete der junge Geistliche. «Zu uns kommen viele Besucher, um die berühmten Eintragungen zu sehen. Welche möchten Sie anschauen? Erzherzog-Thronfolger Rudolf? Nein, das kann nicht sein. 1882 sagten Sie, nicht wahr? Das war schon 1881.»

Er sah Lona erwartungsvoll an.

«Ich möchte gerne den Heiratseintrag meiner Mutter sehen», antwortete Lona. «Das war die Trauung Engel–Auffacher am siebten Mai achtzehnhundertzweiundachtzig.»

«Also doch ein berühmter Eintrag», sagte der Geistliche. «Dann sind Sie also eine Auffachertochter. Kommen Sie», fügte er nach einer kleinen Pause hinzu. «Aber Sie müssen etwas Geduld mitbringen, denn ich muß Ihnen die Folianten vorlegen. In das Kloster dürfen Frauen nicht hinein.»

Er wandte sich um und ging Lona voraus, in langer schwarzer Soutane, unhörbar, während auch hier Lonas Schritte laut hallend zu vernehmen waren. Irgendwo weiter vorne verschwand er durch eine Tür aus dunklem Holz, die in das Kloster führte. Lona folgte ihm und gelangte in eine Art Sakristei, einen großen und ziemlich hohen Raum, dunkel getäfelt, mit eingebauten dunklen Schränken an den Wänden ringsum. Licht erhielt der Raum nur durch zwei quadratische, von außen vergitterte Fenster. Der junge Geistliche sagte beiläufig: «Wenn Sie sich etwas gedulden würden.»

Damit drehte er an einem Schalter, und alsbald brannten vier an langen Kabeln von der Decke herunterhängende Lampen mit grünen Glasschirmen, welche die zusammengeschobenen Tische bestrahlten. Das leise Klicken einer Tür, die Lona erst nach längerem Suchen zwischen den dunklen Schränken bemerkte, ließ sie erkennen, daß sie jetzt allein war. Sie fand sich in einer fast übernatürlichen Stille, umgeben von einem Kloster, zu dem sie als Frau keinen Zutritt hatte, von den ältesten Teilen der habsburgischen Hofburg und einer sechshundert Jahre alten Kirche, in der neben vielen berühmten Personen auch ihre eigene Mutter getraut worden war. Sie empfand das Gewicht dieses Bewußtseins und der Stille als fast beängstigend und atmete innerlich auf, als das erneute Klicken der Paneeltür anzeigte, daß der Priester die Sakristei wieder betreten hatte. Er kam mit einem dickleibigen Lederfolianten, den er bereits an der richtigen Stelle aufgeschlagen hatte und den er auf einen der zusammengeschobenen Tische unter den Lichtkegel der Hängelampe legte. Er sagte nichts, machte mit der Hand eine einladende Bewegung zu Lona hin und verschwand so lautlos, wie er gekommen war.

Nicht ohne eine gewisse Scheu rückte Lona einen der Stühle und ließ sich darauf nieder. Vor sich hatte sie die Originaleintragung der Trauung ihrer Eltern vom 7. Mai 1882, vorgenommen durch den hochwürdigen Herrn Kooperator Anton Steiner. Die Eintragungen über ihren Vater Anselm Auffacher waren ihr geläufig und bedurften keiner weiteren Beachtung. Sie wandte sich deshalb den Eintragungen zu, die ihre Mutter Katinka betrafen. Und was sie da las, überraschte sie zutiefst.

«Braut: Rosa Charlotte Engel, von Budapest in Ungarn gebürtig, eheliche Tochter des Herrn Lipot (Leopold) Engel, Kaufmann, und dessen Frau, Gattin Babette, geb. Weiß, beide israelitischer Religion und verstorben.»

Alles hatte Lona erwartet, nur eine solche Eintragung nicht. Nie hatte Katinka selbst noch irgend jemand die Namen Rosa Charlotte verwendet. Es waren Namen, die ihr, Lona, vollkommen unbekannt waren. Die Welt kannte ihre Mutter unter dem Namen Katinka, und unter diesem Namen hatte auch der Standesbeamte auf der Sterbeurkunde ihren Tod bescheinigt. Aber was sie weiter in diesem Folianten las, steigerte noch ihre Verwirrung. Nicht in Wien sollte Katinka also zur Welt gekommen sein, wie sie selbst immer von sich erzählt hatte und wie auch dies ihre amtliche Sterbeurkunde bestätigte. Und auch nicht der 7. Juli 1859 sollte ihr Geburtstag sein, wie er stets in der Familie gefeiert worden war, sondern der 7. Juli 1856. Zu allem Überfluß enthielt die Eintragung den Vermerk: «Laut Taufschein der hiesigen Pfarrei.» Lona lehnte sich zurück und starrte nachdenklich vor sich hin. Sollte sie hier wirklich auf eine Spur der geheimnisvollen älteren Schwester gestoßen sein, von der Katinka niemals gesprochen und über die nur Lonas Tante Ida, Anselms Schwester, ein einziges Mal eine vage Bemerkung gemacht hatte? In der Mitte der zusammengerückten Tische sah Lona einen Knopf und eine mit Reißnägeln befestigte Karte mit der verblaßten Aufschrift «Klingel». Lona betätigte sie, und rascher, als sie erwartet hatte, stand der junge Geistliche neben ihr.

«Hochwürden», sagte Lona ein wenig aus der Fassung gebracht, «das Taufbuch. Haben Sie auch ein Taufbuch?»

«Wir haben Dutzende von Taufbüchern», sagte der Priester. «Ähnlich wie dieses hier. Welches brauchen Sie denn?»

«Das weiß ich nicht», sagte Lona ratlos. «Sehen Sie selbst, Hochwürden.»

Der junge Priester beugte sich über das Buch, und Lona erläuterte: «Sehen Sie, hier: Am 7. Mai 1882 hat meine Mutter mit fünfundzwanzig Jahren geheiratet, und zwar nach römisch-katholischem Ritus. Geboren soll sie aber in Budapest sein, und zwar als Tochter von Eltern, die beide der israelitischen Religionsgemeinschaft angehört haben. Können Sie sich das erklären?»

Der junge Pfarrer richtete sich auf und verschränkte die Arme vor der Brust.

«Natürlich», antwortete er. «Wenn Ihre Frau Mutter in Budapest geboren, aber hier in dieser Pfarrei getauft wurde, dann ist sie, wie wir das nennen, ‹stehend› getauft worden, also nicht wie üblich bei der Geburt, sondern viel später, vielleicht als sie schon erwachsen war.»

«Und warum sollte das geschehen sein?» fragte Lona.

Der Priester antwortete auch hierauf, ohne zu zögern.

«Vielleicht weil sie Ihren Vater heiraten wollte. Sehen Sie, der Vater Ihres Vaters ist hier vermerkt als königlich bayerischer Ministerialrat. Er und Ihre Großmutter waren beide katholisch. Es könnte sein, daß ein solcher Mann für seinen Sohn keine Ehefrau mosaischen Glaubens wünschte und verlangt hat, daß seine Schwiegertochter sich vor ihrer Heirat katholisch taufen ließ. Außerdem waren Eheschließungen zwischen Brautleuten verschiedener Konfessionen hier in Österreich verboten. Das hätte behördliche Komplikationen ergeben. Vielleicht waren das die Gründe für die Taufe Ihrer Frau Mutter. In diesem Fall würde vielleicht unser Taufregister aus demselben Jahr genügen.»

Lona war von einer seltsamen und beunruhigenden Spannung erfüllt, als sie den Geistlichen bat: «Würden Sie das für mich tun, Hochwürden? Ich meine…, würden Sie mich auch dieses Register einsehen lassen?»

Der Geistliche nickte und verschwand ein zweites Mal hinter der Paneeltür. Nach einigen Minuten schon kam er mit einem weiteren dicken Lederfolianten zurück. Lona schob das Trauungsbuch zur Seite, und der Pfarrer legte das aufgeschlagene Taufregister an seine Stelle. Das darin enthaltene Datum der Taufe ihrer Mutter auf die Namen Rosa Charlotte, die sie niemals verwendet hatte, lautete auf den 18. April 1882.

Lona lehnte sich zurück und sah zu dem Priester auf.

«Drei Wochen vor der Hochzeit», sagte sie. «Sie haben recht, Hochwürden.»

«Sehen Sie», sagte der Priester. «Hier bei uns kommt vieles vor. In diesen Folianten schlummert so manches Geheimnis der Macht.»

«Der Macht?» fragte Lona erstaunt.

Der junge Priester nickte ernsthaft.

«Vieles, von dem die Mächtigen damals nicht wollten, daß es bekannt wird, wurde in unseren Matriken begraben und vergessen.» Er beugte sich nach vorn und wendete in dem Taufregister ein Blatt zurück. Dort lag ein in das Buch eingeheftetes Dokument, abgefaßt in einer Lona unbekannten Sprache.

«Das Geburtszeugnis Ihrer Mutter», sagte der Geistliche, «ausgestellt von der israelitischen Kultusgemeinde in Budapest. Es ist ungarisch, aber angeheftet finden Sie die amtliche Übersetzung. Aufgrund dieses Dokuments hat der Pfarrer Anton Steiner die Taufe Ihrer Frau Mutter hier zu St. Augustin vorgenommen.»

Lona starrte auf die beiden vergilbten und in altmodischen, schwer lesbaren Schriftzügen abgefaßten Dokumente. Danach war den Eltern Engel am 7. Juli 1856 ein Mädchen namens Gitel Katarin Engel geboren worden. Das Dokument trug das Datum vom 17. April 1882. Entmutigt und eigentlich mehr mechanisch wendete Lona die Seite und betrachtete das in ungarischer Sprache abgefaßte Original. Sie konnte nicht ahnen, daß diese einfache Handbewegung der Schlüssel zu Ereignissen wurde, die zwanzig Jahre später ihrer Tochter Goschi den Atem stocken ließen. Es hätte nicht viel gefehlt, und sie selbst hätte es übersehen, denn es war nur ein kleiner Unterschied in der Farbe der verwendeten Tinte. Aber dieser Farbunterschied veranlaßte sie, den Namenseintrag Gitel Katarin Engel noch einmal genauer zu überprüfen und dazu ihr silbernes Lorgnon auseinanderzuklappen. Nun sah sie es ganz deutlich: Im Original stand der Name Katarin nicht neben, sondern unter dem Namen Gitel und war mit einer anderen Tinte, aber auch in einer von den übrigen Eintragungen völlig verschiedenen Schrift abgefaßt. Unverkennbar aber war der darüberstehende Name Gitel mit derselben Tinte, mit der auch der Name Katarin geschrieben worden war, in Klammern gesetzt. Sekundenlang starrte Lona auf dieses Phänomen und stieß endlich hervor:

«Die geheimnisvolle ältere Schwester. Mein Gott, es gab sie also doch.»

«Wie meinen Sie?» fragte der junge Geistliche, der den Grund für Lonas Ausruf noch nicht erkannt hatte.

«Schauen Sie, Hochwürden», sagte Lona, und der junge Mann beugte sich mit ihr über das Buch.

«Der Vorname Katarin ist damals vor der Hochzeit meiner Mutter nachträglich in dieses Dokument eingesetzt worden, und zwar von jemandem, der ein Interesse daran hatte, daß ebendieser Name in ebendiesem Dokument erscheint. Und das geschah am 17. April 1882, also einen Tag vor der Taufe meiner Mutter in dieser Kirche, und drei Wochen vor ihrer Hochzeit.»

Der junge Priester prüfte das, was Lona entdeckt hatte, lange und genau. Dann richtete er sich auf und sagte:

«Sie haben recht, ich muß es zugeben. Nur, warum?»

Lona erwiderte: «Dieses Dokument wurde dem hochwürdigen Herrn Kooperator Steiner als Grundlage für die ‹stehende› Taufe meiner Mutter vorgelegt, und der daraus resultierende Taufschein wurde wiederum die Grundlage für die nachfolgende Trauung.»

«Das ist richtig», wiederholte der Geistliche. «Ich kann mir nur nicht vorstellen, aus welchem Grund.»

Lona stand auf.

«Es wird in der Familie erzählt, daß meine Mutter keinen Geburtsschein besaß und deshalb auf den Geburtsschein einer früh verstorbenen älteren Schwester getraut werden mußte.»

Der Geistliche schüttelte verständnislos den Kopf. Deshalb fuhr Lona fort:

«Der Geburtsschein jener älteren Schwester ist dieser hier, Hochwürden. Nur war diese Gitel Engel nicht die ältere Schwester meiner Mutter. Ihr Name Katarin, der ja auch in dieses Dokument hineinpraktiziert wurde, ist kein jüdischer. Warum man das gemacht hat, wer es gemacht hat und wie es dazu gekommen ist, kann ich noch nicht sagen. Aber ich bin sicher, daß es so war. Und ich bin auch sicher, daß dieser Vorgang sehr gründlich geplant und berechnet war. Nur, wie konnte dem hochwürdigen Herrn Steiner damals diese Diskrepanz entgehen?»

Der junge Geistliche beugte sich noch einmal über den Folianten, blätterte, überprüfte und blätterte wieder.

«Sehen Sie», sagte er schließlich, und auch Lona beugte sich noch einmal über das Buch. «Sehen Sie, mein Kollege Steiner brauchte damals nicht unbedingt Ungarisch lesen zu können. Er konnte sich an die beigeheftete handschriftliche Übersetzung halten.»

Der Geistliche wendete das betreffende Blatt noch einmal um. «Und in dieser fällt die Diskrepanz, die im Original deutlich zu Tage tritt, überhaupt nicht auf.»

Auch Lona blätterte noch einmal hin und her, prüfte, verglich.

«Sie haben recht», sagte sie und richtete sich wieder auf, «nur so kann es gewesen sein.»

«Also dann haben Sie gefunden, was Sie suchten?» fragte der junge Geistliche erleichtert.

«Ich habe gefunden, was ich gesucht habe», sagte Lona. «Aber gleichzeitig habe ich festgestellt, daß ich noch nach sehr viel mehr werde suchen müssen als nach dem, was ich hier gefunden habe.»

Der junge Priester begleitete Lona durch die dämmrige Kirche, hielt ihr die Schwingtür auf und entließ sie durch das Portal.

«In Deutschland draußen darf man jetzt keine jüdische Mutter mehr haben, nicht wahr?» sagte er, als sie sich verabschiedet hatten. Lona nickte wortlos. Der junge Geistliche segnete sie, als sie die Kirche verließ, und schaute ihr nach, bis sie unter dem Durchgang zur Reitschulgasse verschwand.

5

Als Lona Holberg mit den Ergebnissen ihrer Wiener Recherchen nach Deutschland zurückkam, war die Zeit der Sommerferien, und was zu besprechen war, besprach man am Tegernsee in der seit Katinkas Tod einsam gewordenen Villa Maria, die in Kürze zum Verkauf stehen würde.

Das entscheidende Gespräch fand auf der großen Terrasse mit ihren bequemen Korbmöbeln unter dem herabgekurbelten Sonnendach statt. Sanft fiel das große Gartengrundstück mit seinen Rasenflächen und Kieswegen zum Seeufer hin ab. In der Luft hing der Geruch von Rosen. Unten am Wasser tollten die Kinder, und am lautesten schrie Goschi, die seit ein paar Tagen schwimmen konnte und stolz ihren staunenden Vettern und Cousinen zeigte, wie einfach das war. Oben vor dem Haus saßen die Erwachsenen. Lona hatte darauf bestanden, auch Hans Vierling herunterzubitten, mit dem sie die erste vertrauliche Aussprache in dieser sensiblen Sache gehabt hatte. Lona berichtete von ihren Erlebnissen.

Das Blatt mit dem offenkundig nachträglich eingefügten Vornamen Katarin machte die Runde. Niemand hatte einen Zweifel an der Absonderlichkeit dieser Tatsache. Eine Erklärung dafür fand allerdings keiner.

«Wir müssen uns also damit anfreunden», faßte Gustl zusammen, «daß für Mamas Hochzeit keine ordentlichen Papiere vorhanden waren und man auf das Geburtszeugnis einer verstorbenen Engel-Tochter zurückgegriffen hat.»

«Das bedeutet», sagte Hans Vierling nach ein paar Sekunden des Überlegens, «daß Leopold Engel wußte, wann sie wirklich geboren war und unter welchen Umständen.»

«Dazu kommt», fügte schließlich Lona hinzu, «daß Mama selbst immer erzählt hat, daß sie in einem Klosterinternat von geistlichen Herren und katholischen Schwestern erzogen worden ist.»

«Und daß sie schließlich vor und nach ihrer Wiener Taufe auf denselben christlichen Vornamen gehört hatte, nämlich auf den Namen Katharina», schloß Werner Holberg nachdenklich. «Das bedeutet, daß die Taufe, die Hochwürden Steiner nach soviel Schwierigkeiten durchgeführt hat, in Wirklichkeit Mamas zweite Taufe gewesen sein muß.»

«Davon sind wir jetzt mit guten Gründen alle überzeugt», sagte Gustl. «Nur, wie sollen wir das den Nazis in Berlin beweisen?»

Vierling nahm, während die anderen schwiegen, noch einmal das Dokument mit dem ergänzten Namen Katarin auf und betrachtete es, allerdings eher etwas nachdenklich als prüfend. Schließlich legte er es zurück auf die Tischplatte und sagte:

«Wenn ihr damit recht habt, daß Katinkas Name erst nachträglich auf dieses Dokument gekommen ist, dann darf er doch wohl in dem originalen Eintrag im Geburtenbuch selbst nicht erscheinen, nicht wahr?»

Das gab man ihm nicht ohne ein gewisses Erstaunen zu.

«Also», fuhr Vierling fort, «dann schreibt nach Budapest und laßt euch einen Auszug aus dem Geburtenregister schicken. Fehlt der Name Katarin, dann habt ihr den Beweis, den ihr sucht.»

Nach ein paar Sekunden verblüfften Schweigens wurde dieser einfache Vorschlag begeistert aufgenommen, mit Erfolg, wie sich zeigen sollte. Allerdings mit langer Verzögerung. Erst unter einem Datum vom März 1935 traf aus Budapest der erbetene Auszug aus dem israelitischen Geburtenregister ein, und er bestätigte voll Hans Vierlings Vermutung, denn er enthielt ausschließlich die am 7. Juli 1856 vermerkte Geburt eines jüdischen Mädchens namens Gitel Engel.

Noch einmal saß man nach Eingang dieses sensationellen Beweisstückes zusammen, dieses Mal in Gustl Auffachers Wohnhaus am Rande des Grunewalds in Berlin-Neuwestend, und beriet. Erstmals übrigens in Anwesenheit eines Rechtsanwaltes, der in den beiden Jahren der Unrechtsherrschaft im Lande bereits Erfahrungen im

Umgang mit der Macht gesammelt hatte. Dieser, ein Mann namens von Heydebrek, regte an, man solle versuchen, den Pfarrer Emerich Holzhauser zu St. Augustin in Wien dazu zu bringen, angesichts der inzwischen gesicherten Tatsachen zu bescheinigen, daß auch pfarramtlicherseits an der Identität der dort getauften Rosa Charlotte Engel mit der am 7. Juli 1856 in Budapest geborenen Gitel Engel Zweifel bestünden.

Den entsprechenden Auftrag gab man Lona. Sie entledigte sich dieser subtilen Aufgabe mit Freude und Geschick, und schon mit Datum vom 12. April 1935 traf das folgende ausführliche Schreiben des inzwischen zum Konsistorialrat aufgestiegenen jungen Pfarrers Emerich Holzhauser ein.

... wird Ihnen nach Durchsicht der Belege vom Pfarr- und Matrikelamte St. Augustin in Wien folgendes eröffnet:

Die Taufe der Gitel Katharina Engel, *geb. zu Budapest am 7. Juli 1856, mosaisch, wurde hieramts auf Grund der von ihrem Bruder Moritz Engel als angeblichem Vormunde beschafften Dokumente am 22. April 1882 vorgenommen, wobei sie den Namen Rosa Charlotte Engel erhielt, ohne dass vom Pfarramte eine weitere Ueberprüfung der Identität der genannten Person durchgeführt wurde, da eine solche Ueberprüfung vorschriftsmässig weder notwendig noch üblich ist.*

Nachdem aber auch der Heimatschein in Budapest nur auf Grund eines Einschreitens ihres Bruders und ohne Ueberprüfung der Identität ausgestellt wurde, weitere Beweise für die Identität nicht vorliegen, so ist es immerhin möglich, dass die am 22. April 1882 mit dem Namen Rosa Charlotte getaufte und am 7. Mai 1882 an Dr. Anselm Auffacher *verheiratete Person nicht identisch mit der im Jahre 1856 in Budapest geborenen Gitel Katharina Engel ist und gewinnt mit Rücksicht auf den krassen Altersunterschied von drei Jahren, der sich bei Zugrundelegung des Verlassenschaftsaktes des Bezirksgerichtes Innere Stadt Wien/.IV 1877/140 und der Sterbeurkunde vom 8. April 1930 ergibt, die Mutmassung, dass die in Frage stehende Person nicht die ehemalige Gitel Engel ist, an Wahrscheinlichkeit.*

Keinesfalls ist das gefertigte Pfarramt in der Lage, auf Grund des

Gesagten die Identität der Getauften und Getrauten mit Gitel Engel zu bestätigen.

Wien, Stadtpfarramt St. Augustin, am 12. April 1935
eb. Konsistorialrat und Pfarrer

Der hochwürdige Herr hatte sich an Lonas Besuch in St. Augustin, an ihre Sorgen und ihr gemeinsames langes Gespräch erinnert und war beim erzbischöflichen Ordinariat für Lonas Bitte eingetreten, wo man auf die Behandlung der Juden in Deutschland entsetzt und empört reagiert und dem jungen Geistlichen freie Hand im Rahmen seines Gewissens gelassen hatte. Nicht zuletzt aus Scham gegenüber ihren jüdischen Freunden zögerte die Familie mit einer Eingabe an die Behörden. Erst als im September 1935 die Nürnberger Gesetze in Kraft traten und es für viele deutsche Familien um ihre persönliche Sicherheit und ihre Staatsbürgerrechte ging, entschloß man sich zum Handeln. Sie faßten die Ergebnisse der bisherigen Recherchen zu einem entsprechenden Antrag an den Reichsminister des Inneren zusammen, über den von Hitler persönlich am 27. Oktober 1937 entschieden wurde.

Ein beschämendes Dokument der Unmenschlichkeit, der Anmaßung und der Intoleranz bewahrte die Familie Auffacher vor dem Weg in den Holocaust. Hitler persönlich hatte Schicksal gespielt. Es steht zu vermuten, daß er geschäumt hätte, hätte er geahnt, daß die Familie Auffacher die Argumente, die ihn überzeugt hatten, der Intelligenz eines jüdischen Pazifisten aus Ungarn und eines jüdischen Anwalts vom Tegernsee verdankte. Die Spuren dieser beiden Männer verloren sich später in dem Leid, das Hitler auch über sein eigenes Volk brachte.

6

Goschi war siebenundzwanzig, als ihre Mutter Lona starb. Das geschah durch einen unglücklichen Sturz vom Fahrrad im Spätherbst des Jahres 1955, zehn Jahre nach dem Ende des Krieges, der einen zerstörten Kontinent, Millionen Tote, noch mehr entwurzelte Menschen und die größte Völkerwanderung aller Zeiten hinterlassen hatte. In Goschis Familie war ihr Vater Werner Holberg noch in den letzten Tagen der Kämpfe als Volkssturmmann durch eine deutsche Panzerfaust in einem Vorort Münchens ums Leben gekommen. Zwei «gnadenhalber» für arisch erklärte Vettern waren im Osten gefallen. Das Haus in Schwabing war verschont geblieben. Lona hatte die kleine Wohnung Katinkas im Hochparterre bezogen und dort mit der alten Johanna gelebt. Johanna war es auch, die Goschi in Wien vom plötzlichen Tod ihrer Mutter verständigt hatte.

Nun hatten sie Lona beerdigt. Vor Goschi stand die Aufgabe, den Nachlaß der Mutter zu ordnen und die Wohnung zu vermieten. Ein langer Tag war vorbei. Die frühe Dämmerung eines trüben Dezembernachmittags schlich in die behagliche kleine Wohnung. Goschi griff nach ihrer Handtasche, um ein Taschentuch zu suchen. Dabei kam ihr das kleine schwarze Ledermäppchen zwischen die Finger, in dem sich der Safeschlüssel ihrer Mutter befand. Sie zog die Gardinen vor die Fenster. Sie nahm das Ölbild mit dem Abend im Erdinger Moos von dem Platz vor dem Safetürchen, wo es immer noch hing, und öffnete das Türchen. Fast der ganze Raum der in die Mauer eingelassenen Stahlhöhlung wurde eingenommen von jener Kassette aus schöngemasertem Palisanderholz. Getrieben von einer Empfindung wehmütigen Erinnerns zog Goschi sie ans Licht und stellte sie auf den Schreibtisch, neben den Stapel Post, der noch an ihre Mutter gelangt war, nachdem sie schon tot war. Die Schatulle war angeschmutzt, eine ihrer Deckelecken abgestoßen, die ziselierten Silberbeschläge waren schwarz geworden, und um das Ganze spannten sich zwei seltsam hellrot gebliebene Einweckgummis. Goschi strich mit den Fingerspitzen über die Oberfläche des Deckels, spürte die erhabene gräfliche Krone in der rechten vorderen Ecke und die Initialen H. W.

Goschi entsann sich plötzlich ganz deutlich des Moments, als sie diesen Kasten zum ersten Mal gesehen hatte. Nebenan war das gewesen, in Großmamas Schlafzimmer. Großmama war zu Bett gelegen wie eine Heilige, und nicht lange danach war sie gestorben. Goschi fiel, als sie mit den Fingerspitzen über den Kastendeckel strich, alles wieder ein; daß in dem Kasten ein schwarzes, rotversiegeltes Wachstuchpäckchen gelegen hatte, das Lona nach Katinkas Tod hatte verbrennen sollen, daß Lona das auch versprochen hatte, daß Großmama dann geheimnisvolle Dinge geredet hatte, die Goschi nicht begriff und von denen Lona gesagt hatte, es würde nicht zu vermeiden sein, daß sie sie verstehen würde, später, wenn sie erwachsen sei.

Schmerzlich empfand Goschi, daß sie jetzt erwachsen war und daß sie diese Dinge verstand – alle. Sie erinnerte sich daran, daß sie Katinka und Lona diesen Kasten abgebettelt und daß sie ihn dann in Gebrauch genommen hatte. Erst als Truhe für ihre Puppenkleider; später hatte er ihren ersten bescheidenen Jungmädchenschmuck beherbergt, noch später ihre ersten ebenso heimlichen wie harmlosen Liebesbriefe. Dann, irgendwann während ihrer Internatszeit, war er aus ihrem Bewußtsein verschwunden, und sie hatte ihn vergessen. Und nun stand er hier vor ihr auf dem verwaisten Schreibsekretär ihrer Mutter, und Neugier erfüllte Goschi, was er jetzt enthielt.

Sie streifte die Einweckgummis ab und klappte den Deckel hoch. Der Kasten war bis zum Rand vollgestopft mit Papieren, Briefen, Dokumenten, Notizen und Fotografien. Es mußten die Dokumente und Unterlagen sein, die zu der Zeit vor dem Krieg eine so wichtige Rolle gespielt hatten. Neugierig geworden, zog Goschi das oberste Dokument heraus und faltete es auseinander. Erschrocken starrte sie auf den Adler mit dem Hakenkreuz, dann auf die Unterschrift des Herrn der Schrecken. Sie las schließlich den Text:

Nach Vortrag des Chefs der Kanzlei des Führers der NSDAP habe ich auf dem Gnadenwege entschieden, daß Ihre sowie Ihrer Geschwister Nachkommen trotz nicht einwandfrei geklärter Abstammung als arisch im Sinne der Vorschriften der NSDAP sowie der reichsgesetzlichen Bestimmungen zu gelten haben.

Adolf Hitler

Konsterniert las Goschi diesen Text ein zweites Mal und ließ die Hand mit dem Blatt dann sinken. Nachdenklich starrte sie eine Weile vor sich hin. Und es fielen ihr eine Menge Dinge aus dieser Zeit wieder ein, die mit diesem Papier, das sie in der Hand hielt, in einer Beziehung stehen mußten. Sie dachte an ausgedehnte Familienzusammenkünfte, besorgte Gesichter, geheimnisvolle Besuche und an erregte Gespräche, die unterbrochen wurden, wenn sie das Zimmer betrat. Der Kasten hier mußte die schriftlichen Erklärungen zu all diesen Erinnerungen enthalten. Eine kleine Weile schwankte Goschi zwischen der Frage, ob sie das alles noch interessierte oder nicht. Dann beschloß sie, die Beantwortung auf morgen zu verschieben. Sie legte das Papier mit Hitlers Unterschrift wieder oben auf die anderen Papiere in den Kasten und drückte den Deckel zu. Da sie von den Anstrengungen des Tages müde war, legte sie sich auf die Chaiselongue, um eine halbe Stunde auszuruhen. Unwillkürlich traten ihr die Jahre wieder vor Augen, die hinter ihr lagen. Schmerzlich kam ihr zu Bewußtsein, daß sie zum ersten Mal in ihrem Leben wirklich auf sich alleine gestellt war.

In dieser für sie neuen und ungewohnten Situation erinnerte sie sich. Der Krieg und seine unmittelbaren Schrecken hatten sie weitgehend verschont. Sie hatte die Jahre in einem Internat im Norden zugebracht, das allerdings einen Teil seiner Gebäude an ein Kriegslazarett der Wehrmacht hatte abstellen müssen. Dort mußten die jungen Mädchen der oberen Klassen Pflegedienste bei den Verwundeten leisten. Goschi war inzwischen so weit, daß sie der tägliche Anblick der schwerverwundeten und demoralisierten Soldaten und die immer näher heranrückenden Fronten in Beziehung zueinander setzte; sie begann, die großmäulige Parteiclique und ihre Endsiegpropaganda aus tiefster Seele zu verabscheuen. Dort oben im Weserbergland bestand sie an Ostern 1945 ihr Abitur und machte sich dann, vor den immer näher rückenden Kampflinien her, auf den beschwerlichen Weg nach München, wo sie ihre Mutter Lona dann eines Nachts im Luftschutzraum des erhalten gebliebenen Rosenthalhauses am Nikolaiplatz in die Arme schloß. Ihr Vater Werner war zum Volkssturm einberufen worden und sollte wenig später sinnlos sterben. Die mehr oder weniger kampflose Einnahme der Stadt durch die amerikanischen Truppen erlebten die beiden Frauen, auf sich gestellt, wenige Tage darauf. Inmitten der Trümmer, inmitten der Not, des Mangels, der Enttäuschungen, der Denunziationen erschien den Einwohnern des Hauses der US-Major Geoffrey Callaghan, der kurz danach in zwei der vier Zimmer von Lonas Wohnung einquartiert wurde, wie ein leibhaftiges Symbol der Ordnung und Sicherheit. Er ließ die Wohnung mit einem drohenden *off limits* versehen und bewahrte damit die übrigen Räume vor Beschlagnahmungen. Er erschien in einer tadellosen erdbraunen Uniform, mit korrekt gebundener Krawatte, gebügelten Hosen und einem verheißungsvoll blinkenden «US» auf jeder Kragenecke. Er war freundlich und benahm sich höflich. Er machte Unterschiede zwischen den Nazis und denen, die von ihnen verführt worden waren.

Bei ihm gab es nichts von der Mangelwirtschaft jener «50 g Zucker, 62,5 g Nährmittel oder Hülsenfrüchte, 50 g Käse oder 12,5 g Fett». In Hülle und Fülle ließ er herbeischaffen, was man zum Leben brauchte. Die beiden abgemagerten Frauen begannen wieder besser auszusehen, und alsbald verliebte sich der blauäugige, ein wenig naive, wenig gebildete, aber sehr geradlinige Offizier aus der Neuen Welt in das deutsche Fräulein namens Goschi. Goschi erwiderte zaghaft diese Neigung in einer Mischung aus Dankbarkeit, Verpflichtung, Respekt vor der Andersartigkeit der überseeischen Sieger und kühler Berechnung. Als Erfahrung hatte sie nur eine kurze Endzeitepisode mit einem netten jungen Unterarzt der Kriegsmarine aus dem Lazarett ihres Internats vorzuweisen, so daß sie ungefähr wußte, um was es bei Männern ging. Lona beschwor Goschi, sich nicht mit Callaghan einzulassen, bevor er ihr einen Heiratsantrag gemacht hatte. Ein solcher würde die beiden Frauen und die ganze Familie über die zu erwartenden Schwierigkeiten der kommenden Jahre hinwegbringen.

Goschi befolgte diesen Rat ihrer Mutter. Der Amerikaner meinte es ernst. Anfang 1947 wurde er in die Staaten zurückversetzt und warb um Goschi. Er nahm sie mit und heiratete sie im Juni des gleichen Jahres in Nebraska, wozu er Lona und ihre Geschwister einlud. Kurz danach versetzte man ihn, unter Beförderung zum Colonel, als Kommandeur einer Nuklearwaffen-Abteilung des Strategischen Verteidigungskommandos in ein einsam gelegenes Hochtal. Dort verbrachte er in totaler Eintönigkeit ein Drittel seiner Zeit in einem Befehlsbunker vierzig Meter unter der Erdoberfläche, zwei Drittel davon mit seiner jungen Frau in einem, wenn auch komfortabel eingerichteten, Blockhaus darüber. Von dort aus sah der aus dem Boden gestampfte Ort aus wie eine moderne Goldgräberstadt. Callaghan bot Goschi alles, was in seiner Macht stand: Country-life, Jagd, Fischerei, Segeln und Schwimmen, jede Woche einen neuen Film, zwei oder drei Bars, in denen kein Alkohol ausgeschenkt werden durfte, und ein Hotel.

Hier hielt es Goschi immerhin knapp drei Jahre mit ihm aus. Im vierten Jahr besann sie sich dann darauf, daß sie eine Mitteleuropäerin war; sie nahm eine Stelle im Service des Offiziersclubs an und begann, heimlich für ihren Rückflug zu sparen. Das Geld hatte sie im Frühsommer 1951 beisammen. Auf eine Auseinandersetzung mit Geoffrey verzichtete sie unter Skrupeln, aber ganz bewußt. In seiner schlichten Art hätte er sie ohnehin nicht verstanden. Und außerdem scheute sie sich, ihn zu kränken, denn dafür gab es nicht den geringsten Grund.

An einem schönen Sommermorgen 1951, als Geoffrey in seine Unterwelt hinabgetaucht war, schrieb sie ihm eine Nachricht, daß sie zu ihrer Mutter nach Europa geflogen sei und sich von dort aus melden würde. Sie nahm ihren Koffer, trug ihn hinunter zur Haltestelle der Greyhound-Busse und fuhr ab. Am 7. August traf sie wieder bei ihrer Mutter am Nikolaiplatz in München ein. Von dort aus schrieb sie nach Nebraska und bat um die Scheidung. Geoffrey Callaghan reichte sie ein. Am 11. Dezember 1951 wurde sie ausgesprochen. Geoffrey hatte alles bezahlt. Danach war ein kurzer Brief von ihm eingetroffen: Ich bin in diesen drei Jahren sehr glücklich mit Dir gewesen.

Während Goschi alles das noch einmal vor ihrem inneren Auge vorbeiziehen ließ, muß sie der Schlummer überfallen haben. So fand sie am nächsten Morgen die alte Johanna, deren Haar weiß und deren verschlossenes Gesicht noch strenger geworden waren. Bei zugezogenen Gardinen und Deckenbeleuchtung hatte Goschi sich im tiefen Erschöpfungsschlaf eine karierte Wolldecke bis unter das Kinn gezogen und starrte Johanna an, die jetzt die Gardinen aufzog, das Licht ausschaltete und verkündete, daß es schon nach neun Uhr sei. Goschi fuhr hoch, warf die Decke ab und bemerkte erst jetzt, daß sie völlig angekleidet war. Eine halbe Stunde später saßen sie am Küchentisch bei Semmeln und Kaffee. Die alte Bedienerin brachte das Gespräch auf den Palisanderkasten.

«Ich habe gar nicht gewußt, daß die Frau Doktor das alles aufgehoben haben», sagte sie. «Und am gleichen Platz und im gleichen Kasten wie damals auch die gnä' Frau. Frau Doktor haben keine Angst vor den Amerikanern gehabt, obwohl ich ihr immer gesagt habe, schmeißen S' das Zeug in den Müll, Frau Doktor, mit dem Brief vom Hitler und alles voller Hakenkreuzen. Mein Gott, wenn das alles die gnä' Frau noch hätt erleben müssen.»

Von der seit über zwanzig Jahren toten Katinka sprach Johanna immer noch als von ihrer gnä' Frau, von Lona in der dritten Person und als von ihrer Frau Doktor. Goschi hatte sie präzise am Tag ihres sechzehnten Geburtstages mit «Fräulein Goschi» und «Sie» angeredet. Und dabei war es bis heute geblieben, obwohl ihr Liebling gar kein Fräulein mehr war, sondern eine Ehe hinter sich hatte, die Johanna von Anfang an für unpassend gehalten hatte. Der Ausdruck ihrer Mißbilligung beschränkte sich indes darauf, daß sie Goschi nach wie vor mit «Fräulein» anredete.

«Was weißt du noch alles über diese Sachen, Johanna?» fragte Goschi. «Hat Mami dich ins Vertrauen gezogen?»

«Jawohl, Fräulein Goschi, das hat sie. Die Frau Doktor haben halt niemand mehr gehabt, mit dem sie darüber hat reden können. Das hat sie dann mit mir getan. Der Geoffrey Callaghan wird uns schon heraushelfen, wenn irgendwas ist, hat sie immer gesagt, der Goschi ihr Mann, der ist schließlich Offizier, der kann das.»

«Dazu hätte es jedenfalls bei ihm gereicht, Johanna. Und das hätte er auch gemacht, denn er ist ein anständiger Kerl.»

«Aber das genügt nicht für Sie, Fräulein Goschi. Das habe ich von Anfang an gesagt.»

«Lassen wir das, Johanna», sagte Goschi. «Es ist ja vorbei. Was meinst du? Soll ich das alles lesen, was in dem Kasten ist, oder soll ich es einfach verbrennen, wie du es schon Mami vorgeschlagen hast?»

Die alte Bedienerin saß steif aufgerichtet da, dachte eine Weile nach und bestrich sorgfältig eine Semmelhälfte mit Honig. Dann sah sie Goschi an.

«Jetzt, wo die Frau Doktor nicht mehr leben, sollte es schon jemand geben, der das alles noch weiß. Und wo Sie doch in Wien sind jetzt und sogar in dem berühmten Hotel arbeiten, wo das alles gespielt hat vor hundert Jahren ... und dann, der schöne Kasten hat doch auch Erinnerungen für Sie ... Der alten gnä' Frau ihr ganzes Lebensgeheimnis war da drin in dem Kasten.»

«Was hat es eigentlich für ein Lebensgeheimnis gegeben bei Großmama? Ich weiß kaum etwas darüber, Johanna.»

«Freilich, Fräulein Goschi, da hat man Sie ja auch mit Absicht ferngehalten davon. Wie Sie alt genug waren, um das zu verstehen, hat man Sie weit fortgegeben ins Internat, damit Sie ja da nicht hineingezogen werden.»

«Und dann haben Sie mich dort zu den Jungmädeln gesteckt und mich Fahnen hissen und heldische Gedichte aufsagen lassen. Und einmal ist aus Berlin ein Doktor Sowieso von einer Reichssippenstelle gekommen und hat meine Ohren und meine Nase besichtigt und festgestellt, daß ich keine Jüdin bin.»

«Freilich, Fräulein Goschi», wiederholte Johanna, «das ist doch alles nur darum gegangen, daß die gnä' Frau keine geborene Engel war, wie in ihren Papieren gestanden ist. Und das hat uns der Hitler ja dann auch geglaubt.»

«Und das ist es, was in dem obersten Dokument steht? Das habe ich gestern abend noch gelesen. Aber wenn Großmama keine geborene Engel war, was für eine Geborene war sie dann?»

«Das ist es ja, Fräulein Goschi», sagte Johanna bedrückt. «Das war ja der gnä' Frau ihr Lebensgeheimnis. Sie selbst hat es ja gewußt. Aber für uns ist es ihr Geheimnis geblieben. Bis zum heutigen Tag. Den ersten Krieg hat es überlebt, das Geheimnis, und den zweiten. Und den Hitler auch.»

Fast drei Wochen blieb Goschi – bei der kaum noch jemand sich daran erinnerte, daß sie eigentlich auf den Namen Georgia getauft worden war – noch in München; sie hatte für die Abwicklung der Angelegenheiten Lonas und der Auflösung des Haushalts ihren Jahresurlaub genommen. Als nur noch die Gegenstände und Möbel übrig waren, die Goschi selber behalten wollte, rief sie eine Spedition an, die die Sachen vorerst einlagerte.

An dem Tag, da alles erledigt war und Goschi vor dem Haus schon am Steuer ihres Käfers saß, kam ein Mann dieser Spedition noch einmal aus dem Haus gelaufen, in den Händen den von den roten Gummis umspannten Palisanderkasten. Er reichte ihn Goschi durchs Fenster und erklärte, daß er das da noch auf dem Kaminsims gefunden habe. Goschi nahm ihm die Kassette ab, verstaute sie auf den ohnehin schon überladenen Rücksitzen und fuhr los, zurück nach Wien.

7

Im Mai 1955 war in Wien der Staatsvertrag zwischen Österreich und den vier Siegermächten geschlossen worden. Die Besatzung verschwand, die Verhältnisse normalisierten sich, und Österreich begann, sich wieder auf sich selbst zu besinnen, auf seine Geschichte, seine Traditionen und seine alte Kultur und zivilisierte Lebensart. Einrichtungen und Institutionen, die zuerst von den Nazis und dann von den Besatzungsmächten mißachtet worden waren, erwachten langsam wieder zum Leben. Unter ihnen auch das ehrwürdige Hotel hinter dem Opernhaus mit dem weltberühmten Namen «Sacher». Als Goschi, zweiundzwanzigjährig, Anfang der fünfziger Jahre zu ihrer Mutter nach Schwabing zurückkehrte, hatte sie erklärt, daß niemand auf Dauer von einer halbwegs gebildeten Mitteleuropäerin verlangen könne, als Gattin eines Offiziers im tiefsten amerikanischen Mittelwesten zufrieden zu sein. Nach langen Überlegungen im Familienrat hatte Goschi, gestützt auf ihre guten Sprachkenntnisse und ihr kontaktfreudiges Naturell, sich zu einer Laufbahn im Hotelfach entschlossen. Da ihres Großvaters volkstümliche Romane nach der Währungsreform mehr denn je gelesen wurden, war der Besuch einer Hotelfachschule möglich geworden, und Goschi hatte sie glänzend absolviert. Danach hatte ein Glücksfall zu einem Wiedersehen zwischen Lona und Mimi Gadrusch geführt, der Tochter einer befreundeten Familie aus vergangenen glücklichen Wiener Tagen; sie war von den Briten der Wiener Standortkommandantur, die das «Sacher» beschlagnahmt hatten, als Wirtschafterin engagiert worden und dort geblieben. Lona hatte Mimi Gadrusch von Goschi erzählt. Amerikanischer Name, englische Sprachkenntnisse? Und französische auch? Kommen soll sie, die wolle sie sehen, diese Tochter.

Goschi war gekommen – und geblieben. Vor zweieinhalb Jahren war das gewesen. Sie wohnte in zwei kleinen, aber behaglichen Zimmerchen mit schrägen Wänden unter dem wiederhergerichteten Dach mit direktem Blick auf den Schnürbodentrakt des Opernhauses, an dessen Wiederaufbau emsig gearbeitet wurde. Sie war fleißig, liebenswürdig und zuverlässig, und vor einigen Monaten war sie aufgerückt zur Sekretärin der Rezeption mit einem Büro im Hintergrund der Empfangstheke; ab und zu half sie beim Service am Desk selbst. Seit einiger Zeit war das Haus wieder jedermann zugänglich und fast ständig ausgebucht. Goschi hatte sich um Menschen aus aller Herren Länder zu kümmern, tat das mit Sachkenntnis und Charme, und sie war bald für viele aus dem traditionsreichen Hotel hinter dem Opernhaus nicht mehr wegzudenken.

Die Schatulle aus Palisanderholz fristete nach Goschis Rückkehr von der Beisetzung ihrer Mutter einige Wochen lang ein vernachlässigtes Dasein auf dem Bord über Goschis Klappbett, bis sie eines Tages, als Goschi ihre Liegestatt herrichtete, von dort herunterfiel, aufsprang und ihren Inhalt auf den Fußboden leerte. Beim Einsammeln der Papiere las eine ob dieses Mißgeschicks zunächst wütende Goschi barfuß und im Nachthemd das eine oder andere dieser Schriftstücke. Dabei geriet ihr auch ein Heftchen in die Hände, dessen Titelseite umrandet war mit hübscher Blätterornamentik und Goldprägung, zwischen welcher gedruckt stand: «Ansprache des Ministerialrats August Auffacher im Hotel ‹Sacher› zu Wien, gehalten anläßlich der Hochzeit seines Sohnes Anselm mit Katinka, geborene Engel, am 7. Mai 1882.»

Goschi drehte dieses sonderbare Druckwerk hin und her, legte sich dann nieder und blätterte es durch. Katinka, geborene Engel, dachte sie, während ihr schon fast die Augen zufielen. Wußte es der Urgroßpapa nicht anders, oder hatte er geschwindelt, als er diese Ansprache zum Druck gab? Denn eines stand doch wohl heute, dreiundsiebzig Jahre nach der Hochzeit ihrer Großeltern fest, nämlich, daß die Angabe nicht stimmte. Diesen Papieren hier war zu entnehmen, wie hartnäckig die Familie versucht hatte, das zu beweisen. Und die alte Johanna hatte bestätigt, daß der Hitler es ihnen sogar geglaubt hatte.

Was der Urgroßpapa von dieser Sache gewußt oder nicht gewußt, gesagt oder verschwiegen hatte, begann Goschi nun doch zu interessieren. Sie rückte ihre Lampe heran und fing an zu lesen. Aber darüber fielen ihr die Augen endgültig zu.

Der nächste Tag war ein Montag, an dem vor allem vormittags erfahrungsgemäß nicht allzuviel Arbeit anfiel. Deshalb nahm Goschi, die neugierig geworden war, die gedruckte Hochzeitsrede August Auffachers mit nach unten in ihr Büro, um sie dort zu studieren. Aber einiges hatte sich auf ihrem Schreibtisch doch angesammelt, und sie mußte schon bald ihre Schreibmaschine abdecken, Anfragen beantworten, Absagen formulieren, Auskünfte erteilen. Post war zu sortieren, und schließlich legte ihr der Boy auch noch den Stapel der Montagszeitungen für Dr. Prékonicz auf den Schreibtisch. Warum der sonderbare Doktor der Philosophie seine internationalen Zeitungen ausgerechnet über das Hotel «Sacher» beziehen mußte, war ihr ein Rätsel. Dieser Doktor verkehrte häufig im Hotel. Fast jedesmal, wenn sich seine schlaksige Gestalt in einem unscheinbaren Trachtenlodenmantel durch die spiegelnde Drehtür schob, stellte Goschi sich die Frage, ob er ihr sympathisch war oder nicht; zu einem endgültigen Urteil war sie bisher noch nicht gelangt. Er erschien dann in der Halle, mit leicht gebeugter, langer Gestalt, einem losen Seidenschal um den Hals, auf dem Kopf einen etwas verbeulten und verschossenen Wiener Trachtenhut mit einem kleinen zerzausten Gamsbart, den er alsbald von einer Tolle fast rabenschwarzer Haare nahm, und grüßte zu ihr herüber, wenn sie sich am Desk befand.

Dieser in Goschis Augen ein wenig verschrobene Doktor hatte aber auch etwas Spannendes, ja sogar Aufregendes an sich. Oft traf er sich nämlich im Hotel mit anderen Männern und führte mit ihnen intensive und lebhafte Gespräche, teils in der Halle, teils in den Nebenräumen des Foyers, manchmal auch in den Zimmern von Gästen in den oberen Etagen des Hotels. Wenn Goschi, neugierig geworden, sich nach solchen Gästen umtat, stieß sie oft auf Namen ungarischer, slowakischer, tschechischer oder slowenisch-kroatischer Herkunft. Hätte Goschi schon damals etwas mehr von Geschichte gewußt, dann hätte ihr klar sein müssen, daß es sich dabei nicht um proletarische Funktionäre der bolschewistischen Systeme in diesen Ländern handelte, sondern um Angehörige der intellektuellen Kaste der alten Donaumonarchie.

So sah sie auch an diesem Tag von ihrem Büro aus Dr. Josef Prékonicz die Halle betreten, höflich begrüßt vom Türboy und einem huldvollen Kopfnicken des schnauzbärtigen Chefportiers, Herrn Justus Haberl. Während der Doktor auf das Desk zusteuerte, schob Goschi die für ihn bestimmten Zeitungen zu einem Packen zusammen, klemmte ihn unter den Arm und ging nach vorne. So hübsch, wie sie als kleines Mädchen gewesen war, war Goschi nicht mehr. Ihr ovales Gesicht mit den großen goldbraunen Augen war ein wenig sommersprossig geworden. Die vollen, sinnlichen Lippen ihres etwas zu groß geratenen Mundes hatten eine natürliche Tönung. Die Nase war gerade und etwas keck, die Augen gerahmt von sehr langen Wimpern. Ein explodierendes Reagenzglas in der Abiturklasse hatte eine kleine Narbe vor dem rechten Ohr zurückgelassen, und deshalb trug Goschi ihr dunkelblondes Haar zum Bubikopf geschnitten, rechts weit ins Gesicht fallend und links zurückgekämmt, eine Frisur, die sie für Männer begehrenswert machte, was ihr aber noch nie einer von ihnen gesagt hatte. Wenn sie Kleingedrucktes lesen mußte, trug sie eine goldgefaßte Brille, deren Gläser ihre Iris beunruhigend vergrößerten. Augen, bei denen es leicht geschehen konnte, daß man ein schlechtes Gewissen bekam, dachte Josef Prékonicz, als er sich dem Desk näherte, hinter dem Goschi ihn erwartete; ein schlechtes Gewissen, weil man befürchtete, ihrer Besitzerin vielleicht nicht warmherzig genug begegnet zu sein. Goschis große goldbraune Augen zwangen einfach dazu, gut zu ihr zu sein.

«Hallo, Mrs. Callaghan.»

Auch das noch, dachte Goschi, als sie den Zeitungspack vor den Gast auf das Desk legte. Diesen Namen konnte er eigentlich nur von der Meldebehörde erfahren haben, denn hier im Haus nannte sie niemand so, und außerdem würde kein Angehöriger des Hotels ohne ihre Zustimmung ihren Namen bekanntgeben.

«Guten Morgen, Herr Doktor Prékonicz», sagte sie deshalb, noch um einen Grad kühler, als sie beabsichtigt hatte. «Die Bezugspreise habe ich auch zusammengestellt, hier...»

Sie zog einen Zettel hervor und legte ihn auf die oberste der Zeitungen. Der Besucher setzte eine dunkle Hornbrille auf, las den Betrag ab, bedankte sich und zahlte. Schließlich schob er die Zeitungen unter den linken Arm und steuerte auf einen der Nebenräume zu, wo er die beiden Herren bemerkt zu haben glaubte, mit denen er sich verabredet hatte. Goschi schaute ihm nach, sah ihn dort verschwinden und machte sich dann wieder an ihre Arbeit.

Zur Lektüre der Hochzeitsrede ihres Urgroßvaters kam sie zu ihrem Leidwesen an diesem Tag nicht mehr. Aber als sie nach Dienstschluß das Dokument suchte, um es mit nach oben in ihr Zimmer zu nehmen, fand sie es nicht. Da sie sich genau erinnern konnte, es mit heruntergebracht zu haben, suchte sie alles durch. Ihr Büro, den Schreibtisch, die Poststapel, das Desk, ja sogar die Post- und Zeitungsfächer der Gäste – ohne Erfolg. Schließlich gab sie es auf. Zu ihrer Überraschung trug dieser kleine Ärger aber dazu bei, ihr Interesse an den Vorgängen in der Vergangenheit zu steigern anstatt zu verringern. In der Absicht, sich noch einmal zu vergewissern, ob sie sich nicht doch getäuscht hatte, das Dokument mit hinunter in ihr Büro genommen zu haben, zog sie den Palisanderkasten heran und begann darin zu kramen. Dabei las sie sich fest. Um fünf Uhr hatte sie unten im Empfang noch einmal das Desk zu übernehmen. Kurz vorher war sie in dem ungeordneten Inhalt der Schatulle auf einen Brief ihres Onkels Gustl an ihre Mutter Lona aus der Zeit gestoßen, da die Familie sich um eine Klärung ihrer wirklichen Abstammung bemüht hatte. Darin schrieb der Onkel, daß «Papa» – damit war Anselm Auffacher gemeint – ja schließlich selbst einen Anhaltspunkt zu dieser Frage gegeben hatte, und zwar in seinen Erinnerungen, als er beschrieb, wie er Katinka 1881 in Wien kennengelernt hatte. Mit diesem Brief schien der Onkel auf einen Brief Lonas geantwortet zu haben, warum man denn diesem Detail nicht weiter nachgegangen sei.

Was sie da las, stachelte Goschis Neugier entschieden an. Ihres Großvaters Lebenserinnerungen hatte sie vor langer Zeit und nur höchst flüchtig gelesen. An die im Brief ihres Onkels erwähnte Stelle konnte sie sich nicht erinnern. Goschi ließ die Hand mit dem Brief sinken und sah hoch. Die Worte der alten Johanna fielen ihr wieder ein und ihre eigene Frage: «Wenn Katinka keine geborene Engel war, wer war sie dann?» Und genau zu dieser Frage sollte Großpapa Anselm in seinen Lebenserinnerungen selbst einen Anhaltspunkt gegeben haben. Und genau an dieser Stelle waren damals die Nachforschungen eingestellt worden, weil man auch so einen offenbar ausreichenden Nachweis erbracht hatte, ohne schlafende Hunde zu wecken. Ob es nicht vielleicht doch interessant wäre, diese Fragen noch einmal zu stellen? Und aufregend dazu? In Goschi erwachte die Lust, in Großpapa Anselms Erinnerungen diese Stelle zu suchen, von der ihr Onkel in dem Brief an ihre Mutter geschrieben hatte.

Als sie später unten im Empfang Mimi Gadrusch traf, sprach Goschi sie darauf an. Mimi schickte Goschi in die Bibliothek der Universität. Morgen war Goschis freier Tag, regnen tat es ohnehin, und die Universitätsbibliothek hatte noch am wenigsten von allen Wiener Bibliotheken gelitten. Noch hatte Goschi in Wien einen nur kleinen Bekanntenkreis und für den Tag keine besonderen Pläne. Warum also nicht?

Goschi betrat den seit kurzem wieder eröffneten Bibliothekstrakt der Universität gegen vier. Zum ersten Mal sah sie den monumentalen Ferstelbau am Dr.-Karl-Lueger-Ring von innen. Die Eingangshalle, der riesige, von einem Säulengang eingefriedete Innenhof, das über sämtliche Stockwerke sich emporwölbende Treppenhaus, die überlebensgroße Marmorstatue des würdevoll auf dem Kaiserthron sitzenden Franz Joseph, das alles waren Dimensionen, wie Goschi sie noch nie vorher gesehen hatte, auch nicht in ihrer Heimatstadt München. Da Goschi noch nie in einer öffentlichen Bibliothek gearbeitet hatte, mußte sie sich in den Gebrauch des Katalogs erst einweisen lassen. Aber nachdem sie sich mit den langen Reihen der Karteikästen vertraut gemacht hatte, fand sie ziemlich rasch den Namen ihres Großvaters Anselm, den sie nicht gekannt hatte. Sie fand auch den Titel des Buches, das sie suchte. Als sie mit dem Buch unter dem Arm endlich den berühmten Benutzersaal der Bibliothek betrat, blieb sie einige Sekunden stehen, überrascht von der Ausdehnung, Würde und Ruhe dieses Raumes. Goschi suchte sich einen Arbeitsplatz, richtete sich ein, knipste die beiden Lampen an und begann zu lesen. Sie las über Anselms Kinderstreiche, die Jugendsünden und Studentenscherze. Das, was Goschi dort erfuhr, fesselte sie so, daß sie nicht bemerkte, wie der Saal sich langsam füllte und auch der Arbeitsplatz neben ihr besetzt wurde. Mit großem Interesse und nicht ohne Schmunzeln las Goschi sich fest, las von den turbulenten Liebesabenteuern ihres Großvaters als Soldat in Würzburg, von den ersten Erlebnissen als Hochwildjäger in den Alpen und von der Anfangszeit als junger Dramaturg am Ringtheater hier in dieser Stadt. Und bei der Schilderung dieser Ereignisse stieß sie plötzlich auf die Stelle, die ihr Onkel gemeint haben mußte, als er an Lona schrieb, daß ihr Großpapa selbst einen Hinweis darauf gegeben hatte, wo man mit den Nachforschungen beginnen mußte, wenn man dem Geheimnis um das Leben Katinkas auf die Spur kommen wollte. Goschi las:

«Ein frisches, redliches, gesundes und unkompliziertes Menschenkind. Eine Wienerin besten Schlages. Und dazu noch für die Augen ein allerliebstes Kerlchen, mit dem feingeschnittenen Gesicht in verblüffender Ähnlichkeit an eine berühmte schöne Frau erinnernd. Ich habe in jenen kämpfenden Sehnsuchtstagen ein Jugendbildnis der Geistinger, das ich in der Auslage einer Kunsthandlung sah, für ein Bild des Mädchens gekauft, das ich liebte.»

Goschi las diese Stelle noch einmal und ein drittes Mal. Schließlich hob sie nachdenklich den Kopf. Ja, das mußte es sein. Eine berühmte schöne Frau? Die Geistinger? Wer war *die* Geistinger? Warum war diese Frau berühmt? Und was hatte es mit ihrer Schönheit auf sich? Und schließlich mußte zwischen Katinka und dieser Geistinger in der Tat eine große Ähnlichkeit bestanden haben, wenn der junge Anselm ein Jugendbildnis von ihr «für» ein Bild des Mädchens gekauft hatte, das er liebte.

Als Goschi ihre Augen wieder auf die Textstelle richtete, um sie noch einmal zu lesen, glaubte sie, nicht richtig zu sehen. Unverkennbar lag auf dem aufgeschlagenen Buch die Broschüre, die sie seit gestern nachmittag vermißt hatte. Jetzt erst bemerkte Goschi, daß sie während ihrer aufregenden Lektüre einen Nachbarn bekommen hatte, und sah zu ihm hinüber.

«Guten Tag, Mrs. Callaghan», sagte Josef Prékonicz, vor sich eine Reihe dicker Bücher.

«Das ist ja allerhand», entfuhr es Goschi. «Daß Sie einem sogar hierher nachlaufen und einen dann auch noch amerikanisch anreden.»

«Heißen Sie denn nicht so?» fragte Prékonicz, nahm mit einer Geste höflichen Interesses die Brille ab und sah Goschi direkt an.

Goschi spürte, daß sie zu emotional reagiert hatte. Sie griff nach August Auffachers Hochzeitsrede und sagte:

«Und das ist doch auch ein Trick, oder?»

Sie sah Prékonicz so zornblitzend an, daß er lachen mußte.

«Leise», sagte er. «Hier dürfen wir nicht so laut reden. Wie wär's mit einer Zigarettenpause draußen auf dem Korridor?»

«Ich rauche nicht», sagte Goschi.

«Aber Sie müssen mir wenigstens Gelegenheit zur Rechtfertigung geben. Das sehen Sie doch ein, nicht wahr?»

Goschi sah es ein, wenn auch widerwillig. Sie klappte Anselm Auffachers Lebenserinnerungen zu, nachdem sie August Auffachers Hochzeitsrede als Lesezeichen hineingelegt hatte, stand auf und folgte Dr. Josef Prékonicz durch den Katalogsaal nach draußen auf den Flur. Dort standen sie an einem der Fenster, die auf den Innenhof hinausgingen, und Prékonicz entzündete sich eine Zigarette.

«Wie heißen Sie denn nun wirklich?» fragte er.

Die direkte Frage brachte Goschi in Verlegenheit. Zwar hieß sie offiziell Georgia Callaghan, aber dieser Name erinnerte sie jedesmal, wenn er genannt wurde, an das baumlose Hochtal in Nebraska und an den todanständigen, aber ebenso langweiligen Geoffrey. Das Fräulein Holberg, das sie einmal gewesen war, stimmte auch nicht mehr, und das «Fräulein Goschi» der alten Johanna erschien ihr einfach zu kindlich. Ob sie wollte oder nicht, sie mußte jetzt dem Doktor einen Einblick in ihre Lebensgeschichte erlauben.

«Ich heiße wirklich so», sagte sie. «Aber ich mag es nicht hören. Nennen Sie mich in Gottes Namen Goschi, wenn es unbedingt sein muß, aber reden Sie mich möglichst selten so an.»

«Vielen Dank», sagte Prékonicz. «Das wäre der erste Punkt. Und der zweite wäre die Sache mit dem Trick. Sie haben mir gestern am Desk Ihres Hotels meine Zeitungen gegeben, und als ich sie zu Hause auseinandernahm, lag die Hochzeitsrede des alten Auffacher dazwischen. Versehentlich wahrscheinlich, nicht wahr? Ich habe mir die Broschüre eingesteckt, um sie Ihnen zurückzugeben. Und als ich Sie vorhin hier sitzen sah, habe ich mich neben Sie gesetzt, um das zu tun. Ich muß aber gleich dazusagen: Ich habe sie auch gelesen, denn die Ansprache zur Auffacher-Hochzeit im Hause ‹Sacher› ist immerhin ein Dokument.»

«Sie kennen den Namen Auffacher?»

«Natürlich. Wer kennt ihn nicht? Berühmter Autor volkstümlicher Literatur, Laufbahn hier in Wien begonnen als Dramaturg am Ringtheater. Was interessiert Sie an dieser Hochzeit? Daß sie im ‹Sacher› stattgefunden hat?»

Von dem sonderbaren Doktor ging in diesem Augenblick so viel ehrliches Interesse aus, daß Goschi ihn nicht anzulügen vermochte, was sie gerne getan hätte.

«Ich bin die Enkelin», sagte sie und löste damit bei Josef Prékonicz Erstaunen aus.

«Was?» sagte er. «Eine Auffacher-Enkelin, ausgerechnet im ‹Sacher›? Wenn das keine Überraschung ist...»

«Nein», sagte Goschi. «Das ist ganz normal. Behalten Sie es für sich. Aber Sie scheinen sich ganz gut auszukennen in Wien.»

«Besonders im alten Wien.»

Goschi ließ eine Pause eintreten. Dann fragte sie spontan: «Da wir schon beim alten Wien sind – sagt Ihnen der Name Geistinger etwas?»

Der Doktor sah Goschi an, drückte seinen Zigarettenrest aus und sagte: «Das kommt darauf an, in welchem Zusammenhang.»

«Kommen Sie mit», sagte Goschi rasch entschlossen. «Ich muß Ihnen etwas zeigen.»

Als Goschi und der Doktor ihre Plätze wieder eingenommen hatten, schob Goschi ihm das aufgeschlagene Buch hin und zeigte auf die Stelle, die er lesen sollte. Prékonicz schob die Brille vor die Augen. Danach nahm er die Brille ab und sah zu Goschi herüber.

«Die Geistinger, ja», sagte er. «Haben Sie nie von ihr gehört?»

«Nein», sagte Goschi. «Was ist mit ihr?»

«Darüber können wir uns hier nicht ausführlich unterhalten», erwiderte Doktor Prékonicz flüsternd. «Maria Geistinger war im vorigen Jahrhundert eine Schauspielerin, der die Welt zu Füßen lag. Eine Frau von eindrucksvoller Strahlkraft, die noch heute ihre Bewunderer hat. Darunter auch mich, ich weiß einiges über sie. Wie kommen Sie ausgerechnet auf sie in diesem Buch?»

Goschi flüsterte zurück: «Darüber können wir uns hier auch nicht ausführlich unterhalten.» Neugierig geworden, fügte sie hinzu: «Wo könnten wir das tun?»

«Wohin gehen Sie, wenn Sie hier fertig sind?» fragte Prékonicz zurück.

«Zum Hotel», sagte Goschi. «Ich bin hier fertig.»

«Ich begleite Sie, wenn es Ihnen recht ist», flüsterte Prékonicz. «Ich bin auch fertig. Und im ‹Sacher› habe ich eine Verabredung. Aber halten Sie es bitte nicht wieder für einen Trick.»

«Seien Sie nicht albern», erwiderte Goschi. «Kommen Sie, gehen wir.»

Zum Hotel nahmen sie den Weg durch die Innenstadt, durch die Schottengasse und die Herrengasse, eine Richtung, die sie unmittelbar im Schatten der Hofburg zur Albertina und zum Opernhaus führte. Es war über Nacht endlich vorweihnachtliches Winterwetter gekommen. Ein feines Schneetreiben herrschte und bedeckte mit trockenem und lockerem Flockenwirbel die Dächer und Simse der Palais. Goschi und der Doktor hatten die Mantelkragen hochgeschlagen. Der Doktor trug seinen verbeulten Trachtenhut, und Goschi hatte eine Wollmütze tief ins Gesicht gezogen.

«Die Herkunft meiner Großmama ist ein Rätsel», sagte Goschi. «Und mein Onkel glaubte damals, diese Stelle aus den Lebenserinnerungen könnte das Rätsel vielleicht lösen.» Dann erzählte sie Prékonicz alles, was sie über den bisherigen Verlauf dieser geheimnisvollen Geschichte wußte. Als sie damit zu Ende war, fragte Prékonicz:

«Und Näheres sagte Ihr Onkel nicht, was er glaubte, aus dieser Buchstelle schließen zu können?»

Goschi schüttelte den Kopf. «Nein. Aber irgendwas muß er ja gemeint haben. Eine Verwandtschaft vielleicht? Eine Schwester?»

«Nein», sagte Prékonicz. «Die Geistinger ist 1836 geboren. Ihre Großmama um 1858 herum, sagten Sie. Ein Altersunterschied von zweiundzwanzig Jahren zwischen Geschwistern? Das ist wenig wahrscheinlich.»

«Oder die Tochter?»

Prékonicz lachte ein wenig vor sich hin.

«Nein», sagte er dann. «Noch weniger. Maria Geistinger war nur einmal verheiratet und das sehr kurz. Nur vier Jahre und in einem Alter, in dem man kaum noch Kinder bekommt. Sie war damals über vierzig. Die Zeitgenossen müssen Maria Geistinger für eine Art Ideal- oder Fabelwesen gehalten haben. Über persönliche Beziehungen ist nie etwas bekannt geworden. Nicht einmal Tratsch gab es. Emil Pirchan, ihr Biograph, behauptet sogar, daß sie niemals Zeit für die Liebe gehabt hat. Sie war eine Künstlerin, die über sämtliche Oktaven ihres Fachs souverän verfügte. Von der Lokalsoubrette über die große Operettenkönigin bei Strauß und Offenbach bis zur überzeugenden Tragödin des Burgtheaters. Und das in Österreich, fast ganz Europa und Amerika. Wenn man den Anbetern ihrer Kunst glauben darf, muß sie eine der letzten großen Damen auf der Bühne gewesen sein, neben Sarah Bernhardt und der Duse.»

Prékonicz schloß mit einem Ausdruck in der Stimme, als ob er sagen wolle: Nein, meine Liebe, schlagen Sie sich das aus dem Kopf. Maria Geistinger, das ist eine Schuhnummer zu groß für Sie, für uns alle.

«Aber irgendeinen Zusammenhang gibt es vielleicht doch», sagte Goschi nach einer Weile. «Mein Onkel war nämlich kein Phantast. Vielleicht hat er ein Bild von dieser Schauspielerin gekannt.»

Goschi sagte das gerade, als sie den Michaelerplatz überquerten.

«Das ist ein ganz guter Gedanke», sagte Prékonicz. «Wenn Sie das tun wollen – ja, das sollten Sie wirklich tun», fuhr er nach kurzem Überlegen fort. Er zog die Hand aus der Manteltasche und wies nach oben in die vom Schneetreiben durchwehte Dunkelheit. «Da oben im Bildarchiv der Nationalbibliothek gibt es Dutzende, wenn nicht sogar Hunderte Fotografien von ihr. Keine Frau, ausgenommen die Kaiserin, ist öfter fotografiert worden als Maria Geistinger.»

Sie durchschritten die Torwölbung der Reitschulgasse und gelangten auf den Lobkowitzplatz. Rechts lag die dunkle, leblose Masse des Augustinerklosters und daran anschließend der noble Albertinatrakt der Hofburg. Sie überquerten den weitläufigen Albertinaplatz und kamen zum Vordereingang des Hotels. Justus Haberl und Frau Gadrusch staunten nicht wenig, als sie ihre junge Mitarbeiterin und den geheimnisvollen Doktor die Halle so einträchtig betreten sahen. Prékonicz nahm den Hut ab und befreite ihn von dem leichten Schnee. Goschi zog die Wollmütze vom Kopf und schüttelte ihr Haar zurecht. Der Doktor verabschiedete sich mit einem Handkuß und sagte:

«Wenn ich Ihnen in Ihrer Sache irgendwie helfen kann, lassen Sie es mich wissen. Ich habe eine Menge Einblick in die Dinge, die Sie interessieren.»

Herr Haberl kam heran, half ihm aus dem Mantel und reichte diesen dem Boy, der ihn zusammen mit dem Hut des Doktors fortbrachte.

«Ihre Partner warten schon im Rosa Salon», sagte Haberl, ging voraus und öffnete die Tür, durch die Prékonicz mit seiner Aktentasche verschwand.

Später am Abend saßen Goschi und Mimi Gadrusch in Frau Gadruschs kleinem Büro noch bei dem Schwarzen zusammen, den sie manchmal vor dem Zubettgehen miteinander einnahmen.

«Mit dem Doktor hast du dich aber jetzt schon besser angefreundet», sagte Frau Gadrusch.

«Ich habe ihn in der Bibliothek getroffen», antwortete Goschi. «Er ist interessanter, als ich anfangs dachte. Ist er eigentlich so eine Art Stammgast hier?»

«So etwas Ähnliches, ja», sagte Mimi Gadrusch. «Doktor Prékonicz hat ein Schicksal. Er gehört zu den verhältnismäßig wenigen, deren Wohnungen Anfang fünfundvierzig hier in Wien noch ausgebombt wurden. Dabei hat er seine Frau verloren. Als überzeugten Anschlußgegner und Österreicher haben ihn die Nazis ins Lager gesteckt und draußen in den unterirdischen Werken von Hinterbrühl Flugzeuge zusammenbauen lassen. Als er von den Russen befreit wurde und zurückkam, stand er vor dem Nichts. Aber die Familie hatte Freunde in England, die sich um ihn gekümmert haben. Sie haben ihn studieren lassen, Geschichte und Politik oder so was Ähnliches. Der Renner hat ihn dann geholt und in die Regierung genommen. Während dieser Zeit hat er auf britischen Wunsch hier im Haus gewohnt. Die Engländer hatten ja das Hotel beschlagnahmt.»

«Und was ist jetzt mit ihm?» forschte Goschi.

Frau Gadrusch antwortete:

«Weißt du, was das Theresianum ist?»

«Nur ungenau», sagte Goschi. «Was muß man darüber wissen?»

Mimi Gadrusch lächelte. «Das Theresianum ist eine der fünf würdigsten und traditionsreichsten Erziehungsanstalten Europas. Jahrhundertelang wurde dort eine Elite österreichischer Politiker, Verwaltungsbeamter, Wirtschaftler und Offiziere für die Leitung der Monarchie ausgebildet. Und der Doktor Josef Prékonicz ist der Sektionschef im Unterrichtsministerium, den man mit den Vorbereitungen beauftragt hat, diese Anstalt, die von den Nazis geschlossen worden war, wieder zu eröffnen. Deshalb reist er viel, arbeitet viel in Archiven und Bibliotheken und verhandelt mit Personen, die ihn bei dieser verantwortungsvollen Aufgabe unterstützen sollen. Das tut er hier im Hotel.»

Goschi biß sich auf die Lippen.

«Was ist denn?» fragte Mimi.

«Ich habe mich furchtbar benommen», antwortete Goschi. «Fast unentschuldbar.»

«Danach hat es aber nicht ausgesehen, als du vorhin mit ihm hier hereingekommen bist.»

«Das ist bestimmt nur deswegen, weil er sich für Großpapa interessiert. Er kennt Auffacher und auch die Geistinger.»

«Das muß er auch, bei der Aufgabe, vor der er steht. Aber womit hast du dich unentschuldbar benommen?»

«Ausgerechnet so einem Mann habe ich unterstellt, daß die Sache mit den Zeitungen ein Trick von ihm ist, um mir näherzukommen. Und nichts habe ich nach viereinhalb Jahren Nebraska weniger im Sinn als einen seichten Wiener Liebesschmäh.»

«Hast du ihm das vielleicht gesagt, Goschi?»

Goschi nickte wortlos. Mimi Gadrusch begann zu lachen.

«Kind», sagte sie, «Doktor Josef Prékonicz ist derzeit eine der begehrtesten Partien in Wien. Gescheit, charmant, reich, von Einfluß, mit Tradition und Zukunft. Der hat alles andere im Kopf, als mit einem Zeitungstrick eine Hotelsekretärin zu angeln.»

Ja, das glaube sie nun allerdings auch, sagte Goschi. Wie sie sich denn jetzt verhalten solle?

«Wie bist du denn mit ihm verblieben?» wollte die Wienerin wissen.

«Er hat mir angeboten, mir zu helfen, wenn ich etwas bräuchte», sagte Goschi.

«Das würde ich ganz unbefangen in Anspruch nehmen», meinte Mimi Gadrusch. «Und so tun, als ob nichts gewesen wäre.»

Diesen Rat befolgte Goschi. Sie suchte in den Abendstunden aus dem Inhalt des Palisanderkastens fünf oder sechs Fotografien Katinkas heraus. Schon an ihrem nächsten freien Donnerstag schob sie diese in einen Umschlag und machte sich auf den Weg zur Neuen Hofburg, wo sich im Dachgeschoß das Bildarchiv der Nationalbibliothek befand. Im Foyer traf sie auf Dr. Prékonicz, der im Benutzersaal der Bibliothek zu arbeiten hatte. Sie gingen zu einem Lunch in die soeben wiedereröffnete Cafeteria. Als sie gegessen hatten, begab sich jeder an seine Arbeit.

Oben im Katalogsaal konnte Goschi ohne Schwierigkeiten eine Mappe mit zwei Dutzend Fotografien der Schauspielerin Maria Geistinger bestellen. Als sie den Umschlag im Besucherraum ausleerte und die Fotografien vor sich auf der Tischplatte aufreihte, traf sie der Anblick wie ein Schlag. Genauso ein Schlag mußte es für Anselm gewesen sein, als er damals im Herbst 1881 eines dieser Bilder entdeckt und «für» ein Bild Katinkas gekauft hatte. Von mindestens der Hälfte dieser vierundzwanzig Fotografien sahen sie die Augen ihrer Großmutter Katinka an. Auf allen anderen erkannte sie die Form der Ohrmuscheln, der Augenbrauen, des Haaransatzes, der Nase und der Nasenflügel, des schön geschürzten Mundes und des Kinns. Auf den meisten dieser Fotografien war Maria Geistinger abgebildet in den Kostümen der Rollen, die sie gespielt hatte, aber nicht einmal diese Verfremdung änderte etwas an der Ähnlichkeit dieser Bilder mit denjenigen der Katinka Auffacher, die Goschi jetzt aufgeregt dazulegte. Minutenlang betrachtete sie die Bilder, legte einzelne nebeneinander und verglich sie. Dann kam es ihr so vor, als könne sie es nicht verantworten, dieses Erlebnis ohne Zeugen zu verarbeiten. Kurz entschlossen ließ sie die Reihen der Fotografien auf dem Tisch so liegen, wie sie sie hingelegt hatte, und verließ den Saal. Unten im Lesesaal der Bibliothek sah sie den Doktor.

«Nanu?» sagte er, als sie seinen Tisch erreicht hatte.

«Das müssen Sie unbedingt sehen», sagte Goschi atemlos. «Das müssen Sie selbst sehen. Das kann man nicht schildern. Das ist unglaublich.»

Prékonicz erhob sich, klappte die Brille zusammen und folgte Goschi in den Oberstock. Im Treppenhaus sagte er:

«Also hat Ihr Onkel doch recht gehabt?»

«Und ob», antwortete Goschi. «Und Großpapa Anselm auch. Ich habe so etwas noch nie gesehen.»

Sie erreichten den Arbeitsraum im Dachgeschoß. Der Dame im Ausgabeschalter nickte Prékonicz zu. Man kannte ihn hier oben. Ohne sich zu setzen, schob der Doktor die Brille wieder vor die Augen, stützte sich mit beiden Händen auf die Tischplatte und starrte auf die Reihen der Fotografien. Schließlich richtete er sich auf und sagte zu Goschi, die hinter ihm stand:

«Das übersteigt bei weitem eine Vermutung. Das ist ein Beweis. Und er kann durch einen physiognomischen Experten noch erhärtet werden. Warten Sie einen Augenblick.»

Er ging hinüber zum Ausgabeschalter und kam mit einer Lupe zurück. Damit betrachtete, überprüfte und verglich er erneut einzelne der Fotografien. Schließlich legte er die Fotografien, untereinander vermischt, zu einem großen Rechteck auf der Tischplatte zusammen. Er ging zum Schalter und kam mit der Dame von der Ausgabe zurück.

«Sehen Sie sich die Bilder an», sagte er. «Und sortieren Sie die vierundzwanzig aus, die Sie zurückhaben wollen.»

«Aber ich brauche sie nur umzudrehen und die Nummern anzuschauen», sagte die Dame.

«Ich weiß», antwortete der Doktor, «aber wir machen ein Experiment. Nehmen Sie die, von denen Sie glauben, daß sie hierhergehören. Und fünf lassen Sie liegen.»

Schließlich tat die Dame, worum Prékonicz sie gebeten hatte.

«Wenn ich Sie nicht kennen würde», sagte sie, «würde ich glauben, daß Sie mich auf die Rollen schieben wollen.»

«Keine Spur, Frau Spanagl», sagte der Doktor. «Und jetzt drehen Sie bitte alle Fotografien um.»

Frau Spanagl tat es. Unter den vierundzwanzig Fotografien, die sie für das Archiv reklamiert hatte, befanden sich drei, die Katinka Auffacher darstellten, und bei den fünf anderen die gleiche Anzahl von Fotos der Maria Geistinger.

Auch Frau Spanagl schien kaum glauben zu können, was sie da sah. Sie blickte von Goschi zu Prékonicz und dann wieder auf die Fotos. Schließlich sammelte sie die zum Archiv gehörenden wieder ein und sagte:

«Eine Doppelgängerin? Das ist ja phantastisch. Was hat es mit diesen beiden Frauen für eine Bewandtnis?»

Dr. Prékonicz reichte der Frau die Lupe zurück und sagte: «Das bleibt vorläufig unser Geheimnis, Frau Spanagl. Und wenn Sie es erraten sollten – Ihres bitte auch.»

Nachdenklich verließen Goschi und Prékonicz das Haus.

«Ich habe keinen Zweifel mehr, daß diese Frau Ihre Urgroßmutter war», sagte Prékonicz, als sie die monumentale Treppe hinabschritten.

«Aber was sollen wir weiter tun?» fragte Goschi mutlos.

«Kaum jemand kannte Maria Geistinger als Ehefrau», sagte Prékonicz. «Und schon gar nicht als Mutter.»

«Wenn diese Fotografien so verräterisch sind und das alles so einfach war, warum hat man dann ein so großes Geheimnis um Katinkas Geburt gemacht?»

«Die Sonne bringt es an den Tag», sagte der Doktor. «In diesem Falle die Linse der Kamera. Damit hat zu der Zeit, in der diese Aufnahmen gemacht wurden, niemand gerechnet.»

«Ich möchte wissen», sagte Goschi, «was dem allem zugrunde gelegen hat.»

«In Geheim und mit aller Verschwiegenheit», sagte Prékonicz, zog den schweren bronzenen Türflügel des Hauptportals auf und ließ Goschi vorangehen.

«Was soll das heißen?» fragte Goschi, als sie draußen auf den Stufen standen und zum Heldenplatz hinabsahen.

«Das ist eine Stelle aus dem Josephinischen Gesetzestext», sagte der Doktor, «der es unehelichen Müttern erlaubte, ganz offiziell vor der Welt unerkannt zu bleiben.»

Goschi starrte ihren Begleiter einige Sekunden lang sprachlos an.

«Aber um Gottes willen», sagte sie schließlich, «was ist dann aus solchen Kindern geworden?»

«Nun», antwortete Prékonicz, «zum Beispiel Ehegattinnen bekannter Volksschriftsteller. Und ich nehme an, wie das geschehen konnte, wollen Sie auch herausfinden.»

8

Zwischen Josef Prékonicz und Goschi entwickelte sich nach diesen überraschenden Entdeckungen eine persönliche Beziehung besonderer Art, denn sie beide verband auch ein Geheimnis besonderer Art. Niemals hätte der Doktor auch nur vermuten können, daß über die Person und das private Leben der von ihm verehrten großen Schauspielerin noch neue, bisher unbekannte Erkenntnisse möglich waren und sich hinter ihrer schillernden und glanzvollen öffentlichen Existenz noch geheimnisvolle Facetten verbargen.

In Goschi indessen war das Interesse an der Familiengeschichte erwacht, und beide verband eine geheime Lust, sich an der Lösung des Rätsels zu versuchen, das sich ihnen gestellt hatte. Da sie es nicht auf indiskretes Gerede und Getuschel ankommen lassen wollten, trafen sie sich, wenn sie darüber sprachen, im «Bräunerhof», einem der altehrwürdigen Wiener Kaffeehäuser mit verräucherter Luft, intimer Atmosphäre, zu engen Sitznischen, hohen ungeputzten Fenstern mit angeschmutzten Gardinen davor und schmuddeligen, schwarzgekleideten Obern, die, wenn sie ausreichend bedacht wurden, sehr freundlich sein konnten und sehr guten Kaffee nebst sehr trockenen Kuchenstückchen brachten.

Das erste Treffen im «Bräunerhof» fand etwa eine Woche nach der überraschenden Entdeckung im Lichtbildarchiv statt. Der Doktor hatte aus seiner eigenen Bücherei die einzige Biographie mitgebracht, die es über Maria Geistinger gab. Sie stammte von einem Theaterliebhaber namens Emil Pirchan, enthielt einen Textteil, einen tabellarischen Teil, eine Bibliographie für Literatur, die es über die Schauspielerin gab, sowie einen sehr umfangreichen Bildteil, der zahlreiche Fotografien zeigte, die im Archiv nicht vorhanden waren. Auch

Goschi hatte noch Bilder Katinkas mitgebracht, und beim Vergleich fiel ihr noch stärker als bisher eine weitere Einzelheit auf.

«Sehen Sie», sagte Goschi zu Prékonicz. «Es ist nicht nur die Ähnlichkeit in den Details der Gesichtszüge. Auch die Kopfhaltung und den Hals- und Schulteransatz hat sie meiner Großmama vererbt.»

Und es war wirklich verblüffend, die Linien des Kinns, den Übergang in den schlanken Hals und von dort in die Schultern zu vergleichen.

«Fürstlich», sagte Dr. Prékonicz. «Dieser Stolz und diese Würde in der Kopfhaltung bei einer so jungen Frau. Und dazu dieser Liebreiz.» Er legte die Bilder zurück auf die Marmorplatte des Tischchens und sah Goschi an.

«Es geht doch für Sie auch um Ihre Identität», fuhr er fort. «Nicht nur um die Neugier. Wer so eine Großmutter und wahrscheinlich auch Urgroßmutter hat, hat ein Recht darauf, zu erfahren, wer sie selbst eigentlich ist.»

«So habe ich das noch nie betrachtet», sagte Goschi. «Aber vielleicht haben Sie recht. Man sollte versuchen, sich selber kennenzulernen. Wissen Sie irgend etwas Näheres über Maria Geistingers Eltern?»

«Sie waren auch Schauspieler. Der Vater Nikolaus war kaiserlich-russischer Hofschauspieler in Sankt Petersburg, und die Mutter kam von der herzoglich-braunschweigischen Bühne.»

Prékonicz machte eine Pause, schlug in der Pirchan-Biographie die Tabelle der Engagementdaten auf und schob Goschi das Buch hinüber.

«Und dem entspricht Ihrer Urgroßmutter eigener Erfolg. Sehen Sie, hier: Graz, München, Wien, Berlin, Hamburg, Riga, Leipzig, Prag, Brünn. Und auch in Amerika von New York bis San Francisco auf vier großen Tourneen Erfolg über Erfolg.»

Goschi starrte auf diese Namen und Daten. Schließlich hob sie den Kopf und sah den Doktor an.

«Beeindruckend», sagte sie. «Aber sehen Sie irgendwo eine Periode, die Zeit gelassen hätte für eine Familie, für eine Mutterschaft, für die Erziehung einer Tochter?»

Prékonicz schüttelte den Kopf.

«Nein. Deshalb hätte ich es auch für ganz unmöglich gehalten, daß Maria Geistinger irgendwann in ihrem Leben ein Kind hätte haben können. Sie war eine Frau, die ganz in ihrem Beruf aufgegangen ist.»

Er machte eine nachdenkliche Pause und fuhr dann fort: «Aber wie Sie mir erzählt haben, war es ja ohnehin eine geheimgehaltene Geburt, nicht wahr?»

Goschi nickte. «Ja. Das einzige, was wir konkret wissen, ist, daß, als Katinka heiraten wollte, keine Papiere für sie vorhanden waren und erst mit List und Raffinesse falsche beschafft werden mußten.»

«Maria kann das Mädchen aber nicht großgezogen haben», sagte Prékonicz nach einer Weile der Überlegung. «Die Frage ist nur: *Wollte* sie es nicht haben, oder *durfte* sie es nicht haben?»

«Welchen Unterschied macht das schon für ein Kind?» murmelte Goschi vorwurfsvoll.

Prékonicz sagte: «Keinen, das stimmt. Aber wenn sie es nicht haben *wollte,* hängt das mit ihrer Person zusammen. Wenn sie es nicht haben *durfte,* mit der Person des Vaters.»

«Mein Gott», antwortete Goschi, eine Spur burschikoser, als ihr wirklich zumute war, «einen Vater muß es ja auch geben, Sie haben recht.»

«Eben», sagte der Doktor. «Und in dem ganzen bekannten Leben Maria Geistingers gibt es nicht den geringsten Hinweis auf einen Mann, der als Vater ihres Kindes hätte in Betracht kommen können.»

Goschi starrte vor sich hin, als dächte sie in diesem Moment an etwas ganz anderes. Schließlich sagte sie: «Mir fällt etwas ein.»

«Und was fällt Ihnen ein, Goschi?»

«Etwas, das damit in einem Zusammenhang stehen könnte.» Sie rückte näher und dämpfte die Stimme. «Meine Mutter hat mir das irgendwann einmal erzählt. Ich habe es mir gemerkt, weil ich es so aufregend fand. Als sie damals in den dreißiger Jahren in der Sakristei von St. Augustin mit dem nachträglich eingefügten Namen Katinka auf die allererste Spur dieser rätselhaften Vorgänge stieß, hat der Priester, der ihr half, zu ihr gesagt: In diesen Folianten schlummert so manches Geheimnis der Macht. Vieles, von dem die Mächtigen von damals nicht wollten, daß es bekannt wird, wurde in unseren Matriken begraben und vergessen.»

«Sehen Sie», sagte der Doktor. «Das ist es nämlich, was ich meine.

Katinkas Geburt ist so konsequent verheimlicht und verschleiert worden, wie es normale Bürger gar nicht nötig hatten und es sich auch gar nicht leisten konnten. Katinkas Vater kann nur ein unabhängiger und sehr einflußreicher Mann des öffentlichen Lebens gewesen sein, der über einen langen Arm verfügte und Romanze und Kind nicht legalisieren durfte.»

«Glauben Sie, daß man herauskriegen kann, wer das war?» fragte Goschi.

«Wenn es gemacht wurde, dann wurde es in der Absicht gemacht, daß niemand die Wahrheit herausfinden kann. Und darauf hat man viel Mühe verwendet», sagte Prékonicz. «Aber nachdem soviel Zeit vergangen ist – wir können es ja versuchen. Ich finde, zuerst sollten wir einmal alles zusammentragen, was man über Katinka weiß oder was sie selber noch von ihrer Kindheit berichtet hat.»

«Das ist nicht sehr viel», sagte Goschi. «Sie erzählte nur manchmal, daß sie in einem Klosterinternat in oder bei Wien aufgewachsen ist, wo sie werktags graue Kleidchen mit blauen Schleifen und sonntags weiße Kleidchen mit blauen Schleifen trugen.»

«Das ist schon mehr, als Sie denken», sagte Prékonicz. «Es ist eine präzise Beschreibung der Zöglingstracht des Frauenordens der Ursulinen.»

«Aber da war noch etwas», sagte Goschi. «Sie hat oft die Geschichte einer Tante, einer Schwester ihrer Mutter, erzählt, der schönsten Frau, die sie je gesehen hat. Von ihr habe sie ihre schönen Hände geerbt. Später habe sich die Ärmste aus dem Fenster gestürzt, weil sie den Mann nicht heiraten durfte, den sie liebte.»

Goschi machte eine nachdenkliche Pause.

«Diese Geschichte», fuhr sie endlich fort, «wird wohl für alle Zeiten ein Geheimnis bleiben. Aber für Katinka hatte sie eine tiefe, wahrscheinlich sogar existentielle Bedeutung.»

9

Als man das Jahr 1866 schrieb, war die kleine Katinka neun Jahre alt – aber das wußte sie nicht. Sie wußte auch nicht, daß dieses Jahr eines der tragischsten in der Geschichte Österreichs und in diesem von Kriegswirren geprägten Jahrhundert war, denn das alles drang nicht in die klösterliche Abgeschiedenheit des Pensionats der Ursulinen, in dem sie aufwuchs. Bismarck hatte zur Festigung der Vorherrschaft Preußens in Deutschland den Krieg gegen Österreich entfesselt und dazu ein Geheimbündnis mit Italien geschlossen. Des Sieges Preußens sicher, hatte er den Bundesgenossen verbindlich die zu Österreich gehörende italienische Provinz Venetien versprochen. So kam es, daß Österreich gegen Italien vor Lissa und bei Custozza zwei blutige Schlachten schlug und unter hohen Opfern gewann für eine Sache, die schon verloren war, bevor der Krieg überhaupt begonnen hatte. Als dann bei Königgrätz die Preußen mit überlegener Führung und Bewaffnung den Feldzug für sich entschieden hatten, war das einzige, was das kleine Ursulinenmädchen in der Verschwiegenheit der Annagasse zu Wien von diesen Ereignissen hörte, der durch die Straßen eilende Schreckensruf: Die Preußen kommen. Aber gottlob kamen die Preußen nicht, sondern blieben in Mähren stehen, und das Ursulinenpensionat entging der Gefahr, in ein Lazarett umgewandelt zu werden, was die Oberin, Mutter Rosa Felizitas, dazu bewog, mit ihren über dreißig Ordensschwestern des Klosters der Inneren Stadt eine Dankesmesse zu feiern. Als die Messe beendet war, die Schwestern in ihrer Ordenstracht die Kirche verließen und sich nach und nach in den steingepflasterten Korridoren des alten Klosters verloren, bat Schwester Fernanda, die Vorsteherin, die das Pensionat leitete, die Mutter Oberin um eine kurze Unterredung.

«Was für ein Anliegen haben Sie, Schwester Fernanda?» fragte die Mutter Oberin.

«Keines in eigener Sache», antwortete die Jüngere. «Es geht um unseren Liebling Katinka.»

Fernanda sah die Mutter Oberin versteckt lächeln.

«*Ihren* Liebling, Schwester Fernanda, ich weiß. Muß ich wieder beide Augen zudrücken? Hat Ihr Liebling wieder das Spalier im Hof erklettert oder ihren Klassenkameradinnen die Nachthemden vertauscht? Ich weiß, daß Sie sich nach fünf Wochen in Ihrem Amt noch nicht an alle Kinder ganz haben gewöhnen können. Was haben Sie für Schwierigkeiten mit Katinka?»

«Mit Katinka muß doch etwas Besonderes sein», antwortete die Vorsteherin des Schulpensionats. «Sie hat ein Wesen wie eine kleine Prinzessin, ist manchmal sanft und fügsam wie eine Taube und manchmal – sehr selten – aufrührerisch wie eine Wildkatze.»

«Und dann klettert sie auf das Spalier oder vertauscht ihren Mitschülerinnen die Nachthemden.» Die Oberin ließ eine Pause eintreten und fügte hinzu: «Und das fordert Ihre ganze pädagogische Kunst heraus, nicht wahr, Schwester Fernanda? Ja», fuhr sie nach einer Weile fort, «mit der Kleinen *ist* etwas Besonderes. Etwas, das Sie mit der Zeit wissen sollten. Aber was haben Sie im Augenblick auf dem Herzen?»

«Es sind zwei Dinge, Mutter Rosa Felizitas», antwortete die Vorsteherin. «Das erste ist, daß mich Katinka fragte, warum sie keinen Geburtstag habe. Alle ihre Mitschülerinnen haben einen Geburtstag, sagt sie, und dürfen diesen feiern mit Besuchen, Geschenken, Kerzen, Schokolade und Kuchen. Katinka möchte nun auch einen Geburtstag haben, mit Kerzen und Kuchen. Was soll ich ihr sagen, Mutter Rosa Felizitas?»

Die Oberin dachte lange nach, bevor sie sagte: «Diese Frage ist sehr schwierig zu beantworten, Schwester Fernanda. Aber Sie sprachen von zwei Dingen. Welches ist das zweite?»

«Bei mir sprach in der letzten Sprechstunde eine Dame der besseren Stände vor. Sie war verschleiert und nannte ihren Namen nicht. Sie sagte, sie sei eine Schwester von Katinkas verstorbener Mutter und lange im Ausland gewesen. Jetzt sei sie nach Wien zurückgekehrt und würde gerne ab und zu ihre kleine Nichte besuchen, ihr das eine oder andere Geschenk bringen oder sie ausführen, in eine Konditorei oder in den Prater.»

«Und was haben Sie dieser Dame gesagt?» fragte die Oberin mit einem leichten Unterton von Interesse in der Stimme.

«Ich habe gesagt, daß nur Sie das entscheiden können. Sie solle in einer Woche wiederkommen, habe ich der Dame gesagt. Und dann habe ich die Dame gefragt, ob ihre Nichte sie denn schon kenne.»

«Sehr klug. Und was hat sie geantwortet?»

«Wahrscheinlich wisse die Kleine gar nicht, daß sie überhaupt eine Tante habe, hat sie gesagt. Das sei alles schon so lange her und sogar schon vor Katinkas Geburt gewesen.»

«Haben Sie Katinka etwas von diesem Besuch gesagt?» forschte die Oberin weiter.

«Nein», antwortete Schwester Fernanda. «Das habe ich auch nicht gewagt, ohne vorher mit Ihnen gesprochen zu haben.»

Die Oberin nickte befriedigt.

«Das war sehr umsichtig von Ihnen. Alles, was die arme Kleine betrifft, darf nur von mir selbst beurteilt und entschieden werden, Schwester Fernanda. Ich habe nämlich, schon bevor Sie damals das Pensionat übernahmen, eine Klage Katinkas anhören müssen, die sehr berechtigt war. Alle anderen Kinder, sagte sie, dürfen in die Ferien, ehrwürdige Mutter, nur ich nicht. Von allen Kindern muß ich alleine während der Ferien hier im Kloster bleiben. Warum? Warum darf ich nicht wenigstens zu meinem Vater, wenn ich schon keine Mutter habe? Und warum bekomme ich nie wie die anderen Kinder einen Besuch?»

«Und was haben Sie ihr gesagt, Mutter Rosa Felizitas?»

«Daß ihr Vater sehr weit weg ist, habe ich ihr gesagt, aber daß er zurückkommen und sich um sie kümmern wird, sobald er das kann. Und ob wir denn nicht alle sehr lieb zu ihr wären, hier im Kloster wärend der Ferien, habe ich sie gefragt. Doch, doch, sagte sie und fing zu weinen an, aber ich möchte auch einen Vater, wenn ich schon keine Mutter habe wie die anderen. Das schneidet einem ins Herz, Schwester Fernanda, das können Sie mir glauben.»

«Aber das trifft sich doch dann ganz gut, Mutter Oberin, wir können diese Dame doch fragen, wann Katinkas Geburtstag ist, und der Kleinen damit eine Freude machen.»

Schon eine ganze Weile hatte die Mutter Oberin gedankenvoll mit einem Schlüssel gespielt, den sie an einem Kettchen neben dem Silberkreuz um den Hals trug. Jetzt erhob sie sich, strich entschlossen ihre Röcke glatt und sagte:

«Nein, das können wir nicht, Schwester Fernanda, das können wir wirklich nicht.»

Sie nahm den Schlüssel vom Hals, ging hinüber, wo zwischen den beiden hohen Fenstern der klobige Panzerschrank stand, und schloß ihn auf. Sie entnahm ihm ein von grünlichem Karton umschlossenes, mit faseriger Kordel verschnürtes, etwa daumendickes Aktenbündel und kam damit zum Tisch zurück.

«Wenn wir Katinkas Wunsch nach einem Geburtstag erfüllen wollen, und das werden wir müssen, dann müssen wir ihr einen erfinden.»

Die Vorsteherin konnte eine Geste der Überraschung nicht unterdrücken.

«Aber erschrecken Sie nicht, ich werde Ihnen alles erklären, soweit ich es selber weiß und soweit ich es erklären darf. Das Wichtigste nämlich, woran wir uns alle in dieser Sache Katinka eisern zu halten haben, ist größte Diskretion und äußerste Verschwiegenheit. Versprechen Sie mir das?»

Schwester Fernanda tat es.

«Dann will ich Ihnen sagen, was ich selbst von Katinka weiß. Die Kleine ist vor sieben Jahren zu uns gekommen und muß zu diesem Zeitpunkt etwa zwei Jahre alt gewesen sein. Sie kam an einem Dezemberabend in einer zweispännigen Privatkutsche aus Preßburg, gebracht hat sie die Mutter Oberin unserer dortigen Schwesteranstalt. Das Kind habe in einem Dorfe namens Rohrbach vor der Türschwelle eines gewissen Sandor Krač gelegen, und dieser habe es dem Kloster gebracht. Sie haben das Mädchen in Preßburg anfangs wie ein ausgesetztes Findelkind behandelt, bis sich bei ihnen ein Herr gemeldet hat, dessen Namen ich Ihnen verschweigen muß. Er erklärte, daß das Kind nach römisch-katholischem Ritus auf den Namen Katharina getauft sei, daß er für Aufenthalt, Ausbildung und Erziehung des Kindes aufkommen werde, machte dem Kloster eine bedeutende Geldspende und stiftete ein Gemälde für den dortigen Altar. Er stellte drei Bedingungen: Erstens sei es verboten, jemals

Nachforschungen nach den Eltern des Kindes anzustellen; zweitens müsse das Mädchen gemäß den Prinzipien unseres Ordens zu einer Dame von Stand gebildet und erzogen werden, und drittens müsse das Kind nach spätestens drei Jahren in die Ordensanstalt nach Wien, also zu uns, gebracht werden, damit beim Erwachen seines Bewußtseins die Erinnerung nur noch mit den hiesigen Umständen verbunden sei. Und so ist es dann auch geschehen.»

Schwester Fernanda hatte sprachlos und ohne eine einzige Bewegung zugehört. Jetzt fragte sie:

«Und die Kleine weiß immer noch nicht, wer ihre Eltern sind?»

«Nein», sagte die Oberin. «Und höchstwahrscheinlich wird sie es auch niemals erfahren.»

«Aber Sie sprachen doch vorhin von einem Vater, der weit fort sei, zurückkommen und sich um sie kümmern werde?»

«Das ist der zweite Akt der Geschichte», sagte Mutter Rosa Felizitas und schlug den Deckel des vor ihr auf dem Tisch liegenden Aktendossiers auf.

«Jahrelang wurde das monatliche Budget für Katinkas Aufenthalt bei uns von der Kanzlei bezahlt, von der ich Ihnen berichtete. Aber seit kurzer Zeit hat sich das geändert. Und von dem, was ich Ihnen jetzt sage, darf niemals und zu niemand ein Wort über Ihre Lippen kommen.»

Schwester Fernanda nickte wortlos.

«Jetzt werden die Annuitäten für Katinka von der Gräflich-Wilczekschen Liegenschaftsverwaltung in der Herrengasse bezahlt. Von dort aus kümmert man sich auch alle paar Monate einmal um den Erziehungs- und Bildungsstand der kleinen Katinka.»

«Darf ich mir eine Frage erlauben, Mutter Rosa Felizitas?»

«Ja. Aber ich kann sie beantworten, bevor Sie sie gestellt haben. Graf Wilczek ist nicht Katinkas Vater. Doch von dort gehen starke Bemühungen aus, daß Katinka endlich einen Vater und ein Zuhause bekommt, auch wenn es nicht ihr wirklicher Vater und ihr wirkliches Zuhause sind.»

Die Oberin schlug einige Blätter des Dossiers um und nahm dann eines heraus.

«Es ist ein gerichtliches Adoptionsverfahren in Gang gekommen, und wahrscheinlich wird Katinka bald den Nachnamen Engel tragen.

Auch darüber, Schwester Fernanda, schweigen Sie bitte, bis ich Ihnen sage, daß es soweit ist. Auch darüber mag noch das eine oder andere Jahr vergehen.»

Die Oberin legte das Aktenblatt zurück an seinen Platz, schloß das Dossier und verschnürte es wieder. Dabei verlor sie ein paar Augenblicke lang die würdige Zurückhaltung der Mutter Oberin des Ursulinenklosters, und Bahn brach sich der ganz profane Zorn der Gräfin Daniela zu Aursppach, die sie gewesen war, bevor sie den Schleier genommen hatte.

«Alles, was unseren Liebling Katinka betrifft», sagte sie, während sie das Aktenstück wieder im Tresor versperrte, «ist wie ein Tanz auf heißen Kartoffeln oder ein Gang über ein Tablett mit rohen Eiern. Und nur weil ein paar selbstherrliche Standesgenossen, denen noch das *ius primae noctis* in den Köpfen herumspukt, glauben, sich alles leisten zu können.»

Erschrocken bemerkte die würdige Dame, daß sie zu weit gegangen war, und fügte hinzu: «Verzeihen Sie, Schwester Fernanda, ich war hochfahrend. Ich bitte Sie, begegnen Sie der kleinen Katinka mit der größten Liebe. Und wenn sie es braucht, auch mit Strenge. Schicken Sie die fremde Dame zu mir, wenn sie kommt. Und danach will ich eine Stunde mit Katinka sprechen. Wir müssen versuchen, wiedergutzumachen, was durch Leichtsinn und Zügellosigkeit verdorben worden ist. Mit dem Auftauchen der Tante wird uns vielleicht eine Gelegenheit geschenkt, der armen Kleinen wenigstens den Wunsch zu erfüllen, ab und zu Besuch zu empfangen wie die anderen Kinder.»

Damit war Schwester Fernanda entlassen. Aber Oberin Rosa Felizitas wußte nicht, daß sie mit ihrer harten Beurteilung der Vorgänge um die kleine Katinka von der Wirklichkeit sehr weit entfernt war, und sie hat es wohl auch niemals erfahren.

Schon eine Woche später erschien die fremde Dame, die vorgab, eine Tante Katinkas zu sein, und wurde in dem Amtsraum der Pensionatsleitung von Schwester Fernanda empfangen. Schwester Fernanda legte ein Blatt an und fragte die Dame nach ihrem Namen, den sie als Frau Cornelia Preschl in das Blatt eintrug, sich ihn aber nicht einmal merkte, weil sie sich mit der Oberin darin einig war, daß der Name dieser Dame ganz gewiß falsch sein würde. Die Dame war nach der letzten Mode, aber unaufdringlich gekleidet. Sie trug einen weiten, schleppenähnlichen Glockenrock aus dunkelgrau changierendem Taft mit hellgrauen Bordüren; beim Überwurf dazu war es genau umgekehrt: hellgrau mit dunkelgrauen Bordüren, Sonnenschirm und Handschuhe passend. Dazu einen sommerlichen, breitrandigen Florentinerhut, den breite lila Bänder zierten, die über den Rücken fielen. Ein violetter Schleier ließ ein Gesicht von sehr hellem Teint nur erahnen.

Diese Dame also meldete Schwester Fernanda bei Mutter Rosa Felizitas an und brachte sie durch die verwinkelten Flure des alten Klosters zu der Oberin. Schwester Fernanda beobachtete, daß die Dame die Oberin mit Ehrfurcht begrüßte und Mutter Rosa Felizitas sie mit Würde empfing. Danach schloß sich die Tür hinter den beiden Frauen. Die Unterhaltung in dem nüchternen Geschäftszimmer des Klosters dauerte eine Stunde. Was dort besprochen wurde, ist bis zum heutigen Tage nicht in allen Einzelheiten bekannt. Sicher ist nur, daß die fremde Dame, als die Oberin sie zu Schwester Fernanda zurückbrachte, geweint und daß Mutter Rosa Felizitas den Arm um ihre Schulter gelegt hatte.

«Wir haben verabredet», sagte die Oberin, «daß Katinka einmal im Monat den Besuch ihrer Tante empfangen darf. Das soll jeweils am ersten Sonntag nach der Vormittagsmesse geschehen. Katinka kann mit Tante Cornelia das Kloster bis zur Stunde der Bettruhe auch verlassen. Der erste Besuch soll am ersten Septembersonntag stattfinden, denn wir müssen Katinka erst behutsam darauf vorbereiten, daß nun auch sie eine Verwandtschaft bekommt. Ich möchte sobald wie möglich mit der Kleinen reden.»

«Wie ist man in der Schule und mit dem Betragen zufrieden?» fragte die Dame mit einer wohlakzentuierten Stimme in einem angenehmen wienerischen Tonfall. Schwester Fernanda gab ihr die Antwort.

«Sie ist in der Schule sehr gut, zusammen mit einem anderen Mädchen die Beste in der Klasse. Nach diesem Grad hat die Klassenleiterin sie auch gesetzt. Katinka hat ein für ein Kind sehr ausgeprägtes natürliches Gefühl für Recht und Gerechtigkeit, schlichtet überall, wo sie kann, und verrät niemals eine Mitschülerin. Sie ist sehr traurig, daß sie keine Mutter hat, aber sie hat auch ein sehr heiteres und lebensbejahendes Naturell. Katinka ist ein durch und durch gutgeartetes Kind, das uns nur Freude macht.»

Schwester Fernanda ließ eine Pause eintreten und fügte dann leise hinzu: «Und das auch ihren Eltern nur Freude machen würde. Für sie müßte es ein Glück sein, ein solches Kind zu haben.»

Über diese Mitteilungen schien die Dame sehr erfreut zu sein. Sie stellte noch ein paar Fragen nach Unterbringung, Kleidung und Wäsche ihrer kleinen Nichte, dann brach sie auf und versprach ihren ersten Besuch bei Katinka für den ersten Septembersonntag um zwölf Uhr mittags. Schwester Fernanda begleitete sie zur Pforte.

Als sie zurück in ihr Internatsbüro kam, stand die Oberin noch immer nachdenklich am Fenster und sah auf die Annagasse hinunter, wo sich soeben die fremde Dame mit aufgespanntem Sonnenschirmchen zwischen den hin und her eilenden Menschen verlor.

Schließlich sagte sie:

«Es ist wie das Fegefeuer, Schwester Fernanda. Da leidet unser kleiner Liebling darunter, daß ihre Mutter nicht mehr lebt und sie ihren Vater noch gar nicht kennt. Und nun taucht die Tante auf und bittet um die Erlaubnis, Verbindung mit ihr aufzunehmen. Einerseits dürfte ich das gar nicht erlauben, und andererseits drückt mir der Gedanke das Herz ab, es zu verweigern. Mit irgend jemand muß ich mich darüber aussprechen. Gebet und Zwiesprache mit dem Herrn helfen da nicht. Denn dies ist eine Sache der Welt, nicht des Herrn.»

«Und dennoch haben Sie zugestimmt, Mutter Rosa Felizitas.»

«Ich habe es auf eigene Verantwortung getan. Ich brächte es Katinka gegenüber nicht über das Herz, es zu verweigern.»

«Haben Sie denn nicht mit der Dame über das Geheimnis gesprochen, das die Kleine umgibt?»

«Doch, aber darüber fing sie zu weinen an und sagte, daß auch sie selbst nichts über diese Dinge wisse. Ich habe ihr das nicht geglaubt, denn dagegen sprachen die Tränen.»

«Haben Sie die Dame nach Katinkas Geburtstag gefragt?»

Die Oberin nickte. «Auch hier sagte sie zunächst, daß sie nichts darüber wisse, gab aber später unter Tränen zu, daß es ihr verboten sei, darüber zu sprechen.»

«Dann stimmt wohl die ganze Geschichte nicht, die man uns

erzählt hat, von der Türschwelle in Rohrbach bei Preßburg, und man weiß vielmehr sehr genau, wann die Kleine geboren wurde und wo und wer ihre wirklichen Eltern sind.»

«Jedenfalls gibt es Leute, die das genau wissen.»

«Mutter Rosa Felizitas», sagte die Vorsteherin nach einer Pause, aus der sich ihr Widerwille gegen solche Verhältnisse deutlich herauslesen ließ. «Das müssen sehr lieblose und egoistische Menschen sein.»

Die Mutter Oberin seufzte.

«Es müssen nicht unbedingt lieblose Menschen sein. Es können auch Menschen sein, die einem äußeren Zwang unterworfen sind. Sehr reiche, berühmte und mächtige Menschen, für deren Heil man zu beten hat, anstatt über sie den Stab zu brechen. Aber nun fragen Sie mich nichts mehr, Schwester Fernanda, sonst komme ich in Konflikt mit den mir erteilten Weisungen.»

Nach einer kleinen Weile fügte sie hinzu: «Von denen übrigens zu einem Gutteil das Wohl und Wehe unseres Hauses abhängt.»

Fünf Tage später saß die kleine Katinka in der Klause der Mutter Oberin gegenüber. Die Kleine war in der Tat ein allerliebstes Geschöpf. Groß war sie für ihr Alter nicht. Sie trug das mausgraue Alltagskleidchen des Pensionats, das am Hals eine hellblaue Schleife hatte. Aus Anlaß der Audienz bei der Oberin hatte die Klassenleiterin ihr einen weißen Kragen umgebunden. Darüber war ein ovales Gesicht mit auffallend großen blauen Augen, die einen mit unheimlicher Geradheit anblicken konnten. Eingerahmt war das Gesicht von zwei an den Ohren zu Schnecken eingerollten dunkelblonden Zöpfen. Sie hatte einen weißen Teint und auf den Wangen eine pfirsichzarte rosa Tönung. Die Stirn war hoch und klar, und ein hübsch geschnittener Mund war erwartungsvoll geschürzt. Sie saß auf dem eichenen Besucherstuhl der Oberin und ließ die Beine fröhlich baumeln. Denn wenn einen bei der Mutter Oberin ein Tadel, eine Ermahnung oder ein Appell an das Gewissen erwartete, dann hatte man vor ihr zu stehen; die Aufforderung zum Sitzen verhieß immer Erfreuliches. Die Oberin zog sich ihren Stuhl heran und setzte sich Katinka gegenüber. Sie beugte sich vor, nahm die Hände der Kleinen zwischen ihre eigenen und begann Katinka von den Ereignissen der vergangenen Tage zu berichten. Sie tat das mit Takt und Würde. Eine

Dame sei gekommen, eine Schwester ihrer, Katinkas, Mutter, die aber schon sehr früh von ihrer Mutter getrennt gewesen und in Übersee aufgewachsen sei. Sie habe von einer kleinen Tochter ihrer Schwester gewußt und jetzt, da sie nach Wien zurückgekehrt sei, Katinkas Aufenthaltsort herausgefunden und werde sie in Kürze besuchen. Es wunderte die Oberin nicht, daß das Kind trotz aller Behutsamkeit, mit der sie vorging, bei diesen Eröffnungen zu weinen begann, und sie wußte auch, daß dies ein Weinen des Glückes und der Freude war. Später gab die Mutter Oberin ihrem kleinen Zögling die Anweisungen für ihr Verhalten der Dame gegenüber. Daß sie die Tante mit «Sie» anzusprechen habe, daß sie sich nicht wundern dürfe, wenn die Tante verschleiert bleibe, und daß sie diese auch nicht allzuviel fragen dürfe, um sie nicht zu sehr und zu oft an ihr eigenes schweres Schicksal zu erinnern. Doch genau diese Fragen und viele mehr beschäftigten die kleine Katinka stärker als alles andere. Und so sprudelte es nur so aus ihr heraus: Ob denn die Tante ihrer Schwester, also Katinkas Mutter, ähnlich sehe, ob sie älter oder jünger sei als Katinkas Mutter? Ob sie schön sei oder häßlich, lieb oder böse, und was sie alles von ihrer, Katinkas, Mutter erzählt habe oder wisse. Warum sie so lange fortgefahren sei, und wo das gewesen wäre? Warum Katinka «Sie» zu ihr sagen müsse, und warum sie verschleiert sei? Ob die ehrwürdige Mutter vielleicht ihr Gesicht gesehen hätte?

Mutter Rosa Felizitas hatte die größte Mühe, sich mit ihren Antworten auf unverfängliche Weise durchzumogeln, und so sah Katinka dem ersten Besuch ihrer Tante mit Aufregung, Spannung und Freude entgegen.

Wie sie versprochen hatte, begann die neue Tante ihre Besuche am ersten Septembersonntag 1866. Sie wurde für das Kind nicht zur Enttäuschung. Sie begrüßte Katinka herzlich und ohne Reserve und brachte ihr einen großen Karton Süßigkeiten. Die beiden unterhielten sich zuerst über Kloster und Schule, und da gab es Gesprächsstoff genug. Bei späteren Besuchen brachte die Tante Spielzeug, einen Hampelmann, Puppen, und zu Katinkas riesiger Freude eines Tages ein wirkliches Schaukelpferd. Öfter nahm die Besucherin das Kind auch mit in die Stadt. Sehr selten, und auch dann nur kurz, sah Katinka das Gesicht der Tante und bemerkte, daß sie sehr schön und allem Anschein nach sehr traurig war. Am meisten aber beeindruckte das Kind die grazile Eleganz der schmalen Hände, die es bemerkte, wenn die Tante ihm Schokolade einschenkte oder Kuchen vorlegte.

So ging es mit den Besuchen der Tante, bisweilen regelmäßig, manchmal auch in größeren Abständen, über eine längere Zeit, bis eines Tages ein Ereignis eintrat, das die Beziehung veränderte. Der Besuchstag war ein ungemütlicher Tag im ausgehenden Winter, und Schwester Fernanda empfing die Besucherin mit sehr ernstem Gesicht. Die Dame bemerkte sofort die Sorge in den Zügen der Vorsteherin und fragte, ob etwas geschehen sei.

«Katinka ist seit vorgestern krank», antwortete Schwester Fernanda. «Sie hat sehr hohes Fieber, starke Halsschmerzen und fühlt sich sehr schwach. Wir haben sie in die Krankenstube gelegt.»

Die Schwester wirkte so hilflos, daß sich die Sorge der Besucherin verstärkte. Sie legte der Vorsteherin die Hand um den Oberarm und drängte sie zur Tür.

«Kommen Sie, Schwester», sagte sie. «Ich will sie sehen.»

«Aber das geht nicht», wandte die Schwester ein, «da können Sie nicht hinein. Die Krankenstube liegt im Inneren Kloster.»

Aber die Besucherin ließ sich nicht abhalten. «Das ist doch unwichtig. Der Herrgott will, daß sie gesund wird und weiterlebt. Beeilen Sie sich, Schwester, und führen Sie mich zu ihr.»

Beeindruckt von der Entschiedenheit, die von der Dame ausging, suchte Schwester Fernanda den Schlüssel an dem großen Bund heraus und eilte der Besucherin durch die dämmerigen Korridore voran bis zur Pforte zum Inneren Kloster. Dort schloß sie auf und ließ die Besucherin eintreten. Die Krankenstube betraten sie durch die erste Tür zur Linken. Katinka ruhte mit offenen Haaren und schneeweißem Gesicht in einem Berg weißer Kissen. Feuchte Tücher lagen neben einer Waschschüssel aus Emaille und einem halbleeren Krug mit gewärmtem Wasser. Sie sah den eintretenden Frauen mit fiebrig glänzenden Augen entgegen, doch sie erkannte keine von ihnen. Am Kopfende des Bettes stand Mutter Rosa Felizitas und rang die Hände.

«Mein Gott im Himmel», stammelte die Besucherin erschüttert und starrte auf das kleine Geschöpf, das sich mit einer unsicheren Geste langsam an den Hals griff. Da erkannte die Fremde, um was es sich handelte.

«Das Kind ist todkrank», schrie sie plötzlich auf. «Die Kleine hat Diphtherie. Haben Sie nach einem Arzt geschickt?»

Sie sah von einer der Nonnen zur anderen und erhielt keine Antwort. Noch einen Blick warf die Besucherin auf Katinkas bleiches Gesicht, dann eilte sie, um das Notwendige zu veranlassen.

«Ich schicke Ihnen einen Professor, den besten, den es in der Stadt gibt. Sie versprechen mir, ihn zu Katinka zu lassen und alles gewissenhaft zu befolgen, was er Ihnen vorschreibt. Morgen komme ich und sehe nach ihr.»

Noch einmal blickte sie in die Gesichter der beiden Nonnen, raffte dann ihren weiten Rock zusammen, wandte sich um und lief mit klappernden Schritten durch das Kloster bis zur Pforte. Dort bog sie ab in die Kärntnerstraße, rannte diese entlang bis zum Graben und erreichte wenig später das Eckhaus zur Seilergasse, ein monumentales frühgründerzeitliches Wohngebäude. Außer Atem kam sie in den dritten Stock und zog die Klingel. «Prof. Dr. Eduard Lumpe» stand auf dem Türschild, «Magister der Geburtshilfe und Frauenheilkunde». Der Arzt öffnete selbst. Er erkannte die Besucherin sofort.

«Sie?» rief er. «Um Himmels willen, was ist geschehen?»

«Das Kind», stammelte die Besucherin. «Es ist Diphtherie. Schnell, ich bitte Sie. Schnell, sie darf nicht sterben. Sie wissen, wo Sie sie finden. Ich bitte Sie, beeilen Sie sich. Die Nonnen erwarten Sie.»

10

Die Gaslüster waren bereits entzündet worden, und in den Nischen des Kaffeehauses brannten gemütliche Lämpchen mit grünen Schirmen. Prékonicz schwieg zunächst nach Goschis langem Bericht.

«So ist das also gewesen», sagte er nach einer Weile.

«Nein», widersprach Goschi. «Das ist nur ein Ergebnis meiner Phantasie. Aber so oder so ähnlich könnte es gewesen sein, wenn alles, was die Familie noch direkt von Katinka wußte, und alles, was meine Mutter in den dreißiger Jahren herausgefunden hat, zusammenpassen soll. Den Schlußstein in dem Mosaik ergab ihre exakte Kenntnis von der Pensionatstracht der Ursulinenmädchen, denn diese Beschreibung gehört zu dem wenigen, das Katinka ganz präzise überliefert hat. Nachdem wir immerhin so viel wissen, daß Katinka ein Waisenkind und Ursulinenmädchen war, interessiert es doch auch, was für ein Orden das eigentlich war. Wer hat ihn gegründet? Wer steckte dahinter? Wer bezahlte ihn? Was für Mitglieder hatte er?»

«Nun», antwortete Prékonicz, «seit seiner Gründung durch die heilige Angela Merici in Brescia im Jahr 1535 hatte der Orden die selbstgewählte Verpflichtung zur religiösen und moralischen Erziehung der weiblichen Jugend. Seine Ordensfrauen und Pensionatsschülerinnen durften sich ‹Angelas Töchter› nennen und tun das noch heute. Von Anfang an war die Stiftung von Niederlassungen überwiegend Sache der Krone und des Hochadels. Damit sind Namen verbunden wie Kaiserin Maria Eleonora, Kaiser Leopold I., Kaiser Karl VI. und seine Tochter Kaiserin Maria Theresia sowie die Familien der Grafen Draskowich, der Grafen von Thun, von Liechtenstein, von Esterházy, von Széchényi, der Grafen von Trauttmansdorff, von Bathyani und viele andere der ältesten österreichischen Geschlechter. Der Orden war von Anfang an eine exklusiv elitäre Einrichtung und keine karitativ soziale. Er diente der Heranbildung einer Crème de la crème und nicht der Hebung des Breitenniveaus. Die Pensionate ließen sich ihre Erziehungstätigkeit deshalb auch bezahlen. Die soziale Komponente bestand darin, daß man mit den Mitteln, die die Erziehung der Töchter der Oberklassen einbrachte, Findel- und Waisenkinder aufnahm und diese kostenlos aufzog. So wie Katinka es erzählt zu haben scheint, muß ihre Aufnahme in das Internat über diesen Weg erfolgt sein. Wie kamen Sie übrigens auf den Namen Wilczek?»

«Weil Katinka meiner Mutter, die wußte, daß er Katinkas Trauzeuge gewesen war, einmal erzählt hat, daß der Graf sich stets liebevoll um sie gekümmert und daß sie seinen Namen schon in der Klosterzeit zum ersten Mal gehört hat. Auch von einer Fürstin Oettingen hat Katinka berichtet, die sie manchmal zum Tee eingeladen und sich freundschaftlich an ihrer Erziehung beteiligt haben soll.»

«Wilczek ... Oettingen ...» wiederholte Prékonicz nachdenklich. «Das sind Namen des Hochadels. Verwandtschaftliche Beziehungen zwischen der fürstlichen Familie Oettingen und den Reichsgrafen Wilczek hat es gegeben. Die Fürsten Oettingen sind ein bayerisch-schwäbisches Geschlecht, die Grafen Wilczek ein böhmisch-schlesisches. Wenn solche Leute in Katinkas Entwicklung eingeschaltet waren, dann muß es ein allerhöchstes Interesse gegeben haben.»

«Woran?» sagte Goschi gespannt. «An dem Kind?»

«An dem Kind, ja», antwortete der Doktor. «Aber in doppelter Hinsicht. Sowohl an der Geheimhaltung und Verschleierung seiner Geburt wie auch an der Qualität und Effizienz seiner Bildung und Erziehung.»

Goschi und ihr Begleiter hatten in dem Eifer und der Intensität ihres Gesprächs gar nicht darauf geachtet, daß es inzwischen sechs Uhr abends geworden war und der Stimmenlärm geringer wurde, weil das Café sich leerte. Der Ober kam heran, wedelte mit einer Serviette über die Marmorplatte des Tischchens und teilte mit, daß man in fünf Minuten schließe. Also leerten Goschi und Prékonicz ihre Tassen und zahlten. Der Doktor begleitete Goschi zum Hotel.

Schon auf der Straße sagte Goschi: «Aber das paßt doch alles gar nicht zu einer Frau, die ihr Kind in ein Klosterinternat steckt und es durch eine Schwester besuchen läßt, anstatt sich selber darum zu kümmern. Was muß das für eine Mutter sein, die so etwas fertigbringt, ohne daran zu zerbrechen?»

«Vielleicht ist sie daran zerbrochen», sagte Prékonicz nachdenklich. «Was wissen wir? Was können wir heute über den inneren Zustand einer Frau aussagen, die vielleicht vor hundert Jahren ein Kind geboren hat und vor fünfzig Jahren starb? Das, was mit den Namen Wilczek und Oettingen verbunden war, waren mit Sicherheit auch keine Aktivitäten der Mutter, sondern des Vaters. Diese Möglichkeiten hatte Maria Geistinger doch nicht, Familien des Wiener Hochadels mit der Sorge um ihr Kind zu betrauen. Nein, da steckt eine andere Dimension dahinter. Ein Schicksal. Vielleicht sogar eine Tragödie. Auf jeden Fall aber eine einflußreiche Macht.»

«Daß Graf Wilczek nicht nur der Trauzeuge, sondern auch Katinkas Vater gewesen sein könnte, glauben Sie nicht?»

«Nein, das ist ausgeschlossen», sagte Prékonicz. «Und ich will Ihnen auch sagen, warum. Das wichtigste Argument, das dagegen spricht, ist seine Fürsorge für Katinka und seine Beteiligung an ihrer Verheiratung. Stellen Sie sich doch einmal die Sorgfalt bei der Verschleierung vor, die dazu geführt hat, daß Moriz Engel sich zur Hochzeit Katinkas um falsche Papiere aus Budapest bemühen mußte. Und da soll der verheiratete katholische Angehörige des Hochadels sich dadurch kompromittieren, daß er bei seiner außerehelichen Tochter den Trauzeugen spielt? Entschuldigen Sie, daß ich es so offen sage: Aber so blöd war damals niemand. Ganz abgesehen davon, daß die Daten in Hans Wilczeks Leben das auch gar nicht zulassen würden. Nein, so einfach ist die Sache wohl nicht. Übrigens – haben Sie das Grab Ihrer Urgroßmutter Geistinger draußen auf dem Zentralfriedhof schon einmal besucht?»

«Nein», sagte Goschi. «Sie ist doch erst seit einer Woche meine Urgroßmutter. Und ich wußte gar nicht, daß es ein Grab gibt.»

«Ein Ehrengrab der Stadt Wien», sagte Prékonicz. «Fahren Sie mal raus, in der Friedhofsverwaltung kann man Ihnen sagen, wo es ist.»

Wenige Tage nach Weihnachten schritt bei klirrender Kälte eine in Pelz gehüllte Goschi die Hauptallee des Zentralfriedhofs entlang, an deren Ende sich die Kuppel der Dr.-Karl-Lueger-Kirche erhebt. Kurz bevor man diese Kirche erreicht, durchschneidet die Allee das Feld der Ehrengräber der Stadt Wien. Goschi hatte sich die Nummer des Quadrats geben lassen und stand bald vor Maria Geistingers Grab. Dort erhebt sich eine schöne Marmorstele, die über einer gemeißelten Ornamentik von Lyra und Rosengeflecht ein Halbprofil der berühmten Künstlerin trägt. Goschi betrachtete dieses Bildnis, die Hände in die Taschen des Pelzmantels vergraben, und versuchte, sich darüber schlüssig zu werden, was sie bei diesem Anblick bewegte, denn irgend etwas rührte sich in ihrem Inneren. Nein, Trauer war es nicht, denn Trauer meldet sich nur bei dem Gedanken an Menschen, die man persönlich gekannt und mit denen man ein Stück Weges gemeinsam zurückgelegt hat. So etwas wie Ehrfurcht oder scheue Bewunderung kam auch nicht auf vor dem Marmorprofil der Frau, die wohl Katinka geboren hatte. Dazu waren die Umstände, unter denen das geschehen war, zu geheimnisvoll und zu ungeklärt. Je länger Goschi sich in das Bildnis der Maria Geistinger versenkte, desto eindringlicher fielen ihr die Worte von Doktor Prékonicz bei ihrem letzten Treffen im «Bräunerhof» wieder ein:

«Was wissen wir? Da steckt eine andere Dimension dahinter. Ein Schicksal. Vielleicht sogar eine Tragödie.»

Und das war es, was die junge Frau nicht mehr losließ. Teilnahme, Mitgefühl mit einer Frau, die, je länger Goschi sich in ihr Gesicht versenkte, immer weniger den Eindruck einer egoistischen Karrierefrau erweckte, die um ihrer persönlichen Erfolge willen ihr Kind im Stich ließ. Es wäre doch erstaunlich, wenn ein so wichtiges Ereignis im Leben einer Frau, wie es die Geburt einer Tochter war, nicht die geringste Spur hinterlassen hätte – und sei es auch nur eine Spur von Tränen.

Und eben über diese Gedanken sprach Goschi mit Josef Prékonicz, als sie sich das nächste Mal im «Bräunerhof» trafen. Der Doktor hatte sie nach ihren Eindrücken von dem Besuch auf dem Zentralfriedhof gefragt.

«Nichts Hartes», hatte Goschi geantwortet, «auch nichts Egoistisches oder Kaltes in diesem Profil. Ich sah ein Gesicht, dem Gefühle nicht fremd waren. Von dem Marmorbild auf dem Grabstein geht sogar noch mehr Mütterlichkeit aus als von den Fotografien aus dem Bildarchiv.»

«Nicht wahr?» erwiderte Prékonicz. «Das fasziniert mich an dieser Frau auch. Und von den zeitgenössischen Kritikern wird ihrem Spiel bescheinigt: Gefühlskraft ohne Sentimentalität.»

«Ein zentraler Wesenszug auch von Katinka, soweit ich mich bewußt an sie erinnere. Und eine beneidenswerte Stärke im Schmerz.»

Sie schwiegen nach diesen Worten Goschis eine Weile. Endlich sagte Prékonicz:

«Sollten Sie es nicht bei diesem Stand der Dinge belassen, Goschi? Ich meine, wenn ich mir das alles so vor Augen halte...»

«Was wollen Sie damit sagen?»

«Nun, Katinka hatte ein Geheimnis. Das hat sie mit ins Grab genommen –»

«Nein», unterbrach ihn Goschi energisch. «Nein, Doktor Prékonicz. Wenn Katinkas Wunsch, daß niemand sich jemals um ihre Herkunft kümmern solle, damals befolgt worden wäre, dann hätten sie meine Mutter und ihre Geschwister in die Lager geschickt, dann säßen wir vielleicht nicht einmal hier im ‹Bräunerhof› zusammen, um darüber zu reden. Nein, ich will wissen, was es ist, worüber sie geschwiegen hat bis in den Tod. Ich will wissen, wer ich bin, wer meine Vettern und Cousinen sind, und was für ein Mensch meine berühmte Urgroßmutter wirklich war. Ob sie keine Briefe hinterlassen hat? Tagebücher?»

«Tagebücher», sagte Prékonicz nachdenklich. «Nein, für Tagebücher hatte sie keine Zeit. Wenn man Abend für Abend auf der Bühne steht, da setzt man sich nicht mehr hinter ein Tagebuch. Aber Briefe? Wollen Sie sich die Mühe wirklich machen?»

«Also gibt es Briefe?» sagte Goschi gespannt.

«Hunderte», antwortete Prékonicz. «Sie finden sie nicht in der Nationalbibliothek, sondern in der Handschriftensammlung des Wiener Stadt- und Landesarchivs.»

«Haben Sie sie jemals angeschaut?»

«Oberflächlich», antwortete Prékonicz. «Ich bin mehr zufällig darauf gestoßen, als ich einmal in einer anderen Sache etwas nachzusehen hatte. Die meisten sind Geschäftsbriefe, Engagements, Honorare, Gastspiele, Auftritte, wenn ich mich recht entsinne. Was eine vielbeschäftigte Schauspielerin eben so zu schreiben hat. Auf die Persönlichkeit, die Sie suchen, läßt kaum einer einen Schluß zu. Aber trotzdem..., wenn ich an Ihrer Stelle wäre, würde ich mich nicht auf Josef Prékonicz verlassen.»

«Sondern?» fragte Goschi.

«Ich würde mich selber vergewissern.»

Goschi verließ sich in der Tat nicht auf Josef Prékonicz. So stand sie schon bald danach im zweiten Stock des neugotischen Wiener Rathauses vor der verschlossenen Tür zur Handschriftensammlung des Stadt- und Landesarchivs. Ein Archivangestellter in dunkelbrauner Strickjacke öffnete ihr und ließ sie eintreten, nachdem Goschi ihm geschildert hatte, wonach sie suchte. Der Mann führte sie in einen kleinen, aber sehr hohen Raum, in dem vier Arbeitstische mit Leselampen standen. Als Goschi Platz genommen hatte, fragte der Mann sie, ob sie bestimmte Briefe der Geistinger suche.

«Nein, nein», sagte Goschi. «Vor allem persönliche Briefe hätte ich gerne gesehen.»

«Da können wir keine Unterschiede machen, Fräulein. Nur nach Zeitabschnitten machen wir das. Wissen Sie denn, aus welcher Zeit das ist, was Sie suchen?»

«Nein», erwiderte sie, «ich muß sie wohl alle durchsehen.»

Der Mann nahm das mit einem Gesichtsausdruck zur Kenntnis, als wolle er sagen: Sie haben aber Courage, Fräulein. Dann verschwand er und kam nach einiger Zeit zurück, die Arme voll mit Mappen aus einem grauen, harten Karton, alle verschlossen mit Schleifen aus schwarzem Ripsband. Der Mann deponierte die Mappen vor ihr auf dem Tisch und klärte sie auf.

«Bei all diesen Handschriften», sagte er, «wissen wir exakt, wer sie geschrieben hat. Da gibt es keinen Zweifel. Aber dann geht es auch schon los. Wir haben Notizen, Aide-mémoires, Visitenkärtchen, die an überhaupt niemanden gerichtet sind. Davon gibt es datierte und undatierte. Die datierten finden Sie hier nach Daten geordnet – die undatierten hier.» Er wies auf die jeweiligen Mappen und fuhr fort:

«Bei den Briefen wird es noch komplizierter. Wir haben die einfachste Form der Briefe, von denen wir wissen, wann sie geschrieben wurden und an wen. Die finden Sie hier.» Er zeigte auf eine andere der Mappen. «Und dann haben wir Briefe, von denen wir wissen, wann sie geschrieben wurden, aber nicht an wen. Die finden Sie hier. Weiter haben wir diejenigen Briefe, von denen wir zwar wissen, an wen sie geschrieben wurden, aber nicht wann. Die sind hier drin. Und unsere Lieblingsstücke in der Archivarbeit sind hier in dieser letzten Mappe. Das sind die, von denen man nicht weiß, wann sie geschrieben wurden und auch nicht an wen, weil jeglicher Hinweis auf das Datum und den Empfänger fehlt. So, Fräulein, und nun müssen Sie selber sehen, ob Sie etwas finden, das Sie weiterbringt. Wenn Sie eine Frage haben, läuten Sie, ich komme dann und helfe Ihnen. Und noch eins, alle Handschriften müssen genauso in Reihenfolge und Anordnung in den Mappen liegenbleiben, wie Sie sie vorgefunden haben, sonst entstehen die größten Schwierigkeiten.»

Goschi machte sich an die Arbeit. Da sie mit keiner der Einteilungen, die der Mann ihr genannt hatte, etwas anfangen konnte, entschloß sie sich, die Briefe allesamt zu lesen. Sie machte sich nicht einmal Gedanken darüber, bei welcher dieser Mappen sie anfangen wollte, denn es war vollkommen gleichgültig. So arbeitete sie sich nach und nach durch Hunderte von Autographen. Prékonicz hatte vollkommen recht gehabt. Sie las Briefe an Agenten, Kolleginnen und Kollegen, Autoren, Rezensenten. Sie las Vertragsentwürfe und Wünsche nach Vertragsänderungen, Verschiebung von Auftrittsterminen, Bitten um Änderung von Texten in leichter sprechbare Passagen, Anmahnungen von Zahlung fälliger Gagen, Klagen über ungerechte Kritiken, oberflächliches Geplauder mit Freundinnen über Tagesereignisse oder Theaterklatsch. So lernte sie nach und nach die Schauspielerin Maria Geistinger und ihre Welt kennen, von der Goschi sich eingestand, daß sie ziemlich banal war und sie nur wenig interessierte.

Auf die Person der Maria Geistinger oder sogar auf den Menschen, der in ihr steckte, stieß sie gegen drei Uhr nachmittags, und das auf eine sehr überraschende Weise. Es geschah in der Mappe mit undatierten und unadressierten und in der mit adressierten, aber nicht datierten Briefen. Den Liebesbrief entdeckte sie als ersten, und zwar in der Mappe mit Briefen, die weder einen Rückschluß auf den

Zeitpunkt ihrer Entstehung noch auf die Person des Empfängers zuließen. Nur den Vornamen ihres Geliebten nannte die Schreiberin. Er lautete Hans.

Montag Abend

Mein herziger, süßer Mann!
Lach mich nicht aus, wenn ich die Ursache genannt, die mich jetzt, nach 12 Uhr nachts noch zum Schreiben treibt – ich lese nämlich einen Roman, der in Ungarn spielt – und lauter Magyaren vorkommen – unwillkürlich drängt sich mir Dein Name auf die Lippen und das Buch beiseite werfend eile ich zum Schreibtisch, um ein paar Worte mit Dir zu plaudern – in dem Helden der Geschichte sehe ich Dich – ich finde Ähnlichkeit in der Beschreibung seines Aussehens – und er ist wahrhaftig nicht *häßlich beschrieben / wie die Dichter ja immer den Helden und die Heldin ihrer Geschichte zum Ideale erheben – und Du mein süßer Hans – bist ja* mein *Ideal des Schönsten, Herrlichsten, was meine Phantasie sich träumt. Du weißt gar nicht, mein Herz, zu welcher Vollkommenheit Dich meine Liebe erhebt – und um Dich nicht gar zu eitel zu machen, muß ich sagen, daß es denn doch ganz so arg – nicht ist – aber sieht man in dem Gegenstand seiner Liebe / ich meine der* wahren, einzigen / *nicht alle Schönheit vereint? Früher fand ich bei dem Gegenstand meines momentanen Gefallens nur die Fehler – sie fielen mir viel schneller in die Augen als die Vorzüge – jetzt? – jetzt sehe ich nur alles Liebe und Gute in Dir vereint – und Deine Fehler / die doch jeder Mensch hat / verschwinden vollständig – So, mein Herz, nun habe ich Dir gesagt, wie ich Dich anbete. Mein Herz ist erleichtert – nun gehe ich zu Bett, lese meinen Roman weiter und schlafe mit den Gedanken an Dich, Du Engelsmann ein – Über die Kommödie – es war* recht *gut besetzt und gefiel, d. h.* ich *gefiel unendlich! – gut' Nacht mein herziges Lieb, tausend Küsse von Deinem wirklich schauerlich* verliebten *Weib Marie.*

Goschi hatte einige Zeit gebraucht, um diese drei Seiten, geschrieben in einer etwas flüchtigen und ungewohnten deutschen Handschrift, zu entziffern. Nun starrte sie auf das Papier. So gar nicht schien ihr dieser Überschwang der Gefühle eines fast ein wenig naiven Gemüts zu der kühlen, sachlichen Persönlichkeit zu passen, die ihr aus den

Geschäftsbriefen der großen Schauspielerin entgegengetreten war. Immerhin aber äußerte sich hier eine Frau, die eine Seele besaß, wenn auch eine etwas egozentrische, wie Goschi dem Satz entnahm, den sie über den Erfolg der Komödie geschrieben hatte. Goschi staunte, welche Energie und welche Zeit eine Frau von damals aufzuwenden vermochte, um mitten in der Nacht aus dem Gegenstand ihrer Neigung eine Philosophie dieser Neigung zu entwickeln. Wie alt mochte Maria Geistinger gewesen sein, als sie diesen Brief schrieb? An welchem Montagabend des vergangenen Jahrhunderts mochten diese bewegenden Zeilen entstanden sein? Und vor allem – wer mochte der Empfänger gewesen sein? War dieser Mann Katinkas Vater? Eine starke Affektion zu Ungarn und seinen Menschen trat Goschi aus diesen Zeilen entgegen, und unwillkürlich mußte sie an den schönen Palisanderkasten Katinkas denken. Hatte er nicht einen überaus wertvollen ungarischen Magnatenschmuck als Hochzeitsgeschenk enthalten?

Alle diese Fragen konnte Goschi hier im Benützerraum des Archivs nicht klären. Sie notierte sich deshalb die Katalognummer des Dokuments, um den freundlichen Archivar zu bitten, ihr eine Kopie anzufertigen. Schließlich machte sie sich an den Rest der Arbeit, der ihr noch bevorstand. Zum zweiten Mal traf sie auf den Menschen Maria Geistinger, und zwar in der Mappe, die jene Briefe enthielt, von denen man zwar wußte, an wen sie geschrieben waren, aber nicht wann. Und in diesem Brief an einen Professor Dr. Eduard Lumpe begegnete sie auch der ersten Spur ihrer Großmutter Katinka. Das spürte Goschi instinktiv, als sie begann, diese Zeilen zu lesen.

Hochverehrter Herr Professor!
Meinen innigsten Dank für Ihre große Güte, daß Sie gestern gleich zu der armen kleinen «berg» kamen, ich nehme so herzlichen Anteil an dem armen Geschöpf, die so viel Kummer hat. Ich bitte Sie, sehr geehrter Herr Professor, mit aufgehobenen Händen besuchen Sie das arme Kind täglich, wenn es nöthig. Die Umgebung der armen Kranken wagte es nicht, Sie darum zu ersuchen. Meinen ewigen unbegrenzten Dank dafür, Ihre Sie hochverehrende Marie Geistinger.

Adressiert war der Brief an «Sr. Hochwohlgeboren Professor Dr. Lumpe, Seilergasse, III. Stock». Es war weiß Gott schwer, sich größere Gegensätze vorzustellen als die, die aus diesen beiden Briefen, geschrieben von derselben Person, zutage traten. War der eine die gefühlvolle, romantische Gemütsbewegung einer anscheinend glücklich Liebenden, so war der andere der ergreifende Hilferuf einer verzweifelten Mutter. Wenn es nur den geringsten Anhaltspunkt dafür gäbe, wann diese beiden Briefe entstanden waren. Kurz entschlossen betätigte Goschi den Klingelknopf auf der Tischplatte, und der Mann in der braunen Strickjacke erschien. Goschi reichte ihm die beiden Schriftstücke, die sie gefunden hatte, und der Mann las sie durch. Endlich legte er sie wieder an ihren Platz und sagte, daß er überhaupt nicht gewußt habe, daß die Geistinger-Sammlung auch so persönliche Stücke enthalte. «Gibt es überhaupt keine Chance herauszukriegen, aus welcher Zeit sie stammen könnten?» fragte Goschi.

Der Mann nahm die Briefe und sah sie noch einmal sorgfältig an. «Direkt nicht», sagte er schließlich. «Wir können allenfalls eines versuchen, Fräulein ... wir haben ja eine Menge datierter Briefe hier. Ich mache Ihnen, wenn Sie wollen, Kopien aus verschiedenen Epochen, und die können dann mit diesen hier verglichen werden.»

«Das ist eine gute Idee», sagte Goschi. «Einen Graphologen werden wir finden.»

«Nix Graphologen», erwiderte der Mann. «Graphologen taugen nur etwas, wenn man wissen will, ob zwei Schriftstücke aus der gleichen Hand stammen. Für alles andere braucht man eine umfassende Bildung und Erfahrung. Und die hat der Herr Doktor Prékonicz-Lloyi.»

«Lloyi?» sagte Goschi überrascht.

«Ja», antwortete der Mann. «Wußten Sie das nicht? Die Grafen Prékonicz-Lloyi, eines der ältesten Adelsgeschlechter des Kaisertums. Die Titel hat man ihnen ja weggenommen, nachdem man die alte Monarchie endlich kaputtgemacht hatte. Aber Tradition und Fähigkeiten sind geblieben. Gehen Sie mit diesen Briefen zum Herrn Doktor Prékonicz-Lloyi. Er kann Ihnen sagen, was Sie wissen möchten, Fräulein.»

Für ein solches Gespräch schien Prékonicz und Goschi das Café «Bräunerhof» nicht mehr geeignet. Sie trafen sich zu diesem Zweck im «Grünen Anker» in der Grünangergasse hinter dem Dom und aßen dort in der behaglichsten Ecke ein vorzügliches italienisches Gericht, bevor Goschi die Briefe hervorzog und anfing, von ihrem Besuch im Stadt- und Landesarchiv zu berichten. Der Doktor hörte ihr zu und nahm sich, nachdem er seine Espressotasse geleert hatte, die erste Briefkopie vor, die Goschi ihm über den Tisch reichte. Er schob die Brille auf die Nase und las. Es war der Montagabendbrief.

«Ein romantisches junges Mädchen», sagte er, als er den Text entziffert hatte.

«Ja», antwortete Goschi. «Das fand ich auch. Aber nun werden Sie staunen.»

Der Lumpe-Brief wanderte über den Tisch, und Prékonicz las. Er ließ das Blatt sinken.

«Und eine verzweifelte Mutter», kommentierte er nachdenklich. «Die kleine ‹berg›, das kann nur Katinka sein.»

Goschi nickte. Prékonicz legte das Blatt vor sich auf den Tisch und fragte:

«Was haben Sie da noch für Schriftstücke?»

«Das sind datierte Vergleichsbriefe», sagte Goschi und schob das Päckchen über den Tisch. Sie berichtete von dem freundlichen Mann und dem Rat, den er ihr gegeben hatte.

«Der Amtsrat Wadl», sagte der Doktor und ließ ein wissendes Lachen hören. «Zusammen mit dem Wadl habe ich schon so manches aus Handschriften herausgearbeitet, was die Verfasser sich nicht hätten träumen lassen.»

«Er hat gesagt, der Amtsrat Wadl, daß Sie herausbringen können, wann die Briefe geschrieben sind. Sie hätten große Erfahrung und umfassende Bildung, hat er gesagt.»

«Er übertreibt natürlich, der Wadl», antwortete der Doktor. Aber er nahm die Briefe dennoch, hielt sie besser ins Licht und prüfte sie.

«Er hat das ganz gut gemacht», fuhr er anerkennend fort. «Er hat Ihnen Briefe in fünfjährigen Abständen herausgesucht. So etwa alle fünf Jahre verändert sich die menschliche Handschrift. Zumindest für den Historiker. Sie wird mit zunehmendem Lebensalter zum Beispiel meist größer und fahriger.»

Schweigend ordnete er nun die Briefe, prüfte und verglich. Goschi sah ihm gespannt dabei zu. Endlich schien der Doktor zu einem Ergebnis gekommen zu sein.

«Es ist natürlich sehr unverbindlich», sagte er, «aber Ihre beiden Briefe hier müssen ungefähr im selben Lebensabschnitt geschrieben worden sein, mit einem geringeren zeitlichen Abstand als zwei Jahre. Und wenn Sie sie vergleichen mit anderen datierten Briefen in der gleichen Schriftqualität, dann können sie nur aus den Jahren 1871 bis etwa 1873 stammen.»

«Und wann war sie geboren, sagten Sie?»

«Achtzehnhundertsechsunddreißig.»

«Dann muß sie also, als diese beiden Briefe entstanden sind, ungefähr um die Mitte Dreißig gewesen sein.»

«Ja», sagte Prékonicz. «Damals, ohne die Kosmetik und die Lebensweise unserer heutigen modernen Frauen nicht mehr die allererste Maienblüte. Selbst wenn sie eine schöne Frau mit einer guten Konstitution war. Ich habe morgen ohnehin im Rathaus etwas zu besorgen. Ich kann Ihnen das noch ein bißchen weiter verifizieren.»

«Wie wollen Sie das machen?» fragte Goschi, und der Doktor antwortete:

«Nun, ich kann zum Beispiel in den alten Adreßbüchern nachsehen, wann Herr Doktor Lumpe unter der angegebenen Adresse eingetragen war.»

«Eine großartige Idee», sagte Goschi.

«Die naheliegendste», erwiderte der Doktor.

«Warum tun Sie das alles für mich?»

«Was wollen Sie hören? Weil ich es gern für Sie tue? Oder weil mich Maria Geistinger interessiert?»

«Weil Sie Maria Geistinger interessiert», sagte Goschi. Sie versuchte, ihr Lächeln zu verstecken, aber Prékonicz sah es doch.

«Schön», sagte er. «Weil mich Maria Geistinger interessiert. Würden Sie mir aus diesem Grunde die Briefe bis morgen anvertrauen? Es ist auch bestimmt kein Trick.»

«Seien Sie nicht ...» sagte Goschi und stockte. Prékonicz lachte.

«... albern», meinte er. «Sagen Sie es nur.»

«Entschuldigen Sie», sagte Goschi.

«Nichts zu entschuldigen, Goschi, wenn Sie mir zur Wiedergutmachung erlauben, Sie einmal so anzureden. Ich kenne Sie ja inzwischen schon ganz gut. Ich meine, daß wir uns über diese beiden Briefe sehr ausführlich unterhalten müssen. Sie sind voller Geheimnisse.»

Hierzu verabredeten sich Goschi und der Doktor für den nächsten Tag gegen fünf Uhr im Café «Landtmann». Prékonicz kam direkt vom Rathaus dorthin und wurde von Goschi schon erwartet. Der Doktor steckte voller Neuigkeiten. Als erstes platzte er mit der wichtigsten heraus, kaum daß er Goschi begrüßt und Platz genommen hatte.

«Meine Einschätzung hat gestimmt. Der Lumpe-Brief kann nur 1872 oder 1873 entstanden sein, weil nur in diesen beiden Jahren Doktor Lumpe an der Adresse in der Seilergasse eingetragen war. Und der Montagabendbrief muß aufgrund der unbestreitbaren Identität der Schriftzüge aus demselben zeitlichen Umfeld stammen. Es kann sich, in Anbetracht der damaligen Moralvorstellungen, nur um eine späte und eher platonisch-romantische Liebschaft handeln. Jedenfalls steht der Montagabendbrief mit dem Kind, das im Lumpe-Brief gemeint ist, in keinem Zusammenhang. Der Mann namens Hans kommt als Vater dieses Kindes sicher nicht in Frage.»

«Sie glauben also auch, daß der Lumpe-Brief die Existenz eines Kindes der Schreiberin beweist?»

«Natürlich», sagte Prékonicz, «und zwar die Existenz Ihrer Großmutter Katinka Auffacher, angeblich geborene Engel.»

«Warum sind Sie sich Ihrer Sache so sicher?»

«Dieser Brief ist der Brief einer Mutter», sagte Prékonicz, «nicht der Brief irgendeiner Frau, die sich aus irgendwelchen Gründen für irgendein beliebiges Kind interessiert. Das Kind ist ein Mädchen. Sie ist ihre Tochter. Und der Professor weiß es.»

«Wie kommen Sie auf diese Vermutung?» fragte Goschi.

«Sie spricht in ihrem Brief von der armen kleinen ‹berg›. Ein Tarnname, dessen wahre Bedeutung sie selbst kennt, der Professor aber auch. Es ergäbe sonst keinen Sinn, dieses Kürzel zu verwenden. Ich gehe sogar so weit zu vermuten, daß der Professor der Arzt war, der Maria Geistinger von Katinka entbunden hat. Denn die Dringlichkeit der Bitten läßt auf eine große Vertrautheit schließen. Aber keine persönliche, sonst hätte sie das ‹du› verwendet. Eher eine fachlich-berufliche. Sehen Sie, Formulierungen wie ‹große Güte›, ‹herzlichen Anteil›, ‹meinen ewigen unbegrenzten Dank›, ‹mit aufgehobenen Händen›, das sind keine alltäglichen Worte.»

«So etwas habe ich überhaupt noch nie gehört», sagte Goschi etwas respektlos. «Mit aufgehobenen Händen, mein Gott...»

«Das war zu dieser Zeit eine gebräuchliche Ausdrucksweise, um schriftlich eine flehentliche Bitte vorzubringen. Die aufgehobenen Hände bestärken mich am meisten in meiner Vermutung, daß die kleine ‹berg› Maria Geistingers Tochter war.»

«Und was für eine Realität könnte sich hinter der kleinen ‹berg› verstecken? Ein Name?»

«Der Teil eines Namens jedenfalls», sagte Prékonicz. «Darauf deutet der kleine Anfagsbuchstabe hin. Und der Professor wußte, welcher Name mit dieser Nachsilbe gemeint war. Wir wissen es nicht. Wir können es nicht einmal vermuten. Jedenfalls nicht, bevor wir nicht wesentlich tiefer in Katinkas Geschichte eingedrungen sind.»

Der Doktor dachte eine kleine Weile nach, dann fuhr er fort: «Die Silbe kann für den Namen einer Person stehen oder den eines Ortes, Stadtteils oder irgendeines beliebigen Begriffs.»

«Kann sie einen Bezug auf den Namen des Vaters dieses Kindes haben?» fragte Goschi.

«Nein», antwortete der Doktor, «das halte ich für ausgeschlossen. Nach allem, was Katinka aus ihrer Kindheit erzählt hat, scheint ihre Mutter die Geheimhaltung dieses Namens sehr ernst genommen zu haben. Sie muß dazu entweder einen persönlichen Grund gehabt haben oder eine Verpflichtung eingegangen sein, so daß ihn sogar ihr eigenes Kind entweder überhaupt nicht oder sehr spät erfahren hat. Jedenfalls verbrannte auch dieser Name im Feuer. Es wäre überraschend inkonsequent, wenn Maria Geistinger ihn ausgerechnet ihrem Geburtshelfer bei der Entbindung von Katinka preisgegeben hätte. Meinen Sie nicht auch?»

Etwas von der Dramatik, die diesen Ereignissen zugrunde gelegen haben mußte, rührte Goschi bei dieser einfachen Frage des Doktors an. Ganz allmählich begriff sie, daß es ja nicht nur darum ging, ob, wann und unter welchen Umständen ein Kind geboren worden war, als Folge eines Fehltritts vielleicht, einer leichtsinnigen Liaison, einer Augenblickslaune. Es war möglich, daß es bei dem, wonach sie suchte, um wesentlich mehr ging, um wesentlich Wichtigeres, um ein Schicksal vielleicht. Vielleicht sogar um zwei Schicksale, Katinkas Schicksal noch gar nicht mitgerechnet. Und Dr. Josef Prékonicz wußte das. Oder er ahnte es jedenfalls.

«Allmählich verstehe ich Ihre Frage von neulich», sagte Goschi nach einer Weile. «Ob wir uns trauen sollen, in diese Schicksale tiefer einzudringen.»

«Und?» sagte der Doktor, «Sie haben nicht den geringsten Anhaltspunkt, worauf Sie auf dem Grund der Geschichte stoßen können. In was für Verhältnisse Sie eindringen werden. Wessen Schuld Sie ausgraben, oder wessen Leid Sie aufwühlen. Wollen Sie nicht lieber doch aufhören?»

«Nein», sagte Goschi entschlossen. «Je länger ich darüber nachdenke, desto stärker empfinde ich es nicht nur als mein Recht, sondern sogar als meine Pflicht. Als Großmama Katinka im Jahr neunzehnhundertdreizehn den kostbaren Hochzeitsschmuck auf einer Einladung verlor, war sie darüber jahrelang untröstlich. Es ist überliefert, daß dieser Schmuck die teuerste Erinnerung war, die Katinka besaß. Zwei Dinge stehen fest, Doktor Prékonicz. Das eine ist, daß Katinka den Namen des Mannes kannte, von dem dieser Schmuck stammte. Das zweite ist, daß sie sich der Familie Engel, bei der sie sich schließlich geborgen fühlen durfte, zu großem Dank verpflichtet sah. Das hat sie mehrfach und verschiedenen Personen erzählt. Wenn Großmama die Entwicklung damals hätte voraussehen können, hätten ihre Kinder diese Dinge erfahren. Ich sehe nicht ein, warum die Enkelin es nicht sollte erfahren dürfen.»

«Also schön», sagte Prékonicz, «das ist ein Wort. Denn die nächste Stufe in die Tiefe dieses Geheimnisses liegt hier vor uns auf dem Tisch.»

Goschi sah ihn, ohne zu antworten, so verblüfft an, daß er nach einer Weile fortfuhr:

«Haben Sie sich denn nicht gefragt, woher die Schreiberin des Lumpe-Briefs eigentlich wußte, daß die kleine ‹berg› krank war?»

Goschi schüttelte den Kopf.

«Die Frage drängt sich geradezu auf», fuhr Prékonicz fort. «Und woher wußte die Briefschreiberin, daß der Professor ‹gestern› sofort bei der armen Kranken war? Und daß die Umgebung, in der die kleine ‹berg› sich aufhielt, es nicht wagte, ihn um täglichen Besuch zu bitten?»

«Es ist wahr», sagte Goschi nachdenklich. «Die Fragen drängen sich auf. Kennen Sie die Antwort?»

Prékonicz nickte. «Seit heute nacht, ja. Und Sie kennen sie auch. Denn auch die Antwort drängt sich auf, finden Sie nicht?»

Goschi schwieg, während sie begriff, was er meinte. Man hörte das leise Murmeln der Gespräche deutlicher, das gedämpfte Klappern des Geschirrs, das Saugen der Schwingtür.

Endlich sagte Goschi fast tonlos: «Mein Gott, Sie haben recht, Doktor. Es war keine Tante, die die kleine Katinka im Ursulinenkloster besuchte. Es war ihre Mutter selbst. Nur so paßt das alles zusammen, was Katinka aus dieser Zeit erzählt hat. Die Schönheit, die Traurigkeit, die Eleganz, die schönen Hände, die Katinka angeblich von ihrer Tante hatte. Ihre schönen Hände hatte sie von ihrer Mutter, nicht von einer Tante. Du lieber Himmel, vielleicht haben wir etwas entdeckt, wovon meine Großmama, solange sie lebte, nicht die geringste Ahnung hatte.»

Goschi ließ eine lange, nachdenkliche Pause eintreten, auch Prékonicz schwieg. Schließlich fuhr Goschi fort:

«Nur stoßen wir eben immer wieder auf Katinkas Erzählung, daß diese Tante, an die sie sich so lebhaft erinnerte, sich später aus dem Fenster gestürzt habe, weil sie den Mann nicht heiraten durfte, den sie liebte. Dieses Rätsel werden wir vermutlich niemals lösen können. Denn daß Maria Geistinger sich nicht aus dem Fenster stürzte, sondern neunzehnhundertdrei in Klagenfurt starb und in Wien ein Ehrengrab erhielt, steht schließlich fest. Und paßt eigentlich alles das, was wir uns da überlegt haben, mit den Lebens- und Engagementdaten zusammen?»

«Das tut es», sagte Prékonicz. «Ich habe es überprüft. Achtzehnhundertfünfundsechzig kam Maria Geistinger nach dreizehn Jahren Abwesenheit an deutschen und russischen Bühnen zurück nach Wien und spielte unter Strampfer am Theater an der Wien. Sie war schon damals eine gefeierte Schauspielerin – nur in ihrer Heimatstadt Wien kannte man sie kaum. Das kam erst Jahre später. Wieder in der Stadt, von der sie wußte, daß ihre kleine Tochter dort lebte, bekam sie Sehnsucht nach dem Kind, das sie geboren hatte, und näherte sich

Katinka – als Tante. Sie konnte das ziemlich gefahrlos tun, wenn sie weitgehend verschleiert blieb, denn *public relations* und Starrummel, wie wir sie heute kennen, gab es damals nicht. Und die frommen Ursulinenschwestern waren gegen die Welt des Theaters ohnehin weitgehend abgeschirmt; und ihre kleinen Zöglinge erst recht. Das ging lange gut – bis der Notfall einer Krankheit eintrat. Da wandte sich die Mutter an den einzigen vertrauten Arzt, den sie schon lange kannte – nämlich von der Geburt der kleinen ‹berg› her –, an den inzwischen Professor gewordenen Dr. Eduard Lumpe. Der Brief an ihn ist der Beweis. Und daß Sie ihn hundert Jahre später durch Zufall fanden, hat das Geheimnis enträtselt.»

Der Doktor machte eine Pause, dachte nach und fuhr dann fort: «Das Motiv für die Geheimhaltung der wahren Verhältnisse durch eine zwischen Pflicht und Sehnsucht hin und her gerissene Mutter muß ein sehr bedeutendes moralisches oder wirtschaftliches gewesen sein. Oder auch beides.»

«Ich möchte mehr denn je wissen, was damals wirklich geschehen ist», sagte Goschi.

«Vielleicht gibt es einen Weg, das zu erfahren», antwortete Prékonicz. «Oder wenigstens eine Vermutung. Wir müssen herausfinden, wer dieser Professor Lumpe war, was er gemacht hat, wann das geschehen ist. Auf welche Art und Weise das Vertrauensverhältnis zwischen ihm und Maria Geistinger zustande gekommen sein könnte.»

«Wie soll man das herausfinden, nach so langer Zeit?» fragte Goschi verzagt, aber der Doktor lachte nur.

«Wien ist eine Stadt der Archive. Nirgends auf der Welt können Sie intensiver und tiefer in die Geschichte eindringen als hier. Wir haben eine alte und berühmte Universität. Dort gibt es eine ebenso alte und berühmte medizinische Fakultät. Und diese weiß mit Sicherheit alles über jeden Mann, der jemals als Professor und Doktor der Medizin in den Adreßbüchern dieser Stadt eingetragen war. Wenn Sie sich die Mühe machen wollen, dort nachzuforschen?»

«Ich muß mir diese Mühe machen», sagte Goschi und schüttelte entschlossen ihr Haar. «Ich bin es Katinka schuldig. Maria Geistinger und ihr Schicksal haben mich schon so gefangengenommen, daß ich nicht mehr zurückkann.»

In diesem Augenblick bewunderte Dr. Josef Prékonicz die junge Frau, und vielleicht war es sogar etwas mehr als Bewunderung, was er empfand.

II

Zu Beginn des Jahres 1858 wohnte der Doktor der Medizin Eduard Lumpe im Haus Nr. 1093 der Inneren Stadt Wien; er war 45 Jahre alt. Der Arzt hatte 1838 den Doktorgrad der Universität Wien erworben und ein Jahr darauf die Würde eines Magisters der Geburtshilfe und Frauenheilkunde. Die nötigen Erfahrungen für seinen Beruf hatte er sich während einiger Jahre als Praktikant auf der 6. Medizinischen Abteilung des Allgemeinen Krankenhauses und zweier weiterer Jahre als Assistent an der 1. Gebärklinik erworben. Er hatte danach eine Vorlesungserlaubnis über das Thema der operativen Geburtshilfe beantragt und auch verliehen bekommen, die mit dem Titel eines Professors verbunden war. Bekannt geworden ist aber nur eine einzige Vorlesung im Sommersemester des Jahres 1857. Das hatte seinen Grund in dem lawinenartig angewachsenen Zulauf, den Lumpe mit seiner Privatpraxis hatte, die ihm keine Zeit mehr für Lehre und Forschung ließ. Professor Dr. Eduard Lumpe war damals der gesuchteste, beliebteste, diskreteste und ganz gewiß auch wohlhabendste Frauenarzt in der Kaiserstadt. Diesen Ruf genoß er bis in die exklusivsten Kreise der Hocharistokratie und des Hofes.

Professor Lumpe war deshalb kaum überrascht, als ihm, ziemlich spät an einem unfreundlichen Januarabend des Jahres 1858, seine Zofe auf einem silbernen Tablett einen verschlossenen und versiegelten Brief in seine Studierstube brachte, wo er an der Anamnese einer kapriziösen Patientin schrieb. Er unterbrach seine Arbeit, nahm den Brief von dem Tablett, betrachtete ihn von vorne und rückwärts und fragte das Mädchen nach dem Überbringer. Nachdem er erfahren hatte, daß der Bote zwar geläutet, dann aber den Brief vor die Tür gelegt hatte und verschwunden war, überprüfte Dr. Lumpe die drei Siegel und wunderte sich nicht, daß diese weder ein Wappen noch die Initialen eines Namens zeigten. Ohne die Siegel zu beschädigen, schlitzte er mit einem Skalpell den Umschlag auf. Der Brief trug weder ein Datum noch eine Anrede oder Unterschrift. Er war außerdem sehr kurz. Er besagte, daß eine Dame in der kaiserlich-königlichen Gebäranstalt, die einer Entbindung entgegensehe, ihn um seinen baldigen Besuch bitte. Dazu war angegeben die Nummer eines Zimmers – sonst nichts. So kurz diese Mitteilung auch war, der Professor war dank seiner Berufserfahrung imstande, ihr eine weit über den knappen Inhalt hinausreichende Geschichte zu entnehmen. Er lehnte sich in seinem Schreibtischsessel zurück, entzündete sich eine Zigarre und fing an, sich diese Geschichte auszumalen.

Sie begann damit, daß die Dame, die ihn erwartete, eine Insassin der k. k. Gebäranstalt war. Hinter diesem ebenso häßlichen wie zutreffenden Namen verbarg sich eine der geheimnisvollsten und wichtigsten Institutionen der damaligen Zeit, in der Abtreibung, Empfängnisverhütung und Geburtenkontrolle noch nicht zum öffentlich diskutierten und umstrittenen Thema gehörten wie in unseren Tagen. Die entsprechenden Gesetze aus Josephinischer oder auch schon aus Theresianischer Zeit regelten alle Fragen, die sich aus dem Bedürfnis der Geheimhaltung der Geburt eines außerehelichen Kindes oder einer ledigen Geburt ergaben. Der Umstand, daß die Dame, die ihn zu sich rufen ließ, sich überhaupt in dieser Gebäranstalt befand, verriet Dr. Lumpe, daß die zu erwartende Niederkunft auf keinen Fall die Geburt eines von Eheleuten gezeugten Kindes sein würde. Wichtiger aber war die Tatsache, daß die geheimnisvolle Dame mit der Zimmernummer 32 sich in der Zahlabteilung der Anstalt, und zwar mit der Zahlklasse I, also in der privilegiertesten und damit auch teuersten Abteilung der drei für Verpflegung, Unterbringung und Entbindung zahlenden Klassen befinden mußte.

Das Schreiben, das Dr. Lumpe in der Hand hielt, ließ keinen weiteren Rückschluß zu. Weder darauf, wer die Dame war, noch darauf, wer das Schreiben etwa in ihrem Auftrag oder zu ihren Gunsten verfaßt hatte. Sicher waren für den Arzt nur zwei Dinge: Der Name der Dame sollte verschwiegen werden, und die Dame war keine verheiratete Frau. Die Aufnahme in die Zahlabteilung der

Gebäranstalt beinhaltete zugleich die besondere, kaiserlich geschützte Pflicht, eine ledige Mutter zeitlebens vor dem Bekanntwerden der unehelichen Geburt eines Kindes zu schützen. Alle, die hier eintraten, hatten das Recht, ihren Namen zu verschweigen, sich gewissermaßen unkenntlich zu machen sowie jede Angabe über ihre Herkunft zu verweigern. Sehr wohl aber wußte der erfahrene Arzt, daß die geheimen Absichten dieser Gesetze noch weit über den Schutz der jungen Mütter hinausgingen, daß sie nämlich vor allem auch den Schutz unehelicher Väter vor unerwünschten Erb- oder Unterhaltsansprüchen betrafen. Sehr wohl kannte er den Josephinischen Gesetzestext zur Einrichtung des Gebärhauses: «In diesem Hause wird allen denen, welche zur Geburtshilfe und Wartung bestimmt sind, die Verschwiegenheit zur strengsten Pflicht gemacht und außer den notwendigen Leuten niemand, unter was immer für einem Vorwande, eingelassen. Keine Person, die aufgenommen zu werden verlangt, wird um ihren Namen und destoweniger um den Namen des Vaters des Kindes gefragt. Übrigens haben die hier ihre Zuflucht nehmenden Personen die Freiheit, mit Larven, verschleiert, und überhaupt so unkennbar, als sie immer wollen, dahinzukommen.»

All das hatte Dr. Eduard Lumpe als Geburtshelfer wohl schon mehr als einige dutzend Male erlebt. Und noch etwas entnahm er diesem Brief: Die Frau, die nach ihm geschickt hatte, mußte den besseren Ständen angehören oder einen Beschützer haben, der diesen angehörte. Denn in der Zeit, die Dr. Lumpe überblicken konnte, waren niemals in einem einzigen Jahr mehr als drei oder höchstens vier Kinder in der obersten Zahlklasse zur Welt gekommen. Zudem war in dem Brief auch nicht die Rede von einer Weibsperson, einer Frau oder einer Frauensperson, sondern von einer Dame. Und auch nur die Insassinnen der ersten Zahlklasse hatten das Recht, ein Einzelzimmer zu bewohnen und zur Entbindung einen Arzt ihrer Wahl hinzuzuziehen.

Um in die Alservorstadt zu den Allgemeinen Krankenanstalten zu gelangen, zu denen auch das Gebärhaus gehörte, ließ der Arzt sich einen Fiaker herbeirufen. Dr. Lumpe kleidete sich um und stieg gegen sechs in die geschlossene zweisitzige Kutsche, die vor seiner Haustür gehalten hatte. Durch die damals noch teilweise ungepflasterte und durchwegs schlecht beleuchtete Schottengasse und Alserstraße erreichte das Gefährt nach einer knappen halben Stunde das Tor der Krankenanstalten, das der Wagen ungehindert passierte. Erst als es in die innere Zone ging, wo das Areal der Gebäranstalt von den übrigen Gebäuden durch einen hohen Zaun aus Schmiedeeisen abgetrennt war, wurde der Kutscher angehalten. Ein uniformierter Pförtner öffnete den Wagenschlag und leuchtete mit einer Laterne mißtrauisch in das dunkle Innere. Er gab, als er im Lichtschein den Arzt erkannte, dem Kutscher ein Zeichen zur Weiterfahrt. Vor dem Gebäude, in dem sich die Zahlklassen befanden, verließ der Arzt den Wagen, bezahlte den Kutscher, wies ihn aber an, für die Rückfahrt auf ihn zu warten. Wenn er in einer halben Stunde nicht wieder zur Stelle sei, könne er nach Hause fahren.

Dr. Eduard Lumpe sah an dem Gebäude hinauf. Hier war die Geheimabteilung der Klinik, und wer hier eintreten wollte, wurde auf allerhöchsten Befehl sehr strengen Kontrollen unterzogen. Es gab ein Pförtnerhaus, darin einen Amtsraum mit Barriere und Theke. Auch hier kannte man den Arzt, und er wurde mit seinem Namen begrüßt. Dennoch wurde auch ihm ein Zettel zugeschoben, auf dem er seine Unterschrift zu leisten hatte. Diese wurde im Hintergrund mit einer Signatur auf einer Karte verglichen. Erst als das geschehen war, öffnete ein Pfleger die zweite Tür, die nach hinten in das Innere des Gebäudekomplexes führte. Der Arzt gelangte, begleitet von dem schweigsamen Pfleger, in den ersten Stock, wo eine weiter ins Innere führende Tür von einem zweiten Beamten hinter einem Schalter überwacht wurde. Diesem Mann hatte der Arzt den Brief zu übergeben, der ihm auf so geheimnisvolle Weise zugestellt worden war. Der Mann nahm das Papier entgegen und verließ damit seine Loge. Nach einiger Zeit kam er zurück und öffnete von innen die klinkenlose Tür. Es ging einen langen, schwach beleuchteten Flur entlang. Endlich blieb der Pfleger vor einer Tür stehen, auf der die Nummer 32 aufgemalt war. Der Mann klopfte und verschwand dann lautlos. Als er von innen die Aufforderung vernahm einzutreten, öffnete Dr. Lumpe die Tür.

Er stand vor der Dame, die ihn gerufen hatte oder ihn hatte rufen lassen. Dr. Lumpe nahm den Zylinder ab und wartete, was weiter geschehen würde. Von der Dame sah er vorerst nicht viel. Zwar waren die Allgemeinen Krankenanstalten zu dieser Zeit schon mit dem modernen Gaslicht versehen, aber die Bewohnerin des Zimmers Nr. 32 hatte es vorgezogen, den Raum durch eine Petroleumlampe zu erleuchten, die ein mildes und gedämpftes Licht verbreitete. Im Scheine dieses Lichtes saß die Dame würdevoll und gerade aufgerichtet auf einem Stuhl der einfachen Einrichtung und sah dem Besucher entgegen. Sie war dunkel und hochgeschlossen gekleidet, trug einen Hut und hatte das Gesicht verschleiert. Weiße, schmale und sehr schöne Hände lagen in ihrem Schoß. Ihren Zustand verbarg der lange, weit auseinanderfallende Rock der damaligen Mode. Dr. Lumpe hatte nicht den geringsten Anhaltspunkt für das Alter der Dame, bis sie zu sprechen begann. Sie hatte die Stimme einer sehr jungen Frau und sagte:

«Legen Sie doch ab, Herr Doktor Lumpe, und nehmen Sie Platz.»

Dabei deutete sie auf einen zweiten Stuhl. Der Besucher legte Hut und Stock ab, entledigte sich der Pelerine und folgte der Aufforderung. Er spürte mehr, als er sah, daß die Dame ihn durch den engmaschigen Schleier hindurch eine Weile prüfend betrachtete. Schließlich vernahm er wieder ihre Stimme.

«Sind Sie Wiener, Herr Doktor Lumpe?»

«Nein, Madame», antwortete er, «ich bin Schlesier. Ich bin in Troppau geboren und aufgewachsen, aber ich habe in Wien studiert. Warum fragen Sie?»

«Es ist sehr wichtig für mich, wem ich mich anvertraue. Sie wissen, weshalb ich hier bin?»

Dr. Lumpe nickte. «Gewiß, Madame. Es ist nichts Außergewöhnliches.»

«Sie wissen, daß Sie über alles strengstes Stillschweigen bewahren müssen, was Sie hier sehen, hören, erleben oder erraten sollten?»

Dr. Lumpe nickte noch einmal und wiederholte seine Antwort. «Gewiß, Madame. Auch das ist nichts Außergewöhnliches. Darf ich eine Frage an Sie richten?»

«Fragen Sie», sagte die Dame. «Aber möglicherweise werde ich Ihnen nicht antworten.»

«Woher kennen Sie meinen Namen, Madame? Und woher nehmen Sie das Vertrauen in diesen Namen?»

Die Dame schien einige Augenblicke lang zu schwanken, ob sie antworten solle oder nicht. Endlich entschloß sie sich, es zu tun.

«Ich kannte Ihren Namen überhaupt nicht», sagte sie. «Er ist mir genannt worden, und man hat mir gesagt, daß Sie ein verständnisvoller und vertrauenswürdiger Mensch sind. Und außerdem der beste Arzt und Geburtshelfer in Wien.»

Der Besucher machte im Sitzen eine knappe dankende Verbeugung, antwortete aber nichts. Deshalb griff die Dame nach einem Briefumschlag, der versiegelt neben ihr auf der Kommode an eine Stutzuhr gelehnt stand, und zeigte ihn dem Arzt. Auf seiner Vorderseite stand deutlich und groß geschrieben die Zahl 32. Sonst nichts.

«Sie wissen, was das ist, Herr Doktor Lumpe?»

Auch zu dieser Frage nickte der Arzt und antwortete: «Gewiß, Madame. Auch das ist üblich und nichts Besonderes. Eine reine Vorsichtsmaßnahme für die Behörde. Sie besagt gar nichts.»

Die Dame stellte den Brief zurück an seinen Platz und sagte: «O doch, sie besagt sogar sehr viel. Sie besagt, daß, wenn ich in diesem Haus sterbe, die Behörde weiß, wer ich gewesen bin, denn innen in dem Brief steht mein Name. Außen auf dem Umschlag nur die Nummer des Zimmers. Zweiunddreißig.»

Dr. Lumpe wurde von der Szene, die er soeben miterlebte, sehr stark berührt. Es war eine tiefe Melancholie, die ihm begegnete, eine abgrundtiefe Traurigkeit, die hinter dem dichten Schleier zu verspüren war.

«So dürfen Sie nicht reden, Madame», sagte er. «Wenn Sie dieses Haus lebend verlassen, wie es bisher viele junge Mütter getan haben, nehmen Sie diesen Umschlag, verschlossen wie er ist, wieder mit sich und verbrennen ihn zu Hause.»

«Ich habe kein Zuhause», sagte die junge Frau. «Wenn mir nichts zustößt, Herr Doktor, dann werde ich diesen Umschlag irgendwo in einer fremden Wohnung, in einem fremden Kamin verbrennen und dann wieder auf die Reise ziehen, von der niemand weiß, wo und wie sie zu Ende gehen wird. Und was mit dem Kind geschehen wird, das ich zur Welt bringe, das wissen Sie so gut wie ich, nicht wahr? Es wird mir sofort weggenommen werden, vielleicht werde ich es nicht einmal sehen. Dann wird es in die Findelanstalt kommen, denn alle Kinder, die hier außer der Ehe zur Welt kommen, müssen der Findelanstalt übergeben werden.»

Die junge Frau schwieg, und fast kam es dem Arzt so vor, als wünsche die Dame gar nicht, dieses Haus lebend zu verlassen. Und darüber, wie sie an das Kind dachte, das sie erwartete, wagte er nicht, sich ein Urteil anzumaßen. Deshalb sagte er:

«Madame, Sie haben mich als Arzt rufen lassen, nicht wahr?»

«Als Arzt und als Mensch», antwortete die Dame.

«Nun», sagte der Besucher, «dann muß ich Ihnen auch als Arzt und als Mensch antworten. So dürfen Sie einfach nicht denken, wenn Sie ein gesundes Kind zur Welt bringen wollen. Und ein gesundes Kind wollen Sie doch zur Welt bringen, nicht wahr?»

Anstelle einer Antwort brach die junge Frau in Tränen aus, ein lautloses Schluchzen erschütterte ihren Körper.

«Sehen Sie bitte weg», sagte sie, nachdem sie erfolglos versucht hatte, es zu unterdrücken.

Dr. Lumpe stand auf, trat ans Fenster und starrte nachdenklich hinaus in die schon hereingebrochene Nacht. Hinter seinem Rücken mußte die Dame den Gesichtsschleier heben, um ihre Tränen zu trocknen. Nach einer Weile hörte der Besucher ihre Stimme:

«Sie haben die letzten Jahre in Wien gelebt, Herr Doktor Lumpe?»

Da diese Frage keine Erlaubnis enthielt, sich umzudrehen, antwortete der Arzt, noch immer zum Fenster gewandt: «Ja, Madame, immer. Die Dozentur, dann die Praxis ... und ich liebe diese Stadt.»

«Sie können sich wieder zu mir setzen», sagte die Dame, nachdem sie ihre Gemütsbewegung unter Kontrolle gebracht hatte. Dr. Lumpe wandte sich ihr wieder zu und sah, daß sie ihren Schleier nach oben geschlagen hatte. Er starrte in ein Frauengesicht von außerordentlichem Liebreiz und gleichzeitig tiefer Traurigkeit. Aber er erkannte sie sofort.

«Mein Gott, Maria Geistinger», rief er unbeherrscht aus.

«Sie haben mich getäuscht, Herr Doktor Lumpe», sagte die junge Frau entrüstet nach einer Pause des Erschreckens und machte eine Handbewegung, wie um den Schleier wieder vor ihr Gesicht zu ziehen.

«Nein, Madame, ich habe Sie nicht getäuscht», antwortete der Arzt. «Wenn Sie mich gefragt hätten, wann ich zum letzten Mal in Hamburg war, hätte ich Ihnen gesagt, vor einem knappen Dreivierteljahr. Und das, weil meine Schwägerin dort ein Kind bekam und ich ihr dabei behilflich war. Sie brauchen ihr Gesicht nicht wieder zu verbergen, ich bitte Sie, Madame. Meiner absoluten Verschwiegenheit dürfen Sie sicher sein.»

Maria Geistinger ließ den Schleier aufgeschlagen.

«Ich vertraue Ihnen», sagte sie. «Und in Hamburg waren Sie im Thalia-Theater?»

«Chonchon la Savoyarde», sagte der Arzt. «Sie spielten die Chonchon seit dem zweiten Dezember sechsundfünfzig. Ich war in Ihrer Abschiedsvorstellung am siebzehnten Mai vorigen Jahres. Die Stadt lag Ihnen zu Füßen, Madame. Sie haben eine große Begabung.»

«Ich weiß», sagte die junge Frau, «mein alter Lehrer, Professor Wolf hier in Wien, sagt es auch. Ned auslassen, Mariedl, hat er gesagt, du schaffst es, du kommst ganz nach oben, dorthin, wovon die anderen nur träumen.»

«Na also», sagte der Arzt. «Er weiß es. Sie wissen es auch. Ich brauche Sie nicht zu bestärken, Madame. Warum weinen Sie?»

«Sie können sich nicht vorstellen, was es heißt, dorthin zu kommen. Und wenn man es erreicht hat, in der Gunst des Publikums zu bleiben. Es nimmt den ganzen Menschen in Anspruch. Jeden Tag und jeden Abend, den Gott werden läßt. Und um so schwerer ist die Arbeit an sich selbst und an der Kunst, je lockerer, leichter und schwereloser der Auftritt wirkt.»

«Was man Ihrer Kunst nachsagt, Madame.»

Die junge Frau nickte. «Das war härteste Arbeit.»

«Allmählich fange ich an zu begreifen», sagte der Arzt, zog sein Taschentuch und wischte sich den Schweiß ab, den die plötzliche Erkenntnis auf seiner Stirn hervortreten ließ, durch die ihm die praktische Aussichtslosigkeit der Lage seiner Patientin voll zu Bewußtsein kam. In diesem Fall hing alles von der Person des Vaters des Kindes ab, das sie erwartete. Und nach diesem Vater durfte er nicht fragen, wenn sie nicht selbst die Rede darauf brachte. Das verboten das Gesetz und sein Takt. Glücklicherweise gab die junge Frau dem Gespräch eine Wendung, die es dieser Frage näherbrachte.

«Ich stehe allein», sagte sie nämlich. «Und wissen Sie, was eine junge Schauspielerin am Anfang ihrer Karriere verdient, wenn sie überhaupt auf eine solche hoffen darf? Sechs Gulden die Woche im Durchschnitt. Bei mir sind es inzwischen zehn. Verstehen Sie jetzt, warum fast alle diese jungen Mädchen einen Galan haben, der sie zeitweilig aushält? Und verstehen Sie, woher der schlechte Ruf kommt, den die sogenannte bessere Gesellschaft diesen jungen Dingern leichtfertig anhängt? Man treibt sie erst in die Betten genußsüchtiger und pflichtvergessener Aristokraten, um sie nachher mit Schimpf und Schande zu überschütten. Bühnenpersonal gilt heute als leicht zu erlegendes Wild für drei Arten von Kavalieren. Für die jungen Sprößlinge der Hocharistokratie, die dort lernen sollen, was man mit einer Frau zu machen hat, hinter deren Geld man her ist und die man deshalb heiraten muß. Dann die verkalkten Greise, die, bevor sie abtreten, noch einmal erleben möchten, was vor ihrer Vernunftehe so schön war. Und dazwischen gibt es noch die unzähligen untadeligen Ehemänner, die sich bei einem Bühnenmäuschen gegen Unterhalt als Vergnügen erkaufen, was bei ihren Ehefrauen längst zur lästigen Pflicht geworden ist.»

«Sie sind grausam, Madame», sagte der Arzt, als die junge Frau schwieg.

«Im Gegenteil», antwortete sie. «Ich bin nur ehrlich. Oder sind Ihre Erfahrungen als Geburtshelfer andere, Herr Doktor Lumpe?»

Der Besucher antwortete erst nach einer Weile. «Nein», sagte er schließlich. «Nein, es sind genau dieselben. Ich habe sie nur noch niemals ausgesprochen. Und, um ehrlich zu sein, auch noch niemals ausgesprochen gehört.»

Er schwieg eine Weile und setzte dann hinzu: «Nein, das stimmt nicht, ich muß das korrigieren. Ich habe vor kurzem im Theater in der Josefstadt ein Stück gesehen von einem gewissen O. F. Berg, der hat das genauso zum Ausdruck gebracht wie Sie, Madame.»

Der Besucher wunderte sich, daß er seine schöne Patientin für den Bruchteil einer Sekunde lächeln sah.

«Also kennen Sie den Franzi? No, das kann ich mir denken, daß Sie als Theaterfreund an dem nicht vorbeikommen. Berg ist nur sein Pseudonym. In Wirklichkeit heißt er Ottokar Franz Ebersberg und ist inzwischen zum *enfant terrible* Wiens geworden. Der Schrecken der Obrigkeit und das Vergnügen des Publikums. Gespielt und verboten werden seine Stücke. Und er schreibt immer wieder neue. Welches Stück von ihm haben Sie denn gesehen? Den ‹Waisenbub›?»

«Das Findelkind», antwortete der Arzt. Er wunderte sich sehr, festzustellen, daß das Verhalten seiner Patientin während ihrer Unterhaltung vom Zustand tiefer Traurigkeit gewechselt hatte zu einem fast lebhaften Interesse.

«Sehen Sie», sagte die Geistinger, «dann brauche ich Ihnen fast nichts mehr zu sagen. Der ‹berg›, wie wir ihn unter uns nennen, weil sein Pseudonym eine Anmaßung ist, die ihm gar nicht zusteht, der hat so etwas wie die Nase eines Reporters: er entdeckt viel, bleibt aber an der Oberfläche. Der hat also meine Lage entdeckt und glaubt, sie zu kennen. Er glaubt das nur, verstehen Sie? Aber trotzdem hat er ein Stück darüber geschrieben, weil er meine Geschichte als exemplarisch ansieht für alles, wogegen er zu Felde zieht. Aber das ist sie nicht, verstehen Sie? Der ‹berg› irrt sich, und ich kann es niemandem sagen. Ihm am wenigsten, weil dann meine wahre Geschichte sofort unter den Leuten wäre. Und das darf sie nicht. Er glaubt natürlich, mir etwas Gutes zu tun, weil er ein aufbrausender Kindskopf ist, weil er mich verehrt und weil er möchte, daß ich seine Stücke spiele. Moralisch geht es ihm auch um die Frage, was dann aus den Folgen solcher leichtsinniger Affären wird, wie er sie mit Recht anprangert.»

«Ja, was wird wohl aus den Folgen?» sagte der Arzt. Es war nur eine rhetorische Frage, aber überrascht vernahm Dr. Lumpe die Antwort der jungen Frau.

«Manchmal eine große Liebe, Herr Doktor Lumpe, sehr selten, aber manchmal doch.»

Es trat ein sehr langes Schweigen ein in dem nur spärlich erleuchteten Zimmer, das der Besucher schließlich unterbrach. «Ist das bei Ihnen so gewesen, Madame?»

Maria Geistinger antwortete auf diese direkte Frage nach ein paar Sekunden der Überlegung.

«Eigentlich habe ich Sie zu mir bitten lassen, um Sie kennenzulernen, weil ich Sie zur Entbindung haben möchte.»

Sie schwieg.

«Aber?» sagte der Arzt.

«Aber ich habe Zutrauen zu Ihnen», antwortete die junge Frau. «Es tut mir gut, mit jemand über all das reden zu können, was mich bedrückt. Sie haben Verständnis.»

«Sie stehen alleine, sagten Sie vorhin?»

Die junge Frau nickte.

«Das ist vielschichtig und kompliziert. Sehen Sie, natürlich hat das

Kind, bei dessen Geburt Sie mir helfen sollen, einen Vater, aber einen Vater, der zu keiner der drei Kategorien rechnet, die ich Ihnen aufgezählt habe, sondern zu einer vierten, zu der nur sehr wenige gehören. Er ist ein Ehrenmann vom Scheitel bis zur Sohle. Außerdem Angehöriger einer Familie, deren Name in aller Munde ist und den man in ganz Europa kennt.»

«Kenne ich ihn auch?»

«Sie kennen ihn auch. Er ist ein Mann mit einer starken Gefühlsfähigkeit, ein Mann, der die Dekadenz, die Heuchelei und den Egoismus der Kaste verachtet, der er selber angehört, und der deshalb unverheiratet geblieben ist, obwohl man ihm glänzende ‹Partien› aufgedrängt hat. Er hat mir alles angeboten, was zu einer fürstlichen Mätresse gehört: Geld, Wohnung, Bedienung, Kutsche. Aber ich habe alles abgelehnt. Ich bin keine von denen, habe ich ihm gesagt, und Sie sind auch keiner von denen, die der Pöbel mit Recht beschimpft. Und deshalb verhalten wir uns auch nicht so. Ich mache am Theater meine Arbeit, und Sie machen die Ihre in der Politik.»

Die junge Frau schwieg. Erst nach einer Weile fragte ihr Besucher: «Wie können Sie dann sagen, daß Sie alleine stehen, Madame?»

«Der Vater dieses Kindes ist der letzte Namensträger des Familienzweiges, dem er angehört. Und gegen den Rest dieser Familie hat er anzukämpfen. Eine kleine Schauspielerin? Auf Tourneen auch noch? Bürgerlich? Nein, das geht nicht. Das dulden wir vielleicht fürs Bett, aber nicht für die Dynastie samt Schloß und Vermögen.»

Der Arzt nickte. «Das Übliche», sagte er. «Erzählen Sie weiter.»

«Wir haben harte Kämpfe durchgefochten. Er wollte unter allen Umständen, daß ich meine Karriere beende und nur noch für das Kind sorge. Er hätte alles bezahlt, von der Entbindung bis zum Studium bei einem Knaben oder bis zur Eheaussteuer bei einem Mädchen. Ich habe mich geweigert, Herr Doktor Lumpe. Ich stand mit zweiundzwanzig Jahren am Scheideweg meines ganzen Lebens. Der eine Weg verhieß eine glänzend ausgestattete Junggesellin mit einem ledigen Kind und einem sorgenfreien, aber leeren Leben. Der andere Weg verhieß die Erfüllung in meinem Beruf, für den ich vorbestimmt bin. Nun, ich habe mich für den zweiten Weg entschieden. Und das war nicht leicht.»

«Mein Gott im Himmel», sagte der Arzt nach einer Pause, in der man die Uhr auf der Kommode eins schlagen hörte. «Und Sie wußten, was das bedeutet: geheime Entbindung in der Gebäranstalt, Findelhaus und eine ungewisse Zukunft für das Kind. Denn als Schauspielerin auf dem Wege zum Ruhm, aber mit einer Wochengage von zehn Gulden können Sie für ein Kind nicht sorgen. Und was könnte schon der Vater für so ein Kind tun?»

Die junge Frau nickte. «Ja. Und er wußte das auch alles. Deswegen machte er noch einen Vorschlag. Sollte das Kind ein Knabe werden, schwor er mir, werde er für mich und das Kind den Kampf gegen seine Familie aufnehmen. Es gibt da manche Möglichkeit, Adoption ist eine von ihnen.»

«Dann können Sie nur beten, Madame», sagte der Arzt.

Maria Geistinger schüttelte den Kopf.

«Das ist zwecklos, Herr Doktor. Der Herrgott ist mit dieser Bitte überfordert. Ob es eine Knabe oder ein Mädchen wird – der Vater dieses Kindes sieht dem Tode entgegen. Er leidet an einer schweren und unheilbaren, schmerzhaften Krankheit. Es ist nicht einmal sicher, daß er die Geburt dieses Kindes noch erlebt. Er war schon im vorigen August, als wir es erfuhren, in Paris bei einem Spezialisten. Er ist auch jetzt wieder dort. Aber ich habe keinerlei Hoffnung.»

«Mein Gott im Himmel», stammelte der Arzt erschüttert.

«Sparen Sie sich das», erwiderte die junge Frau. «Ich weiß, daß Sie mitempfinden. Sie brauchen es nicht zu sagen. Ich weiß nicht, was aus dem Kind wird, das ich zur Welt bringe. Ob er vorgesorgt hat oder nicht. In meinem Zustand kann ich nicht einmal zu ihm reisen, obschon er mich noch mehr bräuchte als das Kind. Wenn ich zu ihm fahren könnte, wüßte ich nicht, ob ich ihn sprechen könnte. Könnte ich ihn sprechen, wäre nicht sicher, ob er etwas tun könnte. Deshalb sagte ich vorhin, ich stehe allein.»

Der Arzt wurde sich nach und nach der Schwere der Verantwortung bewußt, die er zu übernehmen im Begriff war. Nun verstand er, was seine Patientin gemeint hatte, als sie sagte: Sparen Sie sich das. Das einzige, was zählte, war praktische Hilfe. Deshalb antwortete er: «Fürs erste wird für dieses Kind auch gesorgt sein, wenn Sie es hier in diesem Hause zur Welt bringen. Sie brauchen sich also weder Sorgen zu machen noch Gewissensbisse zu haben. Schon gar nicht, wenn Sie den Mann lieben, von dem Sie es bekommen. Dafür, daß Sie und das

Kind bei der Entbindung gesund bleiben, werde ich als Arzt tun, was in meinen Kräften steht. Es ist nicht nur sein Kind, Madame, sondern auch Ihres. Also haben Sie Vertrauen. Und niemand wird Sie daran hindern, sich später zu dem Kind und seinem Vater zu bekennen, wenn Ihre Verhältnisse es zulassen werden.»

«Die Vernunft, mit der Sie sprechen, tut mir gut», sagte die junge Frau. «Aber was in Zukunft sein wird, muß ich abwarten. Ich weiß nur, daß ich sehr vorsichtig sein muß. Denn diese Familie hätte die Macht, jede Karriere zu zerstören, wenn sie das will. Und ob sie das will oder nicht, wird auch von mir abhängen.»

Nach einer Pause erhob sich der Arzt. Er legte die Pelerine um und griff nach Hut und Stock.

«Bei allem, was geschieht, Madame, denken Sie immer daran, daß Sie in mir nicht nur einen Bewunderer haben, sondern einen Freund.»

«Ich danke Ihnen, Herr Doktor Lumpe. Ich sagte Ihnen schon, es tut mir gut.»

Sie reichte dem Arzt die Hand, und Dr. Lumpe beugte sich über sie. Dann zog die Dame den dichten Schleier wieder vor ihr Gesicht. Neben der Tür hing ein breites, besticktes Band an der Wand, und der Arzt zog daran. Vom Korridor her drang schwach das Läuten einer Glocke herein. Es dauerte eine Weile, bis von dort Schritte vernehmbar wurden. Schließlich wurde an die Tür geklopft. Der Arzt öffnete sie. Draußen stand wortlos der Pfleger, der den Besucher auch hergebracht hatte. Der Arzt wandte sich noch einmal um, wechselte mit seiner verschleierten Patientin ein paar Worte wegen der Untersuchungstermine und verließ dann Maria Geistingers Zimmer.

Die Geburt, die wenige Tage später stattfand, war einfach und verlief ohne Komplikationen. Es wurde ein gesundes, kräftiges kleines Mädchen, und Hieronym Stadler, der Kurator der Pfarrei zur Heiligen Dreifaltigkeit an der Alserstraße, taufte es einen Tag nach der Geburt auf den Namen Katharina, wie seine anonyme Mutter es sich gewünscht hatte.

Wieder einen Tag später besuchte Dr. Eduard Lumpe die junge Mutter, sprach ihr Mut zu und beglückwünschte sie zu dem guten Verlauf der Geburt für sie selbst und das Kind. Als der Arzt sie verließ, sagte er: «Bevor ich mich zurückziehe, erlauben Sie mir eine

Frage, Madame. Sie brauchen mir natürlich nicht zu antworten. Wenn ich sie als Arzt stelle, ist die Frage auch nicht indiskret.»

«Fragen Sie», sagte die junge Frau. «Ich bin Ihnen dankbar für Ihre große Hilfe.»

«Madame», sagte der Arzt, «gehe ich fehl in der Vermutung, daß diese Entbindung nicht Ihre erste Entbindung war?»

Eine Weile sah die junge Frau ihren Besucher ein wenig unschlüssig an. Dann sagte sie:

«Woher wollen Sie das wissen, Herr Doktor Lumpe?»

«Nun, ich bin Arzt und habe Sie entbunden und untersucht.»

«Dann», sagte die Patientin, «folgen Sie in Ihren Vermutungen dem, was Ihre Erfahrung Sie lehrt.»

12

Im Mai 1956 jährte sich in Österreich zum ersten Mal der Abschluß des Staatsvertrages mit den vier Siegermächten des Zweiten Weltkrieges. Dieses Ereignisses wurde überall im Land mit Feiern gedacht, obschon damals noch niemand ahnen konnte, daß es sich dabei um einen Präzedenzfall handelte, der den 35 Jahre später erfolgenden Rückzug des Kommunismus aus der Geschichte einläutete: den ersten Akt nämlich, mit dem die damalige Sowjetunion etwas wieder aus der Hand gab, das vorher in ihrem Besitz gewesen war.

Das Ereignis wurde unter anderem mit einer großen Feierstunde im Nationalratsgebäude sowie mit einem Festakt der Stadt Wien im Rathaus und auf dem großen Platz zwischen diesem und dem Burgtheater begangen. Am Abend des Jubiläumstages fand dann ein großer Ball statt, für den man das traditionsreiche Hotel «Sacher» ausgewählt hatte. Hierzu war alles geladen, was Rang und Namen in der Stadt hatte. Für Goschi hatte das schon Wochen vorher eine gewaltige Menge an Arbeit bedeutet. Man hatte ihr so ziemlich alles aufgehalst, von dem man wollte, daß es besonders gut gelang – angefangen von der Buchung der Suiten und Gästezimmer, streng nach den Erfordernissen des präsidialamtlichen Protokolls, bis hinunter zur Sitzordnung an der Bankett-Tafel, dem Schreiben der Menüblätter und der Auswahl und Bereitstellung der Gedecke und der Tischwäsche. Dazu kamen noch ihre gewöhnlichen Aufgaben und Pflichten, von denen sie nur wenige hatte delegieren wollen oder können.

Also war sie, als der große Abend herankam, ein wenig erschöpft, aber sehr glücklich. Schon am Tag vor dem Jubiläum waren Gäste angereist, die im Hause wohnten. Und am Festabend selbst waren ab

18 Uhr alle Räume strahlend hell erleuchtet. Im Hintergrund spielte ein Tafelorchester dezente Walzermusik, und die Räume begannen sich zu füllen. Wer als Herr einen Schulterbandorden besaß, war im Frack erschienen, das Militärpersonal trug Galauniformen, und die Damen kamen in großer Toilette.

Den Doktor Prékonicz sah Goschi erst ziemlich spät. Sie mußte im übrigen zweimal hinsehen, um sich zu überzeugen, daß er es wirklich war. Anders als sonst hielt er sich gerade aufgerichtet und wirkte dadurch besonders hochgewachsen. Das meist ungebärdige Haar hatte er auf irgendeine Weise gebändigt, und es lag verhältnismäßig glatt um einen eigenwillig geformten Schädel. Er wirkte sehr männlich, wie er da in der Nähe des Eingangs stand und sich umsah. Er trug keine Orden und hatte einen Smoking an. Eine Hand war salopp in die Hosentasche geschoben. Einen Augenblick lang gab Goschi sich der Illusion hin, er halte vielleicht nach ihr Ausschau, aber dann erinnerte sie sich an Mimis Bemerkung, wonach Dr. Prékonicz-Lloyi eine der begehrtesten Partien in der Stadt sei und ganz gewiß anderes im Kopf habe, als sich um eine Hotelsekretärin zu bemühen. Und wirklich hatte der Sektionschef auch rasch seinen Anschluß gefunden, zuerst in Gestalt eines britischen Offiziers und seiner Dame, die ihn in einen Kreis anderer Damen und Herren zogen, wo Goschi ihn alsbald, in der Hand einen Sektkelch, in reger Unterhaltung wieder entdeckte. Sie versuchte, dagegen anzukämpfen, daß ihr diese Entdeckung irgendwo an einer schwer definierbaren Stelle einen leichten Stich versetzte.

So nahm der Abend seinen Verlauf. Nach den Cocktails wurde zur Tafel gebeten, und das Bankett begann. Es wurde unterbrochen und in die Länge gezogen von zahlreichen Tischreden und Toasts, von denen kein einziger Beitrag der damaligen politischen Weltlage entsprach, weil die Offiziere der sowjetischen Armee mit an der Tafel saßen und Beiträge zur wirklichen politischen Weltlage ganz gewiß nicht gerne gehört hätten. Gegen halb elf war das Mahl endlich beendet, und die Tafel löste sich auf. Es war für Goschi die erste Atempause, und sie saß für ein paar Minuten in ihrem kleinen Büro bei dem gewohnten Schwarzen, als Prékonicz den Raum betrat.

«Da sind Sie ja», sagte er. «Warum verziehen Sie sich in die hinterste Ecke, reizend wie Sie aussehen heute abend?»

«Vielen Dank», sagte Goschi, «aber so sehen wir schließlich alle aus heute abend. Setzen Sie sich, Doktor. Kann ich irgend etwas für Sie tun?»

Prékonicz setzte sich leger auf die Kante ihres Schreibtischs und begann zunächst einmal eine zwanglose Plauderei über den Verlauf des Abends, wobei er Goschi ein paar Komplimente machte, die sie leicht erröten ließen.

Dann wechselte er das Thema: «Wir sind das letztemal nicht zu Ende gekommen, als wir nach Ihren Recherchen betreffend Doktor Lumpe über Katinka sprachen.»

«Stimmt», sagte Goschi. «Diese Nachforschungen haben ergeben, wie es hätte gewesen sein können, wie es aber wohl in Tat und Wahrheit nicht war.»

Prékonicz nickte. «Wie es wirklich war, werden wir erst herauskriegen, wenn wir die ganz persönlichen Briefe finden, die in dieser Affäre geschrieben worden sind. Bis dahin müssen wir schon glücklich sein, vermuten zu können, wie es vielleicht gewesen sein könnte.»

«Mein Gott», sagte Goschi, «aber dazu müssen wir irgend etwas über den Vater herausfinden. Und da hat bisher nichts den geringsten Anhalt erbracht.»

«Deswegen habe ich mir auch noch einmal Gedanken gemacht», sagte Prékonicz. «Mir ist etwas eingefallen. Erinnern Sie sich an den Anfang unserer Beziehung?»

«Natürlich», sagte Goschi mit leicht anzüglichem Unterton. «Wie Sie mir ein Dokument gemopst haben, um dann meine Bekanntschaft zu machen.»

«So ist es», antwortete der Doktor. «Die Rede Ihres Urgroßvaters Auffacher ist mir wieder eingefallen. Würden Sie es mir noch einmal anvertrauen?»

«Jetzt?» sagte Goschi.

«Wenn es Ihnen nichts ausmacht», antwortete Prékonicz. «Ich würde die Rede gerne zu Hause noch einmal studieren.»

Goschi verließ das Büro, fuhr mit dem Aufzug in den Oberstock, stieg ins Dachgeschoß und suchte in dem Palisanderkasten nach der Hochzeitsrede. Als sie wieder herunter zur Rezeption kam, war auch Mimi Gadrusch da und unterhielt sich mit Prékonicz. Goschi übergab dem Doktor die Broschüre, und er ließ sie in der Brusttasche seines Smokings verschwinden.

«Haben Sie deswegen nach mir gesucht?» fragte Goschi.

«Nein», antwortete der Doktor, «sondern um endlich mit Ihnen zu tanzen.»

Er wandte sich an Mimi. «Ist es dem Hotelpersonal verboten, mit den Gästen zu tanzen?»

«Und wenn?» sagte Mimi.

«Dann würde ich Goschi bitten, als Privatperson mit mir zu tanzen.»

«Ich nehme an, das ist nicht Ihr Ernst», sagte Mimi. «Goschi kann natürlich tanzen, mit wem sie will.»

«Wollen wir?» fragte Prékonicz. Goschi wurde feuerrot und nickte. Dann ging sie dem Doktor voran nach draußen. Mimi Gadrusch zündete sich eine Zigarette an und schickte dem Paar einen wissenden Blick nach.

Draußen in den großen Räumen spielte ein Orchester. Es war noch eine Zeit, als der Gesellschaftstanz dem persönlichen Kontakt und intimeren Gesprächen diente. Inmitten der Fracks, Uniformen und schulterfreien Abendkleider fielen der bekannte Junggeselle und Sektionschef im Unterrichtsministerium und die hübsche, ebenso bekannte Empfangssekretärin des Hauses auf. Um so mehr als den neugierigen Beobachterinnen nach einer Weile klar wurde, daß es sich keineswegs um einen Höflichkeitstanz handelte.

«Haben Sie keine anderen Pflichten?» fragte Goschi. «Kollegen, Vorgesetzte und so?»

Sie war gefaßt auf irgendeine Floskel, wie sie auf diese Frage folgen konnte, wenn auch nicht mußte, und war überrascht von der Antwort. «Mein Minister ist auch Junggeselle. Sonst hätte ich Sie erst um den zweiten Tanz bitten können.»

«Erste Wiener Gesellschaft», sagte Goschi nach einem Blick in die Runde der tanzenden Paare. «Manche von ihnen waren schon hier im Hotel.»

«Aber es ist das erste Mal, daß Sie sie alle auf einem Haufen zusammen sehen, nicht wahr?»

«Ziemlich beeindruckendes Bild», sagte Goschi.

«Das ist aber auch alles», antwortete der Doktor einsilbig.

«Was wollen Sie damit sagen?»

«Fragen Sie mich lieber, was ich damit nicht sagen will», antwortete Prékonicz.

«Aber das ist doch schließlich Ihre Welt, oder?»

«Goschi», sagte der Doktor, «machen Sie mich nicht böse. Was meinen Sie, worüber in diesem Kreis gesprochen wird? Da ist jedes einzelne Wort gelogen, geheuchelt, verstellt oder berechnet. Natürlich ist das die Welt, in die wir geboren sind. Aber es ist nicht die Welt, in der wir uns aufhalten wollen, solange wir nicht müssen. Und heute abend muß ich nicht, verstehen Sie. Ihre Welt und die Welt Ihrer Großmama Katinka gefällt mir besser. Und was Sie reden, gefällt mir auch recht gut.»

«Jedenfalls habe ich noch nicht gelogen, geheuchelt, berechnet oder mich verstellt», sagte Goschi.

«Eben», murmelte der Doktor. «Ihre Ehrlichkeit ist umwerfend.»

«Ich werde mich bessern», sagte Goschi.

«Jetzt fangen Sie doch an, mich böse zu machen», antwortete Prékonicz. «Bleiben Sie, wie Sie sind, wenn Ihnen unsere Freundschaft etwas wert ist.»

Erst nach fünf oder sechs Runden bat Goschi ihren Partner um Dispens, weil sie Pflichten hatte.

«Wann sehen wir uns das nächste Mal?» fragte der Doktor.

«Donnerstag», sagte Goschi. «Da habe ich frei.»

«Kennen Sie Hietzing schon?» forschte Prékonicz.

«Ein paarmal durchgefahren», sagte Goschi.

«Dann kommen Sie ins ‹Dommayer›. Um fünf. Wir trinken einen Schwarzen, und dann zeige ich Ihnen Hietzing. Ich wohne dort. Und bei dem Spaziergang können wir uns über alles unterhalten.»

Den zahlreichen Beobachterinnen des Paares fiel auf, daß Dr. Prékonicz mit keiner anderen Dame mehr tanzte, sondern sich an Champagner hielt und Gespräche mit Herren führte. Einige von ihnen bemerkten jedoch zu ihrem Mißvergnügen, daß er sich, als er das Fest verließ, als einziger von der kleinen Sekretärin in der Rezeption verabschiedete, und zwar mit vollendeter Höflichkeit nebst Handkuß. Und bei einigen von ihnen entstand sogar der Eindruck, als sei das mit voller Absicht geschehen, so daß es jedermann sehen konnte.

Die Ausstattung des Café «Dommayer» war heiter und freundlich. Noch mehr in einem Frühling wie diesem, der ohnehin alles mit Lebensfreude überzog. Für draußen war es noch ein wenig zu kühl, und so erwartete der Doktor Goschi in einer Ecke des Salons. Als er sie das Café betreten sah, hielt er die Broschüre mit August Auffachers Hochzeitsrede hoch und machte sie durch Winken auf sich aufmerksam. Gleichzeitig signalisierte die Geste: Sehen Sie, ich habe mich nicht geirrt, dieser Text enthält etwas Wichtiges für unser Anliegen.

Er hat sich richtig in diese Geschichte verrannt, dachte Goschi, als sie ihn erreichte und begrüßte. Zum ersten Mal stellte sie sich die Frage, ob es die Leidenschaft war, ein verborgenes Rätsel zu enthüllen, ein Geheimnis im Leben seiner verehrten Maria Geistinger zu lüften – oder eher ein Interesse an ihr, Goschi Callaghan, geborene Holberg, und ihrer Familiengeschichte. Seit der Unabhängigkeitsfeier im Hotel glaubte sie, ein Interesse an ihr selbst festzustellen. Allmählich wurde es wohl Zeit, sich darüber schlüssig zu werden, ob sie ihn eigentlich mochte oder nicht – und wenn ja, warum.

Sie hatten beide Lust auf ein Gefrorenes, das erste Gefrorene in diesem Jahr, und während sie es löffelten, fragte der Doktor Goschi danach aus, was sie eigentlich über ihren Urgroßvater August wußte. Das war nichts sehr Konkretes, aber immerhin doch so viel, daß August Auffacher, ausgezeichnet mit dem persönlichen Adel und dem bayerischen Verdienstorden, ein pflicht- und verantwortungsbewußter, bis in die Zehenspitzen treuer und zuverlässiger Diener von Krone und König gewesen war, ein Mann, dem Lüge, Aufschneiderei und ungeordnete Verhältnisse ein Greuel gewesen waren. Ein ausgezeichneter, energischer Verwaltungsexperte, aber beileibe kein Mann der Phantasie oder hochfliegender Vorstellungen und Gedanken.

«Woher die erzählerische Ader bei meinem Großvater gekommen ist, weiß der Teufel», sagte Goschi. «Vielleicht ist sie ihm zugeflogen, vielleicht stammt sie von den französischen Vorfahren seiner Mutter, über die man nicht alles weiß. Vom schwerblütigen Allgäuer Bauernerbe seines Vaters jedenfalls nicht. Der hätte sich lieber die Zunge abgebissen, als ein Wort zuviel oder ein unwahres Wort zu sagen. Warum fragen Sie das alles?»

Anstelle einer Antwort reichte Prékonicz die Broschüre mit der Hochzeitsrede über das Tischchen. Goschi nahm sie entgegen und sagte:

«Das habe ich doch alles schon gelesen, Doktor.»

«Aber nicht aufmerksam genug», sagte Prékonicz. «Lesen Sie da, wo ich es aufgeschlagen habe.»

Goschi suchte die Brille heraus, schob sie auf die Nase und las.

Ich ehre wohl unseren lieben Moriz am besten und handle gewiß in seinem Sinne, wenn ich nur mit diesen wenigen Worten auf seine Denk- und Handlungsweise bezug nehme, dagegen seiner Frau, der Marie mit dem besten Herzen, meiner liebenswürdigen Nachbarin, nicht minder in meinem Namen als namens des Brautpaares den herzlichsten Dank ausspreche für alles, was Katinka bei ihr gefunden – ich meine das hohe Glück, in ihr nicht nur eine wohlmeinende, stets freundliche und liebevolle Schwägerin, sondern in des Wortes wahrster Bedeutung eine Schwester und zugleich Mutter, die Vertraute aller Freuden und Sorgen zu besitzen …

Goschi ließ das Blatt sinken und sah Prékonicz an. «Ziemlich geschwollen», sagte sie.

«Das war die Zeit», sagte der Doktor. «Sonst fällt Ihnen nichts auf?»

«Sie meinen das mit der Schwester?» sagte sie skeptisch.

«Denken Sie an das, was Sie selbst gerade gesagt haben.»

«Aber Doktor», sagte Goschi, «das sind doch –» Sie unterbrach sich.

«Hirngespinste, Phantastereien», setzte er ihren angefangenen Satz fort. «Lieber die Zunge abgebissen, als ein Wort zuviel oder ein unwahres Wort zu sagen. So haben Sie es ausgedrückt. Und so sehe ich ihn auch. Die ganze Rede ist so. Der ganze Mensch.»

«Doktor», sagte Goschi noch immer voller Zweifel, «sie werden doch nicht im Ernst in Betracht ziehen wollen, daß Katinka eine echte Schwester hatte, die in der gleichen Familie als die Frau ihres Bruders Moriz Engel und demnach also als Katinkas Schwägerin galt?»

«Wissen Sie», sagte Prékonicz, «Kopernikus hat ursprünglich auch nicht in Betracht gezogen, daß die Erde sich um sich selbst drehen und außerdem um die Sonne kreisen könnte. Darauf haben ihn bestimmte Beobachtungen gebracht und die Gabe, aus diesen Beobachtungen die richtigen Schlüsse zu ziehen. Auch wir haben einige Informationen, und ich finde, wir sollten versuchen herauszufinden, was sie besagen, wenn sie stimmen.»

Von des Doktors logischer Überzeugungskraft ließ Goschi sich nun doch beeindrucken.

«An was für Informationen denken Sie denn?»

«Erstens», sagte Prékonicz, «hatte August vor der Hochzeit seines Sohnes hier in Wien eine vertrauliche Aussprache mit Marie Engel. Niemand weiß, was Moriz' Frau ihm in dieser Stunde gesagt hat. Aber sicher ist, daß August nach diesem Gespräch wie umgewandelt nach München zurückreiste, seinem Sohn die Heirat erlaubte und die ganze skeptische Familie auf die neue Schwägerin einschwor. Zweitens, in ihren Dokumenten ist öfter die Rede davon, und Anselm beschreibt es in seinen Erinnerungen auch selbst, von der auffallenden Ähnlichkeit und dem besonders vertrauten Verhältnis der beiden Frauen. Drittens, August spricht bei der Hochzeit seines Sohnes von einer Schwester ‹in des Wortes wahrster Bedeutung›, und das nicht im Überschwang von Gefühlen, der ihm fremd ist, sondern ganz bewußt. Viertens, er tut das auch nicht spontan, sondern gezielt, denn er läßt diese Rede im vorhinein drucken und an die Hochzeitsgäste verteilen. Man kann also schließen, daß mindestens August der Überzeugung war, daß Katinka und Marie Engel nicht Schwägerinnen waren, sondern Schwestern.»

Es trat eine Pause ein, während derer beide nachdenklich das Getriebe in dem Café beobachteten. Schließlich wandte Goschi sich wieder Prékonicz zu und sagte:

«Können Sie sich im entferntesten erklären, was es bedeuten würde, falls er damit recht gehabt hätte?»

«Nein», sagte der Doktor. «Wir stehen beide vor einem Rätsel. Das einzige, was feststeht, ist, daß auch das geheimgehalten worden ist. Außerdem gibt es theoretisch immerhin drei Möglichkeiten: Die Schwestern können Kinder desselben Vaters und derselben Mutter sein, aber auch derselben Mutter und verschiedener Väter oder desselben Vaters und verschiedener Mütter.»

«In des Wortes wahrster Bedeutung», sagte Goschi nachdenklich.

«Sehen Sie», sagte Prékonicz. «Wenn wir August richtig einschätzen und interpretieren, kommen wir zum gleichen Resultat: nämlich zu zwei Töchtern derselben Eltern. Die Annahme ist ein Wagnis. Wir müssen herausfinden, ob sie stimmt. Ich mache Ihnen einen Vorschlag. Wir brauchen eine Denkpause. Wir zahlen jetzt, dann zeige ich Ihnen Hietzing, und zum Schluß führe ich Ihnen meine Wohnung vor. Dort gibt es einen alten Drachen namens Gretel. Der ist herrschsüchtig, aber er wird uns einen Kaffee kochen.»

Also zahlten die beiden und verließen das Café. Sie schlenderten durch die von Gärten eingesäumten Gassen von Hietzing. Der Doktor zeigte Goschi den schönen, im Jugendstil erbauten Stadtbahnhof, und unversehens befanden sie sich im Schloßpark von Schönbrunn. Jenseits der Stelle, wo sie ihn betreten hatten, lag die verschwiegene Villa der Katharina Schratt, der Freundin des alten Kaisers. Nachdem sie eine Dreiviertelstunde gegangen waren, bog Prékonicz nach links in eine der Gassen ab, die den sanften Hang emporführten. Die dritte oder vierte Villa zur Rechten war die von Doktor Prékonicz. Es war eines der in Gärten verborgenen Häuser der westlichen Wiener Vorstädte, die in ihrer anheimelnden Bauweise an das Biedermeier erinnerten, zweistöckig und mit einem Mansardengelaß im Dachgeschoß.

«Es ist natürlich viel zu groß für mich», sagte der Hausherr, als er aufsperrte und Goschi eintreten ließ. «Deshalb bewohne ich nur den Mittelstock. Unter dem Dach wohnt die Gretel, und dort ist auch mein Privatarchiv. Das Erdgeschoß samt Garten habe ich vermietet. Die Witwe eines Generals, der bei Hitler mitmachen mußte, weil er schon vorher bei uns Major war, und später am Plattensee gefallen ist. Eine stille Dame, die meistens in Meran weilt. Sie leidet darunter, daß sie nicht weiß, wofür ihr Mann eigentlich gefallen ist. Für Hitler? Für Deutschland? Für Österreich? Und wenn ja, für das alte, für die erste Republik oder für diese?»

«Bei meinem Vater weiß ich das genau», sagte Goschi. «Er starb als Opfer der Dummheit und der Schlechtigkeit, als er am letzten Kriegstag auf Befehl eines fanatischen Feldwebels eine Panzerfaust scharfmachen mußte, die ihn dann zerriß.»

Die Wände des Treppenhauses waren behängt mit altersgeschwärzten Porträts von Männern und Frauen in den Kleidern vergangener Jahrhunderte.

«Die Reste», sagte Prékonicz. «Was in Ungarn geblieben ist, ist alles beim Teufel. Das Schloß ist zusammengeschossen, der Grund enteignet. Von diesen Ahnen haben auch viele nicht genau gewußt, wo sie hingehören, zu Habsburg, zur Stephanskrone oder zu Österreich-Ungarn unter Franz Joseph. Aber lassen wir das, schauen wir lieber, daß uns der Drache einen Kaffee kocht.»

Die Etage besaß wie alle Villenetagen in dieser Stadtgegend eine Diele, von der aus es in die Zimmer ging. Aus dem Flurwinkel, der zur Küche führte, erschien, als er das Geräusch der Wohnungstür vernahm, der Drache. Es war eine vollbusige Blondine unbestimmbaren Alters mit energischem Gesicht, die sich, als sie Goschi bemerkte, gewohnheitsmäßig die Hände an der Schürze abtrocknete, obwohl sie gar nicht naß waren.

«Das ist Gretel», sagte Prékonicz zu Goschi. Aber jetzt wurde es unangenehm. Nach kurzem Zögern setzte er hinzu:

«Und das ist Mistress Callaghan», worauf Gretel spontan erklärte, daß sie so was Ausländisches nicht aussprechen könne.

«Dann nennst du die Dame Frau Goschi, Gretel. Das ist die deutsche Übersetzung.»

Jetzt geruhte der Drache, Goschi die Hand zu reichen und die Besucherin skeptisch zu mustern. Deshalb fuhr Prékonicz fort: «Und jetzt machst du für uns alle eine große Kanne Kaffee und holst ein paar Stückerl Kuchen dazu.»

Eine Antwort wartete der Hausherr nicht ab, sondern öffnete die Tür zu dem Raum, den er seinen Salon nannte; er ging nach Süden hinaus auf eine schöne, sonnige Terrasse mit weißem Schmiedeeisengeländer. Dahinter leuchtete das jungfräuliche Grün von Birken und Kastanien. Prékonicz und Goschi betraten die Terrasse.

«Es ist für die Gretel eine Strafe, wenn sie hier eine andere Frau ertragen muß», sagte Prékonicz. «Die Haushälterinnen von Junggesellen entwickeln oft eine Schwäche für ihren Patron. Aber, was viel schlimmer ist, manchmal auch einen Herrschaftsanspruch über ihn. Ich hätte ja gerne einen Diener, aber ein Diener kocht mir nichts, und ein Ehepaar ist mir einfach zu aufwendig. Vielleicht später, wenn ich jemals das ganze Haus bewohnen sollte.»

«Und Personal für einen Haushalt zu bekommen, ist auch gar nicht so einfach», sagte Goschi.

«Viele fleißige Leute fliehen vor den Bolschewisten aus Ungarn und suchen Arbeit und Unterkommen. Und wenn man die Sprache spricht, geht das ganz gut.»

«Sind Sie eigentlich Ungar?» forschte Goschi.

«Ich bin Österreicher ungarischer Abstammung», sagte Prékonicz. «Aber kroatisches Blut ist auch in der Familie. Für diese Art Elite war es zwangsläufig, sich mit Habsburg zu arrangieren. Zumindest seit dem Jahr siebzehnhundertelf.»

«Und was war in jenem Jahr?»

Prékonicz seufzte.

«Das ist eine längere Geschichte. Aber ich will versuchen, mich kurz zu fassen. Das war nach dem Ende der Türkenherrschaft in Ungarn. Das Land war ausgeblutet. Habsburg hatte es zwar befreit, aber seine schwere Hand darauf gelegt, und die Ungarn wollten nun auch von Wien unabhängig sein. Da entfesselte Fürst Ferencz II. Rákóczi von Siebenbürgen einen blutigen Aufstand gegen Habsburg, dem sich ungarische Standesherren anschlossen. Darunter Graf Anton, ein Angehöriger der mächtigen Familie Esterházy, als Feldherr. Der Aufstand wurde damals niedergeschlagen. Rákóczi und Esterházy flohen über Polen nach Frankreich. Rákóczi starb, und Graf Anton gründete einen neuen Zweig der Familie Esterházy, das Haus Esterházy-Hallewyl. Damit war endgültig geklärt, wer im Kaisertum Österreich das Sagen hatte, und die Prékonicz zogen daraus die Konsequenzen. Das ist die ganze Geschichte.»

«Eine interessante Geschichte», sagte Goschi. «Und die Familie Esterházy-Hallewyl fiel beim Kaiser in Ungnade?»

«Nicht ganz», antwortete Prékonicz. «Achtzehnhundertfünfundfünfzig wurde noch einmal ein Angehöriger dieses Hauses, Graf Valentin Ladislaus Esterházy-Hallewyl, Kämmerer und kaiserlich-österreichischer Gesandter in Sankt Petersburg, weil er einer der wenigen war, die das Russische perfekt beherrschten. Er war beauftragt, die fatalen Folgen von Franz Josephs unglückseliger Rußlandpolitik während des Krimkrieges zu reparieren, was aber auch ihm nicht gelang.»

Eine Weile blickten die beiden, die Unterarme auf das Geländer gelegt, hinaus in das Grün des Gartens. Schließlich sagte Prékonicz:

«Aber kommen Sie, lassen Sie uns hineingehen. Wir haben schließlich über Interessanteres zu reden.»

Der Salon war ein sehr männlicher Salon. An den Wänden waren ringsherum Regale eingebaut, in denen Hunderte, wenn nicht gar Tausende von Büchern untergebracht waren. Von hier aus ging es durch eine offenstehende Schiebetür in ein mit Biedermeiermöbeln eingerichtetes Speisezimmer. Auf niederen Tischen lagen Stöße von Büchern, Zeitungen und Zeitschriften, und in einer Ecke stand ein großer barocker Globus mit herrlich geschnitztem Gestell. Mitten im Raum gab es eine bequeme Sitzgruppe aus Leder um einen länglichen, niederen Tisch. Dort ließen Goschi und der Hausherr sich nieder, um ihr gemeinsames Thema wieder aufzugreifen.

«Haben Sie sich von Ihrer Überraschung über meine Entdeckung inzwischen erholt?» fragte Prékonicz.

«Schon», sagte Goschi, «aber das wirft neue Fragen auf. Könnten die Schwestern, wenn Sie überhaupt recht haben, Zwillingsschwestern gewesen sein?»

«Nein», sagte der Doktor. «August spricht von Schwester und ‹zugleich Mutter›. Und außerdem hatte Moriz' Frau Kinder, um die Katinka sich liebevoll gekümmert hat. Marie war älter als Katinka. Um wieviel, das müssen wir herausfinden. Und die nächste Frage?»

«Wußten die Schwestern, daß sie Schwestern waren, oder nicht?»

«Teils, teils. Marie scheint es gewußt zu haben, denn sie muß es August mitgeteilt haben. Aber Katinka wußte es nicht.»

«Schön», sagte Goschi nach einer Weile nüchtern. «Dann bleibt also folgender Sachverhalt übrig: Jemand hat die Familie Engel ausgewählt, um zwei Schwestern, beide Töchter Maria Geistingers, in einem Hause unterzubringen, ihnen eine gute Erziehung, familiäre Geborgenheit und eine gesellschaftliche Stellung zu garantieren.»

«Und dabei ihre wahre Abstammung geheimzuhalten», fügte Prékonicz nachdenklich hinzu. «Das ist auf eine sehr raffinierte und intelligente Weise geschehen. Dieser Geheimhaltung liegt ein sehr exaktes Konzept, ein von langer Hand vorbereiteter, fast strategisch gefaßter Plan zugrunde. Wer hat diesen Plan gefaßt? Wer hat ihn ausgeführt? Wer hat ihn bezahlt? Und vor allem, warum das alles?»

In diesem Augenblick klopfte es, und der Drache brachte auf einem Silbertablett den Kaffee nebst zwei mageren Stückchen Hefegebäck, stellte alles auf den niedrigen Tisch, richtete sich auf, stemmte die Hände in die Hüften und fragte, ob die Dame womöglich auch zum Abendessen bleibe, was der Hausherr verneinte. «Aber vielleicht werde ich sie zum Abendbrot in die Stadt begleiten», fügte er hinzu.

Als die Frau das Zimmer wieder verlassen und Goschi den Kaffee eingeschenkt hatte, sagte Goschi:

«Und vor allem, *warum* das alles? Man könnte fast mutlos werden.»

«Nein», sagte Prékonicz, «bleiben Sie bei der Stange. Sehen Sie, die Leute, die das veranlaßt haben, vereinigen vier sehr wichtige Eigenschaften in sich: Sie hatten ein Interesse an der Geheimhaltung der Abkunft dieser Mädchen, sie hatten ein ebenso großes Interesse an einer standesgemäßen Erziehung, sie hatten genügend Geld, um alles zu bezahlen, und sie hatten Macht und Einfluß genug, um es durchzusetzen. Die Personengruppe, die dies alles in sich vereinigte, war selbst im damaligen Österreich nicht sehr groß. Ob Sie es nun wahrhaben wollen oder nicht, ich bin überzeugt davon, daß wir die Beteiligten herausfinden können.»

«Haben Sie irgendeine Vorstellung, wie man das bewerkstelligen könnte?»

«Ausdauer, Geduld und Fleiß», sagte der Doktor. «Und noch eins: Das Bewußtsein, daß wir heute nicht weniger intelligent sind, als man es damals war. Was damals so perfekt verschleiert werden konnte, müssen der Abstand von über hundert Jahren und unsere Hartnäkkigkeit auch wieder entschleiern können.»

«Und wo würden Sie damit anfangen?» fragte Goschi beeindruckt.

«Nun», sagte Prékonicz. «Moriz und Marie Engel müssen ja irgendwann geheiratet haben. In der Matrik über diese Eheschließung muß schließlich etwas Näheres über die Braut und ihre Eltern stehen. Ich glaube, in Ihren Notizen ist sogar etwas über das Datum dieser Hochzeit zu finden. Aber Vorsicht. Auch hier gibt es Fallstricke. Von Moriz Engel wissen wir, daß er mosaischen Glaubens war. Von Maries und Katinkas Mutter Geistinger wissen wir, daß sie das nicht war. Also haben hier zwei Personen unterschiedlicher Bekenntnisse die Ehe geschlossen. Das war damals in Österreich verboten. Bei Paaren, die es tun wollten, mußten zuerst beide Teile konfessionslos werden. Und solche konfessionslosen Eheschließungen wurden nicht in die Matriken der Pfarrämter eingetragen, sondern zentral im Matrikenamt der Gemeinden. Das vereinfacht die Suche. Ihr Glück müssen Sie also auf dem Rathaus der Stadt versuchen, nicht in der Pfarrgemeinde.»

«Moriz und Marie Engel haben am zwölften September achtzehnhundertsiebzig geheiratet», sagte Goschi nach einer Pause der Verblüffung. «Ich habe mir das zufällig gemerkt.»

«Na also», sagte der Doktor. «Versuchen Sie es. Vielleicht haben Sie Glück.»

13

Goschi hatte Glück, auch wenn es zunächst nur nach einem seltenen Zufall aussah.

Die städtischen Trauungsmatriken wurden in der Abteilung MA 61 im Erdgeschoß aufbewahrt, und zwar in einem höchst unscheinbaren Amtszimmer, wo sie im untersten Fach eines halbhohen Aktenregals unordentlich und verstaubt durcheinanderlagen. Der Kanzleiangestellte, dem Goschi ihr Anliegen vortrug, kratzte sich am Kopf und sagte, daß sie diese konfessionslosen Eheschließungen erst von einem bestimmten Jahr an hier eingetragen hätten und daß Goschi selbst versuchen solle zu finden, was sie suchte. Also machte sie sich seufzend an die Arbeit, kauerte sich auf dem Linoleumboden nieder und durchwühlte die Faszikel.

Sehr groß war ihre Überraschung, als sie als ersten der Bände, in die solche Eintragungen vorgenommen worden waren, den Folianten des Jahres 1870 entdeckte und als sie ihn aufschlug, als erste Eintragung diejenige fand, nach der sie suchte. Diese Eintragung beurkundete die Eheschließung von Moriz Engel mit seiner Frau Marie. Aber dieser in der schwer lesbaren Handschrift dieser Zeit niedergelegte Eintrag wirkte so banal, daß er Goschi zutiefst enttäuschte. Er besagte vorerst nur, daß Moriz Engel, Eigentümer des «Wiener Salonblattes», Sohn des Leopold Engel, Hauptkassierer der Vaterländischen Bank, und der Babette, geborene Weiß, in Pest in Ungarn geboren war und an einer der besten Adressen der Innenstadt, im Prinz-Carl-Palais, Annagasse 20, wohnte. Ferner entnahm Goschi der Eintragung, daß Moriz Engel 25 Jahre alt, konfessionslos und ledig war. Goschi wunderte sich zwar, daß die Angaben über die Braut weit weniger aufschlußreich waren, aber dann sah sie darüber hinweg. Danach hieß Moriz Engels Braut Marie. Sie war eine geborene Firnstahl, Tochter des königlichen Futteralmachers Thaddäus Firnstahl und seiner Frau Johanna, geborene Wenghardt. Über Marie stand nur noch verzeichnet, daß sie ebenfalls konfessionslos und ledig war. Aber über ihr Alter enthielt die Eintragung nichts, ein Geburtsdatum fehlte. Nur der Vollständigkeit halber schrieb Goschi noch den Text einer Matrikenspalte ab, der ihr jedoch völlig bedeutungslos erschien. Er lautete unter der Überschrift «Urkunde, wodurch vorgekommene Anstände behoben worden sind» folgendermaßen:

«Erklärung des ehelichen Vaters der Braut vom 8. Juli 1870, wodurch derselben die Einwilligung zur Eheschließung ertheilt wird.»

So wenig wichtig erschienen Goschi die Ergebnisse dieses Tages, daß sie es nicht einmal der Mühe wert fand, Dr. Prékonicz davon zu verständigen. Erst nach einigen Tagen schob sie eine Abschrift der Eheschließungseintragung des Moriz Engel zwischen die Auslandsblätter des Doktors und sagte ihm das, als er sie abholte. Gerade weil Prékonicz den scheinbaren Mißerfolg auch bedauert hatte, wunderte Goschi sich, ihn schon um 11 Uhr am Telefon zu haben, und zwar in einem sehr aufgeregten Zustand.

«Goschi, das Papier ist alles andere als ein Mißerfolg, ebensowenig wie August Auffachers Hochzeitsansprache oder der Lumpe-Brief. Das, was Sie da entdeckt haben, ist eine Sensation.»

«Aber es steht doch gar nichts drin, außer den Namen und ein paar Daten.»

«Natürlich», erwiderte der Doktor. »Aber es kommt auf die Reihenfolge dieser Namen und Daten an, und vor allem auf das, was in diesen Matriken nicht steht, was verborgengehalten werden sollte.»

«Und da haben Sie wirklich was gefunden?»

«Und ob. Hören Sie, ich rufe jetzt aus meinem Amt an. Haben Sie nicht heute Ihren freien Abend?»

«Doch», sagte Goschi.

«Dann bitte ich Sie, nach Dienstschluß zu mir in die Wohnung zu kommen. Vielleicht bringe ich die Gretel dazu, uns einen kalten Imbiß und eine Flasche Wachauer aufzutischen. Denn über diesen einfachen Zettel werden wir uns einige Stunden zu unterhalten haben.»

Goschi hatte inzwischen aufgehört, sich über den Doktor zu wundern. Dennoch blieb ihr ein Rätsel, worüber man sich bei diesem schlichten, bleistiftgeschriebenen Zettel einige Stunden unterhalten können sollte.

«Was schließen Sie denn aus diesen paar Angaben?» forschte sie.

«Zumindest so viel, daß Moriz Engels Frau Marie ebensowenig eine leibliche Tochter des Futteralmachers Thaddäus Firnstahl war, wie Katinka eine leibliche Tochter von Moriz' Vater Leopold gewesen ist. Zumindest also so viel, daß sicher ist, daß beide Mädchen ‹diskrete› Kinder waren und daß sie durchaus Schwestern gewesen sein könnten, wie Urgroßvater August es bei der Hochzeit gesagt hat. Aber kommen Sie um sieben zu mir heraus nach Hietzing. Bis dahin weiß ich mehr.»

Also läutete Goschi kurz vor sieben Uhr an der Gartentür von Dr. Prékonicz-Lloyis' Villa und wurde von dem Drachen eingelassen. Dieser war heute aus unerfindlichen, in den Tiefen seiner Seele wurzelnden Gründen weitaus friedvoller gestimmt als bei Goschis erstem Besuch und begrüßte sie mit einem huldvollen «Grüß Gott, Frau Goschi». Sie fügte aber gleich hinzu, sie wisse natürlich, daß dies keineswegs die deutsche Übersetzung des Namens Mistress Callaghan sei, sondern daß Goschi soviel wie Goscherl bedeute, von dem wienerischen Ausdrusck «Gosche» für Mund herrühre und ein Beweis dafür sei, daß Goschi eine liebevolle und zärtliche Mama gehabt habe.

«Großmama», sagte Goschi. «Denn meine Großmama Katinka war es, die mich so gerufen hat.»

«Sehen Sie», sagte der Drache. «Das muß eine gute Frau gewesen sein.»

Sie stiegen die Treppen zu des Doktors Etage empor und vertraulich fuhr der Drache fort: «Wissen S', der Herr Hofrat meinen immer...»

«Hofrat?» fragte Goschi erstaunt.

«No freili, verkündigen tun s' es erst nächste Woch, am ersten Juni, aber mir hat er erlaubt, daß ich ihn schon jetzt so anreden darf, weil's schon beschlossen ist, nur noch ned verkündigt. Der Herr Hofrat meinen halt immer, daß ich a bisserl dappig bin. Aber Ihnen sag ich's im Vertrauen: Es ist allweil besser, ein bisserl gescheiter zu sein, als wie man g'halten wird, weil ma dann besser achtgeben kann auf sei' Herrschaft.»

Im Oberstock öffnete sich die Tür zum Salon, und der Hausherr erschien. Gretel blieb stehen.

«Die Frau Goschi is'», prustete sie nach oben.

«Habe ich mir gedacht», rief der Doktor und bat Goschi herein. Lachend berichtete Goschi von ihrem Gespräch mit Gretel.

«Ich laß ihr den Glauben», sagte Prékonicz und bot seiner Besucherin Platz auf dem behaglichen Knautschledersofa an. «Das garantiert mir ihre Anhänglichkeit und Fürsorge. Neulich hat sie mich gefragt, ob Sie verheiratet sind. Geschieden, hab ich ihr gesagt. Worauf sie meinte, das seien die Schlimmsten, weil sie schon wissen, wie man's machen muß.»

«Womit sie nicht ganz unrecht hat», sagte Goschi.

«Na ja, inzwischen, hat sie gesagt, hält sie Sie sogar für eine ganz gute Partie für mich.»

«Wie kommt sie denn auf so was?» fragte Goschi perplex. «Sie hat mich doch erst einmal gesehen.»

«Das habe ich sie natürlich auch gefragt. Und wissen Sie, was sie mir geantwortet hat? Weil man bei allen anderen merkt, wie sie hinter mir her sind. Und deswegen ihr, der Gretel, um den Bart gehen. Die Frau Goschi macht das nicht, hat sie gesagt. Aber vielleicht ist die auch gar nicht hinter Ihnen her. Und deshalb wären Sie nach Gretels Verständnis eine geeignete Partie für mich. So, jetzt wissen Sie, was der Drache über Sie denkt, und nun lassen Sie uns zur Sache kommen. Einen Drink?»

Überwältigt nahm Goschi an und verkniff sich die Frage, ob der Doktor selbst sie denn auch für eine passende Partie für sich halte. Sie nahm den Campari, den Prékonicz ihr reichte, und sagte:

«Die Geschichte hat nur den einen Haken: daß ich wirklich nicht hinter Ihnen her bin.»

«Das vereinfacht die Sache», sagte der Hausherr, stieß sein Glas an ihres, und beide tranken.

«Sehen Sie, was ich hier vorbereitet habe», fuhr Prékonicz danach fort und wies auf einen Stapel sehr alter und in Leder gebundener Bücher, die er auf dem länglichen Tisch zurechtgelegt hatte und auf deren obersten der Zettel lag, den Goschi ihm zugesteckt hatte.

«Das soll alles mit den paar Eintragungen zu tun haben?» fragte Goschi.

«Und noch mehr», erwiderte Prékonicz. «Das sind die alten Theresianischen und Josephinischen Gesetzestexte, auf denen das alles beruht, was auf Ihrem Zettel steht.»

Goschi antwortete lange nicht, lehnte sich zurück und sagte schließlich: «Auf diesem Zettel dort?»

«Ja, auf dem», antwortete der Doktor und angehende Hofrat. «In diesen Folianten finden wir die Antworten auf die Fragen, warum die beiden Brautleute konfessionslos geworden sind und wie sie es wurden. Warum Geburtsort und Geburtstag der Braut nicht erscheinen, warum der Brautvater seine Einwilligung zur Heirat geben mußte, und warum es ein ehelicher Vater sein mußte und kein lediger sein durfte. Interessiert Sie das alles nicht?»

«Es interessiert mich brennend», antwortete Goschi beeindruckt.

«Sehen Sie», sagte Prékonicz. «Wenn Sie eine Stunde Lust und Zeit haben, werde ich versuchen, das alles so zu rekonstruieren, wie es sich aller Wahrscheinlichkeit zugetragen haben muß.»

14

Der zweisitzige Berlingot, der an einem trüben Wintertag gegen Mittag am Wiener Neuen Markt angehalten wurde, war dunkel und sein Lack gepflegt. An hellgrauem Deichselgestänge tänzelten zwei elegante, kraftvolle Apfelschimmelstuten, denen man den guten Stall ansah und die der Kutscher routiniert zur Ruhe brachte. Ein Wappen, einen Namenszug oder Initialen suchte man an den spiegelnden Türen der Karosse vergeblich. Nachdem der Kutscher den Peitschenstiel in die Halterung geschoben hatte, kletterte er vom Bock und öffnete den linken Wagenschlag, wobei er mit der anderen Hand den Zylinder lüftete. Die beiden Herren, die dem Berlingot entstiegen, gehörten vielleicht nicht den besten, aber doch mindestens gehobenen Ständen an. Sie waren dunkel gekleidet, trugen runde Hüte, und die Kragen ihrer Mäntel waren mit Pelz besetzt. Einer von ihnen hatte einen schwarzumrandeten Kneifer auf der Nase, der andere stützte sich auf einen Spazierstock aus Bambus mit schöner silberner Krücke. Dieser Mann bedeutete dem Kutscher, daß er zu warten habe, bis die Herren zurückkämen. Alsdann wandten sie sich um und bogen gegenüber der im leichten Schneetreiben daliegenden Kapuzinerkirche in Richtung Kärntnerstraße ein. Dort wandten sie sich nach rechts. Es gab damals noch nicht die repräsentativen Prachtblocks der gründerzeitlichen Bebauung. Das Areal zwischen Kärntnerstraße, Lobkowitzplatz, Gluckgasse und Maysedergasse wurde eingenommen von dem riesigen Bau des Bürgerspitalzinshauses mit seinen elf Innenhöfen, 20 Stiegen, 4000 Fenstern, 3000 Türen und sechs Toreinfahrten. Die Einheiten dieser riesigen Anlage waren vermietet an Wohnparteien aus allen Bevölkerungsschichten. Der Mietertrag von jährlich 90 000 Gulden floß zu wohltätigen Zwecken dem öffentlichen Bürgerspital zu. In den zahlreichen Höfen, Anbauten und Pavillons hatten sich die unterschiedlichsten Ladengeschäfte, Gewerbeunternehmen und Handwerksbetriebe niedergelassen. Einer von ihnen war die Futteralmacherei des Thaddäus Firnstahl.

Die beiden Herren brauchten sich zu seinem Etablissement nicht erst durchzufragen, sie kannten sich aus. Sie betraten das Areal durch eine Hofeinfahrt und stießen, als sie diese durchschritten hatten, in den weitläufigen Anlagen auf eine Zeile zweistöckiger Gebäude, an die sich rückwärts sogar kleine separate Gärtchen anschlossen. Eines von ihnen trug die Aufschrift, die sie suchten, und der Mann mit dem Zwicker zog an der Glocke. Die Tür wurde geöffnet, und der Hausherr erschien. Er war ein etwas mehr als mittelgroßer Mann, glatt rasiert und mit vertrauenswürdigen Zügen, einer hohen Stirn, graublauen Augen und einem Schopf schwarzer Haare darüber, die bereits ins Graue übergingen. Der Mann hatte die Ärmel seines Hemdes bis an die Ellbogen hochgeschlagen und trug eine blaue Schürze. Er sah die beiden Besucher an. Den mit dem schwarzen Zwicker kannte er bereits und nannte ihn Hofrat. Den anderen stellte der Hofrat dem Hausherrn vor als einen Advokaten namens Dr. Wachter. Die Nachbarn, Besucher und Kunden, die zu dieser Zeit die weitläufigen Höfe benutzten, dachten, als sie diesen Vorgang beobachteten, nichts anderes, als daß zwei gesetzte Herren in geordneten Verhältnissen Thaddäus Firnstahl in seinem Geschäft aufsuchten, um sich bei ihm Lederfutterale für ihre Jagdgewehre und Feldstecher oder Schatullen und Etuis für die Schmuckstücke ihrer Frauen und Töchter zu bestellen.

Thaddäus Firnstahl, der nicht nur ein fleißiger und ehrlicher, sondern auch ein intelligenter Handwerksmeister war, wußte, als er den Hofrat erkannte, sofort, daß es keineswegs um Lederfutterale oder seidengefütterte Schmuckschatullen ging, sondern um seine Tochter Marie. Daß der Mann mit dem silberbeschlagenen Spazierstock ein Advokat war, war immerhin denkbar, daß er wirklich Wachter hieß, war ausgeschlossen. Und den Namen, den der Hofrat ihm seinerzeit als den seinigen genannt hatte, hatte Thaddäus Firnstahl sich schon damals gar nicht erst gemerkt. Da aber alles, was mit dem «Hofrat» und mit Marie zu tun hatte, sich für Firnstahl geschäftsfördernd ausgewirkt hatte und mit menschlichem Anstand abgewickelt worden war, bat er die beiden Herren höflich ins Haus und schloß die Tür hinter ihnen.

In dem vorderen Teil des Erdgeschosses, das sie nun betraten, befanden sich die Wirtschaftsräume, zu denen auch die Küche gehörte. Nach hinten führte eine offenstehende Tür in die Werkstatt, wo zwei Männer bei der Arbeit waren. Eine einfache Holztreppe ging in das Obergeschoß. Hier lagen die Wohnräume. In dem hinteren Raum, der über der Werkstatt lag, half Thaddäus Firnstahl seinen beiden Besuchern aus den Mänteln und nötigte sie an einen ovalen Tisch, um den herum Biedermeierstühle standen. Ein Glas Wein, das der Hausherr anbot, lehnten die Herren ab. Der Hofrat bat um die Erlaubnis, sich eine Zigarre vorbereiten zu dürfen. Als sie brannte, kamen die drei Männer zur Sache.

«Sie wollen mir das Kind also jetzt wegnehmen», begann Thaddäus Firnstahl die Unterhaltung. Der Hofrat beobachtete sorgsam die Glut der Zigarre, sah dann den Hausherrn an und erwiderte:

«Erstens ist das Mädchen kein Kind mehr, Herr Firnstahl, und zweitens ist Ihnen von Anfang an gesagt worden, daß Sie das Mädchen nicht als Ihr eigenes Kind ansehen dürfen.»

«So war es. Aber nicht von Anfang an», sagte Firnstahl. «Erst als *Sie* mich zum ersten Mal aufsuchten, Herr Hofrat, draußen in Wieden war das, auf der Numero fünfhundertsechs, und meine Frau hat noch gelebt, wissen Sie noch?»

«Jaja, ich weiß das noch sehr gut», sagte der Hofrat.

«Wie lange ist das jetzt her? Wissen Sie das auch noch?»

Der Hofrat dachte nach. «Das muß vor fünf oder sechs Jahren gewesen sein, Herr Firnstahl. Da hat man Ihnen eröffnet, daß für das Mädchen andere Pläne bestehen, als Sie sie sich vorstellten.»

«Und das geschah nicht zum ersten Mal», fügte der Advokat hinzu. «Ihre Unterschrift steht auf einem viel früher entstandenen Dokument. Sie verpflichten sich darauf, mit dem Ihnen anvertrauten Kind keine eigenen Pläne zu verfolgen, sondern zu warten, bis man Ihnen sagt, was Sie zu tun haben. Soll ich Ihnen das Dokument vorlegen, oder erinnern Sie sich?»

«Nein, das brauchen Sie nicht», sagte Firnstahl. «Ich erinnere mich. Haben wir nicht gut für das Kind gesorgt? Ist sie nicht schön und fest im Glauben herangewachsen, Herr Hofrat?»

«Das ist sie», sagte der Hofrat. «Das ist sie wirklich, Herr Firnstahl, aber Sie werden zugeben, daß die Zusagen, die Ihnen dafür gemacht worden sind, auch eingehalten wurden. Und das in großzügiger Weise. Damals schlugen Sie sich als Einwanderer aus der ungarischen Provinz mit Ihrer eigenen zwei Hände Arbeit draußen in der Vorstadt Wieden mühsam durchs Leben. Und heute? Ein zweistökkiges Anwesen in Wiens Innenstadt, eine schöne Einrichtung, eine eigene Werkstatt, in der zwei Gesellen für Sie arbeiten, wenn ich richtig gesehen habe. Nach und nach kamen die versprochenen Aufträge vom Obersthofmeisteramt und die zugesagte Hoflieferantenwürde. Was wollen Sie mehr?»

«Auf die Hoflieferantenwürde warte ich noch immer», sagte Thaddäus Firnstahl nicht ohne einen Anflug von Bitterkeit. «Und jetzt wollen Sie mir das Kind auch noch nehmen.»

Der Advokat, der bisher mehr oder weniger unbeteiligt gewesen war, merkte bei diesen Worten des Hausherrn auf.

«Warten Sie noch immer?» sagte er. «Was soll das heißen, Herr Firnstahl? Das ist doch unmöglich. Das Gesuch ist von hoher Hand beim Herrn Obersthofmeister unterstützt worden.»

«Es wurde aber abgelehnt», sagte Thaddäus Firnstahl wortkarg.

Die beiden Besucher sahen einander ein wenig ratlos an, dann wandte sich der Advokat wieder an Firnstahl.

«Können Sie mir das einmal zeigen, Herr Firnstahl?»

Thaddäus Firnstahl erhob sich und begab sich ins Nebenzimmer. Nach einer Weile erschien er wieder und legte dem Advokaten zwei engbeschriebene Folioblätter vor, die der Anwalt aufnahm und von denen er ablas.

«Das k. k. Obersthofmeisteramt hat sich nicht bewogen gefunden», zitierte er kopfschüttelnd, «dem vorliegenden Gesuche eine Folge zu geben.»

Er sah Firnstahl an und fuhr fort: «Hoftitel-Verleihungsgesuch des Futteralmachers Thaddäus Firnstahl. Und das ohne Anlagen. Das Wort ‹ohne› auch noch unterstrichen. Mein lieber Freund, da dürfen Sie sich nicht wundern, wenn Sie dem Obersthofmeisteramt wirklich zutrauen, sich eine Vorstellung davon zu machen, was ein simpler Futteralmacher ist – und das auch noch ohne Anlagen. Denen ihrem senilen Amtsschimmel müssen Sie schon anders kommen, bis er reagiert. Ich werde Ihnen das zweite Gesuch später diktieren, bevor wir gehen. Aber jetzt lassen Sie uns zur Sache kommen.»

Diesen Schritt tat der Hofrat.

«Herr Firnstahl», sagte er. «Damit, daß junge Mädchen, wenn sie schön und fleißig sind und in das heiratsfähige Alter kommen, auch wirklich heiraten wollen, müssen alle Väter rechnen, auch Sie. Wenn Marie nun Ihre eigene Marie wäre und morgen käme und sagen würde, daß sie heiraten will, was würden Sie tun?»

«Das ist schnell gesagt, Herr Hofrat», antwortete Thaddäus Firnstahl. «Ich würde zuerst von meinem Recht als Vater Gebrauch machen und es ihr verbieten, bis sie das ehefähige Alter von siebzehn Jahren erreicht hat.»

Der Advokat Dr. Wachter warf bei dieser Antwort Firnstahls dem Hofrat einen Blick zu, der besagte, daß der Anwalt die Antwort des Futteralmachers für sehr, die Frage seines Begleiters indessen für wesentlich weniger gescheit hielt. Der Hofrat bemerkte den Blick des Anwalts jedoch nicht und prellte auch mit seiner nächsten Frage um ein gutes Stück zu weit vor.

«Na ja», sagte er ungeduldig, «aber dann? Irgendwann müßten Sie ihr dann doch ihren Willen lassen, nicht wahr?»

Dem in den Dingen des praktischen Lebens äußerst erfahrenen Advokaten sträubten sich, als er das hörte, sämtliche Haare. Womöglich hat der Hofrat Vorstellungen von der «Stimme des Herzens» oder einem «Mann ihrer Träume»? Womöglich hat er, gebettet in die Daunen einer gesicherten und bequemen Karriere, nicht die geringste Ahnung, wo das Volk, die Bauern, die Fabrikarbeiter und auch die selbständigen Handwerksmeister, zu denen der Futteralmacher Thaddäus Firnstahl gehörte, der Schuh ihrer sozialen Wirklichkeit tatsächlich drückte. Und die Antwort auf diese stummen Fragen des Juristen kam mit der Antwort des Futteralmachers auf schlagende Weise.

«Und dann würde ich dafür sorgen, daß meine Tochter mit einem Gatten kommt, der vom Geschäft etwas versteht, Herr Hofrat, der fleißig ist und da weiterschafft, wo ich angefangen habe zu schaffen, so wie das von alters her bei den Familien Firnstahl, Socher und Wenghardt gewesen ist.»

Weil solche Familien, dachte der Advokat, die durch eigene Arbeit zu etwas gekommen sind, sich weder den Luxus der Romantik leisten können noch die Möglichkeit haben, durch Einheirat in fremdes Vermögen wohlhabend zu werden. Und weil im Anschluß an die Antwort des Futteralmachers zunächst niemand etwas sagte, gab er dem Gespräch endlich die gewünschte Richtung.

«Diese Erwartungen können wir Ihnen natürlich nicht erfüllen, Herr Firnstahl. Daß Marie heiraten wird, ist beschlossene Sache. Und es ist auch beschlossene Sache, wen.»

Nach diesen Worten trat ein Schweigen ein, das der Futteralmacher schließlich unterbrach.

«Und wahrscheinlich ist es auch beschlossene Sache, wann?»

«Ja», antwortete der Hofrat. «Sie haben es vorhin selbst angedeutet: jetzt. Bevor sie siebzehn Jahre alt wird.»

«Ich kenne ihren Geburtstag nicht», sagte Thaddäus Firnstahl.

«Aber wir kennen ihn», antwortete der Advokat. «Und wir haben in dieser Beziehung eine sehr klare Anweisung. Marie soll in einen Stand einheiraten, an den Sie mit Ihrer Futteralmacherwerkstatt, bei allem Respekt vor Ihrer Gesittung und Ihrem Fleiß, nicht heranreichen. Wir dürfen keine Namen nennen. Ihr Gatte wird ein sehr wohlhabender Mann des öffentlichen Lebens sein, und sie wird in eines der ältesten und traditionsreichsten Adelspalais der Wiener Innenstadt einziehen.»

«Ohne daß übrigens der künftige Gatte selbst dem Adelsstande angehört», fügte der Hofrat hinzu und stäubte die lang angewachsene Asche seiner Zigarre in einer Schale ab, die auf dem Tisch stand. Thaddäus Firnstahl schwieg tief berührt. Da er nichts sagte, setzte der Advokat das Gespräch fort.

«Der in Aussicht genommene Gatte ist schon beim Treffen unseres Kaisers mit Napoleon III. in Salzburg unseren Majestäten als loyaler, gebildeter und fleißiger Journalist aufgefallen und mit allerhöchsten Gunstbezeigungen bedacht worden. Sie sehen also, lieber Firnstahl, es ist alles überlegt und so eingerichtet worden, daß Marie, die Sie so gut herangezogen haben, in Verhältnisse hineinheiraten wird, die ihrer wirklichen Geburt zumindest annähernd entsprechen.»

Nach dieser Ansprache des Anwalts begriff Thaddäus Firnstahl, daß er den Argumenten seiner beiden Besucher nichts mehr entgegenzusetzen hatte. Und auch, daß Marie wohl nicht das ungeliebte

Kind eines bereuten Fehltritts war, den man, ebenso wie das Kind selbst, am liebsten vergessen würde. Er seufzte und fügte sich innerlich in das Unvermeidliche, obwohl ihm der schwerste Schlag gegen seine Selbstachtung erst noch bevorstand. Der Hofrat setzte nämlich hinzu:

«Auf eines, Herr Firnstahl, werden Sie besonders zu achten haben. Der in Aussicht genommene Gatte gehört einer anderen Glaubensgemeinschaft an als Marie und Sie selbst. Er wird am Tage der Heirat konfessionslos sein. Und Marie wird es auch sein, sonst ist die Eheschließung nicht möglich. Denn Heiraten zwischen Angehörigen verschiedener Glaubensrichtungen dürfen nicht stattfinden, wie Sie wissen.»

Thaddäus Firnstahl erschrak in tiefster Seele. «Mein Gott im Himmel, was sagen Sie da, Herr Hofrat? Zu was bekennt sich denn der Zukünftige? Er wird doch wenigstens an Gott glauben? Meine Frau und ich haben Marie im römisch-katholischen Glauben unserer Monarchie erzogen. Sie ist getauft, zur ersten heiligen Kommunion gegangen und gefirmt. An was glaubt er denn, mein künftiger Schwiegersohn?»

«Der Bräutigam wird am Tage der Hochzeit nicht gottlos sein, sondern konfessionslos», sagte der Hofrat. «Das ist ein wichtiger Unterschied.»

«Das kann ich nicht für Marie entscheiden», stammelte der erschütterte Futteralmacher nach einer Weile. «Das kann ich ihr nicht zumuten.»

«Das brauchen Sie ja auch gar nicht», antwortete der Advokat. «Nach dem neuen Konkordat kann das jeder österreichische Staatsbürger selbst entscheiden, der das vierzehnte Lebensjahr vollendet hat.»

«Das wird Marie niemals tun», antwortete kopfschüttelnd Thaddäus Firnstahl. «Ihr Glaube ist ihr heilig. Dafür haben wir unermüdlich gesorgt.»

«Das ist ja auch gut so», sagte der Hofrat, zog an goldener Kette aus der Westentasche seine Uhr hervor und ließ den Deckel aufschnappen. «Und das kann ja auch so bleiben. Aber wir müssen zum Schluß kommen, Herr Firnstahl. Es ist dann Ihre Pflicht, das Fräulein zu überzeugen, daß das nur ein formaler Schritt ist, der notwendig ist, um die Heirat möglich zu machen. Danach kann sie zu jeder Zeit wieder in den Schoß der Kirche zurückkehren. Das werden Sie doch fertigbringen bei ihr.»

Thaddäus Firnstahl sah von einem der Herren zum anderen. Und er sah in strenge und entschlossene Gesichter. Schließlich sagte der Advokat:

«Herr Firnstahl, zur Verwirklichung und Durchsetzung dieser Pläne sind erhebliche Geldmittel aufgewendet worden. So viel Geld, wie Sie es noch nie in Ihrem Leben gesehen haben. Der Plan darf doch nicht an der Dickköpfigkeit eines kleinen Futteralmachermeisters scheitern. Können Sie das einsehen?»

Thaddäus Firnstahl sah es schließlich, wenn auch seufzend, ein. Endlich sagte er:

«Nun, ich begreife, daß von Ihrer Seite das Beste für Marie erdacht und eingeleitet worden ist. Nur bitte ich, mir noch eine Gefälligkeit zu gewähren. Kann nicht mit der Eheschließung so lange zugewartet werden, bis ich mich um einen Ersatz umschauen kann für das, was Marie hier im Haus und in der Werkstatt schafft? Eine Haushälterin oder Wirtschafterin für den Hausstand, der dann ja verwaist wäre?»

Wieder sahen die beiden Besucher einander abwägend an. Schließlich wandte sich der Advokat an Firnstahl.

«Ihre eigene kleine Marie ist am achten August dreiundfünfzig geboren worden, nicht wahr?»

Firnstahl nickte.

«Ja, und am neunten August ist sie getauft worden.»

«Dann», sagte der Anwalt, «dann brauchen wir Ihre Einverständniserklärung vor dem achten August dieses Jahres. Wann die Heirat dann stattfindet, ist ohne Belang.»

«Eben», sagte der Futteralmacher eifrig. «Könnte denn nicht mit der ganzen Sache abgewartet werden, bis nach dem achten August die väterliche Einverständniserklärung gar nicht mehr notwendig ist?»

Firnstahl fing erneut einen Blick auf, den seine beiden Besucher einander zuwarfen. Schließlich nickte der Hofrat Dr. Wachter zu, und der Advokat wandte sich an den Hausherrn.

«Nein, Firnstahl. So lange kann eben nicht abgewartet werden. Denn wir brauchen die Heirat. Aber noch viel dringlicher brauchen wir Ihre Einverständniserklärung zur Heirat.»

«Das verstehe ich nicht», sagte der Futteralmacher verwirrt.

«Das glaube ich», erwiderte der Advokat sachlich. «Es ist auch kompliziert, aber ich will es Ihnen erklären, obwohl das gewiß nicht im Sinn unserer Auftraggeber ist. Sehen Sie – ein Mädchen darf mit siebzehn Jahren die Ehe nach eigenem Entschluß eingehen, nicht wahr?»

Thaddäus Firnstahl nickte. Der Anwalt fuhr fort.

«Schön, mit sechzehn Jahren darf sie das auch. Aber nur mit der Einverständniserklärung ihres ehelichen Vaters. Das wissen Sie auch.»

Der Futteralmacher nickte noch einmal, und der Anwalt setzte hinzu:

«Was Sie aber nicht wissen können, Herr Firnstahl, ist, daß diese väterliche Erklärung weit über ein bloßes Einverständnis zur Eheschließung hinausgeht. Sie wirkt laut Gesetz, wie wir Juristen sagen, konstitutiv. Das heißt, sie begründet, sobald sie abgegeben ist, ein Rechtsverhältnis auch dokumentarisch, das vorher nicht bestanden hat oder nur behauptet worden ist, ohne belegt gewesen zu sein. Wird also auf der Eheschließungsmatrik eingetragen, daß der eheliche Vater sein Einverständnis zur Heirat gibt, dann bedeutet das, daß das Mädchen wirklich und wahrhaftig aus der Ehe des Vaters stammt und daß es nicht älter als siebzehn Jahre, mindestens aber sechzehn Jahre ist. In der Trauungsmatrik wird weder das Alter der Braut eingetragen noch ihr Geburtstag oder ihr Geburtsort. Dadurch wird mit einer solchen Einverständniserklärung ein endgültiger Schlußstrich unter die Vergangenheit gezogen, und niemand hat mehr das Recht, in Zweifel zu ziehen, daß die Braut die am achten August achtzehnhundertdreiundfünfzig geborene und am neunten August getaufte Marie Firnstahl ist. Verstehen Sie das?»

Thaddäus Firnstahl war ein intelligenter Mann und hatte verstanden. Er antwortete:

«Damit wäre also die wirkliche Abkunft Maries so wirksam verschleiert, daß niemand mehr die Wahrheit herausfinden kann.»

Die beiden Herren nickten, und Firnstahl fuhr fort:

«Und nicht nur das. Der Plan Ihrer Auftraggeber geht sogar so weit, das Mädchen zwischen seinem sechzehnten und seinem siebzehnten Geburtstag zu verheiraten, eben damit diese Erklärung erforderlich wird und alle die Wirkungen eintreten, die Sie vorhin geschildert haben.»

Erleichtert stimmten die beiden Besucher dem Futteralmachermeister zu.

«Sie sehen also, daß auf Ihre Marie viel Mühe und viel Kapital verwendet worden ist», sagte der Hofrat und erhob sich. «Auch Ihre Sorge für das Mädchen hat sich gelohnt.» Er wandte sich an den Anwalt. «Gehen wir?»

«Nicht so rasch», antwortete der Advokat. «Ich habe Herrn Firnstahl versprochen, ihm einen neuen Antrag auf die Hoflieferantenwürde zu diktieren. Und die hat er doch wirklich verdient, nicht wahr?» Er wandte sich an Firnstahl. «Haben Sie Papier und Feder zur Hand?»

Als Thaddäus Firnstahl beides herbeigebracht hatte und am Tisch saß, sagte der Advokat:

«Und nun wollen wir dem Obersthofmeisteramt eine Weise aufspielen, die es versteht.»

Alsdann erhob er sich und begann, die Blätter des vorigen Antrages in der Hand, in energischem Hin- und Herwandern zu beweisen, daß er anwaltliche Eloquenz mit Einfallsreichtum und profunder Kenntnis der Firnstahlschen Familiengeschichte in sich vereinigte. Er diktierte dem verblüfften Futteralmacher ohne Unterbrechung und Rückfrage den folgenden Schriftsatz:

Hochlöbliches Obersthofmeister Amt!
Meinem Vorfahren, dem Etui-Fabrikanten Josef Socher wurde die hohe Gnade zu Theil, den Titel eines Hof Etui Fabrikanten führen zu dürfen. Ich habe im Jahr 1855 das Geschäft des Josef Socher übernommen und betreibe dasselbe seitdem im solidesten Stande. Ich wage daher die ehrfurchtvolle Bitte zu stellen, die meinem genannten Vorfahren ertheilte Bewilligung zur Führung des bemerkten Hoftitels auf mich gnädigst zu übertragen. Ich schmeichle mir im Laufe der Zeit meinem Geschäfte den höchst möglichen Aufschwung gegeben zu haben, so daß mir die hohe Gnade zu Theil ward, so wohl für den Allerhöchsten Hof als auch für so viele hohe und höchste Herrschaften arbeiten zu dürfen. Die gnädige Gewährung meiner Bitte würde daher ein Lohn für mein eifriges Bestreben zur Vervollkommnung

meiner Geschäftserzeugnisse sein. Was meine moralische und staatsbürgerliche Haltung betrifft, so war dieselbe stets eine korrekte.
Thaddäus Firnstahl

Der Advokat sah zu, wie Firnstahl die Feder weglegte und die Tinte trockenblies.

«Daran sieht man doch, wer mit den Behörden richtig umgehen kann», sagte Firnstahl und stand nun gleichfalls auf. «Und wo soll ich das einbringen, Herr Hofrat? Direkt in der Hofburg?»

«Nein», sagte der Advokat. «Direkt bei mir. Sie schreiben das ins reine. In drei Tagen komme ich wieder und nehme es mit. Dann sage ich Ihnen auch alles Nähere, wie es mit Maries beabsichtigter Eheschließung weitergehen soll.»

Der Hausherr holte die Mäntel heran und half seinen Besuchern hinein. Dann ließ er sie die Treppe voran in das Erdgeschoß hinabsteigen. Unten wandte sich der Hofrat noch einmal um und äußerte den Wunsch, einen Blick in die Werkstatt tun zu dürfen. Der Hausherr stieß die Tür auf und ließ die Herren eintreten. Dort arbeiteten zwei bärtige Gesellen und unterbrachen nur kurz ihre Tätigkeit, als die Männer eintraten. Die vorherrschenden Materialien waren Holz, Leder, Samt, Daunen und Seide. Auch ein steifes Leinen schien gelegentlich Verwendung zu finden. Es roch nach Leim.

«Wir sind ganz auf Etuis und Schatullen übergegangen», sagte Firnstahl stolz. «Schmuck, Medaillen, Ehrenzeichen, Orden.»

Und wirklich standen und lagen in den Regalen an den Wänden zu Dutzenden die schönsten Produkte dieser Werkstatt in allen Materialien, Formen und Farben. Zwischen ihnen bemerkte der Hofrat einen schönen Kasten aus einem satten Palisanderholz mit silberbeschlagenen Ecken. Der Hofrat nahm den Kasten und schlug, nachdem er den silbernen Schlüssel gedreht hatte, den Deckel auf. Er erblickte ein wunderschönes Futter aus schwarzem Samt und sah Firnstahl fragend an.

«Eine nicht abgenommene Arbeit für die Baronin Dorina Kárgász», sagte Firnstahl. «Die Außenmaße haben um zwei Millimeter von der Bestellung differiert. Gefällt sie Ihnen, Herr Hofrat?»

Der Hofrat wandte sich an den Advokaten. «Die Exzellenz suchen nach so etwas Ähnlichem, Doktor, was meinen Sie?»

Der Advokat begutachtete die Schatulle und sagte:

«Schön, sehr schön, Herr Hofrat. Nehmen Sie es zur Ansicht mit. Wenn es gefällt, kann ich es in drei Tagen bezahlen, wenn ich wieder zu Herrn Firnstahl komme. Ein anderes Monogramm wird ein Goldschmied anbringen müssen. ‹H. W.› und eine neunzackige Krone. Aber das wird nicht schwer sein.»

Also ließ sich der Hofrat die Palisanderschatulle einpacken, und Firnstahl erbot sich, sie ihm zum Wagen zu tragen. Aber der Hofrat lehnte ab und klemmte sich das Paket selbst unter den Arm. Der Futteralmacher begleitete die beiden Herren durch die Höfe bis zur Toreinfahrt, wo es auf die Kärntnerstraße hinausging. Dort sah er seinen Besuchern noch eine Weile nach, bis sie im dichter werdenden Schneetreiben in Richtung Stephansplatz verschwunden waren.

15

Fast erstarrt vor Spannung hatte Goschi zugehört. «Und diese ganze Geschichte haben Sie gewissermaßen aus diesem kurzen Eintrag hier?» sagte sie beeindruckt.

«Es sind, abgesehen von meinen Ausschmückungen, die zwingenden Rückschlüsse aus dem, was *nicht* auf diesem Zettel steht», erwiderte Prékonicz, wobei er das Wörtchen «nicht» bedeutungsvoll betonte. «Anders kann es nicht gewesen sein.» Er nahm den von Goschi abgeschriebenen Trauungseintrag. «Sehen Sie, hier: kein Alter, kein Geburtstag, kein Geburtsort der Braut. Alles unverzichtbar für den Eintrag, wenn nicht die väterliche Erklärung vorliegt. Diese Erklärung liegt aber vor. Damit ist wirklich der Rückschluß begründet, daß die Heirat mit Vorbedacht in ein Alter gelegt wurde, wo sie notwendig war. Und durch sie ist die kleine Marie zur ehelichen Tochter des Thaddäus Firnstahl geworden, obwohl wir schon fast mit Sicherheit annehmen können, daß sie es nicht war. Aber der Eintrag zeigt eben noch viel mehr. Zusammen mit der Ehe mit Moriz Engel und mit Engels gesellschaftlichem Aufstieg durch die Gründung des ‹Wiener Salonblatts› beweist er, daß Marie Firnstahl ein Kind war, auf dessen Schicksal und Fortkommen die größte Sorgfalt und Umsicht verwendet wurden. Kein Kind einer fragwürdigen Hintertreppenliaison, sondern ein Mädchen von Stand, wie man damals sagte.»

«Ich verstehe nur eines nicht», sagte Goschi nach einer Weile nachdenklich. «Irgendwie muß Marie doch in die Familie Firnstahl hineingekommen sein. Wenn sie nicht die echte Tochter war, müßte es eine Adoption gegeben haben, und dann wäre doch das alles, was wir hier vor uns haben, gar nicht nötig. Aus blauem Himmel konnte dem Thaddäus Firnstahl doch kein Kind zugeflogen sein. Irgend etwas muß doch damals geschehen sein, von dem wir noch nicht die geringste Ahnung haben, finden Sie nicht?»

«Es drängt sich auf», sagte Prékonicz. «Es springt einem ins Auge, da haben Sie recht. Und wir werden auch dahinterkommen.»

«Aber wie?» fragte Goschi ratlos.

«Wissen Sie, ich habe da vorerst auch nur eine vage Idee», gestand Prékonicz. «Wir müssen systematisch vorgehen. Wir müssen in den in Betracht kommenden Pfarreien der Stadt danach suchen, ob jemals irgendwo und irgendwann eine kleine Marie Firnstahl geboren worden ist. Und zwar so, daß sie an jenem achten Juli siebzig, an dem Thaddäus Firnstahl die väterliche Erklärung abgegeben hat, zwischen sechzehn und siebzehn Jahre alt war.»

«Und dann?» fragte Goschi. «Was wollen Sie damit anfangen?»

«Wenn es eine *lebende* echte kleine Marie Firnstahl gegeben hat», antwortete der Doktor, «dann, so vermute ich, hat es auch eine *tote* echte kleine Marie Firnstahl gegeben. Und wenn wir diesen Nachweis finden, werden wir der Antwort auf die Frage, wie die falsche kleine Marie in die Familie des Thaddäus Firnstahl gekommen ist, ganz dicht auf der Spur sein.»

Zunächst war es Goschi darum gegangen, herauszufinden, ob die Vermutung Prékonicz', der Palisanderkasten, der sich über die Jahre auf sie vererbt hatte, könne aus der Etuimacherwerkstatt des Thaddäus Firnstahl stammen, sich erhärten ließ. So hatte sie also eines Abends den Kasten einer genauen Prüfung unterzogen. Und wirklich hatten sich unter einer starken Lampe in dem schwarzen, schon ziemlich abgeschabten Samtfutter, das die Innenfläche des Deckels überspannte, die Reste einer ovalen Goldprägung gefunden, auf die Goschi bisher noch nie geachtet hatte. Immerhin ließen sich noch Buchstabenreste erkennen, die bei einiger Phantasie auf den Namenszug «Thaddäus Firnstahl» schließen lassen konnten. Kurz entschlossen hatte Goschi den Kasten ausgeleert, seinen Inhalt in einen Karton gepackt, die roten Einweckgummis Lonas wieder um die ramponierte Schatulle gespannt und das Ganze bei ihrem nächsten Treffen Dr. Prékonicz mitgebracht. Auch der Doktor hatte die Prägung überprüft und Goschi recht gegeben.

«Sehen Sie», hatte er gesagt, «warum soll das eigentlich nicht passen? Wenn wir schon ein Etui in der Familie haben, und einen Etuifabrikanten auch – warum sollte dann schließlich dieses Etui nicht auch von diesem Fabrikanten stammen? Ein Beweis mehr dafür, daß Sie auf der richtigen Fährte sind, daß der Name Firnstahl etwas mit Ihrer Familie und etwas mit Ihrer Großmama Katinka zu tun hat.»

Das Zusammenfallen dieser Entdeckungen beflügelte von neuem Goschis Forscherdrang.

«Sie haben recht, Doktor. Ich will wissen, ob es eine echte kleine Marie Firnstahl gegeben hat. Was raten Sie mir?»

«Nun», antwortete Prékonicz. «Es gibt seit achtzehnhundertachtundfünfzig Adreßbücher in Wien. Sie finden sie gesammelt in der Bibliothek des Wiener Stadt- und Landesarchivs. Sehen Sie in den ersten Ausgaben, die Sie kriegen können, nach, ob Sie den Namen Firnstahl entdecken und wo diese Familie damals gewohnt hat. Die dazugehörigen Pfarreien können Sie dann leicht finden. Und irgendwo in diesem Umfeld ist die echte kleine Marie geboren worden.»

Als sie sich an diesem Tag trennten, machte Dr. Prékonicz einen Vorschlag. «Wissen Sie, um diese schöne Schatulle, die jetzt auch noch eine Geschichte bekommt, ist es wirklich jammerschade. Die Scharniere zerbrochen, das Silber angelaufen, das Schloß kaputt. Wollen Sie mir den Kasten nicht mitgeben? Ich kenne jemand, der ihn wieder so herrichtet, wie Katinka ihn zur Hochzeit bekam.»

Das Angebot nahm Goschi dankbar an. Prékonicz nahm die Kassette unter den Arm und riet Goschi noch einmal:

«Denken Sie daran: Die echte kleine Marie finden Sie da, wo zum ersten Mal der Name Firnstahl auftaucht.»

«Wenn es sie jemals gegeben hat», sagte Goschi.

«Es hat sie gegeben», antwortete Prékonicz. «Ich kann das noch nicht beweisen, aber mein Gefühl sagt es mir.»

Dr. Josef Prékonicz' Gefühl hatte nicht getrogen. In den frühesten erschienenen Adreßbüchern entdeckte Goschi den Namen Firnstahl zweimal. Einen J. Firnstahl, Maschinist und Hausbesitzer in der Hechtengasse 506 zu Wieden, und den gesuchten Thaddäus Firnstahl, Futteralmacher, ebenfalls in Wieden, und zwar in der Schiffgasse 915 und 916. Beim erzbischöflichen Ordinariat in der Korngasse die dazugehörigen Pfarreien ausfindig zu machen, war eine Sache von wenigen Minuten. Es konnte sich nur um drei Pfarrämter handeln: um das Pfarramt Karl Borromäus in der Kreuzherrengasse hinter der Karlskirche, um das Pfarramt St. Elisabeth am St.-Elisabeth-Platz Nr. 9 und um die Pfarrei Zu den hl. Schutzengeln in der Paulanergasse 6. Und hier in der verschwiegenen Sakristei dieses letzteren, ehrwürdigen Baues stieß Goschi auf eine echte kleine Marie Firnstahl. Fasziniert starrte sie auf den in steifer deutscher Schreibschrift verfaßten Eintrag, wonach den Eheleuten Thaddäus und Johanna Firnstahl am 8. August 1853 eine Tochter geboren und einen Tag darauf durch den Kooperator Josef Wondraczek nach römisch-katholischem Ritus auf den Namen Marie getauft worden war. Goschi ließ sich eine Abschrift dieser Eintragung anfertigen und rechnete, während die Pfarramtssekretärin an dieser schrieb, hastig nach. Wenn die Eheerlaubnis des Thaddäus Firnstahl am 8. Juli 1870 eingetragen worden war, dann wäre das Mädchen, dessen Geburt hier dokumentiert war, an diesem Tage wirklich noch sechzehn Jahre alt gewesen. Dann hätte der Doktor mit seinen Vermutungen über jene, diesen dürren Eintragungen zugrunde liegenden Ereignisse tatsächlich recht. Goschi hielt diese aufregende Entdeckung nicht aus, ohne sie Prékonicz von der nächsten Fernsprechkabine aus mitzuteilen. Der Doktor schlug vor, den Erfolg mit einem italienischen Abendessen im «Grünen Anker» zu feiern.

Mit großem und fachmännischem Interesse nahm der Doktor von der Abschrift Kenntnis, die Goschi ihm übergeben hatte.

«Na also», sagte er dann befriedigt, «dieses Mädchen hat es also wirklich gegeben. Nur ist es nicht das Mädchen, das am zwölften September siebzig den Moriz Engel geheiratet hat.»

«Mein Gott, Doktor», rief Goschi verblüfft, «wie kommen Sie denn auf so eine Idee? Ihre Phantasie geht mit Ihnen durch.»

«Nein», sagte Prékonicz, «das ist vollkommen logisch. Sie brauchen nur ein bißchen nachzudenken. Wäre dieses Kind die Braut gewesen, dann hätte doch Thaddäus weiß Gott noch warten können, bis vier Wochen später seine Tochter siebzehn geworden wäre. Dann hätte es all das, was bei dieser Heirat erklärt, vertuscht und verschleiert worden ist, nicht gebraucht. Dann hätte nämlich bei der Eheschließung dort stehen müssen: Name der Braut Marie, Alter siebzehn Jahre, Geburtstag achter August dreiundfünfzig, Geburtsort Wieden. Das müssen Sie doch zugeben?»

Goschi gab es zu, weil alles folgerichtig war.

«Und jetzt?» fragte sie.

«Und jetzt geht es genauso logisch weiter», erwiderte Prékonicz. «Da es keine zwei Marie Firnstahls geben kann, muß eine der beiden gestorben sein. Und das schon in sehr jungen Jahren. Nach Lage der Dinge kann das nur die echte kleine Marie gewesen sein. Sie werden also jetzt auf die Suche nach dem Sterbenachweis für jene Marie gehen, deren Geburtsnachweis Sie hier vor sich haben. Und wenn Sie den entdeckt haben, dann wird irgendwo, irgendwann und auf irgendeine uns jetzt noch unbekannte Weise auch die Marie aus dem Dunkel hervortreten, nach der wir suchen und die am zwölften September siebzig als angebliche Tochter des Thaddäus Firnstahl den Zeitungseigentümer und Chefredakteur Moriz Engel geheiratet hat.»

Die Kühnheit der Beweisführung verblüffte Goschi und spornte sie gleichzeitig an.

«Es kann doch sein, daß ich einen Sterbenachweis für die echte Marie finde, aber daß es keinen Beweis für den Eintritt einer Ersatz-Marie in die Familie Firnstahl gibt. Was dann?»

«Nein, das kann nicht sein», antwortete Prékonicz. «Es gibt ihn. Ob Sie ihn finden, hängt von Ihrem Fleiß, Ihrer Ausdauer und Ihrer Intelligenz ab.»

Goschi schwieg eine Weile und sagte schließlich:

«Ich habe mich schon manchmal gefragt, was für einen Grund Sie eigentlich haben, sich in dieser Sache so stark zu engagieren.»

«Das ist schnell gesagt», antwortete der Doktor. «Weil es ein Stück Auffacher-Familiengeschichte ist, weil es ein Stück Geistinger-Familiengeschichte ist, weil es damit ein Stück österreichischer Kultur- und Sittengeschichte ist. Und außerdem – weil es mich reizt und weil ich die Erfahrungen habe, mit einer Auffacher-Enkelin und Geistinger-Urenkelin an der Lösung des Geheimnisses mitzuwirken, in das sie sich verbissen hat. Zufrieden?»

Goschi nickte. «Ohne Ihre Hilfe wäre ich wohl nie imstande gewesen, die Sache überhaupt bis dahin zu bringen, wo wir jetzt sind.»

«Und wir sind schon ziemlich weit», sagte Prékonicz. «Was jetzt kommt, ist schwieriger. Ich kann Ihnen dabei nicht helfen, weil ich einfach nicht die Zeit habe. Aber ich bitte Sie, mich sofort anzurufen, wenn Sie auf irgend etwas gestoßen sind, das uns weiterbringt.»

Zu einem solchen Anruf Goschis kam es nie. Über vier Wochen lang hatte Goschi sich in die Nachforschungen vertieft, und das ohne den geringsten Erfolg. Nach 31 Tagen großer Mühen mußte sie sich eingestehen, daß der Tod der kleinen Marie Firnstahl nicht nachzuweisen war. Entweder der Doktor irrte sich mit seinen Mutmaßungen, oder die kleine Marie hatte sich buchstäblich in Luft aufgelöst.

Das war der Stand der Dinge, als Dr. Josef Prékonicz-Lloyi an einem Montagmorgen im Foyer des Hotels auftauchte, um seine Zeitungen von Goschi in Empfang zu nehmen. Zu ihrer Überraschung sprach der Doktor sie direkt auf ihre Nachforschungen an.

«Sagen Sie nichts», murmelte er etwas zerknirscht, «ich habe Sie auf eine falsche Fährte gelockt. Dort, wo ich Sie hingeschickt habe, können Sie gar nichts finden. Verzeihen Sie mir, aber unternehmen Sie jetzt nichts mehr –»

«Es soll in den Archiven des erzbischöflichen Ordinariats», unterbrach ihn Goschi, «Zweitschriften sämtlicher –»

«Nein, nein», sagte Prékonicz, «das ist alles der falsche Weg. Machen Sie überhaupt nichts, aber treffen Sie mich am Donnerstag um drei im ‹Bräunerhof›. Dann kann ich Ihnen alles sagen.»

Als sie das Kaffeehaus betrat, war der Doktor schon da. Nachdem der Kaffee und die Wassergläser auf dem Nickeltablett vor ihnen standen, begann der Doktor zu berichten.

«Also, ich habe überhaupt nichts entdeckt», sagte Prékonicz. «Aber ich habe mit einem Mann gesprochen, mit dem ich schon von Anfang an hätte sprechen müssen, nämlich mit dem Kollegen von der Rechtssektion in meinem Ministerium. Ganz zufällig sind wir vorige Woche auf diese Sache zu sprechen gekommen, und ich schildere ihm mit ein paar Sätzen Ihr Problem. Er versteht auch sofort und stellt mir ein paar ganz gezielte Fragen. ‹Also eine verschwiegene Geburt›, sagt er, ‹und vielleicht auch ein verheimlichter Todesfall – hm –, da werden Sie in den öffentlich zugänglichen Kirchenbüchern nichts finden, Herr Kollega, und wissen S' auch, warum? Wer damals etwas hat vertuschen wollen, der hat das ohne weiteres mit ein paar Gulden damals noch tun können. Mit ein paar Gulden haben sie damals alles erreichen können. Jede Veränderung einer Eintragung, jede Verfälschung und natürlich auch jede Unterdrückung oder Unterlassung. Da ist nichts ruchbar geworden, in keinem Kirchenbuch, in keiner Matrik, in keinem Zentralregister. Mit einer einzigen Ausnahme: der notwendigen Eintragung in das Leichenbeschauprotokoll. Warum das so war, wollen Sie wissen?› – ‹Natürlich›, sage ich, und er erklärt es mir. ‹Weil nämlich damals die geheime Beerdigung von Leichen mit hohen Kerkerstrafen belegt war. Und das hat keiner riskiert, so hoch oder nieder er auch war. Ist also jemand verstorben und Sie wissen ungefähr wann, im amtlichen Leichenbeschauprotokoll werden Sie ihn unweigerlich finden, auch wenn sein Tod überall sonst verheimlicht oder unterschlagen worden ist.›»

Goschi hatte Prékonicz' Bericht mit atemloser Spannung zugehört.

«Und diese Protokolle gibt es noch?» fragte sie, als er geendet hatte.

«Ja», sagte der Doktor, «sie sind im Stadt- und Landesarchiv. Und sie sind auf Mikrofilm. Ich habe Ihnen die Rollen herauslegen lassen, von achtzehnhundertdreiundfünfzig an für die nächsten fünf Jahre. Sie brauchen sich nur vor den Bildschirm zu setzen und nach dem Namen Firnstahl zu suchen. Und dann rufen Sie mich an.»

Im Stadt- und Landesarchiv händigte man Goschi die Kartons mit den Filmrollen sofort aus, welche die Jahre 1853 bis 1857 abdeckten. Goschi nahm in einem Nebenraum vor einem der Bildschirme Platz und ließ sich die Handhabung erklären. Dann machte sie sich ohne große Hoffnungen an die Arbeit. Jedes der verfilmten Matrikenbücher enthielt Hunderte von Seiten mit je zehn Eintragungen von Sterbefällen. Goschi stieß erst nachmittags gegen vier Uhr auf die erste Spur, und auch diese hätte sie um ein Haar übersehen. Sie stieß auf sie auf der Filmrolle 223, die das Jahr 1855 umfaßte. Dieser Eintragung begegnete sie auf der letzten Zeile im Monat April, unter den Eintragungen der Todesfälle vom 3., 4. und 5. des Monats. Und da war es. Unter den Namen Forster, Fortinger, Fuchs, Frank, Fuchseder und Fleisch schien auf der letzten Zeile der Seite ein

Eintrag auf, den sie beinahe nicht wahrgenommen hätte, weil der Nachname entstellt war und der Vorname nicht stimmte. Goschi stellte die Wiedergabe scharf ein. Vermerkt war der Tod eines Kindes namens Fihnstahl mit dem Taufnamen Johanna, das im zarten Alter von drei Jahren am 5. April 1855 im St.-Annen-Kinderspital an Scharlach verstorben war. Scharlach und Diphtherie, das waren damals tödliche Krankheiten, vor allem im Kindesalter und besonders bei Kindern ärmerer Bevölkerungsschichten. Aber was Goschi am meisten verwirrte, waren zwei auf den ersten Blick schwer erklärbare Eintragungen. Unter der Rubrik «Persönliche Eigenschaft» stand nämlich zu lesen: «Zögling des k. k. Findelhauses» und etwas weiter rechts unter «Wohnort» war ebenfalls eingetragen: «Findelhaus».

Konkrete Schlüsse aus dieser Entdeckung zu ziehen, vermochte Goschi vorerst nicht. Aber eines wurde ihr bewußt: daß sie auf das größte Geheimnis gestoßen war, das die Vorgänge, denen sie nachspürte, für sie bereithielten. Sie eilte hinaus auf den Flur, wo sie beim Betreten der Archivräume eine Telefonkabine entdeckt hatte. Sie fand sie frei und rief Doktor Prékonicz in seinem Büro im Ministerium an. Hastig berichtete sie, was sie soeben entdeckt hatte, und erntete damit am anderen Ende der Leitung nur ein sekundenlanges Schweigen. Schließlich vernahm sie des Doktors Stimme:

«Würden Sie mir das noch einmal wiederholen?»

Goschi tat es:

«Eine drei Jahre alte Johanna Fihnstahl, Zögling des k. k. Findelhauses, gestorben am fünften April fünfundfünfzig im St.-Annen-Kinderspital. Und im Sterberegister der zuständigen Pfarrei Zur Heiligen Dreifaltigkeit fehlt ein solcher Eintrag, wie ich schon früher festgestellt habe.»

Als der Doktor auch auf diese Eröffnung nicht sofort antwortete, rief Goschi: «Hallo?»

Jetzt endlich reagierte Prékonicz.

«Sie sind ein Glückspilz, Goschi, und finden ein goldenes Ei nach dem anderen.»

«Ja, ich glaube auch, daß es wichtig ist», antwortete Goschi. «Aber warum nur?»

«Das kann ich Ihnen am Telefon nicht auseinandersetzen», sagte der Doktor. «Aber lassen Sie sich den Eintrag fotokopieren und kommen Sie, wenn Sie frei sind, damit zu mir zum Abendbrot.»

Goschi war frei und sagte sofort zu. Als Gretel ihr geöffnet und sie nach oben gebracht hatte, begrüßte der Hausherr sie unter der Tür seines Wohnzimmers. Er trug, was sie gerne an ihm sah: einen Salzburger Trachtenanzug mit rosa Krawatte. Im Salon des Hausherrn war es behaglich dämmerig, und im benachbarten kleinen Eßzimmer sah man durch die offene Schiebetür den für zwei Personen gedeckten runden Tisch und in dessen Mitte einen silbernen, fünfarmigen Leuchter, dessen Kerzen entzündet waren. Goschi blieb stehen und sah den Doktor fragend an. «Geburtstag?»

Hinter ihr hatte sich Gretel herangeschoben und brummte über ihre Schulter: «Na, der Hofrat.»

«Du lieber Himmel», sagte Goschi, «herzliche Gratulation.»

Der Doktor dankte für ihren Glückwunsch und fügte hinzu: «Tun S' mir nur den einen Gefallen und vergessen S' den auch wieder rasch.»

Goschi versprach es.

Gretel hatte zur Feier des Tages eine kalte Vesper gerichtet, mit Lachs, Käse, Schinken. Dazu gab es Gumpoldskirchner und Obst.

«Es ist aber nicht nur der Hofrat», sagte Prékonicz, als sie, nachdem sie ihr Abendbrot verzehrt hatten, nach nebenan gingen, wo Gretel eine Kaffeemaschine mit bläulicher Spiritusflamme in Gang gesetzt hatte. «Es ist auch der Geburtstag der falschen Marie, also sozusagen Ihrer Großtante, nicht wahr?»

Sie ließen sich nieder. Prékonicz bediente die Kaffeemaschine, schenkte den Kaffee ein und sagte:

«Also, nun lassen Sie mich sehen, was Sie ausgegraben haben. Ich bin wirklich neugierig.»

«Sind Sie ganz sicher, daß es die Großtante ist?» fragte Goschi, zog die Kopie aus ihrer Handtasche, faltete sie auseinander und reichte sie dem Hausherrn. Prékonicz holte, das Papier in der Hand, von seinem Schreibtisch eine Lupe, setzte sich dann zu Goschi, hielt das Dokument unter das Licht der Stehlampe und studierte es mehrere Minuten lang, ohne ein Wort dazu zu sagen. Goschi beobachtete, daß Prékonicz der oberen Hälfte des Blattes mehr Aufmerksamkeit widmete als dem eigentlichen Eintrag.

«Was interessiert Sie an den übrigen Eintragungen so?» wollte Goschi wissen.

«Man muß sie miteinander vergleichen», murmelte Prékonicz. «Um die Feinheiten zu bemerken.»

«Und was sind das für Feinheiten?»

Dr. Prékonicz hielt das Papier noch näher ans Licht und starrte durch die Lupe auf eine bestimmte Stelle. Dann legte er beides vor Goschi auf den niederen Tisch, nahm einen Schluck Kaffee und sagte:

«Warum ich mir das so genau angesehen habe? Nun, wahrscheinlich ist Ihnen gar nicht aufgefallen, was Sie da entdeckt haben, nämlich den Totenbeschaueintrag nicht nur für ein Kind, sondern für *zwei.*»

Goschi sah ihren Gastgeber so fassungslos an, daß Prékonicz fortfuhr:

«Das habe ich erwartet, daß Sie mich so entsetzt anschauen. Ich muß gestehen, daß auch ich ziemlich lange gebraucht habe, um zu begreifen, was hier eigentlich steht.»

Inzwischen hatte Goschi ihre Sprache wiedergefunden.

«Hier, in diesen paar dürftigen Worten?»

«Das ist wie bei Moriz Engels Heiratseintrag», sagte Prékonicz. «Das, was hier in diesen dürren Worten steht, ist nur das Ergebnis langfristiger und gründlicher Planung und Gedankenarbeit. Was dahintersteckt, müssen wir herausfinden, dann verstehen wir auch, was hier auf dem Papier steht.»

Gemeinsam beugten sie sich über das Dokument.

«Sehen Sie hier, der Name Fihnstahl. Sie können sicher sein, den richtigen Eintrag gefunden zu haben. Den Namen Fihnstahl gab es und gibt es in Wien nicht. Oder ist Ihnen auf Ihrer Suche nach dem Geburtsnachweis ein solcher Name aufgefallen? Nein? Sehen Sie. Und er wäre Ihnen aufgefallen, denn er ist Ihnen ja auch hier in dem Totenbeschauprotokoll aufgefallen. Also können wir sicher sein, daß dieser Tod ein Tod war, der die Familie Firnstahl betroffen hat.»

«Aber das kleine Mädchen, das hier starb, hieß doch Johanna und nicht Marie», sagte Goschi.

«Nein», widersprach Prékonicz, «das Mädchen, das hier am fünften April fünfundfünfzig an Scharlach starb, hieß ganz bestimmt Marie Firnstahl.»

Goschi schüttelte den Kopf. «Das verstehe ich nicht.»
Prékonicz erklärte es ihr.
«Johanna ist der Vorname des zweiten Mädchens, von dem ich vorhin sprach. Den Familiennamen dieses Kindes wissen wir nicht, und wahrscheinlich wird ihn auch niemals jemand erfahren. Vielleicht hat es niemals einen bekommen, und falls doch, war es ein falscher. Aber eines wissen wir genau, nämlich, daß dieses kleine Mädchen ein Findelhauskind war, dort auf den Vornamen Johanna getauft wurde und wahrscheinlich, wie später ihre Schwester Katinka, im Gebärhaus anonym zur Welt gebracht wurde.»
«Warum kann nicht das Firnstahl-Kind das Findelhauskind gewesen sein?»
«Aber, Goschi», sagte der Doktor. «Überlegen Sie doch mal. Die Firnstahls waren eine solide Handwerkerfamilie. Die wollten Kinder. Warum um Himmels willen sollten solche Leute ein Kind ins Findelhaus geben – und das auch noch unter ihrem Namen? Nein, das war ganz anders. Da gab es im Findelhaus ein anonym geborenes Kind, für das man auf eine passende Gelegenheit und einen Zeitpunkt wartete, daß es aus dieser Anstalt herausgelöst und in eine ordentliche bürgerliche Existenz eingebettet werden konnte. Dieses Mädchen war bei seiner Geburt auf den Namen Johanna getauft worden. Es mußte spurlos aus der Findelanstalt und ihren Matriken, Protokollen und Listen verschwinden. Also starb es auf dem Papier am fünften April fünfundfünfzig im St.-Annen-Kinderspital. Denn dort steht es ja: Johanna, dreijährig, Zögling des k. k. Findelhauses. Da es nur auf dem Papier starb, in Wirklichkeit aber als Marie Firnstahl weiterlebte und später den Moriz Engel heiratete, mußte vorher die *echte* kleine Marie gestorben sein. Und zwar wahr und wahrhaftig. Und das steht schließlich auch in diesem Protokoll: an Scharlach. Mit dem kleinen Fehler eines falschen Buchstabens im Familiennamen und eines anderen Vornamens.»
Goschi starrte ihren Gastgeber eine Weile an und brachte dann spontan heraus: «Herr Hofrat, Sie sind verrückt.»
Prékonicz lachte. «Keineswegs. Und wissen Sie, was mich so sicher macht? Das angegebene Alter von drei Jahren. Welches der beiden Mädchen im Kinderspital war drei Jahre alt? Von der echten kleinen Marie, die im August dreiundfünfzig geboren war, wissen wir, daß

sie im April fünfundfünfzig erst einundzwanzig Monate alt war. Die Ärzte des Kinderspitals wußten das auch. Wenn dort dennoch von drei Jahren die Rede ist, dann betrifft diese Angabe das andere Mädchen. Und rechnen wir diese drei Jahre zurück, dann kommen wir auf April zweiundfünfzig. Merken Sie sich dieses Datum. Vielleicht ist es noch einmal wichtig für Sie. Und der letzte Beweis ist diese Spalte hier am rechten Rand der Eintragungen.»

Goschi beugte sich vor und las die Spaltenüberschrift.

«Beschaut von», sagte sie und sah auf. «Aber da steht doch gar nichts?»

«Doch», sagte Prékonicz, «auch da steht sehr viel. Sehen Sie mal, bei allen, die an einer privaten Adresse verstorben sind, steht in dieser Spalte der Name des Totenbeschauers, der ins Haus kam. Bei den drei Personen, die im Allgemeinen Krankenhaus verstorben sind, steht nur ‹k. k. Krankenhaus›. Und bei der kleinen Johanna Fihnstahl steht ‹St.-Annen-Kinderspital›. Dazu muß man wissen, wie diese Protokolle zustande gekommen sind. Sie wurden von der amtlichen Gesundheitsbehörde beim Magistrat ausgefertigt, und zwar aufgrund der Meldungen der vereidigten Totenbeschauer. Nur für Menschen, die in den Spitälern verstarben, galt eine Ausnahme. Für sie hatte Kaiser Joseph II. verfügt, daß zur Feststellung der Identität und der Todesursache ein Status des zuständigen Abteilungsarztes ausreichte. Der vereidigte Totenbeschauer war nicht zu bestechen. Von dem Anstaltspersonal konnte man das nicht behaupten. Wissen Sie, was damals ein junger, öffentlich angestellter Arzt verdiente? Nein? Das ging über die Gage eines jungen Schauspielers nicht weit hinaus, verstehen Sie? Und nur so konnte das Kunststück zustande kommen, mit einem einzigen Eintrag in der Matrik gleichzeitig das Verschwinden zweier Kinder aus der Gesellschaft der Lebendigen zu dokumentieren.»

«Mein Gott im Himmel», sagte Goschi erschüttert, «Sie haben mich gewarnt. Am Ende kommen wir doch noch einem Verbrechen auf die Spur.»

«Nein», sagte der Hausherr, lehnte sich auf dem Sofa zurück und schlug die Beine übereinander. «Da brauchen Sie keine Sorge zu haben. Die, die hinter diesen Ereignissen standen, waren keine Verbrecher. Das waren profunde Kenner der Verhältnisse im Lande, und sie haben sich von erstklassigen Juristen beraten lassen. Das wird durch alles erhärtet, was wir bis jetzt über die Sache wissen.»

«Haben Sie die geringste Vorstellung davon, was da vorgegangen sein kann?»

«Ja», sagte der Doktor. «Haben Sie Zeit?»

Goschi nickte.

«Dann werde ich Ihnen erzählen, was sich nach meiner Vorstellung seinerzeit abgespielt haben muß.»

16

Er hatte einen ganz klaren Auftrag, und das schon seit fast einem Jahr. Er war, was in der Stadt Wien nur wenige Menschen wußten, ein Vertrauensmann aus der Domänenverwaltung einer der führenden Großgrundbesitzerfamilien aus dem benachbarten Ungarn. Und er hatte für die Erfüllung seines Auftrages sehr weitgehende Vollmachten erhalten. Er war im übrigen auch ein Ehrenmann, und er hätte niemals einen anrüchigen oder strafbaren Auftrag entgegengenommen, ebensowenig wie ihm seine Herrschaft einen solchen jemals erteilt hätte. Er war gegen vierzig, hatte ein freundliches Gesicht, oval, beherrscht von graublauen Augen, vor die er, wollte er etwas lesen, eine Brille mit ovalen Gläsern setzte. Das Haar war von nicht genau bestimmbarer Farbe, der Backenbart in Kotelettenform schon leicht angegraut.

Dieser Mann saß irgendwann im Spätwinter des Jahres 1854 am Fleischmarkt in der Ecke einer der gemütlichen Gaststuben des «Griechen Beisl», hatte ein Beuscherl verzehrt und ein Seidel Pilsener Urquell vor sich stehen, aus dem er ab und zu einen Schluck nahm, wonach er sich jedesmal sorgfältig den Mund trocknete.

Über ihn unterhielten sich zwei andere Männer, die in der Nachbarstube ebenfalls vor ihrem Bier saßen, aber so, daß sie ihn durch die halbgeöffnete Tür sehen konnten. Im Lokal brannten Petroleumlampen. Draußen vor den Butzenscheiben war es finster, denn es war schon nach acht Uhr.

«Irgendwie muß es der da draußen auf uns abgesehen haben», sagte Vitus Wandler zu seinem Tischnachbarn. «Jedenfalls schaut er unentwegt herein. Was das wohl für einer ist?»

«Ist mir auch schon aufgefallen», antwortete der andere. «Aber was das Beste ist, ich kenne den Kerl. Er ist mir schon begegnet. Und andere Kollegen haben mir auch schon erzählt, daß sie sich beobachtet fühlen. Und einer hat mir den sogar beschrieben, so wie er da draußen hockt, sein Bier schluckt und hereinglotzt.»

«Aber schließlich kann er es ja nicht auf uns alle abgesehen haben. Oder gar auf das ganze Spital», sagte Wandler. «Und Spitzbub scheint er auch keiner zu sein, sonst tät er es nicht so öffentlich machen. Und so schaut er auch gar nicht aus, meinst nicht auch, Ägidi?»

Ägidius trank einen großen Schluck Bier und richtete dann seine schon ein wenig glasigen Augen wieder auf den von Rauch und Stimmenlärm erfüllten Nachbarraum.

«Manchmal schauen s' einen so an, wenn man Schulden hat», sagte er und sah Wandler an. «Ich hab keine, hast du vielleicht Schulden, Vitus?»

«Schon», sagte der junge Arzt. «Aber nicht bei dem da. Den kenne ich nicht.»

«Das macht nichts», erwiderte sein leicht angetrunkener Kollege. «Manchmal schicken die auch andere vor, um einen auszuforschen. Welchen von uns glaubst denn, daß er meint, der Glotzer da draußen?»

Vitus Wandler dachte eine Weile nach und antwortete dann: «Weißt was, Ägidi, das werden wir gleich haben. Du zahlst jetzt und gehst heim, weil du sowieso so weit bist, daß du heimgehen mußt, wenn du morgen um sieben den Frühdienst machen willst. Ich bleib hier hocken und trink noch ein Bier. Wenn er dir nachgeht, meint er dich, wenn er bleibt, meint er mich. Und dann werd ich ihn halt a bisserl aufmischen.»

Oberarzt Doktor Ägidius Außergassner war mit diesem Vorschlag einverstanden, denn erstens wurde er zu Hause erwartet, zweitens hatte er keinerlei Interesse an Auseinandersetzungen, und drittens hatte er wirklich morgen früh um sieben Uhr auf seiner Station im St.-Annen-Kinderspital zu sein.

«Aber», sagte er, «Vitus, vorsichtshalber zahlst du. Und wenn er mir nachgeht, kommst du auch. Draußen in der Finsternis ist man besser zu zweit.»

Das wurde aber gar nicht nötig. Zwar zahlten die beiden Ärzte ihren Verzehr, und Dr. Außergassner verließ ganz offen das Lokal, doch der Glotzer nebenan blieb seelenruhig hinter seinem Bier sitzen. Also meint er wirklich mich, dachte Vitus Wandler und beschloß in dem leichten Rauschzustand, in dem auch er sich bereits befand, den Stier bei den Hörnern zu packen. Da er bereits bezahlt hatte, erhob er sich nach einer Weile, ging in die Nachbarstube, rückte einen Stuhl zurecht und setzte sich zu dem freundlichen Glotzer an den blankgescheuerten Tisch. Dort faltete er die Hände auf der Tischplatte und sah seinem Gegenüber direkt ins Gesicht. Das ging eine Weile so, dann schwoll dem Arzt der Kamm.

«Ich bin der Doktor Vitus Wandler», sagte er. «Und wer zum Teufel sind Sie?»

Der Fremde lächelte liebenswürdig und antwortete:

«Ich heiße István Honyász. Schön, daß Sie sich zu mir setzen, Herr Doktor. Rücken S' nur her zu mir. Darf ich Sie noch auf ein Bier einladen? Ich hab gesehen, daß Sie bezahlt haben. Der Herr Doktor Außergassner ist gar schon heimgegangen. Mögen S' ein Urquell? Ich trink auch noch eins mit.»

Der Mann sah sich nach der Bedienung um, aber Dr. Wandler sagte: «Moment, Moment, Herr! Sie scheinen alle unsere Ärzte zu kennen, ja Sie spionieren dem ganzen Kinderspital nach. So wie es jetzt ausschaut, scheinen Sie sogar mich ganz persönlich ausgeforscht zu haben. Was wollen Sie eigentlich von mir? Was wollen Sie von uns? Was wollen Sie überhaupt? Mit einer Einladung auf ein Bier ist das nicht abgetan. Antworten Sie zuerst. Was ist mit Ihnen los?»

Der Mann sagte: «Nicht so laut, Herr Doktor, ich bitt Sie. Die Leut brauchen nicht alle zu hören, über was wir uns unterhalten.»

«Wir unterhalten uns doch überhaupt nicht. Ich will nur wissen, was Sie hier suchen.»

Der Mann sah seinen Gesprächspartner eine Weile an und antwortete dann:

«Ich suche nichts Verbotenes oder Schlimmes und schon gar keinen Streit. Was ich suche, ist schnell gesagt: Ich suche einen jungen, strebsamen Arzt, der frei ist von Vorurteilen und dem ich für eine kleine Gefälligkeit einen Vorschlag machen kann, der ihn von heute auf morgen auf die Beine stellt. Sind Sie so ein Arzt, Herr Doktor Wandler?»

Der junge Arzt war zunächst starr vor Überraschung. Erst allmählich konnte er sich wieder sammeln und wiederholte:

«Kleine Gefälligkeit? Sie meinen Geld? Das kann doch nur etwas Unredliches sein.» Wandler ließ eine Pause eintreten und setzte dann, ungläubig den Kopf schüttelnd, hinzu: «So sehen Sie eigentlich gar nicht aus. Weder nach unredlich noch nach Geld.»

«Sehen Sie», sagte Honyász, «da haben Sie recht. Es ist auch nicht mein Geschäft, das ich Ihnen vorschlagen will, sondern das Geschäft von jemand anderem, der zwar auch nicht unredlich ist, aber das Geld hat, das wir für das Geschäft brauchen.»

Dr. Wandler rückte jetzt doch etwas näher und senkte die Stimme. «Von einem Tag auf den anderen auf die Beine stellen ... Was meinen Sie damit?»

Das Eis schien gebrochen, und der junge Arzt duldete jetzt sogar, daß der Fremde noch zwei Seidel Urquell bestellte. Danach sah er seinen Tischnachbarn wieder an und fuhr fort:

«Ich habe ein Studium abgeschlossen, ich bin medizinischer Doktor der Wiener Universität und auf dem Wege zum Magister der Inneren Medizin ...»

Der Ungar setzte den angefangenen Satz seines Gegenübers fort. «Und Sie sind angestellter Famulus am St.-Annen-Kinderspital mit einem monatlichen Salär, das bei größter Sparsamkeit gerade eben für Sie selber reicht.»

Der Kellner brachte die Biergläser, und der Mann fuhr fort: «Der Name Josef Prix ist Ihnen doch geläufig, Herr Doktor? Herrenmoden-Konfektionär? Am Graben, Numero siebzehn?»

«Jetzt hören Sie aber auf», fuhr der Doktor auf. «Wenn Sie in meinem Privatleben auch noch herumstochern wollen, dann trinken S' Ihr Bier allein.»

«Nein, nein, bleiben S' bittschön sitzen. Aber das Mädel von dem Prix haben Sie doch gern, nicht wahr? Die Jeanette? Zweiundzwanzig ist sie und bildschön. Und sie hat Sie auch gern, die Jeanette. Das sehe ich doch richtig, oder nicht?»

Dem jungen Mann verschlug es zum zweiten Mal an diesem merkwürdigen Abend die Sprache. Schließlich brachte er heraus:

«Jetzt sagen Sie mir nur, woher Sie das alles wissen, Herr Honyász.»

«Ja, mei'», sagte der Ungar, «wenn es um wichtige Dinge geht und um viel Geld auch noch, dann muß man sich schon umtun. Aber wie's halt so geht im Leben: Der alte Prix ist zwar ein freundlicher Mensch und auch kein schlechter Kerl. Aber er ist ein Arrivierter, von der neuen Klasse einer, Aspirant auf den Hoflieferantentitel, und dem traut sich das Töchterl nicht kommen mit einem Doktor aus dem Kinderspital, der nix is und nix hat, und ob er was kann in seinem Fach, stellt sich auch erst später heraus.»

«Ich mein, ich hör sie reden», murmelte der junge Arzt betroffen.

«Die Kleine, gelt? Die kennt ihren Alten. Und bevor sie sich dem sein ‹Nein› einhandelt, traut sie sich vorsichtshalber gar nicht erst fragen. So ist es doch?»

Der Arzt nickte.

«Leider ist es so. Sie haben recht. Aber was wollen Sie dagegen machen? Was immer Sie mir vorschlagen, so viel Geld, um mich beim alten Prix akzeptabel für seine Tochter zu machen, können Sie mir gar nicht anbieten. Nicht einmal für eine große Gefälligkeit, destoweniger für eine kleine.»

«Hm», brummte der Ungar, trank einen großen Schluck aus seinem Bierglas und wischte sich sorgfältig den Mund.

«Mit wieviel würden Sie sich denn für einen gerngesehenen Schwiegersohn beim alten Prix einschätzen?»

«Hören Sie, Herr, das kommt mir aber doch komisch vor», sagte nach einer Weile der junge Mann. «Wie groß ist denn die kleine Gefälligkeit eigentlich, mit der ihrem Ertrag man sich bei Josef Prix als Schwiegersohn einkaufen kann?»

«An Ihrer Stelle wäre ich natürlich auch mißtrauisch», sagte der Ungar. «Trotzdem möchte ich gerne zuerst die Zahl hören, dann sage ich Ihnen alles andere. Ich habe meine Gründe dafür.»

Der junge Arzt war sprachlos. Aber dann fing er doch an, rational zu überlegen. Dem Fremden eine Zahl zu nennen, konnte schließlich überhaupt nichts schaden. Damit ließ er sich noch auf gar nichts ein. Und es interessierte ihn doch mächtig, was hinter einer solchen Sache steckte. Noch zögerte er, als er seinen freundlichen Tischgenossen aufmunternd sagen hörte: «Nun?»

Da gab sich Dr. Vitus Wandler einen Stoß, warf alle Bedenken beiseite und platzte heraus:

«Zwanzigtausend Gulden.»

«Schön», sagte der Ungar anerkennend und nickte. «Damit sind Sie mein Mann, Herr Doktor. Sie hätten ja auch hunderttausend sagen können, und dann hätte ich mein Bier ausgetrunken und Sie hier sitzenlassen. Aber so? Zwanzigtausend, hm, mit zwanzigtausend meint der alte Prix, Sie hätten gerade Ihre Sparbüchse ausgeleert, um seine Tochter zu heiraten. Ich schlage also fünfzigtausend vor. Davon zwanzigtausend jetzt und dreißigtausend, wenn die Sache erfolgreich war. Einverstanden?»

«Halt, halt, halt», sagte der junge Mann verwirrt, «nicht so schnell. Was ist denn das für eine obskure Gefälligkeit, für die Ihr Hintermann bereit ist, ein Vermögen zu bezahlen?»

«Erstens, Herr Doktor», sagte der Ungar, «ist das für meinen Auftraggeber kein Vermögen, sondern ein Butterbrot. Zweitens ist das, was er von Ihnen erhofft, keine obskure oder anrüchige Angelegenheit. Und auch nichts Strafbares oder Kriminelles, sondern die Mithilfe bei einem Akt der Menschlichkeit.»

«Das verstehe ich nicht», sagte der Arzt perplex.

«Das glaube ich. Aber ich erkläre es Ihnen. Sie sollen nichts weiter tun, als in Ihrem Spital darauf achten, wann ein Kind eingeliefert wird, an dessen Heilung die ärztliche Kunst versagt.»

«Das also stirbt?» sagte der junge Mann.

«Ja. Das Kind soll ein Mädchen sein. Es soll ungefähr zwischen achtzehneinundfünfzig und vierundfünfzig geboren sein. Es soll das Kind sehr achtbarer und fleißiger Eltern sein, die in harmonischer Ehe leben, und es soll römisch-katholisch getauft sein. Auf welchen Namen ist gleich. Wenn es durch Zufall eine Johanna wäre, wäre es am besten. Und wenn ein solcher Fall eintritt, Herr Doktor, dann sollen Sie ihn sofort und auf dem schnellsten Weg an eine Adresse melden, die ich Ihnen gebe, sobald wir uns einig geworden sind. Und noch etwas ...» fügte er nach einer kleinen Pause hinzu, «Sie können den Betrag natürlich auch als ein unverzinsliches Darlehen bekommen, das niemals zurückgefordert wird. Als Sicherheit für Sie. Das ist alles.»

«Das ist alles, so», sagte Dr. Wandler. «Das ist aber eine ganze Menge. Und was steckt dahinter?»

«Können Sie sich das nicht denken, Herr Doktor?»

«Doch, wenn ich die Courage habe, es zu Ende zu denken. Jemand will ein unerwünschtes Kind loswerden, für das er nicht sorgen mag.»

«Das ist sehr ungerecht, Herr Doktor, gerade jetzt, wo Ihnen fünfzigtausend Gulden geboten worden sind, um an der Sorge für dieses Kind mitzuwirken, finden Sie nicht auch?»

Der Arzt schwieg. Der andere hatte recht. Vielleicht hatte er vorschnell geurteilt. Der Ungar fuhr fort:

«Der Fall ist nicht einer der üblichen, Herr Doktor, wie Sie sie vielleicht kennen. Der Fall ist eine Tragödie. Kein Ehebruch oder sogar die Folgen einer Wette, wie es so oft geschieht in unseren besseren Kreisen. Die Mutter ist eine Schauspielerin mit der besten Ausbildung und dem größten Talent, aber sehr jung und am Anfang einer bedeutenden Karriere. Der Vater stammt aus der Hocharistokratie und ist unverheiratet. Er steht an bedeutender und einflußreicher Stelle in der äußeren Politik. Für beide ist es kein flüchtiges Abenteuer, sondern – ja, ich kann sagen – eine große Leidenschaft. Aber keiner der beiden kann Liebe und Kind legalisieren. Der Vater nicht aus politischen und Standesgründen der Familie, die junge Mutter nicht, weil sie damit ehrlos dastehen, eine Karriere verpfuschen und ihr Leben zerstören würde. Können Sie das verstehen, Herr Doktor?»

«Sie kennen die Hintergründe offenbar sehr gut», sagte der Arzt.

«Bis in alle Einzelheiten», antwortete der Ungar. «Ich bin die Vertrauensperson meines Herrn, wenn er auf seinem Posten im Ausland ist. Auf meinen Rat hört er. Und ich habe ihm geraten, als Schutz für die junge Mutter seine kleine Tochter zunächst in die Obhut vertrauenswürdiger Pflegeeltern zu geben, bis ein Plan für einen standesgemäßen Lebensweg entworfen werden kann.»

«Und um wen handelt es sich da?» forschte der junge Doktor, ohne große Hoffnung, daß ihm diese Frage beantwortet werden würde. Und damit behielt er recht.

«Erste und wichtigste Vorbedingung für unsere Abmachung ist», antwortete der Ungar, «daß Namen und Verhältnisse unter allerstrengster Vertraulichkeit bleiben. Bedingung ist auch, daß Sie Ihre Entscheidung vollkommen alleine treffen, sich mit niemandem beraten, niemanden ins Vertrauen ziehen, niemanden in dieses Geheimnis einweihen. Sie eröffnen ein Konto bei einem vertrauenswürdigen

Wiener Bankhaus. Und wenn Sie gefragt werden, woher das Geld stammt, dann sagen Sie, Sie haben geerbt. Von einer entfernten Verwandten. Kann ich Ihnen zu alledem noch eine Frage beantworten?»

«Ja», sagte der Arzt, «eine sehr wichtige Frage: Was geschieht, wenn ein Kind gefunden worden ist, auf dessen Schicksal diese Anforderungen zutreffen?»

«Dann», erwiderte der Ungar, «muß sehr schnell gehandelt werden. Es gibt dann eine Besprechung mit dem Anwalt meiner Herrschaft, der festlegt, wie die Eintragungen vorzunehmen sind, damit keine juristischen Komplikationen eintreten, denn die wollen wir ja alle vermeiden, nicht wahr?»

Eine Weile schwieg der junge Mann. Schließlich sagte er:

«Eine makabre Gefälligkeit, die Sie mir da vorschlagen, Herr Honyász.»

«Sie wird ja auch nicht kleinlich bezahlt, nicht wahr? Sie mag gegen Ihre Erziehung verstoßen und auch gegen Ihre natürlichen Empfindungen. Aber prüfen Sie sich eingehend, ob die erhoffte Gefälligkeit auch gegen Ihr Gewissen verstößt. Dazu besteht nämlich kein Grund. Aber wenn sie es tun sollte, betrachten Sie das Angebot als nicht gemacht. Nur müssen Sie auch dann schweigen. Wollen Sie sich gleich entscheiden, oder wollen Sie Bedenkzeit?»

Der junge Mann erbat sich einen Tag Bedenkzeit.

«Schön», sagte der Ungar. «Dann treffen wir uns morgen um die gleiche Zeit wieder hier. Wenn Sie nicht erscheinen, haben Sie abgelehnt. Die geheime Adresse, von der ich anfangs gesprochen habe, erhalten Sie dann morgen.»

Er bezahlte beim Kellner, fuhr in seinen Mantel, nahm Hut und Stock vom Haken und ließ an dem weißgescheuerten Tisch den Dr. Vitus Wandler in tiefer Nachdenklichkeit zurück.

Der junge Arzt hatte die vierundzwanzig Stunden, die der geheimnisvolle Ungar ihm gelassen hatte, wacker und aufrichtig und vor allem alleine mit sich gekämpft. Dabei war ihm die Erkenntnis gedämmert, es bei dem Ungarn mit einem Mann von großer Menschenkenntnis und Lebenserfahrung zu tun zu haben.

Gegen Spätnachmittag des folgenden Tages konnte er den Äußerungen seines Gesprächspartners im «Griechen Beisl» so weit folgen, daß die Vorschläge des Ungarn tatsächlich seiner bürgerlichen und religiösen Erziehung und seinen natürlichen Empfindungen zuwiderliefen. Aber so sehr er auch forschte, eine Stimme, die gegen sein Gewissen sprach, konnte er in seinem Inneren nicht vernehmen. Ja, er war sich, als er sich auf den Weg machte, um István Honyász zum zweiten Mal zu treffen, noch nicht einmal sicher, ob er das Ereignis überhaupt würde beichten müssen. Vorausgesetzt, der Ungar hatte ihm über Hintergrund und Ablauf der Aktion die Wahrheit gesagt. Und darum war es bei dem zweiten Gespräch in der Bierwirtschaft am Fleischmarkt gegangen.

Honyász hatte den jungen Mann davon zu überzeugen gewußt, daß das, was von ihm erwartet wurde, weder gegen das Strafgesetz noch gegen die ärztliche Ethik verstieß, allenfalls vielleicht wegen seiner Ungewöhnlichkeit und Heimlichkeit gegen das allgemeine Anstandsgefühl. Und das schien ihm die Gegenleistung von fünfzigtausend Gulden zur Begründung einer Ehe mit Jeanette Prix wert zu sein. Also hatte Dr. Vitus Wandler den Vorschlägen des Ungarn schließlich zugestimmt, den versiegelten Umschlag mit der Adresse der vorgesehenen Kontaktperson entgegengenommen und die Eröffnung eines Kontokorrentkontos bei einem bestimmten Bankhaus für den nächsten Tag in Aussicht gestellt. Auf diesem Konto war nicht lange danach die vereinbarte Summe von zwanzigtausend Gulden gutgeschrieben worden. Seitdem war über ein Jahr lang in der ganzen Sache nichts weiter geschehen.

Bis zu dem späten Vormittag jenes 28. März 1855, während Dr. Wandler gerade die Vormittagsvisite in der von ihm geleiteten Infektionsabteilung machte, als von der Aufnahme geschickt wurde, er möge sofort herunterkommen, ein sehr schwerer Scharlachfall sei soeben eingeliefert worden. Herr Dr. Außergassner sei auch schon da. Wandler brach seinen Rundgang durch die Krankenstuben ab und begab sich eilig hinunter zu dem Flachbau, der den Empfang, die Verwaltung und die Aufnahme beherbergte. Auf seinem Weg zum Untersuchungsraum sah er in der Aufnahme die Eltern des eingelieferten Kindes sitzen, die Mutter im dunklen Überwurf mit Schutenhut, hochgerafftem Gesichtsschleier und verweinten Augen, ein feuchtes Taschentuch zwischen den Fingern im Schoß knüllend; den

Vater im dunklen Überzieher, den Zylinder auf den Knien, blicklos vor sich hin starrend, auch er von den Tränen nicht weit entfernt. Dr. Wandler musterte diese beiden Menschen, als er den Raum durchquerte, die Platte der Barriere hochhob und in das Untersuchungszimmer ging. Dort hatte Außergassner das kleine Mädchen schon entkleiden lassen, das schreiend auf dem Untersuchungsbett lag. Mit einem Blick erfaßte der junge Arzt die Katastrophe. Er sah den roten Ausschlag auf Brust, Rücken und zwischen den Beinchen des Kindes, die Zunge war himbeerartig verformt, und ein Griff an den Nacken bewies ihm eine extrem hohe Körpertemperatur. Als Dr. Außergassner, der dem Kind in den Hals geschaut hatte, sich wieder aufrichtete, begegnete der Kollege seinem Blick. Der Blick war traurig und von einem kaum sichtbaren verneinenden Schütteln des Kopfes begleitet. Außergassner verfügte die Überstellung der Kleinen in die Infektionsabteilung und wandte sich an Wandler.

«Sind die Eltern noch da?»

«Ich habe sie draußen gesehen», sagte Wandler. «Sie sind erschüttert.»

«Sie haben die Kleine zu spät gebracht. Und sie ahnen das wohl auch», sagte Außergassner.

«Man wird sie vorbereiten müssen», sagte Wandler.

Sein Kollege wußte aus Erfahrung, wie schwer dem Jüngeren die Erfüllung dieses Teils seiner ärztlichen Pflichten fiel.

«Ich übernehme das», sagte er deshalb. «Und außerdem gibt es ja noch die Hoffnung auf Wunder.»

Während der Oberarzt sich nach vorne in die Aufnahme begab, um mit den Eltern des Kindes zu sprechen, überwachte Wandler die Überstellung der schreienden, in Decken gehüllten kleinen Patientin in seine Abteilung. Danach begab er sich in die Aufnahme, wo Außergassner das Schlimmste mit dem starr blickenden Vater und der still vor sich hin weinenden Mutter schon hinter sich hatte. Er stellte Wandler als den behandelnden Arzt vor, und beide Männer versicherten, daß alles geschehen werde, um das Kind am Leben zu halten. Während Vitus Wandler dieser Szene beiwohnte, wurde er sich bewußt, daß er in diesem Augenblick vielleicht zur Schlüsselfigur von Ereignissen wurde, deren Tragweite er nicht im entferntesten abzuschätzen vermochte. Der «Fall» war eingetreten. Seit einem Jahr lagen auf seinem Konto zwanzigtausend Gulden, die sich laufend verzinsten, und warteten auf weitere dreißigtausend, sobald der «Fall» kam. Der junge Arzt hatte jedermann gegenüber geschwiegen wie ein Grab. Auch Jeanette hatte er nichts gesagt. Wenn das kleine Mädchen die Krankheit nicht überlebte, würde das sein eigenes Leben, das Leben dieses Elternpaares dort und vor allem das Leben eines ihm bis dahin noch völlig unbekannten anderen Kindes von Grund auf verändern.

Dieses Bewußtsein lastete schwer auf der Seele des jungen Mannes, als er später zu den Räumen seiner Abteilung hinaufstieg, um nach der kleinen Patientin zu sehen. Im Stationsbüro reichte ihm die Schwester den Aufnahmebogen. Und Dr. Wandler las: Name des Kindes Firnstahl, Taufname Marie, geboren am 8. August 1853, Eltern Thaddäus Firnstahl, Futteralmacher, und seine Frau Johanna, geborene Wenghardt, wohnhaft zu Wieden Nr. 506. Er prägte sich diese Angaben sehr genau ein, er würde sie brauchen, wenn der Ungar ihn nach den Einzelheiten fragte.

Am Nachmittag suchte Dr. Wandler das Kuvert heraus, das ihm vor einem Jahr im «Griechen Beisl» übergeben worden war, und schlitzte es auf. Er fand darin nichts weiter als einen Namen, der ihm ebensowenig sagte wie die Adresse in einer der schmalen Gassen in der Josefstadt, zu der er sich alsbald begab.

Die Haustür stand offen. Der Arzt mußte in den dritten Stock hinaufsteigen, bis er das Schildchen mit dem angegebenen Namen im Schein eines entzündeten Schwefelhölzchens zu entziffern vermochte. Er zog die Glocke und klopfte auch, aber niemand erschien. Endlich schob er den Zettel mit der Adresse, wie es vereinbart worden war, unter der Tür hindurch und trat den Rückweg an. Er machte sich keine großen Hoffnungen, daß nach so langer Zeit auf die Abmachung von damals noch Verlaß war. Um so überraschter war er, daß schon am folgenden Abend, als er die Klinik verließ, der Ungar István Honyász aus der Dunkelheit heraus auf ihn zutrat und den Hut lüftete. Er ging neben Dr. Wandler her und begann das Gespräch.

«Sie haben mir etwas mitzuteilen, Herr Doktor?»

«Das ist ein Teufelswerk, auf das ich mich da eingelassen habe, Herr Honyász», sagte der Arzt. «Damals, in der Theorie, war das alles so schön und klang so einfach. Aber jetzt, wo das arme Wurm in seinem Bettchen liegt und schreit und sich quält...»

«Was ist es denn für ein Fall?» fragte der Ungar.

«Ein hoffnungsloser Fall von Scharlach», murmelte der Arzt. «Doktor Außergassner beurteilt ihn auch so. Und trotzdem – schon die Vorstellung, daß es ein Berechnungsfaktor ist, ob das kleine Mädchen überlebt oder nicht, übersteigt meine moralischen Kräfte.»

«Ich verstehe Sie sehr gut, Herr Doktor. Sie müssen natürlich unbedingt alle Ihre Fähigkeiten daransetzen, daß das Kind am Leben bleibt. Sollte es dennoch nicht geschehen und sollten Sie sich nicht den kleinsten Vorwurf zu machen haben, dann denken Sie daran, daß das schwere Schicksal dieses Kindes vielleicht für ein anderes Kind dieser Welt eine neue Zukunft eröffnet. Gäbe es unsere Vereinbarung nicht, dann wäre nicht einmal das der Fall. Und Ihre kleine Patientin würde dennoch an Scharlach zugrunde gehen. Es ist doch Scharlach, sagten Sie?»

Der junge Arzt nickte wortlos.

«Na, sehen Sie», fuhr der Ungar fort, «und vielleicht machen Sie nicht nur das Mädchen aus dem Findelhaus glücklich, sondern auch die Eltern Ihrer kleinen Patientin. Was sind das für Leute?»

«Das sind sehr ehrenwerte Leute», antwortete Wandler, «ein Handwerkerehepaar. Sie haben versäumt, das Kind rechtzeitig zu bringen, und leiden darunter. Sie lieben ihr Kind und scheinen eine gute Ehe zu führen. Firnstahl heißen sie, Thaddäus und Johanna Firnstahl...»

Vitus Wandler wunderte sich, daß er plötzlich seinen Begleiter in der Dunkelheit nicht mehr neben sich sah, und wandte sich um. Der Ungar war abrupt stehengeblieben und kam jetzt langsam heran.

«Welchen Namen haben Sie eben genannt, Herr Doktor? Firnstahl? Habe ich das richtig verstanden?»

«Ja», sagte der junge Mann.

«Thaddäus?» sagte Honyász. «Und ein Futteralmacher?»

«Von Futteralmacher habe ich nichts gesagt. Aber er ist ein Futteralmacher. Woher wissen Sie das?»

Der Ungar legte die Hand um den Oberarm des Arztes und zog den jungen Mann mit sich fort.

«Das ist mehr als ein Zufall, das ist Schicksal», sagte er, und eine gewisse Erregung war seiner sonst sachlichen und beherrschten Stimme anzumerken. «Thaddäus Firnstahl kenne ich persönlich nicht, aber ich weiß, daß meine Herrschaft große Stücke auf ihn hält. Er war der Futteralmacher für die Jagdwaffen der Familie und ist ein Meister in der Herstellung von Messer- und Säbelscheiden. Vor etlichen Jahren ist er nach Wien ausgewandert, und mein Herr hat ihn ungern ziehen lassen. Ich weiß, daß sie ein Kind haben. Es muß ungefähr zwei Jahre alt sein.»

«Einundzwanzig Monate», antwortete der Arzt. «Es ist am achten August dreiundfünfzig geboren.»

«Das Mädchen, das die Eltern an Stelle der kleinen Marie bekommen würden, wäre sechsunddreißig Monate alt», sagte der Ungar nachdenklich und blieb stehen. «Ich muß hier rechts abbiegen. Merken Sie, daß hier ein Höherer seine Hand im Spiel hat, Herr Doktor? Oder glauben Sie nicht an einen lenkenden Gott? Nachdem alles so ist, können Sie Ihr Gewissen beruhigen. Da bewirkt unser Vertrag nach allen Seiten nur Gutes. Versuchen Sie mit allen Ihren Kräften, die kleine Marie Firnstahl durchzubringen. Sollte der Herr es aber nicht wollen, dann lassen Sie es mich wissen. Auf dem gleichen Wege wie gestern.»

Dr. Vitus Wandler sah den Ungarn noch den Hut lüften, dann war er in der Dunkelheit des kühlen Märzabends verschwunden.

Der Zustand der kleinen Marie verschlechterte sich trotz hingebungsvoller Bemühungen von Ärzten und Pflegepersonal tagtäglich. Am Abend des 4. April war es für Dr. Wandler klar, daß die Kleine den kommenden Morgen nicht erleben würde. Nachdem die Patientin ins Koma geglitten war, hatte der junge Arzt sich entschlossen, den Ungarn auf dem gleichen Wege wie das vorige Mal von dem Verlauf zu verständigen.

Als er von diesem Gang in die Josefstadt noch einmal in die Klinik zurückkehrte, hatte die Kleine es überstanden. Friedlich lag sie in ihrem Bettchen, die Augen hatte man ihr schon geschlossen. Am Vormittag des 5. April erhielt Dr. Wandler durch Boten einen Brief des Ungarn übermittelt mit der Aufforderung, sich um sechs Uhr nachmittags an einer bestimmten Adresse der Innenstadt einzufinden, wo ihm auf ein vereinbartes Klingelzeichen hin geöffnet werden würde. In dem Schreiben wurde er auch aufgefordert, ein Blankoexemplar der Formulare mitzubringen, auf denen die Anstaltsärzte der Magistratsbehörde die in ihrem Bereich eintretenden Todesfälle mitzuteilen hatten.

Die Wohnung, die dem Arzt genannt worden war, lag im zweiten Stock eines Hauses in der Korngasse. Sie war bürgerlich. Auf das verabredete Klingelzeichen öffnete eine Zofe und führte Dr. Wandler in ein mit eleganter Behaglichkeit eingerichtetes Wohnzimmer. Hier fand der junge Mann den Ungarn István Honyász vor und außerdem den Hausherrn, einen hochgewachsenen, schlanken Mann in den Fünfzigern mit glattrasiertem Gesicht, ergrautem Haar, gekleidet in einen grauen Straßenanzug mit taubenblauem Plastron, in dessen Mitte eine große, in ein Platinfiligran gefaßte Perle glänzte. Eine Vorstellung erfolgte nicht. Vitus Wandler begrüßte den Ungarn und wurde distanziert, aber freundlich aufgefordert, auf einem der barocken Medaillonsessel Platz zu nehmen, die um einen ovalen Tisch angeordnet waren. Als man saß, kam der Hausherr unverzüglich zur Sache. Obschon er sich in einer Privatwohnung befand, hatte der junge Arzt das sichere Gefühl, jenem Advokaten gegenüberzusitzen, von dem der Ungar bei ihrem ersten Treffen vor Jahresfrist gesprochen hatte.

Dieser Mann erbat als erstes das Blankoformular der Sterbemeldungen, das Dr. Wandler mitgebracht hatte. Alsbald bemerkte der junge Arzt, daß hier nicht mehr die bedrückende Atmosphäre moralischer Skrupel und quälender Gewissenskonflikte, sondern kühle Geschäftsmäßigkeit herrschte. Der Advokat las das Formular durch, das Dr. Wandler ihm übergeben hatte, und wandte sich dann an diesen.

«Sie wissen, was jetzt von Ihnen erwartet wird, Herr Doktor?»

Der junge Mann verneinte verwirrt.

«Nun», sagte der Hausherr, «das Wichtigste und Schwierigste hat Herr Honyász heute mittag und nachmittag schon hinter sich gebracht. Den Eltern Firnstahl ist ein Kind verstorben, dessen Tod ordnungsgemäß bescheinigt und das auch ordnungsgemäß beerdigt werden muß. Die Eltern wissen das. Gleichzeitig wächst im k. k. Findelhaus ein Mädchen heran, das jetzt drei Jahre alt ist und nicht im Findelhaus verbleiben kann, sondern zunächst zu sorgfältigen Pflegeeltern gegeben werden muß, die es liebevoll und gewissenhaft großziehen, bis über seinen weiteren Lebensweg entschieden werden kann. Der erste Abschnitt dieses Lebensweges muß nach außen hin im Findelhaus endigen. Warum das so ist, brauchen Sie nicht zu wissen.»

«Herr Honyász hat es mir angedeutet», sagte der junge Arzt. «Weil es sich um ein Kind aus den Kreisen der allerersten Stände handelt, nicht wahr?»

Der Advokat sah den Ungarn fragend an.

«Das ist wahr. Ich mußte einige Andeutungen machen, um sein sensibles Gewissen zu beruhigen», erklärte Honyász.

«Und?» fragte der Advokat den jungen Mann. «Ist es beruhigt?»

«Das kommt darauf an, was Sie jetzt von mir erwarten», antwortete Dr. Wandler.

«Das werden Sie sofort erfahren», sagte der Advokat. «Herr Honyász hat das Einverständnis der Eltern Firnstahl erhalten, anstelle ihres verstorbenen Kindes das Kind aus dem Findelhaus zu sich zu nehmen und als ihr eigenes Töchterchen weiterhin aufzuziehen. Dafür wird der Familie das erforderliche Geld zur Verfügung gestellt. Und außerdem wird das Gewerbe des Thaddäus Firnstahl, der ein tüchtiger Handwerksmeister ist, von hoher Hand kräftig unterstützt und gefördert werden. Soweit das Private. Und jetzt das andere. Wenn in Ihrer Anstalt ein Kind verstirbt, wohin wird das gemeldet?»

«Einmal dem Sterberegister der zuständigen Pfarrei, das ist die Heilige Dreifaltigkeit in der Alserstraße.»

«Wie gewissenhaft wird das erledigt?» forschte der Mann in Grau.

«Nicht sehr», antwortete Dr. Wandler. «Das macht das Büro in der Aufnahme. Die vergessen es oft.»

«Es wird auch in diesem Fall vergessen», entschied der Anwalt. «Das unterliegt keinerlei Strafe. Können Sie das erreichen?»

Der junge Mann schwieg eine Weile und dachte an die restlichen dreißigtausend Gulden, die ihn zum bevorzugten Schwiegersohn bei Josef Prix machen würden. Der Anwalt hatte recht. Es war wirklich vollkommen gleichgültig, ob eine solche Nachricht an das Pfarramt einmal mehr vergessen würde. Niemand würde jemals dafür verantwortlich gemacht werden können, und niemand würde jemals danach fragen.

«Ja», sagte er, nachdem er sich das alles überlegt hatte, «ich brauche nur nicht daran zu denken, der Aufnahme den betreffenden Zettel hinunterzugeben, dann unternehmen die gar nichts.»

«Also», sagte der Anwalt, «dann wird in dieser Pfarrei auch nie jemand herausfinden können, wer das kleine Mädchen wirklich war, das heute nacht in Ihrem Krankenhaus verstorben ist. Und mit Rücksicht auf das weitere Leben der kleinen Johanna aus dem k. k. Findelhaus als wiedergenesene Marie Firnstahl *darf* das auch niemals geschehen.»

Jetzt endlich verstand Dr. Vitus Wandler, Abteilungsarzt im St.-Annen-Kinderspital, in vollem Umfang die Überlegungen, die hinter dem Vertrag zwischen ihm und dem Ungarn István Honyász steckten. «Aber überlegen Sie», sagte er nach einer Weile. «In der Findelanstalt gibt es auch Nachweise und Listen und Protokolle über die Zugänge, die Abgänge, die Todesfälle. Haben Sie daran gedacht?»

«Wir haben daran gedacht», sagte der Hausherr und streifte den jungen Arzt mit einem Blick der Anerkennung für seine Umsicht. «Aber wir wissen auch, daß die Zahl der Eintragungen über Insassenbewegungen im Findelhaus jährlich zwischen acht- und neuntausend beträgt und niemals vollständig ist. Und außerdem, Herr Doktor, braucht das, was in der Findelanstalt geschieht oder nicht geschieht, nicht Ihre Sorge zu sein. Vergessen Sie es. Aber ich glaube, wir müssen jetzt zum Hauptpunkt kommen, und das ist die Meldung über den Tod der Kleinen an die Magistratsbehörde, die die Leichenbeschauprotokolle führt. Diese Meldung muß gemacht werden. Wir dürfen sie weder unterdrücken noch vergessen. Denn wenn es ruchbar werden sollte, daß ein Kind beerdigt worden ist, ohne daß die Eintragung im Leichenbeschauprotokoll vorliegt, dann werden zwar nicht Sie straffällig, wohl aber die Eltern. Sie fragten vorhin, was nun von Ihnen erwartet wird, Herr Doktor. Es ist die Abfassung dieser Mitteilung an die Magistratsbehörde, weiter nichts. Wir sind bei unseren Überlegungen ganz bewußt davon ausgegangen, daß bei Sterbefällen in den Krankenanstalten der vereidigte Leichenbeschauer nicht in Erscheinung tritt, sondern eine Bekundung des unmittelbar zuständigen Krankenhausarztes der Magistratsbehörde genügt. Sonst hätten wir unseren Plan anders entwickelt. Und nun schildern Sie uns bitte, wie das bei Ihnen praktisch vor sich geht.»

Dr. Wandler begann diesen Vorgang den beiden Herren zu erläutern.

«Das geschieht mittels des Formulars, das Sie vor sich liegen haben. Es ist genauso eingeteilt wie das Buch, in das der Todesfall dann bei der Behörde eingeschrieben wird. Unsere Eintragungen werden dort einfach übernommen und abgeschrieben. Ich fertige also ein solches Formular aus. In unserem Anstaltsbüro gibt es einen Karton, in dem sie gesammelt werden. Und wöchentlich einmal werden sie von einem Boten zum Magistrat gebracht.»

«Was geschieht beim Magistrat mit den eingereichten Originalen der ärztlichen Meldungen?»

«Sie werden vorübergehend gesammelt und dann am Ende des Kalenderjahres vernichtet. Von da an gibt es nur noch den abgeschriebenen Eintrag im Protokollbuch des Magistrats.»

«Und erscheint irgendwo in diesem Ablauf Ihr Name als ausfertigender Arzt, Herr Doktor?»

Vitus Wandler begriff jetzt nicht nur die umfassende Voraussicht der ganzen Konzeption für das weitere Schicksal des unbekannten Findelhausmädchens, sondern auch die diesem Plan innewohnende intellektuelle Brillanz. Er antwortete:

«Nein, nicht mehr. Früher setzten wir hinter unsere Meldung noch unsere Unterschrift oder unser Zeichen. Aber jetzt nicht mehr. Der Behörde kommt es für ihre Auswertung nur auf das Geschlecht und die Todesursache an. Alles andere ist nebensächlich.»

Der Advokat schwieg eine Weile und wandte sich dann an den Ungarn.

«Ihre Idee war die richtige, Herr Honyász. Der Herr Doktor muß uns aus der Eintragung einen Zwitter machen, und das wird auch ganz leicht gehen.»

«Einen Zwitter», sagte der junge Arzt entsetzt. «Was wollen Sie damit sagen?»

«Nun», antwortete der Jurist bereitwillig, «das, was Sie in diese Spalten eintragen, muß auf beide Mädchen passen, und auch wieder nicht. Daß jemals jemand versuchen wird, dem Findelhauskind nachzuforschen, ist unwahrscheinlich. Wichtig ist, daß es erschwert wird herauszufinden, daß das verstorbene Kind Marie Firnstahl geheißen hat und am achten August dreiundfünfzig geboren wurde. Ändern

Sie deshalb den Familiennamen so ab, daß er an den wirklichen Namen nur anklingt. Als Vornamen tragen Sie den Vornamen des Findelkindes ein: Johanna – und deren Alter: drei Jahre. Als Eigenschaft und als Wohnort soll das k. k. Findelhaus erscheinen. Dann ist das Ganze nicht Fisch und nicht Fleisch, eben ein Zwitter. Wer immer einem der beiden Mädchen nachspüren würde, würde auf Widersprüche stoßen, die er sich nicht erklären kann. Eine Fehleintragung, ein Irrtum, Leichtsinn, Verwechslung, aber nicht die Wahrheit. Denn nichts in diesem Eintrag paßt zusammen, verstehen Sie? Und dennoch: Verstorben ist nur ein Kind, und nur ein Kind wurde auch beerdigt, darauf kommt es an. Würden Sie uns das machen, Herr Doktor? Es ist nichts anderes, als ein paar absichtliche Irrtümer einzubauen, die jedem anderen versehentlich passieren könnten. Kein Verstoß gegen Ihr Berufsethos, kein Verstoß gegen das Strafgesetz. Und das Alter würde auf das Findelkind hinweisen, nicht aber auf die wirklich verstorbene Marie Firnstahl. Ganz abgesehen davon, daß es sehr unwahrscheinlich ist, daß jemals jemand die Totenbeschauprotokolle durchstöbern wird.»

Diese Argumentation des Juristen fiel bei dem jungen Anstaltsarzt sehr rasch auf fruchtbaren Boden, nachdem er sich schon so weit mit dem Ungarn eingelassen hatte. Wenn schon die Verwaltung dieses Landes und dieser Stadt jeder Schlamperei Tür und Tor öffnete, warum sollte er sich Skrupel machen, eine solche Schlamperei absichtlich zu begehen? Wenn sie nicht strafbar war, außerdem einem guten Zweck diente und dem heuchlerischen Kodex dieses Staates ein Schnippchen schlug? Er wandte sich an den Ungarn.

«Sie sind mein Mann, haben Sie damals zu mir gesagt, Herr Honyász, und ich bin auch Ihr Mann geblieben. Sie haben ein Konzept, das mir imponiert, und einen Zweck, den ich unterstützen kann. Wenn die kleine Gefälligkeit Ihrem Herrn einen so hohen Betrag wert ist, will ich sie ihm gerne erweisen.»

«Sie werden nicht enttäuscht werden», sagte der Ungar.

«Das ist eine Sache zwischen Ihnen beiden», sagte der Jurist und schob den Blankovordruck, den der Arzt mitgebracht hatte, über den Tisch zu ihm hinüber. Er begab sich zum Fenster an seinen Schreibsekretär, tauchte dort die Feder ein und brachte sie dem Arzt. Der junge Mann schrieb, ohne zu zögern, unter die Rubriken:

Sterbejahr, -tag und -monat	*1855 5. April*
Tauf- und Zuname	*Fihnstahl, Johanna*
persönliche Eigenschaft	*Zögling des k. k. Findelhauses*
Alter	*3 Jahre*
Stand	*⁒*
Religion	*katholisch*
Geburts- und Wohnort	*Wien, Findelhaus*
Todesart	*Scharlach*
Sterbeort	*St.-Annen-Kinderspital*
beschaut von	*⁒*

Der Jurist, der ihm über die Schulter geschaut hatte, löschte jetzt die Schrift ab und sagte: «Ich denke, Sie haben sich an einer guten Tat beteiligt, Herr Doktor.» Dann wandte er sich an den Ungarn.

«Den Eltern Firnstahl sollte ihre neue kleine Marie möglichst bald übergeben werden. Wann könnte das geschehen? Und wo?»

Der Ungar wandte sich an Dr. Wandler.

«Wenn Sie das Kind hätten retten können, wie lange hätte es in Ihrem Spital bleiben müssen, Herr Doktor?»

«Mindestens noch drei Wochen», antwortete der Arzt. «Jetzt verstehe ich Ihre Absichten erst ganz. Die Eltern sollen also eine genesene kleine Marie aus dem Spital zurückerhalten. Aber dazu ist eine Eintragung in unserem Krankenprotokoll erforderlich.»

Der Jurist und der Ungar sahen einander etwas ratlos an.

«Eine Schwierigkeit, an die wir nicht gedacht haben», sagte der Hausherr schließlich. «Kann dieser Eintrag auch unterlassen werden?»

«Es ist wie mit allem anderen: Kontrolliert wird das nicht. Wenn nicht von außen nachgefragt wird, fällt es niemandem auf.»

«Wie würde der Eintrag lauten, falls er gemacht würde?» fragte der Advokat.

«Er ist eine Doppelspalte», sagte der Arzt. «Sie lautet: ‹ausgetreten/verstorben am›. Das nicht Zutreffende wird gestrichen.»

«Es geht also nur um einen einzigen Federstrich?» sagte Honyász.

Der Arzt nickte.

«Könnte diese Streichung auch so gemacht werden, daß sie zweideutig wird?» fragte der Anwalt.

«Das kann bei allen Eintragungen geschehen», sagte Dr. Wandler.

«Zu was würden Sie sich lieber entschließen, zur Zweideutigkeit oder zur Unterlassung?»

«Zur Zweideutigkeit», erwiderte der Arzt. «Das ist völlig gefahrlos.»

«Können wir uns darauf verlassen?»

Dr. Wandler lächelte. «Bei mindestens einem Drittel dieser Eintragungen können Sie auch beim besten Willen nicht herausfinden, was dort eigentlich dokumentiert werden sollte.»

«Dann machen Sie das bitte», sagte der Anwalt.

«Das Kind könnten wir dann heute in drei Wochen den Eltern übergeben», sagte der Ungar. «Und am liebsten hier bei Ihnen, wenn es Ihnen recht ist.»

Der Hausherr nickte. «In der Findelanstalt müßte die Austrittseintragung dann vordatiert werden», sagte er. «Oder sie muß unterbleiben. Haben Sie daran gedacht?»

«Das ist alles erledigt», sagte der Ungar. «Und ich habe die Eltern auch schon belehrt, daß sie das Kind in der ersten Zeit möglichst wenig zeigen und im übrigen bald die Wohnung wechseln sollen, was ihnen bezahlt werden wird.»

Danach schwiegen beide Männer eine Weile. Endlich sagte der Advokat:

«Und die Eltern wissen auch, daß sie dieses Kind nur anvertraut bekommen und nicht behandeln dürfen wie ein eigenes, keine eigenen Pläne, keine eigenen Absichten. Das gilt besonders für eine spätere Heirat.»

«Ja. Und der Vater wird das unterschreiben, wenn den Eltern das Kind übergeben wird.»

«Diese Unterschrift ist absolut nichts wert», sagte der Jurist.

Honyász erwiderte: «Das wissen Sie, und das weiß ich. Firnstahl weiß das natürlich nicht. Aber er kann über eine Streichung oder Kürzung der ihm zuzuwendenden Geldmittel bei Räson gehalten werden.»

Der Jurist trug an goldener Kette eine schöne Uhr in seiner Westentasche. Diese zog er jetzt hervor und sah nach der Zeit. «Ich denke, daß es keine Fragen mehr gibt, Herr Honyász. Ihre Herrschaft wird hoffentlich zufrieden sein.»

«Wenn ich es bin, ist er es auch.»

Die Herren erhoben sich. Der Anwalt läutete nach der Zofe. Das Mädchen erschien und begleitete den Arzt hinaus auf den Vorplatz. Während sie ihm in den Mantel half, wurde der junge Mann der Tatsache gewahr, daß die Sache auch noch eine andere Seite hatte, eine nüchterne und geschäftliche nämlich.

«Was meine Liquidation betrifft», hörte er drinnen im Salon den Anwalt sagen, «geht die an Ihre Herrschaft oder an Sie?»

«Bitte an mich», antwortete der Ungar. «Mein Herr ist nach Sankt Petersburg abgereist und hat mir von dort in dieser Sache unbeschränkte Vollmacht erteilt.»

17

Goschi saß zurückgelehnt, hatte die Beine hochgezogen und sah ihrem Gastgeber dabei zu, wie er sich eine Zigarre vorbereitete. Als sie brannte, sagte Goschi:

«Und Sie glauben, daß es das alles wirklich gegeben hat?»

«Ob genau so, wie ich es geschildert habe, weiß ich natürlich nicht. Aber den Fakten nach ganz sicher. Sie haben den Beweis doch vor sich liegen», antwortete Prékonicz. «Ich muß gestehen, daß ich selbst überrascht bin über die Interpretation, die sich mir aufdrängt. Aber bitte ... überprüfen Sie meine Ausführungen am Stand der Akten. An der Authentizität der Eintragungen ist kein Zweifel erlaubt. Das Original haben Sie selbst gesehen. Und die Fotokopie ist unbestechlich.»

Goschi gab ihre behaglich hingelümmelte Haltung auf, rückte nach vorne und nahm das Dokument zur Hand. Während sie es noch einmal aufmerksam Wort für Wort studierte, hörte sie den Doktor sagen:

«Wenn sich Ihnen etwas anderes, aber ähnlich Logisches aufdrängt, sagen Sie es ganz offen. Ich lasse mich überzeugen, ich bin kein Rechthaber.»

«Nein», sagte Goschi nach einer Weile und legte das Blatt zurück auf den Tisch, «nein, Sie haben recht. Man kann es drehen und wenden, wie man will, Ihre Erklärung ist überzeugend. Der seltene Name Fihnstahl konnte nicht ausgerechnet durch Zufall in das Leichenbeschauprotokoll kommen. Lassen Sie uns einmal rekapitulieren, was wir jetzt genau wissen: Alles hat damit angefangen, daß Katinka nicht aus der Familie Engel stammen konnte, bei der sie lebte und deren Namen sie bei ihrer Heirat getragen hat. Von ihr selbst wissen wir auch, daß sie keineswegs bei dieser Familie großgezogen worden ist, sondern als Pensionatsschülerin bei den Ursulinen, wo sie sich selbst für eine Halbwaise hielt, deren Mutter sehr früh und jung verstorben war und die erst später zu Leopold Engel, dem Vater Moriz Engels, kam. Leopold Engel hielt sie für ihren wirklichen Vater und damit dessen Sohn Moriz für ihren wirklichen Bruder. In Katinkas eigenen Erzählungen trat ihre Mutter niemals in Erscheinung. Eine einzige Bemerkung in den Lebenserinnerungen meines Großvaters brachte uns auf ihre Spur, nämlich die der Schauspielerin Maria Geistinger. Ein Bewunderer dieser Dame, nämlich ein gewisser Dr. Josef Prékonicz, bestätigte auf vergleichenden Fotografien die überzeugende Ähnlichkeit der beiden Frauen bis in die kleinste Einzelheit. Dann fand ich den Lumpe-Brief, dem die Existenz einer Tochter unter dem Tarnnamen ‹berg› und ein vertrauensvolles Verhältnis zu dem Adressaten und Geburtshelfer Dr. Eduard Lumpe zu entnehmen ist. Dann fiel Ihnen die Hochzeitsrede meines Urgroßvaters wieder ein, in der er Moriz Engels Frau nicht nur als Katinkas Schwägerin, sondern als Katinkas Schwester bezeichnete. Dieser Spur gingen wir nach und entdeckten in Moriz Engels Heiratseintrag, daß seine Frau Marie, angeblich geborene Firnstahl, tatsächlich auch ein illegitimes Kind sein mußte, das erst durch die Einverständniserklärung des angeblichen Vaters Thaddäus Firnstahl legalisiert wurde. Diese Entdeckung brachte uns auf den nächsten Punkt. Hatten Sie damit recht, dann mußten wir den Geburtsnachweis einer echten Marie Firnstahl finden. Ich fand ihn. Aber Sie bestanden hartnäckig auf Ihrer Theorie: War Moriz Engels Frau ein diskretes Kind, dann mußte es für die echte Marie auch einen Sterbenachweis geben. Ich fand diesen Sterbenachweis in einem ganz und gar abseitigen Leichenbeschauprotokoll. Und noch mehr, nämlich daß an diesem fünften April fünfundfünfzig, an dem die kleine Tochter Marie des Thaddäus Firnstahl im St.-Annen-Kinderspital an Scharlach verstarb, dieses Kind in den Dokumenten, und auch in Wirklichkeit, ausgetauscht wurde gegen ein anderes Mädchen namens Johanna, das drei Jahre lang in der k. k. Findelanstalt versorgt und großgezogen worden war.»

Goschi unterbrach sich, und der Hausherr fügte den Schluß der Geschichte hinzu:

«Ja. Und das dann am zwölften September siebzig unter dem Namen Marie Firnstahl den inzwischen auf unerklärliche Weise sehr wohlhabend gewordenen Zeitungsverleger Moriz Engel geheiratet hat. Sie haben recht. Das ist die Geschichte, die sich bis jetzt aus dem Dunkel der Vergangenheit und dem Nebel der Vertuschungen, Verschleierungen und Geheimhaltung herausgeschält hat.»

Nach einer Weile sagte Goschi:

«Eine Geschichte, die uns, würden wir sie jemals erzählen, vermutlich überhaupt niemand glauben würde.»

«Wenn wir nicht die Beweise für ihre Wahrheit in der Hand hätten», sagte der Doktor.

Goschi schüttelte den Kopf. «Beweise oder nicht, Doktor, wenn wir uns an die Fakten halten, dann muß Ihr Abgott Maria Geistinger eben doch Zeit für die Liebe gehabt und dieser Liebe zwei Kinder geschenkt haben. Diese beiden Töchter sind dann auf ganz verschiedene, abenteuerliche Weise und zu ganz verschiedenen Zeitpunkten in der Familie Engel aufgetaucht und dort integriert worden. Die eine als Moriz Engels Frau, die andere als seine angebliche Schwester. Das klingt doch alles wie eine Fabel aus dem tiefsten Mittelalter, finden Sie nicht auch?»

«Sie übersehen», antwortete Prékonicz, «daß vor hundert Jahren in Österreich, und vor allem in Wien, noch tiefstes Mittelalter herrschte. Es gab zwar eine Donaudampfschiffahrt, eine Gasbeleuchtung und eine Semmeringbahn, aber es gab eben auch einen völlig rückständigen, nahezu absolutistischen Staat, dessen oberste Stände tatsächlich noch im Mittelalter wurzelten. Feudal, exklusiv, leider auch dekadent, mit politischen Privilegien, aus denen sie auch persönliche Vorrechte hergeleitet haben. Selbstverständlich hatte jeder männliche Angehörige der oberen Schichten das Recht auf jede Art von persönlichem Vergnügen. Ebenso selbstverständlich aber hatte das Dekor gewahrt zu bleiben. Der äußere Anschein einer Gesellschaft katholisch-moralischer Observanz mit Prinzipien, Ehrenkodex und Duell. Das hat furchtbare Tragödien heraufbeschworen, bis hinauf zum Hof. Die Oberklasse amüsierte sich in den Salons, am Spieltisch, auf der Rennbahn und im Bett. Die Folgen wurden zugekleistert.»

«Und Sie glauben, einer solchen Sache sind wir auf die Spur gekommen?»

Dr. Prékonicz dachte eine Weile nach, ehe er antwortete: «Nein, diese Sache war anders. Wenn unsere Überlegungen bis hierhin stimmen, dann muß das ältere Mädchen, nämlich diese kleine Johanna, um achtzehnhundertzweiundfünfzig herum geboren sein, ihre Schwester Katinka um achtundfünfzig herum. Das sind sechs Jahre Unterschied. Diese sechs Jahre verraten mir nicht einen einmaligen Ehebruch oder Fehltritt, sondern eine Beziehung von längerer Dauer.»

«Können das nicht Kinder von verschiedenen Vätern gewesen sein?» fragte Goschi.

«Ich glaube nicht», sagte der Doktor. «Was hier im Umfeld Moriz Engels geschehen ist, hat sehr viel Aufwand und Geld gekostet und eines enormen Einflusses bedurft. Das alles überstieg die Möglichkeiten auch einer sehr berühmten bürgerlichen Schauspielerin. Und zwei verschiedene Väter? Nein, Goschi, dem Plan, der hier in Umrissen sichtbar wird, liegt ein einheitliches, sehr kluges Konzept zugrunde. Da haben sich nicht zwei leichtsinnige Väter über ihre Kinder von der gleichen Frau geeinigt. Ein Reichsgraf Wilczek zu Guttenland und Hultschin hätte sich übrigens auch niemals für so etwas hergegeben und sich wohlwollend und menschlich um die Beteiligten bemüht.»

Der Doktor stand auf und begann eine Wanderung durch das Zimmer, in der einen Hand die Zigarre, die andere in die Hosentasche geschoben.

«Und das tat er doch, als Trauzeuge bei Katinkas Hochzeit, und später auch noch als Taufpate bei Moriz Engels Kindern. Seine Beziehung zur Familie Engel war intensiv und dauerhaft. Von Wilczek ist bekannt, daß er Juden schätzte und ihnen vertraute. Das, worauf Wilczek sich da eingelassen hatte, hatte einen hochkarätigen Hintergrund, da können Sie sicher sein.»

Dr. Prékonicz unterbrach seine Wanderung, blieb stehen und sah zu Goschi hinunter.

«Das ‹Wiener Salonblatt›, müssen Sie wissen, war nicht etwa ein Schmierblatt, sondern eine gesellschaftliche Institution von bedeutendem Einfluß. Und Moriz Engel war in Wien ein bekannter Mann.»

«Warum betonen Sie das alles so?» fragte Goschi.

«Weil mir gerade ein Gedanke gekommen ist», sagte Prékonicz.

«Ich gebe zu, daß er verrückt ist, aber er erscheint mir verfolgenswert.»

«Und was für ein Gedanke ist das?»

«Eigentlich sind es zwei Gedanken», antwortete Prékonicz. «Aber sie könnten eine und dieselbe Sache betreffen. Der erste ist die Frage: Kann es möglich sein, daß Graf Wilczek das Schicksal der beiden Mädchen deshalb in die Hand genommen hat, weil ihr leiblicher Vater gar nicht mehr am Leben war? Immerhin hat es achtzehnhundertneunundfünfzig einen mörderischen Krieg in Italien gegeben, der den Kaiser die Lombardei kostete.»

«Und der zweite Gedanke?»

«Der zweite, hm», sagte Prékonicz nachdenklich. «Irgendwo in Ihren Unterlagen ist mir ein Ort namens Fertöszéplák aufgefallen.»

«Und was hat das zu bedeuten?» forschte Goschi.

«Das weiß ich noch nicht», sagte der Doktor. «Darüber muß ich erst noch nachdenken. Sicher weiß ich nur eines, nämlich, daß dieser Ort in Ungarn liegt, nahe der Grenze, ein paar Kilometer von den Esterházyschen Herrschaften in Fertöd entfernt. Und aus Fertöszéplák ist schließlich unser Futteralmacher Thaddäus Firnstahl nach Wien eingewandert.»

«Ob das nicht doch ein bißchen weit hergeholt ist?» meinte Goschi.

«Möglich», erwiderte der Doktor. «Aber irgendwo müssen wir ja ansetzen, wenn wir weiterkommen wollen. Ich sehe da schon Indizien, die es lohnen, daß man ihnen nachgeht. Ich denke zum Beispiel an den ungarischen Magnatenschmuck, den Katinka über Graf Wilczek zur Hochzeit bekam. Ich denke an den Namen Katinka, der die ungarische Koseform von Katharina ist. Ich denke an die starke Hingezogenheit zu ungarischen Menschen und Lebensformen, von der in Maria Geistingers Montagabendbrief die Rede ist. Dem sollten wir nachgehen.» Er machte eine Pause, um die Zigarre in der Aschenschale auf dem Tisch abzustreifen. Goschi sagte:

«Wenn Maria Geistinger Zeit für eine Liebe hatte, von der niemand etwas wußte, und aus dieser Liebe Kinder hervorgegangen sind, dann müßte man diesen Zeitraum an ihrer Bühnenlaufbahn ablesen können.»

«Um so mehr, als wir jetzt wenigstens ungefähr die Zeitpunkte der Geburten kennen», sagte der Doktor.

«Wir brauchen doch nur die Datentafel in ihrer Biographie nachzuschlagen», schlug Goschi vor. «Dort steht es schwarz auf weiß.»

Der Doktor lachte.

«Dort steht es schon schwarz auf weiß», sagte er. «Aber auch schwarz auf weiß verkehrt. Es ist ein glücklicher Zufall, daß Sie bei mir an einen Bewunderer und Kenner des Lebens dieser Frau geraten sind. Es ist bekannt, daß der Biograph Pirchan sie bis fast zur Vergötterung angebetet hat. Es ist aber ebenso bekannt, daß er biographisch ein mehr als unzuverlässiger Arbeiter war. Im übrigen kursieren über Maria Geistinger nicht weniger als drei verschiedene Geburtsdaten. Auch das muß seine ganz bestimmten Gründe haben, und ich vermute, daß sie mit Katinkas Geheimnis zusammenhängen. Nein, ich mache Ihnen einen anderen Vorschlag. Wir sind an einem entscheidenden Punkt angelangt und müssen gewissenhaft sein, wenn wir gerecht sein wollen. Ich steuere dazu die bibliographischen und biographischen Erfahrungen meiner beruflichen Tätigkeit bei. Sehen Sie dort drüben die dreißig gleichen rotgebundenen Bücher? Das ist der Bühnenalmanach aus dem vorigen Jahrhundert. Und in der Nationalbibliothek gibt es dazu die Presseberichte. Das alles ist ein Weg, um der Wahrheit auf den Grund zu kommen. Ich schlage vor, Sie vergessen die Sache für die nächsten vierzehn Tage, und heute in zwei Wochen treffen wir uns wieder hier. Dann weiß ich wesentlich mehr als jetzt.» Goschi war einverstanden, und der Hausherr fuhr fort:

«Noch einen Drink zum Abschluß? Ich habe einen sehr alten irischen Whiskey, einen Bushmill.»

Goschi war auch damit einverstanden und sagte:

«Bitte pur, eine Daumenbreite und handwarm.»

«Alle Achtung», sagte Prékonicz. «So entfaltet er am stärksten sein Aroma. Wo haben Sie das gelernt?»

«Sie vergessen, daß ich vier Jahre lang die Frau eines amerikanischen Colonel war. Er wußte nicht sehr viel. Aber das gehörte zum eisernen Bestand.»

An jenem Donnerstag, zwei Wochen später, wußte Dr. Josef Prékonicz in der Tat weit mehr, als er überhaupt vorher in Sachen Maria Geistinger gewußt hatte. Ordentlich und gewissenhaft, wie er war, hatte er die entsprechenden Bücher, Berichte und Kopien schon zurechtgelegt, als Goschi erschien. Und beeindruckend hatte er den frühen Lebensweg der jungen Schauspielerin aus dem Dunkel von Entstellungen, Irrtümern, Verschleierungen herausgeschält und versucht, Kunst und Person transparent zu machen.

«Bevor wir uns um die Daten bemühen», sagte er, «sollten Sie wissen, was ein anderer Bewunderer Ihrer Urgroßmama, ein Journalist namens Rudolf Holzer, über sie zu sagen hatte.»

Er nahm eines der vor ihm auf dem Tisch liegenden Blätter und begann vorzulesen.

«Maria Geistinger brachte in die konservative Wiener Theaterkultur zum ersten Mal die Erscheinung des ‹Stars›, oder wie man heute sagt, der ‹Prominenten›. Mit ihr tritt die internationale ‹Gastdarstellerin› in den bisher fast bürgerlichen Theaterbetrieb ein. Nicht mehr der Direktor bestimmte ihre Rollen, sondern sie selbst. Maria Geistinger war schon äußerlich durch hohen, haltungsvollen Wuchs, durch natürliche, harmonische Vornehmheit herausgehoben aus dem Bürgerlichen. Als Künstlerin wie als Frau bot sie keinen Anlaß für den damals noch beliebten Theaterklatsch. Maria Geistinger war ein mit allen Vorzügen ausgestattetes, schönes, entzückendes, sonniges Weltkind. Frühzeitig war sie durch Erfolge und Siege aus dem bürgerlichen Alltage emporgehoben worden in ein Dasein des Glanzes und der Bewunderung ... Maria Geistinger war überdies eine vollendete Schönheit, ein Typus ihrer Zeit. Imposant, dabei voll Grazie, Liebenswürdigkeit und Natürlichkeit. Sie wußte der prickelnden Sinnlichkeit der Operette einen ästhetischen, anheimelnden Zauber beizumengen. Sie verstand es, frivol zu erscheinen, ohne die Grenze des Anstands zu verletzen. Ihre Helena war in erster Linie Königin, nicht Hetäre. Eine reizende Zurückhaltung bei allem Humor und ein unwiderstehlicher persönlicher Charme entzückten ihr Publikum bis zum Schluß.»

Der Hausherr nahm die Brille ab und sah seine Besucherin an.

«Ich freue mich wirklich über eine so positive Beurteilung Ihrer Urgroßmutter.»

«Einiges davon muß auf Katinka übergegangen sein», sagte Goschi. «In vielem habe ich meine Großmutter genauso in Erinnerung.

Und in manchem sogar meine Mutter. Aber haben Sie denn irgend etwas entdeckt, das uns Katinkas Geschichte näherbringt?»

«Ja», antwortete Prékonicz. «Sogar eine ganze Menge. Ich habe zum Beispiel entdeckt, daß alle Lebensbeschreibungen und Karriereschilderungen, der die Daten der Biographie von Pirchan zugrunde liegen, falsch sind, weil die Daten von Pirchan falsch sind. Sehen Sie, die Bände der Almanache tragen die Jahreszahl ihres Erscheinens. Sie behandeln aber die Ereignisse des Jahres davor. Wenn wir also den Almanach von 1858 nehmen, dann steht da nicht drin, was 1858 passiert ist, sondern was 1857 passiert ist. Diese einfache Praxis hat Emil Pirchan nicht beachtet. Er hat Erscheinensjahr und Ereignisjahr gleichgesetzt und damit das gesamte Bühnenleben der Schauspielerin um ein Jahr nach vorne verschoben. Später hat sich wohl niemand mehr die Arbeit gemacht, neu nachzuforschen, sondern alle haben Pirchans Daten übernommen. Wenn man sich die Mühe macht, das zurechtzurücken, dann entdeckt man, wie beim Verschieben einer täuschenden Schablone, ein zweites Leben der Frau Maria Geistinger hinter dem Leben der Schauspielerin. Oder noch besser, vor ihrem wirklichen Bühnenleben. Sehen Sie, das hier sind die Daten, wie sie sich aus hinterlassenen Theaterakten, aus den Originalalmanachen und aus den Presseberichten der damaligen Zeit ergeben.»

Der Doktor reichte seiner Besucherin zwei mit Schreibmaschine beschriebene Blätter. Goschi zog ihre goldumrandete Brille aus der Handtasche, schob sie auf die Nase und begann zu lesen. Nach einer Weile unterbrach sie die Lektüre und sagte:

«Mein Gott, haben Sie sich eine Mühe gemacht.»

«So dürfen Sie das nicht sehen», antwortete der Doktor. «Immerhin gelte ich als so etwas, was man neuerdings einen ‹Fan› dieser Frau nennt. Und ich bin dankbar, daß Sie mich zu diesen Nachforschungen getrieben haben. Erlauben Sie...?»

Dr. Prékonicz rückte etwas näher zu Goschi und sah mit ihr zusammen auf das Blatt.

«Die eigentliche Weltkarriere Ihrer Urgroßmutter beginnt erst im Jahr fünfundsechzig mit ihrem Eintritt in das Ensemble des Theaters an der Wien. Vorher spielte sie in München, kurz auch in der Josefstadt, in Berlin, Hamburg und Riga. Da ihr Vater als russischer Hofschauspieler in Sankt Petersburg bekannt geworden ist, sprach

Maria Geistinger auch Russisch. Von ihrem zweiten Beginn hier in Wien an begann ihr Stern zu steigen und erlosch nicht mehr bis wenige Jahre vor ihrem Tod. Die Jahre, die in ihrem Privatleben interessant sind, müssen also zwischen achtzehnhundertfünfzig und -achtundfünfzig liegen.»

«Aber wir haben doch herausgefunden, daß sie erst sechsunddreißig geboren wurde. Achtzehnhundertfünfzig wäre sie erst vierzehn Jahre alt gewesen. In diesem Alter kann man doch nicht als Vollblut auf der Bühne stehen.»

«Sie stand schon viel früher auf der Bühne», sagte Prékonicz. «Sehen Sie hier: Achtzehnvierundvierzig, also schon mit acht Jahren, spielte sie an dem damals berühmten Kindertheater in Graz, fünf Jahre später bereits einige Monate in Laibach und Klagenfurt. Sie muß schon dort als Vollblut aufgefallen sein. Unmittelbar an Klagenfurt anschließend erkannte das auch der seinerzeit berühmteste Pädagoge, Professor Carl Maria Wolf, und nahm sie ohne Protektion und Honorar auf Anhieb in seine Klasse auf. Dort studierte sie eineinhalb Jahre lang und debütierte am zehnten Oktober fünfzig im Max-Schweiger-Theater in München in dem Volksstück ‹Das war ich› in der Rolle des Bäschen – einer Erwachsenenrolle. Das waren die ersten Schritte auf der Leiter einer unvergleichlichen Karriere.»

Prékonicz legte die Aufzeichnungen, aus denen er abgelesen hatte, wieder auf den Tisch. Er lehnte sich zurück und sah neben sich das Profil der jungen Frau, eine hohe und klare Stirn, lange, seidige Wimpern, eine gerade, nur ein ganz klein wenig nach oben gerichtete Nase, darunter ein schöner, etwas zu groß geratener Mund, über dessen Oberlippe sich, wenn Goschi lächelte, eine kleine Querfalte bildete, von der Josef Prékonicz sich eingestand, daß er sie sehr gern mochte. Goschi hatte die Hände um die hochgezogenen Knie verschränkt und sah eine Weile nachdenklich vor sich hin.

«Woran denken Sie?» fragte Prékonicz. Goschi wandte ihm das Gesicht zu.

«Wir sind an einem Punkt angekommen», sagte sie, ohne ihre Haltung zu verändern, «wo einiges anfängt, mir nicht mehr zu passen.»

«Das tut mir leid, Goschi. Bin ich der Grund?»

«Das hat mit Ihnen nichts zu tun, Doktor», hörte er sie sagen und empfand es dankbar, daß sie eine Hand beruhigend auf seine legte. Ihre Hand war fest, schmal und kühl. Genau wie sie selbst, dachte er einen Augenblick lang und fing einen Blick von ihr auf, der ihm sagte, daß sie wohl wirklich nichts gegen ihn hatte. Aber noch schien ihm die Zeit nicht gekommen, um ihr zu sagen, daß er sie liebte. Und außerdem bestand ja immerhin die Möglichkeit, daß sie es ohnedies merkte.

«Aber womit hat es dann etwas zu tun?» fragte er.

Sie sagte: «Vor ein paar Wochen, als wir da angelangt waren, wo die verstorbene kleine Marie und Johanna, das dreijährige Findelkind, ausgewechselt worden waren, rieten Sie mir, mir diese drei Jahre gut zu merken. Vielleicht könnten sie wichtig sein. Und wenn wir vom April achtzehnfünfundfünfzig drei Jahre rückwärts rechnen, dann kommen wir auf den April zweiundfünfzig.» Sie machte eine Pause und fuhr erst nach einer Weile fort.

«Und dann kommt das, was mir nicht mehr gefällt. Damit der Raster, den Sie vorhin aufgestellt haben, auf das Leben hinter Maria Geistingers Leben paßt, müßten wir noch weiter zurückrechnen. Nämlich neun Monate, um uns auszurechnen, mit wem sie befreundet war in jenem Juli einundfünfzig, auf den wir dann kommen würden. Und es paßt mir verdammt noch mal nicht, meiner Urgroßmutter nachzuspionieren, mit wem sie wann geschlafen hat.»

Prékonicz mußte lächeln.

«Das ehrt Sie, Goschi. Aber schließlich ist es doch mehr als hundert Jahre her. Und im übrigen muß ich protestieren. Wenn es Sie nicht interessiert, wer Ihr Urgroßvater war, mich interessiert es schon. Ich habe Sie inzwischen so gut kennengelernt, daß ich es wissen will.»

«Sonderbar», sagte Goschi. «Als wir uns zum ersten Mal begegneten, war noch gar nicht klar, daß Sie jemals meinen Namen erfahren würden. Und jetzt wollen Sie sogar schon wissen, wer mein Urgroßvater war.»

«Sie vergessen, daß ich inzwischen herausbekommen habe, wer Ihre Urgroßmutter war. Sie sind eine berühmte Frau.»

«Und Sie sind ein elender Schmeichler», sagte Goschi und schüttelte ihr kurzes Haar. «Aber es kann schließlich wirklich nichts schaden nachzusehen, wo Maria Geistinger sich in diesem Juli einundfünfzig aufgehalten hat.»

«Das haben wir in einer Minute», sagte der Hausherr und griff erneut nach seinen Unterlagen. «Maria Geistinger», sagte er schließlich so sachlich wie ein Beamter der Meldebehörde, «hat am zehnten Oktober fünfzig am Max-Schweiger-Theater in der bayerischen Haupt- und Residenzstadt München ein Engagement angetreten und beendete es mit einer Abschiedsvorstellung am elften Mai im darauffolgenden Jahr.» Er sah hoch. «Am sechzehnten Juni zweiundfünfzig debütierte sie am Josefstädter Theater hier in Wien. Darüber, was sie in den dazwischenliegenden dreizehn Monaten getan hat, geben die Unterlagen keine Auskunft.»

Dabei blieb es bis zu jenem Mittwochmorgen, an dem Josef Prékonicz wieder einmal in die Halle des Hotels gestürmt kam und schon von der Drehtür aus lebhafte Zeichen in Richtung auf den Hintergrund der Empfangstheke machte, mit denen er Goschi signalisierte, daß er wichtige Neuigkeiten für sie habe. Goschi stand auf und kam nach vorne zum Desk, wo der Doktor den Hut von seiner Haartolle pflückte und ihr die Hand küßte. Er hatte an diesem Morgen etwas sehr Jungenhaftes an sich.

«Eine Sensation», sagte er mit gedämpfter Stimme, und dennoch klang es wie ein Trompetenstoß. «‹Operette› wird wiederholt, ein Willi-Forst-Film aus den vierziger Jahren über Maria Geistinger. Den müssen wir uns unbedingt anschauen. Wie wär's mit morgen nachmittag um sechs? Ich bestelle Karten.»

Goschi sagte spontan zu, und so holte der Doktor sie am nächsten Nachmittag beizeiten ab, um zum ersten Mal mit ihr ins Kino zu gehen. In der Schottengasse blieb der Doktor vor dem Hutladen Nagy stehen und betrachtete die Auslage im Schaufenster.

«Ich brauche einen neuen Hut», sagte er. «Dieser ist über zehn Jahre alt und ziemlich abgetragen, finden Sie nicht?»

«Nein», sagte Goschi, «das finde ich nicht. Für Anselm Auffacher fing ein Hut überhaupt erst an, ein Hut zu sein, wenn er älter als zwanzig Jahre war. Kommen Sie, warten Sie noch zehn Jahre mit einem neuen. Einen, der so gut zu Ihnen paßt, kriegen Sie sowieso nie wieder.»

Damit schob sie energisch ihren Arm unter seinen und zog ihn fort. Er ließ es mit einem amüsierten Seitenblick geschehen. Später saßen sie dann in einer Loge und ließen sich von Musik und Tempo eines

Films berauschen, den das Drehbuch zu einer ebenso rührend wie publikumswirksam verlogenen Geschichte vom angeblichen Kampf der Wiener Operettentheater und einer Romanze zwischen Franz Jauner, dem gefeierten Theaterdirektor, und Maria Geistinger zusammengekleistert hatte. An zwei Stellen dieses Films spürte Prékonicz plötzlich, daß die Hand seiner Begleiterin nach seiner tastete und sie aufgeregt drückte. Das eine war die Stelle, wo ein Fürst Esterházy auftauchte, ohne nähere Einzelheiten und ohne Vornamen. Die zweite Stelle war die, wo auf der Leinwand in Großaufnahme das «Wiener Salonblatt» erschien mit der Notiz, daß die Königin der Wiener Operette, Frau Maria Geistinger, in Rom eingetroffen sei. Beide Szenen waren nur kurz, aber sie elektrisierten Goschi. Als sie nach dem Kino beim Abendessen im «Kupferdachl» saßen, wo Prékonicz einen Tisch hatte reservieren lassen, sprachen sie darüber.

«Die Geschichte dieses Films ist natürlich historisch nicht haltbar», sagte der Doktor. «Sie spielt achtzehnneunundsiebzig, in einem Jahr, in dem Maria Geistinger mit dem Schauspieler Kormann verheiratet war. Sie war in diesem Jahr überhaupt nur zu einem Gastspiel in Wien und gehörte als klassische Tragödin zum Ensemble des Stadttheaters Leipzig. Ihre Zeit bei der Operette war längst vorüber. Und die Zeit, die Sie persönlich interessiert, natürlich auch. Der Graf oder Fürst Esterházy, Sie haben's gesehen, ist im Film eine leicht vertrottelte ungarische Witzblattfigur. Ich versichere Ihnen, kein Esterházy war jemals eine Witzblattfigur. Auch ein Schloß der Esterházys ganz nahe bei Pest hat es niemals gegeben. Ganz nahe bei Pest gibt es nur das Jagdschloß Gödöllö, und das gehörte damals der kaiserlichen Familie.»

«Und trotzdem», meinte Goschi zwischen zwei Löffeln einer ausgezeichneten Consommé, «das Auftauchen des Namens und der Zeitung, die immerhin in einem Zusammenhang mit Katinkas Geschichte stehen, fasziniert mich. Kann man nichts Näheres darüber erfahren?»

«Doch», antwortete der Doktor. «Ich lasse über mein Amt bei Willi Forst nachfragen, ob dem Erscheinen des Namens Esterházy in dem Drehbuch zum Film Tatsachen zugrunde lagen oder ob es ausschließlich fingiert war.»

Das geschah bereits an einem der nächsten Tage. Und es dauerte nicht lange, bis eine Antwort des damaligen Drehbuchautors Axel Eggebrecht an das Unterrichtsministerium vorlag. Sie lautete:

«Sehr geehrte Damen und Herren, auf Ihre Anfrage teile ich Ihnen namens der Produktionsleitung und Herrn Willi Forst mit, daß die Geschichte zu dem Film ‹Operette› fiktiv ist. Die Einführung des Fürsten Esterházy in die Handlung beruht auf Herrn Forsts Kenntnis der Tatsache, daß die Schauspielerin Maria Geistinger künstlerisch die Protektion des Hauses Esterházy genoß. Auf ein bestimmtes Mitglied der genannten Familie kann aber aus dem Text des Drehbuchs nicht geschlossen werden. Mit vorzüglicher Hochachtung, Axel Eggebrecht.»

Goschi las die wenigen Zeilen im «Bräunerhof», wo sich die beiden verabredet hatten.

«Künstlerisch die Protektion des Hauses Esterházy», sagte sie nachdenklich.

«Ein Steinchen mehr im Katinka-Mosaik», antwortete der Doktor. «Die Sache hatte von Anfang an eine ungarische Komponente. Mag sein, weil ich selbst eine ungarische Komponente habe. So habe ich es jedenfalls lange gesehen. Aber dann kam der ungarische Magnatenschmuck dazu, die ungarische Koseform des Namens Katharina, dann der Montagabendbrief der Geistinger mit seiner Ungarnschwärmerei. Wenn schon Ungarn, habe ich mir manchmal überlegt, als Intelligenz und Großzügigkeit mehr und mehr sichtbar wurden, die auf den Plan verwendet worden sind, dann gab es eigentlich nur eine Handvoll ungarischer Familien, die so vorgehen konnten. Und an ihrer Spitze stand in meiner Vorstellung der Name Esterházy. Von dieser Familie habe ich Ihnen damals auch erzählt, als Sie das erste Mal bei mir zu Hause waren und von Gretel angebellt wurden. Erinnern Sie sich …?»

«Natürlich», sagte Goschi, «eine spannende Geschichte von dem Feldmarschall, der mit dem aufständischen Rákóczi vor Habsburgs Rache nach Frankreich floh, dort den Zweig Hallewyl des Hauses Esterházy gründete und bei Habsburg endgültig in Ungnade fiel. Gab es da nicht doch noch einen dieser abtrünnigen Esterházys, den Habsburg brauchte?»

«Doch», sagte Prékonicz. «Den Grafen Valentin Ladislaus Ferdinand Esterházy-Hallewyl, den der Außenminister Graf Buol als

Gesandten nach Sankt Petersburg schickte, um der dilettantischen Rußlandpolitik Franz Josephs im Krimkrieg wenigstens die Spitze zu nehmen. Mehr weiß ich auch nicht über ihn. Aber ich kann Ihnen einen Tip geben, wenn Sie sich dafür interessieren. Fragen Sie bei Frau Gadrusch im ‹Sacher› nach der Stammfolge der Esterházys. Das Hotel hat sie, weil es seit seinem Bestehen die Feste der Esterházys ausgerichtet hat, wenn sie in Wien gefeiert haben. Jedenfalls ließ es bei mir die Glocken schrillen, als bei dem königlichen Futteralmacher Thaddäus Firnstahl und seiner ausgetauschten kleinen Marie ohne Geburtsdatum plötzlich ein Bezug nach Ungarn und den Esterházys auftauchte. Und dieser Brief hier läßt zu den Alarmglocken auch noch die Lampen rot aufleuchten. Wir haben die Richtung, in der Sie suchen müssen. Wir werden uns zwei Wochen nicht sehen, denn ich verreise nach Klagenfurt. Ich rufe Sie an, wenn ich zurück bin.»

Von diesem Augenblick an vollzog sich die weitere Entwicklung in fast atemberaubendem Tempo. Aus dem ziemlich ungeordneten Archiv der Hotelverwaltung brachte Mimi Gadrusch tatsächlich eine zerfledderte, mit Maschine getippte und mit zahlreichen Schreibfehlern gespickte Genealogie der Familie Esterházy zum Vorschein. Goschi nahm sie mit in ihre Wohnung und begann sie in den Abendstunden nach Dienstschluß zu studieren. Sie begegnete dabei den berühmten Männern aus dieser Familie, Feldmarschällen, Ministern, Paladinen und Landeshauptleuten. Schließlich sortierte sie die Namen aus nach Männern, die zur Zeit der Maria Geistinger gelebt hatten. Dabei stieß sie auf Persönlichkeiten von hohem Rang und großem politischen Einfluß und zu später Abendstunde schließlich auf einen Namen, der ein Echo in ihrem Gedächtnis weckte. Diesen Namen hatte sie zweimal aus Josef Prékonicz' Mund gehört: Graf Valentin Ladislaus Ferdinand Esterházy, Oberhaupt des Hauses Hallewyl, geboren am 28. Januar 1814 in Wien, gestorben am 2. November 1858, unverheiratet und ohne Nachkommen, im Alter von 44 Jahren in Paris. Wieder und wieder las Goschi diese knapp gefaßten Lebensdaten durch. Prékonicz konnte sie nicht anrufen, weil er noch immer in Kärnten umherreiste. Aber das mußte der Mann gewesen sein, von dem der Doktor erzählt hatte, der Angehörige des abtrünnigen Hauses Hallewyl, der in Habsburgs Gunst stand, weil der Kaiser ihn brauchte, dessen Eltern in Rußland begütert waren und der aus diesem Grunde auch die russische Sprache beherrschte.

Längst hatte Goschi die diskrete und verschwiegene Mimi Gadrusch ins Vertrauen gezogen. Eben als Goschi an diesem Abend gegen zehn Uhr ihre Wohnung verließ, um Mimi aufzusuchen, kam diese ihr mit einem Brief in der Hand entgegen.

«Ich wollte gerade zu dir», sagte Goschi und betrat mit Mimi zusammen ihr Büro.

«Und ich zu dir», sagte Mimi und wedelte mit dem Brief, den sie in der Hand hielt. «Da ist ein Brief für dich abgegeben worden.»

Goschi nahm den Umschlag, drehte ihn um und überprüfte den Absender.

«Genealogische Vereinigung?» sagte sie verständnislos.

«Ja», sagte Mimi mit kaum verhohlener Neugier in der Stimme und ließ sich auf einen der steifen Biedermeierstühle in der Ecke nieder. «Und mit Boten auch noch. Was sagst du jetzt?»

«Was ist denn das für eine Vereinigung?» fragte Goschi und schlitzte mit dem Briefmesser von ihrem Schreibtisch den Büttenumschlag mit dem geflammten Rand auf.

«Der Präsident der Genealogischen Vereinigung gibt sich die Ehre, Mrs. Georgia Callaghan zur festlichen Jahresversammlung anläßlich ... und so weiter und so weiter ... ergebenst einzuladen ... Herren in Dunkel, Damen festlich in Kurz ... um Antwort wird gebeten.»

Vor Überraschung sprachlos, die Einladungskarte noch in der Hand, ließ sich jetzt auch Goschi auf einem der Stühle des Büros nieder und starrte Mimi an. Mimi Gadrusch, die erfahrene Organisatorin, wußte, was in diesem Augenblick nottat. Sie griff zum Telefon, orderte in der Cafeteria zwei große Schwarze und wandte sich Goschi wieder zu.

«Die Genealogische ist das Feinste, was wir haben in dieser Stadt. In der Genealogischen Vereinigung sind alle Leute drin, die über eine Abstammung verfügen, Goschi. Das hat dir natürlich Prékonicz vermittelt. Warum hast du mir nichts davon gesagt?»

«Mein Gott, Mimi», sagte Goschi, «ich habe doch selber keine Ahnung. Mit mir hat er nicht darüber gesprochen. Das kommt völlig aus heiterem Himmel. Was soll ich denn tun?»

Es wurde geklopft, und auf Goschis «herein» balancierte der Boy ein Nickeltablett mit dem bestellten Kaffee durch die Tür. Mimi nahm es ihm ab und stellte die Tassen auf Goschis Schreibtisch. Sie sah dem Boy nach, bis er die Tür hinter sich zugezogen hatte, und wandte sich dann wieder Goschi zu.

«Darüber werden wir uns sehr genau und eingehend zu unterhalten haben. Ist dir klar, wie du diese Einladung einzuschätzen hast?»

«Na ja», stammelte Goschi unschlüssig. «Eine Einladung eben... ich meine, ich weiß auch nicht genau...»

«Diese Einladung ist eine Heiratsofferte von Prékonicz», sagte Mimi ohne besondere Betonung. Aber die Wirkung auf Goschi war dennoch beträchtlich. Goschi stellte die schon zum Trinken erhobene Kaffeetasse geräuschvoll zurück auf die Untertasse, starrte Mimi eine Weile wortlos an und sagte dann:

«Bist du übergeschnappt, Mimi? Ich glaube, du siehst weiße Mäuse. Wie kommst du denn auf so was?»

«Hör mal, Goschi», sagte die erfahrene und lebenskluge Frau, «darüber, was mit dem Doktor los ist, spricht doch schon halb Wien, zumindest aber dieses Hotel. Die einzige, die es noch nicht gemerkt hat, scheinst du zu sein. Dies, meine Liebste, ist der erste Streich, und der zweite folgt sogleich. Doktor Prékonicz-Lloyi ist derzeit der Junggeselle Numero eins in Wien, auf den die Mütter von mindestens einem Dutzend junger Gänse scharf sind, und zwar solche, deren Väter Rang und Würden in der Genealogischen Vereinigung haben. Prékonicz will natürlich niemanden direkt vor den Kopf stoßen. Deshalb muß er es indirekt tun. Auf dem Ball zur Staatsvertragsfeier hat er eine Dreiviertelstunde lang ausschließlich mit dir getanzt und mit keiner anderen. So was wird bemerkt, und darüber spricht man in der Stadt, und nun sorgt er dafür, daß du zur Jahrestagung der exklusiven Gesellschaft eingeladen wirst, ohne überhaupt Mitglied zu sein. Außerdem sieht man euch dauernd zusammen in allen Cafés, Restaurants und Archiven. Das alles sind Signale des Doktors: Wenn ich überhaupt eine will, dann will ich die! So, jetzt weißt du es, Goschi, und richte dich danach.»

Goschi saß wie erschlagen da, die Einladungskarte noch immer in der Hand, und starrte die Freundin an. Endlich legte sie die Karte zu den Kaffeetassen auf den Tisch und sagte:

«Er hat bisher nur ein einziges Mal eine Andeutung gemacht, daß seine Haushälterin mich für eine geeignete Partie für ihn halten würde. Aber direkt hat er nicht ein Wort darüber verloren.»

«Das wird er auch nicht tun, Kind, solange er nicht sicher ist, daß er sich keinen Korb bei dir holt. Denn das kann sich Josef Prékonicz in dieser Stadt einfach nicht leisten. Wie hast du denn damals reagiert?» Sie warf Goschi einen skeptischen Blick zu und fuhr nach einer Pause fort: «Du hast ihn wieder vor den Kopf gestoßen. Ich sehe es dir an.»

Goschi nickte schuldbewußt.

«Daß ich keineswegs hinter ihm her bin, wie alle anderen, habe ich ihm gesagt. Und er meinte, daß das die Sache vereinfacht.» Mimi Gadrusch mußte, für Goschi überraschend, herzhaft lachen.

«Womit er natürlich recht hat, Kind. Wenn auch in einem ganz anderen Sinn, als du jetzt glaubst. Hinter dem Hofrat sind nämlich so viele her, daß für ihn überhaupt nur eine in Frage kommt, die es nicht ist. Du hast es ganz richtig gemacht, obwohl du das gar nicht hast wissen können.»

«Ich meinte es aber ganz ehrlich, Mimi. Was soll ich denn nur tun?»

«Das kommt darauf an, was du willst und was du nicht willst. Du bist achtundzwanzig und weißt das doch wahrscheinlich.»

«Natürlich», sagte Goschi. «Was ich dir von Anfang an gesagt habe: Auf keinen Fall will ich ein seichtes Wiener Herumgetändel, denn dafür ist mir meine Zeit zu schade und meine Selbstachtung auch. Ich will aber auch auf keinen Fall irgendwo in beengten Verhältnissen landen, nur weil ich einmal mit einem anständigen Kerl geschlafen habe, der an Konsequenzen denkt. Das ist mir einmal im Leben passiert und nie wieder, verstehst du?»

«Und ob», antwortete Mimi. «Deshalb bin ich schließlich ledig geblieben. Und was du tun sollst? Du sollst ihn jetzt auf keinen Fall noch einmal vor den Kopf stoßen. Du bist durch deine geheimnisvolle Großmutter Katinka in eine Lage gekommen, um die man dich nur beneiden kann. Heiratsfavoritin einer der besten Partien Wiens. Du wirst es noch gar nicht wissen, aber hinter der einfachen Erscheinung steckt ein Riesenvermögen. Und ein todanständiger Ehrenmann.»

«Das zweite weiß ich, Mimi. Von dem ersten hatte ich keine Ahnung.»

«Siehst du, und so lange, bis ihr deine Urgroßmama samt Urgroßvater gefunden habt, hast du Zeit, dir zur Abwechslung mal nicht zu überlegen, was du nicht willst, sondern was du willst. Magst du ihn denn?»

«Um ehrlich zu sein», antwortete Goschi, «ich mag ihn viel zu sehr, um noch eine vernünftige Entscheidung treffen zu können.»

«Siehst du», sagte die Ältere befriedigt. «Welche andere Frau ist denn schon bei einem Mann in einer solchen Position? Und was du jetzt tun sollst? Geh durch die Kärntnerstraße und kauf dir ein Cocktailkleid, festlich, aber kurz, wie sie es haben wollen bei der Genealogischen. Dann gib dem Herrn Präsidenten die Antwort, um die er gebeten hat. Schließlich schreibst du dem Doktor ein Kärtchen, wo alles das drinsteht, und bittest ihn, dich zu dem Empfang hier abzuholen, *d'accord*?»

«Mimi», sagte Goschi, «kannst du das begreifen, daß sich in einer winzigen Viertelstunde ein ganzes Leben von Grund auf verändern kann?»

«Das hat die genealogische Einladung fertiggebracht», sagte Mimi. «Aber ganz bestimmt nicht zum Schlechteren. Greif zu, Kind, und meinen Segen habt ihr.»

Selbstverständlich veränderte diese Viertelstunde mit Mimi Gadrusch die Grundlage von Goschis Verhältnis zu Josef Prékonicz, und die erste Reaktion war der spontane Wunsch: Ach, hätte sie mir das alles doch nur nicht gesagt. Was wird jetzt geschehen, fragte Goschi sich, als sie oben unter dem Dach in ihrem Klappbett lag und auf die Lichtreflexe an der Zimmerdecke starrte, die durch das unverhüllte Fenster hereinfielen. Eines war ihr voll bewußt: Wenn Mimi Gadrusch mit ihrer Einschätzung der Lage überhaupt recht hatte, mit einem billigen Annäherungsversuch brauchte sie bei Prékonicz nicht zu rechnen. Wenn es irgendwie und irgendwann zum Schwur kam, dann würde er aufs Ganze gehen. Aber bis dahin hatte sie Zeit, über ihre Gefühle und über ihre Absichten mit sich ins reine zu kommen. Eines indessen wußte sie schon jetzt: Fortan würde nie mehr ein Wort, das sie zu Prékonicz sagte, so unverfänglich und locker sein wie bisher. Sie nahm jedoch die Herausforderung entschlossen an. Schließlich konnte einer Frau Schlimmeres passieren, als daß der begehrteste Mann Wiens sich für sie interessierte. Und es konnte doch wohl auch nicht so schwierig sein, so zu tun, als ob sie das gar nicht wisse.

Das Cocktailkleid in Kurz war altrosa Moiré, eng an den Hüften anliegend, vorne und hinten durchgehend gerafft, mit tiefem Rükkenausschnitt, schulterfrei, aber mit langen Ärmeln. Zu den Sachen, die Goschi aus München mit nach Wien gebracht hatte, gehörte ein schönes Kollier aus Goldfiligran und Topas mit dazu passenden Ohrgehängen. Ein Coiffeur am Graben gab der Windstoßfrisur einen kecken Schmiß, und das Make-up machte den Gesamteindruck durchaus bewundernswert. Also mußte Dr. Josef Prékonicz, der, den Mantel über den Arm gehängt, in der Halle stand, ohne Übertreibung zweimal hinsehen, ob das wirklich die Dame war, die er erwartete, als Goschi im offenen hellen Staubmantel, eine schwarze Lackledertasche unter dem Arm, den Aufzug verließ. Er machte ihr jedoch keinerlei Komplimente, obschon Goschi das erwartet hatte.

Die Tagung der Vereinigung fand dieses Jahr in einem der Nebenräume des Hotel «Bristol» an der Ringstraße statt. Dorthin waren es nur wenige Schritte zu gehen. Sie hatten sich seit dem letzten Treffen im «Bräunerhof» nicht mehr gesehen. Innerlich verfluchte Goschi jetzt ihre Freundin Mimi und wünschte wieder einmal, daß diese ihr nie die Augen über des Doktors Gefühle geöffnet hätte. Sie hatte verständlicherweise dem Abend entgegengefiebert und erwartete ähnliche Anzeichen auch von ihm. Aber Josef Prékonicz war distanziert wie immer, unaufdringlich und wohlerzogen, ein Kavalier, wie ihn eine jahrhundertealte Tradition hervorbringt. Geduld gehörte auch zu diesen Eigenschaften. Goschi seufzte. Sie mußte sie auch ihrerseits aufbringen.

«Ich habe vorgeschlagen, Sie einzuladen», sagte Prékonicz. «Aber ich wußte ja nicht, ob man es auch wirklich tun würde. Deshalb habe ich Ihnen nichts davon gesagt. Ich freue mich, daß Sie die Aufforderung bekommen haben. Haben Sie inzwischen die Esterházysche Stammfolge studiert?»

«Natürlich», sagte Goschi. «Und ich bin dort vielen interessanten Leuten begegnet. Solchen zum Beispiel, die sich um die Religion, um die Politik, um das Kaisertum verdient gemacht haben.»

«Und wem sind Sie noch begegnet? Ich meine in dem Alter und in dem Zeitabschnitt, in dem eine Verbindung mit Maria Geistinger überhaupt denkbar war?»

«Einem Bischof», sagte Goschi. «Aber den habe ich pietätvoll außer Betracht gelassen. Dem Fürsten Paul Anton bin ich begegnet, siebzehnsechsundachtzig geboren. Er war der erfolgreiche Diplomat und Grandseigneur, achtzehnzweiundfünfzig aber immerhin schon sechsundsechzig Jahre alt und wohl nicht ganz der richtige Partner für eine blutjunge Schauspielerin.»

«Und das wären sie dann also gewesen, die Herren aus dem Hause Esterházy?» fragte Prékonicz enttäuscht.

«Nein», antwortete Goschi, «nicht ganz. Einen habe ich noch entdeckt, dem ich schon begegnet bin. In Ihrer Wohnung nämlich, damals im Mai, als Sie mir von dem siebenbürgischen Aufstand erzählt haben, von der Flucht nach Frankreich und der Gründung des Hauses Hallewyl, erinnern Sie sich?»

«Natürlich», sagte Prékonicz. «Und was ist damit?»

«Nun, einer aus diesem Hause Hallewyl ist viel später hoch in der Gunst seines Kaisers gestanden und war Diplomat in verschiedenen europäischen Hauptstädten. Darunter in Sankt Petersburg und München.»

«In München?» sagte Prékonicz. «Sankt Petersburg wußte ich. Von München hatte ich keine Ahnung.»

«Aber es interessiert Sie, nicht wahr? Genau wie mich.»

«Graf Valentin Ladislaus Ferdinand Esterházy-Hallewyl», sagte Prékonicz nachdenklich.

«Ja», antwortete Goschi. «Und ich bin auf diesen Mann aufmerksam geworden, als ich an Ihre Überlegung dachte, daß das Schicksal unserer beiden kleinen Mädchen vielleicht dadurch beeinflußt worden sein könnte, daß ihr Vater gar nicht mehr am Leben war.»

«Und das wäre bei Graf Valentin der Fall?»

«Dieser Graf Valentin», sagte Goschi, «starb schon achtzehnhundertachtundfünfzig im Alter von vierundvierzig Jahren, unverheiratet und ohne offizielle Nachkommen in Paris.»

Prékonicz schwieg eine Weile. Sie näherten sich dem Eingang des Hotels.

«Das ist ja eine überaus interessante Entdeckung», sagte er schließlich.

«Haben Sie noch im Kopf», sagte Goschi, «wann Maria Geistinger ihr erstes Engagement in München hatte?»

«Ja», antwortete der Doktor. «Vom zehnten Oktober fünfzig bis elften Mai einundfünfzig. Also nur etwas länger als ein halbes Jahr. Und wann war Graf Valentin des Kaisers Geschäftsträger in München?»

«Das weiß ich noch nicht», erwiderte Goschi. «Es stand nicht in den Unterlagen, die ich durchgesehen habe.»

Sie erreichten den Hoteleingang. Der Boy hielt mit einer Hand die Glastür und zog mit der anderen die Mütze.

«Sprechen Sie darüber mit Dr. Jörg Janaček. Ich werde Sie mit ihm bekannt machen. Er ist der Geschäftsführer der Vereinigung und mithin der einzige, der wirklich etwas weiß», sagte Prékonicz, als sie die Halle betreten hatten und er Goschi aus dem Mantel half.

Die Tagung und das Bankett fanden in stilvollen Nebenräumen des Erdgeschosses statt. Zwanglos unterhielt man sich zu Beginn in einer Art Lounge, wo Tische und Sitzgruppen standen und Cocktails gereicht wurden. Etwa 30 Personen waren schon anwesend, standen oder saßen herum und unterhielten sich. Schon auf den ersten Blick entdeckte Goschi mindestens ein Dutzend Damen und Herren, die damals bei der Gala zum Unabhängigkeitstag im «Sacher» dabeigewesen waren. Daß Goschi und Prékonicz den Raum betraten, wurde sofort bemerkt. Den Männern fiel Goschi auf durch die Natürlichkeit und Unbekümmertheit, mit der sie sich bewegte, durch die Frische ihres Teints und die goldbraune Farbe ihrer Augen. Die Damen waren weit weniger wohlwollend. «Ist das nicht die...?» wurde gezischelt und getuschelt. «Natürlich ist das die..., die gehört doch zum Hotelpersonal vom ‹Sacher›... wie kommt denn so eine hier herein? Das kann doch nur von dem Prékonicz veranlaßt worden sein. Der hat sie ja auch damals schon den ganzen Abend rumgeschleppt. Aber schließlich muß sie eingeladen worden sein... Und der Prékonicz hat ja Einfluß genug, um seinen Kopf durchzusetzen... Was er mit der wohl will?»

Die Frage «was er mit der wohl will» war von einem der Herren aufgeschnappt worden, der Herz und Hirn am rechten Fleck hatte. «Der? Der will euch allen zeigen, wo der Barthel den Most holt», sagte er zu seiner Frau und betrachtete wohlgefällig Goschis schöne, schlanke Figur und ihre formvollendeten, etwas zu kräftig geratenen Beine. Schon kurz danach fand das Paar sich im Gespräch mit Goschi und dem Doktor wieder, und Prékonicz stellte vor:

«Herr Doktor Khevenhüller und Frau – Mistress Georgia Callaghan, eine Bekannte, die sich für altösterreichische Geschichte und Familien interessiert.»

«Nun, Prékonicz», sagte Khevenhüller, «da ist Misses Callaghan ja heute abend an der richtigen Adresse.»

Daß der alte, weißhaarige Khevenhüller Goschi mit einem Handkuß bedacht hatte, wurde allgemein bemerkt, und fortan konnte keiner der anwesenden Herren es mehr vermeiden, das auch zu tun. Prékonicz notierte es mit Befriedigung. Daß er Goschi, wie die Strategen es nennen, an diesem Abend in die entscheidende Durchbruchsschlacht geschickt hatte, gestand er Goschi erst viel später. Ganz sicher aber ist, daß an diesem Abend viele Illusionen zerstoben und manche insgeheim gehegten Mütterträume erloschen. Josef Prékonicz wich den ganzen Abend nicht von Goschis Seite. Lässig, leicht gebeugt, mit gebräuntem Bergsteigergesicht, das schwarze Haar ausnahmsweise glatt anliegend, war er überall zu sehen, wo Goschi war, und stellte ihr nacheinander eine Reihe der Mitglieder dieser Gesellschaft vor. Namen wie Lamberg, Trauttmansdorff, Kinsky, Kaunitz und Auersperg drangen an ihr Ohr. Nach einer Weile war ein Kreis von Damen und Herren um Prékonicz und Goschi versammelt, zu denen sich ein weiterer Mann hinzugesellte, hochgewachsen, aber fast dürr, mit völlig kahlem Schädel, abstehenden Ohren und einer schwarzgeränderten Brille vor durchdringenden hellblauen Augen. Sein Auftreten und seine Bewegungen wirkten wie die einer mechanisch agierenden, aber sympathisch lachenden Gliederpuppe.

«Dr. Jörg Janaček», stellte Prékonicz ihn Goschi vor. «Der Mann, der fast alles weiß.»

Der Herr Hofrat solle doch nicht so penetrant übertreiben, sagte der Chef dieser elitären Vereinigung. Er sei schließlich nur ein Angestellter und werde dafür bezahlt, seine Nase in Dinge zu stecken, für die seine Auftraggeber keine Zeit hätten. Ob er denn Gelegenheit gehabt habe, seine Nase schon einmal in die Angelegenheiten der Familie Esterházy zu stecken? Ein breites und befriedigtes Lächeln überzog das Gesicht Dr. Janačeks.

«Wissen S', Herr Hofrat, das gehört in meinem Beruf schon fast zur Allgemeinbildung. Über welchen von ihnen wollen S' denn was Genaues wissen?»

«Diese Dame hier möchte Sie ganz gerne unter vier Augen etwas fragen. Ob das geht?»

«Natürlich geht das», sagte der Gliedermann. «Kommen S', Gnädigste, da drüben seh ich eine freie Ecke.»

Zusammen mit dem kahlköpfigen Janaček durchquerte Goschi den von Gesprächen und Gläserklingen schwirrenden Raum. Sie steuerten auf eine Ecke zu, wo unter einer behaglichen Stehlampe eine Dreiersitzgruppe frei war. Es wurde bemerkt, daß die beiden Platz nahmen, und es wurde auch bemerkt, daß sie ein angeregtes und intensives Gespräch begannen, das etwa eine Viertelstunde dauerte.

«Esterházy, müssen S' wissen, Gnädigste, ist fast so vielfältig wie Habsburg. Nicht ganz, aber fast. Mit welchem kann ich Ihnen helfen? Aus welchem Jahrhundert?»

«Aus dem vorigen», sagte Goschi. «Mir ist da ein Mann aufgefallen, der mich neugierig macht: Graf Valentin Ladislaus Ferdinand Esterházy-Hallewyl, geboren achtzehnvierzehn in Wien...»

Dr. Janaček nickte bestätigend.

«...gestorben am zweiten November achtundfünfzig in Paris. Ausgerechnet der?»

Goschi sah ihren Gesprächspartner fragend an.

«Erlauben Sie», sagte Janaček, kramte irgendwo aus den Tiefen seiner Jacke eine Packung Zigarillos hervor, zog eines heraus und entzündete es.

«Ausgerechnet Valentin», sagte Janaček. «Ein Mann im Dunkel der Geschichte, über den man sehr wenig weiß. Was macht Sie auf diesen Mann neugierig?»

«Herr Doktor Janaček», sagte Goschi, «nehmen Sie es mir nicht übel, aber das möchte ich vorerst lieber für mich behalten.»

«Es geht nur darum, welche Schublade in meinem Gedächtnis ich aufziehen muß.»

«Ich möchte es trotzdem für mich behalten», erwiderte Goschi. «Ziehen Sie bitte sämtliche Schubladen auf, die Sie haben. Ich möchte über diesen Mann alles erfahren, was Sie wissen.»

Goschi glaubte natürlich, sich besonders geschickt und diskret verhalten zu haben. Nicht gerechnet hatte sie allerdings mit der immensen Lebenserfahrung und Menschenkenntnis dieses liebenswürdigen Glatzkopfs, den man allgemein für die graue Eminenz der

Genealogie nicht nur der Wiener, sondern der gesamten österreichischen Gesellschaft hielt. Wenn eine junge Frau, registrierte er, empfohlen von Hofrat Prékonicz, über ein wenig bekanntes Mitglied des Esterházy-Clans alles wissen möchte, aber nicht verraten will, warum, dann kann es nur um eine Abstammungsfrage gehen. Dieses Ergebnis seiner Überlegungen quittierte der Glatzkopf sich selbst mit einem bestätigenden Nicken, dessen Bedeutung Goschi allerdings nicht verstand. Dr. Janaček machte sich also daran, seine Schubladen zu öffnen.

«Die Familie Esterházy spaltete sich siebzehnhundertzweiundzwanzig auf, als –»

«Ich weiß», sagte Goschi. «Das hat mir alles Doktor Prékonicz erzählt. Aus Frankreich kamen sie mit dem Zusatznamen Hallewyl zurück. Aber mich interessiert nicht die Familiengeschichte, sondern die Person, Herr Doktor Janaček.»

«Nun ja», erwiderte Janaček, «in Umrissen ist das schnell gesagt. Die Familie war außergewöhnlich vermögend. Valentins Vater, Valentin Philipp, war Großgrundbesitzer in Grodeck in Rußland. Valentins Mutter war Anna Maria Gräfin Weissenwolf. Er selbst kam in Wien zur Welt, genoß eine erstklassige Erziehung, studierte Staatsrecht und Völkerrecht und schlug die Diplomatenlaufbahn ein. Eine Ehe ist Graf Valentin nicht eingegangen. Gerüchte über eine heimliche Liaison des Grafen mit einer damals bekannten Schauspielerin muß es gegeben haben.»

«Woher wissen Sie das?» fragte Goschi elektrisiert.

Der Gliedermann hob die Schultern.

«Das weiß ich nicht mehr, Gnädigste. Irgend jemand hat es mir irgendwann einmal angedeutet. ‹Gerüchte sind nie ganz verstummt›, heißt das in der für solche und ähnliche Vorgänge vorbehaltenen Sprache. Aber auch in der Presse scheint nichts davon aufgetaucht zu sein. Das hätte ich irgendwann einmal erfahren oder selbst entdeckt. Ich gehöre zu den unglücklichen Menschen, denen wenig verborgen bleibt.»

«Warum unglücklich?» fragte Goschi.

«Man muß viel behalten und hat eine große Verantwortung, Gnädigste. Das belastet.»

«Sagen Sie», fragte Goschi nach einer Pause der Überlegung, «über

Person und Privatleben des Grafen und der Dame ist also wenig bekannt geworden?»

«Gar nichts», erwiderte Janaček. «Der private Nachlaß des Grafen ist verschollen und bisher nicht aufgefunden worden. Über seine steile, aber kurze Karriere wissen wir alles. Fast bis auf den Tag genau. Von der Privatsphäre wissen wir nichts. Das ist alles ziemlich geheimnisvoll. Sogar über der Ursache seines Todes achtundfünfzig in Paris liegt ein Mantel des Schweigens. Als Diplomat war Graf Valentin nacheinander Botschafter am schwedischen Königshof, am bayerischen Königshof und am Zarenhof in Sankt Petersburg.»

Goschi sah ihren Gesprächspartner eine Weile nachdenklich an und sagte dann:

«Fast auf den Tag genau, sagten Sie vorhin. Wissen Sie zufällig auswendig, von wann bis wann Graf Valentin seinen Posten in München bekleidet hat?»

«Lassen Sie mich einen Moment nachdenken, Gnädigste. Das war von achtzehnfünfzig bis dreiundfünfzig, ach ja, ich erinnere mich, kaiserlich-österreichischer Geschäftsträger und außerordentlicher bevollmächtigter Minister am Münchener Königshof war Graf Valentin vom fünften Mai fünfzig bis zum fünften November dreiundfünfzig.»

Goschi starrte den lächelnden Genealogen ein paar Sekunden lang wortlos an. In die entstehende Pause hinein hörte man, wie der Chef de rang des Hauses die Schiebetüren zum Speisesaal öffnete und rief: «Meine Damen und Herren – es ist serviert.»

18

Der 9. Oktober 1850 war für die bayerische Haupt- und Residenzstadt München ein Tag von historischer Bedeutung. Es war warm, und ein blaßblauer Himmel, durchzogen von hauchzarten Föhnwolken, überspannte die Stadt. Auf der Festwiese draußen, unterhalb der Schwanthaler Höhe, stand ein Jahrhundertereignis bevor. In jahrelanger Arbeit war oben am Rande der Anhöhe auf steinernem Sockel die Stück für Stück in der Erzgießerei des Herrn von Miller entstandene bronzene Monumentalfigur der Bavaria zusammengefügt worden und stand nun, flankiert von den ebenso hohen hölzernen Montagegerüsten, vor den Säulenkolonnaden der im Bau befindlichen bayerischen Ruhmeshalle fertig da. An diesem sonnigen und frühlingshaft warmen Mittwoch sollte sie in einem feierlichen Festakt enthüllt werden nach einem Festzug, der sich, von Giesing kommend, zwei Stunden lang durch die ganze Stadt bewegte.

«Das müssen Sie unbedingt sehen, Fräulein Geistinger», sagte Viktoria Fichtl zu ihrer Mieterin. «Diese Festlichkeit kommt überdies gerade recht für Sie. Seit fünf Wochen wohnen Sie jetzt bei uns, studieren und lernen Tag für Tag Ihre Rollen und sind Abend für Abend beim Schweiger draußen auf den Proben. Das geht fei net, das sagt mein Mann auch. Da machen S' Ihnen verrückt dabei.»

«Aber heut abend ist die Generalprob, Frau Fichtl», sagte Maria beklommen. «Und ich bin net ganz sicher auf meinem Text.»

«Doch, Fräulein», erwiderte die resolute Münchnerin, «Sie sind sicher auf Ihrem Text. Mein Mann und ich haben gestern gehört, wie S' deklamiert haben auf Ihrem Zimmer. Ganz sicher sind S' auf Ihrem Text. Und wenn net, gibt's an Souffleur auch noch, der hilft Ihnen dann schon. Und was Sie heut noch hineinstopfen könnten in Ihr

Hirnkastl, das hilft Ihnen morgen auch nimmer weiter. Sie waren gewissenhaft und fleißig genug. Jetzt wird ausg'spannt. Jetzt wird der Festzug ang'schaut und die Feier auf der Wies'n draußen. Dann werden S' heut abend auf der Generalprob sehen, wie gut daß Sie sind, und morgen bei der Premiere werden S' einen Riesenerfolg einkassieren. Also? Gehen wir, Fräulein? Aber wenn wir gehen, gehen wir gleich!»

Die wackere Nagelschmiedsgattin hatte im Umgang mit den jungen Debütantinnen an den Münchener Volksbühnen große Erfahrung. Seit Jahren stand sie mit den Bühnenleitungen in Kontakt, denen sie ihr ruhiges Erdgeschoßzimmer rückwärts zum Hof hinaus zur Miete anbot. Und auf Empfehlung des Theaterdirektors Johann Schweiger war auch Maria Geistinger für die Zeit ihres ersten festen Engagements nach der Wiener Ausbildungszeit bei Viktoria Fichtl in der Amalienstraße 77 eingezogen. Dieses junge Fräulein war in der Erfahrung der Viktoria Fichtl etwas Neues und Besonderes. Sie konnte nach Einschätzung ihrer Vermieterin noch nicht viel älter als fünfzehn Jahre sein, hatte den ganzen Zauber unberührter Jugend und war doch in ihren Bewegungen und Ansichten schon fast eine erwachsene Frau. Ein Liebreiz und gleichzeitig eine Ernsthaftigkeit gingen von ihr aus, deren Ursprung rational nicht erklärbar war. Dazu kamen eine vollendete Schönheit der Züge und eine unnachahmliche Grazie der Gestalt. Man mußte sie immerzu anschauen, denn von ihr ging eine ganz und gar unbewußte Faszination aus.

Die beiden Frauen kleideten sich zum Ausgang an und verließen um halb elf Uhr die Wohnung. Da es warm war, genügte ihnen ein Umschlagtuch über den Schultern. Sie trugen die weiten, langen Reifröcke der Zeit, die Münchener Bürgersfrau die typische Riegelhaube, das Fräulein aus Wien einen lustigen Florentinerhut mit langen roten Seidenbändern. Sie durchquerten die Stadt in Richtung Festwiese. Sie passierten die große Baustelle des neu entstehenden Zentralbahnhofs und erreichten in der Landwehrstraße einen Platz, wo sie einerseits den erwarteten Festzug gut sehen konnten und andererseits nur noch wenige Minuten zu gehen hatten, um anschließend an dem feierlichen Festakt teilzunehmen. Tausende von Menschen säumten die Straßen. Endlich erklang in der Ferne Musik, und der Zug nahte heran, angeführt von einer Oberländer Blaskapelle in bunten Trachten und mit blitzenden Instrumenten. Danach folgte Wagen auf Wagen der verschiedenen Handwerkszünfte, prachtvoll geschmückt, gezogen von herrlich aufgeschirrten, schnaubenden Pferden. Dazwischen blähten sich die prunkenden Standarten der alten Zünfte. Eine Nachbildung der Ottokapelle sah man daherrollen, ein Riesenrad mit Maibaum und Kranz, eine Nachbildung der Feldherrnhalle, einen überlebensgroßen, grimmig dreinblickenden bayerischen Löwen, auf seinen Hinterläufen sitzend, und zahlreiche andere Allegorien und Symbole. Der Wagen der Künstlergilde war der letzte und schönste. Ganz und gar vergoldet, trug er einen ebenfalls vergoldeten pokalartigen Aufsatz, allegorisch geschmückt mit den Idealen der Künstlerschaft: Wahrheitsliebe, Aufrichtigkeit, Schönheit und Werktreue. Gezogen wurde dieses Gefährt von acht pechschwarzen Kaltblutstuten unter weißem Zaumzeug und Zügeln.

Auf der Festwiese war genau gegenüber dem Standort der Bavaria das königliche Zelt errichtet, unter dem die Majestäten Platz genommen hatten, begleitet von hohen Würdenträgern ihres Hofstaats und einem großen Teil des am Königshof zu München akkreditierten diplomatischen Corps. Wagen um Wagen hielt vor dem königlichen Zelt an und wurde den Majestäten von den Organisatoren des Festaktes erläutert. Dann fuhren die Wagen von Beifall begleitet weiter auf die Südseite der Festwiese und bauten sich dort auf.

Gegen halb drei Uhr nachmittags war dieses Zeremoniell beendet. Die Musik setzte aus. Nicht weit entfernt von dem königlichen Zelt hatten Viktoria Fichtl und Maria Geistinger einen Platz gefunden, von dem aus sie alles gut überblicken konnten. Mit Tausenden Festbesuchern starrten die beiden Frauen hinauf zu der Anhöhe, auf deren Steilhang sich ein kolossales Schauspiel bot. Mit einer Höhe von fast dreißig Metern verbarg dort eine riesige, aus hellen Brettern zusammengenagelte Holzwand das Kunstwerk aus Münchens berühmter Erzgießerei. In wenigen Sekunden sollte sie fallen.

«Jesus, das gibt ein Unglück», stammelte Viktoria Fichtl und umklammerte den Oberarm ihrer bildhübschen Mieterin. Die Menschenmasse verstummte vor Spannung. Vom Monument her war jetzt rhythmisches Hämmern, Klopfen und Rufen zu hören, das in ein Ächzen und Knirschen überging. Plötzlich intonierte die Musik einen Tusch, und langsam neigte sich der obere Rand der riesigen

Bretterwand nach vorne. Die Wand blieb einige Augenblicke lang stehen, bekam dann Übergewicht und fiel, zuerst in zögernder Langsamkeit, dann schneller und schneller, auf das Publikum zu, bis sie mit einem ohrenbetäubenden Donnern in einer riesigen Staubwolke auf dem Steilhang aufschlug. Als die Staubwolke sich allmählich verzog, gab sie oben in majestätischer Größe und Anmut die Bronzefigur der Bavaria frei, neben ihr der Löwe, die Linke mit dem Lorbeerkranz grüßend hoch erhoben, die Rechte mit einem Feldblumenstrauß friedlich am Griff des Schwertes liegend. Es erhob sich gewaltiger Jubel, der minutenlang anhielt. Nachdem wieder einigermaßen Ruhe eingekehrt war, sah man mehr, als daß man hörte, daß unter dem königlichen Baldachin Reden gehalten wurden. Noch einmal spielte die Musik, Fahnen wurden geschwenkt. Erneut klang Jubel auf. Dieses ganze festliche Bild wurde im Süden begrenzt von den durch den Föhn nahe herangerückten, blauschimmernden Bergen.

«Schön is schon bei uns auch, gelt, Fräulein», sagte Viktoria Fichtl, als die beiden Frauen sich zum Gehen wandten. Zu Tausenden verließen die Menschen nun die Festwiese. Die junge Wienerin hatte sich vertrauensvoll bei Viktoria Fichtl untergehakt und äußerte sich begeistert über die Erlebnisse der letzten beiden Stunden. Die Münchnerin interessierte sich indessen mehr für die bisherige Bühnenlaufbahn Marias.

«Eigentlich ist das Bäschen in ‹Das war ich› meine erste Rolle, Frau Fichtl. Ich hab zwar schon mit acht im Kindertheater in Graz mitgespielt. Und dann später noch einmal mit zwölf in Laibach und in Klagenfurt, aber auch nur in Kinderrollen. Dann hat mich der berühmte Herr Professor Wolf in seine Klasse aufgenommen und mir die größten Hoffnungen gemacht. ‹Mariedl›, hat er gesagt, ‹zu einer guten Schauspielerin gehört nicht nur das Talent in Mimik, Gestik und Stimme. Dazu gehören auch eine Persönlichkeit, Menschenliebe, Menschenkenntnis und Toleranz. Die geistige Fähigkeit, jeden Abend in einen anderen so hineinzuschlüpfen, daß dein Publikum dir den anderen glaubt, aber *dich* liebt. Und das hast du, Mariedl.›»

Sie machte eine Pause und fuhr dann fort: «Na ja, dann hat mein Schwager Preschl halt beim Herrn Johann Schweiger für mich ang'halt'n, und der hat mich genommen, und morgen geht's los.»

Noch während Viktoria Fichtl das alles verarbeitete, kam es zu einem Ereignis, das Maria Geistingers Zukunft, ja ihrem ganzen Leben als Künstlerin und Frau eine völlig andere Richtung gab. Zunächst flog nur ein bunter Ball über den Zaun eines der die Straße begrenzenden Gärten. Ihm folgten drei oder vier durch das Gittertor auf die Straße stürmende Buben. Jedoch hatte der Ball einen Hund getroffen, der aufjaulend auf der Straße einen Tumult verursachte. Frauen liefen, die Röcke raffend, davon, und einige Herren schlugen mit ihren Spazierstöcken auf Hund und Buben ein. Das alles brachte die beiden Schimmel, die eine vom Festplatz kommende offene Kalesche zogen, außer Rand und Band. Eines der Pferde stieg und riß die Deichsel und das andere Pferd mit, das schließlich auch scheute. Der Wagen wurde nach links abgedrängt, in die Richtung, wo die beiden Frauen standen und dem Ereignis zusahen. Gefährlich nah fuchtelten die Hufe des steigenden Schimmelhengstes vor ihren Gesichtern. Aufschreiend riß Viktoria Fichtl die entsetzte Maria Geistinger zurück. Die junge Wienerin stolperte über den Bordstein, kam halb zu Fall und konnte sich gerade noch an dem Beckenrand einer Wasserpumpe vor dem völligen Sturz bewahren.

In dem Fond der Kalesche saßen zwei Herren. Einer von ihnen war ein Rittmeister des bayerischen Kavallerieregiments der Chevaulegers, der andere trug die Uniform des Gesandten einer auswärtigen Macht. Schwarzer, goldeingefaßter Samt mit goldenen Knöpfen und goldgewirkter Feldbinde, an der Brust vier oder fünf Sterne hoher Orden. Der schwarze Kalpak trug einen weißen Reiherstoß und ein goldgesticktes Wappentier. Die pelzbesetzte Attila lag der Wärme wegen auf der vorderen Sitzbank. Dieser Mann herrschte den Kutscher an, endlich seine Pferde zur Ruhe zu bringen, fuhr im Wagen hoch, hakte mit einer raschen Bewegung Feldbinde und Säbel los, warf den Kalpak dazu und sprang mit einem Satz aus dem Wagen. Mit wenigen Schritten war er bei Maria Geistinger, umfing sie und richtete sie wieder auf.

«Ist Ihnen etwas geschehen, Mademoiselle? Mein Gott im Himmel, ich beschwöre Sie … fühlen Sie sich wohl?»

Maria Geistinger atmete noch immer heftig, schüttelte aber lächelnd den Kopf und sagte:

«Es ist nichts, Monsieur. Regen Sie sich nicht auf. Es war nur der Schreck.»

«Ihr Schreck kann nicht größer gewesen sein als meiner», sagte der Fremde. «Ich muß mich tausendmal bei Ihnen entschuldigen, Madame. Und bei Ihnen auch, Mademoiselle.»

In diesem Augenblick begann eine große und leidenschaftliche Liebe, die über acht Jahre hinweg andauerte.

«Sie brauchen sich nicht zu entschuldigen, Monsieur», sagte das Fräulein Geistinger. «Sie haben den Wagen nicht kutschiert, und der Kutscher kann nichts dafür.»

«Aber es ist mein Wagen», sagte der Fremde. «Ich bitte um die Erlaubnis der Damen, Sie wenigstens in meinem Wagen nach Hause bringen zu dürfen.»

Der Schauplatz war inzwischen umringt von Neugierigen, die gespannt darauf warteten, wie die Dinge sich weiterentwickeln würden. Der Fremde sah das Fräulein bittend an, und Maria warf einen fragenden Blick auf ihre Wirtin.

«No, von mir aus», sagte Frau Fichtl. «Schließlich hätt ja allerhand bei der G'schicht passieren können.»

Der Rittmeister in seiner grünen Uniform stand hinter dem Fremden und reichte ihm Säbel und Kopfbedeckung. Man bestieg den Wagen. Der Offizier kletterte zu dem Kutscher auf den Bock, das Fräulein nahm auf der Vorderbank Platz, Viktoria Fichtl als die Ältere neben dem Herrn im Fond. Der Wagen fuhr los, die Neugierigen wichen zur Seite, und im flotten Trab ging die Fahrt über den im Bau befindlichen Königsplatz und den Karolinenplatz, dessen Obelisk an die 30 000 in Rußland für Napoleon erfrorenen Bayern erinnert, bis dorthin, wo man, schon nahe dem Odeonsplatz, nach links in die alte Amalienstraße einbog.

Der Nagelschmied Xaver Fichtl staunte nicht wenig, als er kurz danach, aufgeschreckt durch das Hufeklappern, aus dem Fenster schaute und den Wagen mit seinen Damen vor dem Haus anhalten sah. Er trat hinaus auf die Straße und blieb breitbeinig vor der Haustür stehen. Der Offizier half Frau Viktoria beim Aussteigen.

«Es hat einen Schreck gegeben, Xaver», sagte sie. «Aber es ist gar nichts passiert. Und zum Trost haben uns die Herren nach Hause gebracht.»

«Na also, dann dank ich auch recht schön», sagte der Nagelschmied wortkarg und ließ die beiden Frauen an sich vorbei das Haus betreten. Ein unübersehbares Signal dafür, daß er es für richtig hielt, wenn die noble Karosse mit den beiden Uniformierten und dem livrierten Kutscher nun möglichst bald vor seinem Anwesen verschwände. Der Mann im schwarzen Samt verstand den Wink, salutierte und gab die Anweisung zur Weiterfahrt. Die Schimmel zogen an, und als der Wagen um die nächste Ecke bog, betrat auch Xaver Fichtl wieder sein Haus, um seine Frau zu befragen, was denn nun eigentlich geschehen sei.

Während der Fahrt zur Ludwigstraße sagte der Mann in Schwarz: «Was meinen Sie, lieber Zwehl, was können das für Leute sein, wo wir eben waren?»

«Solide Bürgersleute, Eure Exzellenz. Ein Gewerbetreibender oder Handwerksmeister mit Frau und Tochter. Wenn Exzellenz das wünschen, kann ich es feststellen lassen.»

«Nein», erhielt Rittmeister von Zwehl zur Antwort. «Die Tochter war das nicht. Das Mädchen ist eine Österreicherin, keine Bayerin. Wenn ich mich nicht täusche, sogar eine Wienerin. Haben Sie das entzückende Gesicht gesehen? Jugendlich und doch ernsthaft. Und sie hat das Herz auf dem rechten Fleck und das Mundwerk auch. Regen *Sie* sich nicht auf, hat sie zu mir gesagt, nach dem Schreck, den *sie* erlebt hat. Allerliebst, einfach reizend. Eine echte kleine Persönlichkeit.»

Der Rittmeister von Zwehl, einer der Kavallerieoffiziere der Münchener Garnison, auf den die Mädchen der Theater flogen, fühlte sich verpflichtet, den Diplomaten, den er laut Dekret während der ersten sechs Monate auf seinem Posten am Hof Max II. Josefs zu betreuen hatte, in dieser Hinsicht zu trösten.

«Wenn Exzellenz sich eine Zerstreuung wünschen», sagte er, als sie an der Feldherrnhalle vorbei in die Theatinerstraße fuhren, «dann kann ich einen besseren Vorschlag machen. Morgen abend debütiert am Max-Schweiger-Theater, drüben in der Au, eine waschechte Wienerin mit ihrer ersten Bühnenrolle. Da ist das bestimmt problemloser als in der Amalienstraße bei dem breitbeinigen Zerberus Fichtl.»

Der Wagen bog in den stillen Hof des ehemaligen Klosters ein, in dem die «Bureaux der Auswärtigen Ministerien» und also auch die kaiserlich-österreichische Gesandtschaft residierten.

«Sie verkennen das, lieber Herr von Zwehl», sagte Graf Valentin

Esterházy, als er den Säbel an sich heranzog, um den Wagen zu verlassen. «So reizend wie diese junge Dame aus der Amalienstraße kann eine beliebige Schauspielerin am Vorstadttheater in der Au überhaupt nicht sein.»

Er stieg aus, um sich in seine Räume zu begeben, wo Arbeit auf ihn wartete. Der Rittmeister wies den Kutscher an, den Wagen, vorbei an der Residenz, auf das dahinterliegende Marstallgelände zu fahren, wo auch die Kutschen und Pferde der anderen auswärtigen Vertretungen ihren Platz hatten. Über seiner Arbeit versuchte der Gesandte, die junge Wienerin aus der Amalienstraße zu vergessen. Das gleiche versuchte Maria Geistinger beim letzten Schliff an ihrer Rolle für den folgenden Abend. Doch es wollte keinem der beiden gelingen.

Das «Neue Volkstheater in der Au» befand sich damals auf der anderen Seite der steinernen Brücke über die Isar, wo die Straße nach Aibling und Rosenheim den Gasteighang noch heute erklimmt. Kurz vor dieser Steigung lag zur Rechten das wuchtige Gasthaus «Zum Kaiserwirt», und unmittelbar daneben befand sich das Max-Schweiger-Theater, ein ziemlich unförmig geratener Holzbau, der gar nichts von sich hermachte und eher einer größeren Scheune glich als einem Theater. Dennoch standen an Tagen, an denen gespielt wurde, abends oft Dutzende von Ein- oder Zweispännern auf dem weiten Platz vor dem Theater, deren Kutscher in der Schwemme des «Kaiserwirt» ihr Bier tranken und das Ende der Aufführung abwarteten. Und das hatte seinen guten Grund. Denn das Theater in der Vorstadt Au besaß allerhöchste königliche Protektion, sehr zum Mißfallen der Leitung der unbeweglichen und einfallslosen Hoftheater der Innenstadt. Bei den Stücken, die man hier spielte, wurde nämlich dem Volk aufs Maul und ins Herz geschaut. Die einfachen Leute waren in diesen Stücken ihr eigenes Subjekt, mit ihren Freuden und Sorgen, und nicht nur unterwürfige, die Hüte ziehende Statisten höfischer Langeweile, steifer Opern und hölzerner Gesellschaftsstücke. Für solches Theater aus Fleisch und Blut brauchte man keine Stars und blasierte Diven, sondern begabte Darsteller und Darstellerinnen, ebenfalls aus Fleisch und Blut, mit Humor, Herz und praller Lebenslust.

Das war der Grund für das Engagement der jungen Debütantin

Maria Geistinger aus Wien durch den Theaterdirektor Johann Schweiger gewesen, denn genau das hatte die junge Person mit ihrer Schönheit und ihrer unverbrauchten Natürlichkeit, die ihm gegenüber gesessen war und dann vorgesprochen hatte, ihm entgegengebracht. Und nun war es also soweit.

Schon seit fünf Uhr nachmittags war das Ensemble hinter der Bühne versammelt. Es wurde geschminkt, frisiert und kostümiert. Draußen im Orchester begannen sie schon die Instrumente zu stimmen. Die Komparsen schäkerten zwischen den Soffitten, und die Chargen standen herum, manche schon an ihrem Platz zum ersten Auftritt, und versuchten ihr Lampenfieber zu verbergen.

Der Theaterdirektor trat von rückwärts an seine Neuengagierte heran, die in dem bürgerlichen schokoladebraunen Samtkostüm mit cremefarbenem Jabot und einem Sonnenschirmchen im gleichen Ton, dazu einem keck nach vorn gerückten Hütchen auf dem vollen blonden Haar ein entzückender Anblick war.

«Lampenfieber, Mariedl?»

Mariedl wandte sich zu ihm um.

«Wär komisch, wenn's anders wär, Herr Direktor.»

«Brav, brav», sagte Schweiger, «die meisten geben's nicht zu. Haben tun es alle. Du brauchst aber keine Angst zu haben, Mariedl. Du siehst herrlich aus. Du liegst wunderbar auf dem Text, du beherrschst die Liederl, und deine Stimme ist prachtvoll. Was willst du mehr? Außerdem hast du die Rolle verstanden. Da gibt es manche, die tun das nie, und wenn sie ein Stück hundertmal spielen. Und wenn du einen Rat von mir annimmst...»

«Jeden, Herr Direktor, wenn er gut ist.»

«Er ist gut», antwortete Schweiger. «Es ist ein alter Trick für junge Schauspielerinnen. Für dich ist nachher der Zuschauerraum nichts als ein schwarzes Loch. Du siehst nur ein paar Gesichter in den ersten Reihen. Such dir eines davon aus, für das du ausschließlich spielen willst, dann wirst du sehen, wie das Lampenfieber von dir abfällt.»

Der erfahrene Bühnendirektor umfaßte die Schultern seiner jungen Darstellerin und drückte sie aufmunternd. Maria Geistinger hielt das für einen guten Ratschlag. Als später draußen, hinter dem geschlossenen Vorhang, der Zuschauerraum sich zu füllen begann, drängelten sich die Schauspieler und Schauspielerinnen, um einen

Blick durch den Spion zu tun, das kleine Loch im Vorhang. Nach einer Weile überließ man auch Maria den Platz an diesem Guckloch, und sie spähte hinaus. Sie erschrak abgrundtief, denn dort unten, jenseits des Orchestergrabens, in der ersten Reihe des Parketts saß der Mann von gestern nachmittag und unterhielt sich mit einem anderen, der ihn offenbar in die Aufführung begleitet hatte. Ab und zu während dieser Unterhaltung warf der Fremde einen Blick auf den geschlossenen Vorhang und direkt auf das Guckloch, als interessiere ihn, was sich dahinter bewegte. Aufatmend fuhr Maria zurück und überließ einer Kollegin den Platz am Spion.

«Was ist denn, Mariedl?» fragte die andere. «Ist dir nicht gut?»

«Nein, nein», sagte Maria. «Schau nur hinaus. Es ist nichts, nur... nur...»

Zum Glück wandte die andere sich jetzt dem Guckloch zu, denn Maria mußte sich anlehnen. Sie spürte in der Brust einen gleichzeitig heißen und zerrenden Stich, dessen Ursprung sie sich nicht erklären konnte. Maria Geistinger hatte noch nie einen Mann mit den Augen der Liebe angesehen. Und sie wußte auch jetzt nicht, daß es Liebe war. Sie hoffte nur inständig, daß diese seltsam beglückende und beängstigende Empfindung in ihrer Brust aufhören möge, bis der Vorhang sich hob. Immer noch sah sie den Kopf dieses Mannes vor ihrem inneren Auge, das markante, gebräunte Gesicht mit der kraftvollen Nase, dem feurigen, zupackenden Blick der dunklen Augen, das fast schwarze Haar über der hohen, klaren und selbstbewußten Stirn, den schwarzen Backen- und Schnurrbart, nach Kaisermode geschnitten, einen weichen und gefühlsstarken Mund und im kräftig geformten Kinn ein gar nicht dazu passendes freches Grübchen.

Als Maria den Direktor Schweiger vorüberhasten sah, faßte sie ihn am Ärmel.

«Herr Direktor, ich bitt... mögen S' nicht einen Blick durch das Guckloch machen? Der große Mann in der ersten Parkettreihe mit dem schwarzen Backen- und Schnurrbart... wer ist das?»

Der Direktor Schweiger tat dem aufgeregten jungen Ding aus seinem Ensemble den Gefallen. Er ging zum Vorhang und spähte, sich dazu etwas bückend, durch das Loch. Das dauerte nicht länger als eine oder zwei Sekunden. Er richtete sich wieder auf, wandte sich Maria zu und sagte:

«Hast du dir den ausgesucht, Mädel? Das ist Graf Valentin Esterházy, kaiserlich-königlicher Kämmerer, außerordentlicher und bevollmächtigter Minister und österreichischer Gesandter beim bayerischen König. Na, Mariedl, bescheiden bist du ja nicht gerade. Ein Prachtexemplar von einem Mann. Aber wenn du dem vorspielen willst, dann tu's.»

Schließlich, fast ohne Übergang, war es soweit.

«Auf die Plätze», befahl der Inspizient. Draußen begann das Orchester mit dem musikalischen Vorspiel. Bei allen klopfte mächtig das Herz. Dann wurde mit sattem Rauschen der Vorhang auseinandergezogen, und das Spiel begann. Schon mit ihrem ersten Auftritt an diesem Abend begründete die junge Wienerin den Beginn einer Karriere, die noch Jahre später, am 27. Juni 1856, einen begeisterten Abglanz finden sollte, als die «Münchner Neuesten Nachrichten» Maria Geistinger zum zweiten Mal in Bayerns Haupt- und Residenzstadt willkommen hießen.

Es galt ja, den einstigen Liebling des hiesigen Publikums, Fräulein Geistinger, wieder zu begrüßen! Lange anhaltender Applaus, ein Blumenregen von Bouquets, Kränzen und Gedichten empfing die jugendliche Künstlerin, welche in den vier Jahren ihrer Abwesenheit sich einen Namen in der Künstlerwelt verdient und die ehrendsten Beweise gerechter Huldigung in allen Gauen Deutschlands reich empfing. Die Fama, welche ihren Ruf hier laut verkündete, war diesmal kein falscher Prophet, denn wir überzeugten uns bei ihrem ersten Auftreten, daß Fräulein Geistinger mit dem eifrigsten Willen für die Kunst begeistert ist, verbunden mit einem innigen Gefühl, einer seltenen Natürlichkeit in Spiel und Mimik, glockenreiner Stimme, die zum Herzen unwiderstehlich dringt, und einer Kunstfertigkeit und Deutlichkeit im Vortrage, der frei von allen Manieren ist, und wohl den Ruf verdient, der ihr überall so glänzend vorangeht. Sie ist unstreitig die beste Lokalsängerin, die wir je an einem Volkstheater gesehen und gehört! Denn Spiel und Gesang in gleichem Maße ausgezeichnet, Schönheit der Persönlichkeit, umgeben mit dem frischen Zauber der Jugend, und durch echte weibliche Sittsamkeit gehoben, fanden wir noch nie in so großem Grade wie bei ihr vereinigt, und dies ist es, was sie zum Liebling der Männer- wie der Frauenwelt macht.

Freudig sehen wir jeder ihrer ferneren künstlerischen Leistungen entgegen und werden es stets für unsere Pflicht halten, Bericht zu erstatten von Lob und Beifall, womit ein gerechtes Publikum, das fremde wie das einheimische, Genie und Talent gleich freundlich beschenkt.

Von alledem ahnte Maria noch nichts, als an diesem ersten Abend in einer wirklichen Rolle auf einer wirklichen Bühne der Vorhang endgültig fiel und die Hochspannung dieses im wahrsten Sinn des Wortes über ein ganzes Leben entscheidenden Abends sich in einem heftigen Weinkrampf löste. Wie durch eine gläserne Wand hindurch empfand sie es auch, daß Direktor Schweiger sie an sich riß, drückte, sie überall küßte, wo er mit seinem stachligen Schnurrbart hintraf, und rief:

«Großartig warst du, Mariedl, ganz großartig. Du hast eine Riesenkarrier' vor dir, meinen Glückwunsch, und ich bin stolz drauf, daß du bei mir ang'fangen hast.»

«Aber ich hab doch gar nichts gemacht, Herr Direktor», sagte Maria, nachdem sie ihre Gemütsbewegung halbwegs unter Kontrolle gebracht hatte. «Ich hab das Gefühl, ich war grad so, wie ich sonst auch bin. Und alles, was der Professor mir ang'lernt hat, is abg'fallen gewesen.»

«Und das war's ja grad», schwärmte der Theaterdirektor. «Grad da dran erkennt man doch das echte Theaterblut. Zum Unterschied zu dene Geißen, die meinen, es reicht, wenn man den Text büffelt und dann recht viel Pflanz macht. Hast denn übrigens gar nicht gemerkt, daß dein Kavalier, den du dir ausgesucht hast, bei den allerletzten war, die dir stehend noch applaudiert haben?»

Maria schüttelte den Kopf.

«Nichts hab ich gesehen, Herr Direktor, gar nichts. Das war alles wie hinter einer Wand aus Watte. Meinen Sie, ich hab ihm g'fallen?»

«Und ob, Mariedl. Er war einer von denen, die ganz verrückt darauf waren, daß du noch einmal herauskommst.»

«Du lieber Himmel», sagte Maria, «er wird doch nicht mit Blumen oder Konfekt bei mir in der Garderobe erscheinen? In Wien haben mich alle davor gewarnt, daß es damit immer anfängt.»

«So was wird der Herr Minister Esterházy nicht tun, Mariedl. Die Leute sagen zwar, daß er noch ledig ist. Er ist jetzt seit Mai hier. Er ist eine berühmte und beliebte Person unter den Ausländern in der Stadt und sitzt oft da drunten in der ersten Reihe. Aber von Abenteuern ist noch nichts bekannt geworden. Wenn jemand mit Blumen und Konfekt kommt, ist es ein Reiteroffizier von den Chevaulegers auf der Suche nach Beute. Die kannst gleich heimschicken, samt ihren Blumen und ihrer Schokolade, weil die immer nur dasselbe wollen bei einer jungen Schauspielerin. Der Herr Graf Esterházy, wenn du dem gefallen hast, der läßt es dich auf eine andere Weise wissen. Nicht auf so eine primitive.»

Maria nahm sich die Ermahnungen ihres ebenso erfahrenen wie menschlich empfindenden Direktors sehr zu Herzen. Die Blumensträuße und Schokoladenschachteln, die man ihr vorausgesagt hatte, blieben natürlich nicht aus. Diese Annäherungsversuche erreichten sogar ein gutes Dutzend; sie kamen von Kavalieren, denen es schon ihre Erziehung augenzwinkernd infiltriert hatte, daß für das biologische Vergnügen die jungen Actricen zu haben seien, die auf der Bühne zu wenig verdienten, um davon so leben zu können, wie sie es gerne gehabt hätten. Manche dieser «Kavaliere» entwickelten sogar die Geschmacklosigkeit, ihre Gaben, versehen mit ihrer Visitenkarte und der Bitte um ein Rendezvous, durch einen Burschen in ihrer Garderobe abliefern zu lassen. Solche Besucher fertigte die junge Wienerin auf eine damals noch nie gesehene elegante Weise ab. Sie sei, ließ sie die Absender dieser Gaben wissen, nach Bayern gekommen, um Theater zu spielen und nicht um Bekanntschaften zu schließen. Für das Interesse an ihrer Darstellung danke sie, schätze es aber um so höher ein, mit je größerer Distanz es zum Ausdruck gebracht werde. Bei anderen, die sich persönlich zu ihr bemühten, fand sie sich gnädigst bereit, Blumen als Anerkennung ihrer Leistungen auf der Bühne zu behalten. Die Verehrer selbst aber schickte sie, mitsamt ihrem Konfekt und ihren Visitenkarten, nach Hause, manche von ihnen zu ihren angetrauten Frauen. Jedesmal, wenn an die Tür geklopft wurde, war ihr Herz von der Furcht erfüllt, dieses Mal könne es vielleicht wirklich eine Visitenkarte, eine Konfektschachtel oder ein Blumenstrauß des Grafen Esterházy sein. Und jedesmal überfiel sie eine fast euphorische Freude, wenn sich diese Befürchtung als Irrtum erwies. Die Art und Weise allerdings, wie der zurückhaltende ungarische Graf es sie wissen ließ, daß sie ihm gefiel, kam ihr erst nach und nach zu Bewußtsein. Dadurch nämlich, daß sie ihn an jedem Abend, an dem sie auf der Bühne stand, dort unten sitzen sah, in der ersten Parkettreihe, auf dem gleichen Platz wie damals am 10. Oktober, als er ihrem Spiel zum ersten Mal zugeschaut hatte. Und jedesmal war er, nachdem der Vorhang gefallen war, einer der letzten, der stehend zu ihr hinauf applaudierte. Und dann kam der Abend, an dem es geschah.

Wieder hatte der Graf auf seinem angestammten Platz gesessen, hatte Marias Spiel zugesehen, sie nicht aus den Augen gelassen und ihr am Schluß mit nur noch wenigen anderen stehend applaudiert. Er tat das so aufrichtig und leidenschaftlich, daß Maria sich nicht beherrschen konnte und ihren letzten vollendeten Bühnenknicks vor dem schon zugezogenen weinroten Vorhang ihm ganz alleine widmete.

«Ich hab das von der Proszeniumsloge aus beobachtet», sagte später Direktor Schweiger. «Das war kein Spiel mehr, Mariedl. Das war ernst. Von beiden Seiten war das ernst. Ganz rot ist er geworden, obwohl er ein erfahrener Diplomat sein muß, der Graf von Esterházy, und ganz glücklich hat er den Zuschauerraum verlassen.»

Nach einer Pause fuhr er fort: «Ich hab Angst um dich, Mariedl, gib auf dich acht. Die Karriere einer Frau ist schneller beim Teufel, als eine Liebschaft überhaupt dauern kann. Der Graf ist nicht hinter einem Abenteuer her. Der Graf liebt dich. Und es ist ihm Ernst. Aber was auch draus wird, Kind, denk immer an dich zuerst, an dein Leben, deinen Erfolg, deine Karriere. Denn du hast nur deine Kunst und dein Talent. Er hat unschätzbare Reichtümer. Von euch beiden hast du die schlechteren Karten. Oder vielleicht auch die besseren, je nachdem, was du daraus machst.»

«Mein Gott», stammelte Maria. «Woher wissen Sie denn das alles?»

«Erstens habe ich Augen im Kopf», antwortete Schweiger. «Und zweitens hat der Graf Esterházy pauschal und im voraus die Karte für jede Vorstellung aufgekauft, in der du auftrittst. Und mehr braucht man mir altem Bühnenhasen nicht zu sagen. Paß auf dich auf, Mädel, versprich es mir.»

Maria Geistinger versprach es dem Theaterdirektor Johann Schweiger. Aber dumpf und zugleich heiß spürte sie tief in ihrem Inneren schon die Gewißheit, daß sie dieses Versprechen vielleicht nicht würde halten können. An diesem Abend in ihrem Gartenzimmer in der Amalienstraße weinte sie lautlos und heftig, bis ihr Kopfkissen so naßgeweint war, daß sie es umdrehen mußte.

Ebenso wie Maria mit Furcht und Spannung im Herzen bei jedem Besucher in ihrer Garderobe gefürchtet hatte, der Graf könne ihr auf eine seiner nicht würdige Weise seine Aufwartung machen, hatte auch Graf Valentin selbst mit Furcht im Herzen jedes Anzeichen daraufhin überprüft, ob es möglich sei, daß seine spontanen Gefühle für die junge Frau ihn trogen. Der direkteste Weg, auf dem das geschah, war natürlich der ihm vom Kronobersthofmeisteramt zugeteilte Ordonnanzoffizier Rittmeister von Zwehl. Der junge Mann berichtete Seiner Exzellenz diensteifrig und regelmäßig, die junge Wienerin, die er damals im Oktober der Exzellenz vorgeschlagen habe – das sei vielleicht eine Spielverderberin und Zwiderwurz'n.

«Stellen S' Ihnen nur vor, Exzellenz, die schickt alles zurück, was man ihr zuwendet, höflich, aber bestimmt. Anträge aus den besten Kreisen. Die Geistinger beißt bei keinem an. Grad wie wenn sie's nicht nötig hätte.»

Der Dienst des jungen Offiziers bei dem Gesandten Franz Josephs endete um fünf Uhr nachmittags. In die Abendvorstellungen in der Au hat er seinen Herrn nie begleitet. Ob er diese Berichte unbefangen gab oder um dem Grafen einen Dienst zu erweisen, ist daher niemals bekannt geworden.

Einige Monate vergingen so. An vielen Abenden sah Maria den Grafen im Parkett sitzen. An manchen war sein Platz auch leer. Aber für Maria nahte auf diese Weise der entscheidende Tag. Eines Abends kam nach der Aufführung Direktor Schweiger zu ihr, zog sie in eine Ecke hinter der Bühne und sagte:

«Mariedl, hör zu, für dich wird's jetzt ernst. Und ausgerechnet mich muß es erwischen, dir das zu sagen. Natürlich hat der Graf Esterházy keine Ahnung davon, daß ich alles gemerkt hab. Und ich schweig ja auch wie ein Grab. Aber trotzdem wär es mir lieber gewesen –»

Maria unterbrach den freundlichen Mann, der seine Verlegenheit nicht verbergen konnte.

«Lieber Herr Direktor», sagte sie mit einer in den wenigen Wochen ihrer Erfolge an seinem Theater sicherer gewordenen Stimme und Haltung, «was machen S' für lange Vorreden? Ist es denn was Schlimmes?»

Direktor Schweiger holte mit einem tiefen Atemzug Luft und antwortete:

«Das weiß ich nicht, Mariedl. Das hängt vor allem von dir ab. Aber überleg es dir reiflich.»

«Also schießen Sie los», sagte die junge Frau. «Ich weiß ja, daß Sie es gut mit mir meinen.»

Direktor Schweiger nahm einen dritten Anlauf und sagte:

«Die österreichische Gesandtschaft gibt nämlich um die Osterzeit herum zum Schluß der Spielsaison eine festliche Soiree mit Essen für das künstlerische München. Darunter auch für mich und unser Ensemble. Die Gesandtschaft hat mich wissen lassen, daß in der Gesandtschaft keine Dame des Hauses residiert. Der Herr Gesandte, Graf Esterházy, erlaube sich daher die höfliche Anfrage, ob das Fräulein Maria Geistinger ihm die Freude und Ehre erweisen möchte, bei dieser Tafel den Platz zu seiner Rechten einzunehmen. Er kenne das gnädige Fräulein ja bereits und würde Maria alsdann durch seinen Begleitoffizier an diesem Tag um halb sechs Uhr an ihrer Wohnung abholen lassen. Er bitte um die Gunst, ihr durch diesen am Beginn der Soiree förmlich vorgestellt zu werden.»

Es war dem braven Theaterdirektor mit seinem goldenen Münchener Herzen und seinem bayerischen Mundwerk sichtlich und hörbar schwergefallen, den höfischen Ton der ihm übermittelten Bitte weiterzugeben. Als er seine Botschaft mitgeteilt hatte, schwiegen zunächst beide.

«Warum fragt er mich dann nicht selbst?» sagte Maria nach einer Weile. «Das wäre doch das Natürlichste.»

«Das sind Regionen, in denen die Luft dünn wird», antwortete Schweiger. «Da ist das Natürlichste nicht das Natürliche, Mariedl. Herren in diesen Positionen riskieren es nicht gern, von einer Angebeteten ein ‹Nein› zu hören. Sie geben ihr lieber die Chance zu einem ‹Vielleicht›. Und diese Aufforderung ist die Chance zu einem ‹Vielleicht›.»

Maria Geistinger war in diesen Minuten nicht imstande, einen vernünftigen Gedanken zu fassen. Hätte sie bereits Erfahrungen gehabt, dann hätte sie darüber nachdenken müssen, was es überhaupt bedeutete, wenn ein Mann von dem Rang und dem Namen des Grafen Valentin Esterházy bei einem offiziellen und öffentlichen Festabend eine zwar sehr umworbene, aber noch ziemlich unbekannte, sehr junge, und noch dazu bürgerliche Schauspielerin an seine Seite bat. Sie dachte nicht daran, welche gesellschaftlichen und Standesschwierigkeiten den wohl kaum noch vermeidbaren Folgen einer solchen Begegnung im Wege standen. Sie war weder raffiniert noch erfahren genug, um ein Für und Wider komplizierter Gegebenheiten abzuwägen, von denen sie nichts verstand. Sie sah nur immer wieder, und zwar mehr mit ihrem Herzen als mit den Augen, diesen Mann, zu dem sie eine unwiderstehliche Macht hinzog. Und sie fühlte mit derselben Gewißheit, daß es auf der anderen Seite ebenso war. Die Entscheidung war für sie kein «Vielleicht», wie der Theaterdirektor es immer noch erhoffte. Die Entscheidung, die Einladung des Grafen Esterházy anzunehmen, war für Maria Geistinger ein ohne jegliche Berechnung zustande gekommenes «Ja» ihres unverbildeten Herzens, gepaart mit dem rückhaltlosen Mut ihrer Jugend.

Als eine Weile nichts geschah, fragte Direktor Schweiger nach.

«Was soll ich der österreichischen Gesandtschaft antworten, Maria?»

Mit fester und sicherer Stimme erwiderte sie:

«Antworten Sie der österreichischen Gesandtschaft, Herr Direktor, daß es mir eine große Ehre ist, die Einladung Seiner Exzellenz anzunehmen.»

Da in der Aufforderung der Gesandtschaft ausdrücklich davon die Rede war, daß das Fräulein Maria Geistinger durch den Begleitoffizier an ihrer Wohnung abgeholt werde, wurde es unvermeidlich, daß Maria ihre mütterliche Zimmervermieterin Viktoria Fichtl ins Vertrauen zog. Die Reaktion dieser wackeren und warmherzigen Frau fiel aus, wie es nicht anders zu erwarten gewesen war.

«Du lieber Gott, Fräulein, haben S' Ihnen genau überlegt, wo S' da hineintappen? Ein Gesandter, ein Graf? Und ein Österreicher auch noch», sprudelte es aus ihr heraus. «Mir ist das schon damals nicht geheuer gewesen, wie wir die Bavaria enthüllt haben und die zwei auf Sie geflogen sind wie die Wespen auf den Honig. Da kommt noch was nach, Viktoria, hab ich immer gesagt – und richtig, jetzt kommt's daher. Und so plötzlich auch noch.»

Maria mußte ihrer Wirtin erzählen, daß das alles gar nicht so plötzlich gekommen war und daß der österreichische Gesandte ihr schon seit dem vergangenen Herbst in so dezenter Weise den Hof machte, daß er sie noch nicht einmal persönlich angesprochen habe. Sie schien das mit einer solchen Wärme gesagt zu haben, daß Viktoria Fichtl skeptisch fragte:

«Sie werden doch für diesen Menschen nicht auch was übrighaben, Mariedl?»

«Doch, Frau Fichtl», sagte Maria. «Und bitte machen S' mir keine Vorhaltungen. Schon gar nicht, weil Sie's gut mit mir meinen. Die hab ich mir schon selber genug gemacht. Das kann alles an der Sache gar nichts mehr ändern.»

Viktoria Fichtl rang zumindest innerlich die Hände.

«Mein Gott, Fräulein, haben S' denn gar nicht dran gedacht, was da draus alles entstehen kann?»

«Ein großes Glück kann daraus entstehen, Frau Fichtl, oder ein großes Unglück. Aber ich vertrau auf ein großes Glück.»

«Aber Fräulein», sagte die Münchnerin, «Sie kennen doch den Pflanz von dene Männer? Mit Blumen, Kärtchen und Schokoladeschachteln. Und auf was die aus sind, die Schluri, bei den Damen vom Theater.»

«Frau Fichtl», sagte die junge Wienerin streng, «die Blumen und Schokoladeschachteln hab ich schon hinter mir. Vierzehn Stück hoch. Und ich hab die Überbringer alle nach Hause geschickt. Oder haben Sie mich mit einem einzigen Mannsbild gesehen in den sechs Monaten, die ich jetzt hier bin? Nein, nicht wahr? Aber der Graf Esterházy sitzt zwei- bis dreimal die Woche drunten im Parkett, schaut mich an und klatscht mir am Schluß zu. Kein Kärtchen, keine Konfektschachteln, keine Blumen. Der hat einfach drauf gepaßt, was ich für eine bin. Und jetzt weiß er, daß ich eine Anständige bin. Und jetzt lädt er mich auf eine höfliche Weise ein, weil er mich kennenlernen möchte. Ist das was Schlimmes?»

Darauf wußte Frau Viktoria Fichtl nichts mehr zu antworten. Sie beugte sich vor und schlug mit der Daumenkuppe das Zeichen des Kreuzes über Marias Gesicht.

«Von ganzem Herzen wünsch ich Ihnen Glück und Segen», sagte sie. «Und wenn S' einmal eine Hilf und ein Vertrauen brauchen, Mariedl, dann dürfen S' auf mich rechnen wie auf Ihre eigene Mutter.»

An diesem Abend begann ein Vertrauensverhältnis, das fünfzig Jahre später, bevor sie im fernen Klagenfurt starb, den Weltstar Maria Geistinger veranlaßte, die Nagelschmiedswitwe Viktoria Fichtl in ihrem Testament mit einem Vermächtnis zu bedenken. Heute allerdings äußerte es sich in einem ersten schwesterlichen Kuß auf ihre Wangen.

Das Ereignis hatte seine Schatten vorausgeworfen. Trotz ihrer großen persönlichen Erfolge und der allgemeinen öffentlichen Zustimmung, ja Begeisterung für ihre Kunst war Maria Geistinger ein armes Mädchen, was auch dem Herrn Gesandten Österreichs nicht verborgen bleiben konnte. Es widersprach ihrem Charakter, für dieses wichtige Ereignis in ihrem Leben einen äußeren Anschein hervorzurufen, der nicht zutraf. Für ihr Auftreten und ihre Kleidung an diesem Abend hatte sie Direktor Schweiger zu Rate gezogen.

«Nicht den kleinsten Schmäh mach ich, Herr Direktor. Am Anfang meiner Karrier bin ich ein armes Bühnenmäusl, und ich will von niemand für eine verwöhnte Primadonna angeschaut werden.»

Also hatte Schweiger die Schubfächer und Schränke seiner Theatergarderobe geöffnet. Darin hatte sich eine Abendrobe aus kräftig perlfarbener Seide gefunden, mit dem langen, weiten Rock der Zeit, einem Überrock bis zur Höhe der Knie, einem ausgearbeiteten Mieder mit gerüschtem Brusteinsatz, das Hals und Schultern freiließ, an den Oberarmen aber in kurze, ebenfalls gerüschte Ärmelchen auslief. Dazu gab es ein schmales echtes Kollier aus Perlen und Rubinen mit zwei dazu passenden Ohrboutons. Bis über die Ellbogen reichende Handschuhe aus der gleichen Seide vervollständigten das Kostüm. Das Haar trug Maria ohne künstliches Geschnörkel in anmutiger Welle frisiert, fast offen und gänzlich ohne Schmuck. So angetan, mit einem schwarzen Wollmantel der Frau Fichtl darüber und einem unauffälligen Spitzentuch um das schöne goldblonde Haar, erschien sie unter der Haustür der Nummer 77, als der dunkelblaue, geschlossene zweisitzige Berlingot, doppelt bespannt allerdings, am Bordstein angehalten wurde und der junge Rittmeister heraussprang, den sie schon am 9. Oktober des vorigen Jahres kennengelernt hatte. Die Nachbarn beobachteten das Spektakel durch geschlossene Scheibengardinen. Während der Fahrt erklärte der Offizier Maria, was sie erwartete. Die Exzellenz freue sich darauf, dem gnädigen Fräulein im Vestibül förmlich vorgestellt zu werden. Alsdann möge das Fräulein sich zu ihrer eigenen Gesellschaft begeben. Wenn serviert sei, werde die Exzellenz das Fräulein dort abholen und zu Tisch führen. Und genauso geschah es dann auch.

Der Wagen bog in die Innenhöfe des ehemaligen Theatinerklosters ein und hielt vor dem Eingang zur Gesandtschaft an. Da es noch hell war, waren die zahlreichen Lüster, Kandelaber und Laternen noch nicht entzündet. Bediente eilten herbei, öffneten die Wagentür und klappten den Auftritt herunter. Der Offizier stieg aus, stützte Maria beim Verlassen des Wagens und brachte sie zur Garderobe, wo er ihr aus dem Mantel half. Von hier aus ging es durch eine spiegelnde Flügeltür, und als Maria sie neben dem Rittmeister durchschritten hatte, sah sie den Gastgeber vor einem Kaminfeuer stehen, in lockerer Runde, umgeben von drei oder vier Herren der Gesandtschaft. Maria Geistinger hätte nicht die berühmte Klasse von Professor Wolf in Wien mit glänzendem Erfolg absolviert, hätte sie nicht die paar Meter, die sie von dem Hausherrn trennten, mit der zugleich bescheidenen und doch fürstlichen Anmut durchschritten, die sie später auf den Bühnen des halben Erdballs auszeichnen sollte. Viele der Damen, die sich schon in den Räumen der Gesandtschaft befanden, trugen teureren Schmuck, kostbarere Kleider, waren auffallender geschminkt und modischer frisiert. Aber es wird berichtet, daß die junge Wienerin sie durch die unnachahmliche Anziehungskraft ihrer durch keinerlei Hilfsmittel unterstrichenen Schönheit und Jugend vom ersten Augenblick ihres Erscheinens an in den Schatten stellte. Am Kamin unterbrach man die Gespräche. Die Herren wandten die Gesichter und sahen zu Maria und dem jungen Rittmeister herüber. Der Gesandte löste sich aus der Gruppe und kam ihr ein paar Schritte entgegen. Er war nicht in Uniform, sondern trug einen schwarzen Anzug mit hellgrauer Weste und einem dunkelgrauen Plastron, in dessen Mitte ein brillantgefaßter Smaragd glänzte. Es ist nach dem weiteren Verlauf der Geschichte wohl anzunehmen, daß sein Herz ebenso heftig klopfte wie ihres, als der Rittmeister routiniert vorstellte:

«Ich darf Sie bekannt machen mit Seiner Exzellenz Graf Valentin Esterházy, außerordentlicher und bevollmächtigter Minister Seiner Majestät des Kaisers von Österreich und Gesandter in Bayern.»

Der Graf ergriff Marias Hand, küßte sie höflich und sagte:

«Sie können sich gar nicht vorstellen, was für eine Freud Sie mir damit machen, daß Sie meine Einladung annehmen, Mademoiselle.»

«Und ich dank dafür, Exzellenz», antwortete Maria. «Ich weiß gar nicht, mit was ich soviel Ehre verdient hab.»

«Mit Ihrem Spiel, mit Ihrer Gestalt, mit Ihrer Stimme, mein Fräulein. Und mit Ihrem entzückenden Wienerisch. Ich muß gestehen, daß mich das hier in München öfter ins Theater treibt, als ich es sonst gewohnt bin.»

«Es stimmt. Ich hab Sie schon ein paarmal im Zuschauerraum gesehen, Exzellenz. Und ich bin stolz darauf, daß ich Ihnen mit meiner Aussprach eine Freud machen kann.»

«Und was für eine», sagte Esterházy. «Und das müssen Sie nachher beim Abendessen unbedingt fortsetzen.»

An der Spiegeltür hinter Maria hatten sich ein oder zwei weitere Paare eingefunden, die auf ihren Empfang warteten. Der Graf fuhr fort:

«Der Herr von Zwehl wird Sie hinüber zu Ihren Kollegen begleiten, Mademoiselle. Unterhalten Sie sich dort noch ein bisserl, bis ich hier meine Pflichten absolviert hab. Zum Nachtessen hol ich Sie dann dort ab.»

Um halb sieben Uhr wurde angekündigt, daß serviert sei, und man öffnete die Flügeltüren zu einem Speisesaal, in dem zehnarmige Kerzenleuchter ein festliches Licht verbreiteten. Über die Tischordnung hatte man sich schon vorher informiert. Wie vorgesehen, näherte sich der Hausherr, bot Maria den Arm und führte sie in den Saal zu ihren Plätzen, die gegenüber der Tür an der geschlossenen Seite der Tafel waren. Es waren ungefähr vierzig Personen, die Maria und dem Hausherrn folgten und nach und nach hinter den Stühlen an ihren Plätzen standen. Der Hausherr beugte sich zu Maria und sagte:

«Geben Sie das Zeichen. Man wartet auf Sie, Mademoiselle.»

Ohne die geringste Scheu, dafür aber mit einem reizenden Lächeln sah Maria den Grafen an und nahm ihren Platz ein. Der Hausherr rückte ihren Stuhl und folgte dann dem Beispiel seiner Nachbarin.

Bald war der schöne barock möblierte Raum erfüllt vom Stimmengewirr der Gespräche und dem Klingeln der Gläser und Bestecke. Sowohl der Gastgeber als auch Maria hatten jeweils einen anderen der Gäste an ihrer Seite. Marias rechter Nachbar war ein freundlicher Herr, von dem der Gastgeber ihr zugeflüstert hatte, daß er Wilhelm von Kaulbach heiße und seit kurzem Direktor der Akademie der schönen Künste sei. Die Dame zur Linken des Gastgebers war älter, dunkelhaarig und trug reichen Schmuck. Ihren Namen hat Maria nicht erfragt und auch niemals erfahren. Es war eine Selbstverständlichkeit, daß von Maria und dem Grafen die denkbar größte Dezenz eingehalten wurde, zumal da man im Saal Vermutungen darüber anzustellen begann, wer denn die junge Dame zur Rechten des Gesandten eigentlich sei und wie sie zu dieser Ehre gelangt wäre. Gesprächsstoff mit ihrem Nachbarn zur Rechten gab es für Maria genug. Er sprach mit ihr über München und seine stürmische Entwicklung zur Stadt der Künste. Maria berichtete aus dem «lieben Wien», wie der Maler es nannte. Erst ziemlich spät, als die meisten der Gäste schon ihre Gesprächspartner und Themen gefunden hatten, ergab sich eine unauffällige erste Unterhaltung zwischen Maria und ihrem Grafen. Das geschah auf eine äußerst überraschende Weise. Der Hausherr ergriff sein Glas, beugte sich zu Maria herüber und sagte:

«Ja piju za waschu krasnatu, za waschu balschoy artizm, za charoschaju budujuschtschee.»

Maria saß da wie erstarrt. Alles hatte sie erwartet, nur nicht, daß der österreichische Geschäftsträger im Königreich Bayern und ungarische Graf sie in russischer Sprache anreden würde. Langsam wandte sie ihm ihr Gesicht zu und antwortete:

«Wasche Prewoschoditelstwo, ad kuda wy znajetie, schto ja pani maju pa ruski?»

Der Graf, immer noch das Glas in der halb erhobenen Hand, lachte seine schöne junge Tischdame an und sagte:

«Woher ich weiß, daß Sie das Russische verstehen, Mademoiselle? Nun, ich weiß es natürlich nicht, aber ich habe es vermutet. Denn der kaiserlich-russische Hofschauspieler Nikolaus Geistinger war Ihr Vater, und ich kannte ihn. Ich wurde ihm einmal im deutschen Theater in Sankt Petersburg nach einer Aufführung vorgestellt. Aber ich vermute, das war, noch bevor Sie geboren wurden.»

Da Maria ihn sprachlos ansah, blickte der Graf auffordernd auf ihr gefülltes Glas, das noch immer unberührt vor ihr auf dem Tisch stand. Maria erwachte aus der Art von halbem Traum, der sie befallen hatte, ergriff es und hob es ihm entgegen. Graf Valentin wiederholte seinen Toast von vorhin, jetzt in deutscher Sprache.

«Ich trinke auf Ihre Schönheit, auf Ihre große Kunst und auf eine glückliche Zukunft.»

Ihre Gläser berührten sich. Es traf sich so, daß die Szene von kaum jemandem beobachtet wurde, nur von dem Direktor Johann Schweiger, der sich innerlich aufseufzend in seinen schlimmsten Befürchtungen bestätigt sah. Nachdem sie sich zugetrunken hatten, setzte Maria die Unterhaltung fort.

«Schönen Dank, Exzellenz, bis auf die Schönheit und die ‹große› Kunst nehm ich das gerne an. Aber jetzt müssen S' mir noch etwas erklären.»

«So», sagte der Graf. «Was denn?»

«Na, aber das ist doch klar, Exzellenz. Sie haben mich eingeladen, damit ich Sie auf wienerisch unterhalt, und jetzt kommen Sie mir auf russisch. Wie geht das zusammen?»

Graf Valentin war fasziniert von der vollkommen unkomplizierten und unverblümten Ausdrucksweise seiner Tischdame.

«Wissen Sie», sagte er lachend, «Sie können reden, wie Sie wollen, russisch oder wienerisch, mir gefällt es immer. Tja, und wie das zusammengeht, wollen Sie wissen? Das ist nicht schwer. Ich hatte einen etwas abenteuerlustigen Großvater, der hieß wie ich Valentin Ladislaus und gehörte zu denen, die bei Habsburg in Ungnade waren. Er heiratete in Frankreich die Comtesse Ursula von Hallewyl und gründete mit ihr den Familienzweig gleichen Namens. Sie bekamen zwar die Erlaubnis zur Rückkehr, erhielten aber ihre Besitzungen in Ungarn nicht zurück. Zusammen mit dem Grafen von Artois ging also mein Großvater nach Rußland, wo sie beide der Zarin Katharina als Offiziere dienten. Katharina war dankbar und verlieh meinem Großvater ein herrliches Schloßgut in Grodeck, wo mein Vater geboren wurde. Ich selbst wurde in Wien geboren. Daher also meine Vorliebe für beide Sprachen. Und wie war das bei Ihnen zu Hause, Mademoiselle?»

«Meine Eltern leben nicht mehr, Exzellenz», sagte Maria. «Mein

Vater sprach gut Russisch, denn er hat auch Rollen in dieser Sprache gespielt. Meine Mutter konnte nur einige Worte. Und bei mir reicht es immerhin so weit, daß ich verstanden habe, was Sie vorhin zu mir gesagt haben.»

«Ich muß gestehen, daß mir erst nach und nach ein Licht aufgegangen ist», antwortete der Hausherr. «Erst das Zusammenfallen des Namens mit Ihrer großen Begabung brachte mich auf den Zusammenhang. Bei der Herkunft müssen Sie ja Theaterblut in den Adern haben. War denn nicht auch Ihre Frau Mutter mit der Bühne verbunden?»

«Doch», sagte Maria, «sie war die Tochter des herzoglich-braunschweigischen Hofschauspielers C. G. E. Gassmann, wenn Sie von dem schon gehört haben, Exzellenz, und eine sehr ehrgeizige Frau. Sie hat mich beinahe mit der Peitsche zum Theater getrieben. Und heute meine ich fast, daß sie recht getan hat.»

Graf Valentin sah seine temperamentvolle Tischnachbarin eine Weile schweigend an. Er spürte in diesem Augenblick zum ersten Mal die Macht, die ihr klarer und gerader Blick auf ihn ausübte. Etwas verwirrt von dieser Macht sagte er:

«Ich hab viel von Ihrem Können gesehen, Mademoiselle. Sie können spielen, sprechen, tanzen, und Sie können singen, daß es eine Herzenslust ist. Hat Ihnen schon einmal jemand gesagt, daß Sie ein Universaltalent sind?»

«Exzellenz», sagte sie zu seiner Überraschung selbstbewußt, «da sind Sie natürlich nicht der erste. Aber ich freu mich, daß Sie auch zu denen gehören, die das sagen.»

«So», antwortete Graf Valentin amüsiert. «Wer ist denn der gewesen, der Ihnen das vor mir gesagt hat?»

«Da muß ich Ihnen schon wieder eine Enttäuschung bereiten, Exzellenz. Da sind Sie der sechste, der mir das sagt.»

«Aha», antwortete Graf Valentin. «Und wer waren dann die fünf anderen?»

Maria zählte ernsthaft auf:

«Das waren meine Mutter, meine Schwester Cornelia, mein Schwager Preschl, mein Lehrer Carl Maria Wolf und mein Theaterdirektor Johann Schweiger. Sehen S' ihn, Exzellenz, da drüben, den mit dem schwarzen Schnauzbart?»

Graf Valentin sah hinüber.

«Ein braver Mann. Schon weil er Sie mitgebracht hat heute abend.» Dann suchte er erneut den klaren Blick ihrer Augen.

«Sie müßten mir schon wieder eine Enttäuschung bereiten, haben Sie grad eben gesagt. Womit haben Sie mir denn schon vorher eine Enttäuschung bereitet?»

Sie hob die bloßen Schultern und sagte:

«No ja, weil ich bei näherem Hinschauen vielleicht doch nicht das bin, was Sie sich vorher gedacht haben.»

Graf Valentin schwieg eine Weile und lachte dann. Aber er lachte eher etwas in sich hinein.

«Ja, da haben Sie recht», sagte er und hob noch einmal sein Glas. «Aber eine Enttäuschung war das keine. Darüber müssen wir uns einmal ausführlich unterhalten. Würden Sie mir da Hoffnung machen?»

«Natürlich, Exzellenz», erwiderte Maria und duldete, daß er sein Weinglas an ihres stieß. «Sie sind doch einer, der etwas versteht von der Sach.»

Der Hausherr wurde anderweitig in Anspruch genommen. Serviert wurden Torte, Gefrorenes und Kaffee. Auch Maria unterhielt sich mit anderen Gästen, darunter auch lange mit ihrem berühmten Nachbarn Kaulbach. Gegen halb zehn Uhr wurden die ersten Zeichen des Aufbruchs bemerkbar. Maria wandte sich an den Hausherrn.

«Exzellenz, ich bitt ... ich wohn in Untermiete, wissen S'. Ich hab keinen Schlüssel, und die Frau Fichtl muß aufbleiben, bis ich heimkomme –»

Graf Valentin unterbrach sie.

«Möchten Sie nach Hause, Mademoiselle?»

Maria nickte.

«Es ist halt so, und ich möcht der Frau Fichtl keinen Ärger machen.»

«Aber natürlich», sagte der Graf, suchte und fand den jungen Zwehl und winkte ihn heran. Verborgen blieb es nicht, daß Graf Valentin Esterházy die kleine Schauspielerin vom Volkstheater aus der Au zur Garderobe und zum Wagen begleitete, der sie nach Hause brachte. Aber man sah das mit anderen Augen als zu Anfang. Wenn der Graf sie schon an den Ehrenplatz zu seiner Seite an der Tafel eingeladen hatte, dann war es wohl gehörig, daß er sie auch verabschiedete. Draußen war es dunkel, und nun brannten alle Kerzen der Lüster und Laternen. Graf Valentin half Maria in den Mantel und reichte ihr den Spitzenschal, den sie um das Haar schlang. Auf dem schönen Innenhof vor dem Portal der Gesandtschaft war das Berlingot vorgefahren. Rittmeister von Zwehl hatte die Tür geöffnet, und der Auftritt war heruntergeklappt. Graf Valentin begleitete Maria nach draußen. Unter der Tür blieb er ein paar Augenblicke lang mit ihr stehen.

«Mademoiselle», sagte er, «wir haben einiges entdeckt, worüber wir uns noch ausführlich unterhalten wollten. Für den Sommer habe ich eines der hübschen kleinen Schlösser in der südlichen Umgebung zur Verfügung. Irmating heißt es. Machen Sie mir die Freude, mich dort einmal zu besuchen? Reiten Sie?»

Maria verneinte.

«Sie könnten es dort lernen.»

«Wenn Sie es sich nicht noch anders überlegen, Exzellenz, und sich wirklich mit mir langweilen wollen? Wenn die Spielzeit abgelaufen ist…, der Herr von Zwehl weiß ja, wo ich wohne.»

Graf Valentin nahm ihre Hand und küßte sie. Der Rittmeister half ihr in den Wagen und stieg selber zu. Der Livrierte ließ den Wagenschlag zuknallen, und die Kutsche fuhr an. Es war noch keine halb elf, als Viktoria Fichtl das Klappern der Hufe vor dem Haus hörte und die Tür für Maria aufsperrte. Maria bedankte sich bei dem Rittmeister und ging mit Viktoria ins Haus.

«Schön war's», sagte sie.

Für Frau Viktoria Fichtl hatten sich, im Gegensatz zu dem Theaterdirektor Johann Schweiger, ihre schlimmsten Befürchtungen nicht bestätigt. Wenigstens vorerst nicht.

19

Im österreichischen Haus-, Hof- und Staatsarchiv am Minoritenplatz zu Wien ist es aktenkundig, daß der Missionschef der k. k. Gesandtschaft im Königreich Bayern, Graf Valentin Ladislaus Ferdinand Esterházy-Hallewyl, für den Monat Juli des Jahres 1851 um seinen Jahresurlaub eingekommen war. Weniger aktenkundig geworden sind Einzelheiten darüber, wo und auf welche Weise der bevollmächtigte und außerordentliche Minister diese Urlaubswochen verbracht hat. Aber er hatte es ja schon selbst auf der österlichen Soiree für die Münchener Künstlerschaft seiner Tischdame Maria Geistinger – und das gewiß nicht in gänzlich selbstloser Absicht – angedeutet. Von einer der freiherrlichen Familien am Münchener Hof, die die Sommermonate auf Besitzungen in Oberitalien verbrachten, war ihm das hübsche und einsam gelegene Schlößchen Irmating zur Verfügung gestellt worden, und der Graf hatte dieses Angebot angenommen. Das Schlößchen lag – und liegt noch heute – in der wald- und hügelreichen Landschaft südlich Münchens, irgendwo zwischen dem Tal der Loisach und dem Starnberger See. Dazu, daß über den Verlauf dieses Sommers auf Schloß Irmating kein Wort an die Außenwelt gedrungen ist, mag beigetragen haben, daß das Personal der Eigentümerfamilie dort geblieben war: ein Gärtner, ein Diener und Stallmeister, eine Köchin und zwei Zofen. Von ihnen wußte kaum einer den Namen des Sommergastes, und wenn, konnte man ihn nur mit Schwierigkeiten aussprechen und schon gar nirgends zuordnen. Der Herr Graf war ein schöner, freundlicher und großzügiger Herr, und das Fräulein aus München, das ihn ungefähr ab Mitte Mai das eine oder andere Mal am Sonntag und dann ab Anfang Juli häufiger dort besuchte, war sehr jung, wunderschön, dazu natürlich, anspruchslos und ohne Allüren. Es ist bekannt, daß Maria Geistinger ihr erstes Engagement bei Direktor Schweiger, dem später noch weitere folgten, mit einer Abendvorstellung des Stückes «Salerl, die schöne Wienerin» am 11. Mai 1851 plötzlich beendete. Anderweitige Verpflichtungen und private Gründe, so mutmaßten damals Publikum und Presse. Es scheint ziemlich sicher, daß sowohl Graf Valentin wie auch Maria sich bewußt waren, wohin es führen würde, wenn Maria die Einladung Graf Valentins nach Schloß Irmating annahm. Für die junge Wienerin war der damals mehr als doppelt so alte ungarische Graf und Diplomat mit seinem weltmännischen und höfischen Auftreten, mit seiner Bildung und Weltkenntnis, mit den Erfahrungen und Traditionen einer jahrhundertealten aristokratischen Familie, mit seinem zurückhaltenden und höflichen persönlichen Anstand der Märchenprinz für ihr empfängliches Jungmädchenherz. Für Graf Valentin, der auf dem glatten diplomatischen Parkett von Wien, Stockholm, Turin und Rom schon allem begegnet war, was das verrottete Barock an Sittenlosigkeit hinterlassen hatte, war das Fräulein eine Offenbarung an natürlichem Liebreiz, großer Gefühlsfähigkeit und unbegrenztem Vertrauen. Was Graf Valentin aus seiner Welt zu erzählen wußte, war unerschöpflich, und stundenlang konnte Maria ihm zuhören.

Graf Valentin machte sein Versprechen wahr, das er ihr zur Osterzeit gegeben hatte. In Wolfratshausen mußte der Stallmeister Lutz binnen zwei Tagen einen Damensattel anfertigen lassen, denn daß das Fräulein das Reiten im Herrensitz erlernte, hatte Valentin verboten. Später kam das Kutschieren des zweirädrigen Dogkarts mit der sanften Apfelschimmelstute Sansa hinzu. Ab Anfang Juli war Valentin ganz in Irmating.

Seine Geliebte wurde Maria in einer Hochsommernacht, deren romantischer Zauber keine Gegenwehr mehr zuließ, obschon sie Angst davor empfand. Für Maria war Graf Valentin der erste Mann; er dagegen hatte durchaus gewisse Erfahrungen. Ob er ihr treu blieb, ist nicht bekannt. Jedenfalls war sie es, und er hielt an ihr fest bis zu seinem Tod. Die Gemütslage der beiden Liebenden muß einen Sturm bewirkt haben, der jede Vernunft beiseite fegte. Erst gegen Ende des Monats stellten die beiden vage Überlegungen an, wie es denn mit ihnen weitergehen könne.

Maria hatte das Dogkart, mit Sansa zwischen den Deichselstangen, eine knappe Stunde lang über eine staubige Straße kutschiert, manchmal durch schattige Tannenwaldpartien, manchmal an Feldern entlang, auf denen das gelbe Korn schon hüfthoch stand.

«Fahr dort hinauf», sagte Valentin und deutete nach rechts, wo sich ein Hügel erhob, an dessen nördlicher Flanke sich ein Kamm dunkler Fichten emporzog. Dort stand eine kleine Kirche, deren Putz im ungedämpften Sommerlicht blendendweiß leuchtete. Der Turm war gekrönt von einer mit grauem Schiefer gedeckten Zwiebelhaube. Im Schatten einer Rotbuche stand eine roh aus Bohlen zusammengenagelte Bank. Graf Valentin kannte diesen Platz und liebte ihn. Maria bog ein, und Sansa fiel in Schritt, weil es von hier an steil aufwärts ging.

«Hast du das Bedürfnis zu beten?» fragte sie und ordnete die Zügel in ihrer Hand, wie er es ihr beigebracht hatte.

«Vielleicht auch das», sagte er. «Aber nur mit dir. Vielleicht beten wir beide zusammen.»

Er sah sie von der Seite an, betrachtete die hohe Stirn, darüber das goldblonde Haar unter einem keck nach vorne gerückten Reithütchen, darunter die gerade Nase, die ihrem Profil etwas zugleich Vorwitziges und Zärtliches verlieh, das später Generationen von Theaterbesuchern in aller Welt zu Begeisterungsstürmen hinriß. Sie war in den wenigen Wochen ihrer Liebe zur Frau herangereift, selbstsicherer, erwachsener, weiblicher in Aussehen und Benehmen.

Der Weg machte zwei Kurven und trat etwas weiter oben aus der Fichtenschonung heraus. Bevor sie ins volle, hochsommerliche Sonnenlicht kamen, hielt Maria das Dogkart an. Valentin sprang vom Wagen und band das Pferd fest. Dann hob er Maria vom Kutschbock und führte sie bis zum Rand der Schonung.

«Mein Gott, wie schön», sagte Maria und blieb stehen. Von hier oben aus war die langgestreckte blaßblaue Scheibe des Starnberger Sees zu ihrer Rechten zu sehen, eingebettet in bewaldete Hügelzüge und hellgrün leuchtende Wiesen, nach Süden zu abgeschlossen von dem Zackenkamm der Alpen. Auf ihren höchsten Spitzen glänzten noch Firnflecken. Valentin führte Maria zu der Bank unter der Rotbuche. Als sie nebeneinander im Schatten des Baumes saßen und die schöne Landschaft betrachteten, sah Graf Valentin Maria an und fragte in der selbstzufriedenen Erwartung des erfolgreichen Liebhabers:

«Bist du glücklich, Maria?» Aber selbst den erfahrenen Diplomaten überraschte ihre Reaktion. Sie griff nämlich nach oben, nahm behutsam mit beiden Händen den Hut vom Kopf, legte ihn auf Valentins Knie, schüttelte ihr Haar, sah Valentin an und sagte:

«Das weiß ich nicht, Exzellenz. Sind Sie es denn?»

Graf Valentin legte seinen Arm um ihre Schultern, rüttelte sie zärtlich und erwiderte:

«Was soll das heißen, Maria? Ich weiß es nicht! Kann man denn überhaupt glücklicher sein als wir?»

«Das weiß ich auch nicht, Exzellenz. Wissen Sie es?»

Er zog sie an sich und sagte:

«Laß doch das Scherzen, Maria. Es ist mir Ernst.»

«Mir auch, Valentin Ladislaus», antwortete sie. «Sehr sogar. Aber ich will dir antworten, Lieber: Glücklich bin ich immer, wenn wir zusammen sind. Sogar vollkommen. Weil ich dann alles andere vergesse.»

«Und sonst?» fragte er konsterniert. «So wie jetzt?»

«Wenn es so ist wie jetzt», antwortete sie, «dann habe ich ein schlechtes Gewissen.»

Graf Valentin mußte diese Antwort zuerst verarbeiten, bevor er etwas sagen konnte.

«Ein schlechtes Gewissen?» erwiderte er endlich gedehnt. «Aber gegenüber wem denn? Und wegen was denn?»

«Auf beide Fragen ist die Antwort schwierig, weißt du? Weil ich sie nur mit dem Gefühl geben kann und nicht mit dem Kopf. Am besten fang ich mit der Frage an, wem gegenüber. Also zum Beispiel meinem Theaterdirektor Schweiger gegenüber, den ich angelogen hab, wie ich ihm das Engagement gekündigt hab...»

Valentin bemerkte mit Entzücken, daß sie zum Aufzählen die Finger zu Hilfe nahm, wie ein kleines Schulmädchen mit langen Zöpfen.

«Zweitens meinem Lehrer Professor Wolf gegenüber, der mich ohne Honorar und mit viel Vertrauen ausgebildet hat, damit ich eine Karriere beim Theater mach, und nicht damit ich mit der Exzellenz Esterházy den ganzen Sommer im bayerischen Oberland herumflanier. Drittens meiner Schwester und meinem Schwager gegenüber, die sich die Hacken abgelaufen haben, um das Mariedl für sein Laufbahndebüt beim Volkstheater in der Au unterzubringen. Viertens –»

«Jetzt hör aber auf, Maria», sagte Graf Valentin. «Du übertreibst ja.»

«Nein, nein», antwortete sie. «Jetzt mußt du schon zuhören, Valentin. Du hast gefragt, und dann mußt du auch die Antwort ertragen. Also, viertens mir selbst gegenüber, weil ich das alles ganz genau weiß und überhaupt nichts dagegen hab tun können.»

«Hast du denn darüber nachgedacht?»

Maria schüttelte heftig den Kopf.

«Nein, nachgedacht hab ich überhaupt nicht. Ich hab gemeint, das macht die Exzellenz Esterházy, weil die ausgebildet ist fürs Nachdenken und von Seiner Majestät dafür bezahlt wird. Wenn ich mir das durch Nachdenken hätt ausreißen wollen, wär ich wahrscheinlich krank geworden, und das wär auch nix gewesen.»

«Es geht uns beiden gleich, Maria, glaub es mir. Ich hab ein solches Gefühl, eine solche Glut für einen anderen Menschen in meinem ganzen Leben noch nicht verspürt.»

«Ich glaub dir das, Liebster, ich empfinde das auch bei dir, und es macht mich froh. Aber zu dem Grafen Esterházy komme ich sowieso noch. Denn fünftens ...»

«Nein, Maria», rief Valentin entsetzt, «nicht noch einen, dem gegenüber du ein schlechtes Gewissen hast.»

«Doch», sagte Maria, «und der ist sogar der Wichtigste. Also fünftens der Exzellenz Esterházy gegenüber, weil ich zugelassen hab, daß die sich in Konflikte stürzt, aus denen es vielleicht für sie keinen Ausweg gibt. Ich hab das ja alles nicht so gewußt, verstehst du? Erst wie du angefangen hast, mir so nach und nach von deiner Familie zu erzählen, von deinem Beruf und von deiner Welt, da ist mir das klar geworden, daß du ja gar nicht einverstanden sein könntest, wenn ich dich jemals darum bitten würde, mich zu heiraten.»

Es trat eine lange Pause ein, in der man im Hintergrund Sansa ungeduldig schnauben hörte.

«Würdest du mich denn jemals darum bitten?» fragte Valentin schließlich.

Maria nahm ihren Hut von seinen Knien und streichelte den weißen Federflaum, der daran steckte, nachdenklich mit ihren Fingerrücken. Erst nach einer erneuten langen Pause antwortete sie auf seine Frage.

«Ich glaube nicht, Valentin, weil ich mir das gar nicht vorstellen könnte. Was würde denn zum Beispiel die Familie Esterházy dazu sagen, wenn du ihr eine bürgerliche Schauspieldebütantin aus dem Volkstheater in der Münchener Au präsentieren würdest?»

«Maria», sagte Graf Valentin, «es ist gewiß, daß ich dann auf alles verzichten müßte. Es gäbe Erbschwierigkeiten, Besitzkonflikte, von der dünkelhaften Arroganz und den Intrigen vor allem der Damen unserer Familie gar nicht zu reden. Alles das, was ich gerade besonders an dir liebe, würde dort verachtet und in den Schmutz gezogen werden. Wir sind nun mal österreichischer Adel, und in Standesdingen steckt unsere Aristokratie noch im Mittelalter. Weswegen diese Gesellschaft mit wenigen Ausnahmen auch wie ein lebender Leichnam ist. Meine Laufbahn als Diplomat des Kaisers müßte ich aufgeben und mich ins Privatleben zurückziehen. Mein Vermögen würde mir niemand nehmen können. Wir könnten in ein Land gehen, wo es im Gegensatz zu Österreich-Ungarn Toleranz und Humanität gibt, und dort unser Leben führen. Keine sehr attraktiven Aussichten. Aber wenn du es wünschen würdest, würde ich es tun.»

«Also siehst du jetzt ein, daß ich Grund habe, dir gegenüber ein schlechtes Gewissen zu haben?»

«Aber was hättest du denn machen können, Maria?»

«Ich hätte dem Direktor Schweiger sagen können, teilen Sie Seiner Exzellenz in der Theatinerstraße mit, daß ich nicht zu seiner Soiree erscheinen werde. Und während dieser Soiree hätte ich dir sagen können, ich werde Sie nicht in Irmating besuchen, Exzellenz. Das wär für mich der Tribut an eine Vernunft gewesen, die ich nicht gehabt habe und für die ich auch zu jung bin. Und in Irmating, in deiner Nähe war nichts mehr zu machen. Ich geb zu, daß ich dir verfallen bin, Valentin. Aber ich bin dir nicht hörig.»

Wieder trat eine lange Unterbrechung ein. Als der Graf nichts sagte, fuhr Maria fort:

«Und außerdem bin ich fürs Theater geboren, Valentin, das hast du mir selber gesagt. Das wird ein unstetes und unruhiges Leben werden, mal hier, mal dort, mal ganz woanders. Eine normale Existenz mit Kränzchen, Soireen, Pferderennen im Frühling, Meran oder Jagd im Herbst und am Sonntag Kirchgang – das wäre nichts für mich. Selbst wenn sie in Wohlstand gebettet wäre, meinst du nicht auch? Ich will die Welt erobern, und ich kann es. Ich fühle das. Ihr habt es mir alle gesagt, und ihr habt alle recht gehabt. Glaubst du nicht, daß es vielleicht besser ist, jeder entwickelt und entfaltet sein eigenes Leben? Du bist frei, und ich bin es auch. Wir können uns doch lieben, solange wir uns mögen, ohne eine Festung daraus zu machen, in der wir uns gegenseitig ersticken.»

Marias letzte Worte endeten in einem Weinkrampf. Sie zerknüllte zornig den Hut auf ihren Knien und barg das Gesicht an seiner Schulter. Er streichelte sie.

«Es war sehr schwer, das zu sagen», murmelte er nach einer Weile.

Sie nickte.

«Es war fast unmöglich, Valentin. Aber jetzt ist es heraus.»

«Du mußt mir eines versprechen, Maria», sagte er nach einer Weile. «Unsere Familie ist einflußreich und mächtig. Wo immer sie dir helfen kann, die Wege deiner Karriere zu ebnen, solltest du ihr das erlauben.»

Sie hob den Kopf von seiner Schulter und versuchte ihre Wangen zu trocknen.

«Es ist viel zu früh, um über so etwas zu reden, Valentin. Ich erlaube erst dann jemandem, mir Wege zu ebnen, wenn ich diese Wege kenne und selbst auf ihnen gehen kann.»

Etwas von der zielstrebigen Energie kam schon hier zum Vorschein, mit der Maria Geistinger ihre eigenen Fähigkeiten und Kräfte später richtig einschätzte und sich selbst zu den größten Erfolgen verpflichtete. Hier oben im Schatten der Rotbuche muteten ihre Worte ihren Liebhaber fast übersteigert selbstbewußt an. Dennoch war es ganz gewiß, daß Marias Worte, ihre Überlegungen, ihre ganze Haltung ihm nicht nur eine uneingestandene Erleichterung verschafften, sondern in ihm auch eine unerwartete und große Hochachtung für dieses junge Geschöpf auslösten.

«Und wie möchtest du das praktisch anfangen?» fragte er. «Denn ohne konkrete Pläne geht das nicht.»

Maria machte sich aus seiner Umarmung los, verschränkte die Hände vor den Knien und sagte:

«Eigentlich gehör ich nach Wien, Valentin. München ist Provinz, so schön es ist. Aber Wien ist die Welt. Ich werde mich um ein Engagement in Wien bemühen. Theater an der Wien, Carl-Theater oder auch Josefstadt bei Direktor Megerle.»

«Und bis du das erreicht hast, Maria?»

«Bis ich das erreicht habe, bleibe ich in Bayern, Valentin. Wo du willst. Bei Frau Viktoria Fichtl oder in Irmating, oder wo du mich sonst haben möchtest.»

«Geh nicht zu weit weg von mir, Maria», sagte er. «Du würdest andere Wege gehen, andere Männer finden.»

Sie wandte ihm das Gesicht zu und antwortete:

«Valentin Ladislaus, auf eines kannst du bauen. Ich werde keine anderen Männer finden, weil ich keine anderen Männer suche. Es gibt keinen anderen Mann, den ich so lieben könnte wie dich. Vorhin hab ich dir gesagt, hörig bin ich dir nicht. Aber verfallen bin ich dir schon. Und genauso, wie ich weiß, daß ich eine große Karriere mache, genauso weiß ich, daß das so bleiben wird, solange du lebst und solange du das willst. Und als Preis dafür verlange ich nur ein Versprechen von dir, das dir vielleicht gar nicht einmal so schwer fallen wird.»

«Alles, was du willst, Maria. Was soll ich dir versprechen?»

«Auf Ihr Ehrenwort, Exzellenz Esterházy, daß, solange einer von uns beiden am Leben ist, niemals ein Mensch ein Sterbenswörtchen davon erfährt.»

Graf Valentin hat Maria dieses Versprechen gegeben, und er hat es mit einer einzigen, aber wichtigen Ausnahme bis zu seinem Tod gehalten.

«Und jetzt geh mit mir in die Kirche», sagte sie. «Als wir hier herauffuhren, sagtest du, daß wir vielleicht zusammen beten würden. Ich habe das Bedürfnis, das zu tun. Du nicht?»

Sie standen auf. Graf Valentin hakte sich bei ihr unter und führte sie zur Kirchentür. Die Tür war unversperrt, und Valentin zog sie knarrend auf. In der dämmerigen Kirche beteten Maria und Graf Valentin, daß Gott ihnen die Kraft geben möge, den richtigen Weg zu finden und ihn auch zu gehen.

20

Als Josef Prékonicz und Goschi zum ersten Mal den Kahlenberg besuchten, war es Winter. Das Weihnachtsfest lag hinter ihnen und der Jahreswechsel auch. Der Doktor überraschte Goschi, die ihren Urlaub angemeldet hatte, am Telefon mit der Frage:

«Waren Sie schon einmal auf dem Kahlenberg?»

«Nein», antwortete Goschi, «seit ich Sie kennengelernt habe, Doktor, warte ich mit so was immer auf fachkundige Anregungen.»

«Ich mache Ihnen eine fachkundige Anregung. Wir fahren auf den Kahlenberg, machen einen schönen Spaziergang und essen dann dort oben zu Mittag.»

«Schön», sagte Goschi, «einverstanden. Sollen wir meinen alten rostigen Käfer nehmen?»

«Nein», antwortete der Doktor, «ich weiß etwas Besseres. Ich habe eine Überraschung für Sie. In einer halben Stunde? Ich warte auf Sie vor dem Hotel.»

Zur verabredeten Zeit hatte Goschi sich warm angezogen, trug kniehohe Stiefel, eine Pudelmütze und einen schon ein bißchen abgeschabten Pelzmantel ihrer Mutter Lona, mit einem breiten Schalkragen, den man sehr weit hochschlagen konnte. Sie trat durch die Schwingtür auf die Straße und suchte nach dem Doktor. Sie übersah dabei ein kleines zweisitziges rotes Auto mit geschlossenem schwarzen Allwetterverdeck, das soeben an den Bordstein fuhr. Erst als der Fahrer eine krächzende Hupe betätigte, wurde Goschi auf dieses Gefährt aufmerksam und sah Josef Prékonicz hinter der Scheibe winken. Sie stieg ein.

«Ist das die Überraschung?»

«Ja», sagte er. «Ist das vielleicht nichts? Ein MG, Vorkriegsmodell, rechtsgesteuert, Baujahr neununddreißig mit Holzlenkrad und Ledersitzen. Ich habe ihn mir damals aus England mitgebracht und während der Besetzung nicht gefahren. Jetzt hab ich ihn angemeldet. Jungfernfahrt zu Ehren von Georgia Callaghan auf den Kahlenberg. Darf ich Sie jetzt so nennen?»

Goschi lachte. «Sie dürfen. Seitdem ich weiß, daß Sie meine mißglückte Ehe akzeptieren und sich nicht lustig darüber machen.»

«Haben Sie noch nicht gemerkt, daß ich Sie ganz akzeptiere? Sozusagen mit Haut und Haar, mitsamt mißglückter Ehe, Explosionsnarbe an der rechten Schläfe und aufregend abenteuerlicher Urgroßmama?»

«Doch», erwiderte Goschi. Dann faßte sie Mut. «Ich habe eigentlich immer gewartet, daß Sie es mir einmal sagen.»

«Jetzt wissen Sie es», sagte er und fuhr den Wagen in die Währingerstraße, weil er die Route über Grinzing und das Cobenzl zur Josefskirche nehmen wollte. Als sie schon die ersten Serpentinen hinauffuhren, sah er zu ihr hinüber und fragte:

«Wie ist das eigentlich bei Ihnen, Goschi?»

«Doktor Prékonicz», antwortete sie, «wenn Sie mir eine konkrete Frage stellen, werde ich Ihnen eine konkrete Antwort geben. Es klingt vielleicht komisch. Aber können Sie verstehen, daß ich dazu vorher meine eigene Geschichte kennen will? Und wenn ich Sie nicht akzeptieren würde, wie ich mich unpassenderweise ausgedrückt habe, dann säße ich nicht hier bei Ihnen in diesem kleinen Auto und führe mit Ihnen auf den Kahlenberg.» Sie wandte ihm das Gesicht zu und sagte: «Lassen Sie mir Zeit, Josef, bis ich genau weiß, was ich Ihnen antworten werde.»

«Das ist eine ehrliche Sache», sagte er. «Dabei können wir es belassen. Manchmal empfinde ich es als ein Glück, erwachsen zu sein und zu wissen, wovon man redet.»

Und dabei beließen sie es auch zunächst.

«Wissen Sie», sagte Goschi. «So, wie meine berühmte Urgroßmutter sich damals in München in das Abenteuer ihres Lebens gestürzt haben muß, mit Haut und Haar und Hals über Kopf, das könnte ich nicht. Wenigstens nicht ein zweites Mal.»

«Sie haben recht», antwortete Prékonicz. «Sie haben allen Grund, vorsichtig zu sein.»

Sie erreichten den großen Parkplatz auf dem Plateau des Kahlenbergs, hinter dem breit hingelagerten Komplex der Restaurationsgebäude und dem eher grazil aufragenden Kirchlein St. Josef. Sie stiegen aus, und Prékonicz verschloß den Wagen, der dort als einziger stand. Sie schlugen einen Spazierweg ein, der in sanften Windungen noch weiter hinauf auf den bewaldeten Scheitel der Höhe führte. Goschi schob ihren Arm unter den ihres Begleiters und sagte:

«Wenn wir es also für wahr halten, daß Maria Geistinger sich in diesem Sommer achtzehnhunderteinundfünfzig mit Kopf und Kragen an Valentin Esterházy verloren hat, wie mag es dann wohl weitergegangen sein mit den beiden?»

«Nun», sagte Prékonicz, «dort, in Irmating, müssen sie das kleine Mädchen gezeugt haben, das dann am fünften April fünfundfünfzig im Kinderspital, unter Vertauschung des Namens Johanna mit dem Namen Marie, den Eheleuten Firnstahl übergeben worden, dort großgezogen und am zwölften September siebzig mit Moriz Engel verheiratet worden ist. Nach dem Eintrag in das Protokoll war das Findelhauskind damals drei Jahre alt. Ich habe Ihnen geraten, sich dieses Datum genau zu merken, weil es vielleicht wichtig werden könnte. Und nun rechnen Sie zurück, Goschi, denn es *ist* wichtig geworden.»

«April vierundfünfzig, April dreiundfünfzig, April zweiundfünfzig», rechnete Goschi und sah hoch.

«Und nun minus neun Monate», sagte Prékonicz sachlich. Goschi rechnete noch einmal und gebrauchte zum Zählen ihre Finger. «März, Februar, Januar, Dezember, November, Oktober, September, August, Juli einundfünfzig.» Sie sah überrascht ein zweites Mal hoch.

«Eben», sagte Prékonicz. «In den diplomatischen Aktenstücken am Minoritenplatz in Wien können Sie nachlesen, daß der außerordentliche und bevollmächtigte Minister und Gesandte Seiner Majestät in Bayern im Juli einundfünfzig seinen Jahresurlaub angetreten hat. Und in den Zeitungen Münchens finden sich Meldungen, daß die mit größtem Beifall gefeierte Maria Geistinger ihr Engagement am Theater des Johann Schweiger ohne eine konkrete Begründung am 11. Mai des gleichen Jahres abgebrochen hat. Wissen Sie, Goschi, es wäre natürlich zu schön, wenn wir die schriftliche Hinterlassenschaft des Grafen Valentin irgendwo aufspüren würden, denn dort müssen die Briefe liegen, die Ihre Urgroßmutter ihm geschrieben hat. Solange wir diese Quellen nicht besitzen, können wir nur feststellen, daß so ein Verhalten einer jungen, begabten Künstlerin, der ihre Karriere schon sehr früh über alles ging, doch sehr viel erzählt.»

Die beiden hatten jetzt eine freie Stelle erreicht, von der aus man ungehinderte Sicht in die Weite hatte. Sie blieben stehen. Es schien keine Sonne. Die hohe Bewölkung bewirkte ein diffuses, mildes Licht, das die endlosen baumbestandenen Höhenrücken des Wienerwaldes in Pastelltöne tauchte. Leicht verschneit waren die unbewaldeten Hänge; in warmem Graubraun ragten die entlaubten Buchen auf.

«Ich kann mich immer noch nicht damit anfreunden», sagte Goschi, «daß sie dann das arme Würmchen ins Findelhaus gesteckt und sich selbst überlassen haben.»

«Wir müssen das anders sehen», antwortete Prékonicz. «Versuchen Sie einmal, in den Geist dieser Zeit und in die Haut der Beteiligten zu schlüpfen. Ganz prinzipiell wurde damals eine uneheliche Mutter zum ehrlosen und verachteten Geschöpf. Das war der Grund dafür, daß man mit dem öffentlichen Gebär- und Findelhaus anonyme Entbindungen ermöglichte. Verhütungsmittel gab es nicht. Ob die Liebe Folgen hatte oder nicht, war Zufall. Maria mußte also, nachdem es einmal geschehen war, wählen. Hier ihre Ehre als Frau, ihre Zukunft und Karriere als Künstlerin, ihre Freiheit und Unabhängigkeit als Mensch. Und dort ein Mutterglück, das sie noch nicht einmal selbst hätte finanzieren können. Stecken Sie fest in der Zeit und in der Haut Ihrer Urgroßmutter? Ja? Wie hätten Sie sich entschieden, Goschi?»

Goschi antwortete lange nichts. «Das ist eine infame Frage, Josef», sagte sie schließlich. «Ich danke zuerst meinem Schöpfer auf den Knien, daß ich nicht in der Haut meiner Urgroßmutter stecke.»

«Sehen Sie», antwortete Prékonicz, «das ist schon eine halbe Antwort. Machen Sie einen Sprung, und geben Sie sich die ganze.»

«Josef», erwiderte Goschi nach einer Weile, «ich glaube, ich hätte nichts anderes tun können als das, was sie getan hat.»

Prékonicz nickte. «Also seien Sie nicht so streng mit Ihrer Urgroßmutter.»

«Aber nun schlüpfen Sie doch auch mal, Josef», sagte Goschi, als sie umkehrten. «Werden Sie einmal ein paar Minuten lang Seine Exzellenz, der außerordentliche und bevoll...»

«Schon gut, schon gut.» Der Hofrat lachte. «Ich bin schon geschlüpft, Goschi. Ich sehe die Zeit, die Verhältnisse, die Familie mit seinen Augen. Ich war also kaiserlicher Missionschef in Rom, in Turin, in Stockholm und in München. Über mir strahlt nach Jahrhunderten des kaiserlichen Bannfluchs wieder die kaiserliche Gnade. Wir schreiben achtzehneinundfünfzig. Am Horizont zeichnet sich bereits der große österreichisch-russische Gegensatz auf dem Balkan ab, der später zum Ersten Weltkrieg führen wird. Wahrscheinlich hat mich der Außenminister Graf Buol schon einmal rufen lassen und mir gesagt: Esterházy, bereiten Sie sich darauf vor, früher oder später als Botschafter zu Nikolaus I. nach Sankt Petersburg zu gehen. Ihr Vater ist in Rußland großgeworden. Sie kennen Rußland, Sie sprechen Russisch. Seine Majestät werden in eine Lage kommen, in der sie den besten Mann dort braucht, den sie hat. Sind Sie dazu bereit? Goschi, ich kann nun natürlich unter keinen Umständen sagen: Majestät, ich habe eine Liebesaffäre mit einer blutjungen Schauspielerin, die ich nicht heiraten kann und die mich nicht heiraten will. Und ich habe mit ihr eine kleine Tochter. Ich stehe deshalb Eurer Majestät für diesen ehrenvollen Posten nicht zur Verfügung. Sie müssen zugeben, Goschi, daß das nicht möglich war.»

«Ich gebe es zu», sagte Goschi gefügig. «Das konnte niemand erwarten, und das konnte der Graf auch nicht tun.»

«Schön», antwortete Prékonicz. «Was aber dann? Guter Rat war teuer. Jede andere Geburt des Kindes als die völlig anonyme im Gebärhaus und in der Findelanstalt hätte Fragen und Konflikte heraufbeschworen. Sie hätte überdies die völlige Geheimhaltung der Affäre unmöglich gemacht, die die beiden sich versprochen hatten. Sie sehen, daß ich mich jetzt zum Anwalt Ihrer Vorfahren mache, Georgia Callaghan. Denn ich bin überzeugt davon, daß die beiden diesen Weg nicht in der Absicht gewählt haben, die Kleine in der Lieblosigkeit aufwachsen zu lassen. Alles, was wir jetzt schon über das Leben der Marie Engel und ihrer Schwester Katinka wissen, spricht dagegen. Und wir werden darüber noch mehr erfahren. Nur eines ist mir nicht klar, warum Ihre Großmutter Katinka sich dieser schönen und tragischen Geschichte offenbar geschämt hat.»

«Vielleicht müssen wir auch das aus der Zeit heraus betrachten», sagte Goschi nachdenklich. «Ich erinnere mich, daß meine Mutter einmal erzählt hat, Katinka hätte, schon als verheiratete Auffacher, den Besuch der Schauspielerin Maria Geistinger gemeldet erhalten und sie nicht empfangen. Für eine allem Künstlerischen so aufgeschlossene Frau wie Katinka ein auffallendes Benehmen. Es zeigt, daß Katinka damals wußte, wer ihre Mutter war – und daß sie ihr nicht verziehen hat.»

Goschi und Prékonicz hatten inzwischen den Parkplatz erreicht und näherten sich dem Kirchlein mit seinem spitzen Turm.

«Das ist aber sicher sechzig oder siebzig Jahre her», sagte Prékonicz. «Dazwischen liegen zwei Weltkriege und eine einschneidende Zeitenwende. Sollten wir es nicht heute tun?»

«Das ist kein Problem für mich, Josef», sagte Goschi. «Erstens habe ich meiner Urgroßmutter nichts zu verzeihen, und zweitens finde ich, daß sie eine großartige Frau war. Katinkas Engherzigkeit stört mich da mehr. Aber schließlich erweitert erst der Abstand den Blickwinkel, und diese Distanz konnte Katinka damals nicht haben.»

Sie betraten die kleine Kirche. Zur Rechten lag die Gedächtniskapelle, die an die Schlacht vom 12. September 1683 erinnert. An den Wänden Gedenkstücke und zeitgenössische Pläne von Aufmarsch und Durchführung der Schlacht.

»Hier oben versammelte sich damals das 75 000 Mann starke europäische Ritterheer unter dem Oberbefehl des Polenkönigs Jan Sobiesky und entschied die Schlacht.»

Goschi zog ihre Brille hervor, schob sie auf die Nase und betrachtete alles genau. Dann nahm sie die Brille wieder ab und sagte:

«Warum war diese Schlacht eigentlich so wichtig, Josef?»

«Nun», antwortete Prékonicz. «Das ist ganz einfach. Wenn Polenkönig Jan Sobiesky diese Schlacht verloren hätte, dann würden Sie heute zu Allah beten, Mohammed verehren und einen Schleier tragen. Und allein, daß Sie das nicht tun, rechtfertigt die Schlacht.»

Er zog sie an sich und küßte sie.

«Jetzt wissen Sie es wirklich», sagte er, als er sie wieder losließ.

«Ich verzeihe Ihnen, Herr Hofrat», sagte Goschi. «Weil wir uns in der Josefskirche befinden.»

«Aber länger, als bis Ihre Familienfragen geklärt sind, lasse ich Ihnen nicht Zeit für Ihre Entscheidung, Goschi.»

Sie hängte sich bei ihm ein, als sie das Kirchlein verließen, die Restauration durchquerten und auf die breite Terrasse hinaus traten. Unter ihnen breitete sich im leichten Dunst die Stadt aus, durchschnitten von dem silbrigen Band der Donau.

«Ungefähr da, wo Sie die Ringstraße erkennen können, verliefen damals die Bastionen. Die Vorstädte brannten. Die Hoffnungen auf Rettung waren gleich null. Ruhr und Verzweiflung grassierten.» Prékonicz deutete in nordöstliche Richtung auf die aus entlaubten Weingärten sich erhebende Kuppe des Leopoldsberges.

«Und nun stellen Sie sich vor, wie von dort drüben aus Jan Sobieskys Reitergeschwader durch die Weinberge in wilder Attacke zu Tal donnerten und die verblüfften und selbstzufrieden gewordenen Muslime in eine heillose Flucht schlugen. Diese Attacke bewahrte Leopold I. die Habsburgerkrone und Ihnen Ihr schönes und unverhülltes Gesicht. Dafür bin ich Sobiesky dankbar.»

«Ich auch», antwortete Goschi. «Aber jetzt habe ich wirklich Hunger.»

Sie waren die einzigen, die sich an diesem frostigen Wintertag in dem Restaurant ein gutes Mittagessen und dazu eine Flasche Wein bestellten. Goschi sah durch die Panoramascheibe nachdenklich hinunter auf die große Stadt, zwischen deren Dächern an manchen Stellen bläulicher Rauch in die Luft stieg.

«Was diese Stadt schon alles erlebt hat», sagte sie.

«Ja», sagte er. «Und ihre Seele hat alles überstanden.»

«Wie es wohl weitergegangen sein mag mit unseren Liebenden?»

«Lassen Sie uns bei den Fakten bleiben», sagte Prékonicz. «Ich glaube, da erfahren wir am meisten.»

Ein Ober öffnete die Weinflasche und goß ein. Prékonicz kostete. Als die Lady Curzon vor ihnen stand, hob er sein Weinglas.

«Eigentlich war es schön dort oben, wo wir in die beiden hineingeschlüpft sind, die damals sicherlich nicht ‹Sie› zueinander gesagt haben. Wären Sie dagegen, wenn wir das von Ihren Urgroßeltern übernehmen würden?»

Goschi sah auf und lächelte in jener bestimmten Weise, bei der sich zwischen Oberlippe und Nase eine sympathische kleine Querfalte bildete.

«Nachdem Sie mich schon unentwegt mit meinem Vornamen anreden, Herr Hofrat Doktor Josef Prékonicz-Lloyi, und nachdem Sie mich unter der Schirmherrschaft des heiligen Josef sogar schon geküßt haben...»

«Sie haben mich wiedergeküßt.»

«Das war eine Reflexbewegung», sagte Goschi streng, aber die kleine Querfalte unter ihrer Nase blieb. «Ich habe also praktisch nur zwei Möglichkeiten. Entweder Sie nach Hause zu schicken.»

«Das hätten Sie sofort tun müssen», sagte Prékonicz. «Und die zweite?»

«Oder auf deinen Vorschlag einzugehen, du Dickkopf.»

Auch Goschi hob ihr Glas, und sie stießen an. «Und es kommt mir, nach allem, was du schon für meine Ahnenforschung getan hast, gar nicht einmal so ungewohnt vor.»

Und das war es wohl auch wirklich nicht. Denn schon beim Kaffee waren sie wieder bei ihrem gemeinsamen großen Thema. «Es ist eigentlich wunderschön, hier oben über alles das zu reden, wo man die ganze Stadt, den ganzen Schauplatz vor Augen hat.»

«Das ist wahr», sagte Prékonicz, «und für die nächsten zwei, drei Jahre wird diese Stadt wohl auch wirklich Schauplatz deiner Familiengeschichte bleiben. Wir kennen doch eine ganze Reihe von Daten, aus denen wir schließen können, was hier wirklich geschehen ist. Nehmen wir den Eintrag mit dem Datum des Kinderaustauschs vom April fünfundfünfzig. Daraus schließen wir, daß die spätere kleine Marie Firnstahl im April zweiundfünfzig geboren worden sein muß. Und daraus können wir auf den Liebesrausch im Sommer einundfünfzig schließen.»

«Aber für den Tag der Geburt gibt es keinen Beweis, nicht wahr?»

«Doch», sagte Prékonicz. «Nur wirst du ihn nicht so leicht finden. Der Eintrag des Kindertauschs mit der Herkunftsbezeichnung ‹k. k. Findelhaus› beweist, daß das Mädchen anonym in der k. k. Gebäranstalt zur Welt gekommen ist. Denn anders war eine Übernahme in das Findelhaus nicht möglich.»

«Könnte denn nicht die kleine Johanna, und spätere Marie Firnstahl, wirklich ein Findelkind gewesen sein?»

«Tatsächlich auf den Treppenstufen ausgesetzt, meinst du, und unter obskuren Umständen geboren? Nein, Goschi, du unterstellst unseren beiden Liebenden eine niedrige Gesinnung. Solche sogenannten echten Findelkinder waren weniger als eins von Tausend aller unehelichen Kinder, und die Täter oder Täterinnen wurden mit Kerker bestraft. Der Weg über die Gebäranstalt in das Findelhaus gewährleistete völlige Anonymität und wenn schon keine liebende, so doch ausreichende Pflegesorgfalt. Du könntest dich natürlich über die Gebärhaus- und Findelprotokolle setzen und dort nach deiner Großtante suchen. Aber der Vorname Johanna, und eine vage Vermutung des Geburtsdatums, wäre alles, was du zur Verfügung hättest. Von Esterházy oder Geistinger keine Spur, denn das zu verschleiern, war ja der Zweck der Sache, nicht wahr. Die Mutter war unter einem beliebigen Phantasienamen eingetragen, Fialla, Tichy, Steidl, was weiß ich. Du könntest also nur Vermutungen anstellen, und ich frage mich, warum du das tun solltest. Marie Firnstahls Existenz beweist doch, daß die Mädchen keine Kinder des Zufalls waren, sondern Kinder einer wie auch immer gearteten persönlichen Beziehung. Dich interessiert nicht deine Großtante Marie, sondern deine Großmama Katinka.»

«Und wie sind da die Fakten?» fragte Goschi.

«Sie können sich nur aus den Lebensdaten deiner Urgroßmama ergeben», sagte Josef Prékonicz. «Diese Lebensdaten weisen aus, daß die Schauspielerin und Sängerin Maria Geistinger ihr erstes Engagement in München am 11. Mai 1851 unterbrach und ihr zweites Engagement am k. k. privilegierten Theater in der Josefstadt am 16. Juni 1852 begann. Zwischen diesen beiden Daten lagen Liebe, Schwangerschaft und die Entbindung in Wien. Wie gewünscht, beabsichtigt und durch die bestehende Gesetzgebung legitimiert, blieben die Mutterschaft und die Person des Vaters dabei völlig im verborgenen. Die Wiener Zeitungen vermerken lobend das Debüt der Maria Geistinger am Theater in der Josefstadt als das ‹Auftreten eines bildhübschen 18jährigen Mädchens aus München› und die Engagierung des Mädchens als ‹eine glückliche Acquisition dieses Theaters›. Daraus ist zu schließen, daß Schwangerschaft und Entbindung dem ‹bildhübschen 18jährigen Mädchen aus München› nicht im mindesten anzusehen waren, es sei denn an einer leichten, sehr anziehenden Melancholie des Blicks, die aus den reizvollen Bildnissen spricht, die in dieser Zeit von Maria Geistinger entstanden sind.

Dabei ist bemerkenswert», sagte Prékonicz, «daß Graf Valentin ihr wohl in dieser schwierigen Zeit mit ganzer Kraft geholfen hat. Anders wäre es kaum zu erklären, daß er ausgerechnet in diesem Juni seinen Urlaub für 1852 genommen hatte, wo Maria ihn und seine Unterstützung am dringendsten brauchte. Ich vermute auch, daß die Formulierung das ‹achtzehnjährige Mädchen aus München› auf seinen Einfluß oder seine Anregung zurückgeht. Denn es steht ja fest, daß Maria zum Zeitpunkt ihrer ersten Entbindung noch nicht einmal das heiratsfähige Alter erreicht hatte. Nichts wäre für einen aristokratischen Diplomaten jener Zeit verhängnisvoller gewesen, als Vater des Kindes einer Frau zu sein, die er von Gesetzes wegen noch nicht einmal hätte heiraten dürfen. Das ist alles so einleuchtend und logisch. In München begann deine Urgroßmama den ersten Anlauf zu ihrer Karriere und stolperte über die Liebe. In Wien begann sie den zweiten entscheidenden und erfolgreichen Anlauf und stolperte von da an nie mehr.»

«Aber wo bleibt in diesem aufregenden Zyklus meine Großmutter Katinka?» sagte Goschi.

«Warten wir es ab», sagte Prékonicz. «Und laß uns die Fakten befragen.»

21

Und die Fakten besagten, daß in diesem bewegten Jahr 1852 der steile Aufstieg einer Künstlerin begann, den wir in unserem modernen Showjargon mit den Worten «a star is born» beschreiben würden. In diesem Jahr machte nämlich eine spanische Kokotte von sich reden, die unter dem Namen Pepita de Oliva sich durch halb Europa gesungen, getanzt und geschlafen hatte, bis sie im Herbst 1852 in Wien erschien. Eine halbseidene Skandalfigur, die sich anschickte, auch in Wien zu reüssieren, wo man allerdings vom Theater genug verstand, um ihre Künste richtig einzuschätzen. Maria Geistingers Biograph schreibt darüber:

«Man begeisterte sich hier zwar an der rassigen Schönheit Pepita de Olivas, übersah durch diese äußeren Reize aber das geringe technische Können der Künstlerin, die zu den feurigen Rhythmen des spanischen Nationaltanzes el Olé ganz besondere Bewegungen der Arme und Beine zu dem Klappern der Kastagnetten ausführte, ein ruckweises Drehen, ein stakkatierendes Springen und zuckendes Wiegen, das komisch wirkte und zum Karikieren herausforderte.»

Dieses ließ nicht lange auf sich warten. Ein Mann mit Scharfblick und Humor namens Josef Böhm schrieb eine ebenso temperamentvolle wie giftige Persiflage auf diese Darbietungen unter dem Titel «Die falsche Pepita» und zeigte das Stück Direktor Megerle. Der war hingerissen und gab es an Maria weiter.

«Hast du Lust, Mariedl? Das mach ich, das bring ich raus. Aber nur, wenn du mir die Pepita spielst.»

Und Maria spielte die Pepita. Sie spielte und parodierte die Spanierin mit so viel darstellerischer Substanz, daß ihr die ganze Stadt begeistert zu Füßen lag. Musikalität, Beweglichkeit, Technik, Humor und persönlicher Liebreiz gingen von ihrem Spiel aus, und während das vulgäre Original über die Halbwelt nicht hinauskam, feierte Maria die ersten Triumphe ihrer Persönlichkeit und ihres Könnens. In dieser Rolle wurde Maria der erste tragende, unbestrittene Erfolg zuteil, der sie rasch in ganz Wien bekannt und beliebt machte. Das fand wohl auch damals schon der Graf Valentin Esterházy. Man sah ihn selten, aber doch ab und zu in der der Familie Esterházy vorbehaltenen Proszeniumsloge. Eines Abends betrat während der Vorstellung unauffällig Direktor Megerle die Loge und rückte einen Sessel neben den des Grafen. Eine Weile sahen die beiden Herren dem temperamentvollen Spiel zu. Megerle beugte sich zu dem Grafen und flüsterte:

«Sie ist wirklich wunderbar, nicht wahr?»

«Ja», sagte Valentin. «Sie war das damals schon in München. Aber sie hat noch viel hinzugewonnen.»

«Ich bin Ihnen wirklich zu Dank verpflichtet, Exzellenz, daß Sie sie mir empfohlen haben. Schon beim ersten Vorsprechen war sie perfekt.»

«Nicht wahr», antwortete der Graf. «So ein Talent darf man nicht in einem Bauerntheater verschlampen lassen. Das sagen Sie auch, Megerle.»

«Und noch mehr, Exzellenz. Wenn unser Wiener Publikum mit der Pepita abgefüttert ist, schick ich die Geistinger und den Böhm mit dem Stück auf Tournee. Der gehört die Welt, Sie werden sehen, Exzellenz. Denken Sie an mich.»

«Deswegen hab ich sie Ihnen ja auch geschickt», sagte der Graf. «Übrigens werde ich wohl auch auf Tournee müssen.»

«Wie meinen Sie das, Exzellenz?»

«Seine Majestät will mich nach Rußland schicken, Megerle, zu den Bären und Wölfen.»

Das war der Grund für die häufigeren und dann auch längeren Aufenthalte des Grafen Valentin in Wien. Darüber, wie sich die beiden Liebenden in diesen Monaten verhielten, ist nichts Näheres bekannt. Zu erkennen ist aus den Fakten, daß das Arrangement, das sie auf Schloß Irmating getroffen hatten, eingehalten worden ist. Maria häufte in Wien und auf Tournee mit Josef Böhm Erfolg auf Erfolg. Schon damals entstand ihr festgefügter Ruf als souveräne Persönlichkeit und distanzierte, unnahbare Frau, der ihr durch die Jahrzehnte ihres Ruhms vorausging. Skandale oder auch nur Gerüchte über ihr privates Leben sind niemals bekannt geworden.

Wo sie sich aufhielt, als im Herbst 1853 Graf Valentin Esterházy vor seinem noch jugendlichen Herrscher stand, ist nicht mehr zu ermitteln. An diesem Tag betrat der Graf um elf Uhr das Obergeschoß des Reichskanzleitrakts der Hofburg. Er wurde von livrierten Bediensteten durch die Flucht der Räume bis vor die Tür des Arbeitszimmers des Kaisers gebracht, vor dem zwei Angehörige der k. k. Trabantenleibgarde mit blitzenden Hellebarden Wache hielten. Die Tatsache, daß die Unterredung mit dem Kaiser in dessen intimem Arbeitszimmer stattfand, bewies, daß es sich um eine Angelegenheit von höchster politischer Bedeutung handelte. Graf Valentin betrat den Raum. Er war durchflutet vom Licht einer milden, tiefstehenden Novembersonne. Der Besucher salutierte, nahm den mit Reiherfedern geschmückten Kalpak vom Kopf und klemmte ihn nach Vorschrift unter den linken Arm. Der Kaiser und sein Minister des Äußeren erhoben sich von ihren Stühlen, und Seine Majestät wies Graf Valentin einen Sessel zu, auf dem dieser sich niederließ. Der Kaiser begann die Unterredung.

«Graf Esterházy, Sie tragen den Namen einer der ältesten Familien des Kaisertums. Und ich habe gehört, daß Sie das Russische beherrschen.»

Die Antwort bestand in einer leichten Verbeugung des Grafen im Sitzen. Der Kaiser fuhr fort: «Fließend?»

«Ich bin zweisprachig aufgewachsen, Majestät. Und das Französische habe ich mir als Mitglied der Diplomatie Eurer Majestät erworben.»

Der junge Kaiser nickte wohlwollend.

«Ich habe auch gehört, daß Sie prinzipiell bereit sind, die Aufgabe am Zarenhof zu übernehmen, für die Graf Buol Sie vorgeschlagen hat. Graf Buol kennt sie in allen Einzelheiten, so daß ich mich darauf beschränken kann, Ihnen nahezubringen, wie wichtig die Sache ist. Wie Sie wissen, ist es nur mit Hilfe der Truppen Zar Nikolaus' I. gelungen, neunundvierzig den Aufstand in Ungarn niederzuwerfen und Ruhe und Ordnung in unserem Lande wiederherzustellen. Dafür erwartet der Zar unsere Dankbarkeit. Nun hat der Zar in verschiedenen ausführlichen Briefen den Gedanken an mich herangetragen, die nach der endgültigen Vertreibung der Türken zurückgebliebenen Besitzungen auf dem Balkan zwischen Rußland und Österreich in vereinbarte Einflußgebiete aufzuteilen. Das würde uns zwangsläufig auf die Seite des türkischen Heidentums treiben, denn eine noch weitergehende Zerstückelung des Osmanischen Reiches können wir im eigenen Interesse nicht zulassen. Offensichtlich um seinen Absichten Nachdruck zu verleihen, ließ der Zar, wie Sie wissen, im Juli seine Truppen in die Moldau einmarschieren. Meine Septembergespräche mit ihm in Olmütz und Warschau erbrachten keine Lösung dieser Frage. Seit dem Oktober führen die Türkei und Rußland darüber Krieg. Nun ist Graf Buol mit mir auch darin einer Meinung, daß ein wachsender russisch-slawischer Einfluß auf dem Balkan für uns die enorme Gefahr einer Erhebung unserer eigenen südslawischen Bevölkerungsteile gegen die Krone zur Folge haben könnte und daß wir uns das nicht leisten können. Arrangieren wir uns also mit dem Zaren, vergrößern sich die uns drohenden ethnischen Gefahren. Arrangieren wir uns mit ihm nicht, vergrößert sich die Gefahr einer militärischen Konfrontation mit Rußland. Ihre Aufgabe, Graf Esterházy, wird es sein, den Zaren permanent meiner persönlichen Verehrung und Wertschätzung und der Absicht meiner bewaffneten Neutralität zu versichern und ihm andererseits vor Augen zu führen, daß er mich bei Fortführung seiner jetzigen Pläne in eine Lage bringt, die ich meinen Völkern und der Krone gegenüber nicht mehr verantworten kann und die unsere Neutralität in Frage stellt. Sie haben also keine Politik zu entwerfen, sondern eine Politik, die sich dem Zaren gegenüber notwendig als undankbar darstellen wird, mittels Ihrer persönlichen Fähigkeiten zu erläutern und umzusetzen. Fühlen Sie sich einer solchen Aufgabe gewachsen?»

«Der Zielsetzung dieser Aufgabe, Majestät, und den Mitteln, mit denen sie durchzuführen wäre, fühle ich mich durchaus gewachsen. Ich bitte Eure Majestät aber um wohlwollendes Verständnis dafür, daß dieses Bewußtsein den Erfolg meiner Bemühungen bei Seiner Majestät dem Zaren nicht mit einschließen kann, weil dieser Erfolg nicht von meiner Fähigkeit und Geschicklichkeit, sondern von der Einstellung und dem Willen Seiner Majestät des Zaren abhängt.»

Diese Einschränkung fand des jungen Monarchen Zustimmung.

Er brachte dies zum Ausdruck und entließ die beiden Besucher mit der Mahnung an Graf Buol, dem künftigen Gesandten am Hof von Sankt Petersburg, was er nur immer könne, an informativem Rüstzeug mitzugeben. Die beiden Männer schritten über das spiegelnde Parkett der Räume der Kaisersuite. Graf Buol sagte:

«Um diesen Posten sind Sie nicht zu beneiden, Esterházy. Ich weiß das, obwohl ich Sie als den besten Mann dafür vorgeschlagen habe. Die Aufgabe ist unlösbar, machen Sie sich keine Illusionen.»

«Warum sehen Sie das so schwarz? Ich kann in den Gedanken Seiner Majestät keinen Fehler entdecken.»

«Sie haben recht. Die Fehler werden nicht jetzt gemacht. Sie sind schon vorher gemacht worden. Von Anfang an. Wir hätten der Sache von vornherein energisch entgegentreten müssen und hätten es gar nicht so weit kommen lassen dürfen. Statt dessen hat man versucht, es jedem recht zu machen und mit allen gut Freund zu bleiben. Etwas, das nach der Erfahrung meist damit endet, daß man als Großmacht zwischen sämtlichen Stühlen sitzt. Der Kaiser hat beim Zaren Hoffnungen begünstigt. Dessen Enttäuschung ist jetzt um so größer. Sie werden es schwer haben in Sankt Petersburg.»

«Aber wie konnte das geschehen?» fragte Graf Valentin.

«Seine Majestät hat gegenüber dem Zaren noch nicht das nötige Gewicht an Alter und Erfahrung», sagte der Minister. «Dafür aber eine große Dankesschuld. Mit anderen Worten, der Kaiser hat sich das, was zu tun nötig gewesen wäre, nicht zu tun getraut.» So, wie Graf Buol es geschildert hatte, war es, und so, wie er es vorausgesagt hat, ist es auch gekommen.

22

In der zu Füßen Goschis und ihres Doktors ausgebreiteten Stadt leuchteten schon die ersten vereinzelten Lichter auf.

«Das war ein interessanter Ausflug in die Geschichte», sagte Goschi. «Aber was hat das alles mit Katinka zu tun?»

«Das hat mit Katinka ganz unmittelbar zu tun», antwortete der Doktor. «Der Amtsantritt Esterházys in Sankt Petersburg war nach den Akten des Staatsarchivs vorgesehen für den dritten November dreiundfünfzig. Tatsächlich überreicht wurde das Akkreditiv beim Zaren aber erst Mitte Februar des folgenden Jahres. Diese Verschiebung hatte ohne jeden Zweifel den Grund darin, daß man die Ergebnisse einer gemeinsamen Konferenz mit England und Frankreich am fünften Dezember in Wien abwarten wollte, auf der harte, ultimative Forderungen an den russischen Herrscher beschlossen wurden, mit deren Überbringung der nach Sankt Petersburg zu entsendende Geschäftsträger Graf Esterházy beauftragt werden sollte. Damit weisen die ‹Fakten› einmal darauf hin, daß die Pepita-Tournee der Geistinger im Dezember und Januar unterbrochen war und das Ensemble mit seinem Star Maria Geistinger sich über den Jahreswechsel in Wien befand. Andererseits befand sich in dieser Stadt, bedingt durch die politischen Gegebenheiten, auch Graf Valentin Esterházy. Meinst du, daß sich die beiden Liebenden und Eltern eines achtzehn Monate alten Töchterchens in diesen Wochen aus dem Wege gegangen sind?»

«Nein», sagte Goschi, «das ist ausgeschlossen.»

«Eben», antwortete Prékonicz. «Das meine ich auch. Und wenn wir beide uns darauf verständigen können, daß das ausgeschlossen ist, dann können wir uns auch ganz gut vorstellen, was in diesen Tagen zwischen den beiden geschehen ist.»

23

Nicht zum ersten Mal seit dem Abschied im Vorjahr, als Valentins Urlaub Anfang Juli zu Ende gegangen war, sah Maria sein vertrautes Gesicht in der Proszeniumsloge. Aber dieses Mal war er für ganz aus München zurückgekehrt. Ein fast nicht sichtbares Neigen des Kopfes, ein Blick, eine winzige Handbewegung verrieten ihr, daß er die Vorstellung heute abend nur besuchte, um ihr das anzuzeigen. Schon beim nächsten Auftritt befand er sich nicht mehr auf seinem Platz. Diese Art der Mitteilung wunderte Maria nicht im mindesten, denn sie hatte mit ihm fest vereinbart, daß sie sich, solange sich einer von ihnen in Wien aufhielt, durch keinerlei schriftliche Mitteilung der Gefahr einer Kompromittierung aussetzen wollten. Diese Vereinbarung wurde auch nicht durchbrochen durch das Billett, das Maria gegen ihren Tischspiegel gelehnt vorfand, als sie, erhitzt vom Tempo des Spiels und berauscht von Beifallsstürmen, in ihre Garderobe zurückkehrte. Denn dieses Billett war abgefaßt in der persönlichen Distanz, die sie sich gegenseitig zugesichert hatten. Es lautete:

«Mein Fräulein! Ich bitte Sie um die Ehre Ihres Besuches am Mittwoch, dem 19. Dezember, um 4 Uhr 30 nachmittags zur Teestunde. Sie finden mich, falls Sie bereit sind, diese Einladung anzunehmen, in meiner Suite im Palais Esterházy, in der Annagasse 2. In der Hoffnung, daß Sie mir keine Absage erteilen, aufrichtig Valentin Esterházy.»

Ihr Herz klopfte, und sie fieberte dem Mittwoch entgegen. Während ihres Aufenthaltes in Wien wohnte sie in einem Zimmer bei einer Kollegin im Stadtviertel Neubau. Um in die Innere Stadt zur Annagasse Nr. 2 zu gelangen, nahm sie sich einen Fiaker. Das schöne Barockpalais sah sie zum ersten Mal. Bisher hatte ihr Valentin nur ab und zu davon erzählt. Zuerst wirkte alles sehr verschlossen und unpersönlich. Sie zog die Glocke. Lautlos wurde die Tür geöffnet, und ein livrierter Bedienter erschien. Er fragte nach ihrem Namen. Als sie ihn nannte, zog der Mann die Tür ganz auf.

«Seine Exzellenz erwarten Sie schon», sagte er. Im Hause war es warm, und die Lampen waren entzündet. Der Bediente hob einen silbernen, fünfarmigen Kerzenleuchter hoch über den Kopf und stieg vor ihr her die Treppe nach oben. Das Palais gehörte dem Grafen Valentin nicht persönlich. Die Suite, die die Familie Valentin überlassen hatte, befand sich im ersten Stock. Im Treppenhaus und an den Wänden der Korridore brannten Kerzenarme. Die Möblierung zeigte noch die barocke Pracht aus der Zeit, da das Palais errichtet worden war. Die Türen hatten reich ornamentierte Umrandungen. Bei einer von ihnen blieb der Diener stehen und klopfte. Auf das zustimmende «Herein» hin öffnete er die Tür und meldete die Besucherin an. Maria betrat das Zimmer und sah in dem behaglichen Licht von zwei oder drei Petroleumlampen Graf Valentin auf sich zukommen. Er half ihr aus dem Mantel und legte ihn, zusammen mit dem Hut, über einen Stuhl in der Ecke. Sie wußten, daß sie sich in diesem Hause in der Höhle des Löwen befanden, und Valentin bat Maria, die Unterhaltung auf russisch zu führen, das die Dienerschaft nicht verstand. In einem offenen Kamin brannte trockenes Holz mit heller, knisternder Flamme. Dorthin, wo zwei Sesselchen einander gegenüberstanden, bat Graf Valentin seine Besucherin. In einer anderen Ecke stand ein mächtiger Schreibtisch, daneben ein barocker Globus. Der Hausherr läutete nach dem Diener.

«Veit, laß uns den Tee servieren», sagte er, nachdem dieser eingetreten war. «Und sorge für die Garderobe der gnädigen Frau.» Der Mann verbeugte sich, nahm Marias Hut und Mantel und verschwand. Kurz danach erschienen zwei Hausmädchen und klappten zwischen den Sesseln ein Tischchen auf, auf dem alsbald Geschirr, Zucker und Milch sowie Gebäck aufgetragen wurden. Veit brachte ein weiteres Tischchen und plazierte darauf einen bereits brodelnden silbernen Samowar. Der Diener fragte, ob noch etwas benötigt würde. Graf Valentin dankte und befahl, für eine Stunde nicht gestört zu werden. Veit verbeugte sich und verschwand. Mit leisem Klicken schloß sich hinter ihm die Tür.

«Wie hast du den Mut gefunden, mich hierher einzuladen?»

Valentin nahm die Tassen und bereitete den Tee. Er lachte.

«Ich habe einen sehr einfachen Weg gefunden. Ich habe Megerle gefragt, ob er glaubt, daß das schicklich sei. Ja, das sei schicklich, hat er gesagt, und er sei stolz darauf, daß seine gefeierte Primadonna auch vom Adel anerkannt würde. Und dann habe ich eben dieses Billett geschrieben.»

Er setzte die Tassen auf den Tisch, nahm selbst Platz, sah sie an und sagte:

«Und jetzt bist du da.»

«Gefeierte Primadonna», sagte Maria, «das sind doch Pflanz. Das hat er nicht gesagt, der Megerle.»

«Doch, das hat er gesagt, und das stimmt auch. Ganz Wien spricht von dir. Und er hat mir auch Zeitungen aus Deutschland gezeigt, in denen über dich geschrieben worden ist. Eine steile Erfolgsleiter hast du vor dir. Und ich gratulier dir dazu.»

«Ich weiß nicht, ob es da viel zu gratulieren gibt. Ich spür schon, daß ich am Anfang der Leiter steh. Aber das ist teuer erkauft.»

Es trat ein langes Schweigen ein. Das Holz im Kamin knisterte und knackte, und im Samowar summte und brodelte das kochende Wasser. Maria und Valentin starrten nachdenklich in die Flammen. Sie spürten genau, daß sie am Kern all dessen angelangt waren, weswegen sie hier zusammen saßen. Maria wandte Valentin das Gesicht zu.

«Wie oft siehst du die Kleine?»

«Ich habe Johanna dreimal seit ihrer Geburt gesehen», antwortete Valentin. «Ich habe dafür einen unauffälligen Weg gefunden. Sie ist ein wunderschönes und kerngesundes kleines Mädchen.»

«Wem sieht sie ähnlich? Dir oder mir?»

«Dir», sagte Valentin. «Es ist fast, als ob ich gar nicht dazugehörte. Sie hat blondes Haar und große, neugierige, hellblaue Augen.»

«Und wie entwickelt sie sich?»

«Sie macht einen zufriedenen und glücklichen Eindruck. Es fehlt ihr an nichts.»

«Außer an der Liebe», murmelte Maria.

«Du hast dich selber so entschieden, Maria. Und ich nehme an, du wirst bei dieser Entscheidung auch bleiben.»

«Valentin, Liebster», sagte Maria, «du weißt doch selbst am besten, daß ich gar nicht anders kann. Ich habe viel darüber nachgedacht und habe mich auch ganz bewußt insgeheim umgehört und mich mit vielen Menschen unterhalten. In einem Land, in dem jede uneheliche Mutter aus den bürgerlichen Ständen in der Schande lebt, kommt es einem Selbstmord gleich, ein lediges Kind zuzugeben. Und noch schlimmer ist es bei einer Mutter, die in der Öffentlichkeit steht und von der Öffentlichkeit abhängig ist. Wir könnten auch bei noch so gutem Willen und mit noch so viel Geld keine Lösung finden, außer der allerstrengsten Diskretion. Stell dir nur einmal vor, auf der Welle der Gunst meines Publikums gelänge mir wirklich der große Lebenserfolg. Und plötzlich kommt heraus, die Geistinger hat ein Kind – die Geistinger ist eine ganz gewöhnliche Schlampe. Nein, Valentin, nein, nein, nein. In einem Land, wo die Heuchelei triumphiert wie hier bei uns, ist alles besser als das. Auch für das Kind. Ich habe mich damit abgefunden, ich weine auch nicht mehr darum. Und ich habe in vielen Nächten darüber geweint. Nur eines erschreckt mich, wenn ich nämlich daran denke, was aus so einem Kind einmal wird. Ein kleiner Mensch, der seine Eltern nicht kennt. Der keine Orientierung hat, woher seine Erbanlagen stammen, seine Begabungen, Fehler, Stärken, Schwächen ..., das ist das Schlimmste. Und dafür bete ich zu Gott, er möge mir verzeihen. Nicht wegen meiner Liebe zu dir, sondern wegen dieser Schuld.»

Maria schwieg und sah wieder ins Feuer. Die Flammen wirkten beruhigend auf ihre gepeinigten Nerven. Sie sah Valentin an.

«Ich mache dir keine Vorwürfe, Lieber, die Vorwürfe mache ich mir selber. Aber du mußt mir eines versprechen. Du mußt für das Kind nach einem Weg suchen, der ihm ein Zuhause schafft. Liebe, Zuwendung, Geborgenheit. Versprichst du mir das? Nicht wegen deiner Familie, auch nicht meinetwegen. Aber wegen des Kindes.»

«Maria», sagte Valentin. «Ich habe die gleichen Sorgen wie du, und ich denke unablässig darüber nach. Ich werde mich aber schon in wenigen Tagen nicht mehr selbst darum kümmern können. Warum das so ist, erzähle ich dir später. Aber ich habe einen Mann, der über das Kind wachen kann und der intelligent genug ist, um die besten Wege aus allen diesen Schwierigkeiten zu finden ...»

«Um Gottes willen», sagte Maria, «du wirst doch nicht einen fremden Menschen ...?»

Graf Valentin beruhigte sie.

«Kein fremder Mensch, Maria, sondern ein Mann meines Vertrauens. Was jetzt zu tun ist, kann ohnehin keiner von uns beiden tun. Wir brauchen dazu eine Vertrauensperson, und er ist der Beste. Er kennt unsere Sorgen um das Kind und ihre Gründe.»

«Mein Gott, Valentin», sagte Maria, «was geschieht, wenn man dich hintergeht? Wenn dein Vertrauen mißbraucht wird?»

«Das ist ausgeschlossen, Maria, vollständig unmöglich. István Honyász ist auf Leben und Tod an mich gebunden. Er war während der Niederschlagung des Ungarnaufstandes achtzehnhundertneunundvierzig auf der Seite der Aufständischen unter General Bem. Er gehörte zu den nationalungarischen Offizieren, von denen die Bestie Haynau die meisten hat füsilieren lassen. Honyász konnte entkommen und entging diesem Schicksal. Er wurde gesucht, von den Russen und von den Unsrigen. Er versteckte sich unter den Landarbeitern eines unserer Güter. Er fiel mir auf durch Fleiß, Diskretion und Fachkenntnis, und ich nahm ihn mir vor und sprach mit ihm. Seitdem habe ich einen ausgezeichneten Ökonomen und einen noch besseren Vertrauensmann. Er ist treu. Auf ihn kannst du Häuser bauen.»

«Es ist gut, das zu wissen», antwortete Maria. «Du hast vorhin gesagt, daß du dich in wenigen Tagen nicht mehr selbst darum kümmern kannst. Was hat das für einen Grund?»

«Das ist das Wichtigste, was ich dir heute sagen muß, Maria. Der Kaiser schickt mich nach Rußland. Und das noch in einer äußerst undankbaren Mission.»

«Also stimmt es doch, was sie in den Zeitungen schreiben?»

Graf Valentin mußte lächeln.

«Du verfolgst, was sie in den Zeitungen über das diplomatische Corps schreiben?»

«So wie du verfolgst, was sie über das Theaterpersonal schreiben. Wie lange wirst du dort bleiben müssen?»

«Das ist unbegrenzt», antwortete Graf Valentin. «Wenn sie mich nicht wegen Mißerfolges vorher zurückholen. Ich kann mich auch nicht weigern, weißt du.»

«Ich weiß», sagte Maria. «Du bist der Mann, den der Kaiser dort braucht. Du beherrschst die Sprache. Du bist klug, großzügig und charmant...»

«Maria», sagte Valentin bittend, «übertreibe es nicht.»

«Doch, doch», antwortete Maria. «Du bist auch zärtlich und ritterlich. Der Zar wird das nicht merken, aber die russischen Damen. Sie sind berühmt wegen ihrer Leidenschaftlichkeit. Du wirst welchen begegnen, die deinen Namen und deine Familie kennen. Du wirst es gar nicht vermeiden können.»

«Maria, ich schwöre dir …»

«Nein, nein, schwöre nichts», sagte sie. «Ich bin zwar noch sehr jung, aber ich habe in meinem Elternhaus sehr viel über das Leben erfahren. Schwöre lieber nichts. Wir können eben kein bürgerliches Ehepaar und Elternpaar sein. Aber behalte mich lieb und auch das Kind.»

Graf Valentin saß, ohne zu antworten, nach vorne geneigt, die Ellbogen auf den Knien, und schüttelte resigniert den Kopf. Da er nichts sagte, fuhr Maria fort:

«Du brauchst auch diese Mission nicht zu bedauern, Valentin. Was hätten wir hier in Wien schon zu erwarten? Ab und zu eine steife Teestunde und eine Unterhaltung auf russisch, damit niemand uns versteht.»

Maria machte eine Pause und sprach dann vordergründig von etwas anderem.

«Du hast eine lange Reise vor dir, Valentin Ladislaus. Wie gelangt ein k. k. Minister und Geschäftsträger von Wien nach Sankt Petersburg?»

Graf Valentin richtete sich auf.

«Das ist eine komplizierte Reise, Maria. Der k. k. Minister besteigt eine komfortable Kutsche und fährt mit dieser nach Böhmen, wo bei Melnik die Moldau in die Elbe mündet. Dort wartet auf ihn einer der modernen Raddampfer, der ihn durch Sachsen, Preußen und Hannover nach Hamburg bringt. Und in Hamburg wartet der Minister auf eine geeignete Dampfschiffpassage über die Ostsee nach Sankt Petersburg. Warum willst du das so genau wissen?»

Diese Frage machte Maria sichtlich Freude.

«Weil nicht nur du Überraschungen hast», sagte sie. «Ich habe auch welche. Meine Tournee als falsche Pepita hat mir nämlich fast überall, wo ich aufgetreten bin, seriöse Angebote eingebracht, in das Ensemble berühmter Theater einzutreten. In das königliche Schauspielhaus in Hannover zum Beispiel, in das Friedrich-Wilhelmstädtische Theater in Berlin und in das Thaliatheater in Hamburg. Was sagen Sie jetzt, *Wasche Prewoschoditelstwo*?»

«Jetzt bin ich sprachlos, Maria. Jetzt sage ich gar nichts mehr. Aber du hast noch nirgends zugesagt?»

«Doch», antwortete Maria, «das habe ich. Ich habe bei Direktor Deichmann unterschrieben für die nächste Spielzeit. Ab November vierundfünfzig spiele ich in Berlin.»

Graf Valentin war einen Augenblick lang wirklich sprachlos.

«Aber», sagte er schließlich, «das hört sich ja so an, als hättest du es dir nur auszusuchen brauchen?»

«Das hört sich nicht nur so an, das ist so», sagte Maria.

«Warum hast du dir dann nicht Hamburg ausgesucht?»

«Lieber», sagte Maria, «in Hamburg sind die Leute steif und zugeknöpft. In Berlin haben sie gute Laune und Humor. Und schließlich wußte ich ja nicht, daß die Reiseroute des k.k. Geschäftsträgers von Wien nach Sankt Petersburg über Hamburg führt, nicht wahr? Würde es dich freuen, wenn ich für die übernächste Spielzeit in Hamburg wäre?»

Das alles war für Graf Valentin Esterházy mehr, als er hatte erwarten können. Er brachte das nach einer Weile zum Ausdruck.

«Aber, Maria», sagte er, «dann sind dir ja schon die Flügel gewachsen, und du hast Bewegungsfreiheit. Das ist Hoffnung für uns. Außerhalb dieser Stadt mit ihrem Neid, ihrer Mißgunst und bigotten Heuchelei könnte es ein Glück für uns geben.»

Überwältigt von diesen Aussichten schwieg er wieder einige Augenblicke und fing dann an, Pläne zu schmieden wie ein Gymnasiast.

«Dein Russisch ist mit geringer Mühe bühnenreif zu machen. Wenn du gesucht bist und einen tüchtigen Agenten hast ...»

«Ich hab noch keinen», sagte sie eifrig. «Aber ich bin dabei, mich nach einem umzuschauen.»

«Na siehst du ... Es gibt übrigens auch in Rußland berühmte Theater, wo man zweisprachig spielt, Dünaburg zum Beispiel, Riga oder Sankt Petersburg, wo man von deinem Vater her sogar schon deinen Namen kennt. Ich hab dich von Bayern nach Wien gebracht, ich werde dich auch von Berlin oder von Hamburg nach Sankt

Petersburg bringen. Und wenn das mein einziger diplomatischer Erfolg bei den Bären und Wölfen wäre.»

Beflügelt von diesen Aussichten und Hoffnungen, schwärmten Valentin und Maria noch eine Weile von einer glücklicheren Zukunft, bis Maria ihren Gastgeber daran erinnern mußte, daß es Zeit für sie war, ins Theater zu fahren. Valentin läutete nach dem Diener.

«Hol der gnädigen Frau einen Fiaker herbei, Veit. Und wenn er drunten steht, bring uns ihre Garderobe.»

Wenig später half Valentin Maria in den Mantel und begleitete sie durch das weitläufige Treppenhaus hinunter in die Durchfahrt, wo schon der Fiaker wartete. Draußen hatte es begonnen, heftig zu schneien.

«Schreib mir an die österreichische Gesandtschaft nach Sankt Petersburg», sagte Graf Valentin. «Und vermerke auf dem Umschlag, daß es privat ist, damit kein Unbefugter den Brief öffnet. Und laß mich nie im ungewissen, wo du bist, hörst du?»

«Da, da, Wasche Prewoschoditelstwo», versprach Maria und stieg in den Wagen. Graf Valentin schlug die Tür zu und wartete, bis der Fiaker im Hof gewendet hatte und an ihm vorbei durch den Torweg hinaus auf die Straße rollte. Veit schloß hinter der einbiegenden Kutsche die Torflügel.

«Veit», sagte der Graf, als das geschehen war, «sieh nach, ob Herr Honyász im Hause ist. Und wenn du ihn findest, sag ihm, er soll zu mir ins Arbeitszimmer kommen.»

Als Graf Valentin sein Zimmer wieder betrat, hatten die Hausmädchen die Tischchen und das Teegeschirr weggebracht. Er legte Holz im Kamin nach und sah mit vor der Brust verschränkten Armen nachdenklich zu, wie es hell auflodernd von den Flammen erfaßt wurde. Auch István Honyász war es gewohnt, an der Tür zu warten, bis der Graf ihm mitteilte, was er von ihm wollte. Dieses Mal sagte Graf Valentin, noch immer dem Feuer zugewandt, nachdem der Ungar eingetreten war:

«Kommen Sie, Honyász, setzen Sie sich zu mir, drüben am Schreibtisch.»

Er ging hinüber, rückte für István Honyász einen Sessel zurecht und ließ sich selbst hinter seinem Arbeitstisch nieder. Dort saßen die beiden Männer und führten ein inhaltsschweres Gespräch.

«Es ist jetzt heraus, Honyász», sagte der Graf. «Ich werde die Ergebnisse der Konferenz mit England und Frankreich dem Zaren überbringen. Das wird vor Mitte Januar geschehen. Bereiten Sie mir die Reise für den zehnten Januar vor. Die Berline nebst Pferdewechsel und Stationen bis Melnik. Von dort aus sorgt das Ministerium weiter. Ich vertraue Ihnen das alles an und will mich um nichts selbst kümmern.»

Er ließ eine Pause eintreten, bis der Sekretär sich seine Notizen gemacht hatte, und fügte dann hinzu:

«Und noch etwas vertraue ich Ihnen an, Honyász, das mir wichtiger ist und mehr am Herzen liegt als jegliche Politik.»

Er zog eine Schublade auf und entnahm ihr einen Briefumschlag, den er zunächst vor sich auf den Schreibtisch legte.

«Von dem Kind und seiner Mutter habe ich Ihnen vorsorglich eine Mitteilung gemacht, damit jemand da ist, der Bescheid weiß, falls mir unerwartet etwas zustoßen sollte. Auf einer Mission nach Rußland ist eine solche Gefahr nicht von der Hand zu weisen. Sie wissen, daß das Kind anonym zur Welt gekommen ist, und Sie wissen auch, warum das so sein mußte. Das alles ist seiner Mutter und mir sehr schwer gefallen. Das Kind ist jetzt im k. k. Findelhaus, und die Anonymität ist bisher voll gewahrt worden. Das muß auch so bleiben, Honyász, und dafür haften Sie mir mit Ihrer Ehre als ungarischer Offizier.»

«Exzellenz brauchen kein weiteres Wort darüber zu verlieren», sagte der Sekretär. «Ich bin mir bewußt, was davon für Eure Exzellenz, für die Mutter und für das Kind abhängt.»

Der Graf nickte.

«Ich weiß, Honyász. Ich wollte es nur noch einmal ausdrücklich gesagt haben. Im Findelhaus darf das Kind jedoch unter keinen Umständen bleiben. Ein Sprößling Esterházy-Hallewyl kann nicht im Findelhaus aufwachsen und dann dem Zufall überlassen werden.»

«Das ehrt Eure Exzellenz», sagte Honyász, aber das hätte er besser nicht gesagt.

«Das ehrt mich nicht», erwiderte Graf Valentin mit Unmut in der Stimme, «sondern das ist das mindeste, was ich tun kann. Meiner Selbstachtung gegenüber, der Mutter gegenüber, die ich liebe, und dem Kind gegenüber. Ich vertraue, während ich in Rußland bin, das kleine Mädchen und sein Schicksal Ihnen an. Versuchen Sie, einen

Weg zu finden, der beides gewährleistet, die unverbrüchliche lebenslange Geheimhaltung und ein umsorgtes Aufwachsen, bis ein Lebensplan entworfen werden kann. Habe ich genau genug umrissen, was mir vorschwebt?»

«Gewiß, Eure Exzellenz. Das wird nicht einfach sein. Bitte erwarten Exzellenz keine sofortige Antwort oder gar einen Plan.»

«Ganz gewiß nicht», sagte der Graf. «Wenn Ihnen etwas einfällt, lassen Sie es mich wissen. Aber es darf niemals etwas Schriftliches darüber geben.»

Damit nahm der Graf den Umschlag und reichte ihn dem Sekretär über den Schreibtisch.

«Hüten Sie das wie Ihren Augapfel, Honyász. In diesem Umschlag befindet sich der sogenannte Kopfzettel für mein Kind. Sie finden darauf den Vornamen Johanna, einen fingierten Nachnamen und eine Zahl. Es ist der Ausweis der Findelanstalt, mit dem das Kind jederzeit abgerufen werden kann und ausgefolgt wird. Dieses Recht steht nach dem Gesetz aber nur seiner Mutter zu. Und deshalb noch etwas sehr Wichtiges: Suchen Sie nach einer Lösung, bei der die Mutter in jeder Hinsicht aus dem Spiel bleibt. Sie hat an dieser Sache schon genug gelitten, und ich will nicht, daß alte Wunden irgendwann wieder aufgerissen werden, Honyász. Sie verstehen mich?»

Diese Frage war für den Sekretär das Zeichen, daß das Gespräch beendet sei. Er erhob sich.

«Voll und ganz, Eure Exzellenz. Das Ministerium hat übrigens eine Notiz geschickt, daß das feierliche Hochamt für Exzellenz für den Dreikönigstag festgesetzt ist. Um sechs Uhr abends in Sankt Augustin.»

Die Mission des Grafen Esterházy nach Sankt Petersburg hatte eine so hohe Bedeutung für die Politik Österreichs erlangt, daß der Minister selbst sich bewogen gesehen hatte, für die Mission und den mit ihr beauftragten Diplomaten nicht nur eine Messe lesen zu lassen, sondern ein feierliches Hochamt mit Predigt und Chorgesang zu bestellen.

An diesem Tag sah Maria den Grafen Valentin Esterházy vor seiner Abreise nach Rußland zum letzten Mal. Wie es ihr Schicksal war, saß sie, unauffällig gekleidet und tiefverschleiert, in einer der letzten

Bankreihen der ehrwürdigen gotischen Kirche und folgte der feierlichen Liturgie. Zu beiden Seiten des Hochaltars standen mächtige Weihnachtsbäume, deren Wachskerzen entzündet waren und die ein warmes Licht in dem düsteren Kirchenschiff verbreiteten. Als sie sich der Schlange für die Kommunion anschloß, ging Graf Valentin in andächtiger Haltung ganz dicht an ihr vorüber. Vielleicht mochte er in diesem Moment an sie gedacht haben. Aber erkannt hat er Maria nicht.

24

Die Reise des Grafen nach Sankt Petersburg verlief ganz wie vorgesehen. Sie hatte für ihn auch nichts besonders Abenteuerliches, denn bis zur Nordspitze Dänemarks kannte er sie schon von seinem Aufenthalt am königlichen Hof in Stockholm. In warme Pelzkleidung gehüllt, bestieg er am 10. Januar 1854 in der Tordurchfahrt des Palais die viersitzige Berline, die er mit einem neuernannten Sekretär für die Sankt Petersburger Gesandtschaft teilte. Auf dem Bock befanden sich der Kutscher und ein Bedienter. In einer zweiten Kutsche, einem zweisitzigen Berlingot, folgten eine Zofe und eine Köchin. Über winterliche, aber gute Militärstraßen erreichten die Gespanne den Elbehafen von Melnik nach einer Reise von fünf Tagen. Dort konnte sich die Gruppe unverzüglich auf den Raddampfer «Prinz von Savoyen» einschiffen, für den die Durchreisevisa durch Sachsen und Preußen bereits erteilt waren. Durch verschneite und winterlich öde Flußlandschaften erreichten die Reisenden nach vier weiteren Tagen Hamburg, wo sie am Sitz des österreichischen Geschäftsträgers bei der Freien und Hansestadt, Freiherrn von Mensshengen, unterkamen. Die Passage auf dem englischen Dampfer «Dolphin» fand sich schon drei Tage später, und so erreichte Graf Valentin Esterházy den Hafen von Sankt Petersburg am frühen Nachmittag des 1. Februar 1854, beim Schein einer blassen, tiefstehenden Wintersonne und bei großer Kälte.

Mit großer Sehnsucht dachte der Graf beim Anblick des kalten Sankt Petersburg an das heitere und lebenslustige Wien. Aber schon während der Fahrt mit der Kutsche vom Anlegeplatz zu seiner Residenz an der Chalturina Uliza entfaltete die Stadt dennoch ihre ganze Pracht und ihren Reiz. Breit und gerade waren die Straßen, zwei-

oder höchstens dreistöckig die Gebäude, die sie säumten, fast alle mit säulengeschmückten Giebelportici und von nobler Eleganz. In unnachahmlicher Grazie hoben sich die vergoldeten Kuppelgruppen der St.-Nikolaus-Kathedrale, des Katharinenpalastes, der Klöster Smolny und Alexander Newski aus dem zarten winterlichen Dunst. Gegenüber traf ein letzter Sonnenstrahl die Nadelspitze des Turms der Peter-und-Paul-Kathedrale. Als die Kutschen den ausgedehnten und menschenleeren Schloßplatz überquerten, kam dem Grafen Esterházy das Winterpalais in seinem warmen, gebrochenen Grün mit den vorgesetzten schneeweißen Säulen klein und verspielt vor. Es sollte sich an dem Tage ändern, an dem der neue Gesandte dem Zaren sein Beglaubigungsschreiben überbrachte. Erst da bemerkte er die Ausmaße des Palastes, vor dem die zu seinem Empfang angetretenen Soldaten sich ausnahmen wie winzige Zinnfiguren.

Das geschah vier Tage später am 5. Februar um elf Uhr vormittags. Der neue Gesandte trug zu diesem Anlaß den goldbesetzten Galafrack der Angehörigen des diplomatischen Corps, samt dem eleganten Stichdegen und dem vorgeschriebenen Zweispitz. Unter dem Arm hielt er die weinrote Ledermappe mit der Goldprägung des Doppeladlers der österreichischen Monarchie, die sein von Franz Joseph unterzeichnetes Akkreditiv enthielt.

Als er aus der Kutsche stieg, sah er sich der Phalanx des Ehrenbataillons des Preobraschenski-Leibgarderegiments Nr. 11 zu Fuß gegenüber, dessen Ehrenbezeigung ihm als dem Gesandten einer Großmacht laut Protokoll zustand. Der Kommandeur, ein vollbärtiger Hüne von etwa 35 Jahren, marschierte im Stechschritt auf den Grafen zu, senkte den Säbel und machte Meldung. Von diesem martialischen Riesen begleitet, erwies Graf Esterházy der Fahne die Reverenz und schritt die Front ab. Danach wandte man sich zum Portal des Palastes, wo zwei Zivilbeamte im Frack und ein livrierter Oberlakai auf ihn warteten. Es ging die berühmte Freitreppe des Winterpalastes aufwärts. In Abständen standen dort rechts und links regungslose Heiducken mit blakenden Fackeln in den Händen, die das frostige Grau des Petersburger Januartages mit ihrem Schein zu verdrängen suchten. Die Räume des Monarchen lagen auch hier im ersten Stock. Die Schritte klangen kalt in den hallenartigen Korridoren. Der Livrierte ging voraus und blieb an einer Tür stehen, vor der zwei Kosaken in Pumphosen und mit gekreuzten Patronengurten vor der Brust Wache hielten. Der Lakai trat vor, klopfte, öffnete die Tür und meldete den Ankömmling.

Graf Esterházy betrat den Raum der Audienz. Es bedurfte seiner ganzen Selbstbeherrschung, um sich seine Überraschung, ja sein Erschrecken nicht anmerken zu lassen. Die Audienz fand weder im Konferenzsaal noch im Audienzraum statt, sondern ganz ohne den sonst üblichen feierlichen Rahmen in nüchterner, ja frostiger Atmosphäre im persönlichen Arbeitszimmer des Monarchen. Der Zar stand in dunkelblauer Marschalluniform mit goldenen Epauletten mitten im Raum. In seiner Nähe bemerkte Esterházy den Kriegsminister und etwas weiter im Hintergrund eine Gruppe von drei oder vier Offizieren im Generalsrang. Da, als der Gesandte dem Monarchen gegenüberstand, weiter nichts geschah, ergriff endlich der Graf das Wort, überbrachte Grüße und Wünsche seines Souveräns. Schließlich ergriff er die rote Mappe aus Maroquinleder, die er bisher unter dem Arm gehalten hatte, und bot sie dem Zaren an. Er sah den runden, energischen slawischen Schädel mit der hohen Stirnglatze, den kalten Blick der dunkelgrauen Augen, die in diesem Moment wie gefroren wirkten, die breite Nase, darunter den gezwirbelten Schnurrbart mit den nach oben gedrehten Enden. Der Zar machte einem der Offiziere ein ungeduldiges Zeichen. Der trat vor und nahm dem Grafen die rotlederne Mappe aus den Händen.

«Graf Esterházy», begann schließlich der Zar die Unterhaltung, «Ihr junger Monarch schickt uns einen Missionschef, der das Russische beherrscht und dessen Name bei uns einen guten Klang hat. Einer Ihrer Vorfahren ...»

Der Zar stockte.

«Mein Großvater, Eure Majestät.»

«Ja, ja, richtig, Ihr Großvater. Nun, Ihr Großvater hat sich um dieses Land verdient gemacht. Und meine große Vorfahrin Katharina hat ihn dafür fürstlich belohnt. Mit dem Schloß und Rittergut ... helfen Sie mir, Graf Esterházy.»

«Mit dem Schloß und Rittergut Grodeck, Eure Majestät.»

«Ja, mit Grodeck. Sind Sie dort aufgewachsen, Graf Esterházy?»

«Ich bin geboren und aufgewachsen in Wien, Eure Majestät. Aber mein Vater ist in Grodeck geboren und großgeworden. Daher beherrsche ich auch die russische Sprache.»

«Haben Sie denn Ihre Familie schon mitgebracht, Graf? Oder wann wird sie folgen? Und wo wird sie wohnen?»

Überrascht von der in diesem Moment unerwarteten Regung eines persönlichen Interesses, antwortete Graf Esterházy nicht sofort, sondern sagte erst nach einer kurzen Pause:

«Ich habe mich bisher nicht verehelicht, Eure Majestät. Ich bitte darum, Eurer Majestät meine guten Dienste als Junggeselle zur Verfügung stellen zu dürfen.»

Der Monarch wiegte in einer Art wohlwollender Skepsis den quadratischen Schädel.

«Nun, nun, Graf. Sie haben das vierzigste Lebensjahr vollendet. Sie sollten sich das aber wirklich überlegen. Wir haben hier viele Damen von Schönheit, Geist und Stand, die der Wahl eines Valentin Ladislaus Esterházy würdig wären.»

Da Graf Valentin dem Zaren eine Andeutung über seine Bindung an Maria weder machen wollte noch konnte, antwortete er ausweichend.

«Ich bin glücklich, meine bescheidenen Kräfte im Dienste für unsere beiden Länder ohne Einbuße an Energie und Zeit einsetzen zu können, Eure Majestät.»

Der Zar nickte befriedigt.

«Man kann also wohl annehmen, daß wir in Ihnen einen Mann vor uns haben, der Rußland wohlwollende Gefühle entgegenbringt.»

«Ich habe keinerlei Gründe, das nicht zu tun, Eure Majestät.»

«Dafür aber eine Menge Gründe, es doch zu tun, wollten Sie sicher hinzufügen, Graf, nicht wahr?»

Valentin Esterházy machte eine knappe zustimmende Verbeugung.

Der Zar fuhr fort: «Wir sind hier bereit, gerade Ihre Entsendung als ein Zeichen des guten Willens Ihres Kaisers Franz Joseph anzusehen. Denn vor allem Sie selbst können uns gegenüber nur guten Willens sein.»

Der Monarch näherte sich jetzt dem Grafen und fuhr, vertraulicher werdend, fort:

«Was in einem Beglaubigungsschreiben steht, ist bekannt, Graf. Es ist in allen Beglaubigungsschreiben der Welt das gleiche. Sagen Sie, hat Ihnen Ihr Kaiser wirklich keine andere Nachricht für mich mitgegeben?»

Graf Esterházy griff in den Ausschnitt seines Fracks und brachte den versiegelten Umschlag hervor, den er von seinem Minister, Graf Buol, ausgehändigt erhalten hatte.

«Ein eigenhändiges Schreiben meines Kaisers an Eure Majestät», sagte er und überreichte dem Zaren den Brief. Nikolaus betrachtete den Umschlag von vorne und hinten und erbrach alsdann eigenhändig die Siegel. Er ging hinüber zum Fenster, zog den Brief aus dem Umschlag, hielt ihn in das dort heller hereinfallende Licht und begann zu lesen. Während er das tat, herrschte in dem Raum ein fast tödliches Schweigen. Niemand bewegte sich. Als Nikolaus I. endlich den Kopf hob, war sein Gesicht zornrot. Er rief den Kriegsminister.

«Lesen Sie das, Mischkin», befahl er kurz. Der Minister klemmte ein Einglas ins Auge und kam der Aufforderung nach. Als er die Lektüre beendet hatte, reichte er dem Zaren das Schreiben zurück, und beide Männer starrten eine Weile vom Fenster herüber auf Graf Esterházy, der sich während der ganzen Zeit nicht bewegt hatte. Endlich kam der Zar, den Brief in der Hand, vom Fenster auf ihn zu und sagte:

«Graf Esterházy, kennen Sie den Inhalt dieses Schreibens?»

«Eure Majestät», antwortete der Graf, «ich kenne zwar die Gesamtlage, aber nicht den Inhalt des Briefes. Es ist nicht üblich, den Überbringer mit einzubeziehen, weil seine persönliche Meinung ohne Belang ist.»

«Jaja, das ist auch bei uns so.»

Und nach einer Pause: «Ich glaube Ihnen auch deshalb, weil wir uns hier nicht vorstellen können, daß ein Enkel des kaiserlich-russischen Generals Graf Esterházy-Hallewyl, der zudem noch die gleichen verpflichtenden Vornamen trägt wie sein tapferer Großvater, kein Ehrenmann sein könnte. Bei Kenntnis des Wortlauts dieser Zeilen hätte aber ein Ehrenmann sich weigern müssen, sie zu überbringen. Ihr Souverän macht sich in diesem Schreiben zum Sprecher Englands und Frankreichs. Er will uns ultimativ zu Friedensverhandlungen mit der Türkei zwingen, die uns den Krieg erklärt hat, und stellt uns vorher auch noch unannehmbare Bedingungen. Ich werde Ihren Kaiser allen Ernstes fragen müssen, wie er als apostolischkatholischer Monarch es mit seinem Gewissen vereinbaren kann, ausgerechnet die Sache der muselmanischen Türken zu seiner eigenen zu machen. Und nachdem er mit den Zungen Englands und Frankreichs redet, Graf, hege ich das gleiche Mißtrauen, das aus diesem Brief gegen mich spricht, nunmehr auch gegen ihn. Für seine Neutralität werden wir jetzt Garantien fordern müssen.»

Der Monarch unterbrach seinen erregten Monolog, den er zuletzt sogar in nervösem Hin- und Hergehen vorgetragen hatte, und blieb vor Esterházy stehen.

«So behandelt man vielleicht einen Kleinstaat wie Serbien oder Montenegro, aber keine Großmacht wie das russische Zarenreich, lassen Sie das Franz Joseph wissen, Graf Esterházy. Angesichts unserer selbstlosen Hilfe für den jungen Herrn anno neunundvierzig, in seinem Lande wieder Ordnung zu schaffen und seine absolutistische Macht zu festigen, hätte ich von ihm eine andere Haltung erwartet.»

Wieder entstand eine Pause, an deren Ende der Zar einen Entschluß gefaßt hatte.

«Wenn wir zusammen Politik machen wollen, Graf, müssen Sie dieses Schreiben in seinem Wortlaut kennen. Hier ist es. Nehmen Sie es zur Kenntnis.»

Er übergab dem Grafen den Brief. Esterházy begab sich damit zum Fenster und las ihn.

«Nun, was sagen Sie dazu?» fragte der Zar. Aber diese Frage hätte er in seiner Erregung besser nicht gestellt. Esterházy reichte ihm den Brief seines Kaisers zurück.

«Eure Majestät, es steht mir absolut nicht zu, Äußerungen zu kommentieren, die meine Regierung an Eure Majestät direkt gerichtet hat. Ich bitte darum, auf der Beantwortung dieser Frage nicht zu bestehen.»

Damit gab er das Schreiben zurück. Zar Nikolaus faltete den Brief und schob ihn zwischen zwei Knöpfe seiner ordengeschmückten Litewka.

«Ich bestehe nicht darauf, Graf Esterházy. Aber vielleicht können Sie mir Antwort auf eine andere Frage geben, die sich aufdrängt, nämlich wer die beiden dümmsten Herrscher in Polen waren.»

«Nach meiner Kenntnis», sagte der Graf, «hat es in Polen niemals dumme Herrscher gegeben, Eure Majestät.»

«Doch, doch», antwortete der Zar, «sagen Sie das nicht. Der eine war König Johann Sobiesky, der die Türken vor Wien schlug, und der zweite bin ich. Weil wir beide die Krone Habsburgs vor dem Untergang bewahrt haben, ohne jemals einen Dank dafür zu erhalten.»

In diesem authentisch überlieferten Dialog klang schon dumpf das Donnergrollen der Ereignisse mit, die sechzig Jahre später den Ausbruch des Ersten Weltkriegs zur Folge hatten.

25

Graf Valentin Ladislaus Ferdinand Esterházy-Hallewyl starb am 2. November 1858 im Haus Nr. 11 der Rue de la Paix in Paris im Alter von vierundvierzig Jahren. Über die Ursache seines Todes ist Schweigen gebreitet. Lediglich an einer einzigen Stelle im Staatsarchiv zu Wien ist von einer länger andauernden schmerzhaften Krankheit die Rede, der der Diplomat erlegen sei. Er starb aber, wie das «Journal de débats» vom 6. November 1858 berichtet, nicht als Privatmann, sondern als «Gesandter Österreichs am Hofe von Rußland».

An diesem Tag fanden auch die Trauerfeierlichkeiten in der Kirche Madeleine im 1. Arrondissement der französischen Hauptstadt statt. Paris nahm großen Anteil an ihnen. Tausende säumten die kurze Wegstrecke, die der Kondukt vom Sterbehaus bis an die Stufen der Kirche zurückzulegen hatte. Angeführt wurde der Zug von einem Trommlerkorps der französischen Armee, das einen langsamen und dumpfen Trauerrhythmus schlug. Ihm folgten für die Familie Fürst Paul Anton Esterházy de Gálántha sowie Valentins Bruder Graf Ladislaus und seine Schwester Maria. Hinter dem würdevoll geschmückten und mit den österreichischen Farben bedeckten Katafalk schritten Offiziere, die auf seidenen Kissen die zahlreichen Auszeichnungen trugen, welche die Welt dem Verstorbenen verliehen hatte. Ihnen folgte das diplomatische Korps, für die österreichische Botschaft der Legationsrat Erster Klasse Baron von Seebach in Vertretung des abwesenden Missionschefs Baron Hübner. Hinter ihnen schritten die Gesandten Sachsens und Hannovers sowie derjenigen Länder, in denen Graf Valentin sein Land vertreten hatte, also Italiens, Sardinien-Piemonts, Bayerns, Schwedens und Rußlands.

Ihnen folgten Trauergäste des offiziellen Frankreich und der Stadt Paris. Dahinter kam eine große Menge Menschen, die an der religiösen Zeremonie in der Kirche teilnehmen wollten.

Die Madeleine war bis auf den letzten Platz besetzt, als der Erzbischof von Paris das feierliche Pontifikalamt zelebrierte. Während der ganzen Stunde, die das Amt dauerte, saß regungslos eine junge, schwarzgekleidete und verschleierte Dame in einer der hinteren Bänke und folgte in zugleich ergebener und angespannter Haltung den Vorgängen. Den Katafalk vor dem Hochaltar konnte sie gut sehen; sie ließ während der ganzen Zeit keinen Blick von ihm. Als der Sarkophag am Ende der Messe langsam und feierlich in die Krypta der Kirche hinabgelassen wurde, wo er bis zu der vorgesehenen Überführung nach Ganna in Ungarn bleiben sollte, erhob sie sich wie die anderen und trocknete heimlich unter dem Schleier ihre Tränen. Und es schien, daß sie die einzige war, die das tat. Als alles vorüber war, kam es zu einem bemerkenswerten Ereignis. Wer in den vordersten Bankreihen gesessen hatte, verließ zuerst die Kirche durch den Mittelgang. Die schwarzgekleidete Dame bemerkte, wie der Mann, den man ihr als das derzeitige Oberhaupt der Familie gezeigt hatte, plötzlich von einem anderen Mann, den sie für seinen Sekretär hielt, angesprochen wurde, stehenblieb und zu ihr herübersah. Schließlich kam er auf sie zu und blieb vor ihr stehen.

«Ich bin Paul Esterházy, Gnädigste. Man sagt mir, daß Sie Frau Maria Geistinger sind. Ist das richtig?»

Maria nickte, ohne etwas zu sagen. Der Fürst fuhr fort:

«Sie standen ihm sehr nahe, nicht wahr?»

«Ja», sagte Maria. «Sehr.»

Fürst Paul nickte wie jemand, der sich in seinen Vermutungen bestätigt sieht, und sagte:

«Würden Sie mir die Freude bereiten, Madame, mit Ihnen ein Gespräch unter vier Augen führen zu dürfen?»

«Ja, Durchlaucht», sagte Maria. «Wenn Sie es wünschen.»

Der Fürst erwiderte: «Sagen Sie bitte nicht Durchlaucht zu mir. Nennen Sie mich einfach Fürst Paul. Wann verlassen Sie Paris?»

«In zwei Tagen», antwortete Maria.

«Wann darf ich Ihnen meinen Wagen schicken, Madame, und wohin?»

«Wann Sie wollen», sagte Maria. «Ich logiere im *Hotel des Missions étrangères* im Faubourg St-Germain.»

Der Wagen, den Fürst Esterházy schickte, war ein weinrotes zweisitziges Coupé, von zwei Schimmeln gezogen. Es brachte Maria gegen fünf Uhr nachmittags hinaus in den Vorort Argenteuil, wo in lockerer Bauweise und umgeben von großen Gärten die Villen von hohen Beamten, Offizieren und einflußreichen Geschäftsleuten standen. Die Kutsche bog durch ein großes offenstehendes Schmiedeeisentor in einen parkartigen Garten ein. Darinnen lag ein Anwesen, das den Angehörigen der Familie Esterházy permanent zur Verfügung stand; ob es der Familie gehörte, ist nicht bekannt. Der Fürst begrüßte seine Besucherin in der Eingangstür unter dem Vordach. Er half ihr beim Ablegen der Garderobe und führte sie in den Oberstock in einen kleinen Salon, in dessen Erker ein Teetisch gedeckt war. Den Tee servierte eine ältere Französin, die danach diskret verschwand. Fürst Paul Anton eröffnete das Gespräch.

«Wie kommt es, Madame, daß Sie heute zu den Feierlichkeiten in Paris sind? Die Zeit zwischen Valentins Tod und den heutigen Trauerfeierlichkeiten war viel zu kurz für eine Verständigung und eine so weite Reise.»

«Er hat nach mir verlangt», sagte Maria. «Aber ich konnte nicht rechtzeitig hier sein.»

«Es war ein furchtbares Unglück», sagte der Fürst. «Und seine Familie weiß darüber sehr wenig, wie überhaupt über Valentins Leben in den letzten Jahren. Ich freue mich sehr, Madame, daß sich die Gelegenheit ergeben hat, Ihre Bekanntschaft zu machen. Wir wissen auch von Ihnen sehr wenig. Aber mir ist bekannt, daß Sie seinem unruhigen Leben einen Hauch von Glück verliehen haben. Und dafür bin ich Ihnen dankbar.»

Maria sah in das Gesicht des Mannes. Es war nicht das Gesicht eines Menschen, dem Macht und Besitz über alles gingen. Es war ein ovales, bartloses Gesicht mit tiefliegenden Augen, die keine Illusionen mehr kannten. Eine Mischung aus nachdenklichem Gelehrten und souveränem Landedelmann, mit hoher Stirn und einem großzügigen, aber strengen Mund mit schmalen Lippen. Ein Mann, der auch lächeln konnte, wenn er dazu Gelegenheit fand.

«Wir konnten kein Paar nach dem Gesetz werden, Fürst Paul.

Aber ich habe für ihn getan, was ich konnte. Und Valentin auch für mich. Ich bin dankbar für alles, was uns beschieden war.»

«Viele aus unserer Familie stellen sich noch immer die Frage, warum Valentin nie eine Ehe geschlossen hat. Ich bin der einzige, der den Grund kennt. Weil er Sie liebte, Madame.»

Maria nickte.

«Er hätte mich verloren, wenn er eine Ehe eingegangen wäre. Das wußte er. Diese Art von Treue war die einzige, die uns möglich war. Woher wissen Sie soviel mehr als andere Mitglieder Ihrer Familie über unsere Verbindung?»

«Vor zwei Jahren hat er sich mir anvertraut», sagte der Fürst. «Damals hat mich der Kaiser als Sonderbotschafter zur Krönung Zar Alexanders II. nach Moskau geschickt. Dort habe ich Valentin getroffen. Auf zwei langen Spaziergängen hat er mir viel von sich und von Ihnen erzählt, Madame, unter anderem auch, daß Sie überall überaus großen Erfolg haben und sehr gefeiert werden. Und er hat mir anvertraut, daß er alles, was möglich ist, unternehmen wollte, um Sie näher bei sich zu haben.»

Maria nickte. «Das stimmt. Wenn ich dich schon von München nach Wien gebracht hab, hat Valentin gesagt, dann bring ich dich auch von Hamburg nach Riga oder Sankt Petersburg, und wenn das mein einziger diplomatischer Erfolg in Rußland wäre.»

Es war einer der Augenblicke, die dem Fürsten Anlaß zum Lächeln gaben.

«Aber dieser Erfolg ist ihm versagt geblieben, nicht wahr?»

Maria blieb ernst.

«O nein, Fürst Paul, ganz im Gegenteil. Vor ein paar Monaten hab ich einen Vertrag unterschrieben. Ab kommender Spielzeit bin ich am Stadttheater in Riga. Ich wußte ja nicht, daß ich da schon in Rußland allein sein würde.»

Fürst Paul schüttelte in hilflosem Bedauern den Kopf und reichte ihr ein Taschentuch, weil er sah, daß sie gegen Tränen ankämpfte.

«Ich wollte Sie nicht verletzen, Madame», sagte er. «Sie glauben nicht, wie leid mir das alles tut.»

Maria schüttelte energisch den Kopf und brachte sich rasch wieder unter Kontrolle. Sie trank einen Schluck Tee, der mittlerweile auf genießbare Temperatur abgekühlt war.

«Lassen Sie nur, Fürst Paul. Ich war darauf vorbereitet. Es hat mich furchtbar getroffen, aber nicht unerwartet.»

«Auch mich hat es furchtbar getroffen, aber unvorbereitet. Als ich ihn vor zwei Jahren in Moskau traf, war er noch voller Pläne, Lebensmut und Zukunftshoffnungen. Wissen Sie, was ihm gefehlt hat?»

«Fürst Paul», antwortete Maria, «wenn Valentin Sie nicht selbst unterrichtet hat, fühle ich mich dazu auch nicht berechtigt, bitte verstehen Sie das. Sie sind nicht wirklich verwandt mit ihm?»

«Wir gelten sonderbarerweise in der Öffentlichkeit als Vettern, aber wir sind es nicht, Madame.»

«Sehen Sie, vielleicht wollte er, daß es sein Geheimnis bleibt. Ich will Ihnen nicht verschweigen, daß er sehr gelitten hat. Ich erhielt im Mai vorigen Jahres in Hamburg einen Brief von ihm, der mich veranlaßt hat, mein Engagement am Thaliatheater von einem Tag auf den anderen abzubrechen. Ich erfuhr, daß er seinen Posten am Zarenhof Hals über Kopf verlassen hatte. Wir trafen uns in Hamburg, und er erzählte mir von seinen gesundheitlichen Befürchtungen und Ängsten. Ich konnte angesichts dieser schrecklichen Dinge einfach nicht Abend für Abend auf der Bühne stehen und die Leute zum Lachen bringen, obwohl er mich bestürmt hat, nicht meine Karriere aufs Spiel zu setzen. Er setzte seine Hoffnungen auf Ärzte in Paris und war auch voriges Jahr im Sommer schon hier. Aber sie konnten ihm nicht helfen. Vom Februar bis Mai dieses Jahres war er noch einmal auf seinem Posten in Sankt Petersburg – aber dann kam es eben so, wie es kommen mußte.»

«Nun, Madame», sagte der Fürst nach einer Pause, während der er nachdenklich nach draußen in die Dunkelheit gestarrt hatte. «Ich will nicht weiter in Sie dringen und respektiere außerordentlich Ihre Diskretion. Indiskret ist vielleicht das, was ich jetzt sage. Sollten Sie es so sehen, brauchen Sie mir nicht zu antworten.»

«Sprechen Sie», sagte Maria, die ahnte, was nun kam.

«Als wir uns damals in Moskau trafen, hat Valentin mir gesagt, daß er mit Ihnen eine Tochter hat.»

Er wunderte sich sehr über die unerwartete Reaktion seiner Besucherin. Sie rührte nämlich mechanisch und mit gesenkten Augen nachdenklich in ihrer Teetasse, blickte dann auf und sah ihn, noch immer ohne etwas zu sagen, mit ihren blaugrauen Augen an.

«Bin ich Ihnen zu nahe getreten, Madame?» sagte der Fürst erschrocken. «Es geschah in guter Absicht.»

«Fürst Paul», antwortete Maria, «so, wie unser Gespräch bisher verlaufen ist, glaube ich nicht, daß Sie mich verachten oder verurteilen. Ich werde Ihnen also offen antworten. Ich hatte mit Valentin nicht nur ein Kind, sondern zwei. Es sind beides Töchter. Das eine Mädchen heißt Johanna und wurde im April zweiundfünfzig geboren, das andere wurde am einundzwanzigsten Januar dieses Jahres unter dem Namen Josefine Katarina Schlick geboren.»

Eine Weile war es in dem behaglichen kleinen Salon vollkommen still.

«Das wußte ich nicht, Madame», sagte schließlich der Fürst.

«Das können Sie auch nicht wissen. Während der letzten Monate der Schwangerschaft und zur Entbindung von Katarina war Valentin bei mir in Wien. Zu Katarinas Geburt hat er mir ein herrliches Geschenk gemacht, einen vierteiligen Schmuck aus goldgefaßten Rubinen und Brillanten, bestehend aus einem Bruststück und zwei großen runden Ohrboutons mit eingelegten Stephanskronen.»

Der Fürst reagierte nach einer Weile mit tiefem Erstaunen.

«Das ist allerdings das Wertvollste, das er überhaupt hat verschenken können. So, wie Sie es mir beschreiben, Madame, hat er seine Insignien des ungarischen Magnatenadels umarbeiten lassen. Er kann das nur getan haben, weil er wußte, daß er selbst ihn nicht mehr würde tragen können. Madame, einen größeren Beweis für seine Liebe zu Ihnen gibt es nicht.»

Der Fürst erhob sich und begann nachdenklich eine Wanderung durch den in Dunkel getauchten hinteren Teil des Salons. Schließlich blieb er dort stehen, stützte sich mit beiden Händen auf die Rückenlehne eines Sessels, sah zu ihr herüber und sagte:

«Was ist mit diesen beiden Mädchen jetzt, Madame? Wo sind sie? Wer sorgt für sie? Wie geht es ihnen?»

«Diese Fragen sind schwierig zu beantworten», erwiderte Maria. «Sie wurden beide anonym zur Welt gebracht und mir sofort genommen. Ich mußte damit einverstanden sein, denn alles andere wäre noch trauriger gewesen. Sie wachsen auch beide anonym auf. Johanna bei einer Familie und Katarina bei den Ursulinen in Preßburg. Dort wird für sie gesorgt, und ich hoffe, es geht ihnen gut.»

Nach einer Weile richtete der Fürst sich wieder auf und sagte: «Das darf auf gar keinen Fall so bleiben, Madame.»

«Was wollen Sie dagegen tun?» sagte Maria traurig.

«Das weiß ich noch nicht», antwortete der Fürst. «Ich werde darüber nachdenken. Es wird am besten sein, für Sie und auch für die Mädchen, wenn die Anonymität der Abkunft erhalten bleibt. Niemand kann von Ihnen erwarten, daß Sie Ihre große Karriere opfern, um sich der Kindererziehung zu widmen. Und nebenher, mit der linken Hand, geht das nicht.»

«Valentin hat versichert, daß er alles in seiner Macht Stehende tun wird, um den Kindern eine glückliche Zukunft zu sichern. Aber jetzt steht nichts mehr in seiner Macht.»

«Sagen Sie das nicht, Madame. Bei einem Notar hier in der Stadt ist ein Testament Valentins verwahrt. Ich bin sicher, daß es eine Klausel zugunsten Ihrer beiden Kinder enthält. Das wird natürlich zunächst nur das Finanzielle regeln. Für alles, was darüber hinausgeht, müssen Sie der Zukunft vertrauen. Tun Sie es, Madame.»

Als Fürst Paul Anton Esterházy von Gálántha wenig später seine Besucherin nach unten zu dem wartenden Coupé brachte, sagte er zu ihr:

«Wenn ich nur sagen würde, Ihr Besuch hat mich sehr gefreut, Madame, würde das nicht genügen. Er hat mich beglückt. Und ich wünsche Ihnen eine Zukunft, die Ihrer Tapferkeit würdig ist.»

Als die beiden Schimmel anzogen, sah der Fürst der Kutsche noch so lange nach, bis sie das Gittertor durchfahren hatte und die Pferde draußen auf der Straße zu traben begannen.

26

Immerhin hat es noch eine lange Reihe von Jahren gedauert, bis Fürst Paul Esterházys Worte «Das darf auf gar keinen Fall so bleiben, Madame» der Erfüllung näherkamen. Maria hatte diese Jahre weit weg von Wien und Österreich zugebracht. Schweren Herzens hatte sie die Spielzeiten 1859, 1860 und 1861 an der Bühne des Stadttheaters von Riga gearbeitet und hatte im Sommer 1860 sogar auf einem Gastspiel in Libau vor Ihrer Majestät der Zarin gespielt. Für 1862, 1863 und 1864 war sie zum zweiten Mal in Berlin am Viktoriatheater engagiert gewesen, und zwar mit überragendem Erfolg. Erst dann war sie wieder nach Österreich zurückgekehrt. Ganz gewiß waren diese Jahre für Maria Geistinger Jahre des Vergessens und des Überwindens.

Am zweiten Adventstag des Jahres 1865 stand sie im Mittelpunkt einer ernsthaften Unterhaltung, zu der der greise Fürst Paul eigens aus Eisenstadt angereist war, um sich mit dem Grafen Hans Wilczek zu Guttenland und Hultschin zu treffen. Das Gespräch fand in dem abgeschirmten Arbeitszimmer Wilczeks in der Herrengasse statt. Der Dritte in der Runde war der Ungar István Honyász, der seit dem Tode seines Herrn vor sieben Jahren auch dessen nicht an die Erben übergegangenes Vermögen verwaltete. Seit einem gemeinsamen, nicht ungefährlich verlaufenen Erlebnis auf einer Bärenjagd in den Karpaten duzten sich die beiden Herren Wilczek und Esterházy.

«Wer die Geistinger ist, weißt du?» sagte Esterházy.

«Na, ich bitt dich», antwortete Wilczek. «Wer weiß das nicht. Ganz Wien liegt ihr und ihrer ‹Schönen Helena› zu Füßen.»

Maria hatte unter Direktor Strampfer am Theater an der Wien die Hauptstadt erneut erobert. Die wegen ihrer angeblichen Frivolität damals noch umstrittene Operette von Jacques Offenbach lieferte ihr für diesen Erfolg das Sprungbrett. Das Publikum raste vor Begeisterung, und die Zeitungen lobten überschwenglich ihre Darstellung der Titelrolle, in der sie einerseits in einem Kostüm auftrat, das wundervolle Beine sehen ließ, andererseits aber mit so damenhafter Noblesse agierte, daß das Oberflächliche des Themas völlig in den Hintergrund trat. Offenbach selbst war hingerissen, und die Stadt sprach noch tagelang von nichts anderem.

«Also, um diese Maria Geistinger geht es», sagte der Fürst. «Ich nehme an, daß du sie kennst, denn an dir kommt doch keine schöne Frau in Wien vorbei.»

Wilczek war ein baumlanger, ein wenig eitler Hüne mit athletischer Figur, einem offenen, sympathischen Gesicht unter kurzgeschnittenem dunklen Haar und mit einem gepflegten Spitzbart um das Kinn. Er war außerdem eine der populärsten Persönlichkeiten der Stadt. Er galt als geistreicher Kunstfreund und Förderer der Musen, Sammler wertvoller Werke der Antike, Erbauer und Restaurator namhafter Schlösser, als Sportsmann, Ballonfahrer und Forschungsreisender, als Gründer des adeligen Wiener Rudervereins und der Freiwilligen Rettungsgesellschaft. Alles in allem eher eine Persönlichkeit mit dem Machtbewußtsein und der Vitalität eines Renaissancefürsten als eines Bürgers des liberalen Wiens des 19. Jahrhunderts.

«No ja», sagte dieser Mann, «ich hab mich ihr einmal nach der Vorstellung vorstellen lassen und ihr gratuliert, weil sie wirklich großartig ist. Aber kennen? Nein, Paul, kennen ist übertrieben. Und außerdem soll sie absolut unnahbar sein.»

«Ja, siehst du», sagte Fürst Paul, «trotzdem möchte ich, daß du sie kennenlernst. Denn ich will dir eine Geschichte erzählen, von der bis jetzt nur drei Menschen auf der Welt wissen, Maria selbst, ich und Herr Honyász, der dir gegenübersitzt.»

«Da bin ich aber gespannt», sagte Wilczek.

«Dazu hast du allen Grund», sagte der Fürst. «Aber zuerst dein Ehrenwort, daß du diese Geschichte absolut für dich behältst.»

Graf Wilczek gab dem Fürsten sein Wort.

«Und nun schieß los, Paul. Was kann ich für dich tun?»

«Eben, das ist es», sagte der Fürst. «Für mich kannst du etwas tun und für sie. Hör zu. Es hat vor Jahren eine große Liebe gegeben zwischen dieser Frau und meinem, na sagen wir ruhig Vetter Valentin Esterházy.»

«Dem Diplomaten, der für Franz Joseph in Rußland war? Und der hatte eine Liebschaft mit Maria Geistinger?»

«Es war eine Verbindung, die acht Jahre dauerte. Genauer gesagt, bis zu Valentins Tod. Und aus dieser Verbindung stammen zwei Töchter.»

Ein erstauntes Schweigen trat ein.

«Sonst wird doch in Wien weiß Gott über alles und jedes getratscht, Paul», sagte Wilczek nach einer Weile. «Aber davon ist nie etwas bekannt geworden.»

«Und das muß auch so bleiben, Hans. Wenn sich daran etwas ändert, ist die Karriere der Mutter beim Teufel und das Leben der beiden Mädchen auch.»

Hans Wilczek war sprachlos. Was fiel dem alten, gutmütigen Fürsten nur ein, ihn in ein Geheimnis einzubeziehen, das ihn nur belastete und ihn womöglich verpflichtete? Und das Menschen betraf, die er kaum kannte. Erregt erhob er sich und blieb, mit dem Rücken gegen den warmen Porzellanofen gelehnt, stehen. Er schob die Hände in die Hosentaschen, und in seiner Stimme klang Ablehnung, als er nach einiger Zeit antwortete:

«Laß mich doch bitte wissen, Paul, was ich für die Kinder der ‹Schönen Helena› tun kann? Ausgerechnet ich?»

«Komm, setz dich wieder zu uns, Hans», sagte der alte Fürst. «Du kannst diesen beiden Mädchen zu einem menschenwürdigen Leben verhelfen. Und warum ausgerechnet du? Nun, ich bin dafür zu alt geworden und habe diese Verpflichtung vor mir hergeschoben, das gebe ich zu. Aber jetzt ist ein weiterer Aufschub nicht mehr möglich. Ich möchte die Verpflichtung diesen Kindern gegenüber an dich weitergeben, weil ich deiner Tatkraft, Intelligenz und Verschwiegenheit vertraue.»

Hans Wilczek hatte, von der Ansprache seines alten Freundes nicht unbeeindruckt, seinen Platz wieder eingenommen.

«Und was stellst du dir da vor, Paul? Wo sind die Kinder jetzt? Wie alt sind sie? Wer sorgt für sie, auch finanziell?»

«Das sind eine Menge Fragen», sagte Fürst Paul. «Zuerst, was ich mir vorstelle. Ich stelle mir gar nichts mehr vor. Ich bin dafür zu alt geworden und zu müde. Und für die anderen Fragen ist Herr Honyász zuständig. Er kann dir alle Auskünfte geben, denn er war Valentins Vertrauensperson und Sekretär. Er weiß über jede Einzelheit genau Bescheid.»

Graf Wilczek wandte sich dem Ungarn zu und sagte:

«Also, Herr Honyász, dann sagen *Sie* mir, was ich wissen muß, um die Bitte Seiner Durchlaucht beurteilen zu können.»

«Ein Freundschaftsdienst, Hans», sagte der Fürst. «Eine Art Ehrensache für uns alle.»

István Honyász begann zu berichten. «Graf Valentin und Maria Geistinger haben zwei gesunde und hübsche Töchter. Beide wurden anonym geboren und wuchsen unter fingierten Namen auf. Die Jüngere heißt Josefine Katarina und die Ältere hieß ursprünglich Johanna.»

«Wie soll ich das verstehen, Herr Honyász, ‹hieß ursprünglich›?»

«Das Kind kam wie üblich nach der Geburt von der k. k. Gebäranstalt unmittelbar in das Findelhaus, Eure Exzellenz. Der Herr Graf wurde dann nach Rußland versetzt und fand, daß Johanna dort nicht bleiben könne. Ich schlug ihm vor, das Mädchen zunächst einer Familie anzuvertrauen, wo es Wärme und Geborgenheit fände, bis ein endgültiger standesgemäßer Lebensplan zu entwickeln sei. Dieses Kind lebt heute unter dem Namen Marie Firnstahl bei einem fleißigen und honorigen Handwerksmeister draußen in Wieden.»

«Unter verändertem Namen? Aber wie ist das Kind denn dort hingekommen?»

«Darüber ist unverbrüchliches Schweigen zu bewahren, Eure Exzellenz. Wollen Eure Exzellenz mich bitte von der Antwort auf diese Frage dispensieren.»

Graf Wilczek schüttelte verblüfft den Kopf.

«Nun ja, Herr Honyász, es ist ja auch nicht so wichtig. Und was ist mit dem jüngeren Mädchen?»

«Dieses Mädchen kam am zwanzigsten Januar achtundfünfzig ebenfalls anonym zur Welt und lebt unter dem fingierten Namen Josefine Katarina Schlick, genannt Katinka, im Klosterinternat der Ursulinen in der Annagasse.»

Fürst Paul schaltete sich noch einmal ein.

«Die Mädchen dort erhalten eine perfekte Erziehung und Bildung. Meine Sorge gilt weniger Katinka als dem älteren Kind bei der Familie Firnstahl. Es muß bald eine Lösung gefunden werden, Hans, die für beide Kinder ein standesgemäßes Leben garantiert. Wir können es uns nicht leisten, Kinder solcher Herkunft in der Mittelmäßigkeit untergehen zu lassen.»

Diese Einstellung entsprach voll und ganz den Überzeugungen der Exzellenz Wilczek. Aber der Graf war als Verwalter eines eigenen riesigen Vermögens Geschäftsmann genug, um auch die andere Seite der Medaille zu beachten.

«Herr Honyász, alles, was ich bisher gehört habe, ist nicht ohne Einsatz von Finanzmitteln denkbar. Wer kommt dafür auf?»

«Das war so, Eure Exzellenz», antwortete der Ungar. «Graf Valentin hat mich Anfang achtundfünfzig wissen lassen, daß er mich in seinem Testament mit einem Vermächtnis zu Lasten der Erben bedenken würde. Ein Verwendungszweck solle in dem Testament nicht angegeben werden, ich wisse dann schon, was mit diesem Geld zu tun sei. Das Legat hat natürlich bei den Erben böses Blut gemacht, und es hat der Intervention Seiner Durchlaucht bedurft, um die Auszahlung an mich durchzusetzen. Von diesem Kapital habe ich bis jetzt alles bestritten, was für die Kinder notwendig war.»

«Und darf man wissen, um welchen Betrag es sich dabei gehandelt hat?» fragte Graf Wilczek.

«Selbstverständlich, Eure Exzellenz», antwortete der Ungar. «Das Vermächtnis war ausgesetzt auf einen Betrag von fünfhunderttausend Gulden. Ich habe davon für die Kinder wenig benötigt. Der Rest ist von Zins und Zinseszins angewachsen und beläuft sich heute auf etwas mehr als siebenhundertzwanzigtausend Gulden. Das Geld liegt bei einer Bank und steht für die Versorgung der Kinder ganz zur Verfügung.»

«Du siehst also, Hans», fügte der Fürst hinzu, «daß dein eigenes Portefeuille nicht in Anspruch genommen zu werden braucht, um an den beiden Mädchen ein gutes Werk zu tun. Deine Intelligenz, deine Phantasie und dein guter Wille sollten genügen.»

Der Fürst wandte sich an den Ungarn.

«Und dann ist da noch der Rubinschmuck, Honyász. Können Sie dazu auch etwas sagen?»

«Auch den Schmuck verwahrt auf Bitte von Frau Geistinger die Bank. Frau Geistinger wollte ihn auf ihre ausgedehnten Tourneen nicht mitnehmen. Sein Schätzwert steht zu Buch mit fünfundachtzigtausend Gulden.»

«Er hat nämlich der Mutter seiner Kinder seine zu einem Schmuckstück umgearbeiteten Magnatenjuwelen geschenkt. Ein einmaliger Vorgang, der das ganze Haus Hallewyl gegen ihn aufgebracht hat. Aber es geschieht denen ganz recht, Hans. In der ganzen Familie existiert keine Ehe, die so durchgehalten hat wie diese nicht legalisierte Beziehung.»

Es trat eine längere Pause ein. Endlich fuhr der Fürst fort:

«Du schaust nachdenklich drein. An was denkst du?»

«Ich denke darüber nach, daß man dieses Geld nicht einfach an die Mädchen ausschütten sollte, die dann ja einen Vormund bräuchten, womöglich betrogen würden, Fragen ausgesetzt wären. Man sollte versuchen, mit diesem Kapital einen tüchtigen und vertrauenswürdigen Mann beruflich und gesellschaftlich so zu situieren, daß er in der Lage ist, einen großzügigen, mindestens großbürgerlichen familiären Hintergrund für beide Mädchen herzustellen, und die beiden auf geschickte Weise in dieser Familie zusammenzuführen. Ich denke an eine Synthese von Kapitalinteresse, menschlicher Vertrauenswürdigkeit und Verschwiegenheit. Ich denke zum Beispiel an einen Juden.»

Erneut trat eine Pause ein, bis Hans Wilczek fragte: «Und an was denkst *du* jetzt, Paul?»

«An einen Juden, sagst du», antwortete der Fürst. «Einen Juden, auf den die Voraussetzungen zutreffen, die du genannt hast, wüßte ich. Es wandern jetzt viele tüchtige und intelligente Juden aus Ungarn aus und kommen hierher, wo sie auf mehr Toleranz hoffen, als sie drüben finden. Der Mann, den ich meine, ist ein begabter Journalist. Wo er sich aufhält, weiß ich nicht, jedenfalls aber in Wien oder in der Umgebung. Den Namen könntest du dir ja vorsorglich einmal einprägen. Engel heißt er, Moriz Engel. Wenn du bei den hiesigen Zeitungen rückfragst, wirst du sicher auf diesen Namen stoßen.»

«Schön», sagte Wilczek, «ich werde daran denken. Mit deinem Anliegen erkläre ich mich schon aus Standesgründen solidarisch. Was schlägst du als nächstes vor?»

«Deine volle Diskretion.»

«Darüber haben wir schon gesprochen, Paul. Und als zweites?»

«Halte enge Fühlung mit Herrn Honyász. Er ist loyal, zuverlässig und über alle Details informiert.»

«Davon hat er mich bereits überzeugt», sagte Wilczek.

«Maria Geistinger ist seit sieben Jahren zum ersten Mal wieder in der Stadt», sagte der Fürst. «Sie ist nicht nur eine Schauspielerin und Künstlerin von Format, sondern sie ist auch eine Frau und Mutter. Man kann nicht erwarten, daß sie diese Gefühle in sieben Jahren in sich abgetötet hat, Hans. Sie wird Verbindung zu ihren Töchtern suchen, und das muß unter Kontrolle bleiben. Wenn ich an deiner Stelle wäre, würde ich die Bekanntschaft dieser Unnahbaren suchen und erkunden, wie sie zu ihren Kindern steht. Denn was auch immer dir einfällt, ohne oder gegen die Mutter wirst du nichts unternehmen können, was Hand und Fuß hat.»

Wenige Wochen nach diesem Gespräch, im Januar 1866, fand Maria Geistinger, als sie nach einer von Beifall umrauschten Aufführung ihrer «Schönen Helena» in ihre Garderobe zurückkam, ein Billett an ihren Tischspiegel gelehnt vor. Die zahllosen Billette ihrer Bewunderer langweilten die schöne und erfolgreiche Frau, mit dieser Mitteilung war es jedoch etwas Besonderes. Als sie den Umschlag aufgeschlitzt und das Kärtchen herausgezogen hatte, las sie mit Erstaunen:

«Gnädigste! Würden Sie mir die Ehre erweisen, mir in einer Sie betreffenden sehr wichtigen Angelegenheit ein Gespräch unter vier Augen zu gewähren? Sie erinnern sich gewiß daran, daß ich Ihnen bereits vorgestellt worden bin. Ich hoffe daher auf Ihre Zustimmung und bitte um eine Benachrichtigung durch Boten, wann ich Ihnen meinen Wagen schicken darf. Ihr Ihnen sehr ergebener Hans Wilczek.»

Es unterliegt keinem Zweifel, daß Maria das Angebot Hans Wilczeks angenommen hat. Denn von diesem Jahr 1866 an begann ein völlig neues Kapitel in ihrem Leben und im Leben ihrer beiden Töchter.

27

Als Goschi und Dr. Josef Prékonicz das nächste Mal über Katinkas Geschichte sprachen, war es ein schöner Vorfrühlingstag, und das rote Auto Prékonicz' rollte mit zurückgeklapptem Verdeck gemächlich von Baden aus in westlicher Richtung durch das Helenental auf Mayerling zu. Es war eine der Fahrten, die der Doktor sich vorgenommen hatte, um Goschi die Schönheiten Niederösterreichs zu zeigen, von denen er selbst viel, Goschi aber noch sehr wenig kannte. Der neueste Stand ihrer Nachforschungen über das Schicksal Katinkas und ihrer berühmten Mutter ließ sie auch jetzt nicht los.

«Du hast recht», sagte Goschi, «irgendwie und irgendwann muß der geheimnisvolle Wilczek in Maria Geistingers Leben eingetreten sein. Denn es steht ja fest, daß er am Lebensweg der beiden Mädchen stark beteiligt war.»

«Was wußte eigentlich deine Familie über diesen ungarischen Schmuck, den Katinka zur Hochzeit erhielt?»

«Nicht viel», sagte Goschi. «Meine Mutter kannte ihn noch und hat ihn auch beschrieben. Vierteilig, Brustbrosche mit Anhänger, kronenverzierte Ohrclips. Katinka war der Verzweiflung nahe, als er ihr neunzehnhundertdreizehn gestohlen wurde. Dieser Schmuck ist der Beweis für eine Verbindung zwischen Maria Geistinger und dem Grafen Hans: Er konnte ihn nur an Katinka weitergeben, wenn er ihn selbst von ihrer Mutter bekommen hatte. Jetzt, nachdem ich seine Geschichte kenne, tut es mir doppelt leid, daß er nicht mehr existiert. Und Katinkas Verzweiflung kann ich jetzt noch besser verstehen.»

«Glaubst du denn, daß Katinka die Geschichte dieses Schmucks und damit die Geschichte ihrer wirklichen Eltern gekannt hat?» fragte Prékonicz. «Mit anderen Worten: War es Trauer um den materiellen Verlust – oder um ein persönliches Erinnerungsstück, die sie bewegt hat?»

Goschi schwieg eine Weile und genoß das frische Grün der Birken und Weiden, die an ihnen vorüberflogen, dazwischen das gelbe Feuer aufblühender Forsythien.

«Ich habe nie gehört, daß Katinka an Sachen hing. Mit Ausnahme ihrer Tischwäsche und ihres Tafelporzellans, für die sie eine Schwäche hatte. Ich glaube, daß sie die Geschichte gekannt hat. Wenn auch vielleicht nicht so gut, wie wir sie jetzt kennen.»

«Es ist faszinierend, was man alles entdeckt, wenn man eine Schicht nach der anderen abhebt.»

«Die ganze Wahrheit werden wir vielleicht nie herausfinden», sagte Goschi. «Ob die Initiative zu den Kontakten zwischen Wilczek und Maria von ihm ausgegangen ist oder von ihr, oder, wie wir vermuten, von jemand Drittem, werden wir nie mehr klären können.»

Goschi brach ab, weil sie jetzt um eine Kurve kamen und sich vor ihnen der flache Talkessel von Mayerling ausbreitete. Hinter zartem Grün und der dunklen Kulisse eines Fichtenwäldchens, halbrechts auf einer flachen Anhöhe, erkannte man das ehemalige Jagdschlößchen, hinter dessen abweisenden Mauern sich im Januar 1889 ein Kapitel des tragischen Verfalls einer großen kulturellen und politischen Macht Europas vollzogen hatte, der Tod des damaligen österreichischen Thronfolgers Kronprinz Rudolf und seiner heimlichen Geliebten Mary Vetsera. Josef Prékonicz parkte das rote Auto. Etwa zwanzig Minuten lang stolperten sie auf dem Gelände und in den dürftig eingerichteten Zimmerchen des unschönen Gebäudekomplexes herum und fröstelten in der Eiseskälte der Gedächtniskirche, die Kaiser Franz Joseph in vollendeter neogotischer Geschmacklosigkeit hatte errichten lassen.

«Den Trakt des Hauses, wo es wirklich passiert ist, hat er niederreißen lassen», sagte Prékonicz. «Wahrscheinlich fürchtete er sich vor der Wahrheit über das Drama.»

«Ich will hier weg», sagte Goschi plötzlich und hakte sich bei Prékonicz unter. «Mich friert.»

«Das verstehe ich», sagte Prékonicz. «Ich zeige dir das auch nicht, damit du dich hier wohl fühlst, sondern weil man diesen Ort begriffen haben muß, wenn man den Untergang dieser Monarchie begreifen will.»

Sie erreichten das Auto, stiegen ein und fuhren los. Es ging in steilen Serpentinen nordwärts, bis sie eine Paßhöhe erreichten, von wo aus sie in dem vor ihnen liegenden Talgrund die Klosteranlagen der Abtei von Heiligenkreuz liegen sehen konnten.

Goschi knüpfte an das vorhin geführte Gespräch noch einmal an.

«Wenn man nur wüßte», sagte sie, «wie sich die Beziehung zwischen Maria Geistinger und Graf Wilczek weiterentwickelt hat.»

Prékonicz sah kurz zu ihr hinüber.

«Dreimal darfst du raten, Goschi. Bei allem, was man über Graf Wilczek weiß, muß er ein großer Herzensbrecher gewesen sein.»

«Meinst du wirklich?» sagte Goschi zweifelnd.

«Immerhin haben wir Marias sogenannten Montagabendbrief. Ihr Montagabendmann hieß Hans. Graf Wilczek hieß auch Hans. Und die Beschreibung im Montagabendbrief scheint ihn sehr gut zu treffen, oder findest du nicht?»

«Wenn das stimmt, wäre es immerhin auch möglich, daß Wilczek sich um Marias Kinder auf ihre eigenen Bitten hin gekümmert haben könnte.»

Prékonicz ließ ein paar Sekunden verstreichen, bevor er antwortete.

«Wir wissen es nicht, Goschi. Und wir werden es auch nie mit letzter Sicherheit erfahren. Nur eines macht mich wirklich aufmerksam. Der Graf hat Memoiren geschrieben. *Hans Wilczek erzählt seinen Enkeln Erinnerungen aus seinem Leben*. Von allem möglichen erzählt er da. Von Mordanschlägen auf sein Leben schwadroniert er, von Sechzigmetersprüngen in eiskaltes Wasser, von Nordpolexpeditionen, Jagdabenteuern, Kriegserlebnissen und auch von guten Taten. Nur von seiner Fürsorge um Katinka Engel mochte er seinen Enkeln nichts berichten, von seinem kostbaren Hochzeitsgeschenk an sie und seinen langfristigen Bindungen an diese Familie. Die Namen Geistinger oder Engel erscheinen in seinem Register nicht. Hier glaube ich, in Abwandlung eines bekannten Bonmots, daß ‹wenig viel› ist, und ‹nichts› läßt auf ‹sehr viel› schließen.»

«Ich glaube eher», sagte Goschi, «daß man ihn zum Stillschweigen verpflichtet hat und daß er dieser Verpflichtung nachgekommen ist.»

Sie erreichten in diesem Augenblick die Talebene von Heiligenkreuz. Und da sie nun schon einmal hier waren, besichtigten sie auch diese ehrwürdige Anlage mit ihrer berühmten Abteikirche, durch deren hohe Glasfenster die Lichtbahnen der Frühlingssonne über blattvergoldete Ornamentik strömten. Nach der Besichtigung war Gelegenheit zu einem einfachen Mittagessen in der Klosterschenke. Als sie ihre Mahlzeit beendet hatten und zurück zum Auto gingen, sagte Prékonicz:

«Wir kommen jetzt an einem Ort vorbei, der für mich mit Erinnerungen verbunden ist. Wenn dich nicht der Tag bis hierhin schon geschafft hat, würde ich dich gerne dort hinführen. Magst du?»

«Ich bin fit, Josef», sagte Goschi und stieg ein. «Jeder Tag mit dir ist ein Erlebnis, auch wenn er anstrengend ist.»

Die Fahrt ging über eine schmale und kurvige Straße in Richtung Mödling. Links schob sich ein steiler, bewaldeter Höhenrücken heran, eine Siedlung lag dazwischen, und irgendwo entdeckte Goschi ein Ortsschild mit der Aufschrift «Hinterbrühl». Dort bog Prékonicz links ein, und sie erreichten alsbald einen kleinen freien Platz, wo sich vor ihnen ein gemauerter Stolleneingang in einer Felswand befand, in dessen Schlund ein jetzt verrottetes Schmalspurgleis hineinlief. Dort gab es Absperrungen, und es sah nach Arbeit aus.

«Das ist das alte Bergwerk ‹Seegrotte›», erklärte der Doktor. «Es ist weit verzweigt und seit langem stillgelegt. Vorzeiten ist hier ein See eingebrochen und hat in der Tiefe einen neuen See gebildet. Es soll der größte unterirdische See Europas sein.»

Einen Schachtmeister, der ihnen entgegenkam, sprach Prékonicz an: «Kann ich mit einer Bekannten mal einen Blick bei euch reinwerfen?»

«Schon, Herr Hofrat», sagte der Mann. «Sie kennen sich ja bestens aus. Aber nehmen Sie trotzdem eine Laterne mit, denn die Beleuchtung funktioniert nur teilweise.»

In einer Baubude zündete der Schachtmeister zwei Petroleumlampen an und übergab sie an Goschi und Prékonicz.

«Wo Sie aufpassen müssen, brauch ich ja grad Ihnen nicht zu sagen.»

Sie durchschritten also die Stollenmündung und folgten in der schwachen Beleuchtung den verrosteten und teilweise verschütteten Gleisen, die weiter in die Dunkelheit hineinführten.

«Was meint er damit, daß du dich bestens auskennst?»

«Hier, in diesen unterirdischen Löchern, wollte der verrückte Hitler noch seinen Krieg gewinnen», sagte Prékonicz. «Hierher haben sie einen Teil der Flugzeugproduktion verlagert, und ich war dabei als Schweißer tätig.»

Goschi hakte sich mit einem leichten Schaudern bei ihm unter, als sie tiefer in die weitverzweigten Stollen eindrangen. Sie trafen dabei auf Querstollen und hallenartige Erweiterungen, die von den Laternen überhaupt nicht auszuleuchten waren. An einer Stelle ging es abwärts. Eine verrottete hölzerne Rollenbahn führte hinunter. Als Prékonicz die Lampe hob, schimmerte in der Tiefe dunkles, unbewegtes Wasser.

«Der unterirdische See. Sie wollen aus der ganzen Anlage eine Touristenattraktion machen und auf diesem See die Leute mit Motorbooten herumfahren.»

Sie gingen weiter. Reste der ehemaligen Verwendung begegneten ihnen im schwachen Schein der Laternen. Rippenwerk und Bleche nicht mehr fertiggestellter Flugzeuge, Werkzeuge und Kabel, die auf dem Boden herumlagen, und schließlich eröffnete sich eine riesige Halle, in der in Reih und Glied eine unabsehbare Menge von verrosteten Werkbänken standen. Prékonicz suchte eine Weile mit erhobener Lampe und blieb dann vor einer von ihnen stehen. Er legte die Hand auf die verrostete Schraubzwinge und sagte:

«Diese hier war meine.»

«Mein Gott, Josef», sagte Goschi. «Wie lange hast du das gemacht?»

«Zweieinhalb Jahre», sagte Prékonicz. «Geschlafen haben wir auch hier. Aber die Stelle ist verschüttet.»

Eine Weile ließen die beiden die düsteren Eindrücke, die dieser Ort ausstrahlte, auf sich einwirken. Dann sagte Goschi:

«Komm raus hier, Josef, zurück ins Leben. Du hast es lebend überstanden, und darauf kommt es an.»

Draußen empfing sie der Hinterbrühler Frühlingstag mit Wärme, Vogelgezwitscher und blendendem Licht. Sie lieferten ihre Laternen ab, atmeten tief durch und bestiegen das rote Auto. Um fünf Uhr nachmittags begann Goschis Dienst im «Sacher». Sie traten deshalb die Heimfahrt an. Der Ausflug war für längere Zeit ihre letzte gemeinsame Unternehmung, da der Hofrat an einer behördlichen Studienreise nach Griechenland teilnahm. Die Rückfahrt führte sie an der Wien entlang und mündete in die Rechte Wienzeile. Sie sahen beide drüben auf der anderen Seite das Theater an der Wien liegen, die berühmte, zwischen andere Gebäudeteile eingebettete Giebelfassade.

«Das ist alles noch so wie damals, als deine Urgroßmama hier aus und ein ging und später sogar die Chefin war», sagte Prékonicz. «Wie wenn die Zeit stehengeblieben wäre.»

«Bis hierhin haben wir also so ziemlich das Leben der schönen Maria kennengelernt», antwortete Goschi. «Offen ist nun nur noch, wie der ‹Plan› entstanden ist. Irgendwann und irgendwie muß ja Hans Wilczek auf Moriz Engel getroffen sein.»

«Am besten halten wir uns auch hier an die Fakten», riet Prékonicz, und Goschi fragte:

«Kennst du denn welche, die zu diesem Teil der Geschichte passen?»

«Ja», sagte Prékonicz. «Ich habe die Erinnerungen Hans Wilczeks gelesen, und ich habe die Lexika nach Moriz Engel durchstöbert.»

«Und? Hast du etwas entdeckt?»

«Natürlich», antwortete Prékonicz. «Ich bin sicher, daß dieser Kontakt im August achtzehnsiebenundsechzig in Salzburg zustande gekommen ist. Man muß sich auf der Zunge zergehen lassen, was Hans Wilczek von seinem Salzburger Aufenthalt seinen Enkeln alles erzählt: den prickelnden Reiz, zum Beispiel, den es ihm bereitet hat, die Kaiserin Eugenie von Frankreich auf einem Ausflug zur Kugelmühle über einen Gebirgsbach zu tragen, und alles, was dabei geredet worden ist. Oder die exquisite Szene, wie der schöne Hans insgeheim die beiden Kaiserinnen Eugenie und Elisabeth beim Abmessen der ‹schönsten Waden, die Europa zu bieten hat› belauscht hat, bis er von Kaiser Napoleon III. dabei erwischt wurde. Das alles durften die Enkel erfahren. Aber daß als privilegierter Sonderberichterstatter auch Moriz Engel sich damals in Salzburg aufhielt, der Mann, für dessen angebliche Schwester Wilczek später Trauzeuge und für dessen Kinder er Pate wurde, das hat Hans Wilczek den Enkeln vorenthalten. Warum? Ebenso übrigens wie seine stadtbekannt gewordene

Affäre mit Katharina Schratt, wegen der er sogar mit dem Kaiser in Konflikt geriet. Es spricht vieles dafür, daß alle diese Beziehungen platonisch blieben. Aber er wollte sie seinen Enkeln verheimlichen. Und der Nachwelt auch. Was Katharina Schratt, die Geliebte des Kaisers, betrifft, ist das verständlich. Aber bei Moriz Engel? Dahinter steckt das Geheimnis der Geistinger-Töchter. Dafür lege ich meine Hand ins Feuer.»

28

Hans Wilczek hatte nach jener folgenschweren Unterredung mit Fürst Paul Esterházy und dem Ungarn István Honyász viel Zeit, Mühe und Geduld aufgewendet, um sich darüber Rechenschaft abzulegen, was nun eigentlich von ihm erwartet werde und wie das alles zu bewerkstelligen sei. So, wie Goschi und Dr. Prékonicz das vermuteten und wie Paul Esterházy es ihm empfohlen hatte, hatte er Maria Geistinger näher kennengelernt und von ihr unter dem Siegel der Verschwiegenheit die Bestätigung für alles erhalten, was Fürst Paul ihm an jenem düsteren Adventssonntag in der Herrengasse mitgeteilt hatte. Er war auch Fürst Pauls Anregung gefolgt und hatte durch einen pensionierten Beamten der polizeilichen Evidenz den jungen Journalisten Moriz Engel ausforschen lassen und dabei in Erfahrung gebracht, daß dieser Mann wirklich aus Ungarn zugewandert war und in Neukettenhof, einer winzigen Gemeinde im Bezirk Bruck an der Leitha nahe der Grenze zu Ungarn, das Heimatrecht besaß. Von dort aus hatte sich der junge Mann mit zielstrebiger Ausdauer näher an die Hauptstadt herangearbeitet und war zu dem Zeitpunkt, da Wilczeks Beauftragter ihn ausfindig machte, ein fachlich ausgezeichnet beurteilter politischer Redakteur im Stab der «Neuen Freien Presse». Was Wilczek über diesen Mann sich hatte berichten lassen, klang befriedigend. Es sollte auch einen Vater des jungen Moriz namens Leopold Engel geben, verantwortungsbewußter und vertrauenswürdiger Hauptkassierer bei einer angesehenen Lebensversicherungsbank, dessen Frau wohl noch vor seiner Übersiedlung aus Ungarn dort verstorben war.

Nachdem der vertrauliche Bericht über diese Familie Hans Wilczek vorgelegen hatte, hatte der Graf den verständlichen Wunsch gehabt, den jungen Engel persönlich in Augenschein zu nehmen. Sein Spion hatte das arrangiert. Zwei- oder dreimal war es geglückt, aus einer geschlossenen Kutsche heraus den jungen Mann eine Weile zu beobachten, und ein weiteres Mal konnte der Spion den Journalisten in ein Kaffeehaus in der Innenstadt bestellen, wo ihn der Graf aus einer Ecke heraus und hinter einer Zeitung verborgen eine halbe Stunde hatte beobachten können. Er sah einen Mann mit hoher Stirn, einer geraden, kräftigen Nase, das Kinn verborgen in einem gepflegten dunklen Spitzbart, ganz ähnlich wie Graf Wilczek selbst. Insgesamt ein Mann, dachte der Graf, eher geeignet zum Chef oder zum Selbständigen als zu einem Angestellten, der er ja schließlich war. Ein Mann, der, wie Wilczek sofort erkannte, nicht nur fähig, mit dem Wort, sondern auch fähig und willens war, mit Geld umzugehen. Jedoch stellten alle diese Erkenntnisse über den Journalisten der «Neuen Freien Presse» Moriz Engel, nebst einer allgemeinen Sympathie für intelligente Juden, in Hans Wilczeks Verstand noch nicht die Weichen dahin, was mit den beiden Töchtern der Maria Geistinger und des Grafen Valentin Esterházy zu geschehen habe.

Bis aus heiterem Himmel ein Ereignis eintrat, das sich in dieser Hinsicht wie eine Offenbarung auswirkte. Dieses Ereignis war nichts weiter als ein abendlicher Besuch Wilczeks bei seinem Jugendfreund, dem Fürsten Konstantin Hohenlohe, in dessen Domizil in der Theresianumgasse. Die beiden Männer dinierten und spielten danach eine oder zwei Partien Billard zusammen, was sie des öfteren taten. So auch an diesem Abend des Spätwinters 1867, nachdem der Krieg gegen Preußen vertan, die Schlacht von Königgrätz verloren und die schöne Provinz Venetien zum Teufel gegangen war. Die Stimmung im Volk gegenüber der Monarchie, dem Adel, der politischen und militärischen Führung schlechthin, stand nicht zum besten. Überall regte sich Aufsässigkeit, Unzufriedenheit, ja sogar Widerstand. Als die beiden Männer ihr Spiel begannen, sah Wilczek auf dem Tischchen in der Rauchecke ein paar Nummern des «Kikeriki» liegen, einer Publikation, die unter dem Deckmantel künstlerischer Satire sich gewisser hämischer Enthüllungen über die herrschende Klasse befleißigte.

«Liest du das?» fragte Wilczek angeekelt.

«Muß ich wohl», erwiderte Hohenlohe, während er sein Queue

einkreidete. «Majestät will regelmäßig wissen, wie die Stimmung im Volke ist. Und ich kann ihm nicht dauernd etwas vormachen.»

Er begann zu spielen und visierte über das Queue einen der Bälle gewissenhaft an. Dann aber zog er den Stock zurück, richtete sich auf, stützte sich darauf und fuhr fort:

«Und da gibt es noch viel mehr, Hans, und noch ganz andere Kaliber. Da gibt es diesen O. F. Berg, der mit seinen schlechten Theaterstücken eine Breitseite nach der anderen gegen unsere Elite abfeuert. Da gibt es ‹Die Spatzen am Dach›, in denen Woche für Woche erfundene Lügengeschichten gegen den Adel zu lesen sind. Da gibt es die ‹Volksstimme›, die in das gleiche Horn stößt.»

«Ich verfolge das alles nicht so genau, weißt du», antwortete Wilczek. «Aber man hat doch den Eindruck, daß unsere Zensurbehörde gar nicht so schlecht funktioniert. Warum verbietet man solche schmutzigen Pamphlete nicht einfach?»

Auf diese Worte hin stellte der Fürst sein Queue zurück in den Ständer und sagte:

«Darüber können wir allerdings nicht beim Billardspiel sprechen, Hans, das müssen wir ausdiskutieren. Am besten bei einer Flasche Burgenländer.»

Er wandte sich um und zog an der Glocke. Ein Bediensteter erschien.

«Roger», sagte Fürst Konstantin, «brennt in der kleinen Bibliothek ein Feuer?»

«Jawohl, Eure Durchlaucht», erwiderte der Diener.

«Schön, dann trag der Exzellenz und mir dort eine Flasche Roten auf. Du weißt schon, den gleichen wie sonst auch.»

«Sehr wohl, Durchlaucht», sagte der Diener und verschwand geräuschlos. Wenig später fanden sich die beiden Männer vor dem Kaminfeuer in Fürst Konstantins kleiner Bibliothek wieder, um ihr beim Billardspiel begonnenes Gespräch über die k. k. Zensur fortzusetzen. Der Fürst machte damit den Anfang.

«Natürlich kann man das alles unterdrücken, Hans. Dann ist es eben nicht sichtbar. Aber das ändert nichts daran, daß es da ist. Und das Volk weiß das. Das ist das Gefährliche. Und da müssen wir mit aller Macht etwas dagegenstellen.»

«Und was soll das deiner Meinung nach sein?» fragte Wilczek.

Fürst Hohenlohe setzte sich neben das Kaminfeuer und schlug die Beine übereinander.

«Eben darüber habe ich mich neulich eine Stunde mit Beust unterhalten», antwortete der Fürst. «Und Beust ist ein in Dingen der Machtausübung sehr erfahrener Minister.»

«Und was sagt Beust?» fragte säuerlich Wilczek, von dem bekannt war, daß er den umtriebigen und außerdem meist ungepflegt wirkenden Minister aus Sachsen nicht leiden mochte.

«Beust sagt in diesem Fall etwas sehr Vernünftiges, Hans. Beust sagt nämlich, man müßte dafür sorgen, daß mehr Sachen geschrieben werden, die gar nicht zensiert oder verboten zu werden brauchen. Zum Beispiel, weil sie über Krone, Hof und Adel nur Positives berichten.»

«Und was hat er da für Vorstellungen?» fragte Wilczek.

Hohenlohe sagte:

«Er hat dazu überhaupt keine konkreten Vorstellungen. Es ist nur so ein Gedanke. Aber es ist ein ganz guter Gedanke, findest du nicht auch?»

«Wenn man einen Weg wüßte, ihn zu verwirklichen, schon», antwortete Wilczek nachdenklich.

Das kommt auf den Wirkungskreis an, den man mit seinen Entscheidungen hat. Für das vorgesehene Treffen zwischen Franz Joseph und Napoleon III. im kommenden August in Salzburg zum Beispiel hat Seine Majestät mir die Verantwortung dafür übertragen, welche Journalisten dort zur Berichterstattung zugelassen werden. Und ich bin natürlich auf der Suche nach solchen, von denen zu erwarten ist, daß sie positiv darüber schreiben.»

Hans Wilczek griff nach seinem Glas, trank einen Schluck, behielt es dann in der Hand und sah seinen Gastgeber eine ganze Weile wortlos und nachdenklich an. Es ist ziemlich sicher, daß dies der Augenblick war, der den ersten Anstoß zu jenem Plan brachte, der später eine ganze Familie in größtes Erstaunen versetzte.

«An was denkst du?» fragte der Hausherr.

Wilczek schreckte aus seinen Überlegungen hoch und stellte das Rotweinglas zurück auf das Taburett.

«Hast du dafür schon irgendwelche Namen im Kopf?» fragte er.

«Nein», sagte Fürst Hohenlohe. «Warum fragst du?»

«Dann laß den Namen für die ‹Neue Freie Presse› offen, Konstantin. Vielleicht kann ich dir, Beust, der Majestät und überhaupt uns allen einen Dienst erweisen.»

«Das klingt aber geheimnisvoll», sagte der Fürst. «Da bin ich gespannt, Hans.»

«Das ist», antwortete Wilczek, «auch nur so ein vager Gedanke wie bei Beust. Aber vielleicht auch ein ganz guter Gedanke. Ich muß das erst eruieren. Laß mir etwas Zeit.»

Das erste Treffen des Grafen Wilczek mit dem Redakteur Moriz Engel fand in ebenjenem Kaffeehaus statt, wo Wilczek den Journalisten zum ersten Mal beobachtet hatte. Wilczek ließ bei dem Arrangement nicht die geringste Heimlichtuerei walten. Er hatte Moriz Engel ein Billett in die Redaktion geschickt mit der Bitte, ihm, Wilczek, an einem bestimmten Tag, zu einer bestimmten Zeit, in einem bestimmten Kaffeehaus für eine bestimmte Information eine halbe Stunde zur Verfügung zu stehen. Unterzeichnet hatte er mit seinem vollen Namen, den Journalisten aber darüber im unklaren gelassen, was er konkret von ihm wollte.

Engel war schon da, als der Graf das Kaffeehaus betrat und direkt auf die Ecke zusteuerte, in der Engel Platz genommen hatte. Die Herren stellten sich einander vor, und Wilczek setzte sich. Er begann auch das Gespräch.

«Sie werden sich wundern, Herr Engel, von einem Unbekannten hierher gebeten worden zu sein.»

«Sie sind kein Unbekannter, Exzellenz», antwortete Engel. «Und ich wäre ein schlechter Redakteur, wenn Sie mir ein Unbekannter wären. Man weiß im Gegenteil über Sie sehr viel in der Stadt. Nur wie Sie ausgerechnet auf mich aufmerksam geworden sind, Exzellenz, und was ich mit meinen bescheidenen Möglichkeiten für jemand wie Sie tun könnte, ist mir natürlich vorerst noch verborgen.»

«Das ist ganz unkompliziert, Herr Engel», sagte der Graf. «Ich werde mir später erlauben, an Sie eine Frage zu stellen, auf die Sie mir nur mit einem ‹Ja› oder einem ‹Nein› zu antworten brauchen. Das ist alles. Aber vorher wüßte ich gerne noch das eine oder andere über Ihr persönliches Leben, soweit Sie mir darauf Antwort geben wollen.»

Bei diesem Gespräch erfuhr Graf Wilczek ungefähr das gleiche, was er auch vorher schon über Moriz Engel und seine Familie in Erfahrung gebracht hatte. Außerdem, daß der junge Mann bei der «Presse» festangestellt war und dort ein Gehalt bezog, das nach seiner eigenen Einschätzung seinen Leistungen nicht entsprach. Schließlich sagte der Graf:

«Ihr Name ist mir genannt worden zur Durchführung einer Aufgabe von größter Vertraulichkeit, Herr Engel, von Fürst Paul Anton Esterházy, noch kurz vor seinem Tode im vorigen Jahr.»

«Ich war in der glücklichen Lage», erwiderte der Journalist, «Seiner Durchlaucht eine persönliche Gefälligkeit erweisen zu können, für die Seine Durchlaucht mir Dankbarkeit bezeigt hat.»

«Darf man etwas Näheres über die Natur dieser Gefälligkeit erfahren?» fragte der Graf.

«Hat die Durchlaucht Esterházy Ihnen gegenüber eine Andeutung in dieser Richtung gemacht?»

«Nein», bekannte Graf Wilczek offen. «Ich habe ihn auch nicht danach gefragt.»

«Dann muß ich Sie bitten, Exzellenz, mir die Antwort zu erlassen. Über etwas Auskunft zu geben, worüber auch die Durchlaucht nicht gesprochen hat, dazu fühle ich mich nicht berechtigt.»

«Fürst Paul hätte es mir natürlich gesagt, Herr Engel, wenn ich ihn darum gefragt hätte.»

«Ich bedaure, Exzellenz ..., ich bitte, das zu verstehen.»

Der Journalist machte Anstalten, sich nach dem Kellner umzusehen, aber Wilczek legte ihm die Hand auf die Schulter.

«Nein, nein, bleiben Sie bitte, Herr Engel. Das ist schon in Ordnung. Und ich möchte Ihnen doch die Frage noch vorlegen, von der ich vorhin sprach. Wenn ich Ihnen anbieten würde, Ihre schlechtbezahlte Stellung aufzugeben, um ein selbständiger, eigenverantwortlicher Zeitungsverleger zu werden, Eigentümer, Herausgeber und Chefredakteur, würden Sie mir mit ‹ja› antworten oder mit ‹nein›? Das wollte ich noch von Ihnen wissen.»

Auf diese Frage erfolgte lange keine Antwort. Und erst nach einer ganzen Weile kam die Gegenfrage:

«Wollen Sie sich einen Scherz mit mir machen, Exzellenz?»

«Keineswegs», sagte der Graf. «Die Frage ist mein voller Ernst. Die Verwirklichung erfordert ein paar Voraussetzungen. Eine davon ist, daß das neu zu gründende Blatt eine Publikation wird, die sich der Kritik an Monarchie, Hof und Adel strikt enthält. Ein paar andere Voraussetzungen wären persönlicher Art, darüber müßte man sprechen. Das Anfangskapital würde zur Verfügung gestellt, und zwar als nicht rückzahlbarer Zuschuß. Dazu würden Sie Details und Informationen exklusiv und aus erster Hand erhalten. Ich möchte jetzt gar keine verbindliche Antwort von Ihnen. Ich möchte nur wissen, ob grundsätzlich über ein solches Projekt mit Ihnen zu sprechen wäre. Unter den ehrenhaftesten Voraussetzungen, versteht sich – und den seriösesten Bedingungen. Sollte dieser Vorschlag ein Verhandlungsgegenstand für Sie sein, würde ich mich beim Obersthofmeisteramt für Ihre Zulassung als Sonderberichterstatter für Salzburg einsetzen.»

Als der junge Journalist eine ganze Weile nichts antwortete, fügte der Graf hinzu:

«Möchten Sie Ihre Antwort gerne überschlafen, Herr Engel?»

«Exzellenz», sagte Engel nach einer weiteren Pause, «das Angebot, das hinter Ihrer Frage steht, scheint so großzügig zu sein, und Ihre Person bietet eine so hohe Gewähr für Seriosität, daß die Annahme einer Bedenkzeit einer Beleidigung gleichkäme. Bitte verstehen Sie, daß ich sehr überrascht bin. Meine Antwort auf Ihre Frage lautet selbstverständlich ‹ja›. Allerdings unter dem Vorbehalt all dessen, was Sie vorhin ausgeführt haben.»

«Das ist Ehrensache, Herr Engel», sagte Graf Wilczek. «Und im Fall des Falles würde ohnehin noch einmal verhandelt und alles schriftlich fixiert werden. Für heute kommt es mir nur darauf an, einen Mann zu wissen, mit dem solche Verhandlungen geführt werden können. Und vor allem einen, der darüber schweigt.»

Jeder für sich bezahlten die Herren. Draußen auf der Straße trennten sie sich und zogen die Hüte.

«Herr Engel», sagte der Graf, «ich freue mich, Ihre Bekanntschaft gemacht zu haben. In Salzburg sehen wir uns wieder.»

Während der gesamten vier Tage der Kaiserbegegnung vom 18. bis zum 22. August 1867 leuchtete, was in Salzburg bekanntlich selten geschieht, die Sonne vom wolkenlosen Himmel, schüttete ihr Licht über mittelalterliches Festungsgemäuer herunter auf barocke Kuppeln und Rokokofassaden bis in die anheimelnde Enge der schmalen und jetzt von fast 50 000 fremden Gästen hoffnungslos überfüllten Gassen.

Das Szenario war entworfen. Graf Wilczek hatte als persönlicher Kämmerer Ihrer Majestät der Kaiserin von Frankreich sein Quartier in der Residenz unmittelbar dem Dom gegenüber bezogen. Der junge Journalist Moriz Engel war für die «Neue Freie Presse», Wiens bedeutendste Tageszeitung, als Sonderberichterstatter zugelassen und in einem Privathaus in der Getreidegasse untergekommen, wo er die Berichte verfaßte, die er allabendlich an seine Redaktion nach Wien telegrafierte. Hans Wilczek hatte in diesen bemerkenswerten Tagen, in denen allerdings politisch nichts weiter herauskam, als daß Österreich-Ungarn 1871 beinahe auf Frankreichs Seite in den Deutsch-Französischen Krieg eingegriffen hätte, zwei Aufgaben: eine ihm übertragene, nämlich der schönen Kaiserin Frankreichs jeden Wunsch von den Augen abzulesen; und eine selbstgestellte, nämlich den Sonderberichterstatter Moriz Engel aus Wien bei der Ausübung seiner Tätigkeit genau zu beobachten. Beide Aufgaben erfüllte Hans Wilczek offenbar mit Fleiß und Hingabe, wenn auch die offizielle Chronik dieser Tage erkennen läßt, daß des schönen Grafen Abenteuer mit der französischen Majestät entweder nicht so, wie er sie seinen Enkelkindern erzählt hat, oder aber nicht zu den Zeitpunkten, auf die er sie verlegte, stattgefunden haben können.

Das tat aber dem allgemeinen Jubel jener Tage keinerlei Abbruch. Begonnen mit der fast schlichten Ankunft des österreichischen Kaiserpaares aus Ischl im einfachen Jagdzweispänner am Vorabend von Franz Josephs Geburtstag über die Einholung des französischen Kaiserpaares vom festlich geschmückten Bahnhof am Tag darauf bis zu der Kutschenfahrt hinaus nach Schloß Klesheim, von wo aus die Hofgesellschaft Hunderte von riesigen, mit ganzen Baumstämmen genährten Feuern auf den Gipfeln aller umliegenden Berge bewunderte. Im Festsaal der Winterresidenz, wo am 19. August die Galatafel stattfand, wurde Engel bemerkt. Auf die Höhe Aigen begleitete die Presse die kaiserlichen Herrschaften, wo sie den herrlichen Watzmannblick hinüber nach Bayern bestaunten. Tags darauf die Ausfahrt nach Hellbrunn mit Besichtigung des berühmten Tierparks, wo die beiden Kaiserinnen sich zum Jubel des Volkes den mädchenhaften Scherz erlaubten, sich wie Zwillingsschwestern zu kleiden. Auch über die abschließende feierliche Soiree am letzten Abend berichtete Moriz Engel ebenso farbig wie gewissenhaft nach Wien. Feenhaft sei der große Saal über dem Portal beleuchtet und geschmückt gewesen. Sechsundneunzig Personen seien geladen gewesen, darunter fünf kaiserlich österreichische Minister.

Die Berichte Engels über alle diese Ereignisse, bis hin zur Verabschiedung des französischen Kaiserpaares am 23. August um acht Uhr früh, bekam, bevor sie nach Wien telegrafiert wurden, Graf Hans Wilczek zu Guttenland und Hultschin zu lesen; und was er las, erfüllte ihn mit Befriedigung. Nach dem Gespräch vom März mit Moriz Engel in jenem Kaffeehaus hatte Wilczek jeden Artikel, der unter dem Namen Moriz Engel erschien, mit Interesse gelesen und dabei festgestellt, daß er mit diesem jungen Mann für seine Ziele und Pläne keineswegs auf das falsche Pferd gesetzt hatte. Gleichzeitig hatte er Gedankenspiele durchgeführt, Pläne gefaßt und wieder verworfen und außerdem Leopold Engel, Moriz Engels Vater, einer ebenso genauen Beobachtung und Prüfung unterzogen wie zuvor den Sohn. Schon kurz vor seiner Abreise nach Salzburg war auf diese Weise bezüglich der beiden Geistinger-Töchter in seinem Kopf ein Konzept zustande gekommen, das Substanz genug hatte, daß er es mit dem jungen Engel besprechen konnte. Und das begann mit einem Billett der Exzellenz, das der junge Mann am Abend des 23. August in seinem Quartier in der Getreidegasse vorfand und das folgenden Wortlaut hatte:

«Sehr geehrter Herr! Der Hofsonderzug verläßt Salzburg übermorgen früh neun Uhr. Sie werden eingeladen, die Rückreise nach Wien in diesem Zuge anzutreten. Sie finden mich im Salonwagen des Obersthofmeisters. Wilczek.»

Dieses Angebot nahm Moriz Engel selbstverständlich an. Er sorgte dafür, daß seine Koffer auf andere Weise zurück nach Wien gelangten, und fand sich pünktlich im Bahnhof ein. Der dem französischen Hofzug an Prunk weit unterlegene Wiener Hofsonderzug war schon zur Abfahrt bereit, und die beiden Schnellzuglokomotiven, die ihn ziehen sollten, standen unter Dampf. Engel wies sich bei dem Aufsichtsbeamten durch das Einladungsbillett des Grafen Wilczek aus und wurde an das Einstiegstreppchen des Salonwagens des Obersthofmeisteramtes geführt. Im Inneren des Waggons fand er den Grafen, gut ausgeschlafen und wohlgelaunt. Der Waggon war mit Sitzgruppen und Causeusen sowie mit Tisch, Sesseln und einer Arbeitsecke luxuriös und bis zu einem gewissen Grade sogar zweckmäßig eingerichtet.

Nach der Begrüßung bot der Graf seinem Gast ein Frühstück an. Während die beiden Herren dieses einnahmen, setzte der Zug sich in Bewegung. Graf Wilczek erklärte, daß sie die vier Stunden Reisedauer bis Wien Zeit hätten, um über den Vorschlag, den er dem Journalisten im Frühjahr angedeutet hatte, zu reden.

«Ich nehme an, daß Sie sich selbst für befähigt halten, eine Zeitung eigenverantwortlich zu leiten, zu gestalten und rentabel zu machen, sonst hätten Sie ja damals nicht zugestimmt, nicht wahr? Von Ihrer redaktionellen Begabung und Ihrer Loyalität gegenüber der Krone habe ich mich inzwischen überzeugen können. Von daher steht der Verwirklichung also nichts im Wege.»

«Eure Exzellenz», erwiderte Engel, «ich darf wohl annehmen, daß Sie einen so weitreichenden Vorschlag nicht machen, um einem jungen, unbekannten Redakteur eine persönliche Freude zu bereiten. Die Durchführung Ihrer Vorschläge kostet Geld, sehr viel Geld, das ich, wie Sie wissen, nicht habe.»

«Herr Engel», antwortete der Graf, während er mit der Messerklinge sein Ei aufklopfte, «wenn wir uns über die übrigen Bedingungen einigen können, brauchen Sie an Geld keinen Gedanken mehr zu verschwenden.»

«Und was sind das für Bedingungen, Exzellenz?»

Der Graf lächelte, legte sein Besteck nieder, griff in die Brusttasche, zog einen Umschlag hervor und legte ihn neben seinen Teller auf den Tisch.

«Die erste Bedingung ist die, daß Sie eine Ehe schließen werden, Herr Engel.»

Verständlich, daß es dem jungen Mann zunächst die Sprache verschlug. Er starrte sein Gegenüber an.

«Und zwar mit dieser jungen Dame hier», fuhr der Graf ungerührt fort, als Engel nichts sagte. Er schob dem jungen Mann den Umschlag über den Tisch. Engel nahm ihn und zog eine Fotografie hervor, die er, ebenso erstaunt wie eingehend, betrachtete. Dann hob er den Blick und sah den Grafen an.

«Das ist eine Schönheit», sagte er. «Aber sie ist ein Kind.»

«Sie wird, wenn Sie mit ihr die Ehe eingehen, wenige Wochen vor der Vollendung ihres siebzehnten Lebensjahres stehen», sagte der Graf. «Aber eine Schönheit wird sie bleiben. Oder vielmehr überhaupt erst werden.»

«Wer ist dieses Mädchen?» fragte Engel nach einer Weile, schob die Fotografie in den Umschlag und gab ihn dem Grafen zurück. Wilczek verwahrte ihn und sagte:

«Das ist Marie Firnstahl, die Tochter eines Handwerksmeisters in Wieden, der aber, wenn er Ihr Schwiegervater wird, bereits k. k. Hof-Etuifabrikant sein und im Bürgerspital Zinshause wohnen wird.»

«Das Mädchen ist nicht mosaisch, Exzellenz. Ich weiß nicht, ob Ihnen bekannt ist, daß ich mosaisch bin.»

«Natürlich, Herr Engel. Und das ist der Grund dafür, daß Fürst Paul mir Sie empfohlen hat. Marie wird zum Zeitpunkt der Eheschließung konfessionslos sein, und Sie werden es auch sein. Für all das wird gesorgt sein. Und für noch mehr. Die Zeitung, die wir benötigen, brauchen Sie gar nicht erst selbst zu gründen, denn sie wird dann bereits bestehen. Im Register wird eingetragen stehen ein junger Kollege namens Viktor Silberer, den ich von der Gründung des Wiener Rudervereins ‹Adeliger Club› im Jahr dreiundsechzig her sehr gut kenne. Er ist derzeit in New York und absolviert dort seine Lehr- und Wanderjahre als Herausgeber einer Abendzeitung. Sie brauchen zum Zeitpunkt Ihrer Eheschließung nur in einen Vertrag einzusteigen und treten nach außen hin als Kapitalgeber überhaupt nicht in Erscheinung. Ebenso werden Sie zum Zeitpunkt Ihrer Eheschließung mit Marie Firnstahl schon Ihr Domizil in der Unteren Donaustraße 52 verlassen haben und eine angemessene Residenz in der Inneren Stadt bewohnen. Wahrscheinlich wird es das Prinz-Carl-Palais in der Annagasse zwanzig sein.»

Von allen diesen Details überwältigt, gab der junge Engel einige Augenblicke lang der Versuchung nach, die ganze Sache von der komischen Seite her zu nehmen.

«Und wann soll der Tag dieser Eheschließung sein, Exzellenz? Ist darüber auch schon entschieden?»

Natürlich erwartete Engel auf diese ironische Frage eine ironische oder sarkastische Antwort und war deshalb überrascht, daß sein Gastgeber völlig ernst blieb.

«Den Tag kann ich Ihnen noch nicht genau sagen, Herr Engel. Aber diese Eheschließung wird in den ersten beiden Wochen des September siebzig stattfinden. Das hat juristische Gründe, die ich Ihnen auch nicht genau erklären kann, weil ich kein Jurist bin. Sie brauchen sie aber auch im einzelnen nicht zu kennen. Sie werden an diesem Tage rechtlich völlig unanfechtbar die Tochter Marie des k. k. Hof-Etuifabrikanten Thaddäus Firnstahl heiraten und brauchen keine weiteren Fragen zu stellen – und natürlich auch nicht zu beantworten.»

Moriz Engel sah eine Weile durch das Fenster hinaus auf die vorübergleitende, nach nächtlichem Gewitter in unbewegter Glattheit daliegende Fläche des Wallersees. Endlich wandte er sich dem Grafen wieder zu.

«Erlauben Exzellenz mir dennoch eine Frage. Was steckt hinter dieser geheimnisvollen Sache? Eine Affäre?»

«Sie sagen es», erwiderte Wilczek. «Eine Affäre von großen Dimensionen. Aber was Ihre berechtigte Frage einschließt: keine kriminelle, keine ungesetzliche, noch nicht einmal eine amoralische Angelegenheit. Dafür stehe ich mit meinem Ehrenwort als Edelmann ein. Es geht darum, zwei Töchtern einer nicht legalisierbar gewesenen –»

«Zwei Töchtern, sagen Sie?»

«Ja. Lassen Sie mich fortfahren, Herr Engel. Sie werden alles hören. Deswegen habe ich Sie zu dieser Reise eingeladen. Es geht also darum, zwei Töchtern aus einer nicht legalisierbar gewesenen Verbindung in allerhöchsten Kreisen eine standesgemäße familiäre Grundlage für ihr weiteres Leben zu verschaffen, ohne daß jemals bekannt wird, daß die Mädchen Schwestern sind und wer ihre Eltern waren. Dafür steht ein sehr großzügiges Kapital zur Verfügung. Es soll einem tüchtigen Mann dazu dienen, diese Basis herzustellen, verstehen Sie das?»

«Natürlich, Exzellenz. Nur – was ist mit dem zweiten Mädchen?»

«Das zweite Mädchen ist die jüngere Schwester der jungen Dame, die Sie heiraten sollen. Sie heißt Katinka, ist jetzt neun Jahre alt und befindet sich als angebliches Waisenkind im Klosterinternat der Ursulinen. Sie wird achtzehnhundertfünfundsiebzig ihre Schulausbildung dort abgeschlossen haben und muß das Kloster dann verlassen. Ich habe mich mit Ihrer Familie sehr beschäftigt, Herr Engel. Unsere Rechnung würde am besten aufgehen, wenn Ihr Vater Leopold, bis zu diesem Jahr fünfundsiebzig in einer honorigen Position als höherer Angestellter, dieses Kind formell adoptieren und ihm Familienleben und Ausbildung vermitteln würde. Auch hierfür wäre finanziell großzügig gesorgt. Das Mädchen würde damit natürlich nach außen hin nicht die Schwester Ihrer Frau und damit Ihre Schwägerin sein, sondern als Ihre eigene Schwester, Katinka Engel, in Erscheinung treten.»

Der Graf machte hier eine Pause. Nach einer Weile fuhr er, als sein Gegenüber nichts sagte, fort:

«Ich weiß natürlich, daß Sie alle diese, nun ja, außergewöhnlichen Eröffnungen erst verarbeiten und überdenken müssen. Aber berücksichtigen Sie dabei, Herr Engel, was Ihnen dieses Arrangement bieten würde. Die Möglichkeit, durch Ihr eigenes Talent und Ihren eigenen Fleiß ein eigenes Unternehmen aufzubauen und damit hohe Einnahmen zu erzielen. Dazu den Aufstieg in ein gehobenes gesellschaftliches Umfeld – also Ansehen, Wohlstand, Einfluß ...»

Der Graf sah sein Gegenüber aufmunternd an.

«Außerdem brauchen Sie sich natürlich keineswegs jetzt und hier zu entscheiden. Ich stehe Ihnen auch in Wien für alle Einzelheiten und alle Fragen voll zur Verfügung. Ihre Entscheidung bräuchte ich aber bis zu dem Zeitpunkt, zu dem ich Viktor Silberer aus Amerika zurückholen kann, um noch genügend Zeit für die Vorbereitungen zu haben. Denn wir brauchen natürlich einen sehr straffen und genauen Fahrplan für die Abwicklung. Haben Sie für den Augenblick noch Fragen?»

«Es wird eine Menge Fragen geben, Exzellenz», sagte Engel. «Aber am meisten beschäftigt mich im Augenblick nur eine. Wie ist Fürst Paul und wie sind Sie selbst ausgerechnet auf mich gekommen? Warum haben Sie nicht zuerst an einen Ihrer Standesgenossen gedacht?»

«Das ist eigentlich sehr einfach», antwortete Graf Wilczek. «Erstens sind unsere Standesgenossen alle viel zu reich, um ein echtes Interesse an einem solchen Arrangement zu haben. Zweitens sind unsere Standesgenossen alle viel zu neugierig. Keiner von ihnen würde wirklich darauf verzichten, hintenherum herauszukriegen, wer die Eltern der Mädchen sind. Drittens sind unsere Standesgenossen alle viel zu geschwätzig. Ich wüßte keinen einzigen, dem ich zutrauen würde, in dieser Sache zu schweigen. Und viertens versteht keiner unserer Standesgenossen genügend vom Geld, um aus dem zur Verfügung stehenden Kapital nicht weniger, sondern mehr Geld zu machen. Genügt Ihnen das?»

«Exzellenz», antwortete Moriz Engel nach einer Weile und reichte dem Grafen die Hand über den Tisch, «ich bin Ihr Mann. Verfügen Sie über mich. Und verständigen Sie Herrn Silberer in Amerika.»

Genau in diesem Augenblick donnerte der Hofsonderzug mit entnervendem Pfeifen seiner beiden Lokomotiven durch den Bahnhof von Vöcklabruck. Von hier bis nach Wien unterhielten sich die beiden Männer im Salonwagen des Obersthofmeisteramtes über ein mindestens ebenso wichtiges Kapitel ihrer gemeinsamen Pläne, nämlich über Art, Inhalt, Umfang und Titel für Moriz Engels Zeitung. Schon rasch waren sich die beiden Herren darin einig, daß es kein glückliches Unternehmen sein würde, in eine Konkurrenz mit der bestehenden Wiener Tagespresse einzutreten. Graf Wilczek erläuterte seine eigenen Vorstellungen von der Herausgabe eines elitären Wochenblattes mit Schwerpunkt der aktuellen Berichterstattung über Hof, Krone und Gesellschaft. Einig waren sich beide, als der Zug im Westbahnhof einlief, daß Viktor Silberer aus New York zurückzuholen sei, sobald er dort aus seinem Vertrag entlassen werden könne.

Das geschah im Spätsommer 1869. Unverzüglich nach Silberers Rückkehr begannen die Gespräche und Vorbereitungen für die Gründung der Zeitung. Der junge Silberer, hoch in Gunst und Ansehen des Grafen Wilczek stehend, erklärte sich sofort bereit, sich an den notwendigen Transaktionen zu beteiligen, und wurde dafür auch späterhin durch des Grafen steuernden Einfluß entschädigt, der Silberer in maßgebliche Chefpositionen beförderte. Fürs erste brachte der junge Mann aus der Neuen Welt jedoch jene Erfahrung und Denkweise mit, die im damaligen Europa noch völlig unbekannt waren und die heute unter dem Begriff *sales promotion* geläufig ist.

Seiner Überzeugungskraft war es zu verdanken, daß die neu entstehende Wochenpublikation nach vielem Hin und Her den Titel «Wiener Salonblatt» erhielt.

«Jeder wird dieses Blatt beziehen, meine Herren», so Silberer, «der erstens einen Salon hat, der zweitens keinen Salon hat, aber gerne einen hätte, oder drittens, der gerne für jemand gehalten werden möchte, der einen Salon hat. Außerdem jeder, der gerne mitreden möchte über die Dinge, von denen das Blatt berichtet, ohne zuzugeben, daß er selbst Bezieher des Blattes ist. Nennen Sie das Kind ‹Wiener Salonblatt›, meine Herren, und ich garantiere Ihnen für einen großen und andauernden Erfolg.»

Und so ist es dann auch gekommen. Mit der Nummer 1 vom ersten März 1870 wurde das Kind aus der Taufe gehoben, und bereits mit der Doppelnummer 8/9 im April des gleichen Jahres ging es an den Eigentümer, Herausgeber und Chefredakteur Moriz Engel über, in dessen Familie es 68 Jahre lang verblieb, bis es die Nationalsozialisten im April 1938 verboten.

Gleichzeitig holte Moriz Engel an jenem 12. September 1870 seine noch nicht siebzehnjährige Braut Marie Firnstahl heim in sein prachtvolles Domizil in der Annagasse 20. Ob Marie Engel, geborene Firnstahl, es damals schon wußte, ist nicht mehr zu recherchieren, aber es spricht manches dafür, daß sie bereits vor dem Eintritt Katinkas in ihre Familie geahnt haben könnte, daß es ihre leibliche Schwester war, auf die sie wartete.

29

Es war jetzt schon einige Jahre her, daß die verschleierte Dame mit den schönen Händen Katinka im Kloster der Ursulinen in der Annagasse besucht hatte, ganz nahe übrigens bei dem Palais Esterházy, wo das so wichtige Gespräch über sie und ihre Zukunft geführt worden war. Katinka war schon längst nicht mehr die «kleine Katinka». Sie war inzwischen auch nicht mehr der Wildfang, der manchmal das Staunen ihrer Mitschülerinnen und Lehrer erregt hatte. Aus ihr war ein schön gewachsenes, ernstes Mädchen mit ebenmäßigen Gesichtszügen geworden. Das Haar war etwas ins Brünette nachgedunkelt, aber die fein ziselierte, ein wenig kecke Nase, die sie von ihrer Mutter hatte, war geblieben und der gerade, offene Blick ihrer graublauen Augen auch. Katinka war jetzt 16 Jahre alt und näherte sich dem Ende ihrer Schulzeit im Internat der Ursulinen. Sie wußte, was ein junges Mädchen am Ende einer zehnjährigen sorgfältigen Schulausbildung damals wissen konnte. Sie konnte handarbeiten, nähen und kochen und war in allen diesen Dingen perfekt, als sie von den Auswirkungen des Plans erfaßt wurde, der einige Zeit vorher in Salzburg geschmiedet worden war. Zuerst kam damit die Internatsdirektorin, Schwester Fernanda, in Berührung, die an einem schon kühlen Herbstabend des Jahres 1874 in das Allerheiligste der Mutter Oberin gerufen wurde.

«Schwester Fernanda», sagte die Oberin, als beide Frauen in dem karg eingerichteten, dämmerigen Zimmer einander gegenübersaßen. «Was ich Ihnen schon vor langer Zeit vorausgesagt habe, tritt nun ein. Sie müssen damit rechnen, daß Ihr Liebling Katinka in wenigen Wochen das Kloster verläßt.»

Schwester Fernanda hatte, seit sie die Internatsschule leitete, in bezug auf Katinka schon so viele Überraschungen erlebt, daß sie keine

Fragen stellte, sondern erwartungsvoll schwieg. Deshalb fuhr Mutter Rosa Felizitas fort:

«Sie könnte ja auch nur dann noch hierbleiben, wenn sie den Schleier nähme, aber das wollen die Leute, die über ihr Leben entscheiden, unter keinen Umständen, und von ihr selbst haben wir auch noch nie eine Äußerung in dieser Richtung gehört.»

«Ganz im Gegenteil, Mutter Oberin», antwortete Schwester Fernanda, «sie hat mich schon ein paarmal energisch gefragt, was eigentlich mit ihr geschehen soll, wenn ihre Schulzeit hier beendet ist. Denn sie wird ein sehr gutes Abschlußzeugnis bekommen. Die Entscheidung trifft gerade rechtzeitig ein, um Katinkas Fragen zu beantworten. Wird sie denn nun erfahren, wer ihre Eltern sind?»

«Nein», erwiderte die Mutter Oberin. «Ich sagte Ihnen schon vor Jahren, daß sie es wahrscheinlich niemals erfahren wird.»

«Wissen Sie es denn, Mutter Oberin?»

«Nein», wiederholte die Ältere. «Was die Mutter betrifft, ahne ich es vielleicht. Ich habe neulich in einer Zeitung die Fotografie einer Dame gesehen, die es sein könnte. Doch das ist wirklich nicht mehr als eine vage Vermutung. Über den Vater wird mit Sicherheit niemals etwas bekannt werden.»

«Und wen vermuten Sie als Mutter?» forschte Schwester Fernanda.

Mutter Rosa Felizitas lächelte.

«Ich bin nicht befugt, darüber zu reden, Schwester Fernanda. Aber es ist ein Name, der auch Katinka selbst nicht für immer verborgen bleiben kann. Zu oft hat sie diese Dame, wenn auch verschleiert, schon gesehen.»

Es trat eine Pause ein. Schließlich sagte Schwester Fernanda: «Sie meinen also ...?»

Die Mutter Oberin nickte.

«Ja. Ich bin sicher, daß die Dame mit den schönen Händen nicht Katinkas Tante, sondern ihre Mutter war. Sie hat Katinka ja nun seit über drei Jahren nicht mehr besucht. Fragt Katinka denn noch nach ihr?»

«Früher manchmal, aber jetzt immer weniger. Sie scheint die Tante zu vergessen. Was soll ich ihr antworten, sollte sie wieder nach ihr fragen?»

Die Mutter Oberin schwieg nachdenklich und ordnete die Röcke ihrer Tracht um die Knie. Schließlich sagte sie:

«Das hängt alles miteinander zusammen. Inzwischen ist nämlich sehr viel geschehen. Katinka ist von einem Geschäftsmann namens Leopold Engel adoptiert worden. Sie wird also künftig den Namen Engel tragen, und es ist Ihre Sache, Schwester Fernanda, Katinka daran zu gewöhnen, daß sie so heißt: Katinka Engel. Dieser Mann ist natürlich nicht Katinkas Vater, aber das Mädchen soll glauben, daß er es ist. Das wird mit einer Menge Fragen verbunden sein, die intelligent und glaubhaft beantwortet werden müssen. Zumal da unsere Auftraggeber wünschen, daß Katinka diesen Mann mit ‹Sie› anredet. Das wird ihr vielleicht nicht allzuschwer fallen, nachdem die angebliche Tante das ja auch schon von ihr verlangt hat.»

«Und was soll ich ihr nun antworten, wenn sie mich nach der Tante fragt?»

«Nun, sehen Sie», antwortete die Mutter Oberin, «Katinkas zukünftiger Vater ist alleinstehend. Seine Frau ist schon lange tot. Natürlich sollte es nun auch keine ‹Tante› mehr geben, zu der das Kind unbequeme und schwer zu beantwortende Fragen stellen könnte. Sagen Sie ihr ...» Die Mutter Oberin unterbrach sich und dachte nach.

«Ja, sagen Sie ihr», fuhr sie nach einer Weile fort, «die Tante hätte sich in einem Anfall von Verzweiflung aus dem Fenster gestürzt, weil man ihr nicht erlaubte, den Mann zu heiraten, den sie liebte.»

Schwester Fernanda starrte die Mutter Oberin an und sagte entsetzt: «Das kann ich nicht.»

«Ich weiß, daß das schwer ist», antwortete die Mutter Oberin. «Aber Sie müssen es können. Sie können das mit einer guten Nachricht verbinden. Katinka wird es nämlich bei ihrem neuen Vater sehr, sehr gut haben. Herr Engel bewohnt eine schöne Etage in der Volksgartenstraße, und dort warten auf Katinka zwei sonnige Südzimmerchen mit Balkon, nur für sie alleine. Sie erhält eine komplette neue Garderobe. Dazu eine Begleitdame, und wenn sie möchte, ein Hündchen oder einen Kanarienvogel oder beides.

Jeder Wunsch wird ihr von den Augen abgelesen werden, und für jede Ausbildung, für die sie sich entscheidet, steht unbegrenzt Geld zu Verfügung. Auf Katinka wartet fast das Leben einer großen Dame.»

Schwester Fernanda war sichtlich erfreut über die Mitteilung.

«Das ist ja wundervoll, Mutter Rosa Felizitas. Da wird sie das traurige Schicksal der Tante sicher rasch vergessen. Was soll ich ihr wegen des Vaters sagen?»

«Sagen Sie ihr», antwortete die Oberin, «daß Ihr Vater nach bösen Schicksalsschlägen sich langsam wieder so weit emporgearbeitet hat, daß er auch seiner Tochter endlich das Leben bieten kann, auf das sie Anspruch hat.»

«Auch seiner Tochter, sagen Sie, Mutter Rosa Felizitas? Sind denn noch andere Kinder da?»

«Ja, Schwester Fernanda. Und jetzt kommt wohl das Wichtigste, obschon unsere Katinka auch davon zunächst nichts erfahren wird.»

Die Mutter Oberin wurde vertraulicher, rückte näher und senkte die Stimme.

«Ihr Liebling hat nämlich eine um sechs Jahre ältere Schwester. Sie heißt Marie und ist seit dem Jahr siebzig mit Leopold Engels Sohn Moriz verheiratet. Moriz Engel ist ein bekannter Mann in Wien. Er ist Eigentümer und Herausgeber des ‹Wiener Salonblatts›, das Sie sicher auch schon das eine oder andere Mal gesehen haben. Seine Frau muß eine Ahnung haben, daß Katinka ihre wirkliche Schwester ist. Sie brach in Tränen aus, als ich sie ihr neulich zeigte.»

«Sie war also schon hier, Mutter Rosa Felizitas?»

«Ja. Wir standen hier am Fenster, als Katinkas Klasse unten im Garten arbeitete. Und Marie Engel weinte, als sie sie sah. Es sind hier im Kloster schon viele Tränen vergossen worden wegen Katinkas Geheimnis. Und sicher auch anderswo. Wir wollen dafür beten, daß sich das Schicksal unserer Kleinen nun zum Guten wende.»

«Aber wird es denn keine Fragen geben, wenn Katinka in der neuen Familie plötzlich Geschwister vorfindet, von denen sich bisher keines um sie gekümmert hat?»

Mutter Rosa Felizitas erhob sich und zündete eine Lampe an. Dann wandte sich die Oberin wieder Schwester Fernanda zu und sagte:

«Wenn Katinka dieses Haus verlassen haben wird, Schwester Fernanda, dann sind die Pflichten, die wir übernommen haben, erfüllt und beendet. Wir haben das Kind sechzehn Jahre lang behütet, erzogen, unterrichtet und alles Schädliche und Schlechte von ihm ferngehalten. Wir haben sein Geheimnis bewahrt und niemals Fragen gestellt, die uns nicht erlaubt waren. Für alles, was geschieht, wenn Katinka uns verlassen haben wird, tragen wir nicht länger die Verantwortung. Wir brauchen also auch keine Fragen zu stellen, deren Beantwortung uns nichts mehr angeht. Sprechen Sie nun mit Katinka im Sinne dessen, was wir soeben hier besprochen haben. Erwähnen Sie nichts von der heimlichen Schwester. Und wenn es so weit ist, daß Katinka sich in Gedanken an das gewöhnt hat, was sie nun erwartet, dann sagen Sie es mir, damit ich einen Besuch ihres ‹neuen› Vaters bei ihr arrangieren kann.»

«Kennen Sie Leopold Engel denn schon, Mutter Oberin?»

In Schwester Fernandas Frage klang Besorgnis mit um die Zukunft des jungen Mädchens, das sie seit zehn Jahren betreute und das sie in dieser Zeit liebgewonnen hatte wie ein eigenes Kind.

«Sie brauchen keine Sorge zu haben», antwortete die Mutter Oberin deshalb. «Herr Engel hat mir einen Besuch gemacht, und ich habe auch ihm seine ‹neue› Tochter vom Fenster aus gezeigt. Leopold Engel ist ein sehr liebenswürdiger älterer Herr mit grauen Haaren und einem menschenfreundlichen Gesicht. Es könnte sein, daß er mosaisch ist, ich habe nicht gefragt. Jedenfalls hat er sich erkundigt, ob Katinka gefirmt wurde, wann und von wem. Ich glaube, Ihr Liebling wird es auch menschlich sehr gut bei ihm haben. Sie können mit gutem Gewissen beginnen, sie darauf vorzubereiten.»

Und genau so, wie die beiden Frauen es besprochen hatten, geschah es auch. Katinka Engel war von den Eröffnungen ihrer Internatsleiterin zuerst überrascht, dann bis tief in ihre Seele hinein freudig erschüttert; sie sah der ersten Begegnung mit ihrem Vater mit Aufregung und Spannung entgegen. Es war Schwester Fernanda auf einfühlende Weise gelungen, Katinkas Frage nach der Tante mit den schönen Händen mit einer geschickt verpackten Lüge herunterzuspielen: Auf Katinka warte nun ein neues und helleres Leben, und Gott würde ihr verzeihen, wenn sie das alte und düstere hinter ihr liegende möglichst rasch und möglichst gründlich vergäße. Katinka selbst hat diese fromme Notlüge ihr ganzes Leben niemals durchschaut. Denn noch in späten Jahren hat ihre Enkelin Goschi sie davon erzählen hören. Von der geheimnisvollen und traurigen Tante, der schönsten Frau, die sie je gesehen, von der sie ihre wunderschönen

Hände hätte und die sich aus dem Fenster stürzte, weil man sie nicht den Mann habe heiraten lassen, den sie liebte.

Das alles spielte von dem Tag an keine Rolle mehr, an dem Leopold Engel, seines Zeichens Hauptkassierer bei der Vaterländischen Lebensversicherungsbank, seiner neuen Tochter den ersten Besuch machte. Dieses wichtige Ereignis in Katinkas Leben fand in dem Büro von Schwester Fernanda statt. Es war für Leopold Engel und Katinka, wenn schon nicht eine Liebe, so doch Zuneigung und Vertrauen auf den ersten Blick. Katinka betrat das Büro in dem halblangen mausgrauen Arbeitskleid der Wochentage. Die über Vierzehnjährigen trugen dazu anstatt des schwarzen einen weißgestreiften Kragen und die berühmte hellblaue Schleife von «Angelas Töchtern». Das alles bot zu der frischen Gesichtsfarbe, den großen blaugrauen Augen und dem hochgesteckten dunkelblonden Haar einen überaus reizvollen Anblick. Leopold umarmte Katinka spontan, hielt sie dann mit ausgestreckten Armen von sich ab, um sie zu betrachten. Katinka erschien der mittelgroße, leicht gebeugte Mann im dunkelbraunen Anzug mit dem eisengrauen Haar, Backenbart und den freundlichen Augen auf Anhieb als die personifizierte Vaterfigur. Schwester Fernanda atmete innerlich auf, als sie diese Szene beobachtete, und hatte fortan keine Angst mehr um ihren Liebling Katinka Engel.

Die Übersiedlung Katinkas in die Volksgartenstraße war für den ersten April 1875 vorgesehen. Im Kloster gab es aus diesem Anlaß ein kleines Fest mit Kakao, Kerzen, Kuchen und Tränen. Fast wie einen echten Geburtstag empfand es Katinka. Leopold Engel holte sie mit einem Fiaker ab, der auch die wenigen bescheidenen Dinge transportierte, die sie in der Annagasse ihr eigen genannt hatte. Auch in der Volksgartenstraße wurde ihr Einzug festlich begangen. Katinka entdeckte, daß nichts von den Ankündigungen Schwester Fernandas übertrieben gewesen war. Natürlich unterdrückte sie ein paar Tränchen der Freude und der Rührung, als sie von allem nach und nach Besitz ergriff. Von den beiden ineinandergehenden sonnigen Zimmern, die mit feinem Geschmack eingerichtet waren, bis zu dem lustigen Fräulein Vroni Faistl, das nur zu dem Zweck engagiert war, Katinka nicht von der Seite zu weichen, wenn sie das Haus verlassen wollte. Leopold Engel empfand sie als ernst, aber ihr von Herzen zugetan. Tagsüber ging er seinem Beruf nach. Aber wenn er abends nach Hause kam, war er lieb und beschäftigte sich mit ihr. Schon an einem der nächsten Tage fragte er Katinka, ob sie einen Wunsch habe für eine bestimmte Ausbildung. Er wunderte sich über die rasche und unverblümte Aussage des jungen Mädchens, sie fühle sich aus ihr unerklärlichen Gründen hingezogen zu Bühne und Gesang. Katinka hätte sich sehr gewundert, hätte sie geahnt, daß diese Gründe für Leopold Engel keineswegs so unerklärlich waren wie für sie selbst.

Bei der Anschaffung ihrer neuen Garderobe, befand Leopold, müsse ihr auf jeden Fall ihre Schwägerin Marie zur Hand gehen, seines Sohnes Moriz' Frau. Davon verstehe er, Leopold, nichts, und da wolle er sich auch gar nicht einmischen. Das Kennenlernen der beiden Frauen war für einen schon warmen und frühlingshaften Apriltag vorgesehen und sollte mit einer gemeinsamen Spazierfahrt in den Prater verbunden sein.

Das Ereignis erregte Aufsehen. Moriz Engel, der damals noch nicht über eine eigene Equipage verfügte, hatte eine viersitzige offene Kutsche angemietet, die um kurz nach elf Uhr vormittags vor dem Haus in der Volksgartenstraße hielt. Passanten und vor allem Nachbarn waren neugierig, wem der Besuch des eleganten, dunkelbärtigen Herrn und der würdevollen und wunderschönen blonden jungen Frau denn galt, die beide in dem Wagen warteten, während der Kutscher in das Haus ging, um Leopold und Katinka Engel zu holen. Als die beiden auf der Straße erschienen, sahen manche Nachbarn auch Leopold Engels Tochter zum ersten Mal, von der es seit einiger Zeit schon geheißen hatte, Engel habe ein Kind irgendwo in einem Klosterinternat, weil er sich nach dem frühen Tod seiner Frau nicht genügend um das junge Mädchen habe kümmern können. Näheres wußte man nicht, denn die Einzelheiten hatte Engel immer für sich behalten. Die beiden Männer einigten sich darauf, die Frauen im Fond sitzen zu lassen, und nahmen selbst mit dem Rücken zur Fahrtrichtung Platz. Während man den beiden Herren den Vater und den Sohn ohne weiteres glauben mochte, mußte sich der Kutscher, bevor er die Bremse loskurbelte, noch einmal neugierig umdrehen, um sich zu vergewissern, was es denn mit den beiden jungen Frauen auf sich hatte. Die beiden waren sich in Haut, Haarfarbe und Augen, in Stimme und Bewegung so ähnlich wie sehr nahe Verwandte.

Mutter und Tochter? Nein, dafür war die Ältere nicht alt und die Jüngere nicht jung genug. Schwestern? Dagegen sprach, daß die Ältere, wie der Kutscher gehört hatte, beim Einsteigen sagte, man wolle ihre Schwägerin abholen. Also mußte es wohl möglich sein, daß sich auch Schwägerinnen so ähnlich sahen, als wären sie Geschwister.

30

Im Hause des Leopold Engel, den sie rasch liebgewann, verbrachte die heranwachsende Katinka die zwei glücklichsten Jahre ihres bisherigen Lebens, zum ersten Mal in einer wirklichen Familie. Erstaunlich rasch traten die einsamen Jahre des Klosterinternats in den Hintergrund, und Katinka genoß ihre neue Existenz als wohlsituierte Tochter aus gutbürgerlichen Kreisen. Besonders glücklich machte sie die Entwicklung der Beziehung zu ihrer Schwägerin Marie, der Frau ihres Bruders Moriz Engel. Marie Engel, schön und warmherzig, ergriff Katinka gegenüber von Anfang an die Rolle einer älteren Schwester, und in mancher Beziehung, was zum Beispiel die Fragen eines heranwachsenden jungen Mädchens betraf, auch die einer umsichtigen Mutter.

Schon bald präzisierten sich Katinkas Wünsche nach einer Bühnen- und Gesangsausbildung, und Marie nahm das in die Hand. Katinka trat in die Klasse einer der bekanntesten Schauspielschulen Wiens ein und begann mit der ernsthaften Ausbildung ihrer Stimme. Eine Überanstrengung beim Üben und die Folgen einer eitrigen Halsentzündung machten diesen Hoffnungen schon nach wenigen Monaten ein Ende. Katinka, die schon im Kloster im Kirchenchor gesungen hatte, war darüber tieftraurig. Aber man überzeugte sie, daß auch eine weitere Schulung in Richtung Sprechtheater ihren Neigungen und Begabungen entsprach. Katinka beendete sie mit einem guten Abschluß. Dennoch weckte es großes Erstaunen, als schon kurz danach ein Brief der Intendanz des Theaters an der Wien eintraf, die, ohne daß Katinka sich darum beworben hatte, das Interesse des Theaters an Katinkas Eintritt in das Ensemble mitteilte. Im Jahr 1876 wurde Katinka wirklich dort eingestellt und begann ihre

Laufbahn zunächst mit kleinen Rollen. Über ihre Erfolge und Mißerfolge an dieser Bühne ist wenig bekanntgeworden. Sicher ist nur, daß sie beim Tod Leopold Engels, am 11. Februar 1877, in dessen Verlassenschaftsprotokoll eingetragen war als «minderjähriges Kind» und als «Mitglied des Theaters an der Wien».

Der Tod Leopold Engels muß das junge Mädchen sehr getroffen haben. Moriz Engels Frau Marie hat tatkräftig und liebevoll dazu beigetragen, sie über den Verlust hinwegzubringen. Katinka zog nun ganz zu den beiden Engel, die sie für Bruder und Schwägerin hielt, in das Haus in der vornehmen Nibelungengasse Nr. 3, wo sie sich auch um die beiden Engel-Kinder kümmerte. Wann und warum Katinka das Theater an der Wien verließ und unter Franz Jauner in das Ensemble des Ringtheaters eintrat, ist nicht mehr genau festzustellen. Gewiß ist nur, daß sie Mitglied dieser Bühne war, als am 7. November 1881 mit ihrem einzigen Satz «Darf ich auch deine schönen Sachen anschauen?» in einer Aufführung des «Rattenfängers von Hameln» das eigentliche Abenteuer ihres Lebens, und zugleich ihrer zukünftigen Familie, begann.

An diesem Abend saß nämlich ein junger Bühnenautor aus München namens Dr. Anselm Auffacher in der Proszeniumsloge und verliebte sich Hals über Kopf in Katinkas Gestalt und Stimme. Schon an diesem ersten Abend soll er zu dem ihn begleitenden Freund gesagt haben: «Wenn die noch zu haben ist, die muß meine Frau werden.» Natürlich wurde der junge, ziemlich leichtsinnige und hochverschuldete Musenjünger zunächst ausgelacht. Aber der bayerische Doktor der Philosophie spürte, wie er selbst berichtet, instinktiv, daß dieses ernsthafte junge Ding – in der kleinsten Rolle, die im «Rattenfänger von Hameln» zu vergeben war – für sein unstetes und flatterhaftes Naturell ein zuverlässiger Rettungsanker sein könnte. Er begann seine Werbung um Katinka Engel mit beachtenswerter Hartnäckigkeit. Über Katinka ist aus dieser Zeit bekannt, daß sie, genau wie ihre berühmte Mutter, am Theater etwas Besonderes war.

Die Schauspieler benahmen sich im kameradschaftlichen Verkehr gegen diese junge Kollegin mit ungewöhnlicher Höflichkeit. Keiner kam zu ihr mit den Scherzen, wie sie hinter den Kulissen üblich sind. Sie schien eine Ausnahmestellung einzunehmen und doch bei allen Mitgliedern des Theaters beliebt zu sein. Der schauspielerische Beruf färbte nicht ab auf ihr Wesen. Alles Komödiantenhafte war ihr fremd. Nie hörte man von ihr ein übles Wort über andere, und wer von ihr sprach, wußte nur Gutes zu sagen. Für künstlerische Dinge hatte sie ein Urteil von überraschender Sicherheit. Immer sah sie den Kern.

Im Ringtheater aufgeführt wurde Anselms Erstlingsstück «Der Herrgottschnitzer». Auch Katinka spielte in diesem Stück. Während der Proben gestaltete sich die Liebesbeziehung zwischen dem jungen Dichter und Katinka zu einem mühsamen Stolperpfad von Hemmungen und Mißverständnissen, der erst am 8. Dezember 1881 sein Ende fand. An diesem Tag brannte das Ringtheater ab. 386 Menschen kamen dabei um, und die hoffnungsvoll begonnene Theatertradition und die künstlerische Karriere seines Direktors Franz Jauner waren vernichtet. Ohne die geringste Ahnung davon, was sich am Ring Entsetzliches ereignete, hörte gegen halb acht Uhr im dritten Stock der Nibelungengasse 3 Katinka den jungen Doktor durch das Treppenhaus stürmen und wie verrückt immer wieder ihren Namen schreien. Sie verstand gar nichts, bis sie ihn vor sich stehen sah, keuchend, ohne Hut und Mantel, das Haar zerrauft, die rechte Seite seiner Kleidung versengt. Er hatte sie in dem brennenden Theater in ihrer Garderobe gesucht und nicht gefunden. Denn Katinka Engel war an diesem Abend einer leichten Halsentzündung wegen zu Hause geblieben.

Noch am selben Abend verlobte sie sich mit ihm. Zwar besaß der junge Literat nichts als einen Berg drückender Schulden. Aber der berühmte Dichter Anzengruber hatte sein Stück gelobt, und Moriz Engel hatte Zutrauen in sein Glück und in seine Begabung. So blieb für Anselm Auffacher nur noch die schwierige Aufgabe, seinem strengen und pflichtbewußten Papa begreiflich zu machen, daß er glaubte, mit Katinka Engel das Glück seines Lebens gefunden zu haben.

Ein königlich-bayerischer Ministerialrat war im Jahr 1881, als es weder die Inflation des Geldes noch der Titel, Ränge und Würden gab, ein hoher Beamter seines Souveräns mit einem niedrigen Gehalt, eine Mischung aus Ehrenhaftigkeit, Pflichtbewußtsein und persönlicher Bescheidenheit. Mit ebendiesem Charakter war der Ministerialrat August Auffacher begabt, dem seine Frau im Dezember 1881 nun schon seit drei Tagen einen Brief ihres Sohnes Anselm aus Wien vorenthielt, aus Furcht, ihr Mann könne, wenn er ihn läse, entweder in tiefe Melancholie oder in heiligen Zorn verfallen, zwei Varianten derselben Stimmung, die ihn stets überkam, wenn wieder eine der leichtsinnigen Eskapaden seines Sohnes Anselm ruchbar wurde. An diesem Freitagabend jedoch war noch längeres Verschweigen nicht mehr möglich. Nach dem Abendessen, als die Lampe brannte und die Stimmung in der Wohnung friedlich erschien, holte Charlotte, eine schöne dunkelhaarige Frau hugenottischer Abkunft, den Brief hervor und reichte ihn ihrem Mann über den Abendbrottisch.

«Der Anselm hat sich in Wien verlobt, August», sagte sie beklommen und mußte lange warten, bis August den Brief entgegennahm. Denn ihr Mann starrte sie so konsterniert an, als habe er nicht richtig verstanden. Charlotte machte eine auffordernde Bewegung mit der Hand, die den Brief hielt.

«Lies doch. Er ist überglücklich, der Anselm.»

Der Ministerialrat nahm das Schreiben, drehte es so, daß er es lesen konnte, und klemmte den Kneifer auf die Nase.

«Überglücklich ist er, der Anselm, so», sagte er und begann die Lektüre des Briefes. Als er damit fertig war, ließ er den Brief sinken und sah über den Tisch hinweg seine Frau an.

«Soso, er ist also überglücklich, der Anselm», wiederholte er. «Ich nicht. Und du doch wohl auch nicht, Lotte. Wie soll er das denn machen mit seinen sechsundzwanzig Jahren? Und ist nichts. Und hat nichts.»

«Aber, Gustl», sagte die Frau. «Er hat doch Erfolg jetzt. Das neue Stück –»

«Das neue Stück», sagte Auffacher bitter. «Das neue Stück ist ein paarmal aufgeführt worden, und die Leute haben geklatscht. Das reicht noch nicht einmal, um alleine durchzukommen. Und dann gar zu zweit.»

Auffacher nahm den Brief und überflog ihn ein zweites Mal.

«Daß die Sorgen nie aufhören mit dem», sagte er. «Natürlich, in dem leichtsinnigen Wien ... eine Schauspielerin auch noch. Daß er an so was nicht vorbeikommt, unser Dichterfürst, das hab ich doch schon befürchtet, wie er da hinunter ist, nach Wien. Aber verlobt, Lotte, verlobt ...»

Der verzweifelte Vater griff sich fassungslos an den Kopf und fügte hinzu:

«Wie treiben wir ihm das nur wieder aus?»

Auf diesen schockierenden Abend folgte rege Betriebsamkeit. Auch die Mutter, die schützend die Hand über ihren Sprößling hielt, war schließlich damit einverstanden, daß ihr Mann einen Wiener Freund aus Studienzeiten, der dort im Ministerium saß, Doktor Waldemar von Sohr, brieflich bat, Recherchen über die Familie anzustellen, aus der die Braut stammte, und ihm, August Auffacher, eine Darstellung der Verhältnisse zu geben, mit der er etwas anfangen konnte. Sohr antwortete schon nach wenigen Tagen. August Auffacher brachte den Brief abends aus dem Ministerium mit nach Hause, wohin die Antwort gekommen war. Nach dem Abendessen las August Auffacher ihn seiner Frau vor.

Lieber und sehr verehrter Herr Kollega! Ich habe mich sehr über ein Lebenszeichen von Ihnen gefreut. Das letzte Mal hatte ich eine Nachricht über Sie, daß Sie mit dem Entwurfe für das königlich bayerische Forstgesetz befaßt waren, das inzwischen ja auch in Kraft gesetzt worden ist und Bewunderer gefunden hat, darunter auch mich. Diesbezüglich meinen allergrößten Respekt. Nun zu Ihrer Anfrage in Betreff auf die Familie Engel, in die Ihr Sohn beabsichtigt hineinzuheiraten. Diese Familie ist in Wien wohlbekannt. Ihre Herkunft liegt ein wenig im Dunkeln. Gewiß ist, daß sie aus dem Ungarischen zugewandert ist. Das muß Anfang der sechziger Jahre geschehen sein. Es handelte sich um einen Lipot oder auch Leopold Engel und seine Gattin Babette, eine geborene Weiß. Diese muß in den siebziger Jahren verstorben sein. Leopold Engel brachte es im Laufe der Jahre zu einem mittleren Posten als Versicherungsangestellter. Er hinterließ, als er 1877 verstarb, zwei Kinder, einen Sohn Moriz, von dem weiter unten die Rede sein wird, und eine minderjährige Tochter namens Katinka, von der nicht bekannt ist, ob sie noch in Ungarn geboren wurde oder erst nach der Übersiedlung nach Wien. Es gibt gewisse Gerüchte, daß sie ein angenommenes Kind sein soll. Diese Tochter ist das Mädchen, dem sich Ihr Sohn, s. g. Herr Kollega, versprochen hat. Alle diese Personen sind oder waren bis vor kurzem mosaischen Bekenntnisses. Als Leopold Engel vor fünf Jahren ver-

starb, kam die Tochter Katinka in die Familie des Bruders Moriz, der auch die Vormundschaft über das minderjährige Mädchen übernahm. Und nun zu diesem Moriz selbst und seinen Verhältnissen: Seine Laufbahn begann bescheiden als Reporter für mehrere Blätter. Aber schon 1867 war er Sonderberichterstatter bei dem Kaisertreffen mit Napoleon III. in Salzburg. 1870 heiratete er seine Frau Marie, eine geborene Firnstahl. Von diesem Zeitpunkt an vollzog sich in der Karriere des Moriz Engel ein Wunder. Sozusagen über Nacht avancierte er zum Eigenthümer, Herausgeber und Chefredakteur einer Wochenzeitung mit dem Titel «Wiener Salonblatt», die erst im Jahre vorher, 1870, von einem gewissen Viktor Silberer, ebenfalls mosaischen Bekenntnisses, gegründet worden war. Dieses Blatt genießt die wohlwollende Protektion des kaiserlichen Hofes und hat es vom Obersthofmeisteramt die alleinige Berechtigung, über alle inneren Ereignisse und Personen am Hofe exklusiv zu berichten. Die Erträgnisse aus dieser Publikation scheinen bedeutend zu sein, denn entfaltet Moriz Engel, ohne daß etwas von Schulden bekanntgeworden wäre, einen aufwendigen und anspruchsvollen Lebensstil. Er verfügt über ein repräsentabeles Domizil im sogenannten Nibelungenhofe in der Nibelungengasse drei, über genügend Personal samt Kutsche. Er hat weitreichende Verbindungen zum Hofe und zur Hocharistokratie, ist häufig am Turf zu beobachten und repräsentiert sich ganz als Lebemann. Seiner Schwester Katinka setzt er die vom verstorbenen Vater begonnene, sehr großzügige Versorgung und Ausbildung fort, und ist dieselbe derzeit ohne Beschäftigung, nachdem ihr Engagement am Ringtheater durch die Zerstörung desselben erloschen ist. Jedoch genießt die Familie unverkennbar die Protektion seiner Excellenz des Herrn Reichsgrafen Hans von Wilczek, Frei- und Panierherr zu Guttenland und Hultschin, und ist dieser eine der bekanntesten und angesehensten Persönlichkeiten des derzeitigen Wien. Einen förmlichen Besuch bei der Familie habe ich gemacht. Dieser verlief ein wenig steif und unpersönlich. Moriz Engel ist ein zurückhaltender und zugeknöpfter Mensch, ohne viel Humor, und ließ aber durchaus erkennen, daß er der Verbindung seines Mündels Katinka mit Ihrem Sohne wohlwollend gegenübersteht und in der Lage und auch bereit wäre, dem ehelichen Haushalte für eine Übergangszeit, bis der Schwiegersohn beruflich Fuß gefaßt hat, woran Engel übrigens nicht zweifelt, finanziell unter die Arme zu greifen. Ich möchte, sehr geehrter Herr Kollega, Ihnen nicht vorenthalten, daß die beiden Frauen im Haushalte Engel, seine Gattin Marie wie auch seine Schwester Katinka, in Aussehen, Gestalt und Wesensart gänzlich aus der Art geschlagen zu sein scheinen. Groß und schlank von Wuchs, mit vollem Haar und blauen Augen, sehen sie sogar eher einander etwas ähnlich, obschon mindestens Marie ja nur durch Heirat in die Familie Engel gelangt ist. Insgesamt, sehr geehrter Herr Kollega, glaube ich, Ihren Sohn zu dem Gegenstande seiner Wahl nur beglückwünschen zu können. Etwas befremdlich kam mir ein Geschehnis vor, das ich Ihnen nicht verheimlichen möchte. Als ich mich verabschiedete und aufbrach, begleitete mich Frau Marie Engel zur Eingangstür, wo sie mir auftrug, Ihnen zu bestellen, Sie möchten doch vor einem Besuch in ihrem Hause nicht zurückschrecken, und würde Frau Marie Engel es sehr begrüßen, mit Ihnen, sehr geehrter Herr Kollega, bei dieser Gelegenheit eine Stunde unter vier Augen sprechen zu können. Ich entledige mich dieses Auftrages in der Erwartung, daß es Ihnen angelegen sein wird, die zukünftige Familie Ihres Sohnes auch persönlich kennenzulernen. Sollten Sie zu diesem Entschlusse gelangen, so steht zum Logis in meiner Wohnung das Gastzimmer, solange Sie immer es wünschen, zu Ihrer Verfügung. Bis dahin, sehr geehrter Herr Kollega, mit den freundlichsten und besten Grüßen, Ihr Waldemar von Sohr.

Der Wesensunterschied der Eheleute Auffacher trat, unmittelbar nachdem Auffacher zu Ende gelesen hatte, in vollem Umfang zutage. Der skeptische und mit bitterer Lebenserfahrung erfüllte Auffacher pickte in pessimistischer Bestätigung seiner Erwartungen die ungenießbarsten Punkte aus dem Brief zielsicher heraus.

«Was hab ich dir gesagt, Lotte... eine Jüdin auch noch. Es reicht nicht, daß er eine Schauspielerin aufgegabelt hat, es muß auch noch eine Jüdin sein. Nichts bleibt mir erspart.»

«Aber, August», sagte die Frau, «du hast doch noch nie etwas gegen Andersgläubige gehabt. Juden sind kluge Menschen.»

«Aber sie sind keine Katholiken, Lotte», antwortete der Ministerialrat. «Wir sind Katholiken, der König ist es auch, und ich bin sein Beamter. Juden haben eine andere Kultur, eine andere Lebensart und eine andere Religion. Das ist ja alles ihre eigene Sache, Lotte. Aber stell dir einmal vor, der Anselm heiratet dieses Mädchen wirklich, und sie bekommen Kinder. Nein, nein, nein, das geht nie und nimmer gut. Das kann gar nicht gutgehen.»

Als Auffacher nach dieser Ansprache erschöpft eine Pause eintreten ließ, sagte seine Frau:

«Aber schau, der Engel ist doch einverstanden. Und helfen will er auch. Zu Katinka gratuliert der Sohr sogar dem Anselm. Der von Sohr kann doch nicht blind sein. Und wenn die Verhältnisse gesichert sind...»

Die Faust des Ministerialrats fuhr so krachend auf den Tisch nieder, daß seine Frau zusammenzuckte.

«Das ist es ja gerade. Die Verhältnisse müssen von hier aus gesichert sein, nicht von dort aus. Ich kann nicht meinen Sohn eine Ehe eingehen lassen, von der ausgeschlossen ist, daß sie hält, und mir das auch noch von der Gegenseite bezahlen lassen, verstehst du das nicht, Lotte?»

Das verstand Lotte endlich, wenn auch widerstrebend. Aber auch ihr Hinweis auf die Huld, die ein so vornehmer und berühmter Mann wie der Reichsgraf von Wilczek über die Familie von Anselms Braut ausgoß, konnte die Ansicht ihres Gatten, der ein Dickkopf aus dem schwäbischen Holzwinkel war, nicht grundlegend ändern. Das einzige, worauf er sich in dieser Nacht endlich einließ, war ein Kompromiß. Das Ehepaar einigte sich nach langer Diskussion darauf, daß man es nicht verantworten könne, das Angebot der Frau Marie Engel zu einem persönlichen Gespräch in den Wind zu schlagen. Anselm hatte man über Weihnachten nach Hause gebeten, und er hatte auch zugesagt. Er würde am 18. Dezember in München eintreffen. Also beschlossen die beiden Auffachers, daß der Ministerialrat eine Dienstreise vorschützen, ebenfalls an diesem Tag nach Wien fahren und am übernächsten zurückkehren sollte.

Unverzüglich bat Auffacher brieflich von Sohr, ihm am 19. Dezember mit Frau Marie Engel ein Treffen zu arrangieren und ihm für die beiden Nächte Logis zu gewähren. Nach einer zustimmenden Antwort aus Wien reiste Auffacher mit dem Frühzug dorthin und begegnete irgendwo auf der Strecke seinem Sohn, der am gleichen Tag nach München fuhr. Herr von Sohr holte Auffacher an der

Westbahn ab, und die beiden Studienfreunde verbrachten den Abend bei einer Flasche Wein in der Wohnung der Sohrs im Dritten Bezirk, wo von Sohr dem Kollegen die Eindrücke von seinem Besuch bei der Familie Engel noch näher erläuterte. Schließlich vertraute er seinem Gast an, daß Frau Marie Engel ihn, Auffacher, morgen nachmittag um drei Uhr im Café des Hotels «Sacher» zu treffen wünsche. Sie werde dazu ein hochgeschlossenes lila Schneiderkostüm tragen und einen einfachen lila Hut mit einer altrosa Rose daran als Schmuck.

Die Vorstellungen, die Auffacher sich davon schon bei der Beschreibung durch von Sohr gemacht hatte, wurden aber noch weit übertroffen, als der Bayer zur vereinbarten Zeit das Café des berühmten Hotels betrat. Er erkannte Marie Engel sofort. Sie saß würdevoll aufgerichtet an einem der Marmortischchen in einer abgeschirmten Ecke und sah ihm entgegen. Auffacher mußte sich, als er sich ihr näherte, eingestehen, daß er eine ähnliche Begegnung noch nie gehabt hatte. Marie Engel trug das lila Kostüm wie auf die Haut geschneidert und dennoch unaufdringlich und dezent. Dunkelblondes, nach oben gekämmtes Haar war nur zum Teil bedeckt von einem im gleichen Lila gehaltenen, weit nach vorne gerückten kleinen Zylinder, wie ihn damals die Damen zum Reiten trugen. Kokett saß seitlich daran die altrosa Rose. Ein unter dem Kinn gebundener Schleier bedeckte das Gesicht. Durch seine weiten Maschen hindurch glänzten große und beunruhigend hellblaue Augen. Als er den Tisch erreichte, streifte sie den Handschuh ab und reichte Auffacher die Hand. Der königlich-bayerische Beamte war, obschon eine Wittelsbacherin hier die Kaiserin war, an den Wiener Handkuß nicht gewöhnt und kam sich selber vor wie ein grobschlächtiger Hinterwäldler, als er die dargebotene Hand der Dame kräftig drückte. Aber das schien ihr sogar zu gefallen, denn sie wies mit dieser Hand, sobald sie sie aus der Pranke des Waldmenschen wieder befreit hatte, auf den Platz neben sich und bat ihn, sich doch zu setzen. Sie tat das mit einer so natürlichen und einschmeichelnden wienerischen Stimme, daß der Bayer seine ursprüngliche Scheu auf der Stelle verlor.

August Auffacher hat selbst berichtet, daß die Unterredung im Hotel «Sacher» genau fünfundfünfzig Minuten gedauert habe. Darüber, was ihm Moriz Engels Frau in diesen fünfundfünfzig Minuten mitgeteilt hat, hat er bis zu seinem Tod geschwiegen. Es ist nicht einmal gewiß, daß er sich seiner Frau Charlotte jemals anvertraut hat. Sicher indessen ist, daß er eine Einladung Marie Engels für den nächsten Tag halb elf Uhr vormittags angenommen hat. Sicher ist auch, daß er dort alle ihm von seinem Studienfreund von Sohr geschilderten Eindrücke bestätigt fand und daß er seine zukünftige Schwiegertochter Katinka zum ersten Mal sah. Sicher ist zudem, daß August Auffacher sich zu ihr ebenso hingezogen fühlte wie zu ihrer Schwägerin Marie Engel, als Katinka da vor ihm stand in schwarzem Rock und weißer Bluse, ebenso wie ihre Schwägerin mit hochgestecktem dunkelblonden Haar, mit hellblauen großen Augen und einem pfirsichgleichen frischen Teint, an dessen Echtheit Auffacher erst viel später glaubte, als er Katinka den ersten väterlichen Kuß gab. Desgleichen ist verbürgt, daß August Auffacher bei diesem Besuch Moriz Engel sein Einverständnis zur Heirat Anselms mit Katinka erklärte und ihn bat, die Hochzeit für den Mai des Jahres 1882 vorzubereiten. Von dem Vertrauen der beiden Damen, und Moriz Engels selbst, in Talent und Erfolg seines Sohnes Anselm ließ Auffacher sich anstecken, und so endete das Wiener Abenteuer des wackeren Bayern für alle Seiten positiv.

Natürlich war es auch für Auffachers Frau Lotte und für Anselm selbst eine Überraschung, daß der Vater den Sohn noch am Abend seiner Rückkehr in die Arme schloß und ihm eröffnete, er habe sich von der Glückhaftigkeit seiner Wahl überzeugt und gegen die Verbindung nichts mehr einzuwenden.

31

Daß der Traum von Katinkas Hochzeit zum Alptraum auszuufern drohte, begann Moriz Engel zu ahnen, als er am 28. März des nächsten Jahres den hochwürdigen Pfarrer Anton Steiner in der Pfarrei von St. Augustin aufsuchte, um mit ihm die Vorbereitungen zur Trauung zu besprechen. Moriz Engel war an diesem schon frühlingshaft warmen Tag in bester Stimmung. Den Weg von der Nibelungengasse über den Ring und vorbei am Opernhaus hatte er zu Fuß genommen. Er gehörte als Eigentümer, Verleger und Chefredakteur des «Wiener Salonblatts» zu jener exklusiven Minderheit von Einwohnern der Millionenstadt, die sich zum I. Bezirk, der sogenannten Inneren Stadt, zählen durften. Dem entsprach auch sein äußeres Erscheinungsbild. Er trug zu den feinsten Zugstiefeletten die betont nonchalante und ungebügelte hellgraue Flanellhose, dazu eine pepitagemusterte hochgeschlossene Weste, einen nachtblauen Tuchrock mit schwarzen Aufschlägen und den seit einigen Jahren modern gewordenen steifen englischen Bowlerhut. Ein schwarzer Spazierstock mit silberbeschlagener Krücke hing über seinem linken Unterarm. Moriz Engel war in der Gegend des Ringes eine bekannte Erscheinung, wurde gegrüßt und grüßte würdevoll wieder. Er war etwas mehr als mittelgroß, jedoch untersetzt. Auf breiten Schultern der Kopf eines erfolgreichen Geschäftsmannes mit gerader, wuchtiger Nase und mit zielsicheren dunklen Augen. Die untere Gesichtshälfte verbarg ein gepflegter dunkler Kinnbart. Der Kopf eines Mannes, der weiß, was er will und wie er es bekommt.

So schritt er also im hellen Sonnenschein gegen elf Uhr vormittags quer über die weitläufige Albertina und verschwand in dem unauffälligen Eingang der Augustinerkirche, durch den man auch die Sakristei und das Pfarramt erreichte. Ganz ähnlich wie fünfzig Jahre später Lona Holberg mußte auch Moriz Engel sich erst an das sakrale Dunkel des Kircheninneren gewöhnen, ehe er den Geistlichen bemerkte, der das Seitenschiff betreten hatte und ihm entgegenblickte. Engel nannte seinen Namen und sein Anliegen. Pfarrer Steiner, ein grauhaariger, bescheidener Herr von bäuerlicher Statur, ließ ihn in die Sakristei vorangehen, wo beide Männer an den in der Mitte zusammengeschobenen vier Tischen Platz nahmen, über denen in niedriger Höhe damals noch vier Gasglühlampen mit grünen Glasschirmen brannten.

«So», sagte der Geistliche und schob sich auf der Tischplatte Papier und Feder zurecht. «Die Trauung des Fräulein Schwester. Wie alt ist die Braut, Herr Hofrat?»

«Ich bin kein Hofrat, Hochwürden. Ich bin Verleger und Chefredakteur. Aber das brauchen Sie nicht zu sagen. Sagen Sie Herr Engel zu mir. Meine Schwester ist dreiundzwanzig Jahre alt und volljährig. Als sie noch minderjährig war, war ich gleichzeitig auch ihr Vormund.»

Der Geistliche schrieb mit kratzender Feder und blies sorgfältig über die frische Tinte hin, so daß sie trocknete.

«Vormund, soso», sagte er. «Dann sind die Eltern also gestorben.»

«Ja», sagte Moriz Engel. «Der Vater im Jahr siebenundsiebzig. Leopold hat er geheißen. Und die Mutter schon früher.»

Der Pfarrer schrieb. Dann forschte er weiter.

«Und von welchem Bekenntnis ist die Schwester? Römisch-katholisch wird sie sein, wie es sich gehört.»

Schon senkte sich die Feder, um diese in der apostolischen Monarchie vermutete Selbstverständlichkeit zu Papier zu bringen, als die Bewegung der Hand plötzlich unterbrochen wurde durch Moriz Engels Antwort.

«Nein, Hochwürden, mosaisch ist sie. Die Eltern waren es auch.»

Der Priester deponierte die Feder neben dem Blatt und sah seinen Besucher an.

«Aber dann sind Sie bei mir in Sankt Augustin an der falschen Adresse, Herr ...»

«Engel.»

«Herr Engel. Was für ein Bekenntnis hat denn der Bräutigam?»

«Der ist römisch-katholisch, Hochwürden. Auffacher heißt er. Doktor Anselm Auffacher und ist ein Schriftsteller aus München. Der Vater ist königlich-bayerischer Ministerialrat.»

«Sie wissen, Herr Engel», sagte der alte Pfarrer, «daß ich keine Brautleute verschiedener Bekenntnisse zusammengeben darf?»

«Das sollen Sie ja auch gar nicht, Hochwürden», antwortete der Besucher. «Meine Schwester Katinka trägt an, daß Sie sie vor der Trauung römisch-katholisch taufen. Und das können Sie doch, nicht wahr?»

Die Erleichterung war dem gewissenhaften Geistlichen deutlich anzumerken, als er die Feder wieder aufnahm und sie eintauchte, um weiterzuschreiben.

«Wie schreibt sich denn die Schwester mit Vornamen, Herr Engel?»

«Katinka heißt sie. Das will soviel sagen wie Katharina.»

«Soso», murmelte der Geistliche, während er weiterschrieb.

«Katinka, Katharina, kein mosaischer Name das, sondern ein christlicher. Wer hat ihr diesen christlichen Vornamen gegeben? Denn daß die Schwester schon einmal christlich getauft worden ist, scheidet doch wohl aus?»

Unbehaglich berührt zuckte Moriz Engel mit den Schultern. «Das scheidet aus, natürlich ja, Hochwürden. Den Namen müssen ihr schon unsere Eltern haben geben lassen. Ich weiß nicht mehr genau, wie das gewesen ist.»

«Das ist aber schon merkwürdig», sagte der Pfarrer ein wenig zweifelnd. «Wo Sie doch der ältere sind und auch die Vormundschaft gehabt haben. Und da wissen Sie so wichtige Dinge über die Schwester nicht? Nun ja», fuhr er nach einer Pause fort. «Soll denn die Schwester auf ihren Namen Katharina getauft werden?»

«Die Mutter des Bräutigams heißt Rosa Charlotte», sagte Moriz Engel. «Und wenn es nichts ausmacht, soll Katinka auf diese Vornamen getauft werden.»

«Nein, es macht nichts aus», antwortete der Priester. «Sie kann auf jeden Namen getauft werden, auf den sie getauft werden möchte, denn sie ist ja volljährig, sagten Sie, nicht wahr?»

Moriz Engel nickte, und der Pfarrer schrieb die beiden Namen, die sein Besucher genannt hatte, auf das Blatt. Dann erhob er sich, brachte das Buch, in das er seine Vormerkungen eintrug, und schlug es auf.

«Haben Sie an ein bestimmtes Datum gedacht, Herr Engel, für die Trauung der Schwester?»

Moriz Engel schüttelte den Kopf.

«An kein bestimmtes, nein. Irgendwann im Mai, Hochwürden, damit man nicht friert und die Bäume schon ein bißchen grün sind.»

«Dann nehmen wir den siebten», sagte der Priester. «Das ist ein Sonntag. Um halb elf Uhr, wenn es Ihnen recht ist. Und wegen der Musik und der Predigt...?»

«Wegen der Einzelheiten möchte ich zuvor mit der Bräutigamfamilie sprechen», antwortete Engel. «Ich komme dann noch einmal vorbei, Hochwürden. Und was die Taufe anbelangt?»

«Am besten zwei, drei Wochen vorher, sagen wir am achtzehnten April um elf Uhr auf die Namen Rosa und Charlotte, und wer soll die Patin sein?»

«Eine Patin werden wir finden», sagte Engel. «Ich mache sie Ihnen rechtzeitig namhaft, Hochwürden.»

Er reichte dem Priester die Rechte. Als er schon den Griff der Tür zum Kirchenschiff in der Hand hatte, hörte er den Geistlichen hinter sich sagen:

«Und bringen Sie dann auch den Geburtsschein mit, Herr Engel, vergessen Sie das nicht.»

Hochwürden Steiner wunderte sich sehr, als er auf diese harmlosen Worte hin seinen Besucher wie vom Donner gerührt stehenbleiben sah. Vielleicht habe Engel nicht recht verstanden, meinte der Pfarrer und wiederholte deshalb: «Den Geburtsschein Ihrer Schwester, Herr Engel.»

Moriz Engel drückte die Tür wieder zu, wandte sich langsam zu dem Geistlichen um und sagte:

«Den Geburtsschein? Aber wozu brauchen Sie einen Geburtsschein, Hochwürden, wenn Sie das Mädchen leibhaftig vor sich haben und wissen, daß sie meine Schwester ist?»

Bevor er antwortete, wand sich der Priester ein wenig, weil diese Frage eigentlich logisch war.

«Nun ja», sagte er, «es gibt da gewisse staatliche Vorschriften, wissen Sie, und auch kirchliche. Wir müssen Eintragungen in die

Matriken machen, und die müssen eben belegt sein. Aber es wird Ihnen doch nicht schwerfallen, den Geburtsschein Ihrer Schwester herüberzuschicken, nicht wahr?»

«Nein, natürlich nicht», antwortete Moriz Engel, der sich wieder gefaßt hatte. «Vorausgesetzt, ich finde ihn.»

«Aber so etwas verlegt man doch nicht», sagte der Pfarrer. «Sie können auch einen Heimatschein beibringen, irgend etwas, das ich in die Matrik eintragen kann, verstehen Sie? Am liebsten wäre mir allerdings beides.»

«Ich verstehe», antwortete der Besucher, die Hand auf dem Türgriff. «Verzichten können Sie darauf nicht?»

«Nein, das kann ich nicht», sagte der Priester. «Aber wenn Sie mir *ein* Dokument bringen, genügt das für die Taufe und für die Trauung.»

Moriz Engel nickte wortlos, öffnete dann endgültig die Tür und verließ die Sakristei. Den alten Priester erfüllten, als er die Schritte des Besuchers draußen in der Kirche verhallen hörte, sonderbare Gedanken. Was war das für ein merkwürdiger Bruder, der kam, um seine Schwester zu verheiraten, nicht wußte, warum und von wem sie als Tochter mosaischer Eltern einen christlichen Vornamen erhalten hatte, und peinlich berührt davon schien, daß er, Pfarrer Anton Steiner, als zuständiger Pfarrer zum Eintrag von Taufe und Trauung in das Matrikenbuch eine Unterlage verlangte? Immerhin ein seriöser Herr, dachte Hochwürden Steiner, nur ein bißchen weltfremd.

Aber davon konnte in Wahrheit keine Rede sein. Im Gegenteil. Der «weltfremde» Verleger besaß in Wien einen Schwager namens Dr. Samuel Fried, der gleich ihm selbst ungarischer Abstammung war, deshalb perfekt die ungarische Sprache beherrschte und ein Rechtsanwaltsbüro in der Gonzagagasse betrieb. Im Hinterzimmer der Kanzlei saß Moriz Engel schon am selben Nachmittag gegen halb fünf Uhr bei starkem Mokka und einer Zigarre seinem rechtskundigen Schwager gegenüber. Er beendete seinen Bericht über den vormittäglichen Besuch in der Pfarrei St. Augustin. Nachdem das geschehen war, pafften beide Herren eine Weile den Rauch ihrer Zigarren in die langsam hereinbrechende Dämmerung. Endlich sagte Dr. Fried:

«Ich verstehe nur nicht, Moriz... die Katinka ist doch jetzt dreiundzwanzig und schon lange heiratsfähig. Warum hast du nicht rechtzeitig daran gedacht, daß du irgendein Dokument brauchen wirst, um sie unter die Haube zu bringen?»

Moriz Engel hob die Schultern.

«Ich war zu sorglos und zu leichtsinnig, Samuel, ich gebe es ja zu. Aber das nützt jetzt nichts mehr. In spätestens vier Wochen müssen wir etwas heranschaffen, was dem Geistlichen genügt, sonst muß ich die Hochzeit absagen. Und was das bedeuten würde, kannst du dir vorstellen. Die Verlobung stand schließlich bei mir im ‹Salonblatt› und hat Aufsehen erregt. Der Schwiegervater ist hoher bayerischer Beamter und vertraut auf meine Zuverlässigkeit. Von der Enttäuschung Katinkas und ihres Bräutigams gar nicht zu reden.»

«Von dem Grafen Wilczek ein Papier zu bekommen, ist ausgeschlossen?»

«Ausgeschlossen, ja. Der Graf hat einen langen Arm und kann vieles einrenken. Aber Papiere fälschen kann er nicht. Ich könnte so etwas nicht einmal an ihn herantragen, selbst wenn er zu erreichen wäre. Aber er ist in Norwegen und bereitet eine Polarexpedition vor. Wir müssen uns selber helfen.»

Dr. Fried, ein agiler kleiner Herr, dessen Gesicht an ein intelligentes Wiesel erinnerte, stäubte die Asche seiner Zigarre ab und leerte dann seine Mokkatasse.

«Was ist denn eigentlich nach Leopolds Tod auf dich gekommen und veranlaßt worden?»

«Nichts weiter als das Verlassenschaftsprotokoll. In dem stand zu lesen, daß Papa eine minderjährige Tochter zurückläßt, die ein Mitglied des Ensembles des Theaters an der Wien ist, und daß er mir die Vormundschaft über das Kind anvertraut. Der Graf hat fast an alles gedacht, nur nicht daran, daß ein so schönes Mädchen vielleicht einmal geheiratet wird. Und mit der Partie kann man sogar mehr als zufrieden sein.»

«Obschon die Familie nicht von Adel ist?»

Eine Weile war sich der erfahrene Moriz Engel nicht darüber schlüssig, ob die Bemerkung seines Schwagers ironisch gemeint war oder nicht. Aber schließlich entschloß er sich, sie so aufzufassen.

«Nein, Samuel, *weil* sie nicht von Adel ist. Eine adelige Familie hätte den Geburtsschein Katinkas schon vor Pfarrer Steiner verlangt.

Und außerdem ist der Schwiegervater bei seinem König zum persönlichen Adel vorgeschlagen, weil er an einem brauchbaren Gesetz mitgewirkt hat.»

Der Anwalt drückte den Rest seiner Zigarre in einer riesigen Aschenschale aus Silber aus und stand auf. Die Hände in die Hosentaschen versenkt und die Rockschöße weit zurückgeschlagen, ging er hinüber zum Fenster und sah auf die Gasse hinunter, wo soeben das milchig grünliche Licht der Gaslaternen aufflammte. Nach einer Weile wandte er sich um.

«Ein Heimatschein oder Zuständigkeitsnachweis würde auch genügen?»

«Der Pfarrer hat es gesagt. Aber am liebsten wäre ihm beides.»

Der Anwalt kam wieder zum Tisch zurück, blieb vor seinem Schwager stehen und sah auf ihn hinunter.

«Als die Familie noch in Ungarn war, hattest du doch eine kleine Schwester, die früh verstorben ist?»

«Ja», sagte Moriz. «Die Gitel. Was ist mit ihr?»

«In welchem Jahr ist die Gitel geboren?»

«Sechsundfünfzig in Budapest», antwortete Moriz Engel. «Was interessiert dich daran?»

«Daran interessiert mich, daß die Gitel ungefähr so alt sein müßte wie die Katinka. Und wann ist die Gitel gestorben?»

«Sie war noch ein ganz kleines Kind. Ich glaube schon neunundfünfzig.»

Der Anwalt nickte nachdenklich, zog dann die rechte Hand aus der Hosentasche und wählte sorgfältig eine neue Zigarre aus der Kiste, die auf dem runden Tisch stand. Als das teure Kraut gleichmäßig brannte, fuhr er, noch immer vor Engel stehend, fort:

«Wenn ich in Pest auf das Rathaus zum Magistrat gehe und für die Katinka einen Heimatschein verlange, dann werden die doch auch einen Geburtsschein der israelitischen Kultusgemeinde in Buda anfordern, von drüben auf der anderen Donauseite.»

«Ja, das werden sie wohl tun müssen», sagte Moriz Engel.

«Gut», fuhr sein Schwager fort. «Wenn ich nun schon selbst in Pest bin, weil die Sache eilig ist, dann werde ich mich natürlich anbieten, dieses Papier eigenhändig in Buda abzuholen und beim Magistrat in Pest zu präsentieren?»

Moriz Engel begann zu ahnen, was sein schlauer Anwaltsschwager vorhatte, und antwortete:

«Natürlich, Samuel. Wenn sie das zulassen sollten, schon.»

Fried setzte sich wieder zu seinem Gast, zog an seiner Zigarre, drehte sie um und betrachtete zufrieden die Glut. Schließlich sah er Moriz Engel wieder an.

«Das werden sie zulassen, wenn ich ein Empfehlungsschreiben meines Schwagers vorweise, des Eigentümers und Chefredakteurs des berühmten ‹Wiener Salonblatts›, Kommandeur, Offizier und Ritter hoher Orden, unterstützt durch einige Gulden aus Papier, meinst du nicht auch?»

Moriz Engel mußte gegen seinen Willen lachen, als er den Anwalt so reden hörte.

«Du wirst nichts tun, was uns mit dem Strafgesetz in Konflikt bringt?»

«Dann wäre ich doch ein schlechter Anwalt, nicht wahr, der sein Honorar nicht wert ist. Zeig seelische Größe, Moriz, und hab Vertrauen.»

Nachdem Moriz Engel sich dazu entschlossen hatte, sagte er:

«Und was für ein Honorar stellst du dir für das alles vor, Samuel?»

«Nun», sagte Dr. Samuel Fried. «Geld wirst du mir für eine gute Idee nicht anbieten wollen. Aber vielleicht kannst du in dein ‹Salonblatt› ab und zu einmal Berichte über Prozesse einfließen lassen, aus denen hervorgeht, daß sie von einem kundigen Anwalt vertreten worden sind, der immer auch Ausschau nach guten Klienten hält. Und wenn irgendwann einmal wieder ein Hofrat vergeben wird, will ich beim Grafen nicht nein sagen, wenn er sich dafür einsetzt.»

Gestützt auf diese Vereinbarung, verfaßte Moriz Engel am nächsten Tag den folgenden Brief:

Redaktion des Wiener Salonblattes.
Eigentümer M. Engel. I. Nibelungengasse 3. *Wien, 17. 4. 1882*

Hochlöbl.
Magistrat der k.ung. Hauptstadt Budapest.
Nachdem sich meine Schwester, Frl. Katharina Engel, Tochter des verstorbenen H. Leopold Engel und der verstorbenen Frau Babette

recte Bety Engel, in Wien verheiratet und daher dringend ihren Heimatschein benötigt, so bitte ich, Unterfertigter, als Vormund meiner Schwester, diesen Heimatschein dem Überreicher dieses, meinem Schwager H. S. Fried, welcher sich zu diesem Zweck eigens nach Budapest begab, gefälligst ausfolgen zu wollen.
Die Schwester wohnt bei mir, in Wien I. Nibelungengasse 3, und hat mein Schwager die Todtenscheine meiner Eltern dabei.

Mit ausgezeichneter Hochachtung
gez. M. Engel
Eigentümer des Wiener Salonblattes,
Kommandeur, Offizier und Ritter mit h. Orden.

Wiederum einige Tage später überquerte Dr. Samuel Fried mit diesem Schreiben in der Brusttasche gegen Abend in einem Eisenbahnabteil erster Klasse die Donau und erreichte den pompösen Ostbahnhof von Budapest, der sämtliche Bahnhöfe der Kaiserstadt Wien weit in den Schatten stellte. Er verließ er den Bahnhof und schlenderte die belebten Geschäftsstraßen des VIII. Bezirks entlang, bis er jenes kleine Hotel mittlerer Güte und Preisklasse fand, das er im Auge hatte und wo er rückwärts hinaus ein Zimmer bekam.

Am nächsten Morgen machte er sich an die subtile Aufgabe, Katinka, der Schwester seines Schwagers Moriz, zu einer ordentlich dokumentierten Geburt zu verhelfen. Er hatte zu diesem Zweck einen guten Plan entwickelt, und es freute ihn, nicht zuletzt Katinkas wegen, daß die Angelegenheit ziemlich genau nach diesem Plan verlief. Der erste Teil der Ereignisse vollzog sich auf dem Rathaus der Stadt, wo man Dr. Fried an ein Zimmer verwies, wo er nach langem Warten endlich Einlaß fand und sich einem Sekretär namens Lajos Hunya gegenübersah, der ihn zunächst mit grimmigem Gesicht vor seinem Schreibtisch stehenließ, bis er den Brief Moriz Engels, den sein Besucher ihm überreicht hatte, aufgeschlitzt und gelesen hatte; dabei fiel ihm ein Hundertguldenschein in die Hand. Sofort wies er nun seinem Besucher einen Sessel an, beugte sich zu ihm hinüber und sagte:

«Hochgeboren, ich hoffe, Hochgeboren Herr Engel erwartet nicht von mir, etwas Unzulässiges ins Auge zu fassen.»

Diese Reaktion bot Samuel Fried für seine Antwort eine hervorragende Grundlage. Er sagte:

«Ganz im Gegenteil, Herr Hunya, ganz im Gegenteil. Mein Schwager hat mir gesagt, daß er diesem Schreiben einen bescheidenen Betrag beifügt, der lediglich die Kosten einer Beschleunigung abdekken soll, nachdem die Angelegenheit leider eilbedürftig ist.»

Und dann verlief alles so, wie Fried es sich ausgedacht hatte. Der Ungar war selbstverständlich bereit, den gewünschten Heimatschein für Katharina Engel auszufertigen. Ob denn der Herr Advokat einen Geburtsnachweis zur Hand habe? Nein, das habe er leider nicht, sagte Fried, der auf diese Frage vorbereitet war, aber das habe weiter keine Bedeutung, denn die Braut sei ja hier in Budapest geboren und die israelitische Kultusgemeinde werde die entsprechende Bescheinigung unverzüglich ausstellen. Ob denn Bedenken dagegen bestünden, daß er, Dr. Fried, sich zur Beschleunigung der Sache selbst darum bemühe? Alles lief wie vorgesehen. Natürlich bestanden keinerlei Bedenken, und noch am selben Nachmittag wurde der Anwalt drüben in Buda bei der israelitischen Glaubensgemeinschaft vorstellig, die versprach, das erbetene Dokument bis zum nächsten Vormittag auszustellen. Befriedigt verbrachte Dr. Fried den Abend in einem Kabarett, schlief und frühstückte gut und fand sich pünktlich wieder im Burgviertel von Buda ein, wo er, nachdem er eine Gebühr von fünfzig Kreuzern erlegt hatte, einen in ungarischer Sprache verfaßten Geburtsschein folgenden Inhalts in Empfang nahm:

Name des Neugeborenen:	*Gitel*
Datum der Geburt:	*7. Juli 1856*
Geschlecht:	*Mädchen*
Eigenschaft:	*legitim*
Name des Vaters:	*Leopold Engel*
Vor- und Geburtsname der Mutter:	*Babette Weiss*
Wohnung der Eltern:	*Göttergasse Nr. 17*
Tag der Beschneidung:	–
bei Mädchen der Benennung:	–
Name der Patin:	–
Anmerkung:	–

Da dieses Papier ein Dokument von beachtlichem Querformat war, verwahrte Dr. Fried es in einer großen Tasche, bevor er eine Droschke anhielt, um sich wieder hinüber nach Pest kutschieren zu lassen. Als der Fiaker auf seinem Wege zu Frieds Hotel am Café «New York» vorbeikam, ließ der Fahrgast spontan anhalten, bezahlte und verließ die Kutsche. Er betrat das in üppiger Plüschpracht ausgestattete Café mit hohen Fenstern und ebenso hohen Spiegeln, von dem es hieß, daß ein Tintenfaß ungeordert stets zusammen mit dem Kaffee gebracht wurde. Vor 1848 und in gewissem Umfang auch noch bis 1867 war das «New York» der Treffpunkt der literarischen Opposition gegen Habsburg gewesen. Auch jetzt noch war es bevölkert von Skribenten aller Schattierungen, so daß Dr. Fried hoffte, mit dem, was er sich vorgenommen hatte, dort nicht weiter aufzufallen. Er ließ sich in einer Ecke an einem Tischchen auf einem Plüschsofa nieder und bestellte ausreichend Kaffee sowie Papier und Feder. Als der Kellner alles inklusive Tintenfaß gebracht hatte, öffnete Fried seine Ledertasche, entnahm ihr das Dokument, faltete es auseinander und breitete es auf der Marmorplatte aus. Er tauchte die Feder ein und schrieb zuerst mehrmals auf das Papier, das der Ober gebracht hatte, den Vornamen Katarin. Erst nach einigen Proben entschloß er sich, aufs Ganze zu gehen, und schrieb direkt unter den Vornamen Gitel das Wort Katarin. Er wedelte mit einer Serviette die Tinte trocken und stellte fest, daß sie einen bläulichen Grundton hatte, und in der Farbe von den übrigen Eintragungen des Auszugs abwich. Da es unter allen Umständen darauf ankam, den Namen Katarin in den Vordergrund zu stellen, überlegte er lange, ob er den ursprünglichen Namen Gitel in Klammern setzen sollte, und entschloß sich nach der dritten Tasse Schwarzen, das zu tun.

Danach betrachtete er mit Zufriedenheit sein Werk, faltete das Papier, verwahrte es in seiner Tasche, zahlte und verließ das Café. Von hier aus brauchte er keine Droschke mehr zu nehmen, um zu Herrn Hunya zu kommen. Er erreichte den Beamten kurz vor der Mittagspause. Herr Hunya nahm das Dokument entgegen, faltete es auf und las es durch. Trotz größter Aufmerksamkeit und Anspannung konnte der Besucher, der den Ungarn dabei beobachtete, in dem Gesicht des Beamten nicht das geringste Anzeichen dafür feststellen, ob diesem die Absonderlichkeiten dieses Papiers in die Augen stachen oder nicht. Als der Sekretär das Papier vor sich auf den Schreibtisch legte, es mit der Handkante glattstrich und den Besucher ansah, wußte Samuel Fried, daß er gewonnen hatte.

Er wußte allerdings nicht, daß der Unterschied in der Tintenfarbe, den der Magistratssekretär Lajos Hunya, eingedenk des Unkostenbeitrages von einhundert Gulden, geflissentlich übersah, rund fünfzig Jahre später von Katinkas Tochter Lona entdeckt werden sollte und ein Abenteuer von großer Tragweite auslöste. Er hörte statt dessen den Magistratssekretär sagen, daß es mit dem Dokument seine Ordnung habe und daß der Heimatschein bis morgen mittag ausgefertigt werde. Damit war Samuel Fried entlassen. Am nächsten Tag, nachdem er noch Einkäufe erledigt hatte, nahm er um Punkt zwölf Uhr von dem Magistratssekretär Lajos Hunya den folgenden Heimatschein der ungarischen Hauptstadt Budapest entgegen.

Übersetzung
Der Magistrat der Haupt- und Residenzstadt Budapest.
Zahl 18770/I. 3647/1882.
Gegenstand: Antrag des Moritz Engel wegen Ausstellung eines Zuständigkeitszeugnisses für Katalin / Gitel / Engel.
Beschluß.
Die hierorts im Jahre 1856 geborene Katalin / Gitel / Engel wird mit Rücksicht darauf, daß ihre Eltern und Geschwister im Jahre 1857, Göttergasse 17 als hierorts zuständig zusammengeschrieben wurden, darüber aber, daß ihre Eltern während ihres Wiener Aufenthaltes die dortige Staatsbürgerschaft und Zuständigkeit erworben hätten, in unseren Büchern eine Aufzeichnung nicht vorgefunden wird, als in den Gemeindeverband der Hauptstadt zuständig / gehörig / anerkannt und wird beschlossen, für sie das beantragte mit Guldenstempel zu versehene Zuständigkeitszeugniß ausstellen zu lassen.

Gegeben zu Budapest, am 18. des Monats April im Jahre 1882.
gez. [Unleserliche Unterschriften] Locus sigilli.

Mit den Dokumenten, die er in Budapest erhalten hatte, reiste Samuel Fried noch am gleichen Tag zurück nach Wien und verständigte seinen erleichterten Schwager Moriz Engel sofort von dem Erfolg seiner Unternehmung. Dessen zweite Frage galt der juristischen Stichhaltigkeit des Resultates. Der Anwalt beruhigte seinen Schwager.

«Die Ergänzung des Namens ist keine Urkundenfälschung, Moriz, denn auf dem Geburtsschein wurde nichts verfälscht oder eliminiert. Jeder, der will, kann aus ihm die ursprüngliche Eintragung ersehen. Jedermann, der auf dieses Dokument Bezug nimmt, wird nicht nur den ergänzten, sondern beide, also auch den richtigen Namen nennen. Die Ergänzung ist natürlich auch kein Betrug, denn eine Vermögensänderung, wie sie ein Betrug voraussetzt, findet auf keiner Seite statt. Nicht einmal die Erschleichung einer Amtshandlung liegt vor, denn weder ist die kirchliche Trauung eine Amtshandlung in diesem Sinne noch Hochwürden Steiner eine Amtsperson. Und außerdem würde er genau den gleichen Akt vornehmen, wenn du ihm einen korrekten Geburtsnachweis für Katinka präsentieren würdest. Auf dieses Dokument hin kannst du mit dem ruhigsten Gewissen Katinka unauffällig verheiraten und alle neugierigen Fragen ein für allemal aus der Welt schaffen.»

Moriz Engel erstarb vor Bewunderung für die Kenntnis seines Schwagers Fried. Nur wurden keineswegs alle Fragen damit ein für allemal aus der Welt geschafft. Adolf Hitler und das Hetzblatt «Der Stürmer» provozierten sie fünfzig Jahre später von neuem.

Als nächstes brachte man beide Papiere zu einem amtlichen Dolmetscher der ungarischen Sprache, um sie übersetzen zu lassen. Danach kam man überein, dem hochwürdigen Herrn Anton Steiner zunächst nur den Budapester Heimatschein vorzulegen und den Geburtsschein nebst Übersetzung nachzureichen.

Und hierin lag der Grund für die Frage, die sich viele Jahre später in den gleichen stillen und dämmerigen Räumen der junge Pfarrer Emerich Holzhauser und Katinkas Tochter Lona Holberg vorlegten, warum denn damals dem hochwürdigen Herrn Anton Steiner der Unterschied des Namenszuges in Schrift und Tinte nicht aufgefallen war. Der Pfarrer hatte, gestützt auf diesen Heimatschein, Taufe und Trauung vorgenommen und die nachgereichten verdächtigen Dokumente einfach zu seinen Akten gelegt, ohne sie einer weiteren Überprüfung zu unterziehen. So wurde also Katinka Engel am 18. April 1882 auf die Vornamen Rosa und Charlotte getauft. Als Taufpatin ließ sich eintragen Frau Rosa Scheyrer, eines k. k. Jägerhauptmanns Gattin. Voller Genugtuung konnte daraufhin ein glücklicher Moriz Engel zwei Wochen später, am 7. Mai, die Hochzeit ausrichten. Unter großer Beteiligung fand die Trauung in St. Augustin statt und die Hochzeitsfeier in kleinerem Familienkreis schräg gegenüber in einem exklusiven Nebenraum des Restaurants im «Sacher». Sein besonderes Gewicht erhielt dieses Ereignis dadurch, daß als Trauzeuge und Brautführer Seine Exzellenz, der Reichsgraf Hans von Wilczek, Frei- und Panierherr zu Guttenland und Hultschin, zugesagt hatte.

Doch Schwierigkeiten bei den Vorbereitungen einer zweiten Arktisexpedition hinderten die Exzellenz dann doch, an Katinkas Hochzeit teilzunehmen. In Vertretung erschien Hans, der älteste Sohn des Grafen, und erregte das größte Aufsehen bei der Hochzeitsgesellschaft, als er vor Beginn des Diners der jungen Frau ein Präsent der Exzellenz überreichte: eine prachtvolle Schatulle aus Palisanderholz, beschlagen mit Silberfiligran, der gräflichen Krone und den Initialen H. W. Als Katinka sie öffnete, erblickte sie den schönsten Schmuck, den sie je gesehen hatte. Es war ein Familienstück, bestehend aus drei ungarischen Magnatenknöpfen, goldgefaßt, aus Rubinen und Brillanten, einer der Knöpfe etwas größer, und an ihm hing tropfenförmig ein vierter Teil, ebenfalls aus weißen Brillanten und mit einem riesigen blutroten Rubin. Dies alles war gebettet auf ein Polster aus schwarzem Samt und entlockte der Hochzeitsgesellschaft Ausrufe der Bewunderung, als die junge Frau mit dem Schlüsselchen, das Graf Hans ihr gereicht hatte, die Schatulle öffnete und den Schmuck vor ihre Brust hielt. Von den Schwierigkeiten, die der Hochzeit vorübergehend entgegengestanden waren, wußten nur wenige der Hochzeitsgäste. Von der vorangegangenen Taufe ahnte nicht einmal der junge Ehemann etwas, geschweige denn sein Vater, der königlich-bayerische Ministerialrat August Auffacher, der sonst seine Tischrede an das junge Paar und an die fröhliche Runde der Hochzeitsgäste wohl anders abgefaßt hätte:

Ich ehre wohl unseren lieben Moriz am besten und handle gewiß in seinem Sinne, wenn ich nur mit diesen wenigen Worten auf seine Denk- und Handlungsweise bezug nehme, dagegen seiner Frau, der

Marie mit dem besten Herzen, meiner liebenswürdigen Nachbarin, nicht minder in meinem Namen als namens des Brautpaares den herzlichsten Dank ausspreche für alles, was Katinka bei ihr gefunden – ich meine das hohe Glück, in ihr nicht nur eine wohlmeinende, stets freundliche und liebevolle Schwägerin, sondern in des Wortes wahrster Bedeutung eine Schwester und zugleich Mutter, die Vertraute aller Freuden und Sorgen zu besitzen und so im Hause des Bruders Ersatz zu haben für den frühen Verlust der Eltern in jenen Jahren, wo man derselben am meisten bedarf.

Manch einer der Gäste an der festlich gedeckten Tafel mag bei diesen Worten des Bräutigamvaters insgeheim die beiden Frauen miteinander verglichen haben, von denen die Rede war. Ihnen mag wohl auch die große Ähnlichkeit in Typus und Gesichtsschnitt, von Haaren und Augen aufgefallen sein. Jedoch wußte keiner von ihnen etwas von der Unterhaltung, die der bayerische Ministerialrat mit Marie Engel geführt hatte, nachdem sein Sohn sich mit Katinka verlobt hatte, und die allein die Grundlage für diesen Teil seiner Tischrede gewesen sein konnte. Da, wie allgemein bekannt war, der Altersunterschied zwischen Marie und Katinka so gering war, daß eine Vermutung, sie könnten Mutter und Tochter sein, gar nicht erst aufkam, und andererseits unumstößlich feststand, daß Katinka Moriz Engels Schwester und mithin Maries Schwägerin war, wurde bei steigender Fröhlichkeit der Tafelrunde und bei den Genüssen der wienerischen Kochkunst der geheimnisvolle Unterton in August Auffachers Hochzeitsansprache gar nicht ernsthaft wahrgenommen.

32

Das rote Auto des Doktors rollte von Klagenfurt in nördlicher Richtung. Es war Sommer und die schönste Zeit in diesem von der Sonne durchfluteten, mit Schlössern, Burgen und barocken Klöstern übersäten Land zwischen den Karawanken und dem schneebedeckten Kamm der Tauern. Sie hatten das Verdeck zurückgeschlagen. Die Kulissen der Nadelwälder waren pflaumenblau und stiegen aus grünen Wiesenhängen und Feldern empor, auf denen gelbes Korn schon hüfthoch stand. Es war eine Lust zu leben.

Daß sie hier mit Josef Prékonicz im offenen Auto nordwärts fuhr, war für Goschi ziemlich überraschend gekommen. Zwei Tage zuvor, um die Mittagszeit, hatte er sie vom Hauptpostamt Klagenfurt aus am Desk im Hotel erreicht. Er hätte einen Vorschlag für sie, hatte er gesagt. Er habe doch noch so etwas im Ohr, als ob Goschi noch zwei oder drei Tage Urlaub abzurufen hätte und ob sie das nicht spontan tun könne? Er sei in den vergangenen Tagen seiner Dienstreise nach Villach beim letzten Akt ihres gemeinsamen Stückes angelangt und hätte ihr eine Menge zu zeigen und zu erzählen. Bei seinem Vetter Toni Goertz in Hallegg hätten sie ein paar einfache Fremdenzimmer, und wenn Goschi wolle …

Goschi wollte. Gestern abend hatte Josef sie in Klagenfurt auf dem vor Hitze dampfenden Bahnhof aus dem Zug geholt, hatte sie und ihr Köfferchen in das rote Auto gepackt und war mit ihr die paar Kilometer hinaus nach Hallegg gefahren, wo Vetter Toni und seine Frau Stefanie ein reizvolles Domizil besaßen – das ehemalige Kutscherhaus eines an einen Berghang gebauten kleinen Schlosses, das jetzt an eine soziale Institution vermietet war. Das Häuschen war gemütlich eingerichtet, stand auf einem Mauervorsprung und hatte eine Natursteinterrasse mit einem weiten Ausblick auf die Kette der Karawanken, den Klagenfurter Talkessel und den Ostzipfel des Wörthersees. Dort waren sie beim Schein eines Windlichts und bei Wein und Käsebroten bis spät in die Nacht gesessen. Toni Goertz' Familie war kärntnerisch seit Jahrhunderten, und Toni selbst war Jurist in einer Behörde der Landesregierung. Er hatte sich an Josef Prékonicz' Erzählung im höchsten Maß interessiert gezeigt und in wenigen Tagen aus den Kellern des Landesarchivs am Landhausplatz an Aktenauszügen und Dokumenten über Maria Geistingers letzte Lebensjahre zusammengetragen, was aufzufinden war.

Danach war die berühmte Schauspielerin im Jahr 1880 nach Kärnten gekommen. Sie hatte damals ein Schloß nebst Landgut von beachtlichen Ausmaßen erworben, das sie zwölf Jahre lang bewohnt und das sie erst 1893 verkauft hatte, um sich in Klagenfurt eine Villa zu bauen, wo sie 1903 starb. Josef Prékonicz hatte alles so genau zusammengestellt und den Rest so plastisch erzählt, daß Toni vorgeschlagen hatte, er solle doch Goschi herkommen lassen und mit ihr zusammen das alles in Augenschein nehmen. Also beschlossen sie, das am nächsten Tag zu tun.

Sie waren sehr früh aufgestanden und hatten zuerst in der frischen Morgenstille des Sommertages die Geistinger-Villa gesucht, wo Maria ihre letzten zehn Lebensjahre verbracht hatte. Und sie hatten sie auch gefunden. Ein prachtvolles, repräsentatives, dreistöckiges Gebäude, im anmutigen Stil der vorigen Jahrhundertmitte errichtet und verschwiegen gelegen in einem parkartigen Garten mit altem Baumbestand, ganz in der Nähe des Lendkanals. Das Haus war jetzt unbewohnt, aber Toni hatte gesagt, daß die Stadt es erwerben wolle. Die Läden waren geschlossen, und die angerosteten Gittertore wurden von Ketten mit Vorhängeschlössern gesichert. Dieses Haus schien immer noch die Ausgeglichenheit und Ruhe auszustrahlen, die Maria Geistinger dort in ihren letzten Lebensjahren erfahren haben mochte.

Von hier aus waren die beiden zunächst schweigend durch die noch halb schlafende Stadt gefahren und hatten sie gen Norden verlassen. Jetzt war es gegen halb zehn, und zur Rechten zog, hoch aus der grünen Landschaft aufragend, die mächtige Burg Hochosterwitz vorbei.

«Jetzt, wo wir am Ende unserer Nachforschungen stehen, hat das Leben dieser Frau eine andere Dimension für mich bekommen, abgesehen davon, daß es sich um deine Familie handelt, die mir viel bedeutet. Aber erinnere dich mal daran, daß alles damit begonnen hat, daß du seinerzeit in der Universitätsbibliothek nicht einmal den Namen deiner Urgroßmutter kanntest. Und heute liegt dieses Leben offen vor uns. Eigentlich», setzte er nachdenklich hinzu, «hat Maria zwei Leben gelebt. Eines der Liebe, ja wahrscheinlich sogar der Leidenschaft, sicher aber der Leiden; das war zwischen einundfünfzig und achtundfünfzig. Und ein zweites Leben, eines der Erfolge, der Kunst, des Glanzes und des gesellschaftlichen Aufstiegs. Goschi, bei aller Bescheidenheit, das ist eine Abstammung, derer ihr euch alle nicht zu schämen braucht. Und auch Katinka hätte es eigentlich nicht zu tun brauchen, findest du nicht?»

«Katinka hat das alles nicht so überblickt, wie wir es heute mit einem Abstand von hundert Jahren können. Katinka kam sich einfach in eine Ecke gestellt vor. Und es war ihr völlig verschlossen, was hinter dem allem steckte. Auch mit Katinka haben wir nun einen Punkt erreicht, wo es über sie und ihr Leben nichts Neues mehr zu entdecken gibt. Von ihrem Auszug aus dem Kloster und dem Neuanfang bei Leopold Engel an haben wir das, was sie über sich selber berichtet, das, was Anselm über ihre Liebes- und Lebensgeschichte erzählt, und schließlich alles das, was ich als ihre älteste Enkelin bis zu ihrem Tode noch selber in Erinnerung habe.»

«Es gibt da doch noch etwas Neues über Katinka», widersprach Prékonicz. «Sicher ist, nach dem, was du erzählt hast, daß sie Mitglied des Ensembles des Ringtheaters war, als sie Anselm kennenlernte. Aber ich habe etwas noch viel Interessanteres entdeckt. Ich habe mir noch kurz vor meiner Abreise das Verlassenschaftsprotokoll Leopold Engels heraussuchen lassen, eine Art Sterbenachweis, verstehst du. Und was meinst du, was ich darin finde? Zum Zeitpunkt des Todes Leopold Engels erscheint dort Katinka als eigene minderjährige Tochter und außerdem als Mitglied des Ensembles des *Theaters an der Wien*.»

«Und was willst du daraus schließen, Josef?»

«Nun», antwortete Prékonicz, «das ist das letzte Glied in der Beweiskette, daß Katinka wirklich eine Geistinger-Tochter war.

Denn bis zum einunddreißigsten Januar sechsundsiebzig war ihre Mutter zusammen mit Steiner dort die Direktorin.»

«Aber dann müßte Katinka sie dort doch wiedererkannt haben, wenn unsere Vermutung stimmt, daß die Tante mit den schönen Händen die Mutter, Maria Geistinger, war.»

«Du vergißt dabei», antwortete der Doktor, «daß inzwischen einige Zeit ins Land gegangen war. Und dann wissen wir ja auch nicht genau, wie oft und wie regelmäßig sie das Kind im Kloster besucht hat und welche Vorsichtsmaßnahmen sie dabei einhielt. Ein Wiedererkennen auszuschließen, lag im allergrößten Interesse für die Mutter und auch für das Kind. Die sich wiederholende Bemerkung von den schönen Händen läßt allenfalls darauf schließen, daß die kleine Katinka von den Händen ihrer Besucherin mehr bemerkt hat als von deren Gesicht. Und schließlich ist es auch kein Zufall, daß von Maria Geistinger im ‹Wiener Salonblatt› niemals ein Porträt erschienen ist.»

Nach einer Weile des Nachdenkens sagte Goschi:

«So hat sie sich also ihre Lieblingstochter in die Theaterwelt geholt, die gefeierte Schauspielerin.»

«Wieso sagst du ‹Lieblingstochter›, Goschi? Sie hatte zwei Kinder.»

«Nach allem, was wir jetzt wissen, kann Katinka, geboren kurz vor dem Tod ihres Vaters, nur ein Kind der Liebe gewesen sein», antwortete Goschi. «Johanna dagegen muß für die Mutter, die bei der Geburt beinahe selbst noch ein Kind war, ein Schock gewesen sein; das Kind stand dem Vater vielleicht näher als ihr. Er hat sich ja wohl auch aktiver um Johanna bemüht als sie. Aber Katinka war für ihre Mutter soviel wie eine letzte lebendige Erinnerung an den Mann, den sie geliebt hat. Denn daß sie ihr ganzes Leben lang nur Valentin geliebt hat, dafür lege ich meine Hand ins Feuer.»

«Und ich lege meine dazu», sagte Prékonicz, sah kurz zu ihr herüber und legte seine Hand auf ihre.

«Du solltest sie lieber ans Steuer legen, Josef Prékonicz», sagte Goschi lachend. «Gerade eben ist es nämlich links ab nach Meiselding gegangen.»

Der Doktor wendete den Wagen. Es ging durch ein schönes, von der Mittagssonne durchflutetes Wiesental, das von sanften, waldigen Hügelzügen umgrenzt war. Nachdem sie Meiselding durchfahren hatten, rückten die Höhenzüge enger zusammen und wurden steiler. Die Bäume kamen heran bis an die Straße. Dann tauchte vor ihnen in dem Einschnitt des Nadelwaldes, kühn auf einer ebenfalls mit Wald bestandenen Felsnase liegend, die Burg Rastenfeld auf. Ein viergeschossiger, steil aufragender Bau aus dem 16. Jahrhundert, unregelmäßig, wehrhaft und mit zwei gedrungenen quadratischen Türmen, alles gedeckt mit hohen Steildächern aus Schiefer. Wer das zum ersten Mal sah, mußte unwillkürlich an Raubritter denken, aber nicht an den Alterssitz einer berühmten Frau.

«Kann ich mir nicht vorstellen», sagte Goschi trocken. «Halt doch mal an.»

Der Doktor hielt den Wagen an. Auf der anderen Straßenseite lag eine einfache Schenke, vor der drei wild aussehende, schwarzbärtige Holzknechte um einen klobigen Balkentisch beim Bier saßen. Goschi und Prékonicz stiegen aus und gingen hinüber. Von einer Frau namens Maria Geistinger war nichts bekannt. Aber immerhin sei das da oben Schloß Rastenfeld, und sie sollten ruhig einmal diesen steilen Weg dorthin rauffahren. Es ginge um ein paar Kurven durch die Schlucht und dann würden sie schon sehen. Aus der niedrigen Eingangstür kam die Wirtin mit neuen Bierkrügen. Sie stellte die Krüge ab und ergänzte:

«Aber da, wenn S' droben sind, geht's eigentlich erst an. Das ist zwar alles privat, aber lassen S' Ihnen nicht abhalten, durch die Kastanienallee weiterzufahren. Die geht zwei Kilometer lang kerzengerade durch eine flache Mulde nach Welsbach. Oberdorf hat's dort früher einmal geheißen. Dort ist das eigentliche Gut und das neue Schloß. Und dort hat auch eine ihre Villa bauen lassen, die könnt so geheißen haben, wie Sie grad g'sagt haben. Aber das ist schon lange her.»

Goschi und ihr Begleiter bestiegen erneut das rote Auto und fuhren den steilen Bergweg hinauf, der zuerst über eine hölzerne Brücke und dann durch die waldige Schlucht in Serpentinen nach oben führte. Als sie die Anhöhe erreichten, waren sie überrascht. Das von der Talseite so stolz aufragende Schloß war von hier oben gar nicht zu sehen. Es war verborgen hinter einem Waldstück und den Gemäuern mittelalterlicher Wirtschaftsgebäude, die aber ganz offensichtlich nicht mehr benutzt wurden. Tiefster Friede herrschte hier, kein Mensch war zu sehen. Nach links ging ein Weg weiter um die Felsnase herum, vielleicht zum Eingang der Burg.

«Wenn hier schon keiner ist», sagte Goschi, «dann ist da vorne erst recht keiner. Das können wir nachher auch noch versuchen. Laß uns die Kastanienallee suchen.»

Sie fanden sie dann auch. Der Weg, den sie gekommen waren, ging noch um ein paar Kurven, zwischen ein paar verfallenden Gebäuden hindurch und mündete auf einer Bodenschwelle. Und hier hielt der Doktor überrascht den Wagen an. Denn hier begann die Allee. Vor ihnen lag eine parkartige und doch abgeschiedene Landschaft, deren Existenz von dem Waldtal aus, durch das sie gekommen waren, nicht einmal zu ahnen gewesen war.

«Jetzt verstehe ich, was die Wirtin meinte, als sie sagte: Da geht es eigentlich erst an», sagte Prékonicz. «So etwas hätte ich nicht erwartet.»

Gegen Westen zogen sich die bewaldeten Höhenrücken der Wimitzer Berge hin, auf deren nordöstlichsten Ausläufern sie sich befanden. Vor ihnen lag auf einer anmutigen Hochfläche eine bewirtschaftete Kulturlandschaft von fast paradiesischem Charakter. Saftige Flächen, auf denen Vieh weidete, wechselten ab mit Obstplantagen und Waldstücken, im Hintergrund ansteigende Hügelrücken. Durch all dies schnitt wie mit dem Lineal gezogen die Kastanienallee, in die sie nun wie in einen Tunnel hineinfuhren und deren Ende man von hier aus nicht sehen konnte. Zuerst ging es in eine flache Senke hinab, dann stieg die Allee leicht an und mündete plötzlich in einen weitläufigen Wirtschaftshof, umgeben von den ockerfarbenen und walmgedeckten Ökonomiegebäuden in dem anheimelnden Landhausstil des vorigen Jahrhunderts.

Prékonicz parkte den Wagen. Auch hier war niemand zu sehen. Es war ganz still. Zur Linken befand sich, getragen von zwei pylonenartigen Steinsäulen, ein offenes Tor mit zwei schmiedeeisernen Flügeln. Goschi und der Doktor durchschritten es und betraten das dahinterliegende Areal. Nach einer kurzen Wegstrecke stießen sie auf das Haus, das Maria Geistingers gewesen sein mußte. Auf den Hängen, die nach rechts hin anstiegen, blühten Rosen, weißleuchtende Puttenstatuetten verrenkten dazwischen ihre niedlichen Körper.

Als die beiden sich der Villa zuwandten, wurde unter dem Architrav mit der eingemeißelten Aufschrift «Marienhof 1881» die Tür geöffnet, und eine Frau mittleren Alters trat heraus in die Sonne. Prékonicz stellte sich und Goschi vor und sagte der Frau, worum es ihnen ging.

«Jaja», antwortete die Frau. «Das ist richtig. Dieses Haus hat Frau Geistinger sich damals gebaut, als sie Rastenfeld und das ganze Gelände bis hier herauf erwarb. Der Herr Baron Auer hat dann das neue Schloß hier nebenan erst um die Jahrhundertwende errichten lassen. Der ‹Marienhof› dient nur noch als Verwalterhaus. Hier wohnen mein Mann, ich und die Kinder.»

Erst jetzt bemerkten Goschi und der Doktor in einiger Entfernung die Seitenfront eines in neogotischem Stil errichteten schloßartigen Gebäudes, das sie jedoch nicht sonderlich interessierte. Ein kleines Mädchen kam aus dem Haus gelaufen, schmiegte sich an die Mutter und musterte die Besucher ebenso offen wie skeptisch. Die Verwaltersfrau nahm es auf den Arm und fuhr in ihren Erklärungen fort.

«Und wissen Sie, warum Frau Geistinger hier gebaut hat? Und auch der Herr Baron? Weil wir auf fast tausend Meter liegen und weil hier trotzdem Magnolien, Rhododendron und Glyzinien gedeihen wie in südlichen Ländern. Von den Rosen gar nicht zu reden. Schauen Sie sich nur um. Hier links geht es zur Hauptfront. Dies hier ist nur die Rückseite des Hauses.»

Damit ließ sie das Kind vom Arm gleiten, nahm es bei der Hand und stieg mit ihm rückwärts die Rosenhänge hinauf, wo jetzt von irgendwoher ein mechanischer Rasenmäher zu hören war. Prékonicz und Goschi umrundeten das Haus und blieben auf der Terrasse an seiner Südseite überwältigt stehen. Der Anblick, der sich von hier aus bot, war grandios. In den Baumbestand der Obstgärten und Laubwaldstücke war trichterförmig in großzügiger Breite eine Schneise geschlagen, die einen Blick bis weit nach Süden zuließ, wo sie durch das Meiseldinger Wiesental heraufgefahren waren. In der Ferne war schwach die Kette der Karawanken zu sehen. Die nähere Umgebung ertrank buchstäblich in einem Meer mediterraner Flora. Hier blieben sie, die Arme auf die Steinbalustrade gestützt, stehen.

«Das ist tatsächlich eine ganze Landschaft», sagte Goschi. «Die Frau hat recht. Ein Paradies.»

«Nicht nur das», antwortete Prékonicz, «sondern auch noch eine

Landschaft von gewaltigem wirtschaftlichen Wert. Wald, Weideflächen, Obstgärten, Ackerland. Dazu eine mittelalterliche Burg samt Wirtschaftsgebäuden. Und dieses Herrenhaus hier hat deine Urgroßmutter sich dann am schönsten Fleck des ganzen Besitzes noch dazubauen können.»

«Wie groß das alles zusammen wohl gewesen ist?»

«Das ist schwer zu schätzen», antwortete der Doktor. «In der Landtafel in Klagenfurt finden sich keine Angaben über Größe und Preis. Nur eine Restkaufpreisschuld von 30 000 Kronen ist eingetragen. Das ist wenig und sagt wenig. Wahrscheinlich mit Absicht. Toni Goertz gegenüber hat einmal ein Experte der Gegend von einer Flächengröße der Areale von Rastenfeld und Welsbach von etwa 2000 Hektar gesprochen. Und wenn ich mich hier so umsehe, möchte ich das fast glauben.»

Ein Millionenobjekt. Selbst damals», sagte Goschi andächtig. «Sie muß unglaublich reich gewesen sein.»

«Nein, Goschi. Auch das war, wie so vieles im Leben deiner Urgroßmama, wohl anders, als es auf den ersten Blick aussieht. Mit den Gagen einer Bühnenlaufbahn war so ein Besitz nicht zu erwerben. Ein Weltstar von damals hatte hohe Ansprüche an das Leben. Und die kosteten Geld. Viel Geld sogar. Von laufenden Einkünften so etwas zu bezahlen? Oder von Ersparnissen?» Prékonicz schüttelte den Kopf. «Nein, das war anders.»

«Weißt du denn, wie es wirklich war?»

«Natürlich nicht», antwortete der Doktor. «Aber ich kann mir vorstellen, wie es gewesen sein könnte. Graf Valentin hat ein starkes Gefühl für Maria und hohes Verantwortungsbewußtsein für seine beiden Töchter bewiesen. Er hat ein großes Kapital für ihre angemessene Existenz bereitgestellt, um das sich später Hans Wilczek gekümmert hat. Ob er selbst eine Beziehung zu Maria Geistinger hatte und welcher Art sie gegebenenfalls war, werden wir nicht mehr erfahren. Aber es war sicher eine kluge Idee, das zur Verfügung stehende Kapital nicht einfach nach dem Gießkannenprinzip an die beiden Esterházy-Töchter auszuschütten, sondern es für die Schaffung eines dauerhaften Lebenshintergrundes, unter Einschaltung von Moriz Engels Interessen und Begabungen, zu verwenden. Und wie wir gesehen haben, ist das ja auch gelungen.»

«Schon», sagte Goschi. «Aber was hat das mit Schloß und Gut Rastenfeld zu tun?»

Josef Prékonicz kam auf diese Frage hin ohne Umschweife zur Sache, wie es bisweilen seine Art war.

«Es gehörte zum ‹Plan›. Das Geld für Rastenfeld ist dabei übriggeblieben, Goschi. Ob das von Anfang an so beabsichtigt war oder ob es sich erst später so ergeben hat, wissen wir nicht. Aber wir dürfen vermuten, daß Graf Valentins letztwillige Verfügungen, zumindest stillschweigend, auch Maria eingeschlossen haben. Denn dafür gibt es Anhaltspunkte.»

Was denn das für Anhaltspunkte seien, forschte Goschi.

«Nun», sagte der Doktor, «der Eigentumsübergang des ‹Wiener Salonblatts› auf Moriz Engel und der Eigentumsübergang von Gut und Schloß Rastenfeld auf Maria Geistinger zeigen die gleiche Handschrift. Ich nehme an, daß es die Handschrift Hans Wilczeks ist. In beiden Fällen ist der endgültige Erwerb durch Strohmänner vorbereitet worden. Im Fall Moriz Engel durch Viktor Silberer, im Fall Rastenfeld durch einen Mann namens Carl Bearzi aus Wien, der das Gut Anfang einundachtzig erwarb und es noch im gleichen Jahr an Maria weiterveräußerte. In beiden Fällen ist so die Herkunft des Kapitals perfekt verborgen geblieben. Und das ist wohl von Anfang an die Absicht gewesen. Diskretion bis zur letzten Konsequenz. Eigentlich bewundernswert.»

Goschi sah ihn von der Seite her an. Wenn er mich jetzt fragen würde, ob ich seine Frau werden will, ich würde glatt ja sagen, dachte Goschi.

«Wenn man daran denkt, welchen widernatürlichen Zwängen eine so natürliche Sache unterworfen war wie die Liebe», sagte sie. «Dann kann ich meine Urgroßmama nur aufs höchste bewundern.»

«Hier hat sie also volle zwölf Jahre ihres späteren Lebens verbracht», sagte der Doktor.

«Ich denke, nach allem, was wir jetzt über dieses Leben wissen, hatte sie es verdient», antwortete Goschi nach einer Pause. Eine Weile schwiegen sie. Endlich richtete Prékonicz sich auf und sagte:

«Laß uns fahren, Goschi. Mehr werden wir über Maria Geistinger nicht herausfinden können.»

Sie rissen sich von dem herrlichen Ausblick los und verließen die

Terrasse. Auch auf der Eingangsseite des Hauses war jetzt niemand mehr zu sehen, als sie das Gittertor durchschritten. Bevor sie das Auto erreichten, hielt Prékonicz Goschi den Zündschlüssel hin und sagte:

«Du wolltest doch schon immer mal das rote Auto fahren... wie wär's mit heute?»

Goschi nahm den Schlüssel, und sie stiegen ein. Nach ein paar hundert Metern Fahrt sah Goschi unter dem unruhigen Schatten des Kastaniendaches, daß ihnen in weiter Ferne etwas entgegenkam, das sich erst nach und nach als ein Traktor mit angehängtem schwankendem Heuwagen erwies.

«Da muß ich auf die Seite», sagte sie und steuerte den Wagen auf das schräg ansteigende Bankett. Der Traktor kam heran und fuhr vorbei, während der Mann darauf an seine Mütze griff.

«Ach, übrigens», sagte der Doktor, als das Gefährt vorüber war, «möchtest du jetzt nicht doch meine Frau werden?»

Goschi hatte schon den Gang eingelegt und würgte die Maschine ab. Verwirrt drehte sie auch den Zündschlüssel und wandte das Gesicht Prékonicz zu.

«Du lieber Himmel», sagte sie. «Ich habe ja schon immer geahnt, daß du dir den unglücklichsten Moment aussuchen würdest, um mich das zu fragen.»

«Ich wollte dich ja schon vorhin fragen, aber da war es wichtiger, daß links die Straße nach Meiselding abging», sagte Prékonicz.

«Sei nicht dumm, Josef», sagte Goschi. «Natürlich möchte ich.»

«Aber bevor du dich endgültig entscheidest», sagte er, «muß ich dir etwas beichten.»

«Was? Jetzt, wo alles erst anfängt?» sagte Goschi und runzelte die Stirn. «Das kann ja gut werden. Also beichte, Josef Prékonicz.»

«Ja, weißt du», sagte er, «das war nämlich so: Du erinnerst dich an den Tag, wo du im Hotel die Hochzeitsansprache deines Urgroßvaters nicht mehr fandest?»

«Natürlich», sagte Goschi. «Und?»

«Du hast mir damals einen windigen Trick mit den Zeitungen unterstellt.»

«Habe ich», antwortete Goschi. «Und es tut mir heute noch leid. Kannst du mir verzeihen?»

«Nein, das kann ich eben nicht», antwortete der Doktor. «Denn es war wirklich ein Trick, um mit dir wenigstens einmal in ein Gespräch zu kommen.»

Goschi sah ihn eine Weile fassungslos an.

«Was?» sagte sie endlich. «Damals schon?»

«Ja», sagte Prékonicz. «Von dem Augenblick an, wo ich dich zum ersten Mal sah.»

«Du lieber Himmel», wiederholte Goschi. «Wo soll das mit uns beiden noch enden?»

Zu Josef Prékonicz' Entzücken bildete sich, als sie das sagte, die reizende kleine Querfalte zwischen Nase und Oberlippe, die zu küssen er sich heute zum zweiten Mal das Recht herausnahm.

Nachdem dies geschehen war, sagte Prékonicz unvermittelt: «Ach, übrigens, ehe ich es vergesse, du kannst dich einmal umdrehen.»

Goschi tat es und entdeckte in der Gepäckablage, versteckt hinter den Rückenlehnen der Sitze, die Palisanderschatulle, die sie Prékonicz vor Monaten in Wien gegeben hatte. Damals hatten sie noch «Sie» zueinander gesagt. Nicht ohne Mühe holte Goschi die Kassette nach vorn. In neuem Glanz leuchtete das schön gemaserte Holz. Hell blinkten die Beschläge und das Kronenmonogramm mit den Initialen H. W.

«Hans Wilczek», sagte Goschi. «Wie schön es geworden ist. Hast du innen auch etwas machen lassen?»

Prékonicz lächelte.

«Ja», sagte er, «schau es dir an. Hier ist der Schlüssel.»

Er hatte schon das silberne Schlüsselchen in der Hand und gab es ihr. Goschi öffnete die Schatulle. Auf schwarzer Seide glänzte ein wunderbares Schmuckstück. Vierteilig aus Rubinen und Brillanten gearbeitet, in Goldfiligran gefaßt, die großen Boutons eingelegt mit der goldenen Stephanskrone.

Erst nach einigen Sekunden war Goschi fähig, etwas zu sagen. Sie riß die Augen von dem Schmuckstück los und sah Prékonicz an.

«Das ist unmöglich, Josef», sagte sie. «Ich bin sicher, daß er verlorengegangen ist. Er wurde Katinka gestohlen. Ich weiß es genau.»

«Dieser hier ist natürlich nur nachempfunden», sagte der Doktor. «Aber ich habe alte Muster entdeckt, nach denen er gearbeitet ist. Gefällt er dir?»

Goschi legte den Arm um seine Schultern und antwortete: «Du bist wirklich und wahrhaftig verrückt, Josef Prékonicz. Ja, er gefällt mir. Er überwältigt mich. Er macht mich glücklich. Aber du bist ein elender Heuchler. Und ein Hasardeur dazu. Du hättest warten sollen, bis ich ja gesagt habe.»

«Warum?» sagte der Doktor. «Ich habe nie daran gezweifelt.»

«Seit du mich zum ersten Mal sahst?» sagte Goschi.

«Ja», sagte der Doktor. «Ich empfand es als Naturgesetz. Du nicht?»

Wie lange das rote Auto an diesem Sommernachmittag noch unter dem grüngoldnen Dach der Kastanienallee stand, ist unbekannt. Gegen sieben Uhr jedenfalls waren die beiden zurück in Hallegg. Abends, auf der von Rosen überwucherten Terrasse mit dem gar nicht einmal so sehr überraschten Ehepaar Goertz, wurde es sogar bei einer Flasche Champagner noch etwas feierlich.

Die Hochzeit im Hotel «Sacher» richtete ein paar Wochen später Mimi Gadrusch aus, die das alles ja schon hatte kommen sehen. Das Fest geriet zu einem Ereignis für die Stadt Wien.

Es heißt, daß Goschi und Josef Prékonicz-Lloyi sich sogar Kinder gewünscht haben sollen. Ob sie jedoch optimistisch genug waren, sich diesen Wunsch auch zu erfüllen, müßte erst noch einmal hinterfragt werden.

Nachwort

Der vorliegende Roman beschreibt die Hintergründe der außergewöhnlichen Herkunft meiner Großmutter Katinka, der Frau des Volksschriftstellers Dr. Ludwig Ganghofer, die mehr als ein Jahrhundert lang rätselhaft war. Niemand von den zahlreichen Besuchern, die noch heute Jahr für Jahr das Ganghofer-Grab in Rottach-Egern am Tegernsee besichtigen, ahnt, daß das dort eingemeißelte Geburtsdatum Katinkas, der 7. Juli 1859, nicht stimmt.

Hätte Katinka die Dokumente nicht bei ihrem Tod, kurz vor der Machtergreifung Hitlers, von meiner Mutter verbrennen lassen, hätte die Öffentlichkeit vielleicht schon damals erfahren, daß die gefeierte Schauspielerin Maria Geistinger vor dem Beginn ihrer Weltkarriere in der zweiten Hälfte des 19. Jahrhunderts zwei Töchter hatte; die jüngere von ihnen wurde meine Großmutter.

Die Nachforschungen, die meine Familie im Zusammenhang mit dem unseligen «Ariernachweis» anstellen mußte, führten damals nicht zum Ziel; Hitler selbst mußte die Sache mit einem «Gnadenerweis» einstellen. Ich habe deshalb vor Jahren begonnen, dort weiterzuforschen, wo seinerzeit aufgehört wurde. Es kann, so das Ergebnis, kaum einem Zweifel unterliegen, daß die beiden Kinder einer Liebesverbindung Maria Geistingers mit dem Grafen Valentin Ladislaus Ferdinand Esterházy-Hallewyl entstammten, die tragisch verlief. Graf Valentin starb bereits im Geburtsjahr Katinkas im Alter von 44 Jahren – unverheiratet und offiziell ohne Nachkommen.

Ich habe mich entschlossen, diese Geschichte niederzuschreiben, weil sie nicht nur äußerst spannend und ungewöhnlich ist, sondern auch zur Identitätsfindung der Nachkommen beiträgt. Zugleich ist sie ein bewegendes Stück Kultur- und Sittengeschichte aus dem Österreich des 19. Jahrhunderts.

Die romanhafte Darstellung beruht auf intensiven Recherchen, der äußere Ablauf der Ereignisse folgt zuverlässigem Archivmaterial. Die Schilderung wurde mit überzeugenden Indizien und konstruktiver Phantasie abgerundet. Persönliche Motive und Hintergründe bei den authentischen Personen müssen nicht unbedingt so gewesen sein, wie sie beschrieben wurden, sie haben aber eine große Wahrscheinlichkeit für sich. Die Mitglieder der Familie Ganghofer sind geschildert, wie sie waren, aber sie tragen andere Namen. Fiktiv sind nur die Personen des István Honyász, der Ärzte des St.-Annen-Kinderspitals, der Mimi Gadrusch, des Dr. Josef Prékonicz und der Goschi.

Nachzutragen bleibt: Die gleiche menschenverachtende Willkür, mit der die Familie Ganghofer verschont wurde, hat die Familie Engel ausgelöscht. Ihre Mitglieder sind verschollen. Ihre Gräber, soweit es welche gab, sind von Fehlwürfen alliierter Bomber, die die israelitische Abteilung des Wiener Zentralfriedhofs trafen, umgepflügt worden. Ein letzter Angehöriger, Egon Engel, floh 1938 vor den Nationalsozialisten nach Ungarn, meldete sich 1945 als Überlebender der polnischen Konzentrationslager zurück und starb 43jährig vier Jahre später in Graz.

Ich widme das Buch dem Andenken der Familie Engel, die so viel für meine Großmutter getan hat – und meiner lieben Frau Charlotte sowie Jaromir Brejdak, ohne deren einfühlsamen Rat, Fleiß und Geduld es nicht hätte geschrieben werden können.

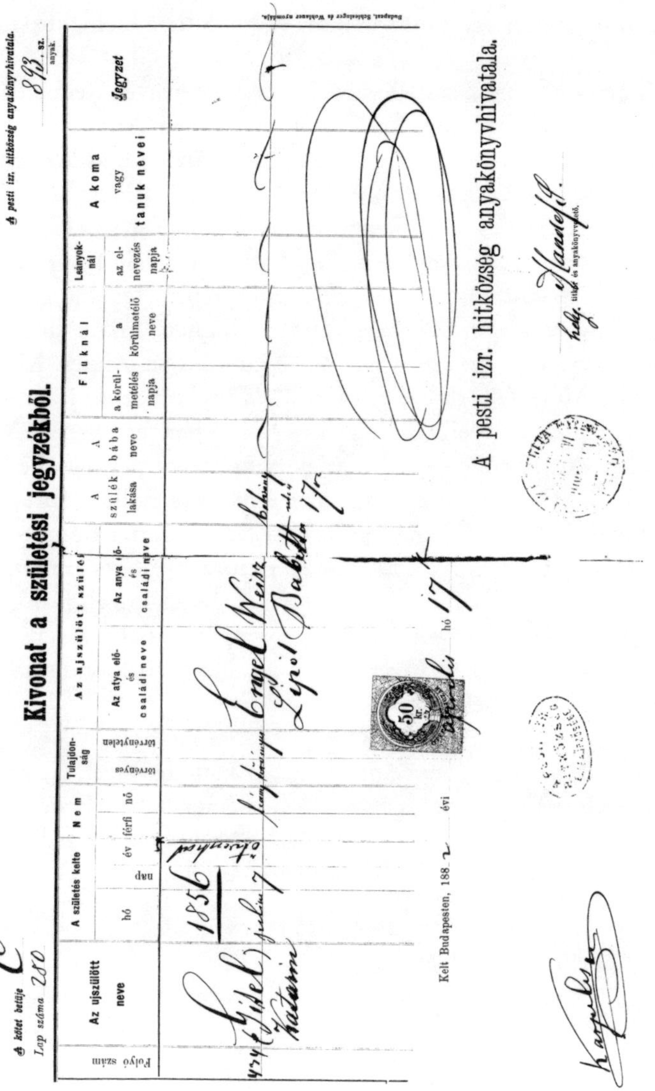

A pesti izr. hitközség anyakönyvhivatala.

A kötet betűje C
Lap száma 280

Kivonat a születési jegyzékből.

Folyó szám	Az ujszülött neve	A születés kelte: hó	nap	év	Nem: férfi	nő	Tulajdonság: törvényes	törvénytelen	Az ujszülött szülői: Az atya elő- és családi neve	Az anya elő- és családi neve	A szülék lakása	A bába neve	Fiuknál: a körülmetélés napja	a körülmetélő neve	Leányoknál: az elnevezés napja	A koma vagy tanuk nevei	Jegyzet
474	(Gitel) Katarin	julius	7	1856					Engel Lipót	Weisz							

Kelt Budapesten, 188 2 évi április hó 17

A pesti izr. hitközség anyakönyvhivatala.

hitközségi és anyakönyvvezető.

Geburtsurkunde der Gitel, Schwester von Moriz Engel, die am 7. Juli 1856 ausgestellt wurde. Diese Urkunde wurde in Budapest von Engels Schwager Samuel Fried manipuliert, indem er den Namen «Gitel» in Klammern setzte und den Namen «Katarin» darunter einfügte.

2

1

5

8

9